清詩話全編

乾隆期二

張寅彭 編纂
劉奕 點校

上海古籍出版社

第二册目次

消夏録

消夏録提要

《消夏録》二卷，據乾隆四十年刊本點校。撰者黄任（一六八三—一七六八），字莘田，一字于莘，晚號十硯老人，福建永福人。康熙四十一年舉人，官四會知縣。有《香草齋集》。《清史稿》卷四八四有傳。按此書有乾隆四十年余文儀序及其子延良跋。余氏父子皆與黄任有交。序謂是書未授梓人，向未之見，近從其通家子林心香處得一鈔本，遂爲付梓。黄任有詩名，曾以《楊花》一絶得名「黄楊花」。「消夏録」者，謂讀書漫記以度九夏也。清人著此題者甚夥，如紀昀有《灤陽消夏録》等，内容不一，「消夏」則同。此書即摘抄唐五代宋金元筆記、詩話、詩文集之可話者，裁剪編輯而成帙。卷一録唐五代詩話，所採多爲有情韵者，如録劉長卿《餘干旅舍》詩與張籍《宿江上館》詩，謂二詩「偶似次韵作」，此雖出自劉攽《中山詩話》，而誠能消夏。又如謂韋應物《寄全椒山中道士》一詩爲「韋詩第一」，採王定保《唐摭言》楊汝士詩「壓倒元白」一則而增改之，是皆不妨爲消夏之冰雪物也。卷二録宋金元詩話，則荆公、徽宗，遺山、文山，較卷一爲沉重，豈亦宜消夏乎！此書具體寫作時間不明，偶有著録乾隆三年初刊本者，似不確。以非作於晚年，姑據生卒年置於此。又各家書目著録黄氏另有「香草齋詩話」一種，實亦無其書。考朱景英乾隆三十九年《閩游詩話序》有云：「余獲交十研老人，每晤必話詩，多聞所未聞者。而他本所引『香草齋詩話』，實無成書。」其言甚是。今李清華從《全閩詩話》、《（乾隆）福州府志》等輯得冒題者七則。

從來汗青浩博，津逮爲難。所賴宏儒碩彦，有以扶輪大雅，薈萃菁華，即至片璧碎金，均堪寶貴，韓子所謂「記事者必提其要，纂言者必鈎其玄」也。獨是人以藐躬，塵網羈其肺腸，思慮熾厥靈府，矧廼恢台司令，不觸熱者尠矣。其又能手冰雪文，避暑高軒，而富甄綜於八闉洞開候耶？閩中黄十研先生，鉅才長德，一行作吏，爲嫉者所中，遽罷去。歸田後，掩關息影，以著述自娱。問奇者屨滿户外，乃先生宅躬清淨，寄託沖遠杰照，獨振南中風雅。憶予出守長溪時，即訪先生於香草齋中，衿契若平生交。迨宦閩既久，益復密邇。每自公休暇，必鄭重式廬，第見夫彝影斑斕，與三洞精英錯列几案，而湘青竹素，更狼籍牀榻間。蓋先生好學，讀書至老不衰，舉凡舊聞軼事，以及稗官秘簡，無不徵諸覼記，筆以成書。今所存《銷夏録》上下編，特窺豹之一斑耳。予與先生交廿年，而先生下世又六載於兹，每從榕陰荔雨中言思知己，輒愴然無以爲懷。值其從子惠於西江作令歸，乞予爲先生立傳，而所著《秋江集》、《香草箋》若干卷，已先後剞劂行世，獨是書未授梓人，始知先生嘗珍秘爲枕中鴻寶，予向亦未之見也。近兒子延良從其通家子林心香擎天許得鈔本，予因以公餘披閲，匪獨扢揚韵語，殫列窔奥，而識大識小，亦可漱芳潤而傾瀝液。聞先生夙掌録於九夏之月，故顔曰「銷夏」。迴環諷詠，塵慮頓消，恍若置身於冰玉壺中也。爰是亟謀鋟板，以永其傳，不惟欲推廣先生嘉惠來學之意，亦以見予於先生金石交期，尤終始拳拳不置云。時乾隆旃蒙協洽歲清和月上澣古越余文儀撰。

先生清時耆德，閩海詞宗，偶寄一官，長持十硯。陶元亮歸田之暇，不廢嘯歌；葉石林避暑之餘，猶勤著述。竹窗晝静，風䌫插架群書；蘿逕陰濃，露滴研朱長几。遂迺徧搜湘素，閒事丹黄。訂韵語之陽秋，居然詩史；臚酉陽之雜俎，不數侯鯖。編擬叢譚，如揮犀麈；趣存銷夏，恍對冰壺。在昔録著江邨，真賞雅留於縹帙；記成退谷，清裁妙溢於圖籤。隸事雖殊，寄情則一。信詞林之嘉話，均藝苑之偉觀。延良久，挹清風，曾聞緒論。披吟雋什，若探蔡帳華文；瀏覽高言，如問揚亭奇字。謹附題於青簡，用發覆乎紺囊。後學余延良敬跋於寶墨莊。

消夏録卷一

永福黄任莘田輯

陶靖節爲柴桑令，劉遺民亦作柴桑令。白香山《宿西林寺》云：「木落天晴山翠開，愛山騎馬入山來。心知不及柴桑令，一宿西林却便回。」柴桑令，謂劉遺民。

劉長卿《餘干旅舍》詩云：「摇落暮天迥，丹楓霜葉稀。孤城向水閉，獨鳥背人飛。渡口月初上，鄰家漁未歸。鄉心正欲絶，何處擣寒衣。」張籍《宿江上館》云：「楚驛南渡口，夜深來客稀。月明見潮上，江静覺鷗飛。旅宿今已遠，此行殊未歸。離家久無信，又聽擣寒衣。」二詩悉臻妙詣，偶似次韵作。

「若不彈琴消妄想，便須飲酒發狂歌。不然秋月春花夜，如此閑思往事何。」誦之惘然。士大夫得交朋書問，不即答者，反招尤怨。白香山《老慵》詩云：「豈是交親向我疎，老慵自愛閉門居。近來漸喜知聞斷，免惱嵇康索報書。」

《桂花曲》云：「遥知天上桂花孤，試問嫦娥更有無。月中幸有閒田地，何不中央種兩株。」白香山有《醉後聽唱桂花曲》云：「桂花詞意苦丁寧，唱到嫦娥醉便醒。此是世間斷腸曲，莫教不得意人聽。」

《後山詩話》云：「韋蘇州詩：『憐君卧病思新橘，試摘纔酸亦未黄。書後欲題三百顆，洞庭須待滿林霜。』余往以爲蓋用右軍帖中贈黄柑三百者，比見右軍一帖云：『奉橘三百枚，霜未降，未可多得。』蘇州蓋取諸此。」

劉夢得《石頭城》詩云：「山圍故國周遭在，潮打孤城寂寞迴。淮水東邊舊時月，夜深還過女牆來。」白樂天掉頭苦吟良久，曰：「吾知後之人不復措辭。」其嘆賞如此。

白樂天詩：「倦倚繡牀閑不動，緩垂綠帶髻鬟低。遼陽春盡無消息，夜合花開日又西。」好事者畫爲《倦繡圖》。

《木蘭歌》傳爲曹子建所作，詩中有「可汗」字，魏時無此語，非魏詩可知。杜牧之《木蘭詩》云：「彎弓征戰作男兒，夢裏曾經與畫眉。幾度思歸頻把酒，拂雲堆上祝明妃。」極有思致。

牧之《瑶瑟》詩：「玉仙瑶瑟夜珊珊，月過樓西桂燭殘。風景人間不如此，動摇湘水澈明寒。」《方響》詩：「數條秋水挂琅玕，玉手丁當拍夜寒。曲盡連敲三五下，恐驚珠淚落金盤。」方響以鐵爲之，長九寸，廣二寸，員上方下。

牧之詩云：「鈿尺裁量減四分，纖纖玉笋裹春雲。五陵年少欺他醉，笑把花前出畫裙。」則此時已纏足矣。

秘色磁器，言錢氏有國日，越州燒進，爲供奉之物，臣庶不得用之，故云秘色。嘗見陸龜蒙詩集《越器》云：「九秋風露越窑開，奪得千峰翠色來。好向中宵盛沆瀣，共稽中散鬬遺杯。」又韓致堯詩：「蜀紙麝煤添筆媚，越甌犀液發茶香。」乃知越窑在唐時已貴尚如此，近代不復見。

段成式《與温庭筠雲藍紙詩序》云：「予在九江造雲藍紙，既乏左伯之法，全無張冰之功，輒送五十板。」其詩曰：「三十六鱗充使時，數番猶得裹相思。待將袍襖重鈔了，爲寫襄陽播搭詞。」蓋龍八十一鱗，鯉三十六鱗也。播捁一作掘拓。

「碧玉裝成一樹高，千條垂下緑絲縧。不知細葉誰裁出，二月春風是剪刀。」宜令青絲覆額二八女郎連袂歌之。

「内人曉起怯春寒，輕揭珠簾看牡丹。一把柳絲收不得，和風搭在玉闌干。」似宫詞，未考誰作。

李義山絶句有最可誦者，《嫦娥》云：「雲母屏風燭影深，長河漸落曉星沉。嫦娥應悔偷靈藥，碧海青天夜夜心。」《宫妓》云：「珠箔輕明拂玉墀，未央前殿鬭腰肢。不須看盡魚龍戲，終遣君王怒偃師。」《過景陵》云：「武皇精魄久仙昇，帳殿淒涼烟霧凝。俱是蒼生留不住，鼎湖何異魏西陵。」《漫成》云：「郭令素心非黷武，韓公本意在和戎。兩都耆舊皆垂淚，臨老中原見朔風。」《華清宫》云：「華清恩幸古無倫，猶恐蛾眉不勝人。未免被他褒女笑，只教天子暫蒙塵。」《賈生》云：「宣室求賢訪逐臣，賈生才調更無倫。可憐夜半虚前席，不問蒼生問鬼神。」《送蜀客》云：「君問臨邛舊酒壚，近來還有長卿無。金徽却是無情物，不許文君憶故夫。」《北齊》云：「巧笑知看敵萬機，傾城最在着戎衣。晉陽已陷休回顧，更請君王獵一圍。」《瑶池》云：「瑶池阿母綺窗開，黄竹歌聲動地哀。八駿日行三萬里，穆王何事不重來。」《華山王母祠》云：「蓮花峰下鎖雕梁，此去瑶池地共長。好爲麻姑到東海，勸栽黄竹莫栽桑。」《渾河中》云：「九廟無塵八馬回，奉天城壘長春苔。咸陽原上英雄骨，半向君家養馬來。」《青陵臺》云：「青陵臺上日光斜，萬古貞魂有暮霞。莫許韓憑爲蛺蝶，等閒飛上别枝花。」《寄高苗二從事》云：「家住紅蕖曲水濱，全家羅韈起秋塵。莫將越客千絲網，網得西施贈别人。」《寄永道士》

云：「共上雲山獨下遲，陽臺白道細如絲。君今併倚三珠樹，不記人間落葉時。」《贈韓畏之》云：「待得郎來月已低，寒暄不道醉如泥。五更又欲向何處，騎馬出門烏夜啼。」「户外重陰黯不開，含羞臨夜復臨臺。瀟湘浪上好風景，安得好風吹汝來。」

高達夫詩：「銀鞭玉勒繡蝥弧，每逐嫖姚破骨都。李廣由來先將士，衛青未肯學孫吴。」按《漢書》，霍去病不學孫吴兵法，非衛青也。王摩詰詩云：「衛青不敗由天幸，李廣無功爲數奇。」不敗由天幸，亦霍去病，非衛青也。二公文壇老將，而皆誤用衛、霍事如此。

《西清詩話》云：太白詩：「山陰道士如相見，應寫《黄庭》换白鵝。」按《晉書》，右軍寫《道德經》换道士鵝，非《黄庭》也。陶穀跋《黄庭經》曰：「山陰劉道士以鵝群獻右軍，乞書《黄庭經》。」黄魯直詩曰：「爲君寫就《黄庭》了，不博山陰道士鵝。」皆承此謬。

杜工部《送重表姪王砅》詩云：「我之曾老姑，爾之高祖母。爾祖未顯時，歸爲尚書婦。隋朝大業末，房杜俱交友。長者來在門，荒年自糊口。家貧無供給，客位但箕帚。俄頃羞頗珍，寂寥人散後。入怪鬢髮空，吁嗟爲之久。自陳剪髻鬟，鬻市充杯酒。上云天下亂，宜與英俊厚。向竊窺數公，經綸亦俱有。次云最少年，虬髯十八九。子等成大名，皆因此人手。下云風雲合，龍虎一吟吼。願展丈夫雄，得辭兒女醜。秦王時在座，真氣驚户牖。及乎貞觀初，尚書踐台斗。夫人尚肩輿，上殿稱萬壽。六宫師柔順，法則化妃后。至尊均嫂叔，盛事傳不朽。」云云。詩中稱爾祖，指王珪也；稱曾老姑，稱珪妻杜氏也。《新唐書》載王珪始隱居時，與房、杜善。母李嘗曰：「兒必貴，然未知所與遊者何如人，試與偕來。」會玄齡等至其家，李闞，大驚，勅具酒食，盡歡終日。喜曰：「二客公輔才，汝貴不疑。」傳言房、杜留飲，意房、杜，詩同；然傳言乃珪母李氏，非珪妻杜氏也。詩不應有誤，豈傳誤耶？抑婦姑皆賢，各見于詩、傳耶？

商隱《韓碑》詩即倣韓體，詩云：「碑高三丈字如斗，負以靈鼇載以螭。句奇語重喻者少，讒之天子言其私。長繩百尺拽碑倒，粗砂大石相磨治。」即唐史所載李愬妻唐安公主怨愈文不實，功歸裴度，訴之于帝，遂毁其碑。李詩與唐史相合也。而羅隱有《石烈士説》云：「石烈士，名孝忠，猛悍多力，嘗爲李愬前驅。一旦熟視淮西碑，大恚怒，因作力推去，其碑僅傾欹者再三。吏執之，詣上前，孝忠云：『碑中只言裴度功，不述李愬力，微臣是以不平。』上因得平淮西本末，命段文昌更爲之。」二説不同，或者老卒推碑，既經上聞，而愬妻因得膚訴以重干天聽，二事俱實，史不紀卒而紀愬妻，未可知也。然卒亦有心人哉。《嘉話録》載韓碑本吴少誠功德碑，與狄梁公碑對立。忽韓碑出汗如雨，狄碑如故，不數日，中使至，磨韓碑云。

杜少陵詩：「側生野岸及江浦，不熟丹宫滿玉壺。雲壑布衣鮐背老，勞生重寫翠微須。」又一本作「勞人害馬翠眉須」。又有詩曰：「憶昔南州使，奔騰獻荔枝。百馬死山谷，至今耆舊悲。」按漢和帝時，南海獻荔枝，十里一置，五里一堠，奔騰險阻，死者繼路。唐羌上書曰：「交州獻荔枝，生鮮致之。驛馬晝夜傳送，至有遭狼虎之害，頓仆死亡不絶道路。」杜詩「勞人害馬」正指此也。杜牧之詩「一騎紅塵妃子笑，無人知是荔枝來」，亦祖此意，但其言微婉耳。貢荔枝自趙陀始。生致荔枝，其弊非始和帝，蓋起於武帝之時。觀《三輔皇圖》謂武帝破南粵，起荔枝宫，荔枝自交趾連年移植于庭，無一生者，後遂不復蒔。其實則歲貢焉，至漢安帝時始罷。

「禹貢通遠俗，所圖在安人。后王失其本，職吏不敢陳。亦有奸佞者，因兹欲求身。動生千金費，日使萬姓貧。我來顧渚源，得與茶事親。甿輟耕農來，採採實苦辛。一夫且當役，盡室皆同臻。捫葛上欹壁，蓬頭入荒榛。終朝不盈掬，手足皆鱗皴。悲嗟遍空山，草木爲不春。陰嶺芽未吐，使者牒已頻。心争造化力，先走銀臺筠。選納無晝夜，搗聲昏繼晨。衆工何枯槁，俯視彌傷神。皇帝尚巡狩，東郊路多堙。周迴繞天涯，所獻愈艱勤。況值兵革困，重兹疲敝民。未知供御餘，誰合分此珍。顧省忝邦守，又慚復因循。茫茫滄海間，丹憤何由伸。」右袁高所賦茶山詩也。按唐制，湖州造貢茶最多，謂之顧渚貢焙，歲造一萬八千四百觔，大曆後始有進奉。建中二年，高刺郡，進三千六百串，并詩此一章，刻石在貢焙。故杜鴻漸與楊祭酒書云：「顧渚中山紫筍茶兩片，此物但恨帝未得嘗，實所嘆息。一片上太夫人，一片充昆弟同啜。」開元三年，以貢不如法，停刺史裴休官。

竇庠、常、牟、群、鞏兄弟五人，四人擢進士，獨群客昆陵，因韋夏卿屢薦，始入仕，皆詩人也。牟晚從昭義盧從史，寢驕，牟度不可諫，即移疾歸東都。故其《秋夕閒居》詩云：「燕燕辭巢蟬蜕枝，窮居積雨壞藩籬。」群嘗爲黔中觀察使，故其詩云：「佩刀看日曬，賜馬傍江調。言語多重譯，壺漿每獨謠。」而鞏詩中乃有《自京師將赴黔南》之作，所謂「風雨荆州二月天，問人初僱峽中船。西南一望雲和水，猶道黔南有四千」。此詩疑群所作，誤置鞏集中爾。常歷武陵、夔、江、撫四州刺史，所謂「看春又過清明節，算老重經癸巳年」者。將之武陵，到松滋渡之所作也。庠詩不見，其《巡南内》一絶云：「愁雲漠漠草離離，太液鈎陳處處疑。薄暮毁垣春雨裏，殘花猶發萬年枝。」造句亦可謂秀整矣。兄弟中獨群稍低，又不得舉進士，而位反居上。輩有《放魚》詩云：「好去長江千萬里，不須辛苦上龍門。」豈非爲群而言乎？史載輩居與人言，若不出口，號囁嚅翁，乃肯爲是耶？《韵語陽秋》云。

又云：《李白傳》言永王璘辟白爲府僚，璘起兵，遂逃還彭澤。則白非委心於璘者。及觀白集《永王東巡歌十一首》，乃曰：「初從雲夢開朱邸，更取金陵作小山。」又曰：「我王樓檻輕秦漢，却似天皇欲度遼。」若非贊其逆謀，則必無是語矣。白既流夜郎，有書懷詩云：「半夜水軍來，潯陽滿旌旃。空名適自誤，迫脅上樓船。從則五百金，棄之若浮烟。辭官不受賞，翻謫夜郎天。」時孔巢父亦爲永王所辟，巢父察其必敗，潔身潛逃，由是知名。使白如巢父之計，安得有夜郎之謫哉？老杜送巢父歸江東云：「巢父掉頭不肯住，東將入海隨烟霧。」其序云：「兼呈李白。」恐不能無微意也。

又云：元和十一年六月，武元衡將朝，夜漏未盡三刻，騎出里門，遇盜，薨于牆下。許孟容謂國相横屍而盜不得，爲朝廷恥。遂下詔募捕，竟得賊。始得張晏者，王承宗所遣，訾珍者，李師道所遣也。初元衡策李錡之必反，已而錡果反，由是諸鎮桀驁者皆不自安，以致於是。劉夢得有《代静安佳人怨》云：「寶馬鳴珂踏曉塵，龍文匕首犯車茵。適來行哭里門外，昨夜畫堂歌舞人。」又：「秉燭朝天遂不回，路人彈指望高臺。牆東便是傷心地，夜夜秋螢飛去來。」夢得爲司馬，時朝廷欲澡濯補郡，而元衡執政，乃格不行。夢得作詩傷之，而託於静安佳人，其傷之也，乃所以快之與。

《後山詩話》云：劉夢得自屯田員外左遷朗州司馬，凡十年始徵還。方春，作贈看花諸君子詩云：「紫陌紅塵拂面來，無人不道看花回。玄都觀裏桃千樹，盡是劉郎去後栽。」其詩一出，傳於都下，有素嫉其名者，白於執政，又誣其有怨憤。他日見時宰，與坐，慰問甚厚，既辭，即曰：「近者新詩，未免爲累，奈何！」不數日，出爲連州刺史。其自序云：「貞元二十一年春，余爲屯田員外郎，時此觀未有花。是歲出牧連州，至荆南，又貶朗州司馬。居十年，詔至京師，人人皆言道士手植仙桃滿觀，盛如紅霞，遂有前篇，以記一時之事。旋又出牧，於今十四年，始爲主客郎中。重遊玄都，蕩然無復一枝，惟兔葵燕麥，動摇秋風耳。因再題二十八字，以俟後遊。時太和二年三月也。」詩云：「百畝庭中半是苔，桃花淨盡菜花開。種桃道士知何處，前度劉郎今又來。」劉貞元間已爲郎官，牛相方在場屋，投贄文卷，劉飛筆塗竄。既貴，未能忘，有「曾把文章謁後塵」之句。劉答云：「初見相如成賦日，後爲丞相掃門人。」且飭諸子，以己爲戒。然和令狐相公，「鮮有一身兼將相，更能四面擅文章」，則依然故態。此章幸次楚韵，若施之於綯，豈惟止掇兔葵燕麥之怒耶？同時八司馬皆高才，一斥不復，或咎時相無樂育意。惟新史謂貪帝病昏，抑太子之明，深當其罪。後裴晉公爲劉脱播州之行，憲宗怒尚未解，非但諸公忌才也。劉名位坎壈，而享年頗久，曾歷德、順、憲、穆、敬、文、武七朝，故有「在人雖晚達，於樹比冬青」之句。又答樂天云：「莫道桑榆晚，爲霞尚滿天。」亦足見其精華至老不竭也。

李遠緣情體物，皆謂臻妙。《贈箏妓伍卿》詩云：「輕輕没後更無箏，玉腕紅紗到伍卿。坐客滿筵都不語，一行哀雁十三聲。」《失鶴》云：「秋風吹却九皋禽，一片閒雲萬里心。碧落有情應悵望，青天無路可追尋。來時白雪翎猶短，去日丹砂頂漸深。華表柱頭留語後，更無消息到如今。」令狐相薦遠於朝，宣宗曰：「遠詩有『長日惟消一局棋』，豈宜典郡？」對曰：「詩人之言，非實也。」遂任廉察。遠卒，盧尚書哭遠詩曰：「昨日舟還浙水湄，今日丹旐欲何爲。纔收北浦一竿釣，未了西齋半局棋。洛下已傳平子賦，臨川争寫謝公詩。不堪舊里經行處，風木蕭蕭鄰笛悲。」則遠真有棋癖矣。

李衛公輔武宗，削平僭亂，練達老成。至如招嗢没斯，受黠戛斯之北，破回紇，連党項，内安外攘，功業爛然。使能遜膚几几，庶幾古社稷臣之休風。然卒功不補罪，寵不勝辱，雖其黨怨自致，而弓狗之傷，古今同嘆。李有《離平原馬上作》云：「十年紫殿掌鴻鈞，出入三朝一品身。文帝寵深陪雉尾，武皇恩厚渥龍津。黑山永破和親虜，烏嶺全坑跋扈臣。自是功高臨静處，禍來明滅不由人。」珠厓郡北有望闕亭，李題詩：「獨上江亭望帝京，鳥飛猶是半年程。碧山亦恐人歸去，百匝千回遶郡城。」亦足悲也。李頗開寒素之路，南遷時，人贈詩云：「八百孤寒齊下淚，一時南望李崖州。」汪遵《平原》詩云：「平原花木好風烟，嵩少山光滿目前。惆悵人間不平事，今朝身在海南邊。」噫，緑野堂安得不敻然千古哉！

張巡之守睢陽，玄宗已幸蜀，虜寇方熾，孤城勢蹙。人食竭，以絺布切煮而食，或以茶紙和之，而意氣自如。其《謝加金吾表》曰：「想峨眉之碧峰，預遊西蜀；追緑耳于玄圃，保壽南山。逆賊禄山，迷逆天地，戮辱黎元，腥穢闕廷，震驚陵廟。臣被圍七旬，親經百戰。主辱臣死，當臣致命之時；惡稔罪盈，是賊敗亡之日。」其忠勇如此。又激勵將士，賦詩曰：「接戰春來苦，孤城日漸危。受圍如月暈，分守若魚麗。屢厭黄塵起，時將白羽揮。裹瘡猶出陣，飲血更登陴。忠信應難敵，堅貞諒不移。無人報天地，心計欲何施。」又《夜聞笛》詩云：「岧嶢試一臨，北騎俯城陰。不辨風塵色，安知天地心。營開星月近，戰苦陣雲深。日夕高樓上，遥聞吹笛聲。」

李義山《有感二首》：「九服歸元化，三靈叶睿圖。如何本初輩，自取屈氂誅。有甚當車泣，因勞下殿趨。何成奏文物，直是滅萑苻。證逮符書密，辭連性命俱。竟緣尊漢相，不早辨胡雛。鬼籙分朝部，軍烽照上都。敢云堪慟哭，未免怨洪爐。」其二云：「丹陛猶敷奏，彤廷倏戰爭。臨危對盧植，始悔用龐萌。御殿收前仗，兵徒劇背城。蒼黄五色棒，掩遏一陽生。古有清君側，今非乏老成。素心雖未易，此舉太無名。誰瞑銜冤目，寧吞欲絶聲。近聞開壽讌，不廢用咸英。」原注：「乙卯年有感，丙辰年詩成。」蓋爲甘露而作。訓、注傾險小人，朝右側目，而甘露之舉事雖不成，其志則卓卓可觀。當時士大夫反若推刃閹人，一洩積憤；且畏威懼禍，無復有訟其冤，至比爲亂臣賊子、頑懦之夫，寧復有聞陳蕃、何進之風而興起者乎？杜牧之《李甘》詩有云：「太和八九年，訓注極虓虎。」又云：「吾君不省覺，二凶極威武。」又云：「其冬二凶敗，涣汗開湯罟。」又《贈李中敏》詩云：「元禮去歸緱氏學，江充來見犬臺宫。」皆痛詆訓、注二奸之稔惡，至于甘露事變，亦復功罪不分，權衡失實。所云「其冬二凶敗」，尤爲篤論。義山致嗟于清君側、乏老成、含冤欲絶等語，則庶乎有以伏其辜而瞑其目也與。又義山《重有感》一詩云：「玉帳牙旗得上遊，安危須共主君憂。竇融表已來關右，陶侃功宜次石頭。豈有蛟龍愁失水，更無鷹隼與高秋。晝號夜伏兼幽顯，早晚星關雪涕收。」此詩亦爲甘露而作。仇士良恣意屠戮，蔓引株連，朝右脅息箝口，而藩鎮亦無興問罪之師，僅一劉諫上疏，問王涯三相罪名耳。太阿旁落，闕下稱兵，臣辱臣死之謂何，而坐擁旌旗也。義山三詩，當與史傳參看。

李玖，歙州巡官，有《噴玉泉冥會詩》八首。《纂異紀》云：會昌元年，孝廉許生下第東歸。次壽安甘棠館西，逢白衣叟，云赴噴玉泉，與三四君子追舊遊。至泉所，見四丈夫。有少年神貌揚揚者，有短少器宇落落者，有長大少鬚髯者，有清瘦言語瞻視疾速者，皆金紫，坐泉旁。謂叟曰：「玉川來何遲？」叟曰：「適憩前館，偶見西楹題詩，晦姓名，似座中一二公者，吟諷少駐耳。」因述其詩，座中皆掩面慟哭。神貌揚揚者曰：「作詩人得非伊水上受我推衣解食之士乎？」久之，各賦《噴玉泉感舊遊書懷》詩。詩成，各自吟諷，長號數四，響動巖谷，慘無言語而别。白衣叟途中吟二首：「春草萋萋春水緑，野棠開處飄香玉。繡嶺宫前鶴髪人，猶唱開元太平曲。」「厭世逃名者，誰能答姓名。曾聞王樂否，春取路傍情。」白衣叟述甘棠館西楹詩：「浮雲凄慘日微明，沉痛將軍負罪名。白晝叫閽無近戚，縞衣飲氣只門生。佳人暗泣填宫淚，厩馬連嘶换主聲。六合茫茫皆漢土，此身無處哭田横。」白衣叟《噴玉泉感舊遊書懷》：「樹色川光向晚晴，舊曾遊處事分明。鼠穿月榭荆榛合，草掩花園畦壠平。迹陷黄沙仍未悟，罪標青簡竟何名。傷心谷口東流水，猶噴當時寒玉聲。」四丈夫同賦，少年神貌揚揚者曰：「烏啼鶯語思何窮，一世榮華一夢中。李固有冤藏蠹簡，鄧攸無子續清風。文章高韵傳流水，絲管遺音託草蟲。春月不知人事改，閒垂光影照洿宫。」短少器宇落落者云：「桃蹊李徑盡荒凉，訪舊尋新益自傷。雖有衣衾藏李固，終無表疏雪王章。羈魂尚覺霜風冷，朽骨徒驚月桂香。天爵竟爲人爵誤，誰能高叫問蒼蒼。」清瘦瞻視疾速者云：「落花寂寂草綿綿，雲影山光盡宛然。壞室基摧新石鼠，瀦宮水引故山泉。青雲自致慚天爵，白首同歸感昔賢。惆悵林間中夜月，孤光曾照讀書筵。」長大少鬚髯者云：「新荆棘路舊衡門，又駐高車會一樽。寒骨未沾新雨露，春風不長敗蘭蓀。丹誠豈分埋幽壤，白日終希照覆盆。珍重昔年金屋友，共來泉際話幽魂。」蓋四丈夫，甘露四相也。白衣叟，玉川盧仝也。伊水受恩之士，玖自謂。噴玉泉在河南壽安縣。想當時閹人餘燄未息，或假託以鳴冤耶？

岑巖起作《吉凶影響録》，載李林甫創一堂，有却月之形，名曰却月堂。欲破人家族，則入堂精思極慮，既而出堂，則人家被戮矣。夜有鋸牙鉤爪，以手戟林甫，而怒逐之。後有斷棺之禍。惡之者有詩云：「却月堂中喜色新，明朝應有破家人。禄山反噬家還破，須信難欺是鬼神。」大臣任國柄者，行止坐卧，念念殺人，非止一却月堂也。

吴行正《漫堂集》載顧況老而失子，作詩云：「老人哭愛子，淚下皆成血。老人年七十，不作多時别。」每誦詩，哭之甚哀。未幾，復生子非熊，能道前世事，在冥中聞父哭并詩，不勝哀愴，愬于冥，復爲況子。非熊仕至起居舍人。

樂天詩云：「世傳滿子是人名，臨就刑時曲始成。一曲四詞歌八叠，從頭便是斷腸聲。」自注云：「何滿子，開元中滄洲歌者姓名，臨刑進此曲以自贖，上竟不免。」薛逢《何滿子調》云：「繫馬宫槐黄，持杯店菊黄。故交今不見，流恨滿川光。」所謂一曲四詞是也。《樂府雜録》云：靈武刺史李靈曜置酒，坐客姓駱，唱《何滿子》，皆稱妙絶。有白秀才者曰：「某有聲奴，歌此曲音調不同。」召至，令歌，皆發聲清越，不同駱。遽問曰：「莫非宮中胡二字否？」妓熟視曰：「君豈梨園駱供奉耶？」相對泣下。皆明皇時人，則《何滿子》開元時有是曲也。武宗朝，孟才人最所寵愛，武宗疾篤，目才人曰：「吾不諱，爾何爲哉？」指笙囊，泣曰：「請以此就縊。」上惻然。復曰：「妾常藝歌，願歌一曲以洩憤。」乃歌一聲《何滿子》，氣急立殞。上令醫候之，曰：「肌尚温，而腸已斷。」上崩，將徙柩，舉之，愈重。左右曰：「非俟孟才人乎？」命其櫬至，乃舉。張祜有詩云：「故國三千里，深宮二十年。一聲《何滿子》，雙淚落君前。」「自倚能歌曲，先皇掌上憐。新聲何處唱，腸斷李延年。」此詩即才人所歌者。後祜有《弔孟才人》詩云：「偶因歌態詠嬌嚬，傳唱宮中二十春。却爲一聲《何滿子》，下泉須弔孟才人。」則祜詩較《何滿子》更悽感矣。

顔萱過張祜丹陽故居，有詩並序云：「萱與故張處士祜世家□舊，尚憶孩穉之歲，與伯氏嘗承處士撫抱之仁，目管輅爲神童，期孔融于偉業。光陰徂謝，二紀于兹。適經其故居，已易他主。訪遺孤之所止，則距故居之右二十餘步，荆榛之下，蓽門啓焉。處士有四男一女，男曰椿兒、桂子、椅兒、杞兒。問之，三已故物，惟杞爲遺孕，與其女尚存。欲揖杞與言，則又求食于汝墳矣。但有霜鬢而黄冠者，杖策迎門，乃昔時愛妃崔氏也。與之話舊，歷然可聽。嗟乎！葛帔練裙，兼非所有；琴書圖籍，盡屬他人。又云：横塘之西有故田數百畝，力既貧窶，十年不耕，惟歲賦萬錢，求免無所。嗚乎！昔爲穆生致醴、鄭公立鄉者，復何人哉？因吟五十六字以聞當事者。」「憶昔爲兒逐我兄，曾抛竹馬拜先生。書齋已换當時主，詩壁空題故友名。豈是争權留怨敵，可憐當路盡公卿。柴扉草壁無人問，猶向荒田責地征。」皮襲美、陸魯望各有詩弔之。又韓偓《過臨淮故里》詩云：「交遊昔歲已彫零，第宅今年又變更。舊廟荒涼時享絶，諸孫飢凍一官成。五湖竟負他年志，百戰空垂異代名。榮盛幾何流落久，遣人懷抱薄浮生。」吴融《見敷水有丐者》云：「是馬侍中諸孫，憫而有贈云。」「天地塵荒九鼎危，大貂曾出武侯師。一心忠盡山河見，百戰功名日月知。舊業已聞栽禁樹，諸孫仍見乞征岐。而今不要教人識，正藉將軍死鬬時。」以上三詩，皆子孫不振耀者。或者謂清虚事業，無足以啓佑後人。張處士之衰替，固其常分。及觀李臨淮、馬侍中，又爽然失矣。王侯將相，與文士同享一日之榮名，不再傳，箕裘零落，亦遂無二致耶？杜牧《贈張處士》詩云：「誰人得似張公子，千首詩輕萬户侯。」非虚言也。士固有有聞于當時，聲稱于後世，不能庇其子孫，如祜比者甚衆，豈聲華過盛而福澤易衰，天固不輕以身後名與人哉？皮襲美云：「惟我與君堪便戒，莫將文譽送生涯。」有味乎其言之也。

鄭畋《馬嵬》詩云：「玄宗回馬楊妃死，雲雨雖亡日月新。終是聖朝天子事，景陽宮井又何人。」識者以爲有台輔之器。當時馬嵬、華清宮諸詩不下數十篇，惟此詩與杜少陵「不聞夏商衰，躬自誅褒妲」之句爲立言有體。劉夢得、元微之、白樂天、杜牧之、温飛卿等，皆能曲盡摹寫，垂戒色荒，然已涉刺譏之罪。至李義山「如何四紀爲天子，不及盧家有莫愁」、「薛王沉醉壽王醒」、「不從金輿惟壽王」等語，則盡情醜詆，無復人道，于平人已失温厚，況本朝祖宗，敢爲此語，唐代君臣殊不嫌忌者，何也？

韓偓《香奩集》，沈存中以爲和凝所作，嫁名于偓。然觀其《無題詩序》云：「予自辛酉歲戲作《無題》十三韵，故奉常王公相國首于繼和，故内翰吴侍郎融、令狐舍人涣、閣下劉舍人崇譽、吏部王員外涣相次屬和。余因作第二首却寄諸公，二内翰及小天亦再和。余復作第三首，二内翰亦三和。王公一首，劉紫薇一首，王小天二首，二學士各三首。余又倒押舊韵，成第四首。二學士笑謂余曰：『謹樹降旗，何妍如是也？』遂絶筆。是年十月末，余在内直，一旦兵起，隨駕西狩，文稿咸棄，更無孑遺。丙寅年九月，在福建寓止，有前東都度支院蘇暐端公挈余淪落詩稿見授，中得《無題》一首。因追味舊作，缺亡甚多，惟第二、第四彷彿可記，其第三首纔得數句而已。余亦依次編之，以俟他日偶獲全本。余五人所和，不復憶省矣。」今集中有第一首、第二首、第四首倒押韵，其第三首只六句，即序所謂缺忘者。據此則《香奩集》偓作無疑也。辛酉乃昭宗天復元年，丙寅乃哀帝天祐二年，偓序謂丙寅歲在福建，蘇暐授其遺稿，則正依王審知之時也。《香奩詩》語工而格卑，今録其數首可誦者。《箇儂》云：「甚感殷勤意，其如阻礙何。隔簾窺緑齒，映柱送横波。老大逢知少，襟懷暗喜多。因傾一樽酒，聊以慰蹉跎。」《馬上見》云：「驕馬錦連錢，乘騎是謫仙。和裙穿玉鐙，隔袖把金鞭。去帶懵騰醉，歸應困頓眠。自憐輸廐吏，餘暖在香韉。」《春盡日》云：「樹頭初日照西檐，樹底鶯花夜雨沾。外院池臺聞動鎖，後堂欄檻見垂簾。柳腰入户風斜倚，榆莢堆牆水半淹。把酒送春惆悵在，年年三月病懨懨。」《倚醉》云：「倚醉無端承舊約，却令惆悵轉難勝。静中樓閣深春雨，遠處簾櫳半夜燈。抱柱立時風細細，繞廊行去思騰騰。分明窗下聞刀剪，敲遍闌干喚不譍。」《寒食日重遊李氏園亭有懷》：「往年見在灣橋上，見倚朱闌詠柳綿。今日獨來香徑裏，更無人跡有苔錢。傷心闊别三千里，屈指思量四五年。料得他鄉過佳節，亦應懷抱暗凄然。」《效崔國輔》云：「雨後碧苔院，霜來紅葉樓。閑階上斜日，鸚鵡伴人愁。」「酒力滋睡眸，鹵莽聞街鼓。欲明天更寒，東風打窗雨。」「侍女動粧奩，故故驚人睡。那知本未眠，背面偷垂淚。」《寄恨》云：「秦釵枉斷長條玉，蜀紙空題小字紅。死恨物情難會處，蓮花不肯嫁春風。」《偶見》云：「鞦韆打困解羅裙，指點醍醐索一樽。見客入來和笑走，手搓梅子映中門。」《聞雨》云：「香侵蔽膝夜寒輕，聞雨傷春夢不成。羅帳四垂紅燭背，玉釵敲著枕函聲。」《已涼》云：「碧闌干外繡簾垂，猩色屏風畫折枝。八尺龍鬚方錦褥，已涼天氣未寒時。」偓嘗與崔嗣定策誅劉季述，其後韓全誨等劫帝西遷，偓夜追慟哭。朱温令偓草詔，偓曰：「腕可斷，詔不可草。」偓之風節，卓卓可觀，《香奩》一集，亦靖節《閒情》也。偓子寅亮言，偓捐館日，温陵帥聞其家藏篋笥頗多，而緘鐍甚固，人罕見者，意其必有珍玩，使親信發觀，惟得燒殘龍鳳燭，金縷紅巾百餘條，蠟淚尚新，巾香猶鬱。有老僕泫然曰：「公爲學士日，常視草金鑾殿内，深夜方還。翰苑當時，皆宫妓秉燭炬以送，公悉藏之。自西京之亂，遁迹南奔，十不存一二矣。」延平有老尼，常説斯事，與寅亮言同。尼即偓之妾也。載在《南唐近事》。

李肇《國史補》載韓愈遊華山，窮極幽險，心悸目眩，不能下，發狂號哭，投書與家人別。華陰令百計取之，方能下。沈顔作《聲書》以爲肇妄，豈有賢者輕命若此？及觀退之贈張詩云：「洛邑得休告，華山窮絶徑。倚巖睨海浪，引袖拂天星。磴蘚澾拳跼，梯飈颭伶俜。悔狂已咋舌，垂戒仍鐫銘。」則知肇紀爲信然，白沈顔爲妄辯也。

韓愈贈盧仝詩曰：「春秋五傳束高閣，獨抱韋編究終始。」按班固云：《春秋》五傳謂左丘明、公羊高、穀梁赤、鄒氏、夾氏。鄒氏無書，夾氏未有書，則韓愈亦不知此二傳何等書也。一作騶氏。

杜牧之詩云：「杜詩韓筆愁來讀，似倩麻姑癢處抓。天外鳳凰誰得髓，何人解合續絃膠。」杜、韓在當時且然，況後世乎？南朝謂文爲筆。吴融《阿對泉》詩云：「六載抽毫侍禁闈，可堪多病决然歸。五陵年少如相問，阿對泉頭一布衣。」自注：「阿對是楊伯起家僮，嘗引泉灌蔬。泉至今在。」

香山《病中看經》詩云：「無子同居草庵下，有妻偕老道場中。何煩更請僧爲侣，月上新歸伴病翁。」自注云：「適談氏女子自太原初歸。維摩詰有女名月上。」

賈島有「獨行潭底影，數息樹邊身」之句，下自注一絶云：「二句三年得，一吟雙淚流。知音如不賞，歸卧故山秋。」島佳句甚多，其鏤肝鉥腎，獨此二語，豈所謂得失寸心知耶？

「沉舟側畔千颿過，病樹前頭萬木春。」劉賓客詩也。「剪翎送籠中，使看百鳥翔。」韓昌黎詩也。《漫録》載有人投時相一聯云：「籠中剪羽，仰看百鳥之翔；岸畔沉舟，坐閲千颿之過。」上用韓句，下用劉句。

黄巢遁免後，祝髮爲浮屠，有詩云：「三十年前草上飛，鐵衣著盡著僧衣。天津橋上無人問，獨坐闌干看落暉。」《賓退録》謂其取元微之《智度師二首》合而爲一，然語氣豪宕，無割截痕，居然巢作也。

元微之爲御史，鞫獄梓潼。時白樂天在京，與名輩遊慈恩，小酌花下，爲詩寄元曰：「花時同醉破春愁，醉折花枝當酒籌。忽憶故人天際去，計程今日到梁州。」時元果入褒城，亦寄夢遊詩曰：「夢君兄弟曲江頭，也向慈恩院裏遊。驛吏喚人排馬去，忽驚身在古梁州。」千里神合，若合符契也哉！

微之在江陵，病中聞樂天左降江州，作詩云：「殘燈無燄影憧憧，此夕聞君謫九江。垂死病中驚坐起，暗風吹雨入寒窗。」樂以爲此句他人尚不可聞，況僕心哉！

李益、盧綸，皆大曆詩人之傑者。綸于益爲内兄，嘗秋夜同宿，贈綸詩曰：「世故中年别，餘生此會同。却將悲與病，獨對朗陵翁。」綸和曰：「戚戚一西東，十年今始同。可憐風雨夜，相問兩衰翁。」二詩皆奇作也。

竇鞏《寄南遊弟兄》云：「書來未報幾時還，知在三湘五嶺間。獨立衡門秋水闊，寒鴉飛盡日銜山。」

韋蘇州《寄全椒山中道士》云：「今朝郡齋冷，忽憶山中客。澗底拾枯松，歸來煮白石。欲持一瓢酒，遠寄風雨夕。落葉滿空山，何處尋行跡。」此斷非食烟火所能。韋詩當以此篇爲第一。

「水國葉黄時，洞庭霜落夜。行舟聞商賈，宿在楓林下。此地送君還，茫茫似夢間。後期能幾日，前路轉多山。巫峽通湘浦，迢迢隔雲雨。天晴見海檣，月落聞鐘鼓。人老自多愁，水深難急流。清宵歌一曲，白首對汀洲。」「與君桂陽别，令君岳陽待。後事忽差池，前期日空在。木落雁嗷嗷，洞庭波浪高。遠山雲似蓋，極浦樹如毫。朝發能幾里，暮來風又起。如何兩處愁，皆在孤舟裏。昨夜天月明，長川寒且清。菊花開欲盡，薺菜泊來生。下江颿勢連，五兩遥相逐。欲問去時人，知投何處宿。空聆猿嘯哀，泣對湘潭竹。」别離詩之絶作也。

李紳以古詩求知於吕温，其《憫農》詩云：「春種一粒粟，秋收萬顆子。四海無閒田，農夫猶餓死。」「鋤禾日當午，汗濕禾下土。誰知盤中餐，粒粒皆辛苦。」温曰：「此人必爲卿相。」

聶夷中字坦之，有《公子行》云：「種花滿西園，花發青樓道。花下一禾生，去之爲惡草。」又《詠田家》詩云：「父耕原上田，子劚山下荒。六月禾未秀，家家已收倉。」又云：「二月賣新絲，五月糶新穀。醫得眼前瘡，剜却心頭肉。我願君王心，化作光明燭。不照綺羅筵，只照逃亡屋。」咸通十二年，高湜知貢舉，牓内孤寒者，夷中、公乘億、許棠。

李約《祈雨》詩云：「桑條無葉土生烟，簫管迎龍水廟前。朱門幾處耽歌舞，猶恐春陰咽管絃。」約，汧公勉之子也。

唐人應制朝省詩，以賈、杜、高、岑《早朝大明宫》數律爲合作。而絶句少見，晚唐數篇最可誦。鄭谷《早入諫院》云：「玉階春冷未催班，暫拂塵衣枕笏眠。孤立小心還自笑，夢魂潛繞御爐烟。」「紫雲重疊抱春城，廊下人稀唱漏聲。偷得微吟斜倚柱，滿衣花露聽宫鶯。」吴融《便殿候對》云：「宣呼晝入蘂珠宫，玉女窗扉薄霧籠。待得華胥春夢覺，半竿斜日下廂風。」鄭畋《初秋寓直》云：「鈴絲無響閉珠宫，小閣涼添玉蘂風。枕簟滿牀明月到，自疑身在五雲中。」清新雅，殊可喜也。

韓昌黎《山石》詩：「山石犖确行徑微，黄昏到寺蝙蝠飛。昇堂坐階新雨足，芭蕉葉大支子肥。僧言古壁佛畫好，以火來燒所見稀。鋪牀拂席置羹飯，粗糲亦足飽我饑。夜深静卧百蟲絶，清月出嶺光入扉。天明獨去無道路，出入高下窮烟霏。山紅澗碧紛爛熳，時見松櫪皆十圍。當流赤足蹋澗石，水聲激激風吹衣。人生如此自可樂，豈必局束爲人鞿。嗟哉吾黨二三子，安得至老不更歸。」此詩拗折中極鮮麗，一種清剛之氣，殊不易得。元遺山《論詩》云：「有情芍藥含春淚，無力薔薇卧晚枝。拈出退之《山石》句，始知渠是女郎詩。」知言哉。韓詩《謁衡岳廟》、《蘄州竹簟》、《病鴟》三篇，皆同一機軸，皆换骨于少陵者。

鄭谷《感興》云：「禾黍不陽艷，競栽桃李春。翻令力耕者，去作賣花人。」《古詞》云：「藁砧今何在，山上更有山。何當大刀頭，破鏡飛上天。」此庾語爾。後世裴陸擬之云：「旦日思雙履，明時願早諧。」又云：「只因同楚水，長短入淮流。」皮云：「莫言春繭薄，猶有萬重絲。」是以下句釋上句，專取諧音，與古異矣。温飛卿云：「井底點燈深燭伊，共郎長行莫圍棋。玲瓏骰子安紅豆，入骨相思知不知。」皆《子夜》、《竹枝》之流響也。

唐人喜用方言入詩句。關中人謂好爲鹽，施肩吾詩云：「顛狂楚客歌成雪，嫵媚吴娘笑是鹽。」隋曲有《疎勒鹽》，唐曲有《突厥鹽》、《昔昔鹽》、《阿鵲鹽》，杖鼓譜中尚有鹽杖聲。王建《宫詞》云：「新睡起來思舊夢，見人忘却道勝常。」勝常猶萬福也。又云：「朝回不向諸餘處。」又云：「若教更解諸餘語。」又元微之云：「試問酒旗歌板地，今朝誰是拗花人。」閩人呼折花爲拗花，皆方言也。

面花子，本婦人面飾，用花子，起自唐上官昭容所製，以掩點迹。大曆以前，士大夫妻多妬悍，婢妾小不如意輒印面，故有月黥、錢黥，事見《酉陽雜俎》。王建有《題花子贈渭州黄判官》詩：「膩如雲母輕如粉，艷勝香黄薄勝蟬。點緑斜蒿新葉嫩，添紅竹石晚花妍。鴛鴦比翼人初帖，蛺蝶重飛樣未傳。況復蕭郎有情思，可憐春日鏡臺前。」

唐人與親别而復歸，謂之拜家慶。盧象詩曰：「上堂拜家慶，顧與親恩邇。」孟浩然詩云：「明朝拜家慶，須著老萊衣。」

何涓爲《瀟湘賦》，天下傳之。同時潘緯以《古鏡詩》著名。或曰：「潘緯十年吟古鏡，何涓一夕賦瀟湘。」

瑶卿月夜過此橋，翛然朗吟。居人記其兩句云：「遥隔美人家，數竿脩竹處。」自此橋名竹隔。載在《誠齋雜記》，未知瑶卿何人也。

荆南舊有五花館，待賓之上地也。蔣眩《上承汭》詩曰：「不是上台憐姓字，五花賓館敢從容。」

太和初，勑僧尼試經，有不通者，勒還俗。李章武爲成都少尹，有山僧來謁云：「禪觀有年，未嘗念經，今被追試，前業棄矣，願長者宥之。」章武贈詩云：「南宗尚許通方便，何處心中更有經。好去苾蒭雲水畔，何山松栢不青青。」苾蒭，僧也。

廣州進白鸚鵡，洞曉言辭，宫中呼爲雪衣女。一朝飛上貴妃鏡臺，自云：「雪衣女昨夜夢爲鷙鳥所搏。」上令妃子授以《多心經》，記誦精熟。陸魯望詩云：「嫩紅鈎曲雪花攢，玉殿棲時片影殘。自説夜來春夢覺，學持金偈玉闌干。」

郭圓爲劍南節度使，李固言從事有詠韋臯詩云：「宣父從周又適秦，昔賢誰少出風塵。當時堪訝張延賞，不識韋臯是貴人。」張延賞妻苗夫人，有藻鑑，特選韋臯爲壻。延賞悔之，不加齒禮。後臯持節西川，代延賞。延賞曰：「吾不識人。」

陸希聲寄僧䛒光詩云：「筆下龍蛇似有神，天池雷雨變逡巡。寄言昔日不龜手，應念江湖洴澼人。」初䛒光曾學書于希聲，後以善書得侍昭宗，故寄此詩，似望其汲引者。希聲隱居宜興君陽山，著述自樂，嘗撰《易傳》十卷。由是觀之，則所養可知矣。

李洞《上靈州令狐相公》詩云：「征蠻破虜漢功臣，提劍歸來萬里身。閒倚凌烟金柱看，形容消瘦老於真。」洞詩奇峭，吴子華侍郎最所推服。《策夜簾前獻裴贄》云：「公道此時如不得，昭陵慟哭一生休。」竟不第，尋卒。裴無子，人謂屈洞所致。

李山甫《代崇徽公主寄意》詩云：「金釵墮地鬢堆雲，自别昭陽帝豈聞。遣妾一身安社稷，不知何處用將軍？」足令千古和親者酸鼻。山甫數舉進士被黜，遂依樂彦禎幕府。心懷怨懟，樂禍中朝，挾藩鎮而劫宰輔，以泄其氣。嘗有詩云：「勸君不用誇頭角，夢裏輸贏總未真。」不平之辭也。

羅昭諫《詠小松》詩云：「已有清陰逼坐隅，愛聲仙客肯過無？陵遷谷變須高節，莫向人間作大夫。」《困學記聞》云：「昭諫《小松》詩，其志亦可悲矣。唐六臣彼何人哉？昭諫説錢鏐舉兵討梁，其忠義可見。視奴事朱温之杜荀鶴，猶糞土也。」

唐昭宗播遷，隨駕伎藝人止有弄猴者。猴頗馴，能隨班起居。昭宗賜以緋袍，號孫供奉。羅隱有詩云：「十二三年就試期，五湖烟月奈相違。何如學取孫供奉，一笑君王便賜緋。」後朱梁篡位，令此猴殿下起居。猴望殿陛，見全忠，徑趣其所，跳躍奮擊，遂令殺之。昭諫無一詩，殊闕典也。

高駢惑于神仙，建延和閣，高百丈，綺窗繡户，殆非人工可及。師鐸亂，人有登之者，于藻井垂蓮之上，見二十八字云：「延和高閣勢干雲，小語猶疑太乙聞。燒盡降真無一事，開門迎得畢將軍。」又于后土夫人帳中塑一緑衣少年，謂之韋郎，以五彩箋寫《太白陰經》，置于神座側。有人題長句曰：「四海干戈尚未寧，漫勞淮海寫儀型。九天玄女猶無信，后土夫人豈有靈。一帶好雲侵鬢緑，兩行危岫拂眉青。韋郎年少耽閒事，端坐休看《太白經》。」二詩皆羅隱所作。隱與駢不合，故記其事。

鄭畋女愛羅隱詩，一日窺簾見隱貌寢，遂終身不誦江東篇。隱有詩云：「張華謾出如丹語，不及劉侯一紙書。」即鄭女所愛誦者。《鑑戒録》云。

李昌符有《婢僕》行卷，録其二首云：「不論秋菊與春花，箇箇能噇空肚茶。無事莫教頻入庫，一名閒物要些些。」「春娘愛上酒家樓，不怕歸遲總不憂。報道那家娘子卧，且留教住待梳頭。」曲盡婢僕情狀，乃知古今如此。

裴筠婚蕭楚公女，問名未幾，擢進士第。羅隱以一絶刺之：「細看月輪如有意，信知丹桂近嫦娥。」

李煬題名于昭歷縣樓，韋蟾戲贈曰：「渭水秦川拂眼明，希仁何事寡詩情。多應學得虞姬壻，書字纔能記姓名。」

太和八年放榜，有無名作詩曰：「乞兒還有大通年，二十三人碗杖全。薛庶准前騎瘦馬，范鄴依舊蓋番氈。」一榜皆貧士也。

咸通中，以進士車服僭差，不許乘馬。時場中不減千人，雖勢可熱手，亦皆騎驢。或作詩云：「今年敕下盡騎驢，席帽長鞭滿九衢。消瘦兒郎猶自可，就中愁殺鄭昌圖。」建帥陳誨之子德誠罷管沿江水軍，入掌禁衛，頗患拘束。方燕客，李貞白在座食蟹，德誠顧貞白曰：「請詠之。」貞白云：「蟬眼龜形脚似蛛，未曾正面向人趨。如今飣在盤筵上，得似江湖亂走無？」坐客大笑。

裴休性慕禪林，往往掛衲，所有女兒多名師女僧兒。潛令嬖妾承事禪師，留其聖種，士類惡之。夫梁武帝爲寺奴，豈祈困死？長孫后號觀音婢，難懺産亡。時人譏裴詩云：「裴氏女皆尼氏女，師公兒即晉公兒。却教術士難推算，胎月分張與阿誰？」

劉長卿有《贈尼子歌》云：「鄱陽女子年十五，家本秦人今在楚。厭向春江空浣紗，龍宫落髮披袈裟。五年持戒長一席，至今猶自顔如花。亭亭獨立青蓮下，忍草禪枝滿精舍。自用黄金買地居，能嫌碧玉隨人嫁。北客相逢疑姓秦，鉛華抛却仍青春。一花一竹如有意，不語不笑能留人。黄鸝欲棲白日暮，天香未盡經行處。却對香爐閒誦經，春泉漱玉寒泠泠。雲房寂寂夜鐘發，吴音清切令人聽。人聽吴音歌一曲，杳然如在諸天宿。誰堪世事又相牽，惆悵回船江水緑。」白香山《龍山寺主小尼》詩云：「頭青眉眼秀，十四女沙彌。夜静雙林拍，春深一食饑。步慵行道困，起晚誦經遲。應似仙人子，花宫未嫁時。」仙人子乃郭代公愛妃薛氏小名，幼嘗爲尼。又《小女冠阿容》詩：「綽約小天仙，生來十六年。姑山半峰雪，瑶水一枝蓮。晚院花留立，春窗月伴眠。迴頭雖欲語，阿母在傍邊。」李群玉《龍山寺佳人阿最歌》：「竹路穿茶焙，房門映竹烟。會須隨鹿女，乞火到窗前。」「不是求心印，都緣愛緑珠。何須同泰寺，然後始爲奴。」「既爲金略客，任改浄人名。願掃琉璃地，燒香過一生。」「素腕撩金索，輕紅約翠紗。不如欄下水，終日見桃花。」劉長卿詩與韓退之《華山女》雲窗霧閣青鳥丁寧同一語意。至白、李二詩，則褻狎極矣。婦女無故舍閨閣而就旃檀，徒供文士作綺語惡道，何耶？吴融有《還俗》詩，尤爲墮落可笑。詩云：「柳眉梅額倩粧新，笑脱袈裟得舊身。三峽却爲行雨客，九天曾是散花人。空門付與悠悠夢，寶帳迎回脉脉春。寄語江南徐孝克，一生長短託清塵。」

白香山詩：「櫻桃樊素口，楊柳小蠻腰。」又詩云：「菱谷執笙簧，穀兒抹琵琶。紅綃信手舞，紫綃隨意歌。」自注云：「菱谷、紫綃，皆小臧獲名。」《霓裳羽衣歌》云：「玲瓏箜篌謝好箏，陳寵觱栗沈平笙。」又云：「李娟張態君莫嫌，亦擬隨地且教取。」又《感石上舊字》云：「太湖石上鐫三字，十五年前陳結之。」又《代謝好妓答崔員外》云：「别後曹家碑背上，思量好字斷君腸。」白家妓女侍兒每以小名字見于篇章，使後世齒頰津津，亦有幸也。

唐記紅葉事凡屢見。《本事詩》云：顧况在洛，乘閒與一二詩友遊苑中。流水上得大梧葉，題詩云：「一入深宫裏，年年不見春。聊題一片葉，寄與有情人。」况明日于上流亦題云：「愁見鶯啼柳絮飛，上陽宫女斷腸時。君王不禁東流水，葉上題詩寄阿誰？」後十餘日，有客來苑上，又于葉上題詩，以示况曰：「一葉題詩出禁城，誰人酬和獨含情。自嗟不及波中葉，蕩漾乘春取次行。」又明皇時，楊妃、虢國寵盛，宫娥皆衰悴，不願備掖庭。嘗書落葉，隨御溝水流出。書云：「舊寵悲秋扇，新恩寄早春。聊題一片葉，將寄接流人。」顧况聞而和之。遺出禁内人不少。况所和即前四句也。又《雲溪友議》：盧渥舍人應舉之歲，偶臨溝，見紅葉上有詩云：「流水何太急，深宫盡日閒。殷勤謝紅葉，好去到人間。」後渥仕范陽，獲退宫人韓氏，覩紅葉而吁怨久之，曰：「當日偶題紅葉隨流，不謂郎君收藏巾篋也。」又載進士賈全虚于御溝得紅葉，爲街吏所獲，奏聞。德宗詢之，知爲王才人養女鳳兒所題，因以妻之。詩與顧況同。又載進士李茵事，詩與盧渥同。蓋一事而傳紀各異耳。

唐雲安公主下降，陸暢爲儐相，才思敏捷，作《詠帳》詩云：「碧玉爲竿丁字成，鴛鴦繡帶短長馨。强遮天上花顔色，不隔雲中笑語聲。」又《詠簾》云：「勞將素手卷鰕鬚，瓊室流光更綴珠。玉漏報來過夜半，可堪潘岳立踟蹰。」内人以暢吴音捷才，女學士宋若蘭姊妹作詩嘲之云：「十二層樓倚碧空，鳳鸞相對立梧桐。雙成走報衙門衛，莫使吴歈入漢宫。」暢答詩云：「粉面仙郎選上朝，偶逢秦女學吹簫。須教翡翠聞王母，莫使烏鳶噪鵲橋。」六宫大咍。别賜宫錦榜，伽瓶唾盂各一。暢有《山齋玩月》詩云：「起來自擘書窗破，恰漏清光落枕前。」亦佳句也。韓愈贈暢詩云：「舉舉江南子，名以能詩聞。一來取高第，官佐東宫軍。迎婦丞相府，誇映秀士群。鸞鳴桂樹間，觀者何繽紛。」按暢娶董溪女，每旦婢進澡豆，暢輒沃水服之。或曰：「君爲貴門女壻，幾多樂事？」暢曰：「貴門苦禮法，婢子食辣麨，殆不可過。」

德宗朝，制誥闕人，中書兩進名，御筆不點。又請之，批曰：「與韓翃。」時有與韓同姓名者，爲兩淮刺史。又具二人同進，御筆復批曰：「『春城無處不飛花，寒食東風御柳斜。日暮漢宫傳蠟燭，輕烟散入五侯家。』與此韓翃。」後上西幸，有二馬，一號神智驄，一號如意騮，皆耳中有毛一尺，而進退緩急，皆如上意，故謂之功臣。一日方春，上欲幸諸苑。内厩控馬，侍者進瑞鞭，上指二駿，語近臣曰：「昔西幸有二駿，謂之二絶。今獲此鞭，可謂三絶。」遂命酒飲之，左右引翼而去。因詠曰：「鴛鴦赭目齒新齊，曉日花間散碧蹄。玉勒乍迴初噴沫，金鞭欲下不成嘶。」亦韓翃詩。翃可謂榮矣。

白樂天《楊柳詞》云：「一樹春風萬萬枝，嫩於金絮軟於絲。永豐坊裏東南角，盡日無人屬阿誰？」及宣宗朝國樂唱是詞，上問誰詞，永豐在何處，左右具以對。遂因東使，命取永豐柳兩枝，植於禁中。白感上知，又爲詩云：「定知此後天文裏，柳宿光中見兩枝。」盧貞亦有詩云：「一樹依依在永豐，兩枝飛去杳無蹤。玉皇採取人間曲，應逐歌聲入九重。」

憲宗朝，北狄頻寇邊。大臣奏議，古者和親有五利，而無千金之費。帝曰：「聞有士子能爲詩，而姓名稍僻，是誰？」宰相對以包子虛、冷朝陽，皆非也。帝吟曰：「山上青松陌上塵，雲泥豈合得相親。世路盡嫌良馬瘦，惟君不棄卧龍貧。千金未必能移性，一諾從來許殺身。莫道書生無感激，寸心還是報恩人。」侍臣對曰：「此戎昱詩也。」京兆尹李鑾擬以女嫁昱，令其改爲，昱辭焉。帝悦，曰：「朕又記得《詠史》一篇云：『漢家青史内，計拙是和親。社稷因明主，安危託婦人。豈能將玉貌，便欲静胡塵。地下千年骨，誰爲輔佐臣？』」帝笑曰：「魏絳之功，何其懦也。」大臣遂息和戎之論矣。當時文士一篇一詠，每達宸聰，而此詩遂關係國家大計，又非韓君平、白樂天以麗詞承恩所可同日而語也。

元微之自記云：「爲樂天自勘詩集，因思頃年城南醉歸，馬上遞唱艷曲，十餘里不絶。長慶初，俱以制誥侍宿南郊齋宫，夜後偶吟數十篇，兩掖諸公，洎翰林學士三十餘人，驚起就聽。逮至卒吏，莫不聚觀。群公直至侍從行禮之時，不復聚寐。予與樂天吟哦，竟亦不絶。因書於樂天卷後。越中冬夜風雨，不覺將曉，諸門互啓關鎖，即事成篇云：『春野醉吟十里程，齋宫潛詠萬人驚。今朝不寐到明讀，風雨曉聞開鎖聲。』」

唐制，官階至朝散大夫，方换五品服色，衣銀緋。白樂天爲中書舍人，知制誥，元簡爲京兆尹，官皆六品，尚著緑。白詩云：「鳳闕舍人京兆尹，白頭猶未脱青衫。南宫啓請無多日，朝散何時復入銜。」劉夢得《賀給事加五品》詩曰：「八舍郎官换緑衣。」

王智興鎮徐州，諸從事宴飲賦詩，忽傳智興至，令左右收筆札。智興不悦，曰：「諸公聞智興至，遽收筆札，豈欺我乎？」遂援筆立成曰：「三十年來老健兒，剛被郎官遣作詩。江南花柳從君詠，塞北風塵獨我知。」諸公相顧失色。張祜上智興詩云：「十年受命鎮方隅，孝節忠規兩有餘。誰信將壇嘉政外，李陵章句右軍書。」元和時，呼諸鎮爲粗官，故薛能《寄茶》詩曰：「粗官寄與真抛却，賴有詩情合得嘗。」王彦威詩云：「寄語長安舊冠蓋，粗官到底是男兒。」不平之氣，見乎辭矣，宜他年有白馬之禍也。

楊汝士《題僧寺》詩云：「抛却弓刀上砌臺，上方樓閣翠雲開。山僧見我衣裳窄，知道新從戰地來。」真傑作也。又《宴楊僕射新昌里》詩云：「文章舊價留鸞掖，桃李新陰拜鯉庭。」裴令公《東洛夜宴》云：「昔日蘭亭無艷質，此時金谷有高人。」皆令元、白失色。汝士子知温及第，開家宴，營妓咸集，各與紅綾一疋，并口占贈之，曰：「郎君得意及青春，蜀國將軍又不貧。一曲高歌綾一束，兩頭娘子謝夫人。」汝士非但詩壓倒元、白也，其遭逢顯榮，又豈元、白所能及哉。

楊六尚書，白樂天妻兄也。初除東川節度，代妻賀兄嫂云：「劉綱與婦共昇仙，弄玉隨夫亦上天。何似沙哥領崔嫂，碧油幢引向東川。」「金花銀碗饒兄用，罨畫羅衣盡嫂裁。覓得黔婁爲妹壻，可能空寄蜀茶來？」又《寒食日寄楊東川》云：「纛旗似火隨行馬，蜀妓如花坐繞身。不使黔婁夫婦看，誇張富貴向何人。」皆責望之詞。當時朝士如樂天輩，殊不甚貧，乃動以黔婁自比，亦惡習也。

元載妻王氏，節度使王忠嗣之女。載微時，贅于妻家，歲久見輕，妻勸載西行。載別王氏，有詩云：「年來誰不厭龍鍾？雖在侯門似不容。看取遠山寒翠樹，若遭霜霰到秦封。」王請與偕行，答詩云：「路掃饑寒跡，天哀志氣人。休零別離淚，攜手入西秦。」載既貴，王氏寄諸姊妹詩云：「相閫已隨麟閣貴，家風第一右丞詩。笄年解笑鳴機婦，恥見蘇秦富貴時。」載寵姬薛瑶英工詩書，善歌舞，居處服飾，窮極琛奇。賈至、楊公南與載交善，故往往得見瑶英歌舞。至贈詩曰：「舞怯銖衣重，笑疑桃臉開。方知漢武帝，虛築避風臺。」公南亦作長歌，其略云：「雪面淡蛾天上女，鳳簫鸞翅欲飛去。玉釵翡翠舞無塵，楚腰如柳不勝春。」載蕩惑，怠于庶務，賓客候門，每多間阻。王氏規以詩云：「楚竹燕歌動畫梁，春蘭新換舞衣裳。公孫開館招嘉客，知道浮雲不久長。」載不能用，竟以賄敗。上令王氏入宫，王氏歎曰：「二十年節度使女，十六年宰相妻，誰復能爲長信、昭陽之事乎？死亦幸矣。」京兆尹笞死，載以貪惏被誅，固不足道，而王氏婉孌静好，能顯其夫，而不辱其身，可謂賢矣。且以海濱之孫、忠嗣之女，致使銜忿捐軀，不蒙省録，何其少恩也。然清源於是乎有女矣。王氏名韞秀，行十三娘。

裴淑字柔之，元微之繼室，工詩，善操琴。微之有《黄草峽聽柔之彈琴二首》云：「胡笳夜奏塞聲寒，是我鄉音聽漸難。料得少來辛苦學，又因知向峽中彈。」「别鶴凄清覺露寒，離聲漸咽命雛難。憐君伴我涪州宿，猶有心情徹夜彈。」元後除浙東，裴有沮色，作四韵曉之：「嫁時五月歸巴地，今日雙旌上越州。興慶首行千命婦，元自注：予在中書日，妻以郡君朝太后于興慶宫，猥爲班首。會稽旁帶六諸侯。海樓翡翠閒相逐，鏡水鴛鴦暖共遊。我有主恩羞未報，君于此外更何求。」元自越入京，未逾月，復出鎮武昌。節使到門，聞宅内有哭聲，賓客莫測。報云：「夫人也。」元慰問。裴曰：「歲杪到家鄉，新春又赴任，所以悲耳。」元贈以詩云：「窮冬到鄉國，正歲别京華。自恨風塵眼，常看遠地花。碧幢還照耀，紅粉莫咨嗟。嫁得浮雲壻，相隨即是家。」裴答云：「侯門初擁節，御苑柳絲新。不是悲殊命，惟愁别近親。黄鶯遷古木，朱履從清塵。想到千山外，滄江正暮春。」裴氏笄珈之盛，琴瑟之好，文采風流，照耀後世，是福慧雙修人。

竇庠新入諫院，喜内子至，作詩云：「一旦悲歡見孟光，十年辛苦伴滄浪。不知筆硯緣封事，猶問傭書日幾行。」得意之極，不得不屈内子作三家村婦人。

竇鞏工絶句，嘗從軍，有《别家》詩云：「自笑儒生著戰袍，書齋壁上掛弓刀。如今便是征人婦，好織迴文寄竇滔。」又《悼妓東東》一篇云：「芳菲美艷不禁風，未到春殘已墜紅。惟有側輪車上鐸，耳邊長似叫東東。」

永福太原灘，舊名汰王灘，離邑城十里。唐太和中，邑令攜家歸，艤舟于此，邑人留餞，至夜半未抵舟。其室人王氏題詩于石，曰：「何事潘郎重别筵，君心未斷妾心懸。汰王灘下相思處，猿叫三山月滿船。」後書「太原王氏題」。其詩已磨滅，惟「太原」二字入石，後人因以名灘。政和中，縣令陳武祐復大書刻石壁上，今尚存。余以五月十三夜舟宿灘下，月色如畫，達旦不成寐，舟人云：「此太原灘也。」因成一詩云：「猿聲月色四更時，遠近潺潺惱夢遲。一自太原灘字改，亦因此水號相思。」

揚水唐昌觀玉蘂花盛開，一女子從以二女冠、三小僕，直造花所，佇立良久。命小童折花數枝，謂黄冠者曰：「曩有玉峰之期，自是可以行矣。」行百步許，遂不復見。嚴休復有詩云：「終日齋心禱玉宸，魂銷目斷未逢真。不如滿樹瓊瑶蘂，笑對藏花洞裏人。」「羽車潛下玉龜山，塵世何由覩蕣顔。惟有無情枝上雪，好風吹綴緑雲鬟。」元微之和云：「弄玉潛過玉樹時，不教青鳥出花枝。的因未有諸人覺，只恐嚴郎卜得知。」樂天和云：「嬴女輸乘鳳下時，洞中潛歇弄花枝。不緣啼鳥春饒舌，青鎖仙郎可得知？」又蜀州郡閣紅梅盛開，有二婦人倚闌題詩云：「南枝向暖北枝寒，一種春風有兩般。憑仗高樓莫吹笛，大家留取倚闌干。」題畢不見。二事與(林)〔趙〕師雄羅浮美人相類。

太和中，沈亞之客槖泉邸舍，夢入秦，見穆公，尚始平公主弄玉。所居宫曰翠微宫，公主芳姝明媚，不可摹畫，每吹簫，聲調遠逸悲人，聞者莫不自絶。一年，公主卒，葬咸陽原。公命亞之作輓歌，并銘墓。後公辭亞之令歸，又爲歌一章，云：「擊膊舞，恨滿烟花無處所。淚如雨，欲擬著辭不成語。金鳳銜紅舊繡衣，幾度宫中同看舞。人間春日正歡樂，日暮東風何處去。」挽公主云：「泣葬一枝紅，生同死不同。金鈿墜芳草，香繡滿春風。舊日聞簫處，高樓當月中。梨花寒食夜，深閉翠微宫。」亞之至翠微宫，與公主侍人泣别，題宫門詩云：「君王多感放東歸，從此秦宫不復期。春景自傷秦喪主，落花如雨淚臙脂。」已而公命車駕送出函谷關爲别，語未卒，驚覺。橐泉，穆公葬地也。

吴興姚合謂沈亞之曰：吾友王炎云：元和初，夕夢遊吴，侍吴王。久之，聞宫中出輦，鳴簫擊鼓，言葬西施。王悲悼不已，立詔詞客作西施輓歌，炎遂應教。其詞曰：「西望吴王闕，雲書鳳字碑。連工起珠帳，擇土葬金釵。滿地紅心草，三層碧玉階。春風無處所，悽斷不勝懷。」進詞，王甚嘉之。乃寤，能紀其實。王，太原人。

有神降于鄭絳家，吟詩曰：「忽然湖上片雲飛，不覺舟中雨濕衣。折得荷花渾忘却，空將荷葉蓋頭歸。」每愛陸放翁詩「風鬟霧鬢歸來晚，忘却荷花記得愁」，蓋有所本也。

黄陵美人寄紫蓋陽居士詩云：「落葉棲鴉晝掩扉，兔絲金縷舊羅衣。渡頭明月好攜手，獨自待郎郎不歸。」

女仙題湘妃廟詩云：「碧杜紅蘅縹渺香，冰絲彈月弄清涼。峰巒一一俱相似，九處堪疑九斷腸。」「少將風月怨平湖，見盡扶桑水倒枯。相約杏花壇上去，畫欄紅紫鬬樗蒱。」次首一作李群玉詩。

有進士臧夏僦居安邑坊陸氏，晝寢，見一女人，緑裙紅袖，弱質纖腰，如霧濛花，收淚而云：「聽妾一篇幽恨之句：卜得上峽日，秋來風浪多。巴陵一夜雨，腸斷木蘭歌。」

朱慶餘近試，張籍索慶餘詩篇二十六章，置之懷袖而延譽之，遂登第。慶餘獻籍詩：「洞房昨夜停紅燭，待曉堂前拜舅姑。粧罷低聲問夫壻，畫眉深淺入時無？」張答云：「越女新裁出鏡新，自知明艷更沉吟。齊紈未足時人貴，一曲菱歌直萬金。」由是朱之名播于遠近矣。

高湘侍郎南遷歸闕，途次連江。連州邵安石以所業獻，遂挈至輦下。湘主文，安石擢第。章碣賦《東都望幸》刺之：「懶修珠翠上高臺，眉月連娟恨不開。縱使東巡也無益，君王自領美人來。」

孟賓于六舉登第，獻主司詩云：「那堪雨後更聞蟬，溪隔重湖路七千。憶昔故園楊柳岸，全家送上渡頭船。」主司得詩，自謂得賓于之晚。後賓于致仕歸連上，過廬陵，吉守贈詩，有「今日還家莫惆悵，不同初上渡頭船」，蓋用其語也。賓于官水部，古詩人三水部，何遜、張籍及賓于也。又白樂天贈吴水部詩云：「明朝與向詩人道，水部如今不姓何。」

杜牧之及第後，寄長安故人云：「東都放榜未花開，三十三人走馬回。秦地少年多釀酒，即將春色入關來。」時牧之名振京邑，一日與諸同年城南遊覽，至寺，有寺僧擁褐獨坐，問杜姓字，俱以對之，又問修何業，旁人以累捷誇之。僧顧而笑曰：「皆不識也。」杜歎訝，因題詩曰：「家住城南杜曲傍，兩枝仙桂一時芳。禪僧都不知名姓，始覺空門意味長。」

蔡州褒信縣有道人，工棋，嘗饒人先，爲詩曰：「爛柯仙客妙通神，一局曾經幾度春。自出洞來無敵手，得饒人處且饒人。」

李太玄《玉女舞霓裳》詩：「舞勢隨風散復收，歌聲似磬咽還幽。千回赴節填詞處，嬌眼如波入鬢流。」

戎昱爲浙西刺史，悦一女妓樂，將獻于韓晉公滉，令置樂籍。昱爲詩別之，云：「好去春風湖上亭，柳條藤蔓繫人情。黄鸝久住渾相識，欲別頻啼四五聲。」妓于韓讌席上首唱是詞，韓知爲昱作，立遣還。崔郊有妓端麗，既貧，鬻于連帥，給錢四十一萬。寵盼彌深，郊慕思無已。婢因寒食來從事家，值郊立柳陰馬上，漣泣。郊贈詩曰：「公子王孫逐後塵，緑珠垂淚滴羅巾。侯門一入深如海，從此蕭郎是路人。」或有嫉郊者，寫詩于座。帥覩詩，召崔，命婢同歸，至于幃幌奩匣，悉增飾之。趙嘏有美姬，洎計偕，會中元，鶴林之遊，浙帥窺其姬，遂奄有之。明年，嘏及第，以一絶刺之，云：「寂寞堂前日又曛，陽臺去作不歸雲。當時聞説沙吒利，今日青蛾屬使君。」浙帥不自安，遣一介歸之。夫朱門漁色，何所不至。韓晉公雄才大略，固宜有此豪舉，而二帥腹負將軍耳，能以文士篇章捨其所愛，是其憐才慕義之風，有足多者，豈一時好尚使然耶？亦足見升降之一端也。

劉賓客爲郎中，李司空罷鎮在京，慕劉名，邀至第中。開讌，命妓歌以送酒，劉席上賦詩曰：「鬖髿梳頭宫樣粧，春風一曲杜韋娘。司空見慣渾閒事，惱亂蘇州刺史腸。」李即以妓送之。崔令欽云：「《杜韋娘》，曲名，非妓名也。」

李義山爲桂州從事，故府滎陽公鄭亞出家妓，令賦高唐詩。義山席上作云：「淡雲輕雨拂高唐，玉殿秋來夜正長。料得也應憐宋玉，一生惟事楚襄王。」

薛嵩青衣名紅線，將入道，告別于嵩，嵩大會賓客，賦詩送之。冷朝陽詩云：「采菱歌散木蘭舟，送客魂銷百尺樓。恰似洛妃乘霧去，碧天無際水東流。」青衣善彈阮咸琴，手紋隱起如紅線，故名。

韋蟾廉問鄂州，及罷，賓僚祖餞。韋取箋，書《文選》二句「悲莫悲兮生離別，登高臨水送將歸」授坐客，請續。有妓逡巡離席，曰：「容妾續之可乎？」遂吟曰：「武昌無限新栽柳，不見楊花撲面飛。」座客歎服。蟾大喜，贈數十千納之。

韓退之有二侍妃，名柳枝、絳桃。初，退之奉使王庭凑，至壽陽驛，有詩云：「風光欲動别長安，春半邊城特地寒。不見園桃并巷柳，馬頭惟有月團團。」蓋有所屬也。及奉使歸，柳枝踰後園竄去，有詩云：「别來楊柳溪頭樹，擺亂春風只欲飛。惟有小桃園裏在，留花不發待春歸。」

《囉嗊曲》，越州妓劉采春所作：「不喜秦淮水，生憎江上船。載兒夫壻去，經歲又經年。」「借問東園柳，枯來得幾年？自無枝葉分，莫怨太陽偏。」「莫作商人婦，金釵當卜錢。朝朝江口望，錯認幾人船。」「那年離别日，只道在桐廬。桐廬人不見，今得廣州書。」「昨日勝今日，今年老去年。黄河清有日，白髮黑無緣。」「昨日北風寒，牽船浦裏安。潮來打槳斷，摇櫓始知難。」元微之贈采春詩：「新粧巧樣畫雙蛾，漫裏常州透額羅。正面偷匀光滑笏，緩行雜踏縐紋波。言詞雅措風流足，舉止低徊秀媚多。更有惱人腸斷處，選詞能唱望夫歌。」即《囉嗊曲》也。微之兼察浙東，有句云：「因循未歸去，不是爲鱸魚。」盧侍郎云：「丞相雖不爲鱸魚，爲愛鏡湖春色耳。」謂采春也。

元微之《襄陽爲盧竇記事》詩云：「帝下真符召玉真，偶逢遊女暫相親。素書三卷留爲贈，從向人間説向人。」「風弄花枝月照階，醉和春睡倚香懷。依稀似覺雙鬟動，潛被蕭郎卸玉釵。」「鶯聲撩亂曙燈殘，暗覔金釵動曉寒。猶帶春酲嬾相送，櫻桃花下隔簾看。」「琉璃波面月籠烟，暫逐蕭郎走上天。今日歸時最腸斷，回江還是夜來船。」「花枝臨水復臨隄，閒照清江亦照泥。千萬春風好擡舉，夜來曾有鳳凰棲。」此首一作馬戴《襄陽席上呈于司空》。

李補闕以簟寄魚玄機，魚酬以詩云：「珍簟新鋪翡翠樓，泓澄玉水記方流。惟應雲扇情相似，同獻銀牀恨早秋。」又有句云：「殷勤不得語，紅淚一雙流。」亦別李詩也。

李益有《寫情》云：「冰紋珍簟水悠悠，千里佳期一夕休。從此無心愛良夜，任他明月下西樓。」或爲崔小玉而作與？

慎氏，毘陵儒女也，適蘄春嚴灌夫。無子，被出，慎爲詩訣別云：「當時心事已相關，雨散雲收一晌間。便挂孤颿從此去，不堪重上望夫山。」嚴感激，遂爲夫婦如初。

王定保，唐光化三年，李偓侍郎下及第，吴子華侍郎巒爲壻。子華即世，定保南游湖湘，無北歸意。吴氏假緇服，自長安來。明日訪其良人，白于馬武穆王，令引見定保。吴氏隔簾誚之曰：「先侍郎重先輩以名行，俾妾侍箕帚。侍郎没，慮先輩以妾改適，是以不遠千里，來明侍郎之志。」定保不勝慚赧，致書武穆，乞爲壻。吴確乎不拔，定保爲盟一世不婚，吴仍歸吴中外家。沈彬有詩贈定保云：「仙桂曾攀第一枝，薄游湘水阻佳期。皐橋已失齊眉恨，蕭寺初聞落髮師。廢苑露寒蘭寂寞，丹山雲斷雁參差。聞公已有生平約，謝絶女蘿依兔絲。」定保後爲馬不禮，奔五羊，依劉氏。

王蜀相周庠者，初在邛南幕中，留司府事。時臨邛縣人失火，黄崇嘏纔下獄，便貢詩曰：「偶攜幽隱住臨邛，行止堅貞北澗松。何事政清如水鏡，絆他野鶴向深籠。」周覽詩，遂召見。稱鄉貢進士，年三十許，應對詳敏，即命稱放。後數日，獻歌，周極奇之，召于學院，與諸生姪相伴。善琴棋，妙書畫。

翌日，薦攝府司户參軍。頗有三語之稱，胥吏畏服，案牘詳明。周重其英敏，又美其風采。在任將逾一載，周欲以女妻之，崇嘏又袖封狀謝，仍獻詩一篇曰：「一辭拾翠碧江湄，貧守蓬茅但賦詩。自服藍衫居郡椽，永抛鸞鏡畫蛾眉。立身卓爾青松操，挺志堅然白璧姿。幕府若容爲坦腹，願天速變作男兒。」周覽詩，驚駭不已，召見詰問。乃黄使君之女，幼失怙恃，惟與老嫗同居，元未從人。周益仰貞潔，郡内咸歎異之。旋乞罷，歸臨邛，獨處終身。

韓熙載不拘小節，其姬妾多有私客者。客賦詩，有「最是五更留不住，向人枕畔著衣裳」之句，載不爲意。僕射韓續請載撰父神道碑，奉一歌妓潤筆。文成，但叙譜系品秩而已。續乞改竄，載還其所贈姬。姬因題詩泥金雙帶而去：「風柳摇摇無定枝，陽臺雲雨夢中歸。他年蓬島音塵絶，留取尊前舊舞衣。」

江南李後主，嘗于黄羅扇上書以賜宫人慶奴云：「風情漸老見春羞，到處銷魂感舊遊。多謝長條舊相識，强垂烟態拂人頭。」扇至今在貴人家。

王仁裕知舉時，年已高邁，有數子早亡，諸孫並幼，每諸生至門，必延于中堂，王與夫人偶坐，受諸生拜，一如兒孫禮。然後備酒饌，命諸生侍坐。至于餅餌羹臛之物，皆與夫人親手調品，以授諸生，甚于慈母之視嬰兒也。公文章之外，尤精音律，至酒酣，則盡出樂器，公自取小管色吹弄。諸生有善絲竹者，亦各使獻其能，或間以分題聯句，未嘗不盡歡焉。一日生徒畢集，王出一詩版，懸于客次，曰：「二百一十四門生，春風初長羽毛成。擲金换得天邊柱，鑿壁偷將榜上名。何幸不才逢聖世，偶將疏網罩群英。衰翁漸老兒孫小，異日知誰略有情？」門生王丞相溥爲狀元，時年纔二十六歲，後六年遂相周。溥在位，每休沐，必詣仁裕，從容終日。唐以來，座主門生之禮最厚者。仁裕在荆南席上，有贈胡琴妓詩云：「玉纖挑落折冰聲，散入胡琴韵轉清。二五指中過塞雁，十三絃上轉春鶯。譜從陶室抄將妙，曲向秦樓寫得成。無限細腰宫裏女，就中偏愜楚王情。」王精音律，此詩甚佳。

許堅字介石，廬江人。少年干李氏，人以其狂，不之用，因上詩徐鉉，拂衣歸。詩云：「幾宵烟月鎖樓臺，欲寄侯門薦禰才。滿面塵埃人不識，漫隨流水出山來。」

平曾謁華州李相不遇，吟曰：「老夫三日門前立，珠箔銀屏晝不開。詩卷却抛書袋裏，譬如閒看華山來。」

劉魯風投謁所知，爲典謁所阻，吟曰：「萬卷書生劉魯風，烟波萬里謁文翁。無錢乞與樊知客，名紙毛生不肯通。」

王延彬，珪之子，審知之猶子也，襲封于泉州。有詩云：「兩街前後訟庭清，軟錦披袍擁鼻行。雨後緑苔侵履跡，春深紅杏鎖鶯聲。因攜舊醞松醪酒，自煮新抽竹笋羹。也解爲詩也爲政，儂家何以謝宣城。」

吴讓皇遷于泰州永寧宫，數年未卒，每有枝葉，及五歲，即有中使賜衫笏、加官，即日而終。讓皇居泰州，嘗有詩云：「江南江北舊家鄉，三十年來夢一場。吴苑宫闈今冷落，廣陵臺榭亦荒涼。烟凝遠岫愁千點，雨滴孤舟淚數行。兄弟四人三百日，不堪端坐細思量。」

宋齊丘鎮鍾陵，有布衣李匡堯累謁，宋知其忤物，不見。一日，宋喪子，匡堯隨弔客造謁，賓司復却之，乃就賓次書二十八字云：「安排唐祚挫强兵，盡見先生設廟謨。今日喪雛猶自哭，讓皇宮眷又何辜。」

成都徐耕生二女，皆國色，能爲詩。蜀王建納之，姊爲賢妃，妹爲淑妃。王衍即位，册賢妃爲順聖太后，淑妃爲翊聖太妃。成康元年，衍奉太后、太妃同禱青城山，凡遊歷之處，后與妃多賦詩刻石。妃有《題金華宫》詩云：「碧烟紅霧撲人衣，曉露沾苔石徑危。風巧解吹松上曲，蝶嬌頻採臉邊脂。同尋僻境思攜手，暗指遥山學畫眉。好把身心清淨處，角冠霞帔事希夷。」《題丹景山至德寺》云：「丹景山頭宿梵宫，玉輪金輅駐虚空。軍持無水注寒碧，蘭若有花開晚紅。武士盡排青嶂下，内人皆在講筵中。我家帝子傳王業，積善終期四海同。」《題彭州陽平化》云：「雲浮翠輦届陽平，真似驂鸞到上清。風起半崖聞虎嘯，雨來當面見龍行。晚尋水澗聽松籟，夜上星壇看月明。長恐前身居此境，玉皇教向錦城生。」《題天迴驛》云：「翠驛紅塵近玉京，夢魂長是在青城。比來出看江山景，却被江山看出行。」其風致可想也。

費氏，蜀之青城人，以才色入蜀宫，後主嬖之，號花蘂夫人。有詩云：「冰肌玉骨清無汗，水殿風來暗香滿。繡簾一點月窺人，欹枕横釵雲鬢亂。起來廛户悄無聲，時見疎星渡河漢。屈指西風幾時來，不覺流年暗中换。」國亡，入宋。太祖召見，使賦詩，夫人答云：「君王城上竪降旗，妾在深宫那得知。十四萬兵齊解甲，更無一箇是男兒。」夫人入宋，途中題驛壁，有詞云：「初離蜀道心將碎，幽恨綿綿。一日如年，馬上時時聞杜鵑。」題未完，爲軍校所促上道，有人續之云：「三千宮女如花貌，妾最嬋娟。此去朝天，只恐君王寵愛偏。」真續貂也。

消夏録卷二

永福黄任莘田輯

宋太祖夜幸後池，對新月置酒。問當直學士爲誰，曰盧多遜，召使賦詩。請韵，曰：「些子兒。」其詩曰：「太液池邊看月時，好風吹動萬年枝。誰家玉匣開新鏡，露出清光些子兒。」太祖大喜，盡坐間飲食器賜之。

前世錢未有草書者，淳化中，太宗始以宸翰爲之。既成，以賜近臣。崇寧、大觀御書錢，蓋襲故事也。王元之謫商于，有詩云：「謫官無俸突無烟，惟擁琴書盡日眠。還有一般勝趙壹，囊中猶貯御書錢。」

「五年不出青門道，邂逅尋春取一回。忽憶秦州貴公子，桃花落盡始歸來。」此高秀實《城東寄王越州》詩。

元符初，滎陽公謫居，楊道孚爲州法曹掾。嘗從公出遊，以職事遽歸，遺公詩云：「雨緑霜紅郭外田，山濃水淡欲寒天。參軍抱病陪清賞，一檄呼歸亦可憐。」公甚稱之。

劉季孫初以左班殿直監饒州酒稅。王荆公爲江東提刑，巡歷至饒，按酒務，升廳事，見屏間有題小詩云：「呢喃燕子語梁間，底事來驚夢裏閒。説與旁人渾不解，杖藜攜酒看芝山。」大稱賞之。既至傳舍，適太學生請差官攝州學，公判監州殿直，一郡大驚，遂知名。

陳叔易居陽翟澗上村，號澗上丈人，無仕宦意。崇觀間，朝廷召之。郡守勸駕，不得已而起。晁以道時致仕居嵩山，有詩云：「處士誰人爲作牙，盡攜猿鶴到京華。從今鄰壑堪惆悵，六六峰頭只一家。」

魏野處士，陜人，字仲先。嘗題河上寺柱云：「數聲離岸櫓，幾點別州山。」爲時所傳誦。王太尉旦從車駕過陜，野貽詩云：「昔時宰相年年替，君在中書十一秋。西祀東封俱已了，如今好逐赤松遊。」王袖其詩，入奏請退。

韓熙載仕江南，每得俸給，盡散後房歌姬，熙載披衲衣持缽，就諸姬乞食，率以爲常。東坡以玉帶贈寶覺，寶覺酬以舊衲，東坡作詩謝之，曰：「病骨難堪玉帶圍，鈍根仍落箭鋒機。欲教乞食歌姬院，故與雲山舊衲衣。」

東坡云：近世有婦人曹希蘊，頗能詩，甚有巧語。嘗作墨竹詩云：「記得小軒岑寂夜，月移疎影上東牆。」此語甚工。

聖保寺僧知業，有詩名。在某公談玄之處，其夫人遽自內遞一盃酒與知業，業不肯飲。夫人隔簾語曰：「祇如上人詩云：『接壘橋邊何處路，倚闌人是阿誰家？』觀此風韵，可不飲乎？」業慚而起。

一鍊師敗道後，作詩云：「瑶峰一別杳難期，消渴從他醉枕攲。不信丹青能畫得，五更燈暗月明時。」

閶門小寺中，有題詩一絶句云：「黄葉西陂水漫流，蘧篨風急滯扁舟。夕陽暝色來千里，人語雞聲共一丘。」不書名氏，問寺僧，云吴縣寇主簿所作。寇名國寶。

陳文惠公堯佐能爲詩，其《吴江》詩云：「平波渺渺烟蒼蒼，菰蒲纔熟楊柳黄。扁舟繫岸不忍去，秋風斜日鱸魚香。」又有句云：「雨網蛛絲斷，風枝鳥夢摇。」

楊朴，鄭州人，善爲詩，不仕。太宗召見，面賦《簑衣》云：「狂脱酒家春醉後，亂堆漁舍晚晴時。」魯直《乞猫》詩云：「秋來鼠輩欺猫死，窺甕翻盆攪夜眠。聞道貍奴將數子，買魚穿柳聘銜蟬。」殊可喜也。

吕居仁《竹夫人》詩：「與君夙昔尚同牀，正坐西風一夜涼。便學短檠牆角棄，不如團扇篋中藏。人情易變乃如此，世事多虞益自傷。却笑班妃與陳后，一生辛苦望專房。」真佳作也。宋詩如此篇絶少。

歐陽公自維揚移守汝陰，作西湖詩云：「緑芰紅蓮畫舸浮，使君寧復夢揚州。都將二十四橋月，换得西湖十頃秋。」東坡自潁移維揚，作詩寄曰：「二十四橋亦何有，换此十頃玻璨風。」使歐陽公詩也。

紹聖中，有人過臨江軍驛舍，題二詩，不書姓名。時貶東坡，毁上清宫，令蔡經别撰。詩云：「晉公功業冠皇唐，吏部文章日月光。千載斷碑人膾炙，不知世有段文昌。」

潘閬字逍遥，詩有唐人風格。有云：「久客見華髮，孤棹桐廬歸。新月無朗照，落日有餘輝。漁浦風水急，龍山烟火微。時聞沙上雁，一一皆南飛。」不減長卿作。

蘇大監作《鴻溝》詩云：「置酒均牢彘，峨冠信沐猴。方矜几上肉，已墮幄中籌。海嶽歸三尺，衣冠閟一丘。路人猶指似，山下是鴻溝。」

王君玉初登第，調揚州江都縣尉，《題九曲池》詩云：「越調隋家曲，當年亦九成。哀音已忘國，廢沼尚留名。儀鳳終沉影，鳴蛙祇沸聲。淒涼不可問，落日背蕪城。」真唐調也。晏元獻閲詩賞歎，薦爲館職。

張確嘗遊霅上，于白蘋溪見二碧衣女子，攜手吟詠云：「碧水色堪染，白蓮香正濃。分飛俱有恨，此别幾時逢。藕飲玲瓏玉，色藏縹緲容。何當假雙翼，聲影但相從。」確逐之，化爲翡翠飛去。

《月》詩：「二二初三四，蛾眉天上安。待奴年十五，正面與君看。」有《子夜》遺意。

番禺鄭僕射遊湘中，宿於驛樓，夜遇女子誦詩曰：「紅樹醉秋色，碧溪鳴夜絃。佳期不可再，風雨杳如年。」頃刻不見。

《江干初雪圖》真跡藏李邦直家，唐蠟本。世傳爲王摩詰所作，末有元豐間王禹玉、蔡持正、韓玉女、章子厚、王和甫、張邃明、安厚卿七人題詩。建中靖國元年，韓師朴相，邦直、厚卿同在二府，前七人者所存惟厚卿而已。持正貶死嶺外，禹玉追貶，子厚方貶，玉女、和甫、邃明則死久矣。故邦直繼題其後曰：「諸公昔日聚巖廊，半謫南荒半已亡。惟有紫樞黄閣老，再開圖畫看瀟湘。」是時邦直在門下，厚卿在西府，紫樞、黄閣，謂二人也。厚卿復題云：「曾遊滄海困驚瀾，晚涉風波路更難。從此江湖無限興，不如祇向畫圖看。」而邦直亦自題云：「此身何補一毫芒，三辱清時政事堂。病骨未爲山下土，尚尋遺墨話存亡。」余家有此摹本，並録諸公詩，讀之，每出慨然。

江州琵琶亭，前臨汀，左臨湓浦，此尤勝絶。夏、梅詩最佳。夏云：「年光過眼如車轂，職事羈人似馬銜。若遇琵琶應大笑，何須涕泣滿青衫。」梅云：「陶令歸來爲逸賦，樂天謫宦起悲歌。有絃應被無絃笑，何況臨絃泣最多。」

李芳儀，江南國主李煜女也。入宋後，在京師，初嫁供奉官孫某，爲武疆都監。後爲遼中聖宗所獲，封芳儀，生公主一人。趙至忠虞部自北庭歸，嘗仕遼爲翰林學士，脩國史，著《北庭雜記》，載其事。時晁補之爲北部教官，覽其書而悲之，作《芳儀曲》云：「金陵宫殿春霏微，江南花發鷓鴣飛。風流國子家千口，十五年來粉黛稀。滿堂醉酒皆詞客，奪錦揮毫在瑶席。《後庭》一曲風景改，收淚臨江悲故國。逡巡獻籍朝未央，勑書築第優降王。魏俘曾不輸織室，供奉一官奔武疆。秦淮流水鍾山樹，塞北江南兩懷土。雙燕清秋語栢梁，吹落天涯猶並羽。相隨未是斷腸悲，黄河應有却還時。寧知翻手一朝事，咫尺山河不可期。倉皇三鼓滹沱岸，良人白馬今誰見。國亡家破一身存，薄命如雲信流轉。芳儀加我名字新，教歌遺舞不由人。採珠拾翠衣裳好，深紅暗盡驚胡塵。陰山射虎邊風急，嘈雜琵琶酒闌泣。無言訢偏天河星，只有南箕近鄉邑。當年千指渡江來，千指不知身獨哀。中原骨肉又零落，黄鵠寄意何時回。生男自有四方志，女子那知出門事。君不見李陵椎髻立窮邊，丈夫飄泊猶堪憐。」江州廬山真風觀，李主有國日，施財修之，刊姓氏於石，有泰寧公主、永禧公主，皆李煜女，不知芳儀者誰是也。

徽廟一日幸來夫人閣，偶灑翰於小白團扇，書七言十四字。而天思稍倦，顧在側璫云：「汝有能吟之人，可令續之。」乃薦鄰里太學生，宣入内侍省，續句呈進，上大喜。會將策士，生未奏名，竟賜以第焉。

上御詩曰：「選飯朝來不喜餐，御厨空費八珍盤。」生續曰：「人間有味都嘗遍，只許江梅一點酸。」

有李氏女者，字少雲，本士族。嘗適人，夫死無子，棄家着道士服，往來江湖間。僕頃年見之金陵。其詩有云：「幾多柳絮風翻雪，無數桃花水浸霞。」殊無脂澤氣。又喜鍊丹砂，僕亦得其方，大抵類魏伯陽法，而有銖錙加精詳者也。嘗語僕曰：「我命薄，正恐不能成此藥耳。」後二年再見之，其瘦骨立，蓋丹未成而少雲已病。僕問曰：「卿丹成欲仙乎？惟其瘦，則鶴背能勝也。」笑曰：「忍相戲耶？」病中作《梅花》詩云：「素艷明寒雪，清香仍晚風。可能渾似我？零落此山中。」尋卒。

樞密張公稽仲喜談兵，面目極嚴冷，作小詩有風味。岐王宫有侍兒出家爲比丘尼者，公賦詩云：「六尺輕羅染麴塵，金蓮穩步襯湘裙。從今不入襄王夢，剪盡巫山一朵雲。」

張文潛初官通許，喜營妓劉淑女，爲詩曰：「可是相逢意便深，爲郎巧笑不須金。門前一尺春風髻，窗外三更夜雨衾。别譙從教燈見淚，孤舟惟有月知心。東西芳草渾相似，欲望高樓何處尋？」又：「未説蝤蠐如素領，固應新月學蛾眉。引來尋約因言笑，認得真情是别離。樽酒且傾濃琥珀，淚痕更著薄臙脂。北城月落烏啼夜，便是孤舟腸斷時。」

南宫縣君錢氏詩云：「士悲秋色女懷春，此語由來未是真。倘若有情相眷戀，四時天氣總愁人。」

李慎言希古自言夢至一宫殿，有儀衛中數百妓拋毬，人唱一詩。覺而記得三首云：「侍宴黄昏未肯休，玉階夜色月如流。朝來自覺承恩醉，笑猜旁人認繡毬。」又：「隋家宫殿鎖深秋，曾見嬋娟颭繡毬。金鎖玉簫俱寂寂，一天明月照高樓。」又：「堪恨隋家幾帝王，舞腰緩盡繡鴛鴦。如今重到拋毬處，不見熏爐舊日香。」

淳化三年冬十月，太平興國寺牡丹盛開，不減春月。冠蓋雲擁，僧舍駢填。有老妓題寺壁云：「曾趁東風看幾巡，冒霜開唤滿城人。殘脂剩粉憐猶在，還向彌陀乞小春。」此妓遂復車馬盈門。

《湯井》詩：「比鄰三井在山崗，二井冰寒一井湯。造化無私猶冷煖，争教人世不炎涼。」

夢筆驛乃江淹舊居，姚宏令聲題一絶云：「一宵短夢驚流俗，千載高名掛里閭。遂使晚生矜此意，癡眠不讀一行書。」

晁伯禹載之嘗作《昭靈夫人》詩云：「殺翁分我一杯羹，龍種由來事杳冥。安用生兒作劉季，暮年無骨葬昭靈。」

晁説之《明皇打毬圖》云：「閶闔千門萬户開，三郎沉醉打毬回。九齡已老韓休死，無復明朝諫疏來。」

張文定安道有《題漢高廟》詩云：「縱酒疏狂不治生，中原有土不歸耕。偶因亂世成功業，更向翁前與仲争。」又《歌風臺》詩：「落魄劉郎作帝歸，尊前感慨《大風》詩。淮陰反接英彭族，更欲多求猛士爲？」

温叔言在都下市書處，見有寫本《唐書節要》一册，後題一絶云：「中原不可生强盗，强盗纔生不易除。一盗既誅群盗起，功臣却是盗根株。」不知誰作。

慶曆中，李淑罷翰林學士，知鄭州。會奉祀柴陵，作詩三絶，其《恭帝》最涉嫌忌，曰：「弄楯牵車晚鼓催，不知門外倒戈回。荒墳斷壠餘三尺，猶認房陵半仗來。」述古抉其事以聞，褫一職。「農桑不擾歲常登，邊將無功吏不能。四十二年如夢覺，東風吹淚過昭陵。」此詩題於寢宫，不著名氏。

宋莒公初名郊，在翰苑，上意大用，爲同列所譖，言姓名之讖，不利國家，上賜名庠。莒公因有詩云：「紙尾何勞問姓名，禁林依舊接群英。欲知《七略》稱臣向，便是當時劉更生。」

方惟深字子通，隱居不仕，以詩知名。有《下建溪》詩云：「湍流怪石礙通津，一一操舟若有神。自是世間無妙手，古來何事不由人。」又云：「風飄收浦月黄昏，野店無燈獨閉門。半出岸沙楓欲死，繫舟猶有去年痕。」王荆公甚喜之。《方子通墓誌》云：「唐朝有八百家，子通所藏至五百家，今行於世者不及三百家耳。」可知子通博雅之士。

近時有以《張巡傳》糊窗者，有一士人見之，題四句於其右云：「坐守睢陽虎豹關，江淮賴此得全安。至今青史雖零落，猶障西風一面寒。」

世傳吕洞賓，唐進士也。詣京師應舉，遇鍾離翁于岳陽，授以仙訣，遂不復之京師。今岳陽飛吟亭，是其處也。有題詩云：「覓官千里赴神京，鍾老相傳蓋便傾。未必無心唐事業，金丹一粒誤先生。」

李忠定綱有《春意》詩云：「春鳥窺窗緑，踏落庭前花。美人爲之笑，鬌脚風中斜。」「不惜花踏殘，只愁鳥驚去。啞叱背人飛，林深無覓處。」忠定勳業與日月争光，而小詩風韵乃爾。

晁以道説之《西池唱和》詩有「旌旗太乙三山外，車馬長楊五柞中」、「柳外雕鞍公子醉，水邊紈扇麗人行」，皆絶唱也。

陳克子高《贈别》詩有句云：「淚眼生憎好天色，離腸偏觸病心情。」雖韓偓、温庭筠，未嘗措意至此。

謝師厚廢居于鄧，王右丞存，其妹壻也，奉使荆湖，枉道過之，夜至其家。師厚有詩云：「倒着衣裳迎户外，盡呼兒女拜燈前。」一段歡會情況，誦之如見。

蕭楚才知溧陽，乖崖作牧，有詩云：「獨恨太平無一事，江南閒殺老尚書。」蕭改「恨」作「幸」，乖崖大喜，真一字師也。

集句對偶之佳者，曰：「平生能著幾兩屐，長日惟消一局棋。」「數點雨聲風約住，一枝花影月移來。」「柳摇臺榭東風軟，花壓闌干春晝長。」「勸君更盡一杯酒，與爾同消萬古愁。」「天下三分明月夜，揚州十里小紅樓。」「梨園子弟白髮新，江州司馬青衫濕。」

《冷泉亭》詩云：「一泓清可沁心脾，冷煖年來只自知。流得西湖載歌舞，回頭不似在山時。」

《蠶婦吟》：「子規啼徹四更時，起視蠶稠怕葉稀。不信樓頭楊柳月，玉人歌舞未曾歸。」可稱婉至。

司馬池，文正公之父，仁廟時作待制。亦善作小詩，云：「冷于陂水淡于秋，遠陌初窮見渡頭。賴得丹青無畫處，畫成應遣一生愁。」

參寥杭州城外小詩云：「城隈野水緑逶迤，裊裊輕舟掠岸過。欲採芸蘭無覓處，野花汀草占春多。」

僧仲殊，蘇州文士也，因事出家。有《潤州》詩云：「北固樓前一笛風，斷雲飛出建昌宫。江南二月多芳草，盡在濛濛細雨中。」

「中庭淡月照三更，白露横空河漢明。莫遣西風吹葉落，只愁無處著秋聲。」此陳與義《秋夜》詩也，置之唐音，不可辨。

王荆公送和甫寄女子詩云：「荒烟涼雨助人悲，淚染衣襟不自知。除却春風沙際緑，一如送女過江時。」一種清癯雅麗之氣，不易得也。

東坡守彭城，子由來訪之，留百餘日而去。作二小詩曰：「逍遥堂上千章木，長送中宵風雨聲。誤喜對牀尋舊約，那知漂泊在彭城。」「秋來東閣涼如水，客去山公醉似泥。困卧北窗呼不醒，風吹松竹雨凄凄。」東坡以爲讀之殆不可爲懷，乃和其詩以自解。至今觀之，尚使人凄然也。

吕原明，元祐間侍講，值大雪，不罷講，哲宗大喜。歸紀二絶云：「水晶宫殿玉花零，點綴宫槐卧素屏。特勅下簾延墨客，不因風雪廢談經。」「强記師顔道古先，無窮新意出陳編。一言有補天顔動，全勝三軍賀凱還。」

洪平齋詩：「禁門深鎖寂無譁，濃墨淋漓兩相麻。唱徹五更天欲曉，一池月浸紫薇花。」周益公《入直》詩：「緑槐滿地集昏鴉，内使傳宣坐賜茶。歸到玉堂清不寐，月鉤初上紫薇花。」

翰苑春帖子有絶佳者：「璇宫一夕斗標東，瀲灧晨曦照九重。和氣薰風摩蓋壤，競消金甲事春農。」鄧温伯云：「晨曦瀲灩上簾櫳，金屋熙熙歌吹中。桃臉似知宫宴早，百花頭上放輕紅。」蔣穎叔亦云：「味旦求衣向曉雞，蓬萊仗下日將西。花添漏鼓三聲遠，柳映春旗一色齊。」鄭毅夫《新春詞四首》：「春色應隨步輦還，珠琉玉几映龍顔。紫雲殿下朝元罷，便領東風到世間。」「春風細拂緑波長，初過層城渡建章。草色未迎雕輦翠，柳梢先學赭衣黄。」「晴暉散入鳳凰樓，一桁朱簾不下鈎。漢殿鬧簪雙彩燕，併和春色上釵頭。」「小池冰破玉玲瓏，聲觸簾鈎漸好風。閒繞闌干招花樹，春痕已著半梢紅。」四詩與帖子格調相同。

夏英公《和上元觀燈》詩亦應制體：「魚龍曼衍六街呈，金鎖通宵啓玉京。冉冉遊塵生輦道，遲遲春箭入歌聲。寶坊月皎龍燈淡，紫館風微鶴燄平。宴罷南端天欲曉，回瞻河漢尚盈盈。」

王欽臣仲至，仁宗時名儒厚叔之子。大臣薦文藝，召試學士院。試罷，賦詩云：「翠木陰陰白玉堂，老來方此試文章。宫簷日永揮毫罷，閑拂塵埃看畫牆。」《宿華岳觀》云：「凌空老樹雲垂葉，壓屋梨花雪照人。深愧地仙教俗客，殷勤留看華山春。」

元豐中，裕陵以元夕御樓，宰臣親王觀燈，有御制，令從臣和進。王禹玉爲左相，蔡持正爲右相，蔡密扣王云：「應制上元詩，如何使事？」禹玉曰：「鰲山、鳳輦外不可使。」章子厚時爲黄門侍郎，面笑之，云：「此誰不知？」十七日登對，裕陵獨賞禹玉詩，云：「妙于使事。」詩云：「雪消華月滿仙臺，萬燭當樓寶扇開。雙鳳雲中扶輦下，六鰲海上駕山來。鎬京春酒沾周燕，汾水秋風陋漢才。一曲昇平人共樂，君王又進紫霞杯。」

劉貢父自校書郎出使泰州，作詩云：「璧門金闕倚天開，五見宫花落井槐。明日扁舟滄海去，却從雲氣望蓬萊。」

元豐末，有以王介甫罷政歸金陵後資用不足達裕陵睿聽者，上即遣使以黄金二百兩就賜之。介甫初喜以召己，既知賜金，不悦。即不受，送蔣山修寺，爲朝廷祈福。裕陵聞之，不喜。即有詩云：「穰侯老擅關中事，嘗恐諸侯客子來。我亦暮年專一壑，每聞車馬便驚猜。」

王介甫罷政歸金陵，作《日録》七十卷。前朝舊德大臣及當時名不附己者，詆毁無一完人。其間論法度有不便于民者，皆歸于上；可以垂耀于後世者，悉己有之。故建中靖國之初，諫官陳瓘極力論其壻蔡卞之惡，曰：「安石臨終，戒其家焚之，悔其作也。卞留之，至紹聖間作尚書右丞，盡編之裕陵國史中，遂行之。」瓘所謂遵私史而壓宗局，是也。士大夫忠憤者，有詩云：「訓釋詩書日月明，紛紛法令下朝廷。不知心本緣何事，苦勸君王用肉刑。」又：「每愧先生道絶倫，古來歸美是忠臣。門人李漢真堪罪，何用垂編示後人。」陳瓘《日録辨表》略云：「神考之任安石，雖成湯之伊尹，不過如此。安石密啓之言，强諫之語，何必盡宣于外，然後見君臣相得之盛乎？」遂就裕陵忌日作飯僧文，歷指十事奏之。

《碧雲騢》云：「文彦博知成都，張貴妃以近上元，令彦博織異色錦。彦博遂織金線燈籠，載蓮花中以獻。上驚問：『安得有此？』妃曰：『昨令成都文彦博織來，以嘗與妾父有舊。然妾安能使之，蓋彦博奉陛下耳。』上色怡，自是屬意彦博。後因唐介疏論彦博，彦博自知許州，明年上元，宫中有詩云：『無人更進燈籠錦，紅粉宫中憧佞臣。』上聞之，亦笑。」按《碧雲騢》魏泰所撰，嫁名梅堯臣。

寇忠愍之貶也，時丁謂與馮拯在中書，丁秉筆初欲貶崖州，而丁忽自疑，語馮曰：「崖州再涉鯨波，何如？」馮唯唯而已。丁乃徐擬雷州。及丁之貶也，馮遂擬崖州。當時朝士有句云：「去見雷州寇司户，人生何處不相逢。」寇聞丁來，以蒸羊迎于境上，而收其僮僕，杜門不放出。

少游作《遊仙詞》云：「西風一夜捲青冥，風定霏霏雪霰零。想見玉清真境上，白虚光裏誦《黄庭》。」「夜深樓上擁書眠，天在闌干四角邊。風掃亂雲毫髪盡，獨留璧月照人圓。」「天風吹月入闌干，烏鵲無聲子夜閑。織女明星來枕上，了知身不在人間。」「本是廬山種杏人，出山來事碧虚君。上清欲問因何到，請看山中十賚文。」仙家十賚，猶人間九錫也。

涪翁在戎州，日過蔡次律家。小軒外植餘甘子，乞名于翁，因名曰味諫軒。其後王子予以橄欖送翁，翁賦云：「方懷味諫軒中果，忽見金盤橄欖來。想見餘甘有瓜葛，苦中真味晚方回。」

東坡少時，夢入禁中。一宫人引行，見風吹裙帶在笏上，有詩云：「百疊漪漪水縐，六銖纚纚雲輕。植立含風廣殿,微聞環珮摇聲。」

《野客叢書》云:宋景文《九日》詩:「劉郎不敢題糕字,空負詩中一世豪。」夢得嘗作《九日》詩,欲用糕字,思六經中無此字,遂止。僕讀《周禮疏》「羞籩之實,糗餌粉餈」,鄭箋云:「今之餈糕。」安得謂六經中無此字耶?揚雄《方言》亦有此字。又夢得嘗曰:「詩用僻字,須有來歷。宋考功詩云:『馬上逢寒食,春來不見餳。』疑此字僻。因讀《毛詩·有瞽》注,乃知六經中惟此注有餳字。」是夢得考餳字甚確,何糕字都未深考耶?按《周禮》「小師掌教簫」,注:「簫,編小竹管,如今賣飴餳者所吹。」又《楚詞·招魂》曰:「粔籹密餌,有餦餭些。」注云:「餦餭,餳也。」則餳字不獨《有瞽》詩注矣。

又云:《毛詩》「臺笠緇撮」,《傳》云:「臺,所以禦暑。笠,所以禦雨。緇撮,緇布冠也。」鄭箋謂:「臺,夫須也。以臺皮爲笠,緇衣爲冠。」故謝玄暉詩曰:「臺笠聚東菑。」注:「臺,禦日。笠,禦雨。」是以爲二事,蓋本毛之説。《麴信陵》詩曰:「臺笠冒山雨,渚田耕荇花。」以臺笠對渚田,是以爲一事,蓋主鄭之説。據孔穎達《正義》云:「臺可爲笠。」則一也。又云:魯直次王炳之玉版紙詩韵云:「王侯鬚若緣坡竹。」注:「王褒《髯奴詞》云:『離離若緣坡之竹,鬱鬱若春田之苗。』」按《古文苑》所載《髯奴詞》乃黄香所作,非王褒也。褒所著者,《僮約》耳。

又云:歐公詩「邇來不覺三十年,歲月纔如熟羊胛」,於夾字韵内押,用史載及《通典》骨利國事。骨利國地近扶桑,晝長夜短,夜煮一羊胛,纔熟,而東方已明,言其疾也。《漁隱叢話》又引《資治通鑑》云:「煮羊胛熟,日已出矣。」所載與史載、《通典》小異。郭次象謂羊脾至微薄,不應太疾如此,當以胛爲是。考《唐》之《骨利幹傳》，亦曰羊脾，然又觀《唐》之《天文志》，則曰羊髀，此一字三説不同，蓋脾、胛、髀字文相近，未知孰是。然胛者，肩也；髀者，股也。二字意雖不同，爲熟之時似不相遠，至脾則太速矣。魯直詩亦曰：「數面欣羊胛，論詩在雉膏。」羊胛字魯直亦嘗用之，不獨歐公也。

醾醿本酒名。

黄山谷《醾醿》詩云：「名字因壺酒，風流付枕幃。」又云：「風流徹骨成春酒，夢寐宜人入枕囊。」

東坡《橄欖》詩：「紛紛青子落紅鹽，氣味森森苦且嚴。待得微甘回齒頰，已輸崔蜜十分甜。」范景仁言橄欖木高大難採，以鹽擦木身，則其實自落，所以有「落紅鹽」之語。

有作《遊女》詩，中一聯云：「不曾憐玉笋，相競採金鹽。」人多不解金鹽二字。《煮石經》：「五加皮，一名金鹽。」

張芸叟初左遷，集兒女把酒。芸叟有慨然不樂之意，命各探坐中物賦詩。一女賦蠟炬云：「尊前獨垂淚，應爲未灰心。」蓋以諷也，芸叟稱之。

王忠惠十朋有詩云：「石橋未到神先到，日裹還同夢裹時。僧教我名劉道者，前身曾寫石橋詩。」石橋乃天台五百尊羅漢洞口也。羊祜前身爲李氏子，邊鎬爲謝靈運後身。韋臯既生，有胡僧造其家，此諸葛武侯後身，因以武侯字之。此類甚多。

王介守湖州，有詩云：「吴興太守美如何，太守從來惡祝鮀。生若不爲上柱國，死時猶合替閻羅。」事見《北史·韓擒虎傳》。虎曰：「生爲上柱國，死爲閻羅王，亦足矣。」

歐陽永叔送李留後知鄆州詩：「北州能事舊家聲，東土還聞政有成。組甲霜寒圍夜帳，綵旗風暖看春耕。金釵墜鬢分行立，玉麈高談四座傾。富貴常情何足羨，羨君瀟灑有餘清。」

歐陽公題南岳李巖老詩云：「夜涼吹笛千山月，路暗迷人百種花。棋罷不知人換世，酒闌無奈客思家。」真佳句也。

汝南暢氏多奉道，男女爲黄冠者十之八九。時有女冠暢道姑，姿色妍麗，神仙中人。少游挑之不得，作詩云：「瞳人剪水腰如束，一幅烏紗裹寒玉。超然自有姑射姿，回看粉黛皆塵俗。」「霧閣雲窗人莫窺，門前車馬任東西。禮罷曉壇春日静，落紅滿地雙鳩啼。」

李清臣，北人也，束髮吐辭，便驚老儒輩。一日薄遊，時韓魏公知定州，清臣投刺往謁，並見其子太祝。吏報曰：「太祝方寢。」清臣爲詩一絶，書於其刺。詩云：「公子乘涼卧絳幮，白衣老吏慢寒儒。不知夢見周公否，曾説當年握髪無？」魏公見詩云：「吾知此人久矣。」遂有東牀之選。

秦少游詞云：「醉卧古藤陰下。」故山谷詩云：「少游醉卧古藤下，誰與愁眉唱一盃。解作江南斷腸句，世間惟有賀方回。」

山谷云：「竹夫人乃涼寢竹器，憩臂休膝，非夫人之職，故名曰青奴。」嘗作詩云：「穠李四絃花拂席，昭華三弄月侵牀。我無紅袖堪娱夜，正要青奴一味涼。」穠李、昭華，貴人家兩女奴也。

魯直父名亞，字亞夫，最能詩。有《怪石》詩：「山鬼水怪著薜荔，天禄辟邪眠莓苔。鈎簾對坐心語口，曾見漢唐池館來。」

宋子京《春詞》云：「新年十日逢春日，紫禁千觴獻壽觴。寰海歡心共傳達，宅家慶祚與天長。」李濟翁《資暇録》云：「公、郡、縣主，禁呼爲宅家子，又謂阿宅家子。阿，助詞也。急語乃以阿宅家子爲茶子，既而亦云阿茶子，或削其子，遂曰阿茶。一説漢魏以來，宫中之尊美呼曰大家子，今悉誤以大爲宅。」故昔人屬對云：「都尉指揮都尉馬，大家齊喚大家茶。」

李南金云：《茶經》以魚目、湧泉、連珠爲煮水之節，然近世瀹茶，鮮以鼎鑊，用瓶煮水，難以候示，則當以聲辨一沸二沸三沸之節。又陸氏之法，以未就茶鑊，故以第二沸爲合量而下末。若以金湯就茶甌瀹之，則當用背二涉三之際爲合量。乃爲聲辨之詩云：「砌蟲唧唧萬蟬催，忽有千車捆載來。聽得松風並澗水，急呼縹色緑瓷杯。」其論固已精矣。然瀹茶之法，湯欲嫩而不欲老，蓋湯嫩則茶味甘，老則過苦矣。若聲如松風澗水而遽瀹之，豈不過于老而苦哉？惟移瓶去火，少待其沸止而瀹之，然後湯適中而茶味甘，此南金之所未講者也。因補以一詩云：「松風檜雨到來初，急引銅瓶離竹爐。待得聲聞俱寂後，一甌春雪勝醍醐。」《鶴林玉露》云。

魏鶴山詩：「遠鐘入枕報新晴，衾鐵衣稜夢不成。起傍梅花讀《周易》，一窗明月四簷聲。」「竹雞呼我出華胥，起滅篝燈撥地爐。各據槁梧同不寐，偶然聞雨落堦除。」此亦淡而有味。

《松江詩話》有《松棚》詩一聯云：「採來猶帶烟霞氣，月明滿地金釵細。」佳句也，恨不見全篇。

蘇東坡愛□寺題壁云：「夜涼疑有雨，院静似無僧。」不知誰作。

「七年烏帽隱黄塵，晝錦歸來世又新。若向武彝山下過，人間不太敝精神。」米元章贈建州陳覺民詩也。又和陳詩云：「白頭何慕久京華，静洗黄塵眼界花。萬竇精神在風月，好詩追取不須賒。」陳詩首唱云：「日日塵埃閲歲華，青山相見認空花。清淮風月原無價，憑仗詩翁爲我賒。」又一篇云：「長淮千古自流東，六月城頭日日風。天際玉潢無少處，夜山圍在月明中。」絶唱也。米爲之刻而不復和。

參寥詩云：「風蒲獵獵弄輕柔，欲立蜻蜓不自由。五月臨平山下路，藕花無數滿汀洲。」東坡絶愛之，寫而刻諸石。宗婦曹夫人善丹青，作《臨平藕花圖》，人争竇之。東坡守彭城，參寥往謁。坡席上令一妓乞詩，參寥贈云：「多謝尊前窈窕娘，好將幽夢惱襄王。禪心已作沾泥絮，不逐東風上下狂。」後住西湖智果院，坡南遷，有摭參寥譏刺得罪，改初服。建中靖國元年，曹子開爲翰林學士，言其非辜，詔復祝髪，師號如故。蘇子由稱曰：「此釋子詩，無一點蔬笋氣，絶似儲光曦，非近世詩僧所能比也。」參寥字曇潛，俗姓王氏，錢塘人。

木居士在衡州耒陽縣鰲山寺，韓退之《木居士》詩云：「火透波穿不計春，根如頭面幹如身。偶然題作木居士，便有無窮求福人。」則當時已尸祝矣。至元豐猶存，遠近祈禱，未嘗輟。一日，邑中求雨，縣令力禱不驗，怒伐而焚之，一邑争救不得。蘇子瞻在黄州，聞而喜曰：「木居士之誅，固已晚矣。」然邑人復刻其像，歲仍以祀，蓋規其祭享之餘，故不廢。張芸叟謫彬州，題詩於壁曰：「波穿火透本無奇，初見潮州刺史詩。當日老翁猶不免，後來居士欲何爲？山中雷雨誰宜主，水底蛟龍自不知。若使天年俱自遂，如今已復有孫枝。」蜀人言，陳子昂閬州人，州人祠子昂，有陳拾遺廟。後訛爲十姨，遂更廟貌爲婦人，裝飾甚嚴，有禱亦或驗，利之所在，僅得豚肩巵酒。子昂且屈爲婦人不辭，況木居士乎？

可爲絶倒。

武康僧維琳號無畏，能詩，與東坡善。庵有古松合抱，郡將治齋，索材，欲往伐之。琳知之，預削松皮，題詩其上云：「大夫去作棟樑材，無復清陰護緑苔。只恐夜深明月下，誤他千里鶴飛來。」縣尉至，讀其詩，乃止。

東坡南遷北歸，次毘陵，時久旱得雨，有里人袁點思與作詩云：「青蓋美人回鳳帶，繡衣男子返雲車。上天一笑渾無事，從此人間樂有餘。」書以呈坡，大喜，爲之重寫，且以手柬褒之。今袁氏刻石，藏于家。點後仕至朝請大夫。

宣和之初，何㮚文縝丞相爲中書舍人，道君皇帝以御畫雙鵲賜之。諸公多賦詩，韓駒子蒼待制時爲校書，命賦詩二章，曰：「君王妙畫出神機，弱羽爭巢並占時。想見春風鳷鵲觀，一雙飛上萬年枝。」「舍人簪筆到蓬山，輦路春風從駕還。天上飛來兩烏鵲，爲傳喜色到人間。」

宣和元年九月十二日，道君皇帝召蔡京，賜宴保和殿。歷抵玉林軒、宣和殿、列岫軒、天真閣諸處，賜茶。至全真閣，上御手注湯，擊出乳花盈面，乃諭京墨筆已具，令題殿壁。京題曰：「瓊瑶錯亂密成林，檜竹交加午有陰。恩許塵凡時縱步，不知身在五雲深。」頃之就座，女童作樂。酒五行許，至玉真軒。軒在保和殿西南廡，即安妃粧閣也。中使傳御詩二句，詔京賡補成篇。京呈上云：「保和新殿麗秋暉，詔許塵凡到綺幃。曲宴雅酬添逸興，玉真軒裏見安妃。」下二句御詩，京自喜得見妃矣。既而但見像掛西垣，京即以詩謝奏曰：「玉真軒裏暖如春，即見丹青不見人。月裏嫦娥終有恨，眼中姑射未逢真。」上大笑曰：「因卿有詩，況姻家有當見禮。」令妃出見。妃素粧，無珠玉飾，綽約若仙子。京再拜，妃答拜，京復拜，妃命左右掖起。上手持大觥酌酒，命妃勸太師。京曰：「禮無不拜，不審酬酢可否？」于是持瓶注酒，授使以進。再坐，御侍奏細樂，作《蘭陵王》、《楊州散》。時夜漏已二鼓五籌，奏乞罷退。

政和間，汴京平康之盛，而李師師、崔念月二妓，尤名著一時。晁冲之叔用每與遊宴。後十年再來京師，二人尚在，而聲名溢于中國，李姬門第尤峻。叔用追昔，賦二詩以示江子之。其一云：「少年使酒住京華，縱步曾遊小小家。看舞《霓裳羽衣曲》，聽歌《玉樹後庭花》。門侵楊柳垂珠箔，窗對櫻桃卷碧紗。坐客半驚隨逝水，與君聲散落天涯。」又：「春風踏月過章華，青鳥雙邀阿母家。繫馬柳低當户葉，迎人桃出隔牆花。鬢深釵暖雲侵臉，臂薄衫寒玉照紗。莫作一生惆悵事，鄰州不在海西涯。」二詩盛傳于時。姬名達禁中，徽宗每幸其家。姬素與周邦彦暱，一日，上袖江南新進香橙與姬狎，周隱括爲詞，綢繆繾綣，曲盡其工。上得于粧奩中，心銜之，遂奪職。周既得罪出國門，爲詞别妃。妃歌于上前，悲不自勝，復召用，蓋憐其才，亦不失妃之歡也。靖康中，袁綯、武震輩藉其家，李妃流落來浙中，士大夫猶邀之，以聽其歌，然憔悴無復昔時繁艷矣。李妃慷慨飛揚，有丈夫氣，以俠名傾一時，號飛將軍。每客退，焚香啜茗，蕭然自如，人莫得而窺之也。徽宗在五國城，爲李妃立傳。

蔡元長既南遷，中路有旨，取所寵妃慕容、邢、武者三人，以金人指名來索也。元長作詩以别云：「爲愛桃花三樹紅，年年歲歲惹春風。如今去逐他人手，誰復尊前念老翁。」初，元長之竄也，道中市飲食之類，問知蔡氏，皆不肯售，至于詬駡，無所不道。州縣吏爲驅逐，稍息。元長轎中嘆曰：「京失人心，遂至于此。」至潭州，作詞曰：「八十一年住世，四千里外無家。如今流落向天涯，夢到瑶池闕下。玉殿五回命相，彤庭幾度宣麻。只因貪戀此榮華，遂有如今事也。」後數月，卒于長沙東明寺。門人醵錢葬之。京敗後，珠履盡散，門人吕辨隨之行。一日，乘間問京曰：「公高明洞達，亦知國家之事，必有今日乎？」京曰：「非不知也，衹謂老身可以幸免。」

直北某州有道君皇帝題一詩曰：「徹夜西風撼破扉，寂寥孤館一燈微。家山回首三千里，目斷天南無雁飛。」

靖康中，有女子爲金將軍所掠，自稱秦學士女，道中題壁，有句云：「眼前雖有還鄉路，馬上曾無放我情。」讀者淒然。元宋子虛有詩云：「郎罷藤陰老淚潸，黄金誰贖蔡妃還。秋來山抹微雲道，直送蛾眉出漢關。」

王彦國獻臣，招信人，居縣之近郊。建炎初，北人將渡淮，獻臣坐所居小樓，望見一老士夫彷徨阡陌間，攜一小僮，負一匣，埋於空迥之所。獻臣默識之，事定，往掘，宛然尚存。啓匣，乃白樂天手書詩一紙云：「石榴枝上花千朵，荷葉杯中酒十分。滿院弟兄皆痛飲，就中大户不如君。」

《楓窗小牘》云：余見内庫書有李後主手題云：「梁孝王謂王仲宣昔在荆州，著書數十篇。荆州壞，盡燒其書，今存者一篇。知名之士咸重之。見虎一毛，不知其斑。後西魏破江陵，帝亦盡焚其書，曰：『文武之道，今夜盡矣。』何荆州壞、焚書二語，先後一轍也？詩以慨之：『牙籤萬軸裹紅綃，王粲書云付火燒。不是祖龍真面目，遺篇那得到今朝。』」書卷皆薛濤紙所抄，惟「今朝」字誤作「金朝」，徽廟惡之，以筆抹去。後竟如讖入金也。

劉屏山有《汴京紀事絶句》二十首，今録四首：「空嗟覆鼎誤前朝，骨朽人間罵未銷。夜月池臺王傅宅，春風楊柳相公橋。」「萬樹銀花錦繡圍，景龍門外軟紅飛。凄涼但有雲頭月，曾照當時步輦歸。」「梁園歌舞足風流，美酒如刀解斷愁。憶得少年多樂事，夜深燈火上樊樓。」「輦轂繁華事可傷，師師垂老過湖湘。縷衣檀板無顔色，一曲當時動帝王。」

建炎四年正月，高宗航海至金鰲山，有人題詩云：「牡礪灘頭一艇横，夕陽多處待潮生。與君不負登臨約，同向金鰲背上行。」高廟覽之，悟爲詩讖，求其人，不可得。御坐一竹椅，壁間有詩云：「黄帽當年駕舳艫，東浮鯨海出三吴。中興事業風波惡，好作君王座右圖。」亦不著姓氏。

阮秀實《瞻聖駕》云：「紫烟斂翠碧天長，柳蔭旌旗午尚霜。一朶彩雲擎瑞日，光華盡在舞衣裳。」又：「輕塵不動馬蹄催，警蹕聲中聖輦來。漢代威儀周禮樂，太平天子出蓬萊。」

靖康末，衣冠之族，多陷虜庭。驛中有題壁二詩云：「鼙鼓轟轟聲徹天，中原廬井半蕭然。鶯花不管興亡恨，粧點春光似去年。」又：「渭平沙淺雁來棲，渭漲沙移雁不歸。江海一身多少事，清風明月淚沾衣。」

康與之在高廟，以詩章應制，與左璫狎。適睿思殿有徽宗御畫扇，上時持玩，以起羹牆之思。璫下直，竊攜至家，而康適來，留之燕飲，漫出以示。康紿璫入取殽核，輒筆書一絶于上曰：「玉輦宸遊事已空，尚餘奎藻繪春風。年年花鳥無窮恨，盡在蒼梧夕照中。」璫出，見之大怒，而康已醉，無可奈何。明日，伺間叩頭請死，上大怒，亟取視之，天怒頓霽，但一慟而已。

劉拱衛遠，宣和初守祁州。嘗接伴北使，有李處能者，北朝故相李某之子，李狀元家，燕人最以文學著者。處能謂遠曰：「本朝道君皇帝好文，先人曾荷異眷，嘗于九日進《花賦》，次日賜批答一絶云：『昨日吟卿菊花賦，碎剪金英作佳句。至今襟袖有餘香，冷落秋風吹不去。』」

史本有木犀，忽變紅色，香特酷烈，因接本獻闕下。高廟雅愛之，畫爲扇面，仍製詩以賜近臣云：「月宫移就日宫栽，引得輕紅入面來。好向烟宵承雨露，丹心一點爲君開。」「秋入幽巖桂影團，香深粟粟照林丹。應隨王母瑶池宴，染得朝霞下廣寒。」

岳武穆墓詩頗多，二篇最佳。葉靖逸云：「萬古知心只老天，英雄堪恨復堪憐。如公少緩須臾死，此虜安能八十年。漠漠凝塵空掩月，堂堂遺像在凌烟。早知埋骨西湖路，悔不鴟夷理釣船。」趙松雪云：「岳王墳上草離離，秋日荒涼石獸危。南渡君臣輕社稷，中原父老望旌旗。英雄已死嗟何及，天下中分遂不支。莫向西湖歌此曲，水光山色不勝悲。」

秦檜故第即德壽宫，西有望仙橋，東有昇仙橋。紹興末年，檜死，值天府開浚運河，人夫取泥，盡堆積府門。有無名氏題詩于門曰：「格天閣在人何在？照月堂深恨亦深。不向洛陽圖白髮，却于郿塢貯黄金。笑談便欲興羅織，咫尺那知有照臨。寂寞九原今已矣，空餘泥濘積牆陰。」

驛路有白塔橋，印賣朝京里程圖，士大夫往臨安，必買以披閲。有人題于壁曰：「白塔橋邊賣地經，長亭短驛甚分明。如何祇説臨安路，不較中原有幾程？」

趙忠定去國，善類多力争之，公議譁然。日有懸書北闕下者，捕莫知名。太學生敖器之陶孫有詩云：「左手旋乾右轉坤，群公相動扇流言。狼胡無地歸姬旦，魚腹終天痛屈原。一死固知公所欠，孤忠賴有史長存。九原若遇韓忠獻，休説伊家末代孫。」一時都下競傳，平原亦不罪也。

韓侂胄暮年，以冬月遊西湖，畫船花輿，徧覽南北二山之勝，末仍置宴于南園，族子判院與焉。席上有獻牽絲傀儡爲土偶負小兒者，名爲迎春黄胖。韓顧族子：「汝能詩，可詠。」即承命一絶云：「脚踏空虚手弄春，一人頭上要安身。忽然線斷兒童手，骨肉都爲陌上塵。」韓大不樂，不終宴而歸。未幾禍作。

趙汝愚被謫後，韓侂胄恣益甚。人有詩云：「慶元宰相事紛紛，説著真令暗斷魂。早聽當時劉闢語，分些官職與平原。」

開僖中，韓侂胄開邊隙，至函其首以乞和。太學生有詩云：「晁錯既誅終畔漢，於期已死竟亡燕。」

德安王阮嘗從張紫微孝祥學詩。紫微罷荆州歸，與阮偕遊廬山萬杉寺，觀仁宗御書。張大書二章云：「老幹參天一萬株，廬山佳處着浮屠。祇因買斷山中景，破費龍神百斛珠。」「莊田本是昭陵賜，更着官船載御書。今日山僧無飯喫，却催官意是何如。」阮憮然不樂，曰：「先生氣吐雲霓，今少卑之，何也？」張不復言。别兩旬，而張卒。阮亦有詩云：「昭陵龍去奎文在，萬歲靈杉守百神。四十二年真雨露，山川草木至今春。」張自以爲不及。張没後，阮又過萬杉，題詩云：「碧紗籠底墨初乾，白玉樓中骨已寒。淚盡當年聯騎客，黄花時節獨來看。」

有一川官在臨安乞差遣，一留三四年。題一詩在僦樓之壁曰：「朝看貝葉牢籠佛，夜禮星辰取奉天。呼召歸來聞好語，初三初四亦欣然。」初三、初四，二僕也。因此詩傳播，得一缺而去。

黄公槐字仲美，永福麟峰人，乾道二年進士。事母至孝，宦遊于外，賦《北堂》之詩曰：「北堂，思親也。」「瞻彼北堂，在彼永陽。白雲之下，通化之鄉。瞻彼北堂，在彼永水。白雲之下，新豐之里。北堂有子，其實一兮。仲兮此去，其心慘兮。」詩刻于延平庵，論者以爲《南陔》、《白華》之遺音也。按仲槐公，余十八世祖，墓在白雲張溪嶺。

放翁詩「小樓一夜聽春雨，深巷明朝賣杏花」二句，爲思陵所賞。

方秋崖絶句多佳，如《立春九宫壇》詩：「輦路春融雪未乾，雞人初唱五更寒。綵旛第一番花信，吹上東皇太乙壇。」

四靈學晚唐詩，趙紫芝師秀最熟而有味。《一真姑》詩云：「忽然能不食，飲水度中年。此事知難僞，令人信有仙。形容無血色，衣服有香烟。聽説瑶池路，猶如在目前。」又《題桐栢觀》云：「山深地忽平，縹緲見殊庭。瀑近春風濕，松多曉日清。石壇遺鶴羽，粉壁剥龍形。道士王靈寶，輕强滿百齡。」《延禧觀》云：「寂寞古仙宫，松林常有風。鶴毛兼葉下，井氣與雲同。背日苔磚紫，多年粉壁紅。相傳陶縣令，曾住此山中。」

董無益紀仙女三絶句：「柳條金嫩不勝鴉，青粉牆邊道韞家。燕子不來春寂寂，小窗和雨夢梨花。」「松影侵壇琳觀静，桃花流水石橋寒。東風吹過雙蝴蝶，人倚危樓第幾闌。」「屈曲闌干月半規，藕花香淡水漪漪。分明一夜文姬夢，只有青團扇子知。」

李知父云：向嘗于貴家觀降仙，扣其姓名，不答。忽作薛稷體大書一詩云：「猩袍玉帶落邊塵，幾見東風作好春。因過江南省宗廟，眼前誰是舊京人？」捧箕者皆悚然驚散，知爲淵聖在天之靈。

詩道否泰，亦各有時。政和中，大臣有不能詩者，因建言詩爲元祐學術，不可行。時李彦章爲中丞，承望風旨，遂上章論淵明、李、杜而下，皆貶之。因詆黄、張、晁、秦等，請爲科禁。何清淵至收入令式，諸士庶習詩賦者，杖一百。聞喜例賜詩，自何文縝後，遂入爲詔書訓戒。是歲冬，初雪，大上皇喜甚，吴居厚首作詩三首以獻，謂之口號，上和賜之。自是，聖作時出，訖不能禁。而陳簡齋遂以《墨梅》詩擢置館門焉。慶保間，李知孝爲言官，與曾極景建有隙，每欲尋釁以報之。適極有春詩云：「九十日春晴景少，百年前事亂離多。」刊之《江湖集》中。因復改劉子翬《汴京紀事》一聯爲極詩云：「秋雨梧桐皇子宅，春風楊柳相公橋。」劉詩云：「夜月池臺王傅宅，春風楊柳相公橋。」今所改句爲指巴陵及史丞相。及劉潛夫《黄巢戰場》詩云：「未必朱三能跋扈，都緣鄭五欠經綸。」遂皆指爲謗讟，押歸聽讀。同是被累者，如敖陶孫、周文璞、趙師秀，及刊詩陳起，皆不得免焉。由是江湖以詩諱者兩年。其後史衛王之子宅之、壻趙汝楳，頗喜談詩，及黄間、黄中、吴仲孚諸人，洎趙崇和進《明堂禮成》詩二十韻，於是詩道復昌矣。

「飽食緩行初睡覺，一甌新茗侍兒煎。脱巾斜倚繩牀坐，風送水聲來耳邊。」丁崖州詩也。「相對蒲團睡味長，主人與客兩相忘。須臾客去主人覺，一半西窗無夕陽。」放翁詩也。「讀書已覺眉棱重，就枕方欣骨節和。睡起不知天早晚，西窗殘日已無多。」吴僧有規詩也。「老讀文書興易闌，須知養病不如閒。竹牀瓦枕虚堂上，卧看江南雨後山。」吕榮陽詩也。「紙屏瓦枕竹方牀，手倦抛書午夢長。眠起莞然成獨笑，數聲漁笛在滄浪。」蔡持正詩也。此豈手板頭銜人所能夢見耶？

辛稼軒帥浙東時，晦翁、南軒任倉憲副使。劉改之欲見，辛不納，二公爲之地云：「某日公讌，君可來。閽者不納，但諠争之，必可入。」既而改之如所教，門下果諠譁，辛問故，閽者以告，辛怒甚。二公因言改之豪傑也，善賦詩，可試納之。改之至，長揖。公問：「能詩乎？」曰：「能。」時方進羊腎腰羹，辛命賦之，改之對：「甚寒，願乞巵酒。」酒罷，乞韵，時飲酒手顫，餘瀝于懷，因以流字爲韵。即吟云：「拔毫已付管城子，爛胃曾封關内侯。死後不知身外物，也隨樽俎伴風流。」辛大喜，命共嘗此羹。終食而去，厚魄焉。席散，南軒邀至公廨，置酒，語之曰：「先君魏公一生公忠爲國，功厄于命，來輓者竟無一章得此意，願君爲發幽光。」改之即賦一絶云：「背水未成韓信陳，明星已隕武侯軍。平生一點不平氣，化作祝融峰上雲。」南軒爲之墜淚。

「珠翠雲隨鳳輦行，重樓巀嵲與天平。春風不禁宫中事，吹落珠簾笑語聲。」此彭汝礪《上元》詩。唐人云：「春風不道珠簾隔，傳得歌聲與客心。」較之婉而有味。

賈秋壑與民争利，有人作詩云：「昨夜江頭湧碧波，滿船都載相公鹺。雖然要作調羹用，未必調羹用許多。」又行均田法，有詩云：「失樊失蜀失荆襄，猶把山川寸寸量。縱使一丘添一畝，也應不似舊封疆。」

秋壑甲戌寒食嘗作一詩云：「寒食家家插柳枝，留春春亦不多時。人生有酒須當醉，青冢兒孫幾箇悲。」明年謫死。

度宗時，京城騷動，有遷蹕之議，未幾，宋鼎遂移。有人作詩云：「天目山前水嚙磯，天心地脈露危機。西舟浸冷觚移月，未必遷岐説盡非。」先郭璞有《錢塘天目山》詩云：「天目山前兩乳長，龍飛鳳舞到錢塘。海門一點巽風起，五百年間出帝王。」及高宗中興建邦，天目乃主山。至度宗甲戌崩，故有遷都之議耳。《錢塘懷古》詩：「天定終難勝武功，不堪雙淚濕東風。百年南渡斜陽外，十里西湖片雨中。燕子來時龍輦去，楊花飛徹鳳樓空。倚闌曾向吴山望，宫闕江城霧氣籠。」

宋汪水雲工于詩，詩皆清麗可喜。杭城破，有詩云：「西塞山邊日落處，北關門外雨來天。南人墜淚北人笑，臣甫低頭拜杜鵑。」又：「雨點傳籌殺六更，風吹庭燎滅還明。侍臣奏罷降元表，臣妾簽名謝道清。」又曰：「錢塘江上雨初乾，風入端門陣陣酸。萬馬亂嘶臨警蹕，六宫灑淚濕鈴鸞。」「兒童剩遺追徐福，厲鬼終當滅賀蘭。若説和親能活國，嬋娟剩遺嫁呼韓。」《題王導像》云：「秦淮浪白蔣山青，西望神州草木腥。江左夷吾甘半壁，只緣無淚灑新亭。」水雲從謝后北遷，舊宫人能詩者皆水雲指教，少帝喜賦詩，亦水雲教之。後水雲以黄冠南歸，宫人張瓊英灑酒送别云：「客有黄金共璧懷，如何不肯贖奴回。今朝且喜穹廬酒，後夜相思無此杯。」水雲答云：「愁到濃時酒自斟，挑燈看劍淚痕深。

黄金臺迥無知己，碧玉調高空好音。萬葉秋風孤館夢，一窗明月故鄉心。庭前昨夜梧桐雨，勁氣蕭蕭入短襟。」少帝贈詩云：「寄語林和靖，梅花幾度開。黄金臺上客，應是不歸來。」

京口天慶觀王聶碧窗，江西人，嘗爲龍翔宫書記。北朝赦至，感而有詩云：「乾坤殺氣正沉沉，又聽燕臺降德音。萬口盡傳新詔好，累朝誰念舊恩深。分茅列土將軍志，問舍求田父老心。麗正押班猶昨日，小臣無語淚沾襟。」又《哀被擄婦》云：「當年結髮在深閨，豈料人間有別離。到底不知因色誤，馬前猶自買臙脂。」又有云：「雙柳垂鬟別樣梳，醉來馬上倩人扶。江南有眼何曾見，争卷珠簾看固姑。」

王宥有《歸婦吟》，其序曰：「天馬浮江，兵强將鋭，所征無敵，所掠無遺，俘戮之民奚啻萬億，然生死存亡、悲歌聚散，豈無數存乎其間？夫劉氏者，吉之永豐人也。問其父母、兄弟、舅姑、夫與子，皆在焉。夫我不知則已，既知之，何獨不令其歸寧父母乎？吾力雖不能使其死者生、亡者存，亦可謂離而復合者，不幸之幸，莫大于斯。故不可無一言以送之。東平王宥。」有詩曰：「烈火俱將玉石焚，死生契闊憶中分。信音一絶思青鳥，淚眼雙穿望白雲。殘日鶺鴒還有難，北風鴻雁正離群。新詩送汝還家去，重續當年織錦文。」

文文山、留中齋，一般狀元宰相，晚節不同，流芳、遺臭，較然可見。文山在獄中，北人有題詩云：「當今不殺文丞相，君義臣忠兩得之。義似漢王侯齒日，忠如蜀相斷頭時。乾坤日月華夷界，岡嶺風雲草木知。未必史臣書到此，老夫和淚寫新詩。」中齋自北歸，過嚴陵，就養于其子。府判者何潛齋遺之詩曰：「昆明灰劫化塵緇，夢裏功名黍一炊。鍾子不將南操變，庾公空抱北臣悲。歸來眼底湖山在，老去心期浙水知。白髮門生憐未死，青山留得裹遺尸。」

宋亡後，沈敬之逃往占城乞師。占城以國小辭，遂留其國。占城賓而不臣，敬之發憤病卒。王挽以詩云：「慟哭江南老巨卿，春風拭淚爲傷情。無端天下編年月，致使人間有死生。萬疊白雲遮故國，一抔黄土蓋香名。英魂好逐東風去，莫向邊隅怨不平。」

丙子春正月十八日，元兵入杭，謝、全兩后以下皆赴北。五月二日抵上都，見元主。十二日夜，宋宮人安定夫人陳氏、安康夫人朱氏與二小妃沐浴整衣，焚香自縊死。朱夫人遺四言一篇于衣中云：「既不辱國，幸不辱身。世食宋禄，羞爲北臣。妾輩之死，守于一貞。忠臣孝子，期以自新。丙子五月吉日泣血書。」明日奏聞，元主命斷其首，懸全后寓所。

韓希孟，年十八，魏公五世女孫，襄陽賈尚書之子瓊之婦。岳州破，韓氏爲遊卒所掠，以獻諸主將。韓知不免，乘間赴水死。越三日，有得其詩于練裙中，題五言長句曰：「宋未有天下，堅正臣禮秉。開國百戰功，每陣惟雄整。及侍周幼主，臣心常炯炯。帝曰卿北伐，山戎今有警。死狗莫擊尾，此行當繫頸。明日辭陛下，盡敵心無逞。陳橋忽兵變，不得守箕潁。禪讓法堯舜，民物普安静。有國三百年，仁義道馳騁。未改祖宗法，天胡恣大眚？細思天地理，中有幸不幸。天果喪中原，大似裂冠裢。君誠不獨活，臣實無魏丙。失人與得人，垂戒常耿耿。江南無謝安，塞北有王猛。所以戎馬來，飛渡以陵境。大江限南北，今此一舴艋。本期固封疆，誰謂如畫餅。烈火燎崑岡，不辨金玉礦。妾本良家子，性僻守孤梗。嫁與尚書兒，銜署紫蘭省。直以才德合，不棄宿瘤癭。初結合歡帶，誓比日月昞。鴛鴦會雙飛，比目願常並。豈期金石堅，化作桑榆景。旄頭勢正然，蚩尤氣先屏。不意風馬牛，復及此燕郢。一方遭刦虜，六族死俄頃。退鷁落迅風，孤鸞弔空影。簪堅折白玉，瓶沉斷青綆。一死空冥冥，憂心長炳炳。意堅志不移，改邑不改井。我本瑚璉器，安肯作溺皿。志節匪轉石，氣噎如吞鯁。不作爝火燃，願爲死灰冷。貪生貪麴蛾，乞憐羞虎穽。借此清江水，葬我全首領。皇天如有知，定作血面請。願魂化精衛，填海使成嶺。」此詩士大夫多稱之。長興州判官沈某託親劉光履求吴興趙子昂書此詩傳世，光履諾而未言。一夕，夢一婦人云：「趣爲我求書，庶因大人君子之筆，發揚幽憤。」趙聞其事，急寫一通歸之。元人宋旡有詩云：「國破家亡泣血吟，千年不與妾同沉。中流定有當時淚，滴作江聲泣到今。」

羅雲漢有開撰《唐義士傳》。《傳》曰：辛亥秋，友人端叟倪君過余溪上，示《遊杭雜稿》，中有《識唐玉潛事》一篇。余讀大驚，頓足起立，曰：「異哉！今世乃有此人，有此事！願詳告我。」倪乃言曰：唐公名珏，字玉潛，會稽山陰人。家貧，聚徒授經，營滫瀡以養其母。歲戊寅，有總江南浮屠者楊璉真珈，負恩横肆，勢燄爍人，窮驕極淫，不可具狀。十二月十有二日，帥徒役頓蕭山，發趙氏諸陵寢，至斷殘支體，攫珠襦玉匣，焚其胔，棄骨草莽間。唐時年三十二歲，聞之痛憤，急貨家具，得白金百星許。執券行貸，得白金又百星許。乃具酒醪，市羊豕，邀里中少年若干輩，狎坐轟飲。酒且酣，少年起請曰：「君儒者，若是將何爲焉？」唐慘然具以告，願收遺骸，共瘞之。衆謝以諾。中一少年曰：「發丘中郎將耽耽餓虎，事露奈何？」唐曰：「余固籌矣。今四郊多暴骨，取竄以易，誰復知之？」乃斷文木爲匣，複黄絹爲囊，各署其表曰某陵某陵，分委而散遺之，菹地以藏，爲文而告。詰旦，事訖來集，出白金羡餘酬，戒勿泄。越七日，楊髠下令裒陵骨，雜置牛馬骷骼中，築一塔壓之，名曰鎮南。杭民悲戚，不忍仰視，了不知陵骨之猶存也。禍淫不爽，流傳京師，上達四聰，天怒赫赫，飛風雷號，令捽首禍者殲焉。山陰人始有籍籍傳唐氏者，由是唐之義風震動吴越，聲生勢長，若胥江掀八月之濤。名雖高，困固自若。明年己卯後上元兩日，唐出觀燈歸，忽坐殞，息奄奄若將絶者，良久始蘇。曰：「吾見黄衣使持文書來，告曰：『王召君。』導我往，觀闕峨巍，宫宇靚麗，殆非人間。有一冕旒坐殿上，數黄衣貴人降揖曰：『藉君掩骸，其有以報。』唐乃造謁王前，王謂曰：『汝受命貧且窶，兼無妻若子，今忠義動天，帝命錫汝伉儷子三人、田三頃。』拜謝降出，遂覺，罔不知其何也。」踰時，越有治中袁俊齋至，始下車，爲子求師，有以唐薦者，一見，置賓館。一日問曰：「吾聞有唐氏瘞宋諸陵骨，子豈其家耶？」左右指君曰：「此是已。」袁大駭，拱手曰：「君此舉，豫讓不能抗也。」曳之坐，北面而納拜焉。禮敬特加，情欵益篤。叩知家徒四壁，惻然嗟矜，語左右曰：「唐先生家甚寒，吾當料理，使有妻有田以給。」左右逢迎，爰諏爰度，不數月，二事俱愜。聘婦偶故國之公女，負郭食故國之公田，所費一一自袁出。人故奇唐之節，而又奇唐之遇，兩高之，曰：「二公真義士。」爾後獲三丈夫子，鼎力頎頎。凡夢中神所許，稽其數，無一不合，咄咄怪事乃如此。唐葬骨後，又于宋常朝殿掘冬青樹，植于所函土堆上，作《冬青行》二首曰：「馬箠問髐形，南面欲起語。野麕尚屯束，何物敢盗取。餘花拾飄蕩，白日哀后土。六合忽怪事，蜕龍挂茆宇。老天監區區，千載護風雨。」又曰：「冬青花，不可折，南風吹涼積香雪。悠悠翠蓋萬年枝，上有鳳巢下龍穴。君不見犬之年羊之月，霹靂一聲天地裂。」復有《夢中詩》，有曰：「珠亡忽震蛟龍睡，軒敞寧忘犬馬情。親拾寒瓊出幽草，四山風雨鬼神驚。」「一抔自築珠宮土，雙匣親傳竺國經。只有春風知此意，年年杜宇哭冬青。」「昭陵玉匣走天涯，金粟堆寒起暮鴉。水到蘭亭轉嗚咽，不知真帖落誰家。」「珠凫玉雁又成埃，斑竹臨江首重回。猶憶去年寒食節，天家一騎奉香來。」余客錢塘久，熟悉其事，唐至今無恙。靈卿既具聞始末，謂端叟曰：「江左運窮，天水源涸，宋之亡，非有商辛流毒，爲白旄黄鉞之招也，直以千載河清，六合勢一，大火運移，衣冠道盡，卧榻之側，難容他人鼾睡耳。聖朝量包覆幬，恩完猰狁，煦育亡國遺胤，坦無驚猜。何物異端，無忌憚敢爾？至今言之，可爲痛哭已。抑吾不能無慨，異時會稽近畿，世家林立，雖蓬萊清淺，陵岸變遷，豈無一二慷慨僅存者？卓哉斯舉，乃出閭里一寒士，何與？豈所養非所用，而民彝物則獨具于勢卑位下者之資稟與？余又怪世之言命者，窮通禍福，罔不在厥初生，一成而不可變。今忠義所感，定命靡常，六極轉移，易若反掌，乃知元命自作，多福自求，樞機由人，雖天有所不能制。聖言豈欺我哉？一介行通神明，捷于影響，況力又有大者，其積彌厚，其澤當彌長，又可以概量乎哉？吾謂昔者趙氏家已破，程嬰、公孫杵臼强有其真孤；今者國已亡，唐君玉潛匱藏其遺骨，兩雄力當，無能優劣。以其繫人倫，關世教，有足多尚，援筆以記，待編野史者採焉。」

又遂昌鄭明德元祐書《林義士事蹟》云：宋太學生林德陽，字景曦，號霽山。當楊髡發掘諸陵時，林故爲杭乞者，背竹籮，手持竹夾，遇物即以夾投籮中。林鑄銀作兩許小牌百十，繫腰間，取賄西番僧曰：「餘不收，望收其骨，得高、孝兩朝斯足矣。」番僧左右之，果得高、孝二家骨，爲兩函貯之，歸葬于東嘉。其詩有《夢中作》十首，其一絶曰：「一抔未葬珠宫土，雙匣親傳竺國經。只有東風知此意，年年杜宇哭冬青。」又曰：「空山急雨洗巖花，金粟堆寒起暮鴉。水到蘭亭轉嗚咽，不知真帖落誰家。」又：「橋山弓劍未成灰，玉匣珠襦一夜開。猶記去年寒食日，天家一騎捧香來。」餘七首尤淒怨，則忘之。葬後，林於宋常朝殿掘冬青一株置于所函土堆上，又有《冬青花》一首曰：「冬青花，冬青花，花時一日腸九折。隔江風雨清景空，五月深山落微雪。石根雲氣龍所藏，尋常螻蟻不敢穴。移來此種非人間，曾識萬年觴底月。蜀魄飛繞百鳥臣，夜半一聲山竹裂。」又一首有曰：「君不記羊之年馬之月，霹靂一聲山石裂。」聞其事甚不欲書，若林霽山者，可謂義士也已。五詩與前録大同小異，詩中有「雙匣」，是收兩陵骨之意，與林正合。但曰移宋常朝殿冬青植所函土上，而作《冬青》詩，吾意會稽去杭只隔一水，或者可以致之，若夫東嘉，相望千餘里，豈能容易持去？縱持去，豈能不枯？作如此想，則又是唐義士詩。且葬骨一事，豈唐方起謀時，林已先得孝、高兩陵骨耶？抑得唐所易之骨耶？又周草窗《癸辛雜識》云：至元二十二年乙酉八月，楊髡發陵之事，起于天長寺福僧聞號西山者，成于演福寺剡僧澤號空簡者。初，天長乃魏憲靖王墳寺，聞欲媚楊髡，遂獻其寺。旋又發魏王塚，多得金玉，以此起發陵之想。澤一力贊成之，俾泰寧僧宗愷、宗允等，詐稱楊侍郎、汪安撫侵佔寺地爲名告詞，出給文書，將帶河西僧及凶黨如沈照磨之徒，部令人夫發掘。時有中官陵使羅銑者，守陵不去，與之極力争執，爲澤痛箠，脇之以刃，令人逐去，大哭而出。遂先啓寧宗、理宗、度宗、楊后四陵，刦取寶玉極多。惟理宗之陵所藏尤多，啓棺之初，有白氣亘天，蓋寶氣也。理宗之屍如生，其下皆藉以錦，錦之下承以竹絲細簟。一小廝攫取，擲地有聲，乃金絲所成。或對云：含珠有夜明者。乃倒懸其屍樹間，瀝取水銀，如此三日，竟失其首。或謂西番僧回回，其俗以得帝王髑髏，可以厭勝致富，故盜去耳。事竟，羅陵使買棺製衣收斂，大慟垂絶。至十一月，復發徽、欽、高、光、孝五帝陵，孟、韋、吴、謝四后陵。初，欽、徽葬五國城，數遣使祈請于金人，欲歸梓宫。凡六七年而後許，以梓宫還行在。高宗親至臨平奉迎，易緦服，寓于龍德别宫。一時朝野以爲大事，諸公論功受賞，費于官帑者不貲。先是，選人楊偉移書執政，乞奏聞，命大臣取神櫬之最下者斵而視之；既而禮官請用安陵故事，梓宫入境，即承之以槨，仍納衮冕翬衣于槨中，不改斂，從之。至此被發掘，欽、徽二陵皆空無一物，徽陵有朽木一段，欽陵有木燈檠一枚而已。蓋當時已料其真僞不可知，不欲逆詐，亦以慰一時之人心耳。而二帝遺骸浮沉沙漠，初未嘗還也。高宗陵，骨髮盡化，略無寸餘，止頂骨小片。内有玉爐瓶一副、古銅鬲一隻，亦爲澤所得。昔聞有道之士欲蜕骨而仙，未聞并骨蜕者，真天人也。若光、寧與諸后，儼然如生，羅陵使亦如前棺斂，後悉從火化，可謂忠且義矣，當與張承業同傳。陵中金錢以萬計，皆爲屍氣所蝕，如銅鐵狀，以故諸凶棄而不收，往往爲邨民所得。亦有得貓精異寶者。一村民於孟后陵得一髻，其髻髮長六尺餘，其色紺碧，髻把有短金釵，遂取以歸。以其帝后遺物，庋置佛堂中奉事之，自此家道寖豐。凡得金錢之家，非病即死。翁恐甚，即送龍洞中，而此翁今成富家矣。方移理宗屍時，澤在旁，以足蹴其首，以示無懼。隨覺奇痛一點，起于足心，自此苦足疾數年，以致潰爛雙股、墮落十指而亡。聞既得志，且蓄不義之財，復倚楊髡之勢，豪奪鄉人產業，後爲鄉夫二十人伺道間屠而臠之。罪不加衆，各不過受杖而已。其愷與髡分贓不平，已受杖死，尚有允在。據此說，則與雲溪所傳，歲月絶不同。蓋嘗論之，至元丙子，元兵下江南，至乙酉將十載，版圖必已定，法制必已明，安得有此事？然戊寅距丙子不三年，竊恐此時庶事草創，而妖髡得以肆其惡歟？妖髡就戮，群凶接踵隕于非命，天之所以禍淫者亦嚴矣。但云高宗陵髮骨盡化，孝宗陵頂骨小片，不知唐義士所易者又何骨也？惜余生晚，不及識宋季以來老儒先生，以就正其是非，姑以待熟兩朝典故之人問焉。《輟耕録》云。

謝君直枋得，號叠山，信州弋陽人。宋景定甲子，江東漕闈校文，發策問權奸誤國，趙氏必亡，忤賈似道，貶興國軍。三年，遇赦得還。元兵南下，郡城潰，棄家入閩。至元二十三年，御史程文海、承旨留夢炎等交薦，累召不赴。二十六年春正月，福建行省參知政事魏天祐復被詔旨，集守、令、戍將迫蹙上道。臨行，以詩別常所往來者曰：「雪中松栢愈青青，扶植綱常在此行。天下豈無龔勝潔，人間不獨伯夷清。義高便覺生堪舍，禮重方知死甚輕。南八男兒終不屈，皇天上帝眼分明。」夏四月至京師，不食死，年六十有四。子定之奉柩歸葬。門人誄而題之曰「文節先生謝公墓」。

趙静齋淮，被執于溧陽豐登莊。至府，辭家廟云：「祖父有功王室，德澤沾及子孫。今淮計窮被執，誓以一死報恩。刀鋸置上不問，萬折忠義猶存。急告先靈速引，庶幾不辱家門。」即登舟去。至瓜州，被刑。無敢埋其屍者，有寵姬在焦僉省處，啓僉省云：「趙四知府今日已死，妾原是他婢子，望相公以妾之故夫，許妾將屍焚化，亦是相公一段陰隲。」焦許焉。乃作一棺，焚之。又啓收骨散之于水，亦許之。遂以裙盛骨殖，到江下，大慟，投江而死。又聞其家享祭，静齋降筆云：「生居四代將門家，不幸遭逢虜賊拏。死在瓜州無葬地，夢魂夜夜在長沙。」

元主圍襄陽，命軍校于香巖山伐樹造船。及破樹，心有硃字云：「栽松種柏興唐日，解板成舟破宋時。可惜香巖千載樹，等閒零落歲寒枝。」見者異之，未幾而襄陽陷。

郝伯常有辨磨甘露碑詩云：「國賊反城自爲功，萬段不足仍推崇。勒文頌德召學士，溽南先生付一死。林希更不顧名節，兄爲起草弟親刻。省前便磨甘露碑，書丹即用宰相血。百年涵養一塗地，父老來看闇流涕。數尊黄封幾斛米，賣却家聲都不計。盗據中國責金源，吠堯極口無赧顔。作詩爲告曹聽翁，且莫獨罪元遺山。」

何巨川，京師長春宫道士也。元將取宋，何上疏，抗言宋未有可伐之罪。遂使郝經使江南，宋不遣還，郝經繫書雁足，達元主，遂殺于真州，元乃稱兵南向矣。至正間，元追贈經二品。有人作詩悼之云：「奇才不泄神仙事，抗疏曾于世祖知。每恨南邦本無罪，比留北使欲何爲？忠魂久掩孤臣館，褒詔新鐫二品碑。地下若逢奸似道，爲言故國黍離離。」

元遺山有《俳體雪香亭雜詠十二首》詩云：「洛陽城闕變灰烟，暮號朝虞只眼前。爲向杏梁雙燕道，縈巢何處過明年。」「落日青山一片愁，大河東注不還流。若爲長得熙春在，時上高層望宋州。」「醇和旁近洞房環，碧瓦參差竹樹閑。批奏内人輪上直，去年名姓在窗間。」「天上三郎玉不如，手中白羽趁花奴。御屏零落宣和筆，留得清華按樂圖。」「詩傒詩鬼不謾欺，時事先教夢裏知。禁苑又經人物散，荒涼臺榭水流遲。」「金縷歌詞玉曲巵，百年人事鬢成絲。重來未必春風在，更爲梨花住少時。」「楊柳隨風散緑絲，桃花臨水弄妍姿。無端種下青青竹，恰到湘君淚盡時。」「琵琶心事曲中論，曾笑明妃負漢恩。明日天山山下路，不須回首望都門。」「爐熏浥浥帶輕陰，翠竹高梧水殿深。去去旃車雪三尺，畫羅休縷麝香金。」「苦才多思是春風，偏近騷人悵望中。啼盡杜鵑枝上血，海棠明日更應紅。」「暖日晴雲錦樹新，風吹雨打旋成塵。宮園深閉無人到，自在流鶯哭暮春。」「暮雲樓閣古今情，地老天荒恨未平。白髮纍臣幾人在，就中愁殺庾蘭成。」原注：「亭在故汴宮仁安殿西。」《汴宮記》云：「亭爲妃嬪宴遊之所。」遺山此詩，當屬金亡後所作，不獨爲北宋作黍離麥秀之悲也。

元兵圍蔡州，宋夾攻之，遺山有詩云：「黄河千里扼兵衝，虞虢分明在眼中。爲問淮西諸將道，不須誇説蔡州功。」宋與金不共戴之讐，非虞虢可比。厥後宋以背盟挑釁，非盡脣亡齒寒之罪也。八十年宗廟陵寢一洗膻腥，重瞻日月，尚論韙之。遺山之言雖識事機，其亦未揆諸復仇雪恥之大義也夫。

遺山有《癸巳四月廿九日出京》一詩云：「塞外初捐宴賜金，當時南牧已駸駸。只知灞上真兒戲，誰謂神州竟陸沉。華表鶴來應有語，銅盤人去亦何心。興亡誰識天公意，留着青城閲古今。」蓋取金宋曾于青城受降也。録之一快。

翟欽甫者，金人也。衆飲清庵，欽甫偶至，衆不之識，俾賦清庵詩，欽甫故拙起句云：「爲問清庵何以清。」衆拍手大笑。及賦第二句云：「霜天明月照蓬瀛。」衆失色。連賦云：「廣寒宫裏琴三弄，白玉樓中笛一聲。金井玉壺秋水冷，石田茅屋暮雲平。夜來一井遊仙夢，十二瑶臺獨自行。」

元遺山妹爲女冠，文而艷。張平章當揆欲娶之，使人囑遺山，辭以可否在妹，妹以可則可。張喜，自往訪，覘其所向。至則方自手補天花版，輟而迎之。張詢近日所作，應聲答曰：「補天手段暫施張，不許纖塵落畫堂。寄語呢喃雙燕子，移巢别去覓雕梁。」張悚然而出。

聶大年掌教仁和九年，不以家自隨。内子寄衣，答以詩云：「山妻憐我舊蘇秦，寄得衣來穩稱身。落日故園歌白紵，秋風京洛染緇塵。同心意重思偕隱，結髮情深不厭貧。萬里莫如歸去好，幾多衣錦夜行人。」

戴帥初表元，宋咸淳中教授。元大德中，帥初已老，爲執政交辟，除信州教授。復以脩撰博士再徵，戴稱疾不起。有詩云：「魯女悲嗟起夜深，當年枉却淚沾襟。如今已免鄉人笑，老大知無欲嫁心。」又《湖上贈歌者》一絶最悽惋可誦：「牡丹紅豆艷春天，檀板朱絲錦色牋。頭白江南一尊酒，無人知是李龜年。」

會稽王元章，善畫梅，得其畫者，謂無貢南湖詩則不貴重。南湖有詩云：「王郎胸次亦清奇，盡寫孤山雪後枝。老我江南無一事，爲渠日日賦新詩。」

李俊民，字用章，號鳴鶴老人。金承安中，舉進士第一，未幾棄官，隱嵩山。元世祖召見，即乞還。李嘗自書《登科記》後曰：「余閲承安庚申《登科記》，三十三人，革命後獨與高平趙庭幹二人在。一日，邂逅于鄉邑，哽咽道舊。壬寅五月，庭幹復挈家之燕京，感慨忍淚，書五十六字寄之。」「試將小録問同年，風采依稀墮目前。三十一人今鬼録，與君雖在各華顛。君還攜幼去燕然，我去荒山學種田。千里暮雲行斷處，碧雲容易作愁天。」是時蔡州已失守十年矣，故云。

張仲容七夕以詩寄〔宋〕顯夫裝云：「雲壓高城雨散絲，萬千秋氣入羅帷。巧棚七夕喧鄰里，小宋明朝定有詩。」顯夫答之云：「鈿合紅蛛結網絲，小兒瓜果設香帷。從來天上張公子，解識梧桐一葉詩。」又有《南城》一詩云：「街頭老父髮垂肩，拄杖支頤話可憐。粔粧不甜寒具小，風光那似十年前。」

揭曼碩有小僕鄒福，頗能詩。諸公皆有所贈，揭亦贈詩曰：「福也事人甚不切，學詩學字欲自别。不似南鄰守舍兒，輕裘肥馬通關節。」

沈右字仲説，與慎獨叟陳叔方植札云：「廿八字偕一壺薄酒奉寄上，惜不多耳。楊誠齋文稿不曾收得，所謂芍藥屋，疑只是用幄幙覆護者。古人稱牡丹爲木芍藥，白居易有詩云『上張幄屋庇』，豈本諸此？未審是否，更乞考正之。右再拜。」「東林薄酒試新嘗，中有松花膩粉香。遣送潁川陳有道，書齋渴飲勝茶湯。」

天台黄星甫庚，著有《月屋漫藁》。越中詩社以「枕《易》」爲題，星甫第一，詩云：「古鼎烟銷倦點朱，翛然高卧夜寒初。四簷寂寂半牀夢，兩鬢蕭蕭一卷書。日月冥心知代謝，陰陽回首驗盈虚。起來萬象皆吾有，收拾乾坤盡草廬。」考官李侍郎應祈批：「詩題莫難于枕《易》，自非作家大手筆，詎能摹寫？蓋其不涉風雲雨露、江山花鳥，此其所以爲難也。予閲三十餘卷，鮮有全篇純粹，正如披沙揀金，使人悶悶。忽見此作，若紛紛盆盎中得古罍洗，把玩不忍釋手。此詩起句『倦』字便含睡意，頭聯氣象優游，殊不費力，曲盡枕《易》之妙。中聯『冥心』、『回首』四字極其精到。結句如萬馬横空，勢不可遏，且有力量。全篇體製合法度，音調合宫商。三復嗟嘆，此必騷壇老手，望見旗鼓，已知其爲大將也。冠冕衆作，誰曰不然？」

玉山顧阿瑛，自題其像曰：「儒衣僧帽道人鞵，天下青山骨可埋。若説向時豪傑興，五陵鞍馬洛陽街。」

瞿宗吉《歸田詩話》云：薩天錫以《宫詞》得名，其詩清新綺麗，自成一家。大率相類，惟《紀事》一首直言時事不諱。蓋泰定帝崩于上都，文宗自江陵入據，見周王遠自沙漠，乃權攝位，而遣使迎之。下詔四方云：「謹俟大兄之至，以遂固讓之心。」及周王至，迎見于上都，歡燕，復下詔曰：「夫何相見之頃，宫車弗駕！」加謚明宗，文宗遂即真。皆武宗子也。薩詩云：「當年鐵馬遊沙漠，萬里歸來會二龍。周氏君臣皆守信，漢家兄弟不相容。祇知奉璽傳三讓，豈料遊魂隔九重。天上武皇亦灑淚，世間骨肉可相逢。」薩又有《威武曲》一詩云：「桓桓燕將軍，威武天下一。赤面駐丹砂，虬髯如插戟。當年意氣何鷹揚，手扶天子登龍牀。五年垂拱如堯湯，白日騎龍昇上蒼。桓桓燕將軍，威武何可量。熹微日色照東方，早令一出照八荒。毋使三月人皇皇，毋使三月人皇皇。」又《鼎湖哀》一首云：「荆門一日雷電飛，平地豎起天王旗。翠華摇摇照江漢，八表響應風雷隨。千乘萬騎到闕下，京都亦覩龍鳳姿。三軍卵破虎北口，一矢血洗潼關屍。五年晏然草不動，百谷穲稏風雨時。脩文偃武法古道，天闊萬丈奎光隨。年年北狩循典禮，所有雨露天恩施。宫官留守掃禁闕，日望照夜垂金羈。西風忽湧鼎湖浪，天下草木生號悲。吾皇騎龍上天去，地下赤子將安依？吾皇想亦有遺詔，國有社稷燕太師。太師既受生死託，始終肝膽天地知。漢家一線繫九鼎，安肯半路生狐疑。孤兒寡婦前日事，況復將軍親見之。」以上二詩，皆文宗晏駕時作。文宗之立，燕鐵木兒有力焉。文宗崩，燕鐵木兒請立皇子燕帖古思，皇后不可，乃立明宗幼子鄜王。一月殂，后迎明宗長子妥懽貼睦爾於静江，至京師，久不得立。燕帖木兒死，后乃與大臣定議立之，是爲順帝。薩此二詩與《紀事》篇皆直言時事，不愧古人詩史也。

吴山紫陽庵，浙民丁氏棄族爲全真。一日，召其妻王氏入山，作詩四句云：「懶散六十三，妙用無人識。順逆兩俱忘，虚空鎮長寂。」抱膝而逝。其妻束髮爲女冠，不下山二十餘年。薩天錫贈以詩云：「不見遼東丁令威，舊遊城郭昔人非。鏡中春去青鸞老，華表山空白鶴歸。石竹淚乾斑雨在，玉簫聲斷彩雲飛。洞門花落無人掃，獨坐青苔補道衣。」王氏名守真。

元文宗之御奎章日，學士虞集、博士柯九思嘗侍從，以討論法書、名畫爲事。時授經郎揭奚斯亦在列，比之集、九思之寵眷則稍疏，因著一書曰《奎章政要》以進，二人不知也。文宗每賜批覽，及晏朝，有畫《授經郎獻書圖》行于世，厥有深意存焉。勾曲外史張伯雨題詩曰：「侍書愛題博士畫，日日退朝書滿牀。奎章閣上觀《政要》，無人知有授經郎。」蓋柯作畫，虞必題，故云。揭曼碩未達時，多遊湖湘間。一日，泊舟江涘，夜二鼓，攬衣露坐，仰視明月如晝。忽中流一棹，漸近舟側。中有素粧女子，斂衽而起，容儀甚清雅。先生問曰：「汝何人？」答曰：「妾，商婦也。良人久不歸，君遠來，故相迎矣。」因與談論，皆世外恍惚事。且云：「妾與君有夙緣，非人間之淫奔者，幸勿見却。」揭深異之。

逮曉，戀戀不忍去。臨別謂揭曰：「君大富貴也，亦宜自重。」因留詩曰：「盤塘江上是奴家，郎若閒時來喫茶。黄土築牆茆蓋屋，庭前一樹紫荆花。」明日舟阻風，上岸沽酒，問其地，即盤塘鎮。行數步，見一水仙祠，牆垣皆黄土，中一紫荆芬然。及登殿，所設像與夜中女子無異，蓋神女也。

張昱光弼有《詠何立事》一詩並記云：「宋押衙官何立，秦太師差往東南第一峰。恍惚引至陰，見檜對岳武穆事，令歸告夫人：『東窗事犯矣。』復命後，即棄官學道。蜕骨今在蘇州玄妙觀，爲簑衣仙。」詩云：「舊作衙官身姓何，陰司歸後記仙魔。此身已是閒軀殼，一領簑衣也是多。」

宋子虚題趙松雪集後有四句云：「文在玉堂多焕爛，淚經銅狄一滂沱。原陵禾黍悲豐鎬，人物風流繼永和。」松雪翁當爲淚下。

趙仲穆喜作蘭木竹石，張伯雨題其墨蘭詩云：「滋蘭九畹空多種，何似墨池三兩花。近日國香零落盡，王孫芳草遍天涯。」仲穆見而愧之，遂不復作。

宋子虚次友人春别云：「波流雲散碧天空，魚雁沉沉信不通。楊柳昏黄晚西月，梨花明白夜東風。秋千庭院人初下，春半園林酒正中。背倚闌干思往事，畫樓魂夢可曾同。」此詩馮海粟盛稱之，高季廸謂其淡蕩遒逸，于虞、楊、范、揭外，别樹一宗也。

于石，字介翁，《讀史》詩云：「今來古往一封疆，虎鬬龍争幾帝王。百二山河秦地險，八千子弟楚天亡。朝廷有道自多助，仁義行師豈恃强。往事廢興何處問，寒烟衰草滿斜陽。」又《讀史》有：「首録鄮侯忘紀信，不誅項伯戮丁公。」又：「鄭公不肯更名籍，項伯胡爲賜姓劉？」亦佳句也。

東坡一帖云：「『天際烏雲含雨重，樓前紅日照山明。嵩陽居士今何在，青眼看人萬里情。』此蔡君謨夢中詩也。僕在錢塘，一日謁陳述古，邀余飲堂前小閣中，壁上大書一絶，君謨真跡也。『綽約新嬌生眼底，侵尋舊事上眉尖。問君别後愁多少，得似春潮夜夜添。』又有人和云：『長垂玉筯殘粧臉，肯爲金釵露指尖。萬斛閒愁何日盡，一分真態更難添。』二詩皆可觀，後詩不知誰作也。」又一帖云：「杭州營籍周韶，多蓄奇茗，常與君謨鬬勝之。韶又知作詩，子容過杭，述古飲之，韶泣求落籍，子容曰：『可作一絶。』韶援筆立成曰：『隴上巢空歲月驚，忍看回首自梳翎。開籠便放雪衣女，長念觀音般若經。』韶時有服衣白，一座嗟嘆，遂落籍。同輩皆有詩送之，二人者最善，胡楚云：『淡粧輕素鶴翎紅，移入朱欄便不同。應笑西園舊桃李，强匀顔色待春風。』龍靚云：『桃花流水本無塵，一落人間幾度春。解佩暫酬交甫意，濯纓還作武陵人。』固知杭人多慧也。」

虞伯生題帖後四詩云：「衹知誰是錢塘守，頗解湖中宿畫船。曉起鬬茶龍井去，花開陌上載嬋娟。白樂天、蔡君謨、陳述古皆杭守也。」「老去眉山長帽翁，茶烟輕颺鬢絲風。錦囊舊賜龍團在，誰爲分泉落月中。」「三生石上舊精魂，邂逅相逢莫重論。縱有繡囊留别恨，已無明鏡著啼痕。」「能言學得妙蓮花，贏得春風對客誇。乞食衲衣渾未老，爲題靈塔向金沙。」又跋云：「丹丘柯敬仲多蓄魏晉法書至宋人書，殆百十函，隨以與人，弗留也。他日獨見此軸在几案間，甚怪之。及取觀，則吾坡翁書蔡君謨夢中詩，及守居閣中舊題也。第三詩以爲不知何人作，其軒輊彌明之流與？陳太守放營妓三詩，亦辱翁翰墨，流傳至今，亦有緣耶。卷後多佳紙，求集作詩識其後，賦此四首。是日試郭屺墨，但目病轉深，不復能作字。又知年歲後雖若此，亦尚能作否？臨楮慨然。至順辛未二月望日，蜀人虞集書。」

張伯雨又次韵九首云：「日將公事湖中了，醉入重城列炬明。自古大藩財賦地，古人偏得賦閒情。」「謝女嬌吟雪比鹽，北臺馬耳見雙尖。衲衣正索歌姬笑，不道春寒繡被添。」「寫韵軒中塵不驚，與誰同躡鳳凰翎。綵鸞可惜情緣重，只合清齋寓道經。」「釵頭新緑荔支紅，那與江桃色味同。聞道端明新進譜，一時殿角起薰風。」「香辟春寒玉辟塵，流蘇斗帳醉和春。一雙明月都無價，寂寞人間第一人。」「江南在處烟波好，浪跡先生不上船。近就閶閶門下宿，可憐霜月夜娟娟。」「青城樵者一簑翁，寫罷烏絲滿袖風。消得玉堂銀硯匣，至今傳入畫圖中。」「初碾龍團怯醉魂，分茶故事與誰論。纖纖玉腕親曾見，衹有春衫舊酒痕。」「白公種竹蘇公柳，談笑功名後世誇。依舊葑雲三萬丈，斷橋誰與築隄沙。」

按，此帖初藏濠守侍郎侯德裕家，後爲柯敬仲所得。虞伯生題跋云。又入義興王子明家，張伯雨又題：「裙釵之輩，一托文人詞翰，百餘年賢士大夫猶艷傳而樂和之，豈非厚幸耶？三姨詩與事，皆自可喜。端明題壁，未知所屬何人，然其韵致不淺。坡翁固不惜一爲紅袖寫烏絲也。」

京師城外萬柳堂，亦一宴遊處也。廉野雲一日置酒，招盧疏齋、趙松雪同飲。時歌兒劉氏名解語花者，左手折荷花，右手執杯，歌《小聖樂》云：「緑葉陰濃，遍池亭水閣，偏趁涼多。海榴初綻，朵朵蹙紅羅。乳燕雛鶯弄語，對高柳鳴蟬相和。驟雨過，似瓊珠亂撒，打遍新荷。人生百年有幾，念良辰美景，休放輕過。富貴前定，何用苦張羅。命友邀賓燕賞，飲芳醑，淺斟低唱。且酩酊，從教二一輪，來往如梭。」既而行酒，趙公喜，即席賦詩曰：「萬柳堂前數畝池，平鋪雲錦蓋漣漪。主人自有滄洲趣，遊女仍歌白雪詩。手把荷花來勸酒，步隨芳草去尋詩。誰知咫尺京城外，便有無窮萬里思。」《小聖樂》乃小石調，元遺山所製，而名姬多歌之，俗以爲「驟雨打新荷」者是也。

龍麟州過福州，憲府設宴，命官妓小玉帶佐觴。酒半，請曰：「今日之歡，皆玉帶爲也，願先生酬之以詩，先生其毋辭。」時先生負海内重名，推畏清議，又不能違憲使之請，遂書一絶云：「菡萏池邊風滿衣，木犀亭下雨霏霏。老夫記得坡仙語，病體難禁玉帶圍。」舉席稱歎，盡飲而散。

李當當者，歌坊名妓也，姿藝超出流輩，忽幡然若有所悟，遂著道士服。段吉甫天祐贈以詩云：「歌舞當今第一流，洗粧拭面别青樓。便隨南岳夫人去，不爲蘇州刺史留。瓊管月明簫鳳下，綺窗雲散鏡鸞收。却嫌痴絶潯陽婦，嫁得商人已白頭。」

洞庭劉氏有夫葉正甫久客都門，因寄衣，侑以詩云：「情同牛女隔天河，又喜秋來得一過。歲歲寄郎身上服，絲絲是妾手中梭。剪聲自覺和腸斷，線脚那能抵淚多。長短只依先去樣，不知肥瘦近如何。」

陳剛中孚，嘗爲僧以避世。一日，大書所作詩於其父執某之粉牆上云：「我不學寇丞相，地黄變髮髮如漆。又不學張長史，醉後揮毫掃狂墨。平生紺髮三千丈，幾度和雲眠石上。不合感時怒衝冠，天公罰作黄頂相。肺肝本無兒女情，亦豈惜此雙鬢青。只憶山間秋月冷，搔頭不見鬔鬆影。」父執見之，曰：「此子欲歸俗也。」呼來，館處之，養髮經年，謂曰：「汝當娶，吾以女事子。」剛中辭謝再三，既而命寓他所，遣媒妁，擇日命歸。父執喜曰：「五馬入門矣。」剛中雖獲佳偶，自妻母兄弟姊妹皆不然，遂挈家入京。館閣薦入翰林。會使交趾，剛中以禮部郎中副之。至交州，有詩云：「老母越南垂白髮，病妻塞北倚黄昏。蠻烟瘴雨交州客，三處相思一夢魂。」後以功授治中，典郡。

吕思誠，字仲實，官至中書左丞。未遇時，晨炊不繼，擕布袍貿米。室人有難色，吕戲作一詩云：「典却春衫辦早厨，老妻何必更躊躇。瓶中有醋堪澆菜，囊裏無錢莫買魚。不敢妄爲些子事，只因曾讀數行書。嚴霜烈日皆經過，次第春風到草廬。」

吕徽之家仙居萬山中，博學能詩文，問無不知，而安貧樂道，嘗耕漁以自給。一日，擕楮幣詣富家易穀種，值大雪，立門下，人弗之顧。徐之庭前，聞東閣中有人分韵作雪詩，一人得滕字，苦吟弗就，先生不覺失笑。閣中諸貴游子弟遣人詰之，詢其見笑之由。先生曰：「我意舉滕王蛺蝶事耳。」衆驚伏，邀先生坐。先生曰：「我露頂短褐，布韈草履，豈可厠諸君子間？」請益堅，遂入。衆以藤、滕二字請先生足之，即援筆書曰：「天上九龍施法水，人間二鼠嚙枯藤。」「鶖鶬聲亂功收蔡，蝴蝶飛來妙過滕。」復請和曇字韵詩，又隨筆寫云：「萬里關河凍欲含，渾如天地尚函三。橋邊驢子詩何惡，帳底歌兒酒正酣。竹委長身寒郭索，松埋短髮老瞿曇。不如乘此擒元濟，一洗江南草木慚。」寫畢便出門，留之不可得。問其姓字，亦不答。愚意押藤、滕字煞有思路，其實詩不佳也。此等韵，押于古體則妙，近體又安得佳哉？却是何苦爲此，唐人必不然矣。

至元丁丑夏六月，民間謡言，朝廷將采童男女，以授韃靼爲奴婢，且俾父母護送直抵北交割。故自中原至江南，府縣村落，凡品官庶人，家但有男女年十二三以上，便爲婚嫁。六禮既無，片言即合。至于巨室有不待車輿親迎，輒徒步以往者。蓋惴惴焉惟恐使命戾止，不可逃也。雖守土官吏，與夫韃靼色目之人亦如之，竟莫能曉。經十餘日纔息。自後有貴賤、貧富、長幼、妍醜匹配之不齊者，各生悔怨。或夫棄其妻，或妻憎其夫，或訟于官，或死于天，此亦天下之大變，從古未聞也。吴中僧子庭素稱滑稽，口占絶句曰：「一封丹詔未爲真，三杯冷酒便成親。夜來明月樓頭望，惟有嫦娥不嫁人。」又有人集句云：「翡翠屏風燭影深，良宵一刻值千金。共君今夜不須醉，明日池塘是緑陰。」

嵊縣剡溪胡氏，名妙端，適同邑祝某。至正庚子春，爲苗獠虜至金華縣，將妻之，義不受辱，乘間齧血，題詩壁上，赴水死，三月廿四日也。獠服其節，爲立廟祀之，邑人咸曰烈女廟。詩云：「弱質空懷漆室憂，搜山千騎入深幽。旌旗影亂天同慘，金鼓聲淫見亦愁。父母劬勞無日報，夫妻恩愛此時休。九泉有路還歸去，那個雲邊是越州。」

袁介《踏災行》詩云：「有一老翁如病起，破衲鑑毶瘦如鬼。曉來扶向官道旁，哀告行人乞錢米。時予持檄離江城，邂逅一見憐其貧。倒囊贈與五升米，試問何故爲窮民。老翁答言聽我語，我是東鄉李福五。我家無本爲經商，只種官田三十畝。延祐七年三月初，賣衣買得犂與鉏。朝耕暮耘受辛苦，要還私債與官租。誰知六月至七月，雨水絶無潮又竭。欲求一點半點水，却比農夫眼中血。滔滔黄浦與溝渠，農家争水如争珠。數車相接接不到，稻田一旦成沙塗。官司八月受災狀，我恐徵糧與官棒。相隨鄰里云告災，十石官糧望全放。當年隔岸分吉凶，高田盡荒低田豐。縣官不見高田旱，將謂亦與低田同。文字下鄉如火速，逼我將田將首伏。只因嗔我不肯首，却把我田批作熟。太平九月開旱倉，主首貧乏無可償。男名阿孫女阿惜，逼我嫁賣賠官糧。阿孫賣與運糧户，即日不知在何處。可憐阿惜猶未笄，嫁向湖州山裏去。我今年已七十奇，飢無口食寒無衣。東求西乞度殘喘，無因早向黄昏歸。旋言旋拭腮邊淚，我忽漸驚汗沾背。老翁老翁無復言，我是今年檢田吏。」此詩爲民牧宜各書一通。介字可潛，常掾松江。

《志林》云：至正十四年二月二十五日雨，郯君九成賦絶句四首云：「杏花簾幙看春雨，深巷無人騎馬來。獨有倪寬能憶我，黄昏躡屐破蒼苔。」「春色三分都有幾，二分已在雨聲中。牆東兩箇桃花樹，恨殺朝來一番風。」「十日春寒早閉門，風風雨雨拍黄昏。小齋坐對黄金鴨，寂寞沉香火自温。」「春寒時節病頭風，惆悵年華逝水同。世事總如春夢裏，雨聲渾在杏花中。」倪瓚留宿高齋，篝燈爲寫《春林遠岫圖》，并次韵四詩，題畫上，時漏下三刻矣。佩韋齋中書。「我别故人無十日，衝烟艇子又重來。門前積雨生幽草，牆上春雲覆緑苔。」「斷送一生棋局裏，破除萬事酒杯中。清虚事業無人解，聽雨移時又聽風。」「没徑春泥不出門，山烟江霧晝長昏。糟牀聲雜茅簷雨，破却陰寒酒有温。」「焫子論詩冀北空，晤言千里意常同。待晴紫陌堪攜手，行詠山光水影中。」

張氏據有平江日，其部將左丞吕珍守紹興，參軍陳庶子、饒介之在張左右。一日，陳賦詩，饒染翰題一紈扇以寄吕云：「後來江左英賢傳，又是淮西保相家。聞説錦袍酣戰後，不驚越女采荷花。」饒素負書名，且詩語俊麗，爲作者所稱。吕俾人讀罷，忽大怒曰：「吾爲主人守邊疆，萬死鋒鏑間，豈務愛女子而不驚之耶？見則必殺之。」又元帥李姓者，杭州庚子之圍解，頗著功勞。一士人投之以詩，將有求焉，有「黄金合鑄李將軍」之句。李大怒曰：「吾勞苦數年，只是將軍，今年纔得元帥，乃復令我爲將軍耶？」命帳下扶出。二事可笑，亦可因以爲戒云。

陳友諒部屬稱鄧平章者，陷江西某縣。有婦藺氏，其夫以財雄一鄉，因賂鄧之帥某，乞免剽戮。帥聞藺有殊色，輒殲其家，獨生藺及四歲嬰，將納之。藺曰：「帥貴人，妾事之無恨。然吾良人以禮幣聘我爲婦者若干年，與生二子，我不忍即背恩。軍中禮不備，請持一月喪服，乃爲帥婦未晚。」帥許之。服未終，移兵别縣。帥曰：「吾如女約，今夕諧吾婚乎？」藺曰：「諾。」既而帥上馬他之，使二卒守藺。藺曰：「爲取雞酒，具香火，今夕吾爲帥婦，敢告先良人。」卒俱出，乃先殺嬰，嚙指血書壁曰：「涇渭難分濁與清，此身不幸厄紅巾。孤兒未必更他姓，烈婦何曾嫁二人。白刃自揮心似鐵，黄泉欲到骨如銀。荒村日落猿啼處，過客聞之亦慘神。」書罷，自刎。帥返，驚嘆，馳白鄧。鄧聞之陳，爲立廟旌表云。

秬野有穠芳亭，邑人秋成報祭所也。一日，鄉耆謀立石其中，延士人王維翰書「穠芳亭」字，久之未至。有妓謝天香者，問云：「祀事既畢，何爲遲留不飲？」衆曰：「俟維翰書石耳。」謝遂以身衣當筆，書「穠芳」二字。會維翰至，書「亭」字以完之。父老遂刻之石。王、謝遂成夫婦。後王戲謝詩曰：「昔日章臺曾舞腰，行人無不折枝條。」天香曰：「從今已付丹青手，一任狂風不動摇。」

顧仲瑛有二名妃，一瓊花，一珠月。鐵崖題詩以贈，并序云：「春正月二十有二日，偕崑山顧仲瑛、霅川郯九成、大梁徐師顔讌于吴城路義道家。佐酒者六姝，皆蘇臺之選，内有瓊花與珠月者，選中之絶也。義道起，持觴屬客曰：『今日名妃對名客，不可無作。』座客酒俱酣暢，瓊花者捧佳硯請余題首。仲瑛曰：『花月一對雖絶，而彼此不無相妬，題品稍偏，當令偏者舉主人蓮花巨觥連飲之。』予矢口有『月滿十分珠有價，花開第一玉無瑕』，時珠月者已出主，仲瑛有意收之，瓊花者未事人也。兩妃大喜，客皆起坐交觥，余就醉矣。明日足詩曰：『新年春色在鄰家，隊子三三聚館娃。月滿十分珠有價，花開第一玉無瑕。葡萄酒艷沉櫻顆，翡翠裙翻踏月牙。老子圍紅先點筆，詩成免飲玉蓮花。』」

鐵崖飲妓席，見有纏足纖小者，則脱其鞵，置杯行酒，謂之鞵盃，亦名爲金蓮盞。瞿宗吉賦《沁園春》一闋，鐵崖大稱賞，即命侍兒歌以侑觴，一時傳爲佳話。張邦基《墨莊漫録》載王深輔道《雙凫詩》云：「時時行地羅裙掩，雙手更擎春瀲灔。傍人都道不須辭，儘做十分能幾點。春柔淺醮葡萄暖，和笑勸人教引滿。洛塵忽浥不勝嬌，剗踏金蓮行欵欵。」觀此詩，則老子之入狂有自來矣。鐵崖又有《楊妃韈》一詩，極佳：「天寶年來窄袎留，幾隨錦被暖香篝。月生簾影初弦夜，水浸蓮花一瓣秋。塵玷翠盤思亂滚，香粘玉鐙憶微兜。懸知賜浴華清日，花底棚兒碧眼偷。」

党竹溪題《秋塘鸂鶒圖》云：「雙眠雙浴水平溪，共看秋光在兩堤。誰信瀟湘有孤雁，冷沙寒葦不成棲。大定十年十月，余之官汝陰，漁川寫此圖贈别。余行至徐州道中，偶書一絶，憶與漁川泥酒郇城時，恍然在懷。党懷英題。」

孫淑，字蕙蘭，新喻傅汝礪若金之妻，年二十三卒。有《緑窗遺集》，傳序而存之。今録其數首云：「小閣烹香茗，疎簾下玉鈎。鐙光翻出鼎，釵影倒沉甌。婢捧消春困，親嘗散暮愁。吟詩因坐久，月轉晚粧樓。」「小小春羅扇，團團秋月生。蟠桃花樹裏，繡得董雙成。」「自拂雙眉黛，何曾慣得愁。若教如翠柳，便恐不禁秋。」「幾點梅花發小盆，冰肌玉骨伴黄昏。隔窗久坐憐清影，閒劃金釵記月痕。」「春雨隨風濕粉牆，園花的的斷人腸。愁紅怨白知多少，流過長溝水亦香。」「春風昨夜碧桃開，正想瑶池月滿臺。欲折雙枝寄王母，青鸞飛去幾時來。」「小窗今日繡針閑，坐到銀蟾整翠鬟。凡世何曾到天上，月宫依舊似人間。」傅哀感不勝，有《悼亡》詩云：「湘皋烟草碧紛紛，淚灑東風爲憶君。浪説嫦娥能入月，虚疑神女解爲雲。花陰晝坐閒金剪，竹裏春遊冷翠裙。留得舊時殘錦在，傷心不忍讀迴文。」「憶别依依出畫欄，誰知復見此生難。湘江月缺波痕冷，巫峽雲消山色寒。繡架寂寥針線斷，粧奩零落粉脂乾。夢回酒醒猿啼絶，空向西窗淚眼漫。」又追和二篇：「小窗開盡碧桃枝，憶斷青鸞化去時。昨夜秋風妬幽怨，夢中吹斷素琴絲。」「江上愁時復值春，帶圍寬盡不宜身。階前舊種櫻桃樹，日暮飛花故著人。」

洪武二年，遣翰林詹同奉幣徵維楨。維楨謝曰：「豈有八十歲老婦，就木不遠，而再理嫁者耶？」賦《老客婦詞》以進。安車詣闕，留百二十日，以白衣乞骸放還。《老客婦詞》云：「老客婦，老客婦，行年七十又一九。少年嫁夫甚分明，夫死猶存舊箕帚。南山阿妹北山姨，勸我再嫁我力辭。涉江采蓮，山上采蘼。采蓮采蘼，可以療飢。夜來道過娼門首，娼門蕭然驚老醜。老醜自有能養身，萬兩黄金在纖手。上天織得雲錦章，繡成願補舞衣裳。舞衣裳，爲妾佩，古意揚清光，辨妾不是邯鄲娼。」又有詩云：「皇帝書徵老秀才，秀才懶下讀書臺。商山本爲儲君出，黃石終期孺子來。太守枉於堂下拜，使臣空向日邊回。老夫一管《春秋》筆，留向胸中次取裁。」宋景濂詩云：「不愛君王五色詔，白衣宣至白衣還。」蓋紀其實也。

玉溪生詩説

玉溪生詩説提要

《玉溪生詩説》二卷《補録》一卷,據光緒十三年刊《槐廬叢書》本點校。撰者紀昀(一七二四—一八〇五),字曉嵐,一字春帆,晚號石雲,直隸獻縣人。乾隆十九年進士,歷官至禮部尚書、協辦大學士,加太子少保。卒謚文達。總纂《四庫全書》及其《總目》,著作彙爲《紀文達公遺集》。傳見《清史稿》卷三二〇。此書有乾隆十五年自序及同年冬至後一日之再題,至此完成二卷;次年正月二十六日又有再題一篇,謂續成補遺一卷。紀文達爲樸學大家兼詩學大家,此書雖成於早年,然其見解固已底定。又創爲「取」與「不取」二分並存之體例,勉爲去取,而去中又有取,分説其旨,誠爲從來説李義山詩者所無。義山詩每恨「無人作鄭箋」,而紀説之主旨恰正相反,「意主説詩,不專箋注」。此非僅與朱鶴齡之《箋注》别,亦寓詩以事、意爲主抑或以辭爲主之大旨區别在。如説《西南行卻寄相送者》一詩,謂此詩「以風調勝」,「詩固有無所取義而自佳者」,並引李露園(基塙)之語申張其説:「詩令人解得寓意,見其佳;即不解所寓之意,亦見其佳,乃爲好詩。蓋必如是乃藴藉渾厚耳。」《晚晴》「即無寓意,亦自佳」,《暮秋獨遊曲江》「不深不淺,恰到好處」,《碧城三首》「既無本事,難以確主」,然正「所謂不必知名而自美也」。又借汪存寬(香泉)評《籌筆驛》之語「議論固高,尤難其抑揚頓挫處,一唱三嘆,轉有餘味」,復曰:「此最是詩家三昧語。若但取議論,而無抑揚頓挫之妙,則胡曾之詠史矣。」皆此意。觀其取與不取及解説，多據不激不露、不直不盡、有句有篇等所謂風調、作法標準，而不欲如人專注於猜寓意、揭本事，即思過半矣。其不取《錦瑟》、《華清宫》、《馬嵬》等名篇，諸《無題》有取有不取，皆循此以定。文達二十年後作《瀛奎律髓刊誤》，駁方回黨援、攀附、矯激諸弊，斥爲詩外之因，亦即此旨，可謂相承如一。其於義山詩中效長吉體、長慶體者每著意析出，亦多以前者有句無篇、後者率易好盡爲嫌而不取也。其評説既採戈濤（芥舟）等多人語，則不免涉及清初詩學公案，如趙秋谷譏「王愛好」之類，又首肯秋谷所賞之吴喬「詩酒文飯」説，雖不失公允，大抵則左袒秋谷，蓋與其主「詩之所以爲詩」同旨也。此本已將《補遺》一卷各則依次散入前二卷，又補入原遺或抹去之詩若干首，題爲《補録》，原置於卷首，今移至卷末。

箋注李義山詩集序

申酉之歲，予箋杜詩於牧齋先生之紅豆莊。既卒業，先生謂予曰：「玉溪生詩沈博絶麗，王介甫稱爲善學老杜。惜從前未有爲之注者。元遺山云：『詩家總愛西崑好，只恨無人作鄭箋。』子何不併成之，以嘉惠來學？」予因繙覈新舊《唐書》本傳，以及箋、啓、序、狀諸作所載於《英華》、《文粹》者，反覆參考，乃喟然嘆曰：嗟乎！義山蓋負才傲兀，抑塞于鉤黨之禍，而傳所云「放利偷合，詭薄無行」者，非其實也。夫令狐綯之惡義山，以其就王茂元、鄭亞之辟也。其惡茂元、鄭亞，以其爲贊皇所善也。贊皇入相，薦自晉公，功流社稷。史家之論，每曲牛而直李。茂元諸人，皆一時翹楚。綯安得以私恩之故，牢籠義山，使終身不爲之用乎？綯特以仇怨贊皇，惡及其黨，因併惡其黨贊皇之黨者，非真有憾於義山也。太牢與正士爲讐，綯父楚比太牢而深結李宗閔、楊嗣復。綯之繼父，深險尤甚。會昌中，贊皇擢綯臺閣，一旦失勢，綯與不逞之徒竭力排陷之。此其人可附離爲死黨乎？義山之就王、鄭，未必非擇木之智、渙丘之公。此而目爲放利偷合、詭薄無行，則必將朋比奸邪，擅朝亂政，如八關十六子之所爲，而後謂之非偷合、非無行乎？詭薄無行，固當時已甚之詞，而以爲擇木之智、渙丘之公，亦後人張大其事，而涉于袒護者。義山蓋自行其志，而于朝廷黨友無所容心于其閒。感王茂元一時知己，故從而依之。不幸值綯之谿刻，遂成莫解之怨，固迫于勢之不得不然耳。倘以爲有意去就，則後之屢啓陳情，又何説以處之？且吾觀其活獄弘農，則忤廉察；題詩《九日》，則忤政府；于劉蕡之斥，則抱痛巫咸；于乙卯之變，則銜冤晉石；太和東討，懷積骸成莽之悲；党項興師，有窮兵禍胎之戒；以至《漢宫》、《瑶池》、《華清》、《馬嵬》諸作，無非諷方士爲不經，警色荒之覆國。此其指事懷忠，鬱紆激切，真可與曲江老人相視而笑，斷不得以放利偷合、詭薄無行嗤摘之者也。諸詩工拙不一，然自是其身分見地高出晚唐諸家處，所以爲杜之苗裔，而卓然有以自立。或曰：義山之詩，半及閨闥，讀者與《玉臺》、《香匳》例稱，荆公以爲善學老杜，何居？予曰：男女之情，通于君臣朋友。《國風》之「螓首蛾眉」、「雲髮瓠齒」，其辭甚褻，聖人顧有取焉。《離騷》託芳草以怨王孫，借美人以喻君子，遂爲漢魏六朝樂府之祖。古人之不得志于君臣朋友者，往往寄遥情于婉孌，結深怨于蹇修，以序其忠憤無聊、纏綿宕往之致。唐至大和以後，閹人暴横，黨禍蔓延。義山阨塞當塗，沈淪記室。其身危，則顯言不可，而曲言之；其思苦，則莊語不可，而謾語之。計莫若瑶臺璚宇、歌筵舞榭之間，言之可無罪，而聞之足以動。其《梓州吟》云：「楚雨含情俱有託。」已自下箋解矣。此段真抉出本原。然此等皆可以意會之，必求其事以實之，則刻舟之見矣。中亦有實是艷詞者，又不得概論。吾故曰義山之詩，乃風人之緒音，屈宋之遺響，蓋得子美之深而變出之者也。「變出之」三字爲千古揭出正法眼藏。知李之所以學杜，知所以學李矣。若撏撦字句，株守格律，皆屬淺嘗。至于拾一二尖薄語以自快，則下劣詩魔，不可藥救矣。豈徒以徵事奥博，擷采妍華，與飛卿、柯古争霸一時哉？學者不察本末，類以才人浪子目義山。即愛其詩者，亦不過以爲帷房暱媟之詞而已。此不能論世知人之故也。凡詩皆當如此看。就詩論詩，蓋有不曉爲何語者，況定其工拙乎？予故博考時事，推求至隱，因箋成而發之，以復于先生，且以爲世之讀義山集者告焉。順治己亥二月朔，朱鶴齡書於猗蘭堂。

校刊玉谿生詩説序

紀文達公評李義山詩，自廣州新刊武林沈厚塽輯本外，他未之見。今年夏，余歸自吴門，得鈔本《玉谿生詩説》二册。中多批抹增删之處，朱墨爛然，皆公手蹟。閒取沈輯本對校，頗有不能吻合。有沈所有，而此已抹，蓋沈所見僅是評本，而此則别自爲編，斷爲後定之本無疑也。上卷皆入選之詩，下卷爲「或問」，以明其取裁之義，舉全集諸題，或取或不取，皆有説以處之，非若他選家但論入選者之佳，而不入選者一切置之不論不議者比，洵可謂獨闢説詩之門徑者矣。然翫公手澤，有既删而復存，亦有已取而終去，於評語亦不憚反覆删改，以衷於至當。潤飾既繁，卷頁蠹損，糾繆紛錯，讐校爲難。以商閔君頤生，慨許助成，遂得以付梓。烏乎！古今來論義山者夥矣，自《唐書》本傳有「詭薄無行」之語，而合之其詩，尤多閨闥之詞，世遂以才人浪子目之。雖使義山復生，殆亦無以自解。豈期千載下得朱氏長孺一序，特白其冤；而又得文達公此編，一屏其尖新塗澤之作，去瑕取瑜，歸於正聲，風人之旨，悉可探索，是不得謂非義山之知己已。世有歆慕義山者，尚其熟復是編，必如義山之有所諷喻寄託，則雖蒙才人浪子之目，千載下猶得而昭雪之也。光緒十有四年秋八月，古吴朱記榮撰。

世之習義山詩者，類取其一二尖新塗澤之作，轉相仿效。而毁義山者，因之指摘掊擊，以西崑爲厲禁。反復聚訟，非一日矣。皆緣不知義山之爲義山，而隨聲附和，鬨然佐鬬，贊與毀，皆無當也。夫深山大澤，有龍虎焉。不見其噓而成雲，嘯而生風，而執其敗鱗殘革以詫人，以爲龍虎如是。人見其敗鱗殘革也，亦以爲龍虎不過如是，而鄙之以爲不足奇，可謂之知龍虎哉？獨吴江朱氏，箋注一序，推見至隱，可謂知言。然其書以箋注爲主，例須全收，未暇别擇。余幼而學詩，即喜觀是集，每欲嚴爲澄汰，鈔録一編，牽率人事，因循未果也。秋冬以來，居憂多暇，因整理舊業，編纂成書。於流俗傳誦尖新塗澤之作，大半棄置，而當時習氣所漸，流於飛卿、長吉一派者，亦槩爲屏卻。去瑕取瑜，寧刻毋濫。覆而閲之，真有所謂曲江老人相視而笑者，何至争妍鬬巧，如世所云云哉？詩凡若干，具録於左，間採諸家之評，而附以愚意。其所以去取之義，及愚意之有所未盡者，别爲或問一卷附之。意主説詩，不專箋注，故題曰「玉溪生詩説」。又以朱氏一序冠之篇首，俾讀者知義山之宗旨，亦有以見此書之宗旨焉。乾隆庚午十一月，河間紀昀自題。

玉溪生詩説上

河間紀昀編　吴縣朱記榮校刊

重過聖女祠

白石巖扉碧蘚滋，上清淪謫得歸遲。一春夢雨常飄瓦，盡日靈風不滿旗。蕚緑華來無定所，杜蘭香去未移時。玉郎會此通仙籍，憶向天階問紫芝。四家評曰：次聯確是聖女祠，移用别仙鬼廟不得。前四句寫聖女祠，後四句寫重過，蓋於此有所遇，而託其詞于聖女。補遺：芥舟評曰：後四未免自落窠臼。

霜月

初聞征鴈已無蟬，八尺樓高水接天。青女素娥俱耐冷，月中霜裏鬭嬋娟。首二句極寫摇落高寒之意，則人不耐冷可知。卻不説破，只以青女素娥對照之，筆意深曲。

異俗二首 自注：時從事嶺南。

鬼瘧朝朝避，春寒夜夜添。未驚雷破柱，不報水齊簷。虎箭侵膚毒，魚鉤刺骨銛。鳥言成牒訴，多是恨彤襜。

户盡懸秦網，家多事越巫。未曾容獺祭，只是縱豬都。點對連鼇餌，搜求縛虎符。賈生兼事鬼，不信有洪爐。　二首骨法俱老，結句各有所刺。

蟬

本以高難飽，徒勞恨費聲。五更疏欲斷，一樹碧無情。薄宦梗猶汎，故園蕪已平。煩君最相警，我亦舉家清。　起二句斗入有力，所謂意在筆先。　歸愚評曰：四句取題之神。　前半寫蟬，即自寓。後半自寫，仍歸到蟬。隱顯分合，章法可翫。　李廉衣曰：「一樹」句纖詭，此等尤易誤人。與歸愚意相反，然可以對參。

贈劉司戶 蕡

江風吹浪動雲根，重碇危檣白日昏。已斷燕鴻初起勢，更驚騷客後歸魂。漢廷急詔誰先入，楚路高歌自欲翻。萬里相逢歡復泣，鳳巢西隔九重門。　起二句賦而比也，不待次聯承明，已覺冤氣抑塞，此神到之筆。七句合到本位，只「鳳巢西隔九重門」一句竟住，不消更説，絶好收法。

哭劉司戶二首

離居星歲易，失望死生分。酒甕凝餘桂，書籤冷舊芸。江風吹鴈急，山木帶蟬曛。一叫千回首，天高不爲聞。　先渲「江風」二句，末二句倍覺黯然。與右丞《濟州送祖三》詩「天寒遠山静」二句同一法門。

有美扶皇運，無誰薦直言。已爲秦逐客，復作楚冤魂。湓浦應分派，荆江有會源。并將添恨淚，一灑問乾坤。　此首一氣轉折，沉鬱震蕩，神力尤大。「無誰」二字不解，大約即無人之意。二首前虚後實，前暗後明。前述相悼之情，後乃説到大關係處，不見重複，亦不容倒置，此章法也。廉衣評曰：就「湓浦」、「荆江」指點有神，但結語與首章犯複。

悼傷後赴東蜀辟至散關遇雪

劍外從軍遠，無家與寄衣。散關三尺雪，迴夢舊鴛機。　氣格高遠，猶存開、寶之遺。「迴夢舊鴛機」，猶作有家觀也。縮退一步，正是加一倍法。

樂遊原

向晚意不適，驅車登古原。夕陽無限好，只是近黄昏。　百感茫茫，一時交集，謂之悲身世可，謂之憂時事亦可。　下二句向來所賞，然得力在以「向晚意不適」句倒裝而入，下二句已含言下。

北齊二首

一笑相傾國便亡，何勞荆棘始堪傷。小憐玉體横陳夜，已報周師入晉陽。　四家評曰：警快。　廉衣評曰：芥舟云：二詩太快，然病只在前二句欠深渾，後二句必如此快寫始妙。　議論以指點出之，神韻自遠。若但議論而乏神韻，則周曇、胡曾之流僅有名論矣。詩固有理足意正而不佳者。

巧笑知堪敵萬幾，傾城最在著戎衣。晉陽已陷休回顧，更請君王獵一圍。此首尤含蓄有味。風調欲絶，而不佻不纖，所以爲詩人之言。

南朝

玄武湖中玉漏催，雞鳴埭口繡襦回。誰言瓊樹朝朝見，不及金蓮步步來。敵國軍營漂木柹，前朝神廟鎖烟煤。滿宫學士皆顔色，江令當年只費才。三四言叔寶之荒淫過於東昏也。「誰言」「不及」，弄姿以取瞥脱耳。五六提筆振起，七八冷掉作收，是義山法門。以南朝爲題，實專詠陳事，六代終於陳也。四家牽於首二句，故兼宋、齊言之，實無此詩法。

聽鼓

城頭叠鼓聲，城下暮江清。欲問《漁陽摻》，時無禰正平。有清壯之音，以氣格勝。次句著「城下暮江清」五字，益覺蕭瑟空曠，動人遠想，此渲染之法。

桂林

城窄山將壓，江寬地共浮。東南通絶域，西北有高樓。神護青楓岸，龍移白石湫。殊鄉竟何禱，簫鼓不曾休。　字字精鍊，氣脈完足，直逼老杜。　落句愁在言外。

夜雨寄北

君問歸期未有期，巴山夜雨漲秋池。何當共翦西窗燭，却話巴山夜雨時。　探過一步作結，不言當下云何，而當下意境可想。　作不盡語，每不免有做作態。此詩含蓄不露，却只似一氣説完，故爲高唱。

北禽

爲戀巴江暖，無辭瘴霧蒸。縱能朝杜宇，可得值蒼鷹。石小虚填海，蘆銛未破矰。知來有乾鵲，何不向雕陵。　蘅齋評曰：憂讒畏譏而作。　字字比附，妙不黏滯。

柳

柳映江潭底有情，望中頻遣客心驚。巴雷隱隱千山外，更作章臺走馬聲。深情忽觸，不復在迹象之閒。

韓碑

元和天子神武姿，彼何人哉軒與羲。誓將上雪列聖恥，坐法宫中朝四夷。淮西有賊五十載，封狼生貙貙生羆。不據山河據平地，長戈利矛日可麾。帝得聖相相曰度，自注：《晏子春秋》：仲尼聖相。賊斫不死神扶持。腰懸相印作都統，陰風慘淡天王旗。愬武古通作牙爪，儀曹外郎載筆隨。行軍司馬智且勇，十四萬衆猶虎貔。入蔡縛賊獻太廟，功無與讓恩不訾。帝曰汝度功第一，汝從事愈宜爲詞。愈拜稽首蹈且舞，金石刻畫臣能爲。古者世稱大手筆，此事不繫於職司。當仁自古有不讓，言訖屢頷天子頤。公退齊戒坐小閣，濡染大筆何淋漓。點竄《堯典》《舜典》字，塗改《清廟》《生民》詩。文成破體書在紙，清晨再拜鋪丹墀。表曰臣愈昧死上，詠神聖功書之碑。碑高三丈字如手，負以靈鼇蟠以螭。句奇語重喻者少，讒之天子言其私。長繩百尺拽碑倒，粗砂大石相磨治。公之斯文若元氣，先時已入人肝脾。湯盤孔鼎有述作，今無其器存其詞。嗚呼聖皇及聖相，相與烜赫流淳熙。公之斯文不示後，曷與三五相攀追？願書萬本誦萬遍，口角流沫右手胝。傳之七十有二代，以爲封禪玉檢明堂基。

蘅齋評曰：首四句叙平淮西之由，莊重得體，亦即從韓碑首段化來。「誓將上雪列聖恥」句，説得爾許關係，已爲平淮西高占地步。「淮西」四句，極言元濟之强，便令平淮西之功益壯。入手八句兩段，字字争先，不是尋常鋪叙之法。「帝得」句遥接起四句，大書特書，提出眼目。十四萬兵如何鋪叙，只「陰風」七字傳神，便見出號令森嚴，步伍整齊，此一筆作百十筆用也。蓋從《詩》「蕭蕭馬鳴，悠悠旆旌」化來。層層寫下，至「帝曰」二句，一筆定母，眼目分明，前路總爲此二句。四家評曰：「愈拜稽首」一段，是波瀾頓挫處，不爾便直頭布袋。「公之斯文」四句，真撑得起，非此堅柱，如何搘柱一段大文？凡大篇須有幾處精神團聚，方不平衍散緩。收處只將聖皇聖相高占地步，而碑文之發揚壯烈，不可磨滅自見。此一篇之主宰，結處標明。有一起，合有一結，必如此，章法乃稱。

宿駱氏亭寄懷崔雍崔衮

竹塢無塵水檻清，相思迢遞隔重城。秋陰不散霜飛晚，留得枯荷聽雨聲。分明自己無聊，却就枯荷雨聲渲出，極有餘味。若説破雨夜不眠，轉盡于言下矣。秋陰不散起雨聲，霜飛晚起留得枯荷，此是小處，然亦見得不苟。補遺：香泉評曰：寄懷之意，全在言外。

風雨

淒涼寶劍篇，羈泊欲窮年。黄葉仍風雨，青樓自管絃。新知遭薄俗，舊好隔良緣。心斷新豐酒，銷愁斗幾千。　神力完足。「仍」字、「自」字，多少悲涼。補遺：芥舟評曰：「舊好」句疵。

夢澤

夢澤悲風動白茅，楚王葬盡滿城嬌。未知歌舞能多少，虚減宫廚爲細腰。　繁華易盡，却從當日希寵者一邊落筆，便不落弔古窠臼。

寄令狐郎中

嵩雲秦樹久離居，雙鯉迢迢一紙書。休問梁園舊賓客，茂陵秋雨病相如。　一唱三嘆，格韵俱高。

漫成三首

不妨何范盡詩家，未解當年重物華。遠把龍山千里雪，將來擬並洛陽花。花、雪是本文，龍山、洛陽借爲點綴，所謂串用也。此種絶句已落論宗矣，要之高手能以神韵出之，依然正聲也。

沈約憐何遜，延年毁謝莊。清新俱有得，名譽底相傷。風骨甚老。

霧夕詠芙蕖，何郎得意初。此時誰最賞，沈范兩尚書。言下多少健羨，悠然有絃外之音。三詩皆深有寄託，故言盡而意不盡，有不説出者在也。使泛泛論古，此體不免有傖父面目處。

無題

白道縈迴入暮霞，斑騅嘶斷七香車。春風自共何人笑，枉破陽城十萬家。怨極而以唱嘆出之，不露怒張之態。《無題》作小詩，極有神韵，衍爲七律，便往往太纖、太靡。蓋小詩可以風味取妍，律篇須骨格老重，方不失大方。

哭劉蕡

上帝深宮閉九閽，巫咸不下問銜冤。黄陵別後春濤隔，湓浦書來秋雨翻。只有安仁能作誄，何曾宋玉解招魂。平生風義兼師友，不敢同君哭寢門。　悲壯淋漓，一氣鼓盪。「湓浦書來」，謂訃音也。「巫咸」原作「巫陽」，從朱氏注改。「黄陵」原作「廣陵」，據「春雪滿黄陵」句改。　哭蕡詩四首俱佳，故詩亦須擇題。

杜司勳

高樓風雨感斯文，短翼差池不及群。刻意傷春復傷别，人間唯有杜司勳。　四家評曰：只自傷春、傷别，乃彌有感于司勳也。

楊本勝説於長安見小男阿衮

聞君來日下，見我最嬌兒。漸大啼應數，長貧學恐遲。寄人龍種瘦，失母鳳雛癡。語罷休邊角，青燈兩鬢絲。　四家評曰：結有情致。詩須如此住意，方不盡于言中。

西溪

悵望西溪水，潺湲柰爾何。不驚春物少，只覺夕陽多。色染妖韶柳，光含窈窕蘿。人間從到海，天上莫爲河。鳳女彈瑶瑟，龍孫撼玉珂。京華他夜夢，好好寄雲波。　七八句深遠藴藉，可稱高唱。

越燕二首

上國社方見，此鄉秋不歸。爲矜皇后舞，猶著羽人衣。拂水斜紋亂，銜花片影微。盧家文杏好，試近莫愁飛。　三四劣。　前六句實詠燕，末二句將寓意輕輕一按，帶動次首，此是章法。　此詩本不甚佳，但二首章法相生，不容割裂。有下首則此首亦佳，去此首則下首太突，故並存之。　竟陵笑《選》詩惜群，不知《詩歸》之病，正坐只知摘句耳。

將泥紅蓼岸，得草緑楊村。命侶添新意，安巢復舊痕。去應逢阿母，自注：樂府詩：「東飛伯勞西飛燕，黄姑阿母長相見。」來莫害皇孫。記取丹山鳳，今爲百鳥尊。　此首純乎寓意。前半言其得志，後半戒以心在朝廷，雖所指之人不可考，然語意分明。　字字託意，而不黏皮帶骨，最難。　自注引樂府「黄姑阿母」句，今本作「黄姑織女時相見」，未詳孰是。

杜工部蜀中離席

人生何處不離群，世路干戈惜暫分。雪嶺未歸天外使，松州猶駐殿前軍。座中醉客延醒客，江上晴雲雜雨雲。美酒成都堪送老，當壚仍是卓文君。　此擬工部之作，集中《韓翃舍人即事》亦此例。謝靈運《鄴中集詩》、江文通《雜擬詩》，標題皆如此也。　起二句大開大合，極龍跳虎卧之觀。　頷聯頂次句，頸聯正寫離席。　夢泉評曰：題是離席，末二句留之也。　四家評曰：此等詩須合全體觀之，不以字句論工拙。

隋宫

紫泉宫殿鎖烟霞，欲取蕪城作帝家。玉璽不緣歸日角，錦帆應是到天涯。於今腐草無螢火，終古垂楊有暮鴉。地下若逢陳後主，豈宜重問《後庭花》？　純用襯貼活變之筆，一氣流走，無復排偶之迹。　首二句一起一落，上句頓，下句轉，緊呼三四句「不緣」、「應是」四字，跌宕生動之極。　無限逸遊，如何鋪叙，三四句只作推算語，便連未有之事一併託出，不但包括十三年中事也。此非常敏妙之筆。結句是晚唐别於盛唐處。若李、杜爲之，當别有道理。此升降大關，不可不知。學義山者，切戒此種筆墨。結雖不佳，然緣煬帝實有吴公臺見陳後主一事，借爲點綴，尚不大礙。若憑空作此語，則惡道矣。

二月二日

二月二日江上行，東風日暖聞吹笙。花鬚柳眼各無賴，紫蝶黄蜂俱有情。萬里憶歸元亮井，三年從事亞夫營。新灘莫悟遊人意，更作風簷夜雨聲。四家評曰：前半逼出「憶歸」，如此濃至，卻令人不覺。元亮井事無所出，恐是葛亮之訛。補遺：香泉評曰：兩路相形，夾寫出「憶歸」精神。合通首反覆咀味之，其情味自出。

籌筆驛

猿鳥猶疑畏簡書，風雲長爲護儲胥。徒令上將揮神筆，終見降王走傳車。管樂有才終不忝，關張無命欲何如。他年錦里經祠廟，《梁甫吟》成恨有餘。蒙泉評曰：起二句本意已盡，無可措手矣，三四忽作開筆，五六收轉，兩意相承，字字頓挫，七八拓開作結，與少陵「丞相祠堂」作不可妄置優劣也。起手擡得甚高，三四忽然駁倒。四句之中，幾于自相矛盾，蓋由意中先有五六一解，故敢下此離奇之筆。見是横絶，其實穩絶。前六句夭矯奇横，不可方物，就勢直結，必爲强弩之末，故提筆掉轉。前日之經祠廟，吟《梁父》，而恨有餘，則今日撫其故迹，恨可知矣。一篇淋漓盡致，結處猶能作掉開，不盡之筆，圓滿之極。

武侯廟古柏

蜀相階前柏，龍蛇捧閟宫。陰成外江畔，老向惠陵東。大樹思馮異，甘棠憶召公。葉凋湘燕雨，枝折海鵬風。玉壘經綸遠，金刀曆數終。誰將《出師表》，一爲問昭融。蒙泉評曰：五六句一鎖，轉處生慨。五六句乃一篇眼目，不但以用事工細賞之。「湘燕」、「海鵬」，字無著落，此種是崑體可厭之處。有謂「金刀」句太纖者，不爲無見，然在崑體尚不妨，但不得刻意效此種。

即日

一歲林花即日休，江間亭下悵淹留。重吟細把真無柰，已落猶開未放愁。山色正來銜小苑，春陰只欲傍高樓。金鞍忽散銀壺漏，更醉誰家白玉鉤？　純以情致勝，筆筆唱嘆，意境自深。《曲池》詩亦是此調，則近乎靡矣。

九成宫

十二層城閬苑西，平時避暑拂虹霓。雲隨夏后雙龍尾，風逐周王八駿蹄。吴岳曉光連翠巘，甘泉晚景上丹梯。荔枝盧橘沾恩幸，鸞鵲天書濕紫泥。　此義山感當世之衰，而追思貞觀太平之盛也。謂有所諷刺者，非。　起手「平時」二字特清眉目。　七八句言一草一木皆在德澤沾溉之中，望古遥集，聲在絃外，詩人之言，蓋如是矣。

漢宫詞

青雀西飛竟未回，君王長在集靈臺。侍臣最有相如渴，不賜金莖露一杯？　長孺箋曰：按史，憲宗服金丹暴崩，穆宗、武宗復循其轍。義山此作深有託諷，與後《瑶池》詩同旨。　筆筆折轉，警動非常，而出之深婉。　後二句言果醫得消渴病愈，猶有可以長生之望，何不賜一杯以試之也？折中有折，筆意絶佳。

無題四首 選第二首

颯颯東風細雨來，芙蓉塘外有輕雷。金蟾齧鎖燒香入，玉虎牽絲汲井回。賈氏窺簾韓掾少，宓妃留枕魏王才。春心莫共花争發，一寸相思一寸灰。

起二句妙有遠神，不可理解，而可以意喻。「魏王」字合是陳王，爲平仄所牽耳。賈氏窺簾，以韓掾之少；宓妃留枕，以魏王之才。自顧生平，豈復有分及此，故曰「春心莫共花争發，一寸相思一寸灰」，此四句是一提一落也。四首皆寓言也。此作較有蘊味，氣體亦不墮卑瑣。《無題》諸作，大抵感懷託諷，祖述乎美人香草之遺，以曲傳其鬱結，故情深調苦，往往感人。特其格不高，時有太纖太靡之病。且數見不鮮，轉成窠臼耳。歸愚以爲剪綵爲花，絶少生韵，固不足以服其心；而效者又摹擬剽賊，積爲塵劫，無病而呻，有更甚於漢人之擬《騷》者。他體已然，七律尤甚，流弊所至，殆不勝言。存此一章，聊以備義山一種耳。

無題二首 選第一首

八歲偷照鏡，長眉已能畫。十歲去踏青，芙蓉作裙衩。十二學彈箏，銀甲不曾卸。十四藏六親，懸知猶未嫁。十五泣春風，背面鞦韆下。　獨成一格，然覺有古意，古故不在形貌聲響閒。

四家評曰：每於結處見本意。　又曰：亦有不盡之妙。　此《無題》中之最佳者，若「何處哀箏隨急管」一首，風斯下矣。　《無題》諸作有確有寄託者，「來是空言去絶踪」之類是也。　有戲爲艷語者，「近知名莫愁」之類是也。　有實有本事者，如「昨夜星辰昨夜風」之類是也。　有失去本題，而後人題曰「無題」者，如「萬里風波一葉舟」一首是也。　有失去本題，而誤附于《無題》者，如「幽人不倦賞」一首是也。　宜分別觀之，不必概爲深解。　其有摘詩中字面爲題者，亦《無題》之類，亦有此數種，皆當分晰。　補遺：　芥舟評曰：　此首誠佳，然不可仿效。　彼固由仿效而來，以能截體，故佳耳。

落花

高閣客竟去，小園花亂飛。　參差連曲陌，迢遞送斜暉。　腸斷未忍掃，眼穿仍欲稀。　芳心向春盡，所得是沾衣。　歸愚評曰：　起法之妙，粘著者不知。　蒙泉評曰：　好起結，非人所及。

起句亦非人意中所無，但不免放在中間，後面寫寂寞之景耳。　得神在倒跌而入。　四家評曰：　一結無限深情，「得」字意外巧妙。　補遺：　芥舟評曰：　起句真是超絶，「眼穿」、「腸斷」，吾不喜之。

訪隱者不遇成二絶

秋水悠悠浸野扉，夢中來數覺來稀。玄蟬去盡葉黄落，一樹冬青人未歸。落句有神。廉衣評曰：「夢中」句累。

城郭休過識者稀，哀猿啼處有柴扉。滄江白石樵漁路，日暮歸來雨滿衣。「白石」本作「白日」，從汲古閣本改。蒙泉評曰：此想其所往也，寫不遇亦别。蘅齋評曰：二絶風格又别。

柳

曾逐東風拂舞筵，樂遊春苑斷腸天。如何肯到清秋日，已帶斜陽又帶蟬。蘅齋評曰：四句一氣，筆意靈活。只用三四虚字轉折，冷呼熱唤，悠然絃外之音，不必更著一語也。平山箋曰：「肯」字妙。補遺：芥舟評曰：平山賞「肯」字之妙，然此字亦險。

三月十日流杯亭

身屬中軍少得歸，木蘭花盡失春期。偷隨柳絮到城外，行過水西聞子規。風調自異，純以骨韵勝也。

留贈畏之

自注：時將赴梓潼，遇韓朝迴。三首。 選第二首

待得郎來月已低，寒暄不道醉如泥。五更又欲向何處，騎馬出門烏夜啼。 此題三首，後二首了不相涉，必遺去贈韓詩二首，而以他詩入之也。午橋箋附會穿鑿，亦固而已矣。 絶妙閨情聲調，極似《竹枝》。此種自是艷體，唐人多有，必以義山之故，爲之深解，斯注家之陋也。 同年董曲江曰：義山之詩，寄託固多，然亦有只是艷詞者，如《柳枝》五首，設當日不留一序，又何不可作感慨遇合解也。此語有見，因論此詩而附著之。

碧城三首

碧城十二曲闌干，犀辟塵埃玉辟寒。閬苑有書多附鶴，女牀無樹不棲鸞。星沈海底當窗見，雨過河源隔坐看。若是曉珠明又定，一生長對水晶盤。

對影聞聲已可憐，玉池荷葉正田田。不逢蕭史休回首，莫見洪崖又拍肩。紫鳳放嬌銜楚佩，赤鱗狂舞撥湘絃。鄂君悵望舟中夜，繡被焚香獨自眠。

七夕來時先有期，洞房簾箔至今垂。玉輪顧兔初生魄，鐵網珊瑚未有枝。檢與神方教駐景，收將鳳紙寫相思。武皇内傳分明在，莫道人間總不知。

詩有衆説糾紛者，既無本事，難以確主，第各就所見領略之，亦各有得力耳。《碧城三首》可如是觀也。《錦瑟》體澁而味薄，觀末二句，意亦止是耳。《碧城》則寄託深遠，耐人咀味矣。此真所謂不必知名而自美也。

辛未七夕

恐是仙家好别離，故教迢遞作佳期。由來碧落銀河畔，可要金風玉露時。清漏漸移相望久，微雲未接過來遲。豈能無意酬烏鵲，唯與蜘蛛乞巧絲。

首四句作問之之詞，後四句即與就事論事，又逼入一步問之，超忽跌蕩，不可方物。只是命意高，則筆下得勢耳。

玉山

玉山高與閬風齊，玉水清流不貯泥。何處更求回日馭，此中兼有上天梯。珠容百斛龍休睡，桐拂千尋鳳要栖。聞道神仙有才子，赤簫吹罷好相攜。

此實咏玉山，非摘首二字爲題之比。純乎

託意，三四有力量，五六有風旨。

牡丹

錦幃初卷衛夫人，自注：《典略》云：夫子見南子，在錦幃之中。繡被猶堆越鄂君。垂手亂翻雕玉佩，折腰争舞鬱金裙。石家蠟燭何曾翦，荀令香爐可待薰。我是夢中傳彩筆，欲書花片寄朝雲。四家評曰：生氣涌出。八句八事，却一氣鼓盪，不見用事之迹，絶大神力。所惡乎《碧瓦》諸作，爲其琱琢支凑，無復神味，非以用事也。如此詩，神力完足，豈復以纖靡繁碎爲病哉？「折腰争舞」句，形容出富貴風流之致，《英華》作「細腰頻换鬱金裙」，索然無味矣。末句却合依《英華》本，花片有情，花葉無理也。

詠史

北湖南埭水漫漫，一片降旗百尺竿。三百年間同曉夢，鍾山何處有龍盤。四家評曰：形勝難憑，亦風刺也。又曰：四句中氣脈何等闊大。廉衣評曰：「一片」句鶻兀。又曰：此詩漸近粗響。極是。補遺：香泉評曰：北湖南埭，皆盤游之地，言以佚樂致亡也。寫來不覺。

日射

日射紗窗風撼扉，香羅掩手春事違。迴廊四合掩寂寞，碧鸚鵡對紅薔薇。　佳在竟住，情景可思。

梓潼望長卿山至巴西復懷譙秀

梓潼不見馬相如，更欲南行問酒壚。行到巴西覓譙秀，巴西惟是有寒蕪。　但如題一氣寫出，自饒深致，最老境不可及。　廉衣曰：字句銜壘而下，集中此調極多。在彼寫來，自有拙趣，然效之則成枯簪矣。神到之作，獨《夜雨寄北》一章耳。

齊宮詞

永壽兵來夜不扃，金蓮無復印中庭。梁臺歌管三更罷，猶自風摇九子鈴。　歸愚評曰：此篇不著議論，《賈生》篇竟著議論，異體而各極其致。　補遺：芥舟評曰：勝《北齊二首》。

漢宮

通靈夜醮達清晨，承露盤晞甲帳春。王母西歸方朔去，更須重見李夫人。不下斷語，而吞吐之間，大意見矣。與《北齊》第二首同一風調。「春」字趁韵。

江東

驚魚撥刺燕翩翾，獨自江東上釣船。今日春光太漂蕩，謝家輕絮沈郎錢。蒙泉評曰：無聊之思，亦在言外。

灞岸

山東今歲點行頻，幾處冤魂哭虜塵。灞水橋邊倚華表，平時二月有東巡。以倒裝見吐屬之妙，若順説則不成語矣。於此悟用筆之法。　首二句再藴藉更佳。

望喜驛別嘉陵江水二絶

嘉陵江水此東流，望喜樓中憶閬州。若到閬州還赴海，閬州應更有高樓。曲折有味。

千里嘉陵江水色，含烟帶月碧於藍。今朝相送東流後，猶自驅車更向南。前首説江東去，是將别也。此首説人南行，是已别也。二首相生。

月夕

草下陰蟲葉上霜，朱欄迢遞壓湖光。兔寒蟾冷桂花白，此夜姮娥應斷腸。對面寫法。廉衣評曰：三句拙湊。

離亭賦得折楊柳二首 選第二首

含烟惹霧每依依，萬緒千條拂落暉。爲報行人休盡折，半留相送半迎歸。情致自深，翻題殊妙。此詩亦二首相生，然可以删取。廉衣評曰：首二句格低。

寄永道士

共上雲山獨下遲，陽臺白道細如絲。君今併倚三珠樹，不記人閒落葉時。　感慨殊深。

次陝州先寄源從事

離思羈愁日欲晡，東周西雍此分途。迴鑾佛寺高多少，望盡黄河一曲無。　淺淺語，風骨自老，氣脈亦厚。

過鄭廣文舊居

宋玉平生恨有餘，遠循三楚弔三閭。可憐留著臨江宅，異代應教庾信居。　純乎比體，後二句烘託取姿。

夢令狐學士

山驛荒涼白竹扉，殘燈向曉夢清輝。右銀臺路雪三尺，鳳詔裁成當直歸。　平山箋曰：失意人夢得意人，「山驛」、「銀臺」，映發得妙。

宫妓

珠箔輕明拂玉墀，披香新殿鬭腰支。不須看盡魚龍戲，終遣君王怒偃師。　鈍吟評曰：此詩風刺也。唐時宫禁不嚴，託意偃師之假人，刺其相招，不忍斥言，真微詞也。

宫詞

君恩如水向東流，得寵憂移失寵愁。莫向樽前奏花落，涼風只在殿西頭。　怨之至矣，而不失優柔之意，一唱三嘆，餘音未寂。後二句彷彿「黄河遠上」一章也。　廉衣曰：末二句妙矣。緣「西」字與首句「東」字相應，轉成纖仄。此論入微。　又曰：次句欠雅。亦是。

瑶池

瑶池阿母綺窗開，黄竹歌聲動地哀。八駿日行三萬里，穆王何事不重來。盡言盡意矣，而以詰問之詞吞吐出之，故盡而不盡。廉衣曰：太薄。

評事翁寄賜餳粥走筆爲答

粥香餳白杏花天，省對流鶯坐綺筵。今日寄來春已老，鳳樓迢遞憶鞦韆。只將今昔對照，一點便住，不説出，已説出矣。此詩家常用之法。

板橋曉别

回望高城落曉河，長亭窗户壓微波。水仙欲上鯉魚去，一夜芙蓉紅淚多。何等風韵，如此作艷體乃佳，笑裙裾脂粉之横填也。

與同年李定言曲水閒話戲作

海燕參差溝水流，同君身世屬離憂。相攜花下非秦贅，對泣春天類楚囚。碧草暗侵穿苑路，珠簾不捲枕江樓。莫驚五勝埋香骨，地下傷春亦白頭。入手有勢有法。四家評曰：首句比也。後二句正閒話所及，「亦」字暗抱前半，「戲」字即含句內。亦沈鬱頓挫，亦清楚分明，題中無一字不到也。

有感二首 自注：乙卯年有感，丙辰年詩成。

九服歸元化，三靈叶睿圖。如何本初輩，自取屈氂誅。有甚當車泣，因勞下殿趨。何成奏雲物，直是滅萑苻。證逮符書密，詞連性命俱。竟緣尊漢相，不早辯胡雛。鬼籙分朝部，軍烽照上都。敢云堪慟哭，未免怨洪爐。起二句言人心天命俱未去，唐非真有社稷存亡之慮，無容急遽圖之也。四家評曰：結句歸禍於天，風人之旨。

丹陛猶敷奏，彤庭歘戰爭。臨危對盧植，是晚獨召故相彭陽公入。始悔用龐萌。御仗收前殿，兇徒劇背城。蒼黄五色棒，掩遏一陽生。古有清君側，今非乏老成。素心雖未易，此舉太無名。誰瞑銜冤目，寧吞欲絶聲。近聞開壽讌，不廢用咸英。　直起不裝頭，是第二首也。「古有」四句，兩開兩合，曲折如志，絶大神力。　結句感慨入骨，此義山法也。　二詩是慨訓、注輕舉，文宗誤用，而令王涯等蒙冤，錢夕公之箋非也。

重有感

玉帳牙旗得上遊，安危須共主君憂。竇融表已來關右，陶侃軍宜次石頭。豈有蛟龍愁失水，更無鷹隼與高秋。晝號夜哭兼幽顯，早晚星關雪涕收。　「豈有」、「更無」，開閤相應。上句言無受制之理，下句解受制之故也。揭出大義，壓伏一切，此等處是真力量。夕公以「豈有」爲諱之，非也。

春雨

悵卧新春白袷衣，白門寥落意多違。紅樓隔雨相望冷，珠箔飄燈獨自歸。遠路應悲春晼晚，殘宵猶得夢依稀。玉璫緘札何由達，萬里雲羅一雁飛。　宛轉有味。　平山箋以爲此有寓意，亦屬有見。然如此詩，即無寓意亦自佳。　景州李露園嘗曰：詩令人解得寓意，見其佳；即不解所寓之意，亦見其佳，乃爲好詩。蓋必如是乃蘊藉渾厚耳。因論此詩而附記之。

即日

小苑試春衣，高樓倚暮暉。夭桃唯是笑，舞蝶不空飛。赤嶺久無耗，鴻門猶合圍。幾家緣錦字，含淚坐鴛機。

蒙泉評曰：感時事而作，三四句對，末二句看興也。

淮陽路

荒村倚廢營，投宿旅魂驚。斷雁高仍急，寒溪曉更清。昔年嘗聚盜，此日頗分兵。猜貳誰先致，三朝事始平。

氣脈既大，意境亦深，沈著流走，居然老杜之遺。

晚晴

深居俯夾城，春去夏猶清。天意憐幽草，人閒重晚晴。併添高閣迥，微注小窗明。越鳥巢乾後，歸飛體更輕。

輕秀是錢郎一格。五六再振起，則大曆以上矣。末句結晚晴，可謂細意熨貼，即無寓意，亦自佳也。

迎寄韓魯州瞻同年

積雨晚騷騷，相思正鬱陶。不知人萬里，時有燕雙高。寇盜纏三輔，時興元賊起，三川兵出。莓苔滑百牢。聖朝推衛索，歸日動仙曹。前四句一氣渾成，意格高遠。

武夷山

只得流霞酒一杯，空中簫鼓幾時迴。武夷洞裏生毛竹，老盡曾孫更不來。辯神仙之妄也。吞吐出之，語殊蘊藉。「幾時迴」是問詞，「更不來」是答詞。别本嫌二句犯複，改「幾」爲「當」，其實語意相生，本自不複也。

西南行卻寄相送者

百里陰雲覆雪泥，行人只在雪雲西。明朝驚破還鄉夢，定是陳倉碧野雞。以風調勝。詩固有無所取義而自佳者。

安定城樓

迢遞高城百尺樓，綠楊枝外盡汀洲。賈生年少虚垂淚，王粲春來更遠遊。永憶江湖歸白髮，欲迴天地入扁舟。不知腐鼠成滋味，猜意鵷雛竟未休。　四家評以逼真老杜，信然。然使老杜爲之，末二句必另有道理也。

茂陵

漢家天馬出蒲梢，苜蓿榴花徧近郊。内苑只知含鳳嘴，屬車無復插雞翹。玉桃偷得憐方朔，金屋修成貯阿嬌。誰料蘇卿老歸國，茂陵松柏雨蕭蕭。　前六句一氣，七八折轉。集中多此格，此首尤一氣鼓盪，神力完足。　蘅齋評曰：此首確是茂陵懷古詩，以爲託諷，恐失作者之意。

風

迴拂來鴻急，斜催别燕高。已寒休慘淡，更遠尚呼號。楚色分西塞，夷音接下牢。歸舟天外有，一爲戒波濤。　純是寓意，字字沈著，卻字字唱嘆，絶不黏滯也。

天涯

春日在天涯，天涯日又斜。鶯啼如有淚，爲濕最高花。　四家評曰：一氣渾成，如是即佳。平山箋曰：「最高花」，花之絶頂枝也。花至此，開盡矣。

自山南北歸經分水嶺

水急愁無地，山深故有雲。那通極目望，又作斷腸分。鄭驛來雖及，燕臺哭不聞。猶餘遺意在，許刻鎮南勳。　一氣流走，風格甚老。　長孺箋曰：按史，開成初令狐楚爲山南節度使，卒於鎮。山南治漢中，題曰「北歸經分水嶺」，而詩有「燕臺哭不聞」之句，知必爲令狐楚作也。義山嘗爲楚撰誌文，故末曰「許刻鎮南勳」。

代秘書贈弘文館諸校書

清切曹司近玉除，比來秋興復何如。崇文館裏丹霜後，無限紅梨憶校書。　風韵絶人。　末句「校書」二字指其事，非題中所署之官名也。

出關宿盤豆館對叢蘆有感

蘆葉梢梢夏景深，郵亭暫欲灑塵襟。昔年曾是江南客，此日初爲關外心。思子臺邊風自急，玉娘湖上月應沈。清聲不遠行人去，一任荒城伴夜砧。　用筆甚輕，而情思殊深，正復以輕得之耳。

補遺：香泉評曰：次聯言昔客江南，黄蘆滿地，然年壯氣盛，曾無寥落之感。此日流落而爲關外之人，不覺悽乎其悲，因蘆葉之梢梢，而百端交集也。

吴宫

龍檻沈沈水殿清，禁門深掩斷人聲。吴王宴罷滿宫醉，日暮水漂花出城。　平山箋曰：總從「梧宫秋，吴王愁」六字翻出。　末七字含多少荒淫在内，而渾然不覺，此之謂藴藉。

常娥

雲母屏風燭影深，長河漸落曉星沈。常娥應悔偷靈藥，碧海青天夜夜心。　意思藏在上二句，卻從常娥對面寫來，十分蘊藉，非咏常娥也。

天津西望

虜馬崩騰忽一狂，翠華無不到東方。天津西望腸真斷，滿眼秋波出苑墻。首二句太拙，末句神來。

憶住一師

無事經年別遠公，帝城鐘曉憶西峰。爐烟消盡寒燈晦，童子開門雪滿松。格韵俱高。補遺：香泉評曰：只寫住師所處之境，清絶如此，而其人益可思矣。所憶之情，言外縹緲。

寄蜀客

君到臨邛問酒壚，近來還有長卿無。金徽卻是無情物，不許文君憶故夫。隱其名曰蜀客，風之以不憶故夫，此必新舊之間，友朋相怨之詩也，亦殊婉而多風。補遺：香泉評曰：以無情誚金徽，殊妙。若説文君無情，便同嚼蠟矣。

細雨

帷飄白玉堂，簟卷碧牙牀。楚女當時意，蕭蕭髮彩涼。　　對照下筆，小詩之極有致者。

到秋

扇風淅瀝簟流離，萬里南雲滯所思。守到清秋還寂寞，葉丹苔碧閉門時。　「到」字好，以前有多少話在也。　不言愁而愁自見，詩須如此住。

華師

孤鶴不睡雲無心，衲衣筇杖來西林。院門晝鎖迴廊静，秋日當階柹葉陰。　落落穆穆，静氣在字句之外。

過華清内厩門

華清别館閉黄昏，碧草悠悠内厩門。自是明時不巡幸，至今青海有龍孫。　四家評曰：婉而多風，勝《龍池》多多。

丹丘

青女丁寧結夜霜，羲和辛苦送朝陽。丹丘萬里無消息，幾對梧桐憶鳳凰。　蒙泉評曰：有「西方美人」之慨。　起二句猶嫌湊泊。

昭肅皇帝挽歌詞三首

九縣懷雄武，三靈仰睿文。周王傳叔父，漢后重神君。玉律朝驚露，金莖夜切雲。笳簫淒欲斷，無復詠横汾。　四家評曰：五六説大行，藴藉輕婉。

玉塞驚宵柝，金橋罷舉烽。始巢阿閣鳳，旋駕鼎湖龍。門咽通神鼓，樓凝警夜鍾。小臣觀吉從，猶誤欲東封。　到第六句直是轉身不得，必爲弩末矣，看結法是何等神力。　廉衣曰：結句調警而意纖。思之信然。

莫驗昭華琯，虛傳甲帳神。海迷求藥使，雪隔獻桃人。桂寢青雲斷，松扉白露新。萬方同象鳥，舉慟滿秋塵。　又就求仙唱嘆作收，聲情淒婉，是悲非刺。　四家評曰：三首宏整哀切，就挽事作嘆，不失誄尊之體。

梓州罷吟寄同舍

不揀花朝與雪朝，五年從事霍嫖姚。君緣接坐交珠履，我爲分行近翠翹。楚雨含情皆有託，漳濱卧病竟無憀。長吟遠下燕臺去，唯有衣香染未銷。　「罷」，府罷也。　起手斗入有力。平山箋曰：是倒裝法也。　結語感嘆不盡。

故驛迎弔故桂府常侍有感

飢烏翻樹晚雞啼，泣過秋原沒馬泥。二紀征南恩與舊，此時丹旐玉山西。　四家評曰：悲出無字。　妙，不更著一字。

暮秋獨遊曲江

荷葉生時春恨生，荷葉枯時秋恨成。深知身在情長在，悵望江頭江水聲。不深不淺，恰到好處。

子初郊墅

看山對酒君思我，聽鼓離城我訪君。臘雪已添墻下水，齋鐘不散檻前雲。陰移竹柏濃還淡，歌雜漁樵斷更聞。亦擬村南買烟舍，子孫相約事耕耘。直寫樸老，風格殊高。補遺：芥舟評曰：「君思我」，「我訪君」，二句調用在起聯，故只覺脱洒，不嫌油俗，亦以其襯貼字面雅淨。若吴梅村偷用於頷聯云「青衫憔悴卿憐我，紅粉飄零我憶卿」，則俗不可耐矣。

漢南書事

西師萬衆幾時迴，哀痛天書近已裁。文吏何曾重刀筆，將軍猶自舞輪臺。幾時拓土成王道，從古窮兵是禍胎。陛下好生千萬壽，玉樓長御白雲杯。　拓土窮兵，自是正面，而以對「哀痛天書」言之，則借爲反襯也。　結句就「哀痛天書」作收，極直極曲，可謂之婉而章矣。　複兩「幾時」，雖不害爲好詩，如西子捧心，不得謂之非病。

寫意

燕雁迢迢隔上林，高秋望斷正長吟。人間路有潼江險，天外山唯玉壘深。日向花間留返照，雲從城上結層陰。三年已制思鄉淚，更入新年恐不禁。　潼江、玉壘，豈必獨險、獨深，意中覺其如是耳。　結恐太直，故作態收之，此亦躲閃之法也。

賈生

宣室求賢訪逐臣，賈生才調更無倫。可憐夜半虛前席，不問蒼生問鬼神。　純用議論矣，卻以唱嘆出之，不見議論之迹。

舊將軍

雲臺高議正紛紛，誰定當時蕩寇勳？日暮灞陵原上獵，李將軍是故將軍。　四家評曰：譏當時棄功不録也。詞致清婉。

曼倩詞

十八年來墮世間，瑤池歸夢碧桃閑。如何漢殿穿針夜，又向窗中覷阿環。　自寓之作，感慨不盡。

訪秋

酒薄吹還醒，樓危望已窮。江皋當落日，帆席見歸風。烟帶龍潭白，霞分鳥道紅。殷勤報秋意，只是有丹楓。　意境既闊，氣脈亦厚，此亦得杜之藩籬者。「訪」字恐「初」字之訛，形相似也。且作「初」，尤與末二句意思相關。

哭劉司户蕡

路有論冤謫，言皆在中興。空聞遷賈誼，不待相孫弘。江闊惟迴首，天高但撫膺。去年相送地，春雪滿黄陵。

後四逆挽作收，絶好結法。「江闊」二句，亦言相送時也。補遺：香泉評曰：公孫弘再舉賢良，乃遭遇人主，而至相位而去。蕡竟不及待。用事最親切。

陸發荆南始至商洛

昔去真無柰，今還豈自知。青辭木奴橘，紫見地仙芝。四海秋風闊，千巖暮景遲。向來憂際會，猶有五湖期。

後半力足神完，居然老杜。末二句一宕一折，以歇後作收，亦一住法。補遺：芥舟評曰：三四鐫削而不工。

思歸

固有樓堪倚，能無酒可傾？嶺雲春沮洳，江月夜晴明。魚亂書何託，猿哀夢易驚。舊居連上苑，時節正遷鶯。　起得超忽，收得恰好。通首一氣轉折，氣脈雄大。　廉衣曰：古法備具，苦乏生韵。

春游

橋峻班騅疾，川長白鳥高。烟輕唯潤柳，風濫欲吹桃。徙倚三層閣，摩挲七寶刀。庚郎年最少，青草妬春袍。　四家賞「濫」字之奇，然佳處不在此。後半有老驥伏櫪之思，非但爲香倩語也。　廉衣曰：五六客氣。　補遺：芥舟評曰：前四上二字平頭，亦小病。　又曰：腰聯真是健筆。　又曰：「濫」字不佳。

細雨

蕭灑傍迴汀，依微過短亭。氣涼先動竹，點細未開萍。稍促高高燕，微疏的的螢。故園烟草色，仍近五門青。　前六句猶刻畫家數，一結若近若遠，不黏不脱，確是細雨中思鄉，作尋常思鄉不得，作大雨亦不得。

題鄭大有隱居

結構何峰是，喧閑此地分。石梁高瀉月，樵路細侵雲。偃臥蛟螭室，希夷鳥獸群。近知西嶺上，玉管有時聞。自注：君居近子晉憩鶴臺。　　三四高唱。

夜飲

卜夜容衰鬢，開筵屬異方。燭分歌扇淚，雨送酒船香。江海三年客，乾坤百戰場。誰能辭酩酊，淹臥劇清漳。　　五六高壯，使通篇氣力完足。　　三句小樣。

江上

萬里風來地，清江北望樓。雲通梁苑路，月帶楚城秋。刺字從漫滅，歸途尚阻修。前程更烟水，吾道豈淹留。　　蒙泉評曰：三四佳句。

涼思

客去波平檻，蟬休露滿枝。永懷當此節，倚立自移時。北斗兼春遠，南陵寓使遲。天涯占夢數，疑誤有新知。

前四妙在倒轉説，若换起二句作三四句，直平鈍語耳。五六亦深穩。

江村題壁

沙岸竹森森，維艄聽越禽。數家同老壽，一徑自陰深。喜客嘗留橘，應官説採金。傾壺真得地，愛日静霜砧。

三四如畫，通首俱老。

漫成五章

沈宋裁詞矜變律，王楊落筆得良朋。當時自謂宗師妙，今日唯觀對屬能。
李杜操持事略齊，三才萬象共端倪。集仙殿與金鑾殿，可是蒼蠅惑曙雞。
生兒古有孫征虜，嫁女今無王右軍。借問琴書終一世，何如旗蓋仰三分。

代北偏師銜使節，關中裨將建行臺。不妨常日饒輕薄，且喜臨戎用草萊。
郭令素心非黷武，韓公本意在和戎。兩都耆舊皆垂淚，臨老中原見朔風。
四家評曰：較少陵諸絶，仍多婉態。專取神情，絶句之正體也。參入論宗，絶句之變體也。論宗而以神情出之，則變而不失其正者也。

幽居冬暮

羽翼摧殘日，郊園寂寞時。曉雞驚樹雪，寒鶩守冰池。急景忽云暮，頽年寖已衰。如何匡國分，不與夙心期。四家評曰：渾圓有味。無句可摘，而自然深至。此火候純熟之後，非可以力强也。强爲之，非枯則率耳。

摇落

摇落傷年日，羇留念遠心。水亭吟斷續，月幌夢飛沈。古木含風久，疏螢怯露深。人間始遥夜，地迥更清砧。結愛曾傷晚，端憂復至今。未諳滄海路，何處玉山岑。灘激黄牛暮，雲屯白帝陰。遥知沾灑意，不減欲分襟。蒙泉評曰：五六句藴藉之極。情調殊佳，格雖不高，而亦不卑。

滯雨

滯雨長安夜，殘燈獨客愁。故鄉雲水地，歸夢不宜秋。　反筆甚曲。

偶題二首

山亭閒眠微醉消，山榴海柏枝相交。水文簟上琥珀枕，旁有墮釵雙翠翹。　艷而能逸。第二句有意無意，絶佳。

清月依微香露輕，曲房小院多逢迎。春叢定是饒栖鳥，飲罷莫持紅燭行。　對面寫來，倍有情致。雍陶「自起開籠放白鷴」，亦是如此用意，而其語不工。

夜冷

樹繞池寬月影多，村砧塢笛隔風蘿。西亭翠被餘香薄，一夜將愁向敗荷。　憔悴欲絶，而不爲蹶蹙之聲。

戲贈張書記

別館君孤枕，空庭我閉關。池光不受月，野氣欲沈山。星漢秋方會，關河夢幾還。危絃傷遠道，明鏡惜紅顔。古木含風久，平蕪盡日閒。心知兩愁絶，不斷若循環。　　戲張之憶家也，妙不傷雅。

幽人

丹竈三年火，蒼崖萬歲藤。樵歸説逢虎，碁罷正留僧。星斗同秦分，人烟接漢陵。東流清渭苦，不盡照衰興。　　後四句言世界忙忙，反襯幽字，絶可味，尤妙。不更找一字，低徊唱嘆，使人言外得之。　　廉衣評曰：項聯滯相，遂使通首兩橛。

曲江

望斷平時翠輦過，空聞子夜鬼悲歌。金輿不返傾城色，玉殿猶分下苑波。死憶華亭聞唳鶴，老憂王室泣銅駝。天荒地變心雖折，若比傷春意未多。　　五六宕開，七八收轉，言當日陸機、索靖雖有天荒地變之悲，亦不過如此而已矣。大提大落，極有筆意。不得將五六看作借比，使末二句文理不順也。

九日

曾共山翁把酒巵，霜天白菊繞階墀。十年泉下無人問，九日樽前有所思。不學漢臣栽苜蓿，空教楚客詠江蘺。郎君官貴施行馬，東閣無因再得窺。蒙泉評曰：一氣鼓盪。補遺：香泉評曰：應璩與滿公琰書：「外慕郎君謙讓之德。」注云：「應曾事其父，故稱郎君。」

贈司勳杜十三員外

杜牧司勳字牧之，清秋一首《杜秋》詩。前身應是梁江總，名總還曾字總持。心鐵已從干鏌利，鬢絲休嘆雪霜垂。漢江遠弔西江水，羊祜韋丹盡有碑。自注：時杜奉詔撰韋碑。平山箋曰：嶔崎歷落，奇趣横生，筆墨恣逸之甚，所謂不可無一，不可有二。前因《杜秋》一詩，而以江總比之，後因詔撰韋碑，而以杜預比之。前從名字上比擬，後從姓上比擬，詩格絶奇，總見運命雖不齊，而文章必傳世也。長孺箋曰：按牧之《杜秋娘詩》乃自寓天涯遲暮之感耳，故此有「鬢絲休嘆雪霜垂」之句。

送豐都李尉

萬古商於地，憑君泣路岐。固難尋綺季，可得信張儀。雨氣燕先覺，葉陰蟬遽知。望鄉尤忌晚，山晚更參差。

三四就商於發世途之感，偶然拈著，點綴有神，自不黏皮帶骨。若搜求故事，務求貼合比附以爲工，大雅君子殆不尚焉。

餞席重送從叔余之梓州

莫嘆萬重山，君還我未還。武關猶悵望，何況百牢關。

一氣渾成，調高意遠。

河清與趙氏昆季讌集得擬杜工部

勝槩殊江右，佳名逼渭川。虹收青嶂雨，鳥没夕陽天。客鬢行如此，滄波坐渺然。此中真得地，漂蕩釣魚船。

四家評曰：譬以摹書畫，得其神解。又曰：三四清而麗，五六渾而妥。平山箋曰：五句轉接得力，是杜法。

寓目

園桂懸心碧，池蓮飫眼紅。此生真遠客，幾別即衰翁。小幌風烟入，高窗霧雨通。新知他日好，錦瑟傍朱櫳。　前四句是初見感嘆，後四句是細細追尋，故兩層寫景而不複，此中具有針縷，非後人之屋上架屋也。　格調殊高。

贈別前蔚州契苾使君　自注：使君遠祖，國初功臣也。

何年部落到陰陵，奕世勤王國史稱。夜掩牙旗千帳雪，朝飛羽騎一河冰。蕃兒襁負來青塚，狄女壺漿出白登。日晚鸊鵜泉畔獵，路人遥識郅都鷹。　四家評曰：清壯。　純取聲華，而骨力足以副之。　詩到無所取義之題，既不能不作，則亦不得不以修詞鍊調爲工，此類是也。若《李郎中充昭義攻討》詩極有可説，而語亦泛泛，聲華雖壯，殆無取焉。　補遺：香泉評曰：詩工雅典麗極矣，但少題中「别」字意。

哭遂州蕭侍郎二十四韻

遥作時多難，先令禍有源。初驚逐客議，旋駭黨人冤。密侍榮方入，司刑望愈尊。皆因優詔用，實有諫書存。苦霧三辰没，窮陰四塞昏。虎威狐更假，隼擊鳥踰喧。徒欲心存闕，終遭耳屬垣。遺音和蜀魄，易簀對巴猿。有女悲初寡，無男泣過門。公止裴氏一女，結褵之明年，又喪良人。朝争屈原草，廟餒若敖魂。迴閣傷神峻，長江極望翻。青雲寧寄意，白骨始霑恩。早歲思東閣，爲邦屬故園。登舟慚郭泰，解榻愧陳蕃。分以忘年契，情猶錫類敦。公先真帝子，我系本王孫。嘯傲張高蓋，從容接短轅。秋吟小山桂，春醉後堂萱。自嘆離通籍，何嘗忘叫閽。不成穿壙入，終擬上書論。多士還魚貫，云誰正駿奔。暫能誅倏忽，長與問乾坤。蟻漏三泉路，螿啼百草根。始知同泰講，邀福是虚言。

夕公箋曰：澣坐宗閔、虞卿牽累，本當時黨魁，故曰「初驚逐客議，旋駭黨人冤」也。時李訓、鄭注竊弄威權，凡不附己者，目爲宗閔、德裕黨，貶逐無虚日。中外震駭，連月陰晦，人情不安，故曰「苦霧三辰没，窮陰四塞昏。虎威狐更假，隼擊鳥逾喧」也。澣没於遂寧，故曰「遺音和蜀魄，易簀對巴猿」也。訓、注誅後，文宗始大赦，量移貶謫諸臣，故曰「青雲寧寄意，白骨始沾恩」也。義山至開成二年始登第，故曰「自嘆離通籍，何嘗忘叫閽」也。因澣爲梁武後裔，故引同泰徼福之事，以爲虚語，傷之之深也。

起手説得與世運相關，高占地步。

凡長篇須有次第。此詩起四句提綱，次四句叙其立官本末，次六句言其得禍，次十句叙放逐而死，次十二句叙從前情好，次四句自寫己意，次八句總收。層層清楚，是其次第處也。長篇易至散緩，須有筋節語撑拄其間。七句、八句、十三句、十四句、二十七句、三十八句、三十九句、四十句，皆筋節處也。「苦霧」四句極悲壯。「白骨」句沈痛之至，而出以藴藉。先著「早歲」十二句，「自嘆」四句乃有來歷。不然縱極張皇，亦覺少力矣。故此一段獨長，是血脈轉接處也。

送千牛李將軍赴闕五十韵

照席瓊枝秀，當年紫綬榮。班資古直閣，勳伐舊西京。在昔王綱紊，因誰國步清。如無一戰霸，安有大横庚。内豎依憑切，凶門責望輕。中台終惡直，上將更要盟。丹陛祥烟滅，皇闈殺氣横。喧闐衆狙怒，容易八鑾驚。檮杌寬之久，防風戮不行。素來矜異類，此去豈親征。捨魯真非策，居邠未有名。曾無力牧御，寧待雨師迎。火箭侵乘石，雲橋逼禁營。何時絶刁斗，不夜見欃槍。屢亦聞投鼠，其誰敢射鯨。世情休念亂，物議笑輕生。大鹵思龍躍，蒼梧失象耕。靈衣沾愧汗，儀馬困陰兵。别館蘭薰酷，深宫爓焰明。黄山遮舞態，黑水斷歌聲。縱未移周鼎，何辭免趙坑。空拳轉鬭地，數板不沈城。且欲憑神算，無因計力争。幽囚蘇武節，棄市仲由纓。下殿言終驗，增埤事早萌。自注：先時桑道茂請修奉天城。蒸雞殊减膳，屑麴異和羹。否極時還泰，屯餘運果亨。流離幾南渡，倉卒得西平。神鬼收昏黑，姦凶首滿盈。官非都護貴，師以丈人貞。覆載還高下，寒暄急改更。馬前烹莽卓，壇上揖韓彭。扈蹕三才正，回軍六合晴。此時惟短劍，仍世盡雙旌。顧我由群從，逢君嘆老成。慶流歸嫡長，貽厥在名卿。隼擊須當要，鵬摶莫問程。趨朝排玉座，出位泣金莖。幸藉梁園賦，叨蒙許氏評。中郎推貴婿，定遠重時英。政已標三尚，人今佇一鳴。長刀懸月魄，快馬駭星精。披豁慙深眷，睽離動素誠。蕙留春晼晚，松待歲峥嶸。異縣期迴雁，登時已飯鯖。去程風刺刺，别夜漏丁丁。庾信生多感，楊朱死有情。弦危中婦瑟，甲冷想夫箏。會與秦樓鳳，俱聽漢苑鶯。洛川迷曲沼，烟月兩心傾。

四家評曰：跳動激發，筆驅風雲，人擬之老杜，信然。「在昔」四句總提前半篇，聲光闊大。「否極」四句轉軸，亦字字筋節，精神震動。蒙泉評曰：「覆載」八句，聲華宏壯。「此時」二句，落到千牛前路，何等繁重，此處寸樞轉關，可云神簡，正復大有翦裁在也。此等處絶可玩。結乃聲情勃發，淋漓盡致。凡大篇，最忌收處潦草。鋪排不難，難于氣格之高壯。層次不難，難于起伏轉折之有力。《長慶集》中儘有序次如話，滔滔百韵之作，然流易有餘，無此身分矣。廉衣評曰：「寒暄」句不妥。補遺：芥舟評曰：「屢亦」二句稍弱，以叠用虚字故。

送從翁從東川弘農尚書幕

大鎮初更帥，嘉賓素見邀。使車無遠近，歸路便烟霄。穩放驊騮步，高安翡翠巢。愈風知有在，去國肯無聊。早忝諸孫末，俱從小隱招。心懸紫雲閣，夢斷赤城標。素女悲清瑟，秦娥弄玉簫。山連玄圃近，水接絳河遥。豈意聞周鐸，翻然慕舜韶。皆辭喬木去，遠逐斷蓬飄。薄俗誰其激，斯民已甚恌。鸞凰期一舉，燕雀不相饒。敢共頹波遠，因之内火燒。是非過别夢，時節慘驚飆。末至誰能賦，中乾欲病痟。屢曾紆錦繡，勉欲報瓊瑶。我恐霜侵鬢，君先綬掛腰。甘心與陳阮，揮手謝松喬。錦里差鄰接，雲臺閉寂寥。一川虚月魄，萬崦自芝苗。瘴雨瀧閒急，離魂峽外銷。非關無燭夜，其柰落花朝。幾處逢鳴佩，何筵不翠翹。蠻童騎象舞，江市賣鮫綃。南詔知非敵，西山亦屢驕。勿貪佳麗地，不爲聖明朝。少減東城飲，時看北斗杓。莫因乖别久，遂逐歲寒凋。盛幕開高宴，將軍問故僚。爲言公玉季，早日棄漁樵。沈雄飛動，氣骨不凡，此亦得杜之籓籬者。中晚清淺纖穠之作，皆不足以當之。「愈風」一作「御風」，非也。此用陳琳草檄事，後用陳、阮句可證。「豈意」二句，轉折跳脱。「一川」二句，渾勁之至，顧盼有神。末一段以勉爲送，立義正大，詞氣自深厚雄健，居然老杜合作。較送李千牛詩尤爲過之。

李肱所遺畫松詩書兩紙得四十韵

萬草已凉露，開圖披古松。青山徧滄海，此樹生何峰。孤根邈無倚，直立撑鴻濛。端如君子身，挺若壯士胸。樛枝勢夭矯，忽欲蟠拏空。又如驚螭走，默與奔雲逢。孫枝擢細葉，旖旎狐裘茸。鄒顛蕁髮軟，麗姬眉黛濃。視久眩目睛，倏忽變輝容。竦削正綢直，婀娜旋敷峰。又如洞房冷，翠被張穹籠。亦若暨羅女，平旦妝顔容。細疑襲氣母，猛若争神功。燕雀固寂寂，霧露常衝衝。香蘭愧傷暮，碧竹慚空中。可集呈瑞鳳，堪藏行雨龍。淮山桂偃蹇，蜀郡桑重童。枝條亮渺脆，靈氣何由同。昔聞咸陽帝，近説稽山儂。或著仙人號，或以大夫封。終南與青都，烟雨遥相通。安知夜夜意，不起西南風。美人昔清興，重之猶月鐘。寶笥十八九，香緹千萬重。一旦鬼瞰室，稠疊張羂罿。赤羽中要害，是非皆怱怱。生如碧海月，死踐霜郊蓬。平生握中玩，散失隨奴童。我聞照妖鏡，及與神劍鋒。寓身會有地，不爲凡物蒙。伊人秉兹圖，顧盻擇所從。而我何爲者，開顔捧靈蹤。報以漆鳴琴，懸之真珠櫳。是時方暑夏，座内若嚴冬。憶昔謝四騎，學仙玉陽東。千株盡若此，路入瓊瑶宫。口詠玄雲歌，手把金芙蓉。濃藹深霓袖，色映琅玕中。悲哉墮世網，去之若遺弓。形魄天壇上，海日高曈曈。終騎紫鸞歸，持寄扶桑翁。　前一段規仿昌黎，斧痕不化，累句亦多。「淮山」以下，居然正聲。入後更層層唱嘆，興寄横生，伸縮起伏之妙，直與老杜「國初以來畫鞍馬」一章意境相似也。　韵多重押，古詩不忌，漢魏諸詩可覆按也。若右丞「萬國仰宗周」一章，則萬無此理矣。　「鄒顛」二句不成語，「可集」二句尤下劣，皆可删去。　起言「萬草已凉露」，中言「是時方暑夏」，蓋中言得畫之時，起乃題詩之時也。　補遺：香泉評曰：起二句便超脱。

戲題榅言草閣三十二韵

君家在河北，我家在山西。百歲本無業，陰陰仙李枝。尚書文與武，戰罷幕府開。君從渭南至，我自仙遊來。平昔苦南北，動成雲雨乖。逮今兩攜手，對若牀下鞵。夜歸碣石館，朝上黄金臺。我有苦寒調，君抱陽春才。年顔各少壯，髮緑齒尚齊。我雖不能飲，君時醉如泥。政静籌畫簡，退食多相攜。掃掠走馬路，整頓射雉翳。春風二三月，柳密鶯正啼。清河在門外，上與浮雲齊。欹冠調玉琴，彈作松風哀。又彈明君怨，一去怨不回。感激坐者泣，起視雁行低。翻憂龍山雪，却雜胡沙飛。仲容銅琵琶，項直聲淒淒。上貼金捍撥，畫爲承露雞。君時卧振觸，勸客白玉盃。若云年光疾，不飲將安歸。我賞此言是，因循未能諧。君言中聖人，坐卧莫我違。榆莢亂不整，楊花飛相隨。上有白日照，下有東風吹。青樓有美人，顔色如玫瑰。歌聲入青雲，所痛無良媒。少年苦不久，顧慕良難哉。徒令真珠肶，裛入珊瑚腮。君今且少安，聽我苦吟詩。古詩何人作，老大徒傷悲。

鋪叙是長慶體，而參以古意，意境獨高。「平昔」四句，頓挫不置。「對若」句麤俚不成語。中一段淋漓飛動，乃一篇之警策。凡平叙長詩，如無一段振起，則索然散漫。名篇皆留意于是，其源乃自《焦仲卿妻詩》發之。「楊花」一段，夾入比體，極有情致。收處却是長慶體中率筆，最不可效。

偶成轉韵七十二句贈四同舍

沛國東風吹大澤，蒲青柳碧春一色。我來不見隆準人，瀝酒空餘廟中客。征東同舍鴛與鸞，酒酣勸我懸征鞍。藍山寶肆不可入，玉中仍是青琅玕。武威將軍使中俠，少年箭道驚楊葉。戰功高後數文章，憐我秋齋夢蝴蝶。詰旦九門傳奏章，高車大馬來煌煌。路逢鄒枚不暇揖，臘月大雪過大梁。憶昔公爲會昌宰，我時入謁虛懷待。衆中賞我賦《高唐》，迴看屈宋由年輩。公事武皇爲鐵冠，歷聽請我相所難。我時憔悴在書閣，卧枕芸香春夜闌。明年赴辟下昭桂，東郊慟哭辭兄弟。韓公堆上跋馬時，迴望秦川樹如薺。依稀南指陽臺雲，鯉魚食鉤猿失群。湘妃廟下春江盡，虞帝城前初日曛。謝遊橋上澄江館，下望山城如一彈。鷓鴣聲苦曉驚眠，朱槿花嬌晚相伴。頃之失職辭南風，破帆壞槳荆江中。斬蛟破璧不無意，平生自許非忽忽。歸來寂寞靈臺下，著破藍衫出無馬。天官補吏府中趨，玉骨瘦來無一把。手封狴牢屯制囚，直廳印鎖黄昏愁。平明赤帖使修表，上賀嫖姚收賊州。舊山萬仞青霞外，望見扶桑出東海。愛君憂國去未能，白道青松了然在。此時聞有燕昭臺，挺身東望心眼開。且吟王粲《從軍樂》，不賦淵明《歸去來》。彭門十萬皆雄勇，首戴公恩若山重。廷評日下握靈蛇，書記眠時吞彩鳳。之子夫君鄭與裴，何生謝舅當世才。青袍白簡風流極，碧沼紅蓮傾倒開。我生麤疎不足數，《梁父》哀吟鴝鵒舞。横行闊視倚公憐，狂來筆力如牛弩。借酒祝公千萬年，吾徒禮分常周旋。收旗卧鼓相天子，相門出相光青史。　此詩直作長慶體，而沉鬱頓挫之氣，時時震蕩於其中，故挨叙而不板不弱。覺與盛唐諸公面目各别，精神不殊，蓋玉溪骨法原高耳。　起手蒼蒼茫茫，磊磊落落，是好筆法。「路逢鄒枚」二句，「韓公堆上」二句，「斬蛟斷壁」二句，俱筆意雄闊，爲篇中筋節。「舊山萬仞」四句，一縱一收，攬入本題，筆意起伏，尤是筋節處也。　「玉骨」句大鄙，不成語。　補遺：芥舟評曰：「韓公堆上」、「湘妃廟下」、「虞帝城前」、「謝游橋下」，句法連犯。　又曰：「之子」、「夫君」，疊用無理。

五言述德抒情詩一首四十韻獻上杜七兄僕射相公

帝作黄金闕，仙開白玉京。有人扶太極，維嶽降元精。耿賈官勳大，荀陳地望清。旂常懸祖德，甲令著嘉聲。經出宣尼壁，書留晏子楹。武鄉傳陣法，踐土主文盟。自昔流王澤，由來仗國楨。九河分合沓，一柱忽峥嶸。得主勞三顧，驚人肯再鳴。碧虚天共轉，黄道日同行。後飲曹參酒，先和傅説羹。即時賢路闢，此夜泰階平。願保無疆福，將圖不朽名。率身期濟世，叩額慮興兵。感念崤屍露，咨嗟趙卒坑。儻令安隱忍，何以贊貞明。惡草雖當路，寒松實挺生。人言真可畏，公意本無争。故事留臺閣，前驅且旆旌。芙蓉王儉府，楊柳亞夫營。清嘯頻疏俗，高談屢析酲。過庭多令子，乞墅有名甥。南詔應聞命，西山莫敢驚。寄詞收的博，端坐掃欃槍。雅宴初無倦，長歌底有情。檻危春水暖，樓迴雪峰晴。移席牽緗蔓，迴橈撲絳英。誰知杜武庫，只見謝宣城。有客趨高義，於今滯下卿。登門慚後至，置驛恐虚迎。自是依劉表，安能比老彭。雕龍心已切，畫虎意何成。豈省曾黔突，徒勞不倚衡。乘時乖巧宦，占象合艱貞。廢忘淹中學，遲迴谷口耕。悼傷潘岳重，樹立馬遷輕。隴鳥悲丹嘴，湘蘭怨紫莖。歸期過舊歲，旅夢繞殘更。弱植叨華族，衰門倚外兄。欲陳勞者曲，未唱淚先横。

起四句氣脈自大。「自昔」四句聲華宏壯。「碧虚」二句大頌非體。「感念」一段，沈鬱頓挫，大筆淋漓，化盡排偶之迹。他人作古詩，尚不能如此委曲沈著，真晚唐第一作手，得杜藩籬，不虚也。「誰知」二句流麗，活對法也。「衰門」句不佳。補遺：香泉評曰：時方討澤潞，劉稹將郭誼殺稹以降。李德裕以爲稹阻兵皆誼爲謀主，力屈又賣稹以求賞，不誅何以懲惡。帝然之，詔石雄以七千人入潞州，誅誼。杜悰以饋運不繼，謂誼等可赦，帝熟視不應，所謂「叩額慮興兵」也。夕公箋非。下「寄詞收的博」一聯乃指維州事。

驕兒詩

衮師我驕兒，美秀乃無匹。文葆未周晬，固已知六七。四歲知姓名，眼不視梨栗。交朋頗窺觀，謂是丹穴物。前朝尚器貌，流品方第一。不然神仙姿，不爾燕鶴骨。安得此相謂，欲慰衰朽質。青春妍和月，朋戲渾甥姪。繞堂復穿林，沸若金鼎溢。門有長者來，造次請先出。客前問所須，含意不吐實。歸來學客面，闖敗秉爺笏。或謔張飛胡，或笑鄧艾吃。豪鷹毛崱屴，猛馬氣佶傈。截得青筤篁，騎走恣唐突。忽復學參軍，按聲喚蒼鶻。又復紗燈旁，稽首禮夜佛。仰鞭罥蛛網，俯首飲花蜜。欲争蛺蝶輕，未謝柳絮疾。階前逢阿姊，六甲頗輸失。凝走弄香奩，拔脱金屈戌。抱持多反側，威怒不可律。曲躬牽窗網，峪唾拭琴漆。有時看臨書，挺立不動膝。古錦請裁衣，玉軸亦欲乞。請爺書春勝，春勝宜春日。芭蕉斜卷牋，辛夷低過筆。爺昔好讀書，懇苦自著述。憔悴欲四十，無肉畏蚤蝨。兒慎勿學爺，讀書求甲乙。穰苴司馬法，張良黄石術。便爲帝王師，不假更纖悉。况今西與北，羌戎正狂悖。誅赦兩未成，將養如痼疾。兒當速成大，探雛入虎穴。當爲萬户侯，勿守一經帙。　本太沖《嬌女》而拓之。　平山箋曰：末以功名跨竈期之，通篇以此爲出路。　平山出路之説可味。太沖詩以竟住爲高，若按譜填腔，縱神肖亦歸窠臼，所以必别尋出路，方不虚此一作。且古人之言簡，故可言外見意。既拓爲長篇，而中無主峰，末無結穴，則遊騎無歸，或刺刺不休，或隨處可住，其爲詩也可知矣。凡長篇皆須解此意。　「六甲」，諸本無注。按《虞裕談撰》曰：雙陸之戲，最盛於唐。攷其制，凡白黑各用六子，乃今人所謂六甲是也。

行次西郊作一百韵

蛇年建午月，我自梁還秦。南下大散嶺，北濟渭之濱。草木半舒坼，有類冰雪晨。又若夏苦熱，燋卷無芳津。高田長槲櫪，下田長荆榛。農具棄道旁，飢牛死空墩。依依過村落，十室無一存。存者皆面啼，無衣可迎賓。始若畏人問，及門還具陳。右輔田疇薄，斯民常苦貧。伊昔稱樂土，所賴牧伯仁。官清若冰玉，吏善如六親。生兒不遠征，生女事四鄰。濁酒盈瓦缶，爛穀堆荆囷。健兒庇旁婦，衰翁舐童孫。況自貞觀後，命官多儒臣。例以賢牧伯，徵入司陶鈞。降及開元中，奸邪撓經綸。晉公忌此事，多録邊將勳。因令猛毅輩，雜牧昇平民。中原遂多故，除授非至尊。或出倖臣輩，或由帝戚恩。中原困屠解，奴隸厭肥豚。皇子棄不乳，椒房抱羌渾。重賜竭中國，强兵臨北邊。控弦二十萬，長臂皆如猿。皇都三千里，來往同鵰鳶。五里一换馬，十里一開筵。指顧動白日，煖熱迴蒼旻。公卿辱嘲叱，唾棄如糞丸。大朝會萬方，天子正臨軒。綵旂轉初旭，玉座當祥烟。金障既特設，珠簾亦高褰。捋須蹇不顧，坐在御榻前。忤者死艱屨，附之昇頂顛。華侈矜遞衒，豪俊相併吞。因失生養惠，漸見徵求頻。奚寇西北來，揮霍如天翻。是時正忘戰，重兵多在邊。列城遶長河，平明插旗幡。但聞虜騎入，不見漢兵屯。大婦抱兒哭，小婦攀車轓。生小太平年，不識夜閉門。少壯盡點行，疲老守空村。生分作死誓，揮淚連秋雲。廷臣例麞怯，諸將如羸奔。爲賊掃上陽，捉人送潼關。玉輦望南斗，未知何日旋。誠知開闢久，遘此雲雷屯。送者問鼎大，存者要高官。搶攘互間諜，孰辨梟與鸞。千馬無返轡，萬車無還轅。城空雀鼠死，人去豺狼喧。南資竭吴越，西費失河源。因令右藏庫，摧毁唯空垣。如人當一身，有左無右邊。筋體半痿痺，肘腋生臊膻。列聖蒙此恥，含懷不能宣。謀臣拱手立，相戒無敢先。萬國困杼軸，内庫無金錢。健兒立霜雪，腹歉衣裳單。饋餉多過時，高估銅與鉛。山東望河北，爨烟猶相聯。朝廷不暇給，辛苦無半年。行人榷行資，居者稅屋椽。中閒遂作梗，狼籍用戈鋋。臨門送節制，以錫通天班。破者以族滅，存者尚遷延。禮數異君父，羈縻如羌零。直求輸赤誠，所望大體全。巍巍政事堂，宰相厭八珍。敢問下執事，今誰掌其權。瘡疽幾十載，不敢抉其根。國蹙賦更重，人稀役彌繁。近年牛醫兒，城社更扳緣。盲目把大旆，處此京西藩。樂禍忘怨敵，樹黨多狂狷。生爲人所憚，死非人所憐。快刀斷其頭，列若猪牛懸。鳳翔三百里，兵馬如黄巾。夜半軍牒來，屯兵萬五千。鄉里駭供億，老少相扳牽。兒孫生未孩，棄之無慘顔。不復議所適，但欲死山閒。爾來又三歲，甘澤不及春。盜賊亭午起，問誰多窮民。節使殺亭吏，捕之恐無因。咫尺不相見，旱久多黄塵。官健腰佩刀，自言爲官巡。常恐值荒迴，此輩還射人。愧客問本末，願客無因循。郿塢抵陳倉，此地忌黄昏。我聽此言罷，冤憤如相焚。昔聞舉一會，群盜爲之奔。又聞理與亂，繫人不繫天。我願爲此事，君前剖心肝。叩頭出鮮血，滂沱污紫宸。九重黯已隔，涕泗空沾脣。使典作尚書，厮養爲將軍。慎勿道此言，此言未忍聞。　亦是長慶體裁，而準擬工部氣格以出之，遂衍而不平，質而不俚，骨堅氣足，精神鬱勃，晚唐豈有此第二手？　「草木」四句，與「建午」句不合。「午」字當是訛字。「有類」本作「不類」，從汲古閣本改。　「椒房」句是義山病痛。若老杜，則曰：「至尊顧之笑，王母不肯收。竟歸虛無底，化作長黄虬。」覺十分藴藉也。　「誠知」二句，筋節震動。　「問誰多窮民」五字，上問下答，句法本之漢謡「誰其穫者婦與姑」也。　「我聽」以下，淋漓鬱勃，如此方收得一篇大詩住。

補遺：芥舟評曰：的是摹杜，骨幹蒼勁似之，神氣沖溢則未也。謂中晚高作則可，以配《北征》，則開合變化之妙不可以同日語矣。

無題

萬里風波一葉舟，憶歸初罷更夷猶。碧江地没元相引，黄鶴沙邊亦少留。益德冤魂終報主，阿童高義鎮横秋。人生豈得長無謂，懷古思鄉共白頭。此是佚去原題，而編録者題以《無題》，非他寓言之類。前四句低徊徐引，五六斗然振起，七八曼聲作結。絶好筆意。廉衣曰：次句欠渾成。

五月十五夜憶往歲秋與澈師同宿

紫閣相逢處，丹巖議宿時。墮蟬翻敗葉，棲鳥定寒枝。萬里飄流遠，三年問訊遲。炎方憶初地，頻夢碧琉璃。一氣渾圓，如題即住，所謂恰好處也。

回中牡丹爲雨所敗二首

下苑他年未可追，西州今日忽相期。水亭暮雨寒猶在，羅薦春香暖不知。舞蝶殷勤收落蘂，有人惆悵卧遥帷。章臺街裏芳菲伴，且問宮腰損幾枝。純乎唱嘆，何處著一呆筆？第四句對面一襯，對法奇變。「舞」字應是「無」字之訛。無蝶有人，唱嘆得神，大勝舞蝶佳人也。結二句忽地推開，深情忽觸，有神無迹，非常靈變之筆。補遺：芥舟評曰：第六句妙遠。

浪笑榴花不及春，先期零落更愁人。玉盤迸淚傷心數，錦瑟驚絃破夢頻。萬里重陰非舊圃，一年生意屬流塵。前溪舞罷君迴顧，併覺今朝粉態新。結言他日零落更有甚於此日者，與長江「并州故鄉」同一運意。二首皆不失氣格，兼多神致。

安平公詩 自注：故贈尚書諱氏。

丈人博陵王名家，憐我總角稱才華。華州留語曉至暮，高聲喝吏放兩衙。明朝騎馬出城外，送我習業南山阿。仲子延岳年十六，面如白玉欹烏紗。其弟炳章猶兩丱，瑶林瓊樹含奇花。陳留阮家諸姪秀，邐迤出拜何駢羅。府中從事杜與李，麟角虎翅相過摩。清詞孤韵有歌響，擊觸鐘磬鳴環珂。三月石堤凍銷釋，東風開花滿陽坡。時禽得伴戲新木，其聲尖咽如明梭。公時載酒領從事，踴躍鞍馬來相過。仰看樓殿撮清漢，坐視世界如恒沙。面熱脚掉互登陟，青雲表柱白雲崖。一百八句在貝葉，三十三天長雨花。長者子來輒獻蓋，辟支佛去空留鞾。公時受詔鎮東魯，遣我草詔隨車牙。顧我下筆即千字，疑我讀書傾五車。嗚呼大賢苦不壽，時世方士無靈砂。五月至止六月病，遽頹泰山驚逝波。

明年徒步弔京國，宅破子毀哀如何。西風衝户卷素帳，隟光斜照舊燕窠。古人常歎知己少，況我淪賤艱虞多。如公之德世一二，豈得無淚如黄河。瀝膽呪願天有眼，君子之澤方滂沱。四家評曰：詩在韓、蘇之閒。清剛樸老，一洗晚唐纖巧之習。「瀝膽」句鄙俚。

玉溪生詩説下

河間紀昀撰　吴縣朱記榮校刊

鈔詩或問

何以不取《錦瑟》也？曰：前六句託爲隱語，猝不可解，然末二句道明本旨，意亦止是，非真有深味可尋也。集中「一片非烟隔九枝」一篇，亦同此體格。緣此詩偶列卷首，故昔人皆拈爲論端耳。附録：錦瑟無端五十絃，一絃一柱思華年。莊生曉夢迷蝴蝶，望帝春心託杜鵑。滄海月明珠有淚，藍田日煖玉生烟。此情可待成追憶，只是當時已惘然。

問：或謂瑟本二十五絃，斷則爲五十絃矣。其説如何？曰：此自用素女鼓瑟事耳，非以絃斷爲義也。「雨打湘靈五十絃」，豈亦悼亡耶？

問：長孺解《錦瑟》如何？長孺曰：按義山《房中曲》：「歸來已不見，錦瑟長于人。」此詩寓意略同。是以錦瑟起興，非專賦錦瑟也。曰：詳詩末二句，是感舊懷人之作，此説是也。但不得坐實悼亡，涉于武斷耳。

補遺：問：香泉解《錦瑟》如何？香泉曰：此悼亡之詩也。首特借素女鼓五十絃瑟而悲，秦帝禁不可止以發端，言悲思之情，有不可得而止者。次聯則悲其遽化爲異物。腹聯則嘆不能復起之九原也。曰「思華年」、曰「追憶」，指趣曉然，何事紛紛附會乎？曰：惟坐實悼亡，未敢遽以爲是，亦未敢遽以爲非。餘解皆直捷切當，與鄙意暗合也。

何以不取《寄羅劭興》也？曰：三四小有致，五六太激。附録：棠棣黄花發，忘憂碧葉齊。人閒微病酒，燕重遠兼泥。混沌何由鑿，青冥未有梯。高陽舊徒侶，時復一相攜。

何以不取《令狐舍人説昨夜西掖玩月因戲贈》也？曰：此詩望令狐之汲引也。題中字字俱到，可云精細，措詞亦秀整可觀，但細讀之，了無深味耳。附録：昨夜玉輪明，傳聞近太清。涼波衝碧瓦，曉暈落金莖。露索秦宫井，風飄漢殿箏。幾時《綿竹頌》，擬薦子虚名。

問：四家評謂此詩爲精細，其説安在？曰：首句點昨夜之月，「傳聞」點説字，「太清」點西掖，即太清、玉清之意，以西掖比天上也。而「傳聞」字、「近」字，已伏人已升沈之感矣。中四句寫「玩」字。「涼波」句，夜景也。至「曉暈」，則流連一夜可知。五六比上二句拓開一步，用烘託點綴之法。「傳聞」句直貫至此。七八因直宿玩月，故以直宿即事作結。姑妄言之，所謂「戲贈」也。而「幾時」二字，又暗結「昨夜」二字矣。一篇中脈絡相生，呼吸相應，凡詩律皆當如是也。

問：「秦宫井」、「漢殿箏」，其説如何？曰：此是借作點綴，互文言之，不必井定秦，箏定漢也。正如「秦時明月漢時關」耳。

何以不取《崔處士》也？曰：四家以爲無味也。

何以不取《自喜》也？曰：亦平淺無意味。

問「緑筠遺粉籜」「遺」字。曰：竹漸長，筍皮剥落也。

何以不取《題僧壁》也？曰：填切内典，不足爲佳。禪偈爲詩，雖東坡之妙通佛理，加以語妙天下，猶不免時有鄙俚不化之病，況下此乎？王、孟清音，時含禪味，禪故不在字句也。

補遺：問：《異俗二首》何以入選？曰：中晚之詩，不難于新巧，而難于樸老；不難于情韻，而難于氣骨。二詩不爲佳作，然于中晚之中爲尚有典型也，故特存之。

何以不取《歸墅》也？曰：此詩次第可觀，然太淺薄。

問：七句「慢」字如何解？曰：此「漫」字之訛。

何以不取《商於》也？曰：此詩極平正清楚，「清渠」二句亦佳語，但平叙不見精神，牽綺季、張儀，亦無十分取義，懼開敷衍一派，故去之。附録：商於朝雨霽，歸路有秋光。背塢猿收果，投巖麝退香。建瓴真得勢，横戟豈能當。割地張儀詐，謀身綺季長。清渠州外月，黄葉廟前霜。今日看雲意，依依入帝鄉。

問：《商於》前六句次第焉在？曰：四家以爲舉目先見景物，次見山川也。後六句如何貫串？曰：言古人已去，惟有州外青渠，廟前黄葉，我今日從此過耳。

何以不取《和孫朴韋蟾孔雀詠》也？曰：後四句略見作意，通篇夾雜湊泊，不足爲法。

何以不取《人欲》也？曰：前二句不成語，後二句亦淺直。

何以不取《華山題王母祠》也？曰：不解所云。附録：蓮花峰下鎖雕梁，此去瑶池地共長。好爲麻姑到東海，勸栽黄竹莫栽桑。

何以不取《華清宫》也？曰：刻薄尖酸，全無詩品，學義山當知此病。朱長孺以爲警策，非也。

何以不取《楚澤》也？曰：無甚佳處。

何以不取《江亭散席循柳路吟歸官舍》也？曰：題極雅馴，而詩不成語，七八句尤惡，大似薛能一輩俚語也。

何以不取《潭州》也？曰：五六有悲壯之氣，起結皆滑調落套，而結尤甚。附録：潭州官舍暮樓空，今古無端入望中。湘淚淺深滋竹色，楚歌重疊怨蘭叢。陶公戰艦空灘雨，賈傅承塵破廟風。目斷故園人不至，松醪一醉與誰同。

問「楚路高歌自欲翻」之義。曰：「翻」字是翻曲之翻。香山詞所云：「聽取新翻《楊柳枝》。」是此翻字也。

問《樂遊原》首二句聲調。曰：上句五仄，下句第三字必平，此唐人定例也。

問：或謂「夕陽」二句近于小詞，何也？曰：誠有之。賴上二句蒼老有力，振得起耳。然推勘至盡，究竟是病，亦不可不知也。

補遺：問：芥舟評《北齊》前一首太快，如何？曰：是有此病，帶得過耳。其謂第二首首句不佳，亦是。

何以不取《街西池館》也？曰：了無意味，末二句尤拙。

問：《南朝》定爲咏陳，恐首二句不是陳事。曰：二地名固始于宋、齊，何妨至陳仍于此宴遊哉。如四家所評，則此詩首尾衡決矣。

何以不取《復京》也？曰：太直。

何以不取《渾河中》也？曰：較《復京》詩少有意致，然亦不爲高作。附録：九廟無塵八馬回，奉天城叠長春苔。咸陽原上英雄骨，半向君家養馬來。

何以不取《柳詩》也？曰：格卑，末二句尤瑣屑鄙俚。

何以不取《巴江柳》也？曰：直而淺。

何以不取《咸陽》也？曰：前二句寫平六國，蘊藉；後二句有議論而無神韵，其詞太激也。附録：咸陽宫闕鬱嵯峨，六國樓臺艷綺羅。自是當時天帝醉，不關秦地有山河。

何以不取《同崔八詣藥山訪融禪師》也？曰：紆紆曲曲，一步一折，語凡三轉，用意最深，然深處正是其病處，末二句尤不甚成語。

何以不取《聞著明凶問哭寄飛卿》也？曰：平正無出色處。附録：昔嘆讒銷骨，今傷淚滿膺。空餘雙玉劍，無復一壺冰。江勢翻銀漢，天文露玉繩。何因攜庾信，同去哭徐陵。

補遺：問：「年少因何有旅愁」如何解？曰：此言己之流離，老大有愁固宜，年少乃亦旅愁，從何處有耶？此緊呼下句之詞，欲爲三句正是旅愁之故。是一問一答句法，非真言其無旅愁也。

何以不取《代贈》也？曰：小詩之最有情致者，結亦可味，但格意俱靡，不免詩餘之誚耳。附録：楊柳路盡處，芙蓉湖上頭。雖同錦步障，獨映鈿箜篌。鴛鴦可羡頭俱白，飛去飛來烟雨秋。

何以不取《陳後宫》也？曰：四家評以全不説出爲妙，似矣。然此種尖俏之筆，作絶句則耐人尋味，作律詩則嫌於剽而不留，非大方氣體，雖有餘意，終乏厚味也。言各有當，不可不辯。附録：茂苑城如畫，閶門瓦欲流。還依水光殿，更起月華樓。侵夜鸞開鏡，迎冬雉獻裘。從臣皆半醉，天子正無愁。

何以不取《屬疾》也？曰：前四句穩，五六亦佳，末二句太小家氣象。附録：許靖猶羈宦，安仁復悼亡。兹辰猶屬疾，何日免殊方。秋蝶無端麗，寒花只暫香。多情真命薄，容易即回腸。

何以不取《石榴》也？曰：全不成詩，即有寓託，亦不佳。

何以不取《明日》也？曰：此艶詩也，格卑詞靡。後四句可云千回百折，細意體貼，然愈工愈下，不足取也。温、李齊名，正坐此等耳。

何以不取《飲席戲贈同舍》也？曰：氣格不脱晚唐靡靡之習。

何以不取《西溪》也？曰：兀傲太甚，嫌於露骨。附録：近廓西溪好，誰堪共酒壺？苦吟防柳惲，多淚怯楊朱。野鶴隨君子，寒松揖大夫。天涯長病意，岑寂勝歡娱。

問：此詩三句「防」字如何解？曰：此字不解，或是「妨」字。

何以不取《憶梅》也？曰：末二句用意極曲折可味，但邊幅少狹耳。附録：定定住天涯，依依向物華。寒梅最堪恨，長作去年花。

問：《憶梅》一首何以題與詩不相應？或詩中「恨」字是「憶」字耶？曰：不然。作「堪憶」則下句不接，當是題有訛字耳。

何以不取《贈柳》也？曰：此詩五六句空外傳神，極爲得髓，結亦情致不窮，但通首有深情而乏高格，懼開靡靡之音，故去之耳。附録：章臺從掩映，郢路更參差。見説風流極，來當婀娜時。橋迴行欲斷，堤遠意相隨。忍放花如雪，青樓撲酒旗。

何以不取《初起》也？曰：淺。

何以不取《石城》也？曰：此是艷詞，格調亦靡靡之甚。

何以不取《令狐八拾遺綯見招送裴十四歸華州》也？曰：應酬之作，一無可采。

何以不取《離思》也？曰：此詩寓交親離合之感，託于艷詞。前六句含情甚深，末二句不作絶望語，亦極得詩人忠厚之旨，但格卑耳。附録：氣盡《前溪舞》，心酸《子夜歌》。峽雲尋不得，溝水欲如何。朔雁傳書絶，湘篁染淚多。無由見顔色，還自託微波。

何以不取《贈歌妓二首》也？曰：率然寄興之作，毫無佳處。

何以不取《謝書》也？曰：應酬中之至下者，起句尤不成語。

何以不取《寄令狐學士》也？曰：此與《玩月戲贈》同意，亦有調度，然格意殊薄。附録：秘殿崔嵬拂彩霓，曹司今在殿東西。賡歌太液翻黃鵠，從獵陳倉獲碧雞。曉飲豈知金掌迥，夜吟應訝玉繩低。鈞天雖許人間聽，閶闔門多夢自迷。

問：此詩第四句何指？曰：此無所指，只因「從獵」牽出「陳倉」、「碧雞」，圖作對耳。然終覺湊泊，不及上句之自然。

何以不取《酬令狐郎中見寄》也？曰：應酬之作，不見本領。只「封來江渺渺，信去雨冥冥」二句小有致耳。

何以不取《七月二十八日夜與王鄭二秀才聽雨夢後作》也？曰：通首合律，無復古詩音節。即就詩論詩，亦多不成語。且題曰「王鄭二秀才」，而結曰「獨背寒燈」，亦殊疏漏也。

問：蘅齋解「遠把龍山」二句如何？蘅齋曰：即將聯句花雪比擬何范交情，同心之言，亦忘年之義也。曰：似合如此解。

何以不取《槿花二首》也？曰：前一首直不成語。次一首後四句有別味，前四句語澁而格卑。附録第二首：珠館薰燃久，玉房梳掃餘。燒蘭才作燭，襞錦不成書。本以亭亭遠，翻嫌脈脈疏。迴頭問殘照，殘照更空虚。

問：《哭劉蕡》詩起二句與第六句是一事，莫犯複否？曰：起處就朝廷説，六句就自己説，亦稍有分別。然如此等以不犯爲妙，究是一病也。

補遺：問：「巫咸不下問銜冤」恐別有所本。曰：按香泉評曰：以文義論之，當作「巫陽」。《甘泉賦》曰：「選巫咸兮叫九閽。」從巫咸者，當因此而訛。

問：《杜司勳》詩當是詠杜？當是自詠？曰：起二句義山自道，後二句乃借司勳對面寫照，詩家弄筆法耳。「杜司勳」三字摘出爲題，非詠杜也。

何以不取《荆門西下》也？曰：詩亦不失風調，但末二句竭情太甚，成蹶蹙之音耳。附録：一夕南風一葉危，荆門回望夏雲時。人生豈得輕離別，天意何曾忌嶮巇。骨肉書題安絶徼，蕙蘭蹊徑失春期。洞庭湖闊蛟龍惡，却羡楊朱泣路岐。

何以不取《碧瓦》也？曰：此種是爾時風氣所染，琱琢繁碎，格意俱卑，於集中爲下下。

何以不取《蝶》詩也？曰：此寓人事今昔之感，以蝶自比，極有情致。但第一句巧而纖，三四格意雖佳，第四句「絮」字與秋不合，作「葉」又與「温」字不對，五六亦是俗體，七八稍有情致耳，不爲完美。附録：葉葉復翻翻，斜橋對側門。蘆花惟有白，柳絮可能温？西子尋遺殿，昭君覓故村。年年芳物盡，來别故蘭蓀。

何以不取《蠅蝶雞麝鸞鳳等成篇》也？曰：此是偶然遊戲，不得以詩格繩之。然效而爲之，則墮諸惡道矣。

問：蘅齋評山谷《演雅》從此濫觴，果否？曰：山谷此篇，乃彷彿蔚宗《和香方》耳，與此無涉。

何以不取《韓翃舍人即事》也？曰：此擬韓之作，不曉所云，且詞亦卑下不足道。

何以不取《公子》也？曰：此是譏刺之作，但覺刻薄，絶無佳處，愈刻畫神肖愈用不堪。以雅道論之，豈宜有此？

何以不取《子初全溪作》也？曰：起二句跳脱有筆力，三四亦承得起，五六取巧致纖，有乖雅道，七八更不成語。

問：長孺解「人間」二句如何？長孺曰：「從到海」，以其有朝宗之義。「莫爲河」，恐其隔牛女之會合。曰：解下句是，上句以朝宗爲解，則添出支節，横隔語脈矣。蓋此十字是一意，一開一闔耳。

何以不取《柳下暗記》也？曰：題曰「暗記」，是冶遊有所見之作，詩中語意亦分明也，措語殊淺。

何以不取《妓席》也？曰：游戲之作，不爲輕重。

何以不取《少年》也？曰：七句平叙，一句轉合，彷彿太白「越王勾踐破吴歸」一首章法。作意可觀，但格意淺薄，不脱晚唐習徑耳。

何以不取《無題》也？曰：小調艷詞，無關大旨。

問此詩末二句之解。曰：屋則深藏，樓則或可於登時偶見矣。以癡生幻，用筆自有情致。

何以不取《元微先生》也？曰：應酬之作，毫無佳處。「弄河」句及「樹栽」二句尤拙。

問：何以不取《藥轉》也？曰：題與詩俱不可解。即以詞格論之，亦不佳。

何以不取《岳陽樓》也？曰：此感遇之作，其詞太直。

問此詩末二句之義。曰：「枉是」即遮莫之意。

何以不取《漢水方城》一首也？曰：此是登樓見山川形勢，偶觸起當日楚王以如此地利而不能報秦，故云爾也。然殊無取義。

問：四家説此題如何？四家曰：可見古人作詩，題目只在即離之閒。曰：此説甚是。作詩看詩，皆不可不知此意。

何以不取《寄成都高苗二從事》也？曰：不解所云。附録：家近紅蕖曲水濱，全家羅襪起秋塵。莫將越客千絲網，網得西施別贈人。

問：《二月二日》詩七句如何下「莫悟」二字，灘豈有知之物耶？曰：此正滄浪所云：「詩有別趣，非關理也。」

問：《籌筆驛》詩複二「終」字恐是一病。曰：自是一病。然席氏百家本係翻雕，宋刻此句作「真不忝」也，或朱本訛耳。

補遺：問：香泉評《籌筆驛》如何？香泉曰：議論固高，尤難其抑揚頓挫處，一唱三嘆，轉有餘味。曰：此最是詩家三昧語。若但取議論，而無抑揚頓挫之妙，則胡曾之詠史矣。須知神韵筋節，皆自抑揚頓挫中來。

何以不取《屏風》也？曰：此詩四家以爲寓「浮雲蔽日」之感，是也。然措語有痕，轉成平淺。

何以不取《春日》也？曰：此詩却不似艷詞，莫解所謂，自可置之。附録：欲入盧家白玉堂，新春催破舞衣裳。蝶銜紅蕊蜂銜粉，共助青樓一日忙。

何以不取《風》也？曰：格意俱卑，愈巧愈下，不足觀也。學西崑切忌此等。

問：《即日》詩「更醉誰家白玉鉤」句，朱注如何？長孺曰：丁仙芝詩：「簾垂白玉鈎。」曰：非也。此玉鉤即隔座送鉤之鉤，緣此戲起于鉤弋夫人之白玉鉤，故云爾耳。

問：《九成宫》既非諷刺，何以用穆王八駿爲比？曰：按王融《曲水詩序》曰：「夏后兩龍，載驅瑤臺之上；穆王八駿，如舞瑶池之陰。」庾信《三月三日馬射賦序》曰：「夏后瑶臺之上，或御二龍；周王懸圃之前，猶驂八駿。」自六代相沿，率作佳事用之，非以爲刺也。大抵唐人比擬人物，多取一節，不甚拘拘。贈杜牧詩以江總比之，亦今人所不敢用也。

何以不取《少將》也？曰：畫出俠少，詩極俊爽，但乏深味耳。且意思全抄「爲君遮虜騎」一章也。附録：族亞齊安陸，風高漢武威。烟波別墅醉，花月後門歸。青海聞傳箭，天山報合圍。一朝攜劍起，上馬即如飛。

何以不取《詠史》也？曰：末二句自佳，前六句不復成語。

何以不取《贈白道者》也？曰：進一步寫，自有情致，然格調畢竟淺薄。

何以不取《無題二首》也？曰：此二首直是狹斜之詩，了無可取。

問：何以定二首爲實有本事也？曰：以第一首七八句斷之。

何以《無題四首》不取第一、第三、第四首也？曰：此四首純是寓言矣。第四首尤淺薄徑露。第一首三四句太纖小，七八句太直而盡。第三首稍有情致，三四亦纖小，五六亦直而盡。大抵「無題」是義山偶然一種，本非一生精神所注，頗不欲多存。以後凡《無題》皆不入鈔也。

何以不取《赴職梓潼留别畏之員外同年》也？曰：詩亦清楚，苦無佳處耳。

何以不取《桂林路中作》也？曰：平正之篇。前四句一氣流走，頗有機致，五六句撑拄不起，便通首乏精神，并前四句亦覺庸俗矣。此等處如屋有柱，必不可順筆寫下也。附録：地煖無秋色，江晴有暮暉。空餘蟬嘒嘒，猶向客依依。村小犬相護，沙平僧獨歸。欲成西北望，又見鷓鴣飛。

何以不取《蝶三首》也？曰：第一首格卑而寓意亦淺露。後二首乃他艷詩誤竄此下耳，亦不見佳。

補遺：問：《蝶》詩三首，孝轅《唐詩戊籤》以後二首作《無題》，如何？曰：作《無題》是。

何以不取《王十二兄與畏之員外相訪見招小飲時予以悼亡日近不肯赴》也？曰：此譏刺之作也。義山之妻，王十二之姊妹也。義山悼亡日近，而王十二公然歌管，公然小飲，此全無情理之事也，故五六直書以詰之。「左家嬌女」正指其姊，言己豈能忘，正怪王十二之能忘耳。然事固可憤，詩亦太直，不足尚也。三四句却煞有情調。附録：謝傅門庭舊末行，今朝歌管屬檀郎。更無人處簾垂地，欲拂塵時簟竟牀。嵇氏幼男猶可憫，左家嬌女豈能忘。秋霖腹疾俱難遣，萬里西風夜正長。

何以不取《隋宫》也？曰：後二句微有風調，前二句詞直意盡。附録：乘興南遊不戒嚴，九重誰省諫書函。春風舉國裁宫錦，半作障泥半作帆。

何以不取《月》也？曰：格卑。

何以不取《贈宗魯筇竹杖》也？曰：此純是唐末小家數矣。三四句極力刻畫，愈見卑瑣。末二句亦不甚成語。

何以不取《垂柳》也？曰：結二句自有體，三四太俗，五六更鄙，亦晚唐惡習也。

何以不取《曲池》也？曰：此與「一歲林花」一首同一意調，但彼氣脈較深厚，一結亦不似此之盡言盡意，故舍此取彼。凡詩無情致，則粗浮不文。然但有姿媚，而乏筋節，其弊亦有不可勝言者。遷流所至，不得不預爲防也。附録：日下繁香不自持，月中流艷與誰期。迎憂急鼓疏鐘斷，分隔休燈滅燭時。張蓋欲判江灎灎，回頭更望柳絲絲。從來此地黄昏散，未信河梁是别離。

何以不取《代應二首》也？曰：艷詞也。第一首太淺，第二首又不可解。

何以不取《席上作》也？曰：病于淺直。

問：《席上作》二本孰勝？曰：首作特恃才狂態，别本則病狂喪心矣。且主人在坐，必無此理。

何以不取《破鏡》也？曰：悼亡之作，了無佳處。

問：「紫府仙人」一章于所分《無題》五種屬何種？曰：此即《洛神賦》所云「歎匏媧之無匹，嗟牽牛之獨處」，求之不得，亦寓言也。故四家曰：總是不得見之意。午橋以爲王氏却扇之作，未免武斷矣。附録：紫府仙人號寶燈，雲漿未飲結成冰。如何雪月交光夜，更在瑶臺十二層。

何以不取《贈庾十二朱版》也？曰：代柬，率筆。

何以不取《李花》也？曰：通首格意卑下。三四纖小而似有意致，尤易誤人，不可不辨。

何以不取《過招國李家南園二首》也？曰：淺近。第一首前二句、第二首後二句，尤不成語。

何以《留贈畏之三首》獨取第二首也？曰：第一首平平無取。後二首乃别詩誤入，特以情致取一首耳。第二首情致亦佳，然不能及前一首，故亦置之。附録：户外重陰黯不開，含羞迎夜復臨臺。瀟湘浪上有烟景，安得好風吹汝來。

何以不取《爲有》也？曰：弄筆戲作，不足爲佳。

問：「相見時難」一章末二句如何？曰：感遇之作，易爲激語。此云「蓬山此去無多路，青鳥殷勤爲探看」，不爲絶望之詞，固詩人忠厚之旨也。但三四太纖近鄙，不足存耳。

何以不取《對雪二首》也？曰：二詩獨前一首結句「龍山萬里無多遠，留待行人二月歸」，後一首結句「關山凍合東西路，腸斷班騅送陸郎」四語，從「時欲之東」著筆，有情有致，餘俱夾雜堆垛，殊不足觀。

何以不取《蜂》也？曰：二句不成語，三四尤淺俗，後四句小有情致耳。

何以不取《公子》也？曰：不解所云。

何以不取《雞》也？曰：此純是寓意之作，然未免比附有痕，嫌于黏皮帶骨矣。凡詠物託意，須渾融自然，言外得之；比附有痕，所最忌也。

何以不取《明神》也？曰：太不成語，全無詩味。

問：夕公箋此詩如何？夕公曰：此詩爲甘露之變作也。當時事起倉卒，王涯、賈餗等實不與聞。仇士良執而訊之，五毒具備，涯等誣伏，遂族誅之，一時不以爲冤。實以涯等執政時招權僭侈，結怨于民，故曰明神司過，決無冤濫，暗室禍門，自招之也。專殺者，自謂舉世無人，一物可欺，抑知其取精多而用物弘，憑石而言，得無慮乎？訓、注之咆哮于中國也，士大夫咸怨忿之。及其敗也，又以畏中宦之勢，未有言其冤者。豈惟不冤之，又從而快之。獨義山于此事抑揚反覆，致其不平之意，以示誅戮不出于文宗，其人雖惡，猶然冤也。曰：此箋離合參半。此爲王涯、賈餗等言，不爲訓、注言之也。前二句言天道好還，報復不遠，乃深惡士良之詞，亦非言涯等之自取禍敗。夕公于中間添一轉折，以就己説，不免首尾衡決，無此詩法也。

問：何以不取《壬申七夕》也？曰：此詩了無出色，既云「待曉霞」，又曰「日薄」，又用「月桂」、「星榆」等字，亦夾雜不倫。

何以不取《壬申閏秋題贈烏鵲》也？曰：感遇之作，微病其淺。第二句字句亦湊泊。附録：繞樹無依月正高，鄴城新淚濺雲袍。幾年始得逢秋閏，兩度填河莫苦勞。

問：《端居》第二句，四家之評如何？四家曰：「敵」字險而穩。曰：「敵」字自是險而穩。然單標此等以論詩，不知引出幾許魔障矣。此詩頗佳，竟以此一字之故，不以入選，漸流漸弊，誠怖其卒。吾見夫竟陵之爲詩者也。附録：遠書歸夢兩悠悠，只有空牀敵素秋。堦下青苔與紅樹，雨中寥落月中愁。

問：《夜半》一首，觀四家之論，此詩豈不佳耶？四家曰：不説人愁而人愁已見，得《三百》法。又曰：「萬家眠」，見一人不眠也。是愁已先境生，非緣境起，寫愁更深。曰：此詩之佳，誠如所云，微病其有做作態耳。蓋意到而神不到之作。夫徑直非詩也，含蓄而不免于做作，亦非其至也。此辨甚微，但可以意會之耳。附録：三更三點萬家眠，露欲爲霜月墮烟。鬬鼠上堂蝙蝠出，玉琴時動倚窗絃。

問：《玉山》寓意何在？曰：此望薦之詩也。首二句言其地位清高，三四句言其力可援引，五六句一宕一折，「珠容百斛龍休睡」，言毋爲小人之所竊弄，「桐拂千尋鳳要栖」，言當知君子之欲進身，末二句乃合到自己，明結之。

何以不取《張惡子廟》也？曰：太激太直。

何以不取《雨》也？曰：詩極細膩熨貼，第四句及結意亦佳，但五六句支撑不起，仍就上四句敷衍之，嫌格力不大耳。附録：摵摵度瓜園，依依傍竹軒。秋池不自冷，風葉共成喧。窗迥有時見，簷高相續翻。侵宵送書雁，應爲稻粱恩。

問末二句之義。曰：此必在幕府之作，忽有感于雁之冒雨而飛，爲稻粱之故，如己勤勞以酬人之知也。於「雨」字不黏不脱，有神無迹，絶好結法。

何以不取《菊》也？曰：前四句俗艷不堪，後四句寓意亦淺。

何以不取《北樓》也？曰：前四句一氣涌出，氣脈流走，五六句格力亦大，但七八句嫌於太竭情耳。此等是用意做出，然愈用意，病痛愈大，大爲全篇之累也。附録：春物豈相干，人生只强歡。花猶曾斂夕，酒竟不知寒。異域東風濕，中華上象寬。此樓堪北望，輕命倚危欄。

何以不取《擬沈下賢》也？曰：一字不解，然不解處即是不佳處，未有大家名篇而僻澁其字句者也。

何以不取《蝶》也？曰：前四句俗極，五六亦纖。

何以不取《飲席代官妓贈兩從事》也？曰：不雅。

何以不取《代魏宫私贈》及《代元城吴令暗爲答》也？曰：此詩辨感甄之誣，立意最爲正大。然何不自爲絶句一章，乃代爲贈答，落小家窠臼也。曹唐遊仙之作，正濫觴于此種耳。附録：來時西館阻佳期，去後漳河隔夢思。知有宓妃無限意，春松秋菊可同時。背闕歸藩路欲分，水邊風日半西曛。荆王枕上原無夢，莫枉陽臺一片雲。

問：代爲問答爲小家數矣，若淵明之《形影神三首》，非設爲問答乎？曰：彼是懸空寄意，其源出于《楚詞》之設爲問答，故不失大方。此則黏著實事，代古人措詞矣。羅隱《謁文宣王廟》詩至于代文宣王答一首，千奇萬狀，流弊亦何所不有乎！故論詩宜防其漸，不得動以古人藉口也。

何以不取《牡丹》也？曰：無一句成語。

何以不取《百果嘲櫻桃》及《櫻桃答》也？曰：此弊始於六朝《鮰表》、《甘蕉彈文》之屬，降而已甚。

盧仝集中至於代蝦蟆作詩請客矣。義山此作，亦此類也。《毛穎》一傳，豈非千載奇文？降而爲《葉嘉》、《羅文》等傳，連篇累牘，豈復有味乎？衡諸雅道，必無取焉，不論工拙也。

何以不取《曉坐》也？曰：情真而格卑。附録：後閣朝眠罷，前墀思黯然。梅應未假雪，柳自不勝烟。淚續淺深綆，腸危高下絃。紅顔無定所，得失在當年。

何以不取《一片》也？曰：此感遇之作，與《錦瑟》同格，而意又淺焉，亦無自占身分處。

何以不取《題鵞》也？曰：此深怨牛李黨人之作，殊徑直無餘味也。

問：此詩焉知非悼亡之作？曰：觀詩中曰「自成群」，曰「那解將心憐孔翠」，且不曰雄與雌分，而曰雌與雄分，語意皆不似也。

何以不取《華清宫》也？曰：既失諱尊之體，亦少藴藉之味，于温柔敦厚之旨，失之遠矣。

何以不取《十一月中旬至扶風界見梅花》也？曰：清楚有致，但太薄耳。附録：匝路亭亭艷，非時冉冉香。素娥惟與月，青女不饒霜。贈遠虚盈手，傷離適斷腸。爲誰成早秀，不待作年芳。

何以不取《青陵臺》也？曰：此詩亦佳，但微乏神韵，有喫力之態耳。第二句亦趁韵寫出，「倚暮霞」三字殊無著落也。附録：青陵臺畔日光斜，萬古貞魂倚暮霞。莫訝韓憑爲蛺蝶，等閒飛上别枝花。

問：「倚暮霞」從「日光斜」生來，何以云無著落？曰：此詠青陵臺事，非詠青陵臺景也。「日光斜」已是旁文，何得又因旁文而波及耶？就此三字論之，暮霞如何云倚？就本句七字論之，如何與「萬古貞魂」相連？凡下字無關本意，便是無著落，不必嚴霜夏零、明月晝起也。

問：後二句何以如此説？曰：只一兩不相負之意，因有化蝶一事，故留住韓憑，另一層寫，借事點染，生出波折。此化直爲曲、化板爲活之法，若直説便少味矣。

何以不取《東還》也？曰：此詩亦無不佳之處，但無佳處耳。

何以不取《酬崔八早梅有贈兼示之作》也？曰：詩極清楚，但太淺耳，格亦卑卑。

何以不取《春風》也？曰：全不成詩。

何以不取《蜀桐》也？曰：此感遇之作，言空斲秋琴，亦無賞音，非惜桐，正惜琴也。用筆深曲，但其詞不免怨以怒耳。附録：玉壘高桐拂玉繩，上含非霧下含冰。枉教紫鳳無棲處，斲作秋琴彈《壞陵》。

何以不取《判春》也？曰：偶爾弄筆，不以詩論，是亦所謂下劣詩魔也。

何以不取《促漏》也？曰：對面作結，妙有興象，前六句體不高耳。附録：促漏遥鐘動静聞，報章重疊杳難分。舞鸞鏡匣收殘黛，睡鴨香爐换夕熏。歸去定知還向月，夢來何處更爲雲。南塘漸煖蒲堪結，兩兩鴛鴦護水紋。

問：高廷禮説此詩如何？高廷禮曰：此詩擬深宫怨女而作。曰：此説長孺取之。然定爲宫詞，亦只據第二句，其實所注亦牽合也。長孺注曰：《唐書》：内官有掌書三人，掌符契經籍、宣傳啓奏。杜甫詩「宫女開函近御筵」是也。午橋從姚旅《露書》，定爲悼亡，然第二句究竟説不去。蓋此詩摘首二字爲題，亦是「無題」之類耳。

何以不取《讀任彦昇碑》也？曰：首句鄙，後二句寓升沈之感，亦直。

何以不取《荷花》也？曰：首二句似牡丹，不是荷花矣。通篇亦不出色。

問：「前秋」何以云預想？曰：「前秋」即秋前之意，非云去年也。

何以不取《五松驛》也？曰：無一句是詩。

何以不取《送臻師二首》也？曰：不見佳處。

何以不取《七夕》也？曰：亦淺亦直。

何以不取《謝先輩防記念拙詩甚多異日偶有此寄》也？曰：小有情致，云佳則未也。六、七、八三句亦累。

何以不取《馬嵬二首》也？曰：《馬嵬》詩總不能佳。此二詩前一首後二句直率，次一首亦多病痛也。附録第二首：海外徒聞更九州，他生未卜此生休。空聞虎旅傳宵柝，無復雞人報曉籌。此日六軍同駐馬，當時七夕笑牽牛。如何四紀爲天子，不及盧家有莫愁。

問：歸愚評第二首如何？歸愚曰：起無原委，一病也。虎、雞、馬、牛連用，二病也。落句擬人不倫，三病也。曰：所言後二病良允，獨云起無原委則不然。蓋「自埋紅粉自成灰」，前一首已提明矣，故此首勢須直起，乃章法合然，何得云無原委也？

何以不取《可歎》也？曰：三四太罵，殊無詩品。

何以不取《别薛嵒賓》也？曰：通篇平淺，後三句尤不成語。

何以不取《富平少侯》也？曰：太尖，無品格，亦卑卑。

何以不取《腸》也？曰：瑣屑卑靡，西崑下派。

何以不取《贈宇文中丞》也？曰：直寫平淺。

何以不取《曉起》也？曰：纖小一派。

何以不取《閨情》也？曰：亦纖小。

何以不取《杏花》也？曰：通首以杏花寄感，然無一字切杏，即改題作桃李亦得。「援少」二句亦是秋意，非春意，皆是病痛。「鏡拂」以下，氣格不甚大方，亦不免强弩之末。獨前半筆力渾脱，小可觀耳。附録：上國昔相值，亭亭如欲言。異鄉今暫賞，脈脈豈無恩。援少風多力，墻高月有痕。爲含無限意，遂到不勝繁。仙子玉京路，主人金谷園。幾時辭碧落，誰伴過黄昏。鏡拂鉛華膩，爐藏桂燼温。終應催竹葉，先擬詠桃根。莫學啼成血，從教夢寄魂。吴王採香徑，失路入烟村。

問：無一字切題，是一病矣。然則詠物必故實點綴，及刻畫形似乎？曰：不然。故實不廢也。必以故實爲工，則「盤中磊落笛中哀」，「羅隱之詠梅矣。刻畫亦不廢也。必以刻畫爲工，則「認桃無緑葉，辨杏有青枝」，石延年之詠梅矣。此詩在不合作長律耳。小詩以空筆取神者，如「無情有恨何人見，月曉風清欲墮時」，在絶句可也。「幸不折來傷歲暮，若爲看去亂鄉愁」，在八句之律亦可也。長篇能通身如是乎？不爲故實、刻畫，則必落空矣。詠物者不可不知。

問：「仙子」二句恐是俗格。曰：二句若是贊杏花則俗，與下二句相連，寫淪落之感則不俗。言各有當，未可以一例槩之。看詩亦須通篇合看耳。

何以不取《燈》也？曰：與《腸》詩同一下派。只「冷暗黄茅驛」一句差可。

何以不取《清河》也？曰：淺薄。

何以不取《韈》也？曰：偶然弄筆，不以正論。

何以不取《追代盧家人嘲堂内》及《代應》也？曰：與《代魏宫私贈》同一小家數，而更無意旨。

何以《離亭折楊柳二首》只取一首也？曰：前一首亦有風調，但病于徑直。附録：暫憑尊酒送無憀，莫損愁眉與細腰。人世死前惟有别，春風争擬惜長條。

何以不取《華州周大夫宴席》也？曰：全無詩意，所謂頭巾氣也。

何以不取《荆山》也？曰：不解所云。

何以不取《東下三旬苦于風土馬上戲作》也？曰：偶然戲筆，亦不以詩論。

何以不取《莫愁》也？曰：戲筆弄姿，頗有風韵，但淺弱耳。附録：雪中梅下與誰期，梅雪相兼一萬枝。若是石城無艇子，莫愁還自有愁時。

何以不取《涉洛川》也？曰：傷讒之作，第二句露骨，遂并後二句微病于直。附録：通谷陽林不見人，我來遺恨古時春。宓妃漫結無窮恨，不爲君王殺灌均。

何以不取《有感》也？曰：鄙俚不文。

何以不取《代贈二首》也？曰：艷詩之有情致者，第二首更勝，以無關大旨，去之耳。附録：樓上黄昏欲望休，玉梯横絶月中鈎。芭蕉不展丁香結，同向春風各自愁。　東南日出照高樓，樓上離人唱《石州》。總把春山掃眉黛，不知供得幾多愁。

何以不取《楚吟》也？曰：淺直。

何以不取《柳》也？曰：寄託亦淺露。

何以不取《寄在朝鄭曹獨孤李四同年》也？曰：著意「在朝」二字，友朋相怨之詩也。後二句太激，少含蓄。附録：昔歲陪遊舊迹多，風光今日兩蹉跎。不因醉本《蘭亭》在，兼忘當年舊永和。

何以不取《南朝》也？曰：纖而鄙。

何以不取《題漢祖廟》也？曰：粗淺無味，毫無取義之作。

何以不取《東阿王》也？曰：此自寓之作，小有意致耳，亦無大佳處。附録：國事分明屬灌均，西陵魂斷夜來人。君王不得爲天子，半爲當時賦洛神。

何以不取《聖女祠》也？曰：「松篁臺殿蕙香幃，龍護瑶窗鳳掩扉」二句，有其人在焉，呼之欲出之，妙。五六太骨露，有失雅道，七八亦佻薄。

何以不取《獨居有懷》也？曰：詞纖格卑，三四句尤鄙猥。

何以不取《過景陵》也？曰：因憲宗求仙，故以黄帝託諷，然擬之曹瞞，究竟非體。義山時時有此病也。

何以不取《臨發崇讓宅紫薇》也？曰：此與下《及第東歸次灞上却寄同年》詩皆激烈盡情，少含蓄之旨，而此詩尤怨以怒。

何以不取《野菊》也？曰：中四句頗佳，結處嫌露骨太甚。附録：苦竹園南椒塢邊，微香冉冉淚涓涓。已悲節物同寒雁，忍委芳心與暮蟬。細路獨來當此夕，清樽相伴省他年。紫雲新苑移花處，不取霜栽近御筵。

何以不取《過伊僕射舊宅》也？曰：獨結處「何能更涉瀧江去，獨立寒流弔楚宮」二句，就「過」字生情，攙過一步，渲染本題，妙有情致。前六句直是許渾一輩套子，殊不可耐也。

何以不取《關門柳》也？曰：無佳處。

何以不取《酬別令狐補闕》也？曰：此詩曲折渾勁，甚有筆力，獨末二句太無地步耳。附録：惜別夏仍半，迴途秋已期。那修直諫草，更賦贈行詩。錦段知無報，青萍肯見疑？人生有通塞，公等繫安危。警露鶴辭侶，吸風蟬抱枝。彈冠如不問，又到掃門時。

何以不取《彭陽公薨後贈杜二十七勝李十七潘二君并與愚同出故尚書安平公門下》也？曰：極有深情，末二句竟住，亦佳，但前二句太拙。

問：「庾村」當作何解？曰：此庾樓之訛。

何以不取《聞歌》也？曰：首二句點明，中四句擲筆宕開，而以七句承明，八句拍合，極有畫龍點睛之妙。但情韵深而意格靡，第一句鄙，第二句是長吉歌行一派，入七律亦濫，終非佳篇，存看筆法耳。附録：斂笑凝眸意欲歌，高雲不動碧嵯峨。銅臺罷望歸何處，玉輦忘還事幾多。青塚路邊南雁盡，細腰宫裏北人過。此聲腸斷非今日，香灺燈光柰爾何。

何以不取《贈華陽宋真人兼寄清都劉先生》也？曰：太應酬氣，全無詩味。

問：第二句「謝」字如何解？曰：當從《英華》作「識」。

何以不取《楚宫二首》也？曰：前一首寫不見之感，乃從對面加一倍寫出，極有思致，然終覺是刻意做來，乏自然深遠之味。第二首直是《無題》之屬，誤列於《楚宫》下耳。附録：十二峰頭落照微，高唐宫暗坐迷歸。朝雲暮雨長相接，猶自君王恨見稀。月姊曾逢下彩蟾，傾城消息隔重簾。已聞佩響知腰細，更辨絃聲覺指纖。暮雨自歸山悄悄，秋河不動夜厭厭。王昌且在墻東住，未必金堂得免嫌。

問：第二首末二句如何解？曰：譏刺之語也。言隔簾不見，徒想像其腰細指纖，惟有失望而歸，悒悒中夜耳。況彼東家自有王昌爲所屬意，焉有及我之理耶？分明言其及亂，而但以爲不免于嫌，則詩人忠厚之詞也。

補遺：問：「月姊曾逢下彩蟾」一首，别本題爲《水天閑話舊事》，如何？曰：詩與《楚宫》不相應，此題有理。

何以不取《和友人戲贈二首》及《題二首後重有戲贈任秀才》也？曰：此却是「無題」之類，非艷詞也。于集中爲數見不鮮耳。

問：《有感二首》，前以夕公之箋爲非，其説焉在？曰：詩中語意固明也。第一首曰：「竟緣尊漢相，不早辨胡雛。」第二首曰：「臨危對盧植，始悔用龐萌。」惜文宗之誤用也。第一首：「九服歸元化，三靈叶瑞圖。如何本初輩，自取屈氂誅。」第二首曰：「古有清君側，今非乏老成。素心雖未易，此舉太無名。」皆咎訓、注之妄舉也。反覆觀之，無一恕詞。夫訓、注皆輕躁小人，僥倖富貴，因之以君國嘗試。使幸而成功，輕則爲徐、石之怙寵，重或有操、卓之專權。其平日所爲，可以覆按也。乃許之以奉天討，許之以謀勇，許之以死事，不亦悖乎？至云國有重臣，不畏彊禦，倡言訓等之無辜，士良諸凶猶未必刃加其頸，尤迂而不情。夫劉從諫之敢于請三相之罪，擁兵在外耳。使其在朝，彼能收三相，復何人不能收乎？以是解「古有清君側」四句，可云南轅而北轍矣。凡説詩，當心平氣和，求其本旨。先存成見，而牽引古人以就之，是亦學者之大病也。

何以不取《壽安公主出降》也？曰：太粗太直，失諱尊之體。

何以不取《夕陽樓》也？曰：借孤鴻對寫，映出自己，吞吐有致，但亦不免有做作態，覺不十分深厚耳。附録：花明柳暗繞天愁，上盡重城更上樓。欲問孤鴻向何處，不知身世自悠悠。

何以不取《中元作》也？曰：通首筆意渾勁，自是佳作。然求其語意，類乎有所見而求之不得之作，題曰「中元作」，知確有本事，非寓言之比也。措語雖工，衡以風雅之正，固無取焉。附録：絳節飄飖空國來，中元朝拜上清迴。羊權須得金條脱，温嶠終虚玉鏡臺。曾省驚眠聞雨過，不知迷路爲花開。有娀未抵瀛洲遠，青雀如何鴆鳥媒？

何以不取《鴛鴦》也？曰：淺直。

何以不取《楚宫》也？曰：只中聯「楓樹夜猿愁自斷，女蘿山鬼語相邀」二句最佳，前後六句並拙鄙。

補遺：問：《楚宫》末二句如何解？曰：此言三間忠義，感人千秋不替，必楚國無人，其祀乃絶。但故鄉猶有遺民，决不惜年年以角黍投之也。有謂但使國存不恤身死者，與「懼長蛟」不合，其説非也。

何以不取《妓席暗記送同年獨孤雲之武昌》也？曰：借物寫照，亦殊有情，但格意不高。

何以不取《宿晉昌亭聞驚禽》也？曰：後四句宕開收轉，以遠取題，用筆自好，但格調卑靡，大似許渾一輩，不足存耳。

何以不取《深宮》也？曰：鈎勒清楚，然淺薄即在清楚處。

何以不取《明禪師院酬從兄見寄》也？曰：不成語。

何以不取《寄裴衡》也？曰：起二句太突，後四句太率。

何以不取《崇讓宅東亭醉後有作》也？曰：「一帆彭蠡月，數雁塞門霜」二句最佳，「驊騮憂老大，鶗鴂妬芬芳」二句亦可觀，餘殊平淺。「幽興」句、「淹卧」句俱牽强。

何以不取《一片》也？曰：粗淺。

何以不取《寄成都高苗二從事》也？曰：詩亦風韵，但意旨不甚了了。附録：紅蓮幕下紫梨新，命斷湘南病渴人。今日問君能寄否，二江風水接天津。

何以不取《鄭州獻從叔舍人褒》也？曰：淺俗。

何以不取《四皓廟》也？曰：全不成語。

何以不取《題白石蓮花寄楚公》也？曰：前四句有恣逸之致，而三四句尤佳。後四句嫌禪偈氣。附録：白石蓮花誰所共，六時長捧佛前燈。空庭苔蘚饒霜露，時夢西山老病僧。大海龍宫無限地，諸天雁塔幾多層。漫誇鶖子真羅漢，不會牛車是上乘。

何以不取《隋宫守歲》也？曰：一味鋪排，了無取義，而語亦多笨。

何以不取《利州江潭作》也？曰：自注曰：「感孕金輪所。」詩中皆以雌龍託意，殊莫解其風旨何取。只「雨滿空城蕙葉凋」一句有神韵可玩耳。

補遺：問：香泉解《利州江潭作》一首如何？香泉曰：武后見駱賓王檄文，猶以爲斯人淪落，宰相之罪。義山爲令狐綯所擯，白首使府，天子曾不知其姓名，有不獲與后同時之恨。故過其所生之地，停舟賦詩。落句蓋言己之漂泊西南，曾不如羅子春之致燕脯于龍女，猶得乘龍載珠而還也。曰：似是如此解。

何以不取《即日》也？曰：此詩只「地寬樓已迥，人更迥于樓」二句起得斗峭，「更替林鴉恨，驚頻去不休」二句對寫，照結得有致，餘俱平衍，且多率筆。

何以不取《相思》也？曰：平直無佳處。

何以不取《鏡檻》也？曰：亦琱琢下派。

補遺：問：香泉解《鏡檻》如何？香泉曰：此必有懷歌妓之作。曰：説亦有理，以末二句證之，益信。問：上黨馮氏評此詩如何？馮氏曰：詩多未解。然如見西施，不必能名，然後知其美。曰：此鈍吟偏駁之論。二馮評《才調集》，意在闢江西而崇崑體，於義山尤力爲表揚。然所取多屑屑雕鏤之作，而欲持之以攻江西，恐與江西之生硬，正亦如齊楚之得失也。夫義山、魯直，本源俱出少陵，才分所至，面貌各别，而俱足千古。學者不求其精神意旨所在，而規規于字句之閒，分門别户，此詆粗莽，彼詆塗澤，不問曲直，鬨然佐鬭。不知粗莽者，江西之流派，江西本不以粗莽爲長；塗澤者，西崑之流派，西崑亦不以塗澤爲長也。因論鈍吟此語，而並及之。

何以不取《送鄭大台文南覲》也？曰：太應酬氣。借胡威絹鬪合，亦小家數。

何以不取《洞庭魚》也？曰：全不成語。

何以不取《喜舍弟羲叟及第上禮部魏公》也？曰：前六句太俗，後二句公然不通。

何以不取《哀筝》也？曰：五句不成語，恐有訛錯。通首亦無甚佳處，不爲高格。

問：此詩語意何如？曰：此摘「哀筝」二字爲題，非詠筝也，蓋亦「無題」之類。詳其語意，確有寄託。

何以不取《代董秀才却扇》也？曰：太巧，便是小品。

何以不取《有感》也？曰：平正無佳處。

問：四家解此詩如何？四家曰：爲「無題」作解。曰：詳詩語，是以文詞招怨之作，故題曰「有感」，乃爲似有寓託而實不然者作解，非解「無題」也。附録：非關宋玉有微詞，却是襄王夢覺遲。一自《高唐》賦成後，楚天雲雨盡堪疑。

何以不取《驪山有感》也？曰：既少含蓄，亦乖風雅，如此詩不作何妨。所宜懸之戒律者，此也。

何以不取《贈孫綺新及第》也？曰：俗。

問：《代秘書贈弘文館諸校書》一首，莫嫌於愛好否？曰：詩以愛好爲病，此充類至義之盡也。若論神韻，須先從愛好中來，妙悟漸生，然後捨筏登岸耳。且愛好亦自不同。桓伊弄笛，叔夜彈琴，皆愛好也。裁錦繡以爲華，傅脂粉以爲麗，似乎愛好而非也。海陽李玉典曰：「秋谷以漁洋爲愛好，信然。然是晉人裝，非時世裝也。」此可謂之知言矣。

何以不取《亂石》也？曰：前一句不成語，後二句亦淺直。且「步兵加廚頭爲目」，亦揑湊無理。

何以不取《日日》也？曰：淺直。

何以不取《過楚宮》也？曰：寓感之作，亦無佳處。附録：巫峽迢迢舊楚宮，至今雲雨暗丹楓。微生盡戀人閒樂，只有襄王憶夢中。

何以不取《龍池》也？曰：病同《驪山有感》一首。

何以不取《淚》也？曰：卑俗之至，命題尤俗。

問：此詩亦有風致，那得云俗？曰：此所謂倚門之妝，風致處正其俗處也。

何以不取《十字水期韋潘侍御同年不至時韋寓居水次故郭汾寧宅》也？曰：支離牽引，毫無道理，亦毫無意趣。

何以不取《流鶯》也？曰：前六句將流鶯説做有情，七句打合到自己身上，若合若離，是一是二，絶妙。運掉與《蟬》詩同一關捩，但格力不高，聲響覺靡耳。附録：流鶯飄蕩復參差，渡陌臨流不自持。巧囀豈能無本意，良辰未必有佳期。風朝露夜陰晴裏，萬户千門開閉時。曾苦傷春不忍聽，鳳城何處有花枝。

何以不取《和韓録事送宮人入道》也？曰：晚唐卑卑之音。

何以不取《即日》也？曰：此一時記事之作，不得本事，不甚可解，而語亦不佳。

何以不取《聖女祠》也？曰：此題凡三首，「白石巖扉」一首最佳，「松篁臺殿」一首最下，此首差可，然亦非高作也。

何以不取《七月二十九日崇讓宅宴作》也？曰：三四格意可觀，對法尤活，後半開平庸敷衍一派。附録：露如微霰下前墀，風過迴塘萬竹悲。浮世本來多聚散，紅蕖何事亦離披。悠揚歸夢唯燈見，濩落生涯獨酒知。豈到白頭長只爾，嵩陽松雪有心期。

問：二句「風」字一作「月」，如何？曰：二十九日那得有月？且「風」字尤與「悲」字相生。

何以不取《贈從兄閬之》也？曰：招隱之作，前六句平平，末二句太激，少詩致。

何以不取《殘花》也？曰：此深一層意，用筆甚曲，然病即在深處曲處，既落論宗，亦失自然。

何以不取《西亭》也？曰：此又病于直而淺。凡詩有恰好分際，太直太曲，太深太淺，弊正同耳。

何以不取《昨夜》也？曰：情致頗佳，但氣味不厚耳。附録：不辭鶗鴂妬年芳，但惜流塵暗燭房。昨夜西池涼露滿，桂花吹斷月中香。

何以不取《海客》也？曰：此怨令狐之作也，比附顯然，苦乏神韵。

何以不取《初食筍呈座中》也？曰：感遇之作，亦苦于淺。

何以不取《早起》也？曰：偶然之作，無大意致。

何以不取《行自金牛驛寄興元渤海尚書》也？曰：太應酬氣，三四尤俗。

何以不取《深樹見一顆櫻桃尚在》也？曰：寓意之作，有比附之痕，而格亦不高。

何以不取《歌舞》也？曰：淺直。

何以不取《海上》也？曰：平山謂此是透一層意，莫説不遇仙，即遇仙人，何益也？用筆頗快，而亦病于直。附録：石橋東望海連天，徐福空來不得仙。直遣麻姑與搔背，可能留命待桑田？

何以不取《魏侯第東北樓堂郢叔言别聊用書所見成篇》也？曰：體格不脱晚唐，只「念君千里舸，江草漏燈痕」句頗佳也。

何以不取《白雲夫舊居》也？曰：平正無出色。附録：平生誤識白雲夫，再到仙簷憶酒壚。牆外萬株人絶迹，夕陽唯照欲棲烏。

問：「誤識」之意如何？曰：是錯認之意。言平生相交，竟不深知，今日乃追憶之也。

何以不取《同學彭道士參寥》也？曰：調笑小品，不以正論。

何以不取《樂遊原》也？曰：遲暮自感之作，格韵殊不脱晚唐習氣。

何以不取《贈荷花》也？曰：全不成語。

何以不取《房君珊瑚散》也？曰：毫無意味。

何以不取《小桃園》也？曰：極有情致，但格卑，而五句尤纖。附録：竟日小桃園，休寒亦未暄。坐鶯當酒重，送客出牆繁。啼久艷粉薄，舞多香雪翻。猶憐未圓月，先出照黄昏。

補遺：問：《小桃園》第六句恐不是桃詩。曰：香泉以爲直似詠柳也。

何以不取《嘲櫻桃》也？曰：小品戲筆。

何以不取《和張秀才落花有感》也？曰：三四微有作意，然亦是小家數，餘無可採，五六尤濫。

何以不取《代越公房妓嘲徐公主》及《代貴公主》也？曰：弄筆之作，不關大雅。問：此二詩莫有寓意否？曰：此與《代魏宫私贈》及《代元城吴令暗爲答》詩皆不似泛然之作，然晚唐人亦實有弄筆作戲者，非確有本事，未可武斷也。《有感》詩曰：「一自《高唐》賦成後，楚天雲雨盡堪疑。」義山已料及人之附會其詩矣。

何以不取《鳳》也？曰：寓意亦淺。

何以不取《無題二首》也？曰：説已見前。附録：鳳尾香羅薄幾重，碧文圓頂夜深縫。扇裁月魄羞難掩，車走雷聲語未通。曾是寂寥金燼暗，斷無消息石榴紅。斑騅只繫垂楊岸，何處西南任好風。重幃深下莫愁堂，卧後清宵細細長。神女生涯原是夢，小姑居處本無郎。風波不信菱枝弱，月露誰教桂葉香。直道相思了無益，未妨惆悵是清狂。

何以不取《病中早訪招國李十將軍遇挈家遊曲江》也？曰：未免迂曲。

何以不取《昨日》也？曰：亦「無題」之類。起二句拙，三四句鄙，結亦鄙。

何以不取《櫻桃花下》也？曰：感嘆有情，但乏格韵耳。

何以不取《槿花》也？曰：有黏皮帶骨之病，蒙泉抹之，是也。

何以不取《任弘農尉獻州刺史乞假歸京》也？曰：太激太盡，無復詩致。

何以不取《贈勾芒神》也？曰：題纖而詩淺。此種題皆有小説氣，其去燕翦鶯梭、花魂鳥夢無幾也。大雅君子，當知所別裁焉。

何以不取《無愁果有愁曲北齊歌》也？曰：此長吉體也，終是别派，不以正論。集中凡此體皆在所汰，就彼法論之，擇極至者，略存一二耳。

何以不取《房中曲》也？曰：亦長吉體，特略有古意，猶是長吉《大堤曲》之類未甚詭怪者。附録：薔薇泣幽素，翠帶花錢小。嬌郎癡若雲，抱日西簾曉。枕是龍宫石，割得秋波色。玉簟失柔膚，但見蒙羅碧。憶得前年春，未語含悲辛。歸來已不見，錦瑟長于人。今日澗底松，明日山頭蘗。愁到天池翻，相看不相識。

問：此詩之意何指？曰：平山以爲悼亡之詩也。

問：「天池」一作「天地」，如何？曰：不然。按《莊子·逍遥遊》篇，天池是海之别名，而《酉陽雜俎》有「海翻則塔影倒」之説，知唐人有此語也。作「天地翻」，則鄙而不文矣。

何以不取《齊梁晴雲》也？曰：此及下《效徐陵體贈更衣》、《又效江南曲》皆刻摹六朝之作，艷處似之，拙處尤似之，然琱琢字句而無意味，亦復似之，不足取也。

何以不取《月夜重寄宋華陽姊妹》也？曰：覿詩意，宋華陽乃女冠也。殊無風旨可採，詩亦不佳。

何以不取《訪人不遇留别館》也？曰：太纖，首句尤鄙。蓋題妓館也。

何以不取《雨中長樂水館送趙十五滂不及》也？曰：無味。

何以不取《汴上送李郢之蘇州》也？曰：詩格不高。前四句説汴上，五六句突接蘇州，尤鶻突無頭腦也。

補遺：問：「求之流輩豈易得，行矣關山方獨吟」，香泉以爲要非佳處，如何？曰：江西詩派矯拔處，亦自可喜。然生硬粗俚，亦有一種傖父面目，絶可厭惡處。此曲防流弊之言，最爲有旨，學者不可不知也。予亦以爲只可偶一爲之耳。

何以不取《覽古》也？曰：首二句淺率，中四句庸下。且既以警戒意入，又以曠達語收，首尾衡決，全無詩法。

何以不取《當句有對》也？曰：西崑下派。

何以不取《井絡》也？曰：立論正大，詩格自高。五六句唱嘆指點，用事精切。但三四句轉折太硬，意雖可通，究費疏解，七句尤率，非完美之篇也。附録：井絡天彭一掌中，漫誇天設劍爲峰。陣圖東聚燮江石，邊柝西懸雪嶺松。堪嘆故君成杜宇，可能先主是真龍。將來爲報奸雄輩，莫向金牛訪舊蹤。

何以不取《隨師東》也？曰：四家以爲終傷蹇直也。五六句歸愚所賞。然詩中筋節在此二句，過求筋節，而失之板腐，亦在此二句。附録：東征日費萬黄金，幾竭中原買鬭心。軍令未聞誅馬謖，捷書唯是報孫歆。但須鸑鷟巢阿閣，豈假鴟鴞在泮林。可惜前朝玄菟郡，積骸成莽陣雲深。

問：長孺解末二句如何？長孺曰：按隋煬帝大業中頻年用兵高麗，末二句蓋舉往事以諷也。曰：不然。此詩一篇皆就隋事以託諷，未露正文。開首東征即指高麗之役，非前四句序時事，中二句發議論，末二句以前朝指點也。

問：「隨」字經文帝去辵爲隋，何以仍書「隨」字？曰：當時雖去辵旁，意後來仍兩書之，如殷商之兩稱也。觀歐陽詢書《醴泉銘》石刻中云：「隨氏舊宫，營于曩代。」亦有辵旁，是可證也。

何以不取《宋玉》也？曰：四家以爲失之鈎剔過明，不愜人意也。

何以不取《韓同年新居餞韓西迎室家戲贈》也？曰：詩格卑卑，起二句尤俚。

何以不取《奉和太原公送前楊秀才戴兼招楊正字戎》也？曰：平淺之作，牽率應酬，殊無可採。

何以不取《池邊》也？曰：感嘆時光，多就眼下繁華逆憂零落，或就眼前零落追感繁華。此偏于春意駘宕之時折轉，從過去一層見意，運掉甚别，但格韵不高耳。附録：玉管葭灰細細吹，流鶯上下燕參差。日西千遶池邊樹，憶把枯條撼雪時。

何以不取《送王十三校書分司》也？曰：純從對面用筆，此閃躲法也。然自後來言之，又爲躲閃之通套矣。神奇、腐臭，轉易何常，故變而出之，一言爲善，學古人之金針也。

何以不取《寄惱韓同年時韓住蕭洞二首》也？曰：無出色處。

何以不取《謁山》也？曰：不解。附録：從來繫日乏長繩，水去雲回恨不勝。欲就麻姑買滄海，一株春露冷如冰。

何以不取《鈞天》也？曰：太激。

何以不取《失猿》也？曰：詩頗曲折，然曲折而無味也。

問：末二句如何解？曰：平山以爲恐其或遇意外之傷也。蓋通箭道，則人得而取之矣。

何以不取《戲題友人壁》也？曰：戲筆，不以正論。

問：此詩意旨如何？曰：平山以爲戲其藉妻之貲，理或然也。

何以不取《假日》也？曰：平直。

問：長孺解《假日》如何？長孺曰：《楚詞》：「聊假日以媮樂兮。」曰：此當是休沐給假之日，不得以《楚詞》爲解。

何以不取《寄遠》也？曰：蓋言安得天地消沈，使情根一淨也。情思殊深，而吐屬間直而乏韵。

何以不取《王昭君》也？曰：四家以爲鄙也。

何以不取《所居》也？曰：平直。

問：末二句作「無不謂」，一作「不無謂」，二本孰是？曰：「不無」是也。然總之不成句。

補遺：何以不取《高松》也？曰：起句極佳，結句亦好，中四句芥舟以爲三四太闊，五六太黏也，故已取而終去之也。附録：高松出衆木，伴我向天涯。客散初晴後，僧來不語時。有風傳雅韵，無雪試幽姿。上藥終相待，他年訪伏龜。

何以不取《昭州》也？曰：無佳處。後四句亦轉落欠清。

何以不取《裴明府居止》也？曰：首尾一氣相生，清楚如話，但清而薄耳。附録：愛君茅屋下，向晚水溶溶。試墨書新竹，張琴和古松。坐來聞好鳥，歸去度疏鐘。明日還相見，橋南貰酒濃。

何以不取《陳後宫》也？曰：較「茂苑城如畫」一首氣宇稍寬，骨法稍重，然總之是小調也，病亦是在末二句。附録：玄武開新苑，龍舟讌幸頻。渚蓮參法駕，沙鳥犯句陳。壽獻金莖露，歌翻玉樹塵。夜來江令醉，别詔宿臨春。

何以不取《樂遊原》也？曰：起有筆意，餘不佳。

何以不取《贈子直花下》也？曰：三四句蒙泉以爲卑俗也，七八更不成語。

何以不取《小園獨酌》也？曰：詩極清楚，三四「空餘雙蝶舞，竟絶一人來」二句，襯貼活對，亦有致，但格意薄弱耳。

何以不取《獻寄舊府開封公》也？曰：詩有氣格，但首二句太湊，末句亦不甚成語。

何以不取《向晚》也？曰：格意卑靡。

補遺：問：「風濫欲吹桃」，四家評賞「濫」字之妙，而芥舟直以爲不佳。何也？曰：此字不是不通，只是纖巧。不通之字句，人人得而見之，其爲害也小。纖巧之字句，似乎有味可玩，誤相仿效，不知引出幾許詩魔矣。此病有才思人尤易犯。吾寧從芥舟之説，免生流弊。

何以不取《離席》也？曰：格力殊健，末二句太竭情耳。附録：出宿金樽掩，從公玉帳新。依依向餘照，遠遠隔芳塵。細草翻驚雁，殘花伴醉人。楊朱不用勸，只是更沾巾。

何以不取《俳諧》也？曰：太纖。

何以不取《商於新開路》也？曰：結入小家數。「蜂房」二字如實咏其物，與上崎嶇意不貫，若以比亂石之密，與「春欲暮」三字不聯，且涉于晦也。

何以不取《鸞鳳》也？曰：感遇之作，意露而體亦不高，連用四鳥，亦一病也。

何以不取《李衛公》也？曰：格意殊高，亦有神韵，似更在趙嘏《汾陽宅》詩以上。但末句如指南遷，不合云「歌舞地」；如指舊第，不合云「木綿」、「鷓鴣」。此不了了，未敢入選，且存之附録耳。附録：絳紗弟子音塵絶，鸞鏡佳人舊會稀。今日致身歌舞地，木綿花煖鷓鴣飛。

何以不取《韋蟾》也？曰：不解其題，無從論詩，而詩首二句殊不佳。

問：末二句如何解？曰：平山以爲倒裝法也。

何以不取《自貺》也？曰：率筆。

何以不取《蝶》也？曰：有作意而淺薄。

何以不取《夜意》也？曰：小有情致，然無深味。附録：簾垂幕半卷，枕冷被仍香。如何爲相憶，魂夢過瀟湘。

何以不取《因書》也？曰：偶記之作，不以詩論。

問：此詩意旨如何？曰：此必蜀中歸來，爲人述其風土，因而韵之，故末句云云，而題曰「因書」也。

何以不取《寄安國大師兼簡子蒙》也？曰：只「澗響入銅瓶」一句佳，餘俱平平，後四句尤俗。

何以不取《閑遊》也？曰：多不成語。

問：蘅齋評此詩如何？蘅齋曰：「荷風送香氣，竹露滴清響。」「澗影見潭竹，水香聞芰荷。」每誦孟公佳句，覺題竹、嗅荷，殊爲不韵。曰：此論極精。

何以不取《縣中惱飲席》也？曰：自負其能以淩人，雖曰戲筆，亦無身分，第二句尤不成語。

何以不取《題李上謩壁》也？曰：平正之篇，無甚出色，但格韻不失耳。附録：舊著《思玄賦》，新編雜擬詩。江庭猶近別，山舍得幽期。嫩割周顒韭，肥烹鮑照葵。飽聞南燭酒，仍及撥醅時。

問「江庭」之意。曰：恐是「江亭」。

何以不取《射魚曲》也？曰：長吉澁體。

何以不取《即日》也？曰：亦平正無出色。

何以不取《日高》也？曰：亦長吉體。「欄藥日高紅髲鬌」自是佳句，長吉一派，大抵有句無篇耳。

何以不取《宮中曲》也？曰：此于長吉體中爲極則，然終是外道，愈工愈遠，虞山所謂西域婆羅門也。附録：雲母濾宮月，夜夜白於水。賺得羊車來，低扇遮黄子。不覺水精冷，自刻鴛鴦翅。蠶縷茜香濃，正朝纏左臂。巴牋兩三幅，滿寫承恩字。欲得識青天，昨夜蒼龍是。

何以不取《海上謡》也？曰：此及下《李夫人三首》、《景陽宮井雙桐》總長吉體耳。

何以不取《秋日晚思》也？曰：淺率。三四句「莊蝶」、「胤螢」字尤俗不可耐。

何以不取《春宵自遣》也？曰：亦淺率無味，大似後人寫景湊句之詩，篇篇可以互换者也。

何以不取《七夕偶題》也？曰：無味。

何以不取《靈仙閣晚眺寄鄆州韋評事》也？曰：只「嵐光入漢關」一句可觀，餘無一佳處，而多累句。

補遺：問：《靈仙閣晚眺寄鄆州韋評事》一首，香泉以爲少「晚眺」二字意，是否？曰：「華蓮」四句，正是「眺」字。但「晚」字不一見，未免疏漏耳。

何以不取《過姚孝子廬偶書》也？曰：多不成語。凡詩詠忠臣易，詠孝子難；詠烈女易，詠節婦難，而孝子尤難於節婦。代述衷曲，或有至情動人，旁贊必不佳。古體、樂府猶有措手之處，律篇多無味也。

何以不取《月照冰池》也？曰：試帖之絶工緻者，然以爲高作則未也。蓋此種爲場屋之式，實難見長。《湘靈鼓瑟》，試帖絶調矣，亦幸是占得題目好耳。

何以不取《永樂縣所居一草一木無非自栽今春悉已芳茂因書即事一章》也？曰：點綴落小家局面。

何以不取《南潭上亭讌集以病後至因而抒情》也？曰：平淺而纖弱，無一長之可採。

何以不取《寒食行次冷泉驛》也？曰：氣格頗高，三四亦佳句。但五六句忽寫形勢，與上二句、下二句俱不貫串。雖前四是序宿，後四是序行，然轉折不清，嫌於雜亂鶻突也。附録：歸途仍近節，旅宿倍思家。獨夜三更月，空庭一樹花。介山當驛秀，汾水遶關斜。自怯春寒苦，那堪禁火賒。

問：「賒」字如何解？曰：趁韵耳。

何以不取《寄華嶽孫逸人》也？曰：三四不成語，餘亦淺率。

何以不取《戲題贈稷山驛吏王全》也？曰：偶然率筆。

何以不取《和韋潘前輩七月十二日夜泊池州城下先寄上李使君》也？曰：首句是七月，次句是十二日，三句是夜泊，四句是和韋上李使君，可謂字字清楚矣，然其實纖小瑣屑，有乖大雅也。

何以不取《所居永樂縣久旱縣宰祈禱得雨因賦詩》也？曰：鄙俚。

何以不取《正月十五夜聞京有燈恨不得觀》也？曰：殊無佳處。

何以不取《贈趙協律晳》也？曰：一往情深，但調少滑耳。滑尤在一結也。附録：但識孫公與謝公，二年歌哭處還同。已叨鄒馬聲華末，更共劉盧族望通。南省恩深賓館在，東山事往妓樓空。不堪歲暮相逢地，我欲西征君又東。

何以不取《月》也？曰：前二句不甚成語，後二句亦淺直。

何以不取《正月崇讓宅》也？曰：通首境地悄然，煞有情致，然云高格則未也。首句亦趁韵，正月豈有緑苔哉？

何以不取《城外》也？曰：前二句不甚成語，後二句淺而晦。

問：何以題曰「城外」也？曰：不解其義，通首是詠月也。

問：末二句如何解？曰：言已諸事缺陷，不能于月明之時，如蜯蛤之隨月而虧者，復隨之而盈也。然殊費解。凡費解者，必非好詩也。

何以不取《撰彭陽公誌文畢有感》也？曰：只「待得生金後，川原亦幾移」二句爲有深致，三句不成句，五六太竭情，非完篇也。

問：《戲贈張書記》詩中「危絃」四句，承上二句而申之，删去豈不是一首簡勁律詩？曰：是亦一論，但既曰戲贈，故不嫌多耳。

何以不取《念遠》也？曰：格意與《搖落》及《戲贈張書記》同，末二句亦有格韵，但五六句太拙而晦。附録：日月淹秦甸，江湖動越吟。蒼梧應露下，白閣自雲深。皎皎非鸞扇，翹翹失鳳簪。牀空鄂君被，杵冷女嬃砧。北思驚沙雁，南情屬海禽。關山已摇落，天地共登臨。

何以不取《過故崔兖海宅與崔明秀才話舊因寄舊僚杜趙李三掾》也？曰：立意既正，風骨亦遒，前四句説現在，五六句追叙，七八句相勉三掾，即暗結崔明秀才話舊，亦極清楚有安放，雖非傑構，亦合作也。特用筆微病其直，而五六屑屑計較，亦淺耳。附録：絳帳恩如昨，烏衣事莫尋。諸生空會葬，舊掾已華簪。共入留賓驛，俱分市駿金。莫憑無鬼論，終負託孤心。

問：「共入」二句莫合掌否？曰：上句用鄭當時事，其語尤寬，下句則有知己之感矣。二句相生，自有淺深，非合掌也。

問：恐三掾實有負恩忘舊之處，崔秀才話中及之，故寄此詩。其詞有激，故不得不直，未必是病。曰：想當然耳。然惟其有激，愈不得直。《談龍録》載吴修齡之論曰：「意喻之米，文則炊而爲飯，詩則釀而爲酒。飯不變米形，酒則變盡。噉飯則飽，飲酒則醉，醉則憂者以樂，喜者以悲，有不知其所以然者。如《凱風》、《小弁》之意，斷不可以文章之道，平直出之者也。」由是以觀，思過半矣。《春秋》責備賢者，此詩固不得曲爲之詞也。

何以不取《微雨》也？曰：四家以爲雖無遠指，寫「微」字自得神也。然既無遠指，則刻畫亦小家數耳。

問：小詩亦有不必定有遠指者，如輞川唱和，非即景自佳哉？曰：王、裴所詠，雖無遠指，而有遠韻、遠神，天然湊泊，不可思議，非以刻畫形似爲工也，自不得比而同之。

問：陶、杜詩中亦有平排四句者。曰：説者謂陶乃摘顧凱之《神情詩》，又云是顧取陶語成篇，雖不可考，然止是偶然之作，可一不可再，擬《五噫》而續《四愁》，不亦愚哉！杜公于絶句，本不當行，更不得援以藉口。

何以不取《南山趙行軍新詩盛稱遊宴之洽因寄一絶》也？曰：語不可曉，如就詩論詩，直是無一毫道理也。

何以不取《景陽井》也？曰：微有情致，但西施之沈與麗華之死事正相同，不知何以借爲反襯耳。附録：景陽宮井剩堪悲，不盡龍鸞誓死期。腸斷吴王宫外水，濁泥猶得葬西施。

問：莫是以西施之沈比麗華之死，言雖不得共死于此，猶能死于青溪之上，幸不爲楊廣所有否？曰：是亦一解。

何以不取《故番禺侯以贓罪致不辜事覺母者他日過其門》也？曰：題殊晦澁不了了，詩更無一句成語。

何以不取《詠雲》也？曰：猶是齊梁及初唐體格，然不必效爲之。真意不存，但工刻畫，其流亦何所不至哉！「河秋壓雁聲」句却有致，而此句之巧，又與通篇不配。

何以不取《夜出西溪》也？曰：詩亦有格，但末二句太露，且五六雖經比到自己，尚未落明，斗然説出，亦太鶻突無頭腦，意可通，而語欠清也。附録：東府憂春盡，西溪許日曛。月澄新漲水，星見欲銷雲。柳好休傷別，松高莫出群。軍書雖倚馬，猶未當能文。

問：二句「許」字如何解？曰：此幕府不得志之作，考昌黎《上張僕射書》有「辰入西歸」之語，知幕府定制類然。此句與上句呼應，言常憂錯過春光，偏于日曛纔許出也。然終是晦澁之句。

何以不取《效長吉》也？曰：只「簾疏燕誤飛」句巧甚，然巧處正是大病痛也。

何以不取《柳》也？曰：未能免俗，崔鴛鴦、鄭鷓鴣，歸愚所謂詠物塵劫也。

何以不取《九月於東逢雪》也？曰：清而淺。

何以不取《四皓廟》也？曰：全不成語。

補遺：問：《九日》詩第五句如何解？曰：苜蓿，外國草也，漢使者乃採歸，種之于離宫。令狐綯以義山異己之故，而排擯不用，故曰「不學漢臣栽苜蓿」。

何以不取《僧院牡丹》也？曰：首二句不似牡丹。三四極力刻畫僧院，然沽滯不佳。五六句亦點綴無理。七八不唯措語欠工，亦於僧院大不相稱也。

問：「粉壁」句不佳，是矣，「湘幃」句非即「石家蠟燭何曾翦」之意耶？曰：詩固有同一意旨，而措語工拙迥别者。

何以不取《高花》也？曰：與下《嘲桃》皆偶然小調。

何以不取《天平公座中呈令狐令公時蔡京在坐京曾爲僧徒故有第五句》也？曰：蒙泉以爲後四

句粗淺也，前四句亦自不佳。

問青袍御史之意。曰：《册府元龜》載唐時風憲不與燕會，故曰擬休官也。

何以不取《江上憶嚴五廣休》也？曰：亦無深味。

何以不取《寓興》也？曰：有清迥之氣，自爲佳製，但未極深厚耳。附録：薄宦仍多病，從知竟遠遊。談諧叨客禮，休澣接冥搜。樹好頻移榻，雲奇不下樓。豈關無景物，自是有鄉愁。

何以不取《東南》也？曰：寄慨之作，殊無佳處。

何以不取《歸來》也？曰：三四太率不佳。「草徑蟲鳴急，沙渠水下遲。却將波浪眼，清曉對紅梨。」後四句自可觀也。

何以不取《子直晉昌李花》也？曰：前四句格卑，五六自套，亦不成語，七句分字亦强押。

何以不取《題道静院院在中條山故王顔中丞所置虢州刺史捨官居此今寫真存焉》也？曰：層層安放清楚，然求一分好處，亦不可得。

何以不取《賦得桃李無言》也？曰：試帖中之平平者。

何以不取《登霍山驛樓》也？曰：詩有氣格，但三句太無理。嵐色之外，豈能見小鼠乎？附録：廟列前峰迥，樓開四望窮。嶺鼷嵐色外，陂雁夕陽中。弱柳千條露，衰荷一面風。壺關有狂孽，速繼老生功。

問：末二句似突出。曰：登高望遠，忽動于懷，興寄無端，往往有此，似突而究非突。蓋其轉接之間，以神而不以迹也。

何以不取《寄和馬郎中題興德驛》也？曰：了無佳處，氣力尤薄。

問：「水色瀟湘闊，沙程朔漠深」二句似可觀。曰：此種是可好可惡之句，看通篇何如耳。通篇如佳，此等亦足配色。如通篇中無主峰，末無結穴，專倚此種爲梁柱，則風斯下矣。

何以不取《題小松》也？曰：淺薄之至。

何以不取《行次昭應縣道上送户部李郎中充昭義攻討》也？曰：骨格峥嶸，不失氣象，論其音節，尤存初盛之遺。然以爲佳則未也。別有説，在《贈別前蔚州契苾使君》條下。附録：將軍大旆掃狂童，詔選名賢贊武功。暫逐虎牙臨故絳，遠含雞舌過新豐。魚遊沸鼎知無日，鳥覆危巢豈待風。早勒勳庸燕石上，佇光綸綍漢廷中。

何以不取《水齋》也？曰：了無佳處，且有累句。

問：「卷簾飛燕還拂水，開户暗蟲猶打窗」二句，聲調如何？曰：此與「求之流輩豈易得，行矣關山方獨吟」、「撫躬道直誠感激，在野無賢心自驚」聲調相同，意以下句第五字平聲救之也。憶《中州集》中如此句法亦有二處，古人必有原本，非落調也。然亦不必效爲之。

何以不取《奉同諸公題河中任中丞新創河亭四韵之作》也？曰：無一句是詩。

何以不取《過故府中武威公交城舊莊感事》也？曰：詩極可觀，但五六句太纖，不稱通篇耳。所謂下劣詩魔也。附録：信陵亭館接郊畿，幽象遥通晉水祠。日落高門喧燕雀，風飄大樹感熊羆。新蒲似筆思投日，芳草如茵憶吐時。山下只今黄絹字，淚浪猶墮六州兒。

問：四句「感熊羆」，長孺定爲「撼」字。今不從之，何也？曰：此暗用大樹將軍事，熊羆以比武力之臣，用《尚書》語，因大樹飄零而追感熊羆之臣，與上句燕雀爲假對也。若真作撼樹之熊羆，于文理既欠安，于景物亦無此理。

何以不取《贈田叟》也？曰：太激，七八尤不成語。

何以不取《和人題真娘墓》也？曰：俗體。

何以不取《人日即事》也？曰：前四句一字不通，五六亦堆垛無味，七八雖成語，亦無佳處。

何以不取《春日寄懷》也？曰：不免淺率。

何以不取《和劉評事永樂閑居見寄》也？曰：牽率應酬之作。

何以不取《和馬郎中移白菊見示》也？曰：俗體。

何以不取《喜聞太原同院崔侍御臺拜兼寄在臺二三同年之作》也？曰：比前二詩略可，然亦不佳。

何以不取《喜雪》也？曰：鄙俚夾雜，加以瑣纖，無復詩體。

何以不取《柳枝五首》也？曰：一序澁甚，詩亦無可採處。

何以不取《燕臺四首》也？曰：與下《河内詩二首》及《河陽詩》、《和鄭汝愚贈汝陽王孫家箏妓二十韵》、《燒香曲》皆長吉體，就彼法論之，皆爲佳作，然已附録《房中曲》及《宫中曲》以見概，此等雅不欲多存也。

何以不取《贈送前劉五經映三十四韵》也？曰：清楚而平衍，率筆累句尤多。凡長篇鋪叙而乏筋節，勢必至此。

補遺：問：《送李千牛》詩中「幸藉」四句，前後如何轉接？曰：此處殊不了了。

何以不取《詠懷寄秘閣舊僚二十六韵》也？曰：病同《劉五經篇》。

何以不取《戊辰會静中出貽同志二十韵》也？曰：骨法不失蒼勁，亦是五言一種，雖貌與古殊，而格力自在也。但詩無風旨可採耳。

何以不取《憶雪》及《殘雪》也？曰：《憶雪》詩一無可採。《殘雪》詩頗刻畫，然只是試帖伎倆耳。其中又多累句，亦非佳篇。

何以不取《大鹵平後移家到永樂縣居書懷十韵寄劉韋二前輩二公嘗於此縣寄居》也？曰：平平無佳處，格力尤薄。

問：《河陽詩》作悼亡解，是否？曰：亦無確據，是泛作感舊懷人觀之耳。

何以不取《自桂林奉使江陵途中感懷寄獻尚書》也？曰：清而薄，末四句歸于美鄭，然語脈不大融洽，嫌於鶻突，結二句尤佻達不稱也。

問：此詩述典頗麗，那得謂之清而薄？曰：厚薄在氣味、格力之間，不在詞句之濃淡也。古詩有通篇無一典故者，可得而謂之薄哉？

何以不取《獻杜僕射》第二首也？曰：精力盡于前篇，此則勉强應酬矣。

何以不取《井泥四十韵》也？曰：元白體也，意淺而味薄，學之易至于率俚。

問：元白體竟不佳耶？曰：亦是詩中正派。其佳在真朴，其病在好鋪張，好盡，好爲欲言不言尖薄語，好爲隨筆潦倒語。在二公自有佳處，學之者利其便易，其弊有不可勝言者也。惟小詩却時時有佳者，漁洋山人嘗論之矣。

何以不取《夜思》也？曰：西崑下派。

何以不取《思賢頓》也？曰：詩極可觀，但五六句既露骨，亦非體，遂爲一篇之累。附録：内殿張絃管，中原絶鼓鼙。舞成青海馬，鬬殺汝南雞。不見華胥夢，空聞下蔡迷。宸襟他日淚，薄暮望賢西。

何以不取《有懷在蒙飛卿》也？曰：詩亦清適，但非有宗社丘墟之痛，哀同開府，未免非倫，七八句亦殊拙滯。

何以不取《春深脱衣》也？曰：後四句太累，前四句亦無佳處。

何以不取《懷求古翁》也？曰：詩有爽氣，但乏厚味耳。附録：何時粉署仙，兀傲逐戎旃。關塞猶傳箭，江湖莫繫船。欲收棋子醉，竟把釣車眠。謝脁直堪憶，多才不忌前。

何以不取《城上》也？曰：五六不成語，七八尖佻。

何以不取《如有》也？曰：不甚可解，格亦卑下。

何以不取《朱槿二首》也？曰：第一首不成語。第二首當是和人懷歸之作，失去本題，誤附于後耳。詩有格意，聊附存之。附録：西北朝天路，登臨思上才。城閒烟草徧，村暗雨雲回。人豈無端别，猿應有意哀。征南予更遠，吟斷望鄉臺。

補遺：問：《戊籤》以《朱槿》第二首爲《晉昌馬上贈》，即以「勇多侵露去」一首爲《朱槿》次首，如何？曰：似亦有理。

何以不取《寓懷》也？曰：近乎鋪排，特格調不失耳。附録：綵鸞滄顥氣，威鳳食卿雲。長養三清境，追隨五帝君。烟波遺汲汲，矰繳任云云。下界圍黃道，前程合紫氛。金書唯是見，玉管不勝聞。草爲迴生種，香緣却死熏。海明三島見，天迴九江分。騫樹無勞援，神禾豈用耘。鬬龍風結陣，惱鶴露成文。漢殿霜何早，秦宮日易曛。星機拋密緒，月杵散靈氛。陽烏西南下，相思不及群。

何以不取《木蘭》也？曰：格卑而兼多累句。

何以不取《細雨成詠獻尚書河東公》也？曰：小有刻畫，只是試帖體，「必擬」二句尤拙。

何以不取《病中聞河東公樂營置酒口占寄上》也？曰：應酬之作，格意卑下。

何以不取《送從翁東川弘農尚書幕》也？曰：題既脱誤，難定工拙，筆力却蒼健可誦。附録：昔帝迴沖眷，維皇惻上仁。三靈迷赤氣，萬彙叫蒼旻。刊木方隆禹，陞陑始創殷。夏臺曾圮閉，汜水敢逡巡。拯溺休規步，防虞要徙薪。蒸黎今得請，宇宙昨還淳。纘祖功宜急，貽孫計甚勤。降災雖代有，稔惡不無因。宮掖方爲蠱，邊隅忽遘迍。獻書秦逐客，間諜漢名臣。北伐將誰使，南征決此辰。中原重板蕩，玄象失鈎陳。詰旦違清道，銜枚別紫宸。茲行殊厭勝，故老遂分新。去異封於鞏，來寧避處豳。永嘉幾失墜，宣政遽酸辛。元子當傳啓，皇孫合授詢。時非三揖讓，表請再陶鈞。舊好盟還在，中樞策屢遵。蒼黃傳國璽，違遠屬車塵。雛虎如憑怒，漦龍性漫馴。封崇自何等，流落乃斯民。逗撓官軍亂，優容敗將頻。早朝披草莽，夜縋達絲綸。忘戰追無及，長驅氣益振。婦言終未易，廟略況非神。日馭難淹蜀，星旄要定秦。人心誠未去，天道亦無親。錦水湔雲浪，黃山埽地春。斯文虛夢鳥，吾道欲悲麟。斷續殊鄉淚，存亡滿席珍。魂銷季羔竇，衣化子張紳。建議庸何所，通班昔濫臻。浮生見開泰，獨得詠汀蘋。

何以不取《晉昌晚歸馬上贈》也？曰：題與詩俱不了了，然詩自是不成語。

何以不取《哭虔州楊侍郎虞卿》也？曰：不及蕭侍郎詩之精神結聚，結亦徑直。附録：漢網疏仍漏，齊民困未蘇。如何大丞相，翻作弛刑徒。中憲方外易，尹京終就拘。本矜能弭謗，先議取非辜。巧有凝脂密，功無一柱扶。深知獄吏貴，幾迫季冬誅。叫帝青天闊，辭家白日晡。流亡誠不弔，神理若爲誣。在昔恩知忝，諸生禮秩殊。入韓非劍客，過趙受鉗奴。楚水招魂遠，邙山卜宅孤。甘心親垤蟻，旋踵戮城狐。陰騭今如此，天灾未可無。莫憑牲玉請，便望救焦枯。

問「中憲」二句聲調。曰：此亦如七言之拗第六字，以下句三字平聲救之也。

何以不取《寄太原盧司空三十韻》也？曰：起手氣象自偉，但後半淺弱不稱。且「羲之」二句、「禹貢」二句，轉折皆不甚融洽，「羅含」六句亦湊泊不警切，大不及《上杜僕射》也。附録：隋艦臨淮甸，唐旗出井陘。斷鼇搘四柱，卓馬濟三靈。祖業隆盤古，孫謀復大庭。從來師俊傑，可以煥丹青。舊族開東岳，雄圖奮北溟。邪同獬豸觸，樂伴鳳皇聽。酣戰仍揮日，降妖亦鬬霆。將軍功不伐，叔舅得唯馨。雞塞誰生事，狼烟不暫停。擬填滄海鳥，敢競太陽螢。内草纔傳詔，前茅已勒銘。那勞《出師表》，盡入《大荒經》。德水縈長帶，陰山繚畫屏。只憂非綮肯，未覺有膻腥。保佐資沖漠，扶持在杳冥。乃心防暗室，華髮稱明廷。按甲神初静，揮戈思欲醒。羲之當妙選，孝若近歸寧。月色來侵幌，詩成有轉櫺。羅含黄菊宅，柳惲白蘋汀。神物龜酬孔，仙才鶴姓丁。西山童子藥，南極老人星。自頃徒窺管，於今愧挈瓶。何由叨末席，還得叩玄扃。莊叟虚悲雁，終童漫識鼮。幕中雖策畫，劍外且伶俜。俣俣行忘止，鰥鰥卧不瞑。身應瘠於魯，淚欲溢爲滎。《禹貢》思金鼎，堯圖憶土鉶。公乎來入相，王欲駕云亭。

何以不取《赤壁》也？曰：此杜牧詩也。但弄筆耳，毫無風旨可取。

何以不取《垂柳》也？曰：西崑下派。

何以不取《清夜怨》也？曰：略存初盛格意，不失雅音，然亦非高作。附録：含淚坐春宵，聞君欲渡遼。緑池荷葉嫩，紅砌杏花嬌。曙月當窗滿，征雲出塞遥。畫樓終日閉，清管爲誰調。

何以不取《定子》也？曰：亦杜牧詩也。末二句不成語。

鈔玉溪生詩竟，復以去取之意，爲「或問」一卷附之。詩家舊無此例，以意妄撰也。意主别裁，故詞多吹索。亦復借以説詩，故時時旁及，汗漫不删。末學小子，輕議古人，狂妄之罪，百喙何辭。然一得之愚，不能自已，私憂過計，遂冒天下之不韙而爲之。其區區苦心，亦望大雅君子諒于形迹之外也。庚午冬至後一日，河間紀昀再題。

撰《玉溪生詩説》二卷畢，芥舟更與商定一過，香泉亦以所評之本見示，皆匡予之不逮。緣抄録已成，不能添入，因撰補遺一卷附之。而予有一一續得，亦載焉，俟他日更定重寫，依次入之耳。辛未正月二十六日，昀再題。

凡卷中所載之評，曰四家者，乃袁虎文、楊致軒、何義門、田簣山所批，鈔時偶忘分署，故題以總名也。曰平山者，華亭姚君名培謙也。曰蒙泉者，德州宋君名弼也。曰蘅齋者，杭州周君名助瀾也。芥舟則同里戈君名濤。香泉則休寧汪君名存寬也。卷中未及備詳，因附識之。是日燈下又題。

玉谿生詩説補録

何以不取《鄠杜馬上念漢書》也？曰：廉衣以爲「興罷」句不佳，結亦無理也。附録：世上蒼龍種，人間武帝孫。小來惟射獵，興罷得乾坤。渭水天開苑，咸陽地獻原。英靈殊未已，丁傅漸華軒。

何以不取《送崔珏往西川》也？曰：起二句跌宕，入手須有此矯拔之意。然第三句不甚雅，廉衣以爲宜删也。附録：年少因何有旅愁，欲爲東下更西游。一條雪浪吼巫峽，千里火雲燒益州。卜肆至今多寂寞，酒壚從古擅風流。浣花牋紙桃花色，好好題詩詠玉鉤。

問：「好好題詩詠玉鉤」句，朱注如何？長孺曰：《招魂》：「砥室翠翹，挂曲瓊些。」王逸注：挂，懸也。曲瓊，玉鉤也。雕飾玉鉤以懸衣服。曰：應從午橋作酒鉤解，朱注非也。

何以不取《謔柳》也？曰：此題更惡。若從此一路入手，即終身落狐鬼窟中。

何以不取《楚宫》也？曰：意格與《陳後宫》一首同，彼未説出，此説出耳。附録：複壁交青瑣，重簾挂紫繩。如何一柱觀，不礙九枝燈。扇薄常規月，釵斜只鏤冰。歌成猶未唱，秦火入夷陵。

何以不取《韓冬郎即席爲詩相送一坐盡驚他日余方追吟連宵侍坐徘徊久之句有老成之風因成二絶寄酬兼呈畏之員外二首》也？曰：風調自佳，但無深味耳。附録：十歲裁詩走馬成，冷灰殘燭動離情。桐花萬里丹山路，雛鳳清於老鳳聲。劍棧風檣各苦辛，别時冰雪到時春。爲憑何遜休聯句，瘦盡東陽姓沈人。

何以不取《銀河吹笙》也？曰：題小家氣，若仿製此題以爲韵致，則下劣詩魔矣。中二聯平頭。附録：悵望銀河吹玉笙，樓寒院冷接平明。重衾幽夢他年斷，别樹羈雌昨夜鳴。月榭故香因雨發，風簾殘燭隔霜清。不須浪作緱山意，湘瑟秦簫自有情。

何以不取《舊頓》也？曰：末二句與《連昌宫詞》「猶有墻頭千葉桃，風動落花紅簌簌」同意，有歲久無人，草木叢生之感，然不免習徑。起二句亦拙。附録：東人望幸久咨嗟，四海於今是一家。猶鎖平時舊行殿，盡無宫户有宫花。

問：末句「宫花」二字或作「宫鴉」，如何？曰：殊不及宫花之有神理。

何以不取《别智元法師》也？曰：起句不似别詩。

何以不取《華岳下題西王母廟》也？曰：全以警快擅長，又是一格。中著一曲，故快而不直，然病處與《海客》詩同。附録：神仙有分豈關情，八馬虚隨落日行。莫恨名姬中夜没，君王猶自不長生。

何以不取《贈鄭讜處士》也？曰：居然宋體，可以入之《劍南集》中，見義山無所不有。然廉衣以爲起二句俗也。附録：浪跡江湖白髮新，浮雲一片是吾身。寒歸山觀隨棋局，暖入汀洲逐釣綸。越桂留烹張翰鱠，蜀薑供煮陸機蓴。相逢一笑憐疏放，他日扁舟有故人。

何以不取《復至裴明府所居》也？曰：三四拙笨，五六崛健，似江西派，祇可偶一爲之耳。附録：伊人卜築自幽深，桂巷杉籬不可尋。柱上雕蟲對書字，槽中秣馬仰聽琴。求之流輩豈易得，行矣關山方獨吟。賒取松醪一斗酒，與君相伴灑煩襟。

何以不取《花下醉》也？曰：情致有餘，格律未足。附録：尋芳不覺醉流霞，倚樹沈眠日已斜。客散酒醒深夜後，更持紅燭賞殘花。

何以不取《北青蘿》也？曰：芥舟曰五六嫌弱，結句尤湊。附録：殘陽西入崦，茅屋訪孤僧。落葉人何在，寒雲路幾層。獨敲初夜磬，閒倚一枝藤。世界微塵裏，吾寧愛與憎。

何以不取《送阿龜歸華》也？曰：語淺而有神韻，然次句甚鄙。附録：草堂歸意背烟蘿，黄綬垂腰不柰何。因汝華陽求藥物，碧松根下茯苓多。

何以不取《訪隱》也？曰：首四句句法不變，用在起處，如四峰矗起，不分低昂，彌見樸老，然不免捧心之病。末二句反襯出「訪」字，亦小家數。附録：路到層峰斷，門依老樹開。月從平野轉，泉自上方來。薤白羅朝饌，松黄暖夜杯。相留笑孫綽，空解賦天台。

何以不取《擬意》也？曰：此是艷詞，更無寓意。

何以不取《謝往桂林至彤庭竊詠》也？曰：廉衣以爲「魚龍」句欠莊，「王母」句無謂，「羲和」句欠渾成也。附録：辰象森羅正，鉤陳翊衛寬。魚龍排百戲，劍佩儼千官。城禁將開晚，宮深欲曙難。月輪移枍詣，仙路下欄杆。共賀高禖應，將陳壽酒歡。金星壓芒角，銀漢轉波瀾。王母來空闊，羲和上屈盤。鳳凰傳詔旨，獬豸冠朝端。造化中台座，威風大將壇。甘泉猶望幸，早晚冠呼韓。

原鈔有補遺一卷，爲公所續編，未及寫入，今依次入之，本公意也。校既竟，尚遺《謔柳》、《别智元法師》及《擬意》三題，蓋當時鈔胥脱落，未經校補者。又上卷入選之詩，復經抹去，若《鄠杜馬上念漢書》等凡十四題。所以去之之意，悉未著於「或問」，不無有抱殘之憾。今約舉原評，依「或問」例，爲補録若干條。其所遺《謔柳》等三題評語，則取諸廣州所刊輯評本以補之，不敢妄參鄙意，以玷公書也。戊子八月朔日，後學華亭閔萃祥識。

耘砚山房诗话

耘硯山房詩話提要

《耘硯山房詩話》二卷，據哈佛大學燕京圖書館藏清抄本點校。撰者邵履嘉（一六八四—？），字思田，晚號耕硯，大興（今北京）人。有《耘硯山房集》。《詩話》題詞署六十八歲老人，自序中有「辛未夏五月」，「録爲詩話二卷」云云，知其生年，亦知書成於乾隆十六年。全書泛採唐宋以來筆記史乘之涉詩者而改寫之，至清朝則有王士禛、邵長蘅、宋犖等人軼事數則。卷上一則細劃「四唐共二百八十九年」之起訖年份，已先見於葉之溶《小石林文外》，未知其即轉録自此書否。

耘硯詩話自序

旅寄寧鄉，卷軸在手，筆硯常親，日有所得，即與幼弟可堂相討論，燭再見跋未已。一日，可堂曰：「聽兄言論，多與唐宋人詩話相類，曷不薈萃成書？」予笑頷之。此語到今，忽忽二十載，可堂早先我而逝，每思其言，凄然淚下。比緣昏聵，田硯久荒。辛未夏五月，自吴門隨衆赴衛，始苦糧艘相阻，既因水大難行，篷牕枯悶，因取所寫之書，並所記憶之事，録爲詩話二卷。緣係鈔本，忘其出自何書，故名之曰「耘硯詩話」，而痛可堂之不見也。

詩話題詞

六十八歲老人耘硯嘉題

炎炎夏日挂危檣，逃暑思尋海上方。龍飲硯池雲霧濕，風生犀管筆花香。雄談對向人千箇，獺祭邀將客滿牀。遑問征程行近遠，山山水水自徜徉。

山自青兮水自洄，篷窻攤飯夢初回。不須赤脚層冰想，早又清風故侶來。事值解頤充話柄，句逢奇想羨詩才。一号編入詩文後，付與知音笑口開。弓音樛，即《説文》糾字，道經用作卷帙之卷。

初秋題於瀋邑旅館

耘硯詩話上卷

北平邵履嘉思田父

宋彦周許先生《詩話》云：壯語易，苦語難。深思自知，不可以口語辯。予以苦語難，而悲語尤難。蓋苦語由於境遇，而悲語必出於至性也。

或問唐宋詩之别於洛陽孟熙，熙曰：唐詩活，宋詩滯。唐詩自在，宋詩費力。唐詩渾成，宋詩餖飣。唐詩温潤，宋詩枯燥。唐詩鏗鏘，宋詩散緩。唐詩如貴介公子，舉止風流；宋詩如三家村乍富人，盛服揖客，辭容鄙俗。又曰：唐詩一家自成一家聲調，高下徐疾，皆合律吕，令人有聞韶忘味之意；宋人譬之村鼓島笛，雜亂無倫。其論唐詩，非精熟寢食於唐者不能；至論宋詩，則俟質之知音君子。按揚子地臣曰：唐詩尚蘊藉，宋人喜逕露。唐人情與景涵，才爲法斂；宋人無不可狀之景，無不可鬯之情。此語可爲唐宋詩定評，而優劣自見。

今人動輒曰沈韵，而不知四聲切韵始於齊中書郎周顒，而梁之沈約繼之，有《四聲》一卷，失傳已久。隋仁壽初，陸法言撰《切韵》五卷。唐天寶中，陳州司法孫愐以《切韵》爲謬略，增字至四萬二千三百八十餘字，名《唐韵》。今孫、陸二書已無原本。宋祥符間，陳鵬年、丘雍重修，更名《廣韵》，共二萬六千一百九十四字，減陸《韵》幾一半。見《玉海》中。景祐初，詔宋祁等重修，丁度、李淑詳定，凡五萬三千五百二十五字，分十卷，上之，詔名《集韵》。宋時有國子監刊行《禮部韵略》，止收九千五百九十字，又申明續降一百八十三字。見黄公紹《韵會凡例》。紹興中，衢州進士毛晃進表云增入二千六百六十五字，黄公紹《韵例》内云毛增一千一百十字。名《毛氏增修禮部韵略》。理宗末，江北平水劉淵又增四百餘字，名《壬子新刊禮部韵略》。元初，黄公紹又增六百餘字，名《古今韵略》。時又有陰氏時中、時夫。弟兄著《韵府群玉》，存八千八百餘字，此乃自明迄今通行之韵本。而時下所用李笠翁《詩韵》，亦本於陰，毋論沈、陸，並非唐宋之舊矣。至我聖祖御製《佩文韵府》，卷帙繁多，小康之家亦不能有，呫嗶寒儒，欲見無由也。

宋徽廟幸來夫人閣，灑翰於白團扇上曰：「選飯朝來不喜餐，御厨空費八珍盤。」天思稍倦，顧在側璫曰：「汝有能吟之客，可令續之。」乃薦鄴人太學生某某。宣入，讀宸翰，不知所指，乞取旨，或續句呈，或就書扇左。上曰：「朝不喜餐，必惡阻也。當以此爲詞，即續於扇上。」生續曰：「人間有味都嘗遍，只許江梅一點酸。」上大喜。會將策士，生未奏名，徑使造庭，賜以第。君臣遇合，可謂一時千載。

金李國楝夏卿《感懷》詩云：「東金西木兩暌違，由此生男不足依。但願相忘不相顧，漫云誰是與誰非。幾家能用三牲養，千古空傳五綵衣。一把殘骸無處着，不歸溝壑欲誰歸？」夫幽燕固慷慨悲歌之地，自石敬瑭淪没後，而父子骨肉之間，吟咏絶無含蓄，大失風人之致，深堪浩歎。

明州象山士子史本家木犀忽變紅色異香，因接本進闕。高廟愛之，畫爲扇，製詩賜從臣，曰：「月宫移就日宫栽，引得輕紅入面來。好向烟霄承雨露，丹心一點爲君開。」「秋入幽巖桂影圓，香深粟粟照林丹。應隨王母瑶池宴，染得朝霞下廣寒。」自是四方歲接數百本，今俗名金桂，香遜於黄者。由是觀之，宋高廟以前，尚無此桂也。

宋時驛路有白塔橋，賣《朝京路程圖》，凡至臨安士大夫，必買之披閱。有題詩於店壁曰：「白塔橋邊賣地經，長亭短驛甚分明。如何止説杭州路，不較中原有幾程？」蓋當時君相甘心偏安，不思恢復，而在野遺賢吟詩而致諷也。

蔣子正《山房隨筆》録《鑷白髮》詩曰：「勸君休鑷鬢毛斑，鬢到斑時已自難。多少朱門年少子，孽風吹上北邙山。」讀之悚然起敬老之心。

揚州瓊花，天下祇此一本，士大夫愛重，作無雙亭於花側。德祐乙亥，北兵至，花遂不榮。趙國炎賦詩曰：「名擅無雙氣色雄，忍將一死報東風。他年我若修花史，合傳瓊妃烈女中。」此詩能無愧死留夢炎乎？按慶曆四年，仁宗曾分移大内，明春即枯，遂復還舊處，鬱茂如故，是花不屈於天子矣。

蔡元定先生字季通，游于朱子之門，通堯夫術數，善地理，每爲人卜葬，改定吉凶。朱子被胡閏章疏僞學，並及蔡，謂之妖人，謫道州。有贈詩諷之曰：「掘盡人家好壟丘，冤魂欲訴更無由。先生若有堯夫術，何不先言去道州？」夫以先生之術，尚來譏誚，今世自稱明青烏術者，更不知冤魂之幾許。

馬融曰：「我輩仕途，不及村野之人，雞豚社飲，足以爲樂。我輩區區塵土，豈有此況味乎？」少陵祖其説爲韵言：「苦被微官縛，低頭拜野人。」又《贈王十五司馬弟出郭相訪》詩曰：「肯來尋一老，愁破是今朝。」昔阮簡久寓西山，一友携酒訪之，簡曰：「今日愁破矣。」杜用之。大抵古人不似今人，看書徒事涉略，全不着意，過眼即忘也。觀此兩詩，似信筆而出，不知皆有所本。人稱杜詩有來歷無杜撰，信非謬語。

邵半江先生文敬，詞翰馳海内。一日題陳圖南小像：「盤陀石上淨無塵，岳色江光共此真。莫怪吴儂醉不醒，百年俱是夢中人。」詩成，就正西涯李公。公曰：「尚有一二字不穩，待予更之。」而公先題于畫上，竊爲己作。半江見之，撫掌大笑。東海、匏庵皆有跋。前輩雅謔可喜，而李公亦享盛名，恐此詩不及半江，據而有之，自是服善之意。

自王筠辨「霓」字之後，人知「霓」字有四聲，而不知「虹」字亦有四聲。在平爲虹。在上爲孔，郭璞《鰠魚贊》：「壯士挺劍，氣吐白虹。鰠魚潛淵，出則邑悚。」在去爲絳，今北人呼虹爲絳。在入爲歇。爲詞曲者不可不知。

明宸濠以禮聘文翰林徵明，使至，文拒弗見。或以宸凶焰方熾，不往恐貽子孫禍，先生曰：「以此得禍，子孫不得怨。往而獲禍，則怨益甚。」遂賦詩，有「千金逸駿空求骨，萬里冥鴻豈受羅」之句。宸濠敗，受聘者皆累及。先生先見，由乎素定也。

明陸式齋《咏輓舟夫》詩：「緑柳堤前雁鶩行，輓舟終日送官忙。舟中載得清官去，儘受辛勤也不妨。」人云詩文無關世教，雖工何益。陸公此詩，儘堪三復，然「載去」不若「載來」爲妙。

洛陽士人某，舟過江，立船頭，得句曰：「銀漢無聲月正明，誰人窗下讀書聲。」未就，失足墮水。每夜吟此二句，舟人恐甚，無泊者。一達官過，知之，命往泊焉。果聞其吟，因續句朗誦曰：「遊魂何事不歸去，辜負洛陽花滿城。」從此不復吟。昔閩人董槐能文，年十七夭亡。殯後，樹葉蟲碎成字，蛾緣土成字：「原南原北緑如烟，萬囀千嬌鳥可憐。擷得榆錢盈兩袖，春風散賣自年年。」又「誰道泉扃無曉日，陽臺無比夜臺清」，及「螢亂夜空猿鳥寂，山前長坐月西移」之句。如此三年，詩末欵必書「行仙董郎」。詩甚多，定有好事者彙爲集，惜載僅數首于《説鈴》中。後蛾于墳土上作「董郎升化」四字，後不復有詩。記《樹萱録》載，有人入夫差墓，見白居易、張籍、李賀、杜牧之仝在内，賦詩亦各相似。末後老杜至，前四句云：「紫領寬袍漉酒巾，江頭蕭散作閒人。秋風有意吹蘆葉，落日無情下水濱。」夫諸公尚滯幽冥，不能如東坡之爲奎宿乎？殊不可解。

吴文正公納按黔回，三司遣人賫黄金百兩追送，公却之，賦詩曰：「蕭蕭行李向東還，要過前途最險灘。若有贓私並土物，任他沉在碧波間。」廉而不激，詞婉而嚴。

都元敬與楊君謙、祝希哲齊名，年三十，所著書已積稿至三五十卷，屢試不第，泊如也。遇人急難，不惜費奔救，遇書畫則解衣爲質，故屢空焉。一歲除夕，絶糧，寄故人朱堯民詩曰：「歲云莫矣室蕭然，牢落生涯只舊氈。君有太倉分一粟，免教人笑竈無烟。」堯民亦貧士，儲千錢爲新歲計，得詩分一半相贈。朱之好義，都亦識人也。

唐解元寅過閩之寧德，見旅館縣畫菊，題句曰：「黄花無主爲誰容，冷落疎籬曲徑中。儘把金錢買脂粉，一生顔色付西風。」先生蓋自況也，而得哀而不傷之旨。

荆州張桓侯廟有當塗楊觀題詩，煞有思致，殊勝他作：「磴道縈紆僅步趨，飛泉落檻碎冰珠。萬崖樓鼓真香火，千古英雄此丈夫。山勢西迴終護漢，江聲東去尚吞吴。營星不殞將軍在，未必中原不可圖。」

奉新女子蕭鳳質，其夫遊學郡城，會小疾，蕭致札候之，末云：「聞不安，恨東西間隔，妾職所不能盡，徒涕泣懷念而已。小詩奉慰：欲把相思遠寄君，恐教牽動讀書心。野花閒草休關念，養此葵心向紫宸。」相勗以正，有足多者，而三韵皆轉，未妥。

董玄宰曰：「『氣霽天表，雲斂天末。洞庭始波，木葉微脱。』『春草碧色，春水緑波。送君南浦，傷如之何。』『四更山吐月，殘夜水明樓。』『海風吹不斷，江月照還空。』各有試目。思陵常出新意，品畫師。予欲以此數則，徵名手畫小影，然少陵無人謫仙死，文沈之後，《廣陵散》絶矣。」噫，公畫絶倫，何難圖此數景？祇緣世無識者，因之閣筆，而致嘆《廣陵散》之不復傳於後也。

《洛陽伽藍記》載河東人劉白墮善釀酒，暴日中，經旬不壞，名「鶴觴」，謂可千里貽人，如鶴一飛千里也。葉石林曰：子瞻詩「獨看紅渠傾白墮」，恐難作酒用。吴下有饌鵝邀客，柬曰：「請過食右軍。」「傾白墮」毋乃類「食右軍」耶？予謂古詩有「何以解憂，唯有杜康」，是先坡老有之。右軍乃喜鵝，豈可代用？若以嗜好相代用，則將稱羊棗爲曾皙矣。大抵前人用典，未可輕議，疑而不用可也。司馬温公語程正叔曰：「辨證古人誤處，當兩存之，勿得輕加詆訾。」此語後學當書紳。

韓詩云：「或齊若朋友，或差若先後。」《前漢志》曰：「見神於先後宛若。」注曰：「關中呼兄弟妻曰先後。」師古曰：「先，蘇見反。後，胡構反。」

東坡與客遊金山，值中秋夜，天宇四望，一碧無際，江流澒湧，月色如畫。遂同登妙高峰，命歌者袁綯歌自製《水調歌頭》，歌罷，公自起舞。烏乎！此山此水中秋夜遊者，古今來不知幾許，而獨公風流逸興，與山水同其永久。雖玉帶之存亡不可知，而玉帶橋則與妙高峰同傳不朽矣。

趙光遠遊襄陽，濯足溪上，見一方磚似碑，題曰：「髡友退鋒郎，功成鬢髮傷。冢頭封馬鬣，不敢負恩光。」「獨孤貞節立。」磚後積土如盎，蓋瘞筆處，而銘語峭古。

唐人多以經史爲令，韓詩「酒令徵前事」，白詩「雅令窮經史」，可見古人聚飲，亦不失教學相長之義。昔寄食外父苜蓿齋中，與瀛洲搢紳子弟月有詩會，夜飲每倣此令而行，頗甚有益。

杜工部舊居在秦州東郭村，宋時已爲僧舍。山下有大木，人呼子美樹。按工部謚文貞，乃元大監鈕憐疏請，見張伯雨跋憐詩，而人無知者。其以元謚而不傳乎？抑以工部、少陵、子美之稱村童野老皆知，而掩之耶？自應表而出之。文載《續弘簡録·帝王世系》順帝至元三年。

唐禮部員外稱中儀，主事稱小儀。鄭谷《寄同年趙禮部》詩「小儀澄澹轉中儀」，祝其以主事遷員外也。今禮部稱儀部，而中、小儀無稱者。

劉希夷有「年年歲歲花相似，歲歲年年人不同」之句，自以爲不祥。其舅宋之問愛而索之，劉口許心吝，宋怒以土囊壓殺之。今此詩劉、宋集中皆載，而宋亦不得其死，一詩而作者、奪者皆應讖，亦異事。

閩鄭堂字汝昂，太守璐之子。工詩，善詼諧。正德改元，郡守宴客于西湖，堂故衝其前導。守怒，曰：「作一詩，釋汝。」堂連書數「苦」字，守笑曰：「汝始知苦乎？」堂即足成之：「苦苦苦苦苦天，上皇晏駕未經年。山川草木皆垂淚，太守西湖看畫船。」守慚而致禮。而今閩人言能作戲者，必推堂也。「一舉首登龍虎榜，十年身到鳳凰池」，乃泉州劉昌言上呂蒙正詩。「重名清望遍華夷，恐是神仙不可知。一舉云云。廟堂只是無言者，門館長如未貴時。除卻洛京居守外，聖朝賢相復書誰？」昌言仕至工部侍郎，常獻《聖德詩》五十韵，得君之盛，時無其比。

《墨莊漫録》考婦人弓足起於李後主。按樂府《雙行纏》：「足趺如春妍。他人不言好，我獨知可憐。」以是知起於六朝。然《史記》云：「臨淄女子彈絃纏足。」又曰：「揄修袖，躡利履。」意古已有之。又考《襄陽耆舊傳》云：「盜發楚王冢，得宫人玉履。」晉世履有鳳頭、重臺、分梢之别。陶南村云：「唐人題咏，略不及足。」是未深考。小杜：「鈿尺裁量減四分，碧琉璃滑裹春雲。五陵年少欺他醉，笑把花前出畫裙。」段成式：「醉袂幾侵魚子纈，彯纓長戛鳳凰釵。知君欲作閒情賦，應願將身托綉鞋。」《花間集》云：「漫移弓底綉羅鞋。」是屢見於咏矣。纏足不知始於何代，詩之見於古者如「兩足白如霜，臨流濯素足」，此不纏之足也。或云始于東昏使潘妃以帛纏足，金蓮貼地，行其上。然石崇以沉香爲塵，使姬步之無跡，是又先之。《史記》所云利履者，以履之尖鋭言之，則纏足之由來久矣。又如唐詩所云「六寸膚圓光緻緻」，但不如後世之極纖小耳。弓足之稱，言纏足中斷如弓。至燕趙女子，三五歲即纏足，自然纖小，並無弓形，弓形則嗤爲鵝頭，不足貴也。我朝初禁婦女纏足，一御史疏請嚴禁，題爲臣妻解足云云，人共誚之。未幾弛禁。

正德間，有妓於客所分咏骰子詩曰：「一片寒微骨，翻成面面心。自從遭點污，拋擲到如今。」語意雙關，清切可感。

王勃《益州夫子廟碑》云：「帝車南指，遁七曜於中階；華蓋西來，藏五雲於太甲。」張燕公讀之不解，問於一行。一行曰：「北斗建五，七曜在南方，有是祥，無位聖人出。華蓋西來不可知。」杜詩曰：「五雲高太甲，六月曠搏扶。」

雲南大理府崇善寺，有黄花老人石刻草書，大小如碗。相傳以檳榔殼蘸墨，有寫詩曰：「王母祠東古佛堂，相傳棟宇自隋唐。年深寺廢無人住，滿谷西風栗葉黄。」「手柱一條青竹杖，興來日挂百錢遊。夕陽欲下山更好，深谷無人不可留。」「帝遣名山護此邦，千家落落嶺西窗。山人乞與山前地，招客先開二十雙。」「挂鏡臺西挂玉龍，半山飛雪舞天風。寒雲直上三千尺，人道高歡避暑宫。」筆法飛舞。老人即王庭筠，金朝人。詩載《林縣誌》，黄花山在林縣。

林子羽鴻，閩人。應試入都，賦《龍池春曉》，時名動京師，既歸，從者如雲。無錫浦舍人源聞其名，往見之，鴻不出，使弟子周玄、黄玄見之。叩其來意，曰：「欲爲詩耳。」因出所作，周讀至「雲邊路繞巴山色，樹裏河流漢水聲」，大驚，曰：「此吾家詩也。」乃白鴻，出見，定交而去。

林廷綱洪武初擢吏科給事，侍遊江間殿。太祖曰：「江間小殿與雲齊，梁上新添燕子泥。」命林足成。曰：「雉扇曉開紅日近，龍衣春濕綵雲低。旌旗影裏貔貅息，斧鉞門前騏驥嘶。載筆詩成同拜舞，太平天子賜新題。」後賜名恒忠，寵遇日隆。

侯官唐□微時，泊舟永福溪，聞二鬼共語。一吟曰：「隨波逐浪滯孤魂，白骨沉沙渼水痕。幾寸柔腸魚齧斷，不關今夜聽啼猿。」一吟曰：「饑烏隨我棠梨道，雨打風吹梨樹老。寒食何人奠一巵，髑髏帶土生春草。」復相語曰：「明日鐵帽生至，當得代。」唐候之，明日果有頂鐵釜者渡水。唐挽之，且告以故。至夜，二鬼復語曰：「今日鐵帽生爲唐參政所救，柰何！」唐因命道士作章度鬼。越數日，坐齋中，彷佛二人來謝，後果爲參政。

沈周作《盒子會序》曰：「南京舊院有色藝俱優者，或二三十姓結爲手帕姊妹，每上節，以春檠巧具殽核相賽，名盒子會。凡得奇品爲勝，輸者罰酒酌勝者。中有所私，亦來挾金助會。厭厭夜飲，彌月而止。席間設燈張樂，各出其技能，賦此以識京城樂事也。」「平樂燈宵鬧如沸，燈火烘春笑聲内。盒奩來往鬬芳鄰，手帕綢繆通姊妹。東家西家百絡盛，妝肴飣核春滿檠。豹胎間挾鰉冰脆，烏欖分攙椰玉生。不論多同較奇有，品裏輸無倒陪酒。呈絲遈竹會新歡，袖鈔稱金走情友。閧堂一月自春風，酒香人語百花中。一般桃李三千户，亦有愁人隔墻住。」前明太祖開基，創十四樓以居妓女，將元代功臣發爲惰民，而永樂將遜國忠烈之妻女發教坊，以至娼妓之盛天下，而南京爲最。至本朝，聖人拔其污泥之染者，而大沛恩膏，娼妓、惰民俱削其籍，而得齒於人類。好事者以爲非我族類而致疑，獨不念其先世之忠烈功勛乎？

唐詩自高祖武德元年至玄宗先天元年，凡九十五年，爲初唐。自玄宗開元至代宗永泰，凡五十三年，爲盛唐。自代宗大曆至文宗太和，凡七十年，爲中唐。自文宗開成至哀宗末，凡七十一年，爲晚唐。四唐共二百八十九年。夫詩格由氣運變遷，而其轉移之處，有不期然而然。今以年歲限截其中，有一身歷數朝者，亦將分之在某年者爲初、盛，在某年爲中、晚，毋乃太鑿乎？陋見云然，請質之高明。

劉夢得贈白樂天詩中聯用高山、高門，自注曰：「高山本高，高門使之高，爲義不同。」然其詩曰：「于公必有高門慶，謝守何煩曉鏡悲。」以高門對曉鏡，又似門自高矣。若云使門高，可云使鏡曉耶？要之，作詩偶有複，初無大害，若謹守繩墨，雖音同字異，必當避之也。

李義山《宫詞》云：「珠箔輕明拂玉墀，披香新殿鬭腰支。不須看盡魚龍戲，終遣君王怒偃師。」此言宫妓之美，即木偶亦動情也，原無深意。馮班謂唐代宫禁不嚴，故借偃師之假人刺其相妬，殊屬深文。而賀裳《載酒園詩話》云只形容女子慧心，男子一妬字，更爲無稽。蓋前人之意本直，而後人妄解，自謂能知作者意指，穿鑿支離，大都如此。

歸安少宗伯嚴我斯夢至山中一僧舍，見其座師及同年皆僧服。諸公曰：「寧忘却此地耶？」嚴問山名，曰：「崧山。」嚴忽悟曾晒鞋於此，視之，尚未乾，遂寤。不數日，即没。没時口占一詩曰：「誤落人間七十年，今朝重返舊林泉。崧山道侣來相訪，笑指黄花白鶴前。」劉吏部體仁未没前一日，與友蘇銘在鳳陽龍興寺遊竟日，歸旅舍怛化。是夕，蘇夢劉吟句曰：「六十年來一夢醒，飄然四大御風輕。與君昨日龍興寺，猶是沾泥帶水行。」

正統朝鴻臚王少卿善宣玉音，洪亮抑揚，殊聳觀聽，而其讀奏之際，必多缺誤。其貌美髯而秃頂，朝士爲詩嘲之曰：「傳制聲無敵，宣章字有訛。後邊頭髪少，前面口鬚多。」有使回，問京師新事，或誦詩，問爲誰，其人遽曰：「王少卿也。」

明倭人入貢，艤舟定海之通津橋，防閑嚴密。倭人題詩曰：「棄子抛妻到大唐，將軍何事苦相防。通津橋下團團月，天地無私一樣光。」

饒州女尼從士人張某，鄉士戴宗吉贈以詩曰：「短髮蓬鬆緑未勻，袈裟脱去换紅裙。於今嫁與張郎去，贏得僧敲月下門。」

瑞州劉文光、廖暹，嘉靖己丑仝會試京師。廖托媒置妾，而指劉示女曰：「娶汝者，劉君也。」女即拜劉。明日媒詣劉議昏，劉曰：「娶妾者，廖也。」嫗歸，語女。女曰：「吾既拜劉，心已許之，豈肯易志。不然，有死而已。」劉不得已，佯曰：「後三年方得來娶。」女曰：「雖十年亦相待，此身無他適也。」劉納聘，辭赴南雍，女酌酒别，贈詩曰：「玉手籤籤捧玉盃，問郎南去幾時回。天涯到處生芳草，須記凌寒雪裏梅。」夫爲妾耳，以一拜之故，以死自誓，真義烈中之僅見者。詩句别具一番風韵，可爲才德兼全矣。

定海沃太守泮性褊急，宦途鮮合者。王襄敏公越爲詩規之，有：「今日牧民當尚簡，此行聽訟貴從寬。黄堂正是三公路，莫負吾儒洗眼看。」沃終不能用。晚年家居，猶許奏大臣過失，戍榆林，窮困特甚，久乃放還。

弘治間，仁和令居官不職，時獵者獲一虎，阿諛者賀以詩，以爲治效。士人俞珩作口號嘲之，曰：「虎告相公聽我歌，相公比我食人多。相公果去行仁政，虎亦雙雙北渡河。」

賈思伯、思同弟兄俱師事北海陰鳳，業竟無酬，鳳質其衣服。時人爲語曰：「陰生讀書不免痴，不識雙鳳脱人衣。」思伯爲青州刺史，特遣問，遺百縑，復具車馬迎之，鳳慚不往。

陳靖爲吏部員外，精命理，自言官貴壽長。一旦卒，魂附婢子語。平生厚友薛向往見之，婢冠帶出，向問：「吏部自命知命，何遽至此？」曰：「我官壽皆如術數所斷，以不葬父母，乃被尅折。」見宋孔平仲毅平《談苑》。

老儒陳體方以詩名聞吴中，有一妓好詩，謬謂體方曰：「吾必嫁君，然君家貧如此，肯爲詩百首作聘資乎？」體方信之，賦至六十餘首而卒。情致清婉，傳誦詞林。然是妓黄秀雲也。不過利於得詩，寔無意於陳也。方陳爲詩時，人笑其老耄被紿，而陳則欣然詫於人爲奇遇。

李杜齊名有六：漢李固、杜喬，李雲、杜衆，李膺、杜密；唐李嶠、杜審言，李白、杜甫，李商隱、杜牧。少陵詩「李杜齊名真忝竊」，用范滂母「汝今與李、杜齊名」語，范母指膺、密，少陵指李白與己也。

蘇武、李陵，世稱蘇李。唐蘇味道、李嶠，蘇頲、李乂，當時亦稱蘇李。是三蘇李也。李杜則有四，李白、杜甫，漢時李固、杜喬，李雲、杜衆，李膺、杜密，當時亦稱李杜。我朝□□須洲贈其友李生詩云：「合杜從來原有四，對蘇自古已稱三。」用此也。

唐進士孟昌期内子樂安孫氏善爲詩，一旦盡焚其作，以才思非婦人事，自是專修内治。有代夫贈人白蠟燭詩：「景勝銀釭香比蘭，一條白玉逼人寒。他時紫禁春風下，醉草天書仔細看。」又代謝崔家郎君酒詩：「謝將清酒寄愁人，澄澈甘香氣味真。好是绿窗明月夜，一盃摇蕩滿懷春。」

太尉高駢鎮蜀，一日聞奏樂聲，知有改移，乃題風箏曰：「夜静絃聲響碧空，宫商信任往來風。依稀似曲繾堪聽，又被風吹别調中。」未幾移鎮渚宫。

盧延讓《哭邊將》詩：「自是硇砂發，非干礮石傷。牒多身上職，碗大背邊瘡。」人謂是打脊詩。「窗下有時留客宿，室中無事伴僧眠。」號自落便宜詩。孫光憲《北夢瑣言》曰：「僕早歲和南越詩曰：『曉厨烹淡菜，春杼織橦花。』牛翰林覽而絶倒，莫喻其旨。牛公曰：『吾子只知名，安知淡菜非雅物也。』後方知之。學吟人可不以斯爲戒？」

作《太玄經》者，前有揚雄，後有楊泉。泉字德淵，晉人。皇甫玄晏先生士安作《高士傳》，仲子涬作《續高士傳》。

唐子西年十八，謁東坡。問觀何書，唐曰：「方讀《晉書》。」坡曰：「其中有甚好亭子名？」唐茫然失對。語人曰：「前輩觀書，用意如此。」

徐州妓馬盼盼甚慧麗，東坡喜之。馬能學坡書，得其彷彿。坡書《黄鶴樓賦》未畢，馬竊效書「山川開霽」四字，東坡見之，大笑，略加潤色，不另易。今碑中四字，馬書也。

唐路侍岩風貌之美，爲世所聞。鎮成都日，以官妓行雲等日宴於江津，委政於孔目吏邊咸。移鎮渚宫，于合江亭離筵贈行雲等感恩多詞，有「離魂何處斷，烟雨江南岸」之句，播傳于娼樓。

令狐綯爲相，怙權忌勝己。以故事訪于温岐，飛卿原名。岐曰：「事出《南華》，非僻書。相公燮理之餘，宜一覽古。」綯怒，奏岐有才無行，不宜與第，故岐有「因知此恨人多積，悔讀《南華》第二篇」之句。李商隱，綯父楚故吏也，殊不展分，李題其廳閣，末云：「郎君官貴施行馬，東閣無因再得窺。」綯見而怒，官止使下員外。羅隱亦受知于綯，畢竟無成，有詩哭相國曰：「深恩無以報，底是事柴荆？」以三子之怨望，則綯之蔽賢可見矣。

吴僧月洲善詩，喜聲色。沈石田紿以名妓，召之即來，寔無所有。洲見壁間縣菜花蝴蝶圖，因題曰：「桃花生子菜生胎，細雨蛙聲出草萊。一段春光都不見，却教蝴蝶誤飛來。」

牧之詩：「長安回望繡城堆，山頂千門次第開。一騎紅塵妃子笑，無人知是茘枝來。」《墨客揮犀》云：「據唐記，明皇帝以十月幸驪山，至春即還宫，是未嘗六月在驪山。茘枝盛暑方熟，詩詞意雖美，而失事寔矣。」

李恭山節，汾州人也。賦《楊妃菊》云：「命委嵬坡萬馬泥，驚魂飛上傲霜枝。西風落日東籬下，薄倖三郎知不知？」

辛稼軒帥浙東，劉改之請見，辛不納。時晦庵、南軒任倉憲使，劉求兩公爲之地，因曰：「某日公宴，君可來，門者不納，則喧争。」劉至日，如所教。辛問故，門者以告，辛怒甚，兩公因言改之豪傑也，且善詩，試納之。及至，則長揖。公問：「能詩乎？」曰：「能。」時方進羊腰腎羹，即命賦之。改之對：「甚寒，乞巵酒。」酒罷，乞韵，時飲酒手顫，餘瀝流于懷，因限流字。即吟曰：「拔毛已付管城子，爛胃曾封關内侯。死後不知身外物，也隨樽俎伴風流。」辛大喜，命共嘗此羹，厚贈之。席散，南軒邀至公廨，置酒，語之曰：「先君魏公一生公忠爲國，功厄于命，來挽者竟無及此意，願君爲發幽潛。」改之即賦曰：「背水未成韓信陣，明星已殞武侯軍。平生一點不平氣，化作祝融峰上雲。」南軒不覺淚下。今《龍洲集》不載此二詩。

唐秦韜玉詩曰：「地衣鎮角香獅子，簾額侵鈎綉辟邪。」後山詩有：「壞墻得雨蝸成字，古屋無人燕作家。」秦狀富貴之景于目前，後山含寂寞之象於言外。

梨園場中出入之所謂之鬼門道，言其所扮者皆已往之人出入于此。蘇東坡有詩云：「搬演古人事，出入鬼門道。」今訛鼓門，又訛古門。

東坡好睡，常宿臨安淨土寺。有句曰：「平生睡不足，急掃清風宇。」觀詩，宜一場春夢之誚，先生之嘉許也。

《漢書・西域傳》：宫人馮夫人名嫽，善書史，乘錦車持節，和番而歸。而六朝、唐人無入篇咏者，唯劉孝威詩「錦車勞遠駕」，駱賓王「錦車朝促候，刁斗夜傳呼」，徐豎「雲摇錦車節，月照角端弓」，三人之一句兩聯耳。若以作歌行及名手寫圖，豈不遠勝出塞明君、入塞文姬乎？

山谷贈米元暉詩曰：「虎兒筆力能扛鼎，教字元暉繼阿章。」取獻之父子故事。元暉小字虎兒，與子由之子同，山谷以謝元暉古印贈之。古來書法箕裘紹述，有大小王、大小鍾、大小衛、大小歐陽、大小米。

梁武帝宴群臣於光華殿，賦詩，曹景宗求韵，餘競、病二字，因賦「去時兒女悲」一絶。宋太宗宴群臣，曹翰求應詔，太宗以刀字爲韵，翰舉筆立就，中曰：「曾因國難披金甲，不爲家貧賣寶刀。」二語與唐李適之「避賢初罷相，樂聖且銜杯」同得風人可怨之致。二曹造次所成，各有意致，是横槊賦詩，曹氏固有家風矣。

裴晉公曰：「雞犬牛蒜，逢着便喫。老病死苦，時至則行。」又詩曰：「飽食緩行初睡覺，一甌新茗侍兒煎。脱巾斜倚繩牀坐，風送水聲來耳邊。」公可爲真得逍遥遊趣。

内典《蓮贊》：「寶花開敷，寶性無染，寶香芬馥，寶莖堅幡。寶葉扶蘇，寶蕊光蕤，寶臺堅住。」咏蓮可云盡矣。空蘊子繆玄文學曰：「蓮通體皆空，自藕而花而房，無不空者，取重空王，良有以也。」然阿修羅爲帝釋所敗，藏於藕絲，而謝皐羽詩曰：「神龍夜入藕絲孔。」由二説觀之，則絲亦空也。此空王所以坐蓮臺也乎？

昔無己陳公有托酒務官買麩炭帖，白詩有「日暮半罏麩炭火」，麩炭二字亦有來歷。

米元章賦句曰：「飯白雲生子，茶甘露有兄。」人不解露兄之義，叩之。笑曰：「只是甘露哥哥耳。」杜詩有「飯抄雲子白」，子，雨點也，言如雨點，見《荀子》。雲子，碎雲母也，見葛洪《丹經》。蜀有雲子石，碎白如米。杜客蜀，想用此意。而露兄則無引用者，終以怪誕奇離之不經也。

皮日休爲黄巢作讖詞曰：「欲知聖人姓，田八二十一。欲知聖人名，果頭三屈律。」巢疑其相誚而害之。夫以聖人諛賊，而不免于死，何如罵賊而死乎？

宋揚州守吕公著建雲山閣于城南，落成宴客，而秦少游適至，公聞其才，命即席賦詩。末云：「二十四橋人望處，台星已入廣寒宫。」公大稱賞，由是名著。烏乎！秦才固不易得，然非公碩望，不能發其聲名。吾願當世負重望者，幸勿吝齒牙餘論，以收人望。

《花譜》曰：瑞香，昔人夢中聞香，覓得此花，故名之睡香，即《楚詞》中露甲也。一名錦薰籠，一名錦被堆。韓魏詩曰：「不管鶯聲向曉催，錦衾春晚尚成堆。香花若解知人意，睡取東風莫放回。」

庚子山有「防露動林於」之句，林於，竹名。趙子昂妻管夫人道昇字仲姬，畫竹於承天寺，並題句曰：「數枝密葉數枝疎，露壓烟啼秋雨餘。宋國山河多少淚，更無一點上林於。」此詩子昂對之，不能無恧色。

今人以不達時宜爲古執，不圓轉變通爲方頭。陸魯望有「頭方不會王門事」，是唐時已有此語。蓋頭尖則善鑽，方則不能也。

酈道元《水經注》曰：「桑落河出美酒。」又：「河中桑落坊有井，於桑落時取其水作酒，佳。」見高君納《國史補》。皮日休：「分明不得同君飲，盡日傾心羡索郎。」索郎，桑落之反切也。詩以反切代本音，不多見。

隋文宣崩，朝士各作輓詩，采其美者用之，人不過一二首，唯盧思道采八首，人稱八采。元微之酬白樂天「八采詩未服盧後」，訛采爲米。山谷曰：「尊前八米句，窗下十年書。」徐師川詩：「字值千金師智永，詩稱八米繼盧郎。」采字訛米字，在當時必有注釋，因相沿用之，而忘其誤耳。

唐文宗開成四年，兩公主出降，屆上巳，曲江賜宴。京兆歸融上請帝曰：「去年重陽取十九，不失重陽之意。今可以十三作上巳。」今以九月十九爲古重陽，吴冠五詩曰：「花寒今十日，酒冷古重陽。」周櫟園喜而和之，見《賴古堂集》。按上巳自應以三月内第一巳爲是，如爲上丁是也。十九名古重陽，則十三亦可云古上巳。

按四川劍州西郭有鄧艾小廟，阮亭王先生詩示州人：「申屠曾毀曹瞞廟，常侍還焚董卓祠。劍閣至今思伯約，蜀巫反祀棘陽兒？」明時有官陰平者，立碑於道旁，大書「鄧艾入蜀路」，即爲人所碎毀，毋乃急於表古蹟而誤用其心乎？逆閹魏忠賢之墓在西山，金碧輝煌，碑後列孝官、孝孫六七十人名。康熙辛巳年，巡城御史祁門張静齋瑗疏請扑毁，奉旨交與該城官員撲毁剗平，大快人心。

德清蔡崑陽先生長子麟武，請箕仙問功名，乩動，題詩曰：「誰云富貴即爲良，想到癡肥欲斷腸。薄命紅顔今已矣，泉臺猶愛讀書香。」「生長臨清十九年，偶隨車馬過苕川。知心惟有墳前草，月夜臨風泣杜鵑。」「苕溪十景塘明霞題。」好事者尋至其處，果有墳，墓前碑刻「才女明霞之墓」，蓋明太守某公之女。味其詩，蓋緣配偶無才，飲恨而死。夫使明霞僅能識字，或絶不知書，則偶紈袴子弟，必琴瑟静好，何至於恨失其偶而死，而百年後猶抱痛泉下耶？古人云：「女子能文墨，非所宜。」良有以也。

明思宗召周延儒曰：「朕夢太祖以有字付朕，主何吉凶？」對曰：「不祥。大不成大，明不成明，大明江山已去一半。」帝曰：「密之。」周出，自誇敏悟，洩於人，人情惶惑，一聞賊至即驚避。徐文耀詰奏，帝怒，後有罪賜死。我朝姑蘇陳曰稽堯叟詩咏其事曰：「妖夢何緣入紫宸，訛言四起誤庸臣。可憐密勿虚前席，不務人功務鬼神。」

逆闖犯闕，執三桂之父吴襄，命作札召子。三桂得襄書，問持札者，先家産，次及襄。使曰：「産入官，襄在獄。」桂曰：「我至即歸，可無恙。」問及所聘之圓圓，曰：「已入大内。」桂投袂而起，怒曰：

「大丈夫在世，而不能保妻子乎？」作札與父絶，髡髮出山海關，降我朝，請兵。及奉命追賊，行至絳州，報獲圓圓，因止追而結褵。梅村吴祭酒《圓圓曲》「痛哭六師俱縞素，衝冠一怒爲紅顔」，及「全家白骨成灰土，一代紅顔照汗青」，蓋微詞也。及桂封藩雲南，執永明王，以故宫爲藩第。後叛，死于軍。其孫僭位，亦被擒於第。有人爲詩曰：「擒人即是擒人處，誰道天公不好還。」陳卧子句。

永明王立，孫可望反，李定國降其將馬進忠、白文選，可望遁。天雨甲濕，馬不能進，自欲刎。見道旁一碑，上書：「來是觀音面，去是老僧頭。」望恍然悟，髡髮，持滇南輿〔圖〕降。後我朝按圖而定雲南，足見天命攸歸。故陳曰稽有「從此滇南歸混一」之句。

韓宗伯菼酷嗜烟、酒，遞相進。戊午，與阮亭王公同典武闈，阮亭戲問曰：「必不得已而去，於斯二者何先？」公良久曰：「去酒。」予曾咏有句曰：『香醪不待開門覓，戲用《笑府》「酒是不待開門便要」之語。瑞草原須隨手探。兼得未能商去取，好吞雲霧佐清談。』」後阮亭考姚旅《露書》，烟草産吕宋，本名淡巴菰，爲宗伯述之。時宗伯爲掌院，教習庶吉士，因命門生輩賦《淡巴菰歌》。宗伯乙卯科爲先行取公房師，晉謁時，命改次藝起講。業師某先生以所作付先人送閲，公一見，即曰：「此乃落卷中之作。」蓋某亦《春秋》，故卷同在公房也。公之過目不忘，先君每舉以告人焉。

屠隆緯真六言二絶曰：「澹中得趣彌真，濃處回頭味短。飽時即厭烹鮮，極樂翻嫌絲管。」「豈但濃無真味，原來淡亦全無。須是愛憎雙遣，寂然照見真吾。」二詩可謂驅愁破悶，達觀一切。至於「淡亦全無」，深得元元妙訣。

明永嘉縣民朱良觀、良直弟兄，聽婦言，争財涉訟。時何文淵爲温守，勸以天良大義，判語有「祇緣花底鶯聲巧，致使天邊雁影分」之句，弟兄感泣，退修親睦。何公以御史出爲温守，與蘇守況伯律同以才能爲知府，後擢兵部侍郎。

宋時鮮家一女有絶色，選入。上曰：「何以眉缺？」對曰：「寶劍寧無缺？明珠尚有瑕。」上大悦，名曰鮮明珠。

洪覺範《冷齋夜話》内云：「詩至李義山爲文章一厄。」宋襄邑許顗見之，蹙額不語。洪叩之再三，許吟曰：「夕陽無限好，只是近黄昏。」洪笑曰：「我知子意矣。」隨舉筆塗去。蓋洪爲前輩，許不敢直言其非，而洪亦撝謙受諫，皆堪爲後生則效。

揚子雲作《法言》，有富貴人賫錢千萬，求載於書，揚曰：「夫富無仁義，猶圈中之鹿，檻中之羊，安得妄載？」予曾咏其詩曰：「從來十萬可通神，千萬偏難載一名。一卷《法言》千古事，肯將羊鹿笑膨脝？」

吴僧月舟索米口號：「去歲河橋冰凍，有米無人相送。今日月舟上門，莫作一場春夢。」可謂以文滑稽者。

洪武間葉唐夫《居江村橋》詩：「家住夕陽江上村，一灣流水繞柴門。種來松栢高於屋，借與春禽養子孫。」

昔人論唱曲，最忌做作，如咂唇、摇頭、彈指、頓足之態，高低輕重添減太過。所貴者，若遊雲之過太虚，上下無礙，悠悠揚揚，出其自然，使聽者消釋煩悶，和悦性情，通暢血氣，斯爲天地正音。故曰：「一聲唱到融神處，毛骨蕭然六月寒。」噫，觀此論，則是古今來善歌者少，非關賞音希矣。

《式微》詩有「泥中」、「中露」，或云衛二邑名，劉向云此詩乃二人聯作也。則後人聯句之體，兆此詩矣，不始於《柏梁》也。

耘硯詩話下卷

北平邵履嘉思田父

《三輔黄圖》：長安城城南爲南斗形，城北爲北斗形，故曰斗城。何進《咸陽詩》：「城北疑連漢。」杜：「秦城近斗杓。」「北斗故臨秦。」皆用此。而《秦中詩》：「春城依北斗，郢樹發南枝。」「春」不可對「郢」，且與義無取，當是「秦城」耳。

劉賓客詩：「花面丫頭十三四。」花面，未開。丫頭，乃未成人時頭上挽雙髻，即漢時之偏髻也。

丘豫見庭中落花，謂友曰：「飛此一片，減却青春色。不趁時行樂，復待何時？」杜之「一片花飛減却春」本此。孫濟權之叔好酒，不治生，欠酒緡，人笑之，恬然自若，曰：「尋常坐處欠人酒債，欲售此緼袍償之。」杜本之：「酒債尋常隨處有。」《顔氏家訓》：「殘杯冷炙之辱，戴安道不免，況爾輩乎？」杜「殘杯與冷炙，到處潛悲辛」本此。

《輟耕録》：南人方言温暾者，得懷煖也。今以温煖爲温暾。王建《宫詞》：「新晴草色緑温暾音吞。」

鼓吹，鹵部樂鼓也，故樂府有鼓吹曲。桓玄詩思不來，即作鼓吹，因得句曰：「鳴鵠嚮長阜。」嘆曰：「鼓吹自來人思。」太白曰：「詩因鼓吹發，酒爲劍歌雄。」

古樂府《河中曲》咏莫愁：「頭上金釵十二行，足下絲履五文章。」後人云：「座上金釵十二行。」是以美人十二，誤矣，無有正之者。

屧音細履，中薦也，曰步屧，曰舞屧。吴宫中有響屧廊，廊以楩梓板籍地，西子行則有聲，如今之高底鞋也。今諸暨婦女，不問晴雨，着木屐，西子遺製也。梁詩有「畫屧重高牆」，乃闊頰屐，畫五采也。《浣紗石女詩》：「一雙金齒屐，兩足白如霜。」未纏足赤脚着屐也。

夜漏五更皆五點，漢唐以前皆然，故李郢詩：「二十五聲秋點長。」至宋，有「寒在五更頭」之讖，於是宫漏及州縣皆以五更三點爲止，而去初更之一二點以配之，至今相沿，無用二十五點于詩者。然李賀詩曰：「宫中掌事報六更。」則唐宫中不止五更矣。

世有重五、重九之名，而張説有「暮春三月日重三」及「三月重三日」，是重三已見於唐詩。而七夕亦可稱重七，獨不見之於詩，何也？

成都西南十五六里乃故蜀别苑，梅最多。有兩大樹，夭矯如龍，相傳爲梅龍。放翁曾有句：「兩梅卧穩不飛去，鱗爪脱落生苺苔。」

王建《宫詞》曰：「忽地下階裙帶解，非時應得見君王。」今婦人裙帶係處解散曰「腰歡喜」，群相賀之，是唐時已見於詩。

《服飾變古録》載繫臂紗始於晉，武帝選女之有姿色者，以緋綵係其臂。大將軍胡奮女泣叫不服係，左右揜其口。牧之《宫人》詩曰：「絳蠟猶封係臂紗。」

張謂詩：「家無阿堵物，室有寧馨兒。」東坡《平山堂》詩：「六朝文物餘丘壟，空使奸雄説寧馨。」

寧字作仄聲。劉夢得《送日本僧》詩：「爲問中原學道者，幾人猛勇得寧馨？」作平讀。皆佳兒也。《南史》：宋王太后疾篤，召廢帝，帝曰：「病人間多鬼，那可往？」太后命侍兒曰：「取刀來，剖我腹，那得生寧馨兒！」《王衍傳》山濤叱衍曰：「何物老媪，生此寧馨兒！」作去讀。知宋晉間以寧馨爲不佳。南唐陳貺五十方娶，賀之者曰：「新昏樂乎？」曰：「僕少處山谷，不知預世事，不知衣裙下有寧馨事。」則二字作如此解，不專言兒矣。

今之女子初笄曰上頭。花蕊夫人《宫詞》曰：「年初十五最風流，新賜雲環使上頭。」今娶婦到門，以氈籍地，使行其上。樂天《春深娶婦家》詩：「青衣轉氈褥，綿綉一條斜。」自古已有此轉氈之說。予在金壇，娶子婦，其土風則以米袋轉接，名爲接代，亦通。

柳耆卿卒於京口，王和甫葬之。今儀真縣地名仙掌路，有柳墓，是葬真州，非潤州矣。阮亭先生在廣陵，詩曰：「江鄉春事最堪憐，寒食清明欲禁烟。殘月曉風仙掌露，何人爲吊柳屯田！」

唐人拗體律詩有二種，其一種蒼茫歷落中自成音節，如老杜「城尖徑仄旌旆愁，獨立縹緲之飛樓」諸篇是也。其一種單句拗第幾字，則偶亦拗第幾字，抑揚抗墜，讀之如一片宫商，許渾之「溪雲初起日沉閣，山雨欲來風滿樓」、趙嘏之「湘潭雲盡暮山出，巴蜀雪消春水來」是也。

《輿圖考》：在黄州者爲赤墺，在嘉魚者乃赤壁，周瑜破曹處。此説起，人笑子瞻誤用。然牧之《齊安晚秋》詩云：「可憐赤壁争雄處，唯有衰翁坐釣魚。」又何説也？宋牧仲先生曰：「昔年軸艫千里，旌旗蔽空，由黄州至嘉魚，皆争戰之場，安能細辨舟之所泊爲某山，火之所焚爲某山而赤乎？即以黄之赤墋爲赤壁，可也。」公此論出，而更毋容好事之饒舌已。

蘇易簡在翰林，太宗召對賜酒，諭之曰：「君臣千載遇。」對曰：「忠孝一心生。」吕端參知政事，一日宴後苑，釣魚賜之，曰：「欲餌金鈎殊未達，磻溪問取釣魚人。」吕曰：「愚臣釣直難堪用，宜問濠梁結網人。」既而拜相。君臣會遇，形于賡歌，與唐虞賡歌事異而寔同。

弘治朝有二友相厚契，一人先任江右邑令，其友遠訪之，館章江門外，略不顧盼，友題一絶而去：「十年心事酒杯間，坐對江鷗去復還。一帶西山青入眼，幾人青眼似西山？」後此友聯捷，任此府節推，令郊迎，跼蹐萬狀。我朝蔡崑陽殿元公車北上，至西川，投刺謁同年某令，令判其刺曰：「仰禮房查明回覆。」擲還之。蔡入都，大魁天下。值新按臺赴任，蔡托一札寄令。令已忘前事，方以蔡篤年誼誇言於幕友。及開柬，乃一絶，末云：「寄與西川賢大尹，查明好向榜頭看。」後聞其以多金求釋怨。陳幼儒孝廉之延平，謁其乃伯同年陸志完，拒見。有楚孝廉挾大憲札謁陸，陸倉皇開宴。陳上以詩：「莫作青山老腐儒，黄堂那許拜庭除。投來名刺留中久，死後年情到底疎。失路鯫生歸去夜，同袍佳客宴回初。始知天府聯名籍，不及霜臺荐士書。」時楊叔向大參駐節延平，聞之，厚欵而定交焉。

長沙有朝士歸鄉，以鼓吹迎賀客。一執友過之，朝士曰：「翁性喜誦詩，近誦何詩？」曰：「近讀孫鳳洲贈歐陽圭齋詩，甚有味。」因朗吟曰：「圭齋還是舊圭齋，不帶些兒官樣回。若使他人居二品，門前笙鼓鬧如雷。」此日朝士不復鼓吹。此公可爲勤於受教，不憚改過者。

宋陳通方年廿五，以第四人及第，與王播同年，而王五十六矣。陳拊其背曰：「王老王老，奉贈一第。」蓋言其暮年及第，同贈官也。王曰：「應擬三篇。」陳曰：「王老一之爲甚，豈可再乎？」陳以憂歸，而王數捷高第，官漸達，以丞郎判鹽鐵。陳窮悴無聊，同年李虚中時爲副史，丐其轉達于王，希其汲引。獻詩有「應念路旁憔悴葉，昔年喬木幸同遷」之句。王不得已，署之江西院官，未及其所，改浙東，甫半程，改南陵，往復數數，而陳益困。謂人曰：「吾一時戲語，不謂王之深恨也。」少年快取一時口辯，每致有終身之累。視此，深宜自警。

隱士魏野和易通俗，人樂從之，王魏公尤愛重之。公屢疏告歸，未得請。野寄詩曰：「太平宰相年年出，君在中書十四秋。西祀東封俱已了，可能來伴赤松遊？」公袖詩上聞，遂許歸。隱士取重廊廟，宋時猶然。

岑參詩：「來亦一布衣，去亦一布衣。羞見關門吏，還同舊日歸。」於武陵曰：「猶爲布衣客，羞入故關中。」賈島云：「有耻常爲客，無成又入關。」唐人多以布衣爲耻。若日求富貴而不能得，而以輕薄富貴形之吟咏，恐終老布衣矣。

蔡京免歸，中路有旨取其寵姬慕容、邢、武三氏，以金人指名索也。京作詩以别，曰：「爲愛桃花三樹紅，年年歲歲惹春風。如今去逐他人手，誰復尊前念老翁。」京秉政，奪人妻女，今未死而人亦奪其姬。此三氏，非京自奪，即趨炎者奪而獻之，不則，何以無一墮樓緑珠耶？

《青蔚軒日鈔》曰：「陶器柴窑最古，今人得其片瓦，金翠同珍。」又曰：「色既鮮碧，質更瑩薄，可爲妝飾玩具，而成器者不可得。聞初造時，有司請御色，御批云：『雨過青天雲破處，這般顔色造將來。』所謂雨後青天色也。」今則片瓦千金，聞大將得此置盔上令敵人畏懼，未知確否。變賣年龔堯家產，予曾見之。

文文山、留夢炎，皆宋狀元，一爲宋相，一爲元相，流芳遺臭，迥不相同。公在獄，北人有詩，末云：「乾坤日月華夷界，□□風雲草木知。未必史臣書到此，老夫和淚寫新詩。」夢炎歸養於其子府判署，何潛齋貽之詩曰：「昆明灰劫化塵緇，夢裏功名黍一炊。鍾子不將南操變，庾公空抱北臣悲。歸來眼底湖山在，老去心期浙水知。白髮門生憐未死，青山留得裏遺尸。」炎讀之，情何以堪。

曹詠附秦檜，爲户部侍郎，其妻兄厲德斯不與交往。詠怒，及帥越，德斯爲里正，囑邑令脅治百端，冀其求救於己，而厲終不屈。檜死，乃寄札與詠，啓視，則《樹倒猢猻散賦》。及詠貶新州，又以十詩送行，中一絶曰：「斷尾雄雞不畏犧，憑依掇禍尚何疑。八千里外新州路，埋骨中原是幾時？」觀厲之不親勢要，不屈富貴，乃有心人，儻詠能不失親親之義，渠必不辭跋涉，而歸詠骨於死後，玩詩詞可見。

沈約束以四聲，而古韵云亡。至宋吴才老棫作《韵補》，而古韵有成書。朱子釋《詩》注《騷》，皆主其説。而古韵通轉亦自吴發之，詩家多不解其意。明有何洛文作《古音序》云：「韵書注脚，有轉用、通用之分，曾屢質於名家，而未得其義。」又曰：「一日翻詩話中轤轆韵所云雙入雙出、單入單出，乃悟轉韵亦轤轆之類。」家子湘□之曰：「律詩無轉韵，轆轤進退，是南宋陋格。若古詩，一首之中，四聲任用，何有雙單出入之拘？吴説本易明，其于微、齊韵下注『古通支』，于佳、皆韵下注『古轉聲通支』，于灰、咍韻下注『灰通咍，轉』，蓋謂微、齊、灰與支皆可逕通，佳、皆、咍與支音必聲轉而後通。今韻書中有云某音轉某音，正與此轉字同解。蓋通、轉之分，不指用韻主音而言，逕通曰通，聲轉而通曰轉，其施于用則一也。數百年疑團，總因後人于通字下贅一用字耳。」子湘真可爲古韻之神燈，破昏暗于一時，學詩者不可不知也。

陶靖節爲柴桑令，劉遺民亦作柴桑令，白詩曰：「木落天晴山翠開，愛山騎馬入山來。心知不及柴桑令，一入西林卻便回。」此宿西山寺作，自注：「柴桑令，劉遺民也。」西林寺乃潯陽刺史陶範素舍宅以居慧永，時在太元初。太元十一年，慧遠建東林，以在永之東，故曰東林。

謝靈運半日吟詩百篇，頓落十二齒。太白斗酒百篇，或者爲百韻耳。

李贊皇云：花木以海名者，皆自海外來。而秋海棠則産自中原，又名八月春。予曾有「來非槎泛偏稱海，開占秋時卻號春」之句。

少陵子宗武以詩示阮兵曹，兵曹答以石斧一具，並詩還之。武曰：「斧，父斤也。欲我呈父郢削也。」阮聞之，曰：「誤矣。欲子砍斷其手，不則，詩名又在杜家矣。」

陳白沙作《潮洲三利溪記》，盛稱周鵬之功。鵬，道州永明人，濂溪先生之後，故下語尤切。後知其妄，悔之，作詩曰：「欲寫平生不可心，孤燈挑盡幾沉吟。文章信史知誰是，且博人間潤筆金。」今之碑銘傳記，皆明知其妄而爲之，閲者亦知爲妄而漫視之，良堪浩嘆。

曹鄴讀《李斯傳》，作詩曰：「一車致三轂，本圖行地速。不知難駕馭，舉足成顛覆。欺暗尚不然，欺明當自戮。難將一人手，掩得天下目。不見三尺墳，雲陽草中緑。」姚鉉《文粹》只摘取四句，而一篇之精神盡矣。編集文字，當以之爲法。

萬曆朝秉均者，丈量天下田畝以加賦，吴人咏嘆曰：「量盡山田與水田，只留滄海共青天。而今那得閒洲渚，分付沙鷗莫浪眠。」

何吉陽遷黄州，士某以學問相友善。遷巡撫江西，過家，某謁之，閽不即通，某環視，壁縣軸，乃分宜筆，即索前刺題曰：「椒山已死虹塘謫，天下誰人是介翁？今日華堂誦詩草，始知公度却能容。」付閽者投之，拂衣去。何慚，亟追之，已解維遠去。

雲雨本無香，而李賀詩：「衣微香雨青氛氳。」元微之：「有雨香雲澹覺微。」和盧□有：「雲氣香沉水。」

韓侂胄招致水心葉適，已在坐，忽有刺書水心名晉候，胄匿水心而延見之。歷問水心卷中語，答曰：「此皆少作，後改削矣。」誦所改，皆精妙。出楊妃卷，令跋之，即揮筆曰：「開元天寶間有如此姝，當時丹青不及麒麟、凌烟，而及諸此。吁，世道判矣。」又出米南宫帖，即題曰：「米南宫帖盡歸天上，猶有此本散在人間。吁，欲野無遺賢，難矣。」如此者數卷，言簡意深。胄駭然，曰：「自有水心在此，天下有兩子張乎？」其人笑曰：「文人才子如水心者，車載斗量，今日不假其名，未必蒙引進至此。」胄笑而然之。其人姓陳名讜，建寧人，後舉進士。

徐武功有貞《南遷》詩曰：「聖主憐予好遠遊，故教行樂過南州。誰言六詔非諸夏，也似三山與十洲。雲淨瑶臺先見月，霜餘紅葉不知秋。閒心自覺功名淡，却信留侯勝鄼侯。」此詩哀而不傷，且有超然物外之致。

詹義《登科解嘲》詩曰：「讀盡詩書五六擔，老來方得一青衫。佳人問吾年多少，五十年前二十三。」本朝有百歲觀場，大書于布作前導，子孫扶掖于後，至院門，人争看。有問之者，曰：「今年九十八，非中期，至下科一百零二歲，乃應中期。」事載《説鈴》，姓氏籍貫，予忘之矣。

慶曆間，華州士人張元昊累舉不第，薄遊塞上，觀覽山川，有經略西鄙意。「戰罷玉龍三百萬，敗鱗殘甲滿天飛」，咏雪句也。又咏鷹詩云：「有心待搦月中兔，更向白雲頭上飛。」其志可見。欲謁韓、范二帥，耻自屈，乃刻詩於石，使人拽于市，而笑隨其後。二帥召見之，躊躇未用，遂走西夏，與曩霄謀抗朝廷，連兵十餘年。由是觀之，秦檜云不以一官束縛之，必南走胡、北走越之説，未可以人廢言也。黄巢聚衆爲盗，亦由舉進士不第也。

天下事每有相類。如沈瘦，前有約，後有昭略。望塵之潘，前有黨，後有岳。紅葉之鄭，前有虔，後有谷。卧冰之王，前有祥，後有延。雪中高卧，知有袁安，鮮知胡定。看竹，知王猷，而無言袁粲。啖炙，有顧榮，復有何遜。請韵賦詩，梁有景宗，宋有翰，皆曹氏武臣。如此之類，惜無人考訂薈萃耳。聊舉數事於詩話中。

昔人以天隱如嚴子陵之類，地隱如伯夷、太公之類，人隱如東方朔之類，名隱如劉遺民之類，又有皇甫希人名充隱，何點人稱通隱，唐暢謂之仕隱。白詩曰：「大隱在朝市，小隱在丘壑。不如仕中隱，隱在留司間。」吁，歷觀諸語，仕宦無非隱地，豈不爲庸碌藉口也哉？

詩之名號區别種種，原其大義，固自同歸。歌聲雜而無方，行體疏而不滯，吟以呻其鬱，曲以道其微，引以抽其臆，詩以言其志，故名以昭象，合是以觀，則情之體備矣。若神工哲匠，顛倒經樞，思若連絲，應之杼軸，文如鑄冶，逐手而遷，縱横參互，恒度自若，乃心之伏機，不可彊能也。

正統殿元施公槃有咏蝶詩曰：「莫怪東風多落魄，三春已作探花郎。」公車别友詩有「紅雲紫露三千里，黄卷青燈十二時」之句，己未果大魁天下。

《彦周詩話》云：記同人作七夕詩，限潘尼字，衆人竟和無成詩者。後閲佛書，呼鵲爲芻尼，乃見讀書不厭多。然予于語録中亦曾見芻尼字，故詠七夕詩有「中天失漢影，髡頂訝芻尼」句。

龔念倫表兄云：曾躡勞山之巔，摘含桃，大如龍眼，味極甘美。先人題其詩集《醉落魄》詞下段：「焚香汲古閒情性，華樓好愜登山興。朱櫻消息君須領。轉笑予，頻年清夢幾時醒。」蓋府君署篆即墨時，有「惆悵笙歌留客住，不教青夢訪勞山」之句。

家子湘戲題示友曰：「詩成不得解人讀，却似背癢禁搔巴。此苦語君君不會，沿池獨立數落花。」

牧仲先生云：「可當詩話一則。」噫，解讀者少，而作者日多矣。

詩句粗知而不深，探研之力宏，誦識之功斷，少竿頭之進。古詩《三百》博其源，遺詩《十九》約其趣，樂府雄高，可以厲其氣，《離騷》深永，可以裨其思，然後法經而植旨，繩古以崇詞，縱未能臻其奥，亦可以罕見其失矣。

大抵詩之妙軌，情若重淵，奧不可測；辭如繁露，貫而不雜；氣如良驥，馳而不軼。由是求之，可意會，不可言宣也。

詩者，風也，風行草偃，自然之應。若欷歔不涕，何以感人？故壯語則讀者雄心勃發，悲語則聞者涕泗縱横，如此方合風字之義。

《鐃歌》辭曰：「江有香草目以蘭，黄鵠高飛離哉翻。」工美可爲七言之宗。

律詩貴工於發端，承接二語，尤貴得勢，如懶殘履衡嶽之石，旋轉而下，此非有伯昏無人之氣者不能。「萬壑樹參天，千山響杜鵑」，下云「山中一夜雨，樹杪百重泉」。「昔聞洞庭水，今上岳陽樓」，下云「吴楚東南坼，乾坤日夜浮」。「古戍落黄葉，浩然離故關」，下云「高風漢陽樹，初日郢門山」。「錦瑟怨遥夜，繞絃風雨哀」，下云「孤燈聞楚角，月夜下章臺」。如之類，皆轉萬仞手也，非老杜不能。詩豈易言哉！

張博愛猫，有七猫，皆有名。一東守，二白鳳，三紫英，四怯憒，五錦帶，六雲團，七萬貫，皆價值數金。先行取公詠猫《雪獅兒》詞：「七種誰名，可記張郎曾賦。」用其事。

昔人會先後同年，出見曰：「諸年兄今日光臨，成此盛事，異日後賢倣此式見諸君矣。」衆人曰：「此時晚生輩又率領後賢晉謁年老先生矣。」因相共大笑。黄崑圃先生及見後庚午舉同年會，有詩，小序云：「庚午十月六日，新孝廉舉同年會，以余叨康熙庚午科鄉薦，叙先後同年，群來拜謁。車騎填塞衢巷，都下傳爲盛事。因閲王文恭癸卯公宴詩，步韵五首。」「蕊榜新開敞盛筵，漫勞車馬問衰年。雀羅門巷群相訝，鶴髮重聯桂籍仙。」「徵名忝竊際時昌，弱植金莖接玉香。老愧無聞同敝帚，何堪群奉魯靈光。」「鹿鳴先後沐薪槱，嚳髦聯翩結勝儔。老驥悲秋空伏櫪，天衢騁足讓驊騮。」「居處城南近日邊，科名發軔自庚年。小堂簪盍今猶昔，彷彿麈根與宿緣。康熙庚午同年，公會亦於小春，在余廳事。」「聖政三朝親覩記，文章流利喜從新。衰翁縷述生平事，舉似明春得意人。」

李襲美云：杜子美《冬深》詩曰：「花葉隨天意，江溪共石根。早霞隨類影，寒水各依痕。」首句第三字用「隨」，而三句第三字又用「隨」。次句三字用「共」，四句三字又用「各」，則所謂共者安在耶？律詩之精妙，當一字一句不苟，方是的對，否則不免草草充數矣。且如《向夕》詩云「鶴下雲汀近」，聲韻頗覺輕清，而「雞栖草屋同」，何重濁也？此猶論其句之清濁耳。至於對偶字眼之不倫者，更多可議。如《收京》詩云：「克復知如此，扶持在數公。」不知「數公」何以對「如此」？又新賃草屋詩云：「枕蓆還相似，柴荆即有焉。」不知「有焉」何以對「相似」？《龍門》詩曰：「往來時屢改，川陸日悠哉。」「悠哉」何以對「屢改」？《江樓夜宴》：「樽蟻添相續，沙鷗立一雙。」「一雙」何以對「相續」？夫律者如兵律，如法律，其體甚嚴，非可以縱横塗抹者。後人見其名之大也，乃群然附會其說，曰：杜子才高，非律之所能拘。又曰：作詩之活法當如此也。遂使吟壇後進，樂率易而憚尋討，倣效此等，日就荒謬。間有病之者，則曰杜詩往往若此也。此其流弊，何多勝言。此段載《湖海搜奇》中。李之論律甚正，吟壇後進自應遵奉其說。夫人無子美之才，安可效子美之作？然此究不足爲子美病也。

敖器之評詩曰：魏武帝如幽燕老將，氣韵沉雄。子建如三河少年，風流自賞。鮑明遠如饑鷹獨出，奇嶠無前。謝康樂如東海揚帆，風日自麗。陶彭澤如絳雲在霄，舒卷自如。王右丞如秋水芙蓉，倚風獨笑。韋蘇州如園客獨繭，暗合音徽。孟浩然如洞庭始波，木葉微落。杜牧之如銅丸走坂，駿馬注坡。白樂天如山東父老課農桑，事事言言皆着寔。元微之如李龜年説天寶遺事，貌瘁而神不傷。劉夢得如鏤冰雕瓊，流光四照。李太白如劉安雞犬，遺響白雲，覈其歸存，恍無定處。韓退之如囊沙背水，唯韓信獨能。李長吉如武帝食露盤，無補多欲。孟東野如埋泉斷劍，卧壑長松。張籍如優人行鄉飲酒禮，酬獻秩如，時有詼氣。柳子厚如秋高獨眺，霽晚孤吹。李義山如百寶流蘇，千絲鐵網，綺密環妍，要非適用。宋朝蘇東坡如屈柱天漢，倒連滄海，變眩百怪，終歸渾雄。歐公如四瑚八璉，正可施之宗廟。荆公如鄧艾縋兵入蜀，以險絶爲功。山谷如陶弘景入官，析理談玄，而松風之夢故在。梅聖俞如關河放溜，瞬息無聲。其他作未易殫述，獨唐杜工部如周公制作，後世莫能擬議。

元次山有《湖南欸乃歌》。按：欸字正音：於開切，哀；又於改切，作靄音讀。《説文》云欸字，無襖字一音。劉蜕文集中有《湖中靄迺曲》，劉言史有《瀟湘詩》，有「閑歌曖迺深峽裏」。三者本一事，用字異耳。今人見柳子厚集中注有「一本作襖靄」，遂將欸字爲襖音，不知彼注謂别作襖靄字，非謂欸乃當作襖靄也。

雪夜詩談

雪夜詩談（附明人詩話補、國朝詩話補）提要

《雪夜詩談》（一名《白鶴堂詩話》）三卷附《明人詩話補》一卷《國朝詩話補》一卷，據乾隆間刊本點校。撰者彭端淑（一六九九—一七七九），字儀一，號樂齋，四川丹棱人。雍正十一年進士，以吏部郎中出任廣東肇羅道署按察使。未幾告歸，主講於成都錦江書院。與弟肇洙、遵泗以詩古文名蜀中，時號三彭。有《白鶴堂詩文集》。輯録者蔡長耕，字易之，四川郫縣人。此書卷首有彭氏小序及蔡長耕乾隆十六年弁言，略述書之緣起，乃冬夜圍爐，樂齋談詩，長耕録而成帙，當成於蔡序署年前不久。彭氏學詩晚，然頗有見。自蘇、李、《十九首》談至清初，惟於明、清詩言有未竟，後再從沈德潛《明詩別裁集》采選之，又略選清初人之佳句補論之，各成一卷。正談卷末原附有論文數則，今删去。

弁言

余在京師，與樂齋先生遊。先生以古文、時藝名震一時，而於詩晚好，乃才高意遠，著筆便工，尤精持論。是年冬，大雪三日，余與先生擁爐煮酒，取漢魏迄近詩，窮流遡源，棄瑕録瑜，披沙揀金，往往見寶，竟數日夜，娓娓不倦。余領其論，心曠神怡，謂此足以大啓性靈，宏益後進，於是手録成編，釐爲三卷。昔自唐逮明，著詩話者毋慮百餘家，各持私見，爭取舍於濃澹間，若冰炭不相入。先生非之，謂人心不同，如其面焉。□□著作，各不相侔，奈何輕易軒輊？又云必別千家，乃能訂一家。余嘗以爲至論。今閲斯編，兼收並蓄，勿令遺珠，蓋亦談詩家之集大成云。時乾隆十六年仲冬之望也。鵑城蔡長耕。

雪夜詩談上

丹棱彭端淑樂齋氏著
鵠城蔡長耕易之共集

京師仲冬，大雪三日，風寒凛冽，不能出户，因與友人易之熏爐煮酒，促膝談詩。上下千古，縱横百家，兼采古人名評及所摘佳句，言之既長，不覺其多。爰是閒談，未暇修飾，不忍棄也。作《雪夜詩談》。

鍾嶸曰：李陵詩「文多悽愴，怨者之流」。

僧皎然曰：五言始於蘇、李。二子「天與其性，發言自高，未有作用」。

李陵與蘇武詩三首，全是一片真摯肝腸，激而成語，後人刻意揣摩，總不能到。至别武詩「明月照高樓，想見餘光輝」，乃杜少陵「落月梁屋」所自出。「裋褐中無緒，帶斷續以繩。瀉水置瓶中，焉辨淄與澠」，乃鮑明遠樂府所自祖。

蘇武詩三首，首章云：「鹿鳴思野草，可以喻嘉賓。」用經語甚妙。至第三章起句云：「黄鵠一遠别，千里顧徘徊。胡馬失其群，思心常依依。」千古送别，不能復出此語矣。

鍾嶸曰：班婕妤「《團扇》短章，詞旨清捷，怨深文綺，得匹婦之致」。

「出入君懷袖，動摇微風發。常恐秋節至，涼飆奪炎熱。」四語雖後世名家，亦不能過，不意得之閨中，真才女也。

蔡邕《飲馬長城窟行》乃古樂府中第一。「桑柘知天風，海水知天寒」，不盡可解，其語自奇。

仲長統《述志詩》，如「乘雲無轡，騁風無足」，「元氣爲舟，微風爲柁」，其語亦奇。

《十九首》不知何人所作，《詩譜》稱其情真、景真、事真、意真，得之矣。或以爲曹、王所製。吾從皎然，斷屬蘇、李。

《十九首》句句皆佳，不盡可摘。而王孝伯僅稱「所遇無故物，焉得不速老」二語，此論吾不憑也。古詩「青袍似春草，長條隨風舒」，開晉、宋人無限妙境。

鍾嶸曰：「曹公古直，甚有悲涼之句。睿不如丕，亦稱三祖。」

曹孟德《短歌行》，前六章思人耳，至第七章「月明星稀，烏鵲南飛」，語已奇矣，猶可言也。其末章忽云「山不厭高，水不厭深。周公吐哺，天下歸心」，不但自負高曠，而筆意之奇，蘇子由所謂「附離不以鑿枘」，「如百金戰馬，注坡驀澗，如履平地，得詩人遺意」者也。

「老驥伏櫪，志在千里。烈士暮年，壯心未已。」此語至今令人起舞。

鍾嶸曰：「陳思之於文章也，譬人倫之有周、孔，鱗羽之有龍鳳。」「故孔氏之門如用詩，則公幹升堂，思王入室，景陽、潘、陸自可坐於廊廡之間矣。」

陳思《美女》、《白馬》二篇，雍容閒雅，語歸自然，如化工付物，千古才人之最也。王元美評云：

「才太高，詞太華。」褒之耶，抑貶之也？

陳思之詩，雄渾深厚，函蓋百代。至其句法，如「大國多良材，譬海出明珠」，語甚奇。李太白「如天落雲錦」，「菖蒲花紫茸」從此脱出，而蘇、黄諸公多效之。

鍾嶸曰：王粲詩「文秀而質羸，在曹、劉間别構一體」。

僧皎然曰：「仲宣《七哀詩》『出門無所見』云云，事在耳目，故情見乎詞。至『南登灞陵岸，回首望長安』，構思則已極，覽詞則不傷，一篇之功，併在乎此。」沈約云：「不傍經史，直索胸臆。」吾許其知詩也。

鍾嶸曰：劉楨詩「仗氣愛奇，動多振絶，真骨凌霜，高風跨俗。但氣過其文，雕潤恨少。然自思王以下，楨稱獨步」。乃余所見《文選》數篇，亦與所評不甚相肖，獨《公讌》一詩，豪放之氣，遠過諸人耳。

《詩品》評阮籍之作，如剡溪雪月，孤楫沿流，乘興而來，興盡而已。

鍾嶸曰：嵇康詩人品胸次高，自然流出。

康詩「目送歸鴻，手揮五絃」，八字絶妙今古，想亦偶然得之。

左太沖《招隱》一詩，寫得山林清曠，瀟灑動人，不減桂樹叢生之妙也。可以招隱矣。

「被褐出閶闔，高步追許由。振衣千仞岡，濯足萬里流。」又：「左眄登江湘，右眄定羌胡。功成不受爵，長揖歸田廬。」每誦斯語，令人神旺。

《世説新語》曰：「郭景純詩『林無静樹，川無停流』，阮孚云：『泓静蕭瑟，實不可言。每讀此文，覺神超形越。』」

沈隱侯曰：「子建函京之作，仲宣灞岸之篇，子荆『零雨』之章，正長『逆風』之句，直舉胸情，非傍經史。正以音律調韵，取高前式，自騷人以來未覩此秘。」正長，王讚也，其詩起句云：「朔風動秋草，邊馬有歸心。」

孫楚字子荆，《别詩》起句云：「晨風飄歧路，零雨被秋草。傾城遠追送，餞我千里道。」四語翛然絶俗。

《晉書》曰：「劉琨詩托意非常，攄暢幽憤，遠想張、陳，感鴻門、白登之事，用以激諶。諶素無奇略，以常詞酬之，殊乖琨心。」

琨《贈盧諶》詩，全是一片忠義之氣所激而成，骨氣高奇，動多振絶，一時無偶。

傅玄詩：「志士惜日短，愁人知夜長。」二語亦佳。

曹攄詩：「富貴他人合，貧賤親戚離。」千古同歎。

蘇東坡曰：「陶靖節『曖曖遠人村，依依墟里烟。犬吠深巷中，雞鳴桑樹間』，又『採菊東籬下，悠然見南山』，大約才高意深，則所寓遂得其妙，遂能如斯。如大匠運斤，無斧鑿痕，不知者則疲精力，至死不悟。」古來評陶者多矣，惟坡公得其深。

王荆公曰：「淵明詩有奇絶不可及語，如『結廬在人境，而無車馬喧。問君何能爾，心遠地自偏』，由詩人來無此句也。然則淵明趨向不群，詞彩精拔，晉宋之間，一人而已。」

靖節詩，蘇、王二公所摘外，佳句甚多。如「白日掩荆扉，虚空絶塵想」、「晨興理荒穢，帶月荷鋤歸」、「平疇交遠風，良苗亦懷新」、「望雲慙高鳥，臨水愧遊魚」、「衆鳥欣有托，吾亦愛吾廬」、「微雨從東來，好風與之俱」、「山中饒霜露，風氣亦先寒」、「逍遥沮溺心，千載乃相關」，皆意興兼到，妙入自然。

楊升庵曰：「帛道猷《採藥詩》云：『連峰數千里，脩林帶平津。茅茨隱不見，雞鳴知有人。』此四語古今絶唱也。」

潘岳工於怨語，《悼亡》詩數首俱佳。至如「望廬思其人，入室想所歷」，千古悼亡，不出此語。

顔延之《五君吟》是其得意之筆，如「長嘯若懷人，越禮自驚衆」、「鸞翮有時鎩，龍性誰能馴」、「韜精日沉飲，誰知非荒宴」、「屢薦不入官，一麾乃出守」，其中有托，故得語不常。

僧皎然曰：「謝康樂《述祖德》二章、《擬鄴中》八首、《經廬陵王墓》、《臨池上樓》，識度高明，蓋詩中之日月也。上躡《風》、《騷》，下超晉魏。建安制作，其椎輪乎？」

《吟窗雜録》曰：「『池塘生春草，園林變鳴禽』，客以請舒王，曰：『不知此詩何以得名於後世，見罪於當時？』舒王曰：『權德輿已常評之。』客退而求德輿集，了無所得。舒王誦其略曰：『「池塘」者，泉州瀦溉之地，今曰「生春草」，是王澤竭也。《豳風》所紀，一蟲鳴則一變候，今曰「變鳴禽」，是候將變也。』客以告士夫，士夫益服舒王之博。」

詩道自漢迄晉宋，能者千家，然體格相沿。至康樂而大變，縋幽鑿險，博採遠徵，蓋詩中之豪也。集中佳句甚夥，如「白雲抱幽石，緑篠媚清漣」、「首夏猶清和，芳草亦未歇」、「清暉能娱人，游子憺忘歸」、「林壑斂暝色，雲霞收夕霏」、「海鷗戲春岸，天雞舞和風」、「暝還雲際宿，弄此石上月」、「孟夏非長夜，晦明如隔歲」、「密林含餘清，遠峰隱半規」、「池塘生春草，園林變鳴禽」、「哀音下迴鵠，餘哇徹清昊」、「河流有激瀾，浮驂無緩轍」，能括唐人三百年名家之美。

許彥周曰：「明遠《行路難》壯麗豪放，若決江河。詩中不可比擬，大似賈誼《過秦論》。」

明遠《行路難》如龍跳天門，虎卧鳳閣，前人未之有也。後來惟李、杜、韓三家能盡其妙。

明遠詩如「食苗實碩鼠，點白信蒼蠅」、「腰鐮刈葵藿，倚杖牧雞豚」、「馬毛縮如蝟，角弓不可張」、「食梅常苦酸，衣葛常苦寒」，得古樂府中樸直之妙。

謝惠連《擣衣》詩，前數十句皆無可觀，結云：「腰帶準疇昔，不知今是非。」妙絶千古矣。

謝玄暉長於五言，沈休文見之曰：「二百年來無此詩也。」

詩至玄暉而益工，如「大江流日夜，客心悲未央」、「金波麗鳷鵲，玉繩低建章」、「天際識歸舟，雲中辨江樹」、「白日麗飛甍，參差皆可見」、「餘霞散成綺，澄江静如練」、「魚戲新荷動，鳥散餘花落」、「池北樹如浮，竹外山猶影」、「日華川上動，風光草際浮」、「春草秋更緑，公子未西歸」、「望山白雲裏，望水平原外」、「風碎池中荷，霜剪江南緑」、「出没眺樓雉，遠近送春目」、「北梁辭歡宴，南浦送佳人」、「寒城一以眺，平楚正蒼然」，皆警句也。是以太白登華山落雁峰云：「恨不携謝朓驚人詩來，搔首問青天耳。」

鍾嶸曰：「蕭愨『芙蓉露下落，楊柳月中疏』，時人未之賞也。吾愛其蕭散，宛然在目。」

黄山谷曰：「庾子山『澗底百花重，山根一片雨』，有以盡登高臨遠之趣。」

鍾嶸曰：「江生善觀古作，曲盡心手之妙，其自作乃不能爾。」

僧皎然曰：「《團扇》二篇，江則假象見意，班則貌題直書。至如『出入君懷袖』四語，旨宛詞正，有潔婦之節。」但此兩對亦可掩映江生。江生詩曰：「畫作秦王女，乘鸞向烟霧。」興生於中，無有古事。假使佳人翫之在手，乘鸞之意，飄然莫偕，雖蕩如夏姬，自忘情改節。吾許江生情遠詞麗，方之班女，亦未減價。

鍾嶸曰：「休文衆製，五言最優。永明相王愛文，王元長等皆宗附之。約於時謝朓未遒，江淹才盡，范雲名級故微，故約稱獨步。」

休文定音韵，其功不細。至如「生平少年日」一章，不假故實，全以音韵情思，悠然自達。置之《十九首》中，恐未易優劣也。

張正見詩「殘虹收宿雨，缺岸上新流」、「天路横秋水，星橋轉夜流」，亦佳句可寶。

唐太宗爲唐代詩人之祖，其詩云：「遥山麗如綺，長流縈似帶。」又「螢火不温風」，又「昔樹花今發」，又「緩帶入春風」，皆佳句也。

明皇工於詩歌，其詩如「夫子何爲者，栖栖一代中」，又「豈不惜賢達，其如高尚心」，又「灌木縈旗轉，仙雲拂馬來」，又「鳴鑾下蒲坂，飛旆入秦中」，又「春來津樹合，月落戍樓空」，又「萬古一芳春」，發調既新，筆復高曠，宜盛唐詩人雲蒸霞蔚也。

蘇味道《正月十五夜》詩結句云：「金吾不禁夜，玉漏莫相催。」遂爲故實。

李嶠「山川滿目淚沾衣，富貴榮華能幾時。不見祇今汾水上，年年惟有秋雁飛」，明皇聞歌此曲，嘆曰：「真才子也。」不待曲終而去。

劉後村曰：「唐初不脱齊梁之習，獨陳拾遺首唱高雅沖憺之音。太白、韋、柳繼出，皆自子昂發之。及觀《感遇》數篇，皆脱畦徑，讀之使人有眼空四海、神遊八極之興也。」

子昂《送崔融等從梁王東征》詩，起四語「金天方肅殺，白露始專征。王師非樂戰，之子慎佳兵」，不惟寓意遥深，筆亦高健，獨步一時。

《月夜有懷》詩落想既高，筆又超脱。一時同題數人，皆遠出其下。

杜審言自負甚高，然其詩如「北斗掛城邊，南山倚殿前」、「山追散馬日，水憶釣魚人」、「雲淨妖星落，秋深塞馬肥」、「據鞍雄劍動，摇筆羽書飛」，皆雄健過人。至《大酺》詩云：「伐鼓撞鐘驚海上，新妝袨服照江東。梅花落處疑殘雪，柳葉開時任好風。」瑰偉流利，一時誰與爲敵。

沈、宋並稱，然五字詩沈非宋敵也。沈之所長獨七言耳。如「盧家少婦鬱金堂」一章，千古膾炙。《龍池篇》結句云：「爲報寰中百川水，來朝此地莫東歸。」諸家皆不能到。

僧皎然曰：「沈、宋爲有唐律之龜鑑，情多興遠，語麗爲多，真射鵰手。使曹、劉降格爲之，未知孰勝？」

宋詩佳句如「不愁明月盡，自有夜珠來」、「今朝天子貴，不假孫叔通」、「宿雲鵬際落，殘月蚌中開」、「抱葉玄猿嘯，銜花翡翠來」、「樓觀滄海日，門對浙江潮」，獨步一時。至《咏美人》云：「妬女猶憐鏡中髮，侍兒堪感路傍人。」人從正面入，彼從側面入，用意獨新。

張説《鄴都行》：「晝携壯士破堅陣，夜接詞人賦華屋。」孟德有靈，當發狂喜。至《驪山應制》詩：「是日巡遊處，晴光遠近同。」對仗無痕，筆力闊大，稱爲「大手」，不誣也。

蘇頲應制詩「降鶴池前回輦步」一章，與王右丞「渭水自縈秦塞曲」，皆高古雄健，一氣直達，即可以壓三唐。

孫逖《淮陰夜宿》詩：「秋風淮水落，寒夜楚歌長。」筆力亦健。

王瀚《涼州詞》：「葡萄美酒夜光杯，欲飲琵琶馬上催。醉卧沙場君莫笑，古來征戰幾人回。」前人甚賞之。

賀季真《柳》詩：「不知細葉誰裁出，二月春風似剪刀。」又《回鄉》詩：「兒童相見不相識，笑問客從何處來。」絶有意味可誦。

張諤《九日》詩：「黄花開日未成旬。」遂成絶唱。

殷璠曰：「王灣詞翰早著，爲天下所最稱者不過一二。《江南意》云：『海日生殘夜，江春入舊年。』詩人以來，少有此句。張燕公手題政事堂，每示能文，令爲楷式。又《擣衣篇》云：『月華照杵空隨妾，風響傳砧不到君。』所有衆製，咸類若斯。」

《紀事》云：「浩然常閒遊秘省，秋月新霽，諸英聯詩。次浩然，句曰：『微雲淡河漢，疎雨滴梧桐。』舉座嘆其清絶，遂閣筆不復爲綴。」

王士源曰：「浩然詩，文不按古，匠心獨出，五言天下稱其獨步。」

殷璠曰：「浩然詩，文彩丰茸，經緯綿密，半遵雅調，全削凡體。至如『衆山遥對酒，孤島共題詩』，無論興象，兼復故實。又『氣蒸雲夢澤，波撼岳陽城』，亦爲高唱也。」

浩然詩通身清絶，其佳句不盡可摘。如「天邊樹若薺，江畔舟如月」、「荷風送香氣，竹露滴清響」、「江山留勝迹，我輩復登臨」，有六朝風韵。又「再來迷處所，花下問漁舟」，絶有畫意。

殷璠曰：「崔顥少年爲詩，屬意浮艷，（名）〔多〕陷輕薄；晚節忽變常調，風骨凛然，一窺塞垣，説盡戎旅。可與鮑照並駕也。」

顥詩《長干曲》，千古絶唱；至《黄鶴樓》一章，遂令青蓮擱筆。然其詩全在前四語，如行雲流水，飄然不群。明人稱其五六，難與言詩矣。

殷璠曰：「崔國輔詩婉孌清楚，深宜諷咏。樂府數章，古人不及也。」

國輔樂府《魏宫詞》：「畫眉猶未竟，魏帝使人催。」《長信草》：「故侵珠履迹，不使玉階行。」《子夜冬歌》：「夜久頻挑燈，霜寒剪刀冷。」皆爲絶唱。

殷璠曰：「綦毋潛詩舉體清秀，蕭蕭跨俗。桑門之役，於己獨能。至如『松覆山殿冷』，不可多得；又如『鐘聲扣白雲』，歷代未有。借使若人加氣質，減雕飾，則高視三百年外也。」

殷璠曰：「薛據爲人骨鯁有氣魄，其文亦爾。自傷不早達，因著《古興》詩云：『投珠恐見疑，抱玉但垂泣。道在君不舉，功成嘆何及。』怨憤頗深。至如『寒風吹長林，白日原上没』，又『孟冬時短晷，日盡東南天』，可謂曠代之佳句。」

殷璠曰：「祖詠詩剪刻省浄，用思尤苦，氣雖不高，調頗凌俗。至如『霽日園林好，清明烟火新』，亦可稱爲才子。」

殷璠曰：「盧象詩雅而平，素有大體，得國士之風。曩在校書，名光秘閣，如『吴越山多秀，新安江甚清』，盡東南之數郡也。」

殷璠曰：「王維詩詞秀調雅，意新理愜，在泉成珠，著壁成繪，才高弗可及矣。」

蘇子瞻曰：「味摩詰之詩，詩中有畫；觀摩詰之畫，畫中有詩。」

摩詰詩佳句甚夥，如「青臯麗已浄，緑樹鬱如浮」、「黄雲斷春色，畫角起邊愁」、「日落江湖白，潮來天地青」、「窗中三楚盡，林外九江平」、「行到水窮處，坐看雲起時」、「流水如有意，暮禽相與還」、「白雲回望合，青靄入看無」、「欲投人宿處，隔水問樵夫」、「草枯鷹眼疾，雪盡馬蹄輕」、「江流天地外，山色有無中」、「大漠孤烟直，長河落日圓」，皆超然絶俗，出人意表。

七律最難，惟少陵、右丞乃造其極；而維詩甚少，殊不滿意。如「雲裏帝城雙鳳闕，雨中春樹萬人家」、「九天閶闔開宫殿，萬國衣冠拜冕旒」、「草色全經細雨濕，花枝欲動春風寒」、「漠漠水田飛白鷺，陰陰夏木囀黄鸝」，皆雄視古今，無與行者。

殷璠曰：「岑參詩語奇體俊，意亦造奇。至如『長風吹白茅，野火燒枯桑』，可謂逸才。又『山風吹空林，颯颯如有人』，宜稱幽致也。」

嘉州自是奇才，其詩雄健絶人，七古尤高。至如五律詩「山開灞水北，雨過杜陵西」，倒插有力。又如「塞花飄客泪，邊柳掛鄉愁」、「澗水吞樵路，山花醉藥欄」、「孤燈然客夢，塞杵搗鄉愁」，工於鍊字。又七言詩如「到來函谷愁中月，歸去磻谿夢裏山」，曲折有致，每令人把玩不盡。

殷璠曰：「高適詩多胸臆，兼有氣骨，故朝野通賞其文。至於《燕歌行》等篇，甚多奇句。且余所最服者，『未知肝膽向誰是，令人却憶平原君』，吟諷不厭矣。」

達夫五十爲詩，簡鍊揣摩，故雄健爲多。如「池空菡萏死，月出梧桐高」、「倚弓玄菟月，飲馬白狼川」、「風霜驅瘴癘，忠信涉波濤」，最爲奇警。

殷璠曰：「李頎詩發調既新，修詞亦秀，雜歌尤善，玄理最長。惜其偉才，只到黄綬，故論其家數，往往高於衆作。」

殷璠曰：「歷代詞人，詩筆雙美者少矣。今陶生實爲兼之，既多興象，復備風骨。三百年以前，方可論其體裁。」

陶翰詩《古塞下曲》，可比鮑明遠，至如「精魂托古木」，「空林露鳥巢」，造語自別。

王昌齡氣體高峻，如「空山多雨雪，獨立君始悟」，真曠代佳句。至七絶詩如《出塞》、《閨怨》數十章，窮情盡態，筆意雙美，直可高視一代也。

殷璠曰：「常建詩似初發通莊，却尋野徑，百里之外，方歸大道。至如『松際露微月，清光猶爲君』，又『山光悦鳥性，潭影空人心』，此數十句並可稱爲警策。一篇盡善者：『戰餘落日黄，軍敗鼓聲死。今與山鬼鄰，殘兵哭遼水。』思既邈古，詞又警絶。潘岳雖云能叙悲怨，未見如此章句也。」建詩「戰餘落日黄，軍敗鼓聲死」，又「仙人騎鳳披彩霞，挽上銀瓶照天閣。黄金作身雙飛龍，口銜明月噴芙蓉」，爲李賀所祖。然賀刻意雕琢，邊幅窄狹，未能若建之超然自達也。

殷璠曰：「崔曙詩多嘆詞要妙，情意悲涼。《送别》、《登樓》，俱堪泪下。」曙詩如「夜來雙月滿，曙後一星孤」，可謂佳句。

殷璠曰：「儲光羲詩格高調逸，趣遠情深，削盡常言。挾風騷之迹，得浩然之氣。」儲公田家詩絶有似陶處。余最愛《牧童詞》「所念牛馴擾，不亂牧童心」，又「大牛隱層坂，小牛穿近林」，最樸直有味。至如「東風吹大河，河水如倒流」，可謂警絶矣。

劉昚虚詩秀逸似襄陽。林茂之作小册全録之，題其後云：「陶公坐高秋，俗士不敢入。不受人去取，孤意先自立。」

王之涣詩不多見，如《登鸛鵲樓》云：「欲窮千里目，更上一層樓。」自然入妙。《涼州詞》云：「黄河遠上白雲間，一片孤城萬仞山。羌笛何須怨楊柳，春風不度玉門關。」唐人一代邊詞，無出其右。

金昌緒《春怨》詩「打起黄鶯兒，莫教枝上啼。啼時驚妾夢，不得到遼西」，眼前事，口頭語，遂成絶唱。

李陽冰叙太白集曰：「自三代已來，《風》、《騷》之後，馳騁屈宋，鞭撻揚馬，千載之後，惟公一人。陳拾遺横制頹波，天下質文，翕然一變。到今詩體，尚有梁陳宫掖之風，至公大變，掃地并盡。今古文集，遏而不行，唯公文章，横被六合，可謂力敵造化歟？」

青蓮之詩，其佳處人皆知之。余謂集中如「前水復後水，古今相續流。新人非舊人，年年橋上遊」，又「羅帷舒卷，似有人開。明月直入，無心可猜」，又「咳唾落九天，隨風生珠玉」，又「莫捲龍鬚席，從他生網絲。且留琥珀枕，或有夢來時」，又「長繩難繫日，自古共悲辛。黄金高北斗，不惜買陽春」，又「月色不可掃，客愁不可道」，又「海風吹不斷，江月照還空」，又「江上相逢借問君，笑語未了風吹斷」，又「抽刀斷水水更流，舉杯銷愁愁更愁」，又「清風明月不用一錢買，玉山自倒非人推」，又「春風爾來爲阿誰，蝴蝶忽然滿芳草」，皆謫仙人語，前後作者均未有也。

青蓮入蜀詩云：「山從人面起，雲傍馬頭生。」又入峽詩云：「兩岸猿聲啼不住，輕舟已過萬重山。」千餘年來，人不能再道一語。

太白心折崔顥《黄鶴樓》詩，每每效之。如《鳳凰臺》、《鸚鵡洲》，終不逮也。至送人詩云：「白露洲前月，天明送客回。青龍山後日，早出海雲來。」又「白玉一杯酒，緑楊三月時。春風餘幾日，兩鬢各成絲。」以比崔顥，庶可無愧。

太白「霓爲衣兮風爲馬，雲中君兮紛紛而來下。虎鼓瑟兮鸞回車，仙之人兮列如麻」，從《騷》出。至「白酒新熟山中歸，黄雞啄黍秋正肥。呼童烹雞酌白酒，兒女嬉笑牽人衣」，爲昌黎《山石》所自本。

劉禹錫曰：「爲詩用僻字，須有來歷。常訝杜員外『巨顙飽老拳』無據，及覽《石勒傳》『卿既遭孤老拳，孤亦飽卿毒手』，豈虚言哉！後學業詩，即須有據，不可率爾道也。」

蘇子由曰：「余愛老杜《哀江頭》等篇，如百金戰馬，注坡蓦澗，如履平地，得詩人遺法。」因擬於《綿》之九章，謂「附離不以鑿枘」。此論甚精，蓋千古作文之妙訣在是。世之知者，或亦鮮矣。

蘇東坡曰：「子美『自許稷與契』，人未必許也。然其詩云：『舜舉十六相，身尊道更高。秦時用商鞅，法令如牛毛。』自是稷契輩人口中語也。」

又云：「子美詩『五更鼓角聲悲壯，三峽星河影動摇』，又『旌旗日暖龍蛇動，宫殿風微燕雀高』，雄渾悲壯，爾後寂寂無聞。」

唐子西曰：「子美洞庭湖詩，纔四十字耳，而氣象雄放，含蓄深遠，遂與洞庭争雄。太白、退之輩率爲大篇，不逮也。」

余每喜工部《登慈恩寺塔》詩，云：「秦山忽破碎，涇渭不可求。俯視但一氣，焉能辨皇州。」自是千秋高唱。

補綻舊衣，自尋常事，何由入詩？即入詩亦難雅。工部《北征》詩云：「海圖坼波濤，舊繡移曲折。天吴及紫鳳，顛倒在裋褐。」何等筆力。至「不聞夏殷衰，中自誅褒妲」，前人稱其得體。

工部佳句，昔人摘之已詳，世皆知之，故不復録。余又愛集中如「夜闌接軟語，落月如金盆」，尋常意，道來何等高雅。「乾坤萬里眼，時序百年心」、「錦江春色來天地，玉壘浮雲變古今」，同一春色，自杜出之，遂覺氣象雄大，不同俗響。「高江急峽雷霆鬭，古木蒼藤日月昏」，兩語盡峽中之景，後來無從著筆。至如《曹將軍丹青引》云：「褒公鄂公毛髮動，英姿颯爽來酣戰。」《大食刀歌》云：「壯士短衣頭虎毛，憑軒拔鞘天爲高。」描寫情狀，千古如生，皆他家所不能及也。

詩家起句最難得勢，如《行次昭陵》云：「舊俗疲庸主，群雄問獨夫。讖歸龍鳳質，威定虎狼都。」又《重經昭陵》云：「草昧英雄起，謳歌曆數歸。風塵三尺劍，社稷一戎衣。」既典切，又雄健，皆可爲後世法。

《哀王孫》云：「長安城頭頭白烏，夜飛延秋門上呼。又向人家啄大屋，屋底達官走避胡。」絶似古歌謡，真奇語也。

杜詩首首皆非無意，而解人爲難。如《送鄭虔貶台州》詩「鄭公樗散鬢如絲」，言年老也。「酒後常稱老畫師」，言自輕也。「萬里傷心嚴譴日，百年垂死中興時」，曰中興時，則不應嚴譴，譏失身也。「倉惶已就長途往，邂逅無端出餞遲」，曰「無端出餞遲」，言不當餞也。末方言别離之意，此題中所謂情見乎詞也。又《望岳》詩「西岳崚嶒竦處尊」，指明皇也。「諸峰羅立似兒孫」，謂武氏擅寵，殺唐室子孫殆盡，恐貴妃之寵亦似此，故及之也。「安得仙人九節杖，柱到玉女洗頭盆」，隱貴妃也。「車箱入谷無歸路」，言賢臣失勢也。「箭括通天有一門」，言威權獨擅也。末則有歸隱之意。若非此解，此詩有何意味？蓋讀杜之難如此。

「遥憐小兒女，未解憶長安」、「微升古塞外，已隱暮雲端」、「縱被微雲掩，終能永夜清」、「初月出不高，衆星尚争光」，托意顯然。前人之解甚當，而明人詆之，可怪也。

杜工部生平最服鮑明遠，至《出塞》詩「朝進東門營」一章，雄健俊逸，無一閒語，無一懈筆，直與明遠並駕可也。

排律不宜多，至二十韵已極，唯沈宋乃臻其妙。工部如《玄元皇帝廟》、《行經昭陵》等十餘篇，直駕沈、宋。至其長律，或百韵，或七八十韵不等，其中率筆强筆，不可枚舉，乃工部之病處。而元微之以此壓太白，謂不能窺其藩籬，宜韓子譏爲「群兒愚」也。

工部至夔州後詩，年愈老，識愈精，閱歷彌深，而筆力彌健。不獨《秋興》、《諸將》等篇爲前此未有，即將前後紀行詩較之，意見筆力，自判然各别。故吾以山谷之言爲定。

雪夜詩談中

丹棱彭端淑樂齋氏著
鵾城蔡長耕易之共集

高仲武曰：「劉長卿詩體雖不新奇，甚能鍊飾，十首已上，語意稍同。其『得罪風霜苦，全生天地仁』，傷而不怨，亦足以發揮風雅。」

長卿詩如「家散萬金酬士死，身留一劍報君恩」、「白馬翩翩春草緑，邵陵西去獵平原」，猶存盛唐丰骨，異乎他作。又「幽州白日寒」，王元美謂集中不可多得。

高仲武曰：「右丞没後，員外爲雄，芟齊梁之浮薄，削陳隋之靡嫚，迥然獨立，莫之與京。如『鳥道掛疎雨，人家殘夕陽』，又『牛羊下山小，烟火隔林深』，又『長樂鐘聲花外盡，龍池柳色雨中深』，皆特出意表，標準古今。又『窮達戀明主，耕桑亦近郊』，則忠孝兼著，亦足以弘奬名流，爲後楷式。」

錢、劉並稱，劉非錢敵也。劉有氣概，却少警策；錢時有曠思，出人意表。高仲武所摘外，如「好風能自至，明月不須期」、「暮禽先去馬，新月待開扉」，「一葉兼螢度，孤雲帶雁來」，「竹憐新雨後，山愛夕陽多」、「人烟一飯少，山雪獨行深」、「曲終人不見，江上數峰青」，又「輕寒不入宫中樹，佳氣常浮仗外峰」，皆有秀逸之致。

起嘗吟詩曰：「有壽亦將歸象外，無詩兼不戀人間。」古人爲詩，皆性命以之，故能名當時、傳後世如此。

蘇東坡曰：「韋應物、柳子厚發纖穠於簡古，寄至味於淡泊，非餘子所及也。」

劉須溪曰：「韋應物詩『高處有山泉』，極品之味。」

應物詩如「孤雲忽無色，邊馬爲回首」、「微雨夜來過，不知春草生」、「楊柳散和風，青山澹吾慮」、「寒雨暗深更，流螢度高閣」、「落葉滿空山，何處覓行迹」、「高歌長安酒，忠憤不可吞」，又「春潮帶雨晚來急，野渡無人舟自横」。韋、柳並稱，洵非偶然。

蘇東坡曰：「子厚詩在淵明下，韋蘇州上。退之豪放奇險則過之，而温麗清深不及也。」又曰：「柳子厚《西山》、《南澗》二詩，憂中有樂，樂中有憂，妙絶千古矣。」

蔡天啓嘗與張文潛論韓、柳佳句，文潛指退之「暖風抽宿麥，清雨捲歸旗」，子厚「壁空殘月曙，門掩候蟲秋」，皆集中第一。

子厚田家詩「雞鳴村巷白，夜色歸暮田」、「籬落隔烟火，農談四鄰夕」、「里胥夜經過，雞黍事筵席」、「今年幸稍豐，毋厭饘與粥」，皆宛然一陶，非諸家所及。又「烟消日出不見人，欸乃一聲山水緑」，畫不能盡。至「楊白花，風吹渡江水。坐令宫樹無顔色，摇蕩春光千萬里。茫茫曉日下長秋，哀歌未斷城鴉起」，不減太白《烏夜啼》一章。許彦周曰：「言婉而情深，古今絶唱也。」

劉夢得《西塞山》詩：「王濬樓船下益州，金陵王氣黯然收。千尋鐵鎖沉江底，一片降旛出石頭。人世幾回傷往事，山形依舊枕寒流。今逢四海爲家日，故壘蕭蕭蘆荻秋。」直與崔（灝）〔顥〕《黄鶴樓》

争雄，非但元、白擱筆也。

夢得長於絶句，善爲諷刺。余最愛《烏衣巷》詩：「舊時王謝堂前燕，飛入尋常百姓家。」千古興亡，輕輕拈出。

高仲武曰：「郎士元詩如『荒城背流水，遠雁入寒雲』，又『去鳥不知倦，遠帆生暮愁』，又『蕭條夜静邊風吹，獨倚營門望秋月』，可齊衡古人，掩映時輩。」

余愛士元詩「月在上方諸品浄，心持半偈萬緣空」，最爲超脱。至「鶯花不棄貧」，尤爲佳絶。

韓翃《寒食》詩：「日暮漢宫傳蠟燭，輕烟散入五侯家。」擅名一時。至「秋風疎柳白門前」，真佳句也。

包佶《雙山逢信公所居》起四語云：「遥禮前朝塔，微聞後夜鐘。人間第四祖，雲裏一雙峰。」氣象雄健，一脱畦徑。

楊升庵每愛暢當起句「酒渴愛江清，餘酣漱晚汀」。至「陽崕全帶日，寬嶂偶通耕」，筆意亦别。

高仲武曰：「朱灣，高人也，詩體幽遠，興致宏深。如『受氣何曾異，開花獨自遲』，所謂哀而不傷，得《國風》之深者也。」

戴叔倫在當時不以詩名，而高仲武亦僅稱其「廨宇經山火，公田没海潮」之句。如「明河川上没，芳草露中衰」，置之前人，可無愧色。至《宫詞》云：「春風鸞鏡愁中影，明月羊車夢裏聲。」亦自工雅。

嚴維詩：「柳塘春水漫，花塢夕陽遲。」歐公甚賞之。

宋邕《春日》詩：「緑楊宜向雨中看。」語不在多，亦堪諷詠。李益在當時詩名甚盛，尤工絶句。如《寫懷》云：「從此無心愛良夜，任他明月下西樓。」《春夜聞笛》云：「洞庭一夜無窮雁，不待天明盡北飛。」《從軍北征》云：「磧裏征人三十萬，一時齊向月中看。」《暖川》云：「塞外征行無盡日，年年移帳雪中天。」《聽曉角》云：「無限塞鴻飛不度，秋風吹入小單于。」意味深長，幾幾乎與王龍標争長矣。

唐子西曰：「《琴操》非古詩，非騷詞，惟退之爲得體。退之《琴操》，子厚不能作也。」

洪興祖曰：「退之《南山》詩似《上林賦》，才力小者不能到也。」

王荆公曰：「吟詩各有所得，『清水出芙蓉，天然去彫飾』，太白所得也。『或看翡翠蘭苕上，未掣鯨鯢碧海中』，子美所得也。『横空盤硬語，妥帖力排奡』，退之所得也。」

元遺山《論詩絶句》曰：「有情芍藥含春泪，無力薔薇卧晚枝。拈出退之山石句，始知渠是女郎詩。」

程伊川曰：「『臣罪當誅兮，天王明聖』，善道文王意中事，前後人不能到。」

退之奇句如「横空盤硬語，妥帖力排奡」、「無本於爲文，身大不及膽」、「姦窮怪變得，往往造平淡」、「垠崖劃崩豁，乾坤擺雷硠」、「刺手拔鯨牙，舉瓢酌天漿。騰身跨汗漫，不著織女襄」、「龍文百斛鼎，筆力可獨扛」，皆驚人語。又如「將軍欲以巧伏人，盤馬彎弓惜不發」、「將軍仰笑軍吏賀，五色離披馬前墮」、「大蛇中斷喪前王，群馬南渡開新主」、「年深豈免有缺畫，快劍斫斷生蛟鼉」、「躋攀分寸不可上，失勢一落千丈强」，皆生龍活虎之筆，能於李、杜外别樹一幟。

昌黎絶句佳處，如《早春》起句云：「天街小雨潤如酥，草色遥看近却無。」《楚昭王廟》結句云：「猶有國人懷舊德，一間茅屋祭昭王。」又《次潼關》結句云：「刺史莫辭迎候遠，相公新破蔡州回。」

人皆言昌黎奇險，不知昌黎亦工爲平淡之作。如《祖席得秋字》云：「淮南悲木落，而我亦傷秋。況與故人别，那堪羈旅愁。榮華今異路，風雨昔同憂。莫以宜春遠，江山多勝遊。」又《送湖南李正字歸》云：「長沙入楚深，洞庭值秋晚。人隨鴻雁去，江共蒹葭遠。歷歷余所經，悠悠子當返。孤遊懷耿介，旅宿夢婉娩。風土稍殊音，魚鰕日異飯。親友俱在此，誰與同息偃。」如此詩何嘗不佳，何嘗有一奇險語？世之好平淡者能及之乎？但韓公自倚才高，獨闢一徑，不肯隨流俗俯仰耳。

韓、孟聯句甚多，余獨以《鬬雞》爲最。兩雄才力，自足相當，而韓公氣豪力大，句句高孟一着。

李翺曰：「孟郊詩高處在古無上，平處猶下顧沈、謝。」郊詩「慈母手中線，遊子身上衣。臨行密密縫，意恐遲遲歸。誰言寸草心，報得三春暉」，可泣鬼神矣。

郊詩佳句甚多，不可枚舉。如「太行聳巍峩，是天産不平。黄河奔濁流，是天生不清」，未經人道語。余所最服者，「長安日下影，又落江湖中」，百吟不厭。

韓門弟子，孟郊第一。

杜牧之曰：「李長吉，元和中韓吏部亦頗稱之，蓋《騷》之苗裔，理雖不足，辭或過之。」如《金銅仙人辭漢歌》，補梁肩吾宫體謡，求取情狀，離絶遠去筆墨畦徑間，亦殊不能知之。賀生二十七死矣，世皆曰使賀不死，少加以理，奴僕命《騷》可也。」

長吉詩如《雁門太守行》云：「黑雲壓城城欲摧，甲光向日金鱗開。」《浩歌》云：「買絲繡作平原君，有酒惟澆趙州土。」《秦王飲酒》云：「洞庭雨脚來吹笙，酒酣喝月使倒行。」《金銅仙人辭漢歌》云：「畫欄桂樹懸秋香，三十六宮土花碧。」《秦宮》詩云：「開門爛用水衡錢，卷起黄河向身瀉。」《箜篌引》云：「女媧鍊石補天處，石破天驚逗秋雨。」皆詼詭譎怪，不知從何處得來。真鬼才也。

《紀事》云：「賈島爲詩甚苦，嘗跨驢賦詩，得『僧推月下門』之句，欲改『推』作『敲』，引手作推敲之勢未决。不覺衝韓愈，乃具言。愈曰：『敲字妙矣。』遂並轡論詩久之。」

島詩「志士中夜心，良馬白日足」，又「樵人歸白屋，寒日下危峰」，又「怪禽啼曠野，落日恐行人」，又「鳥宿池邊樹，僧敲月下門」，又「獨行潭底影，數息樹邊身」，又「秋風吹渭水，落葉滿長安」，又「潭連秦相井，松老漢朝根」，又「山鐘夜渡空江水，汀月寒生古石頭」，又「馬自賜來騎覺穩，詩緣見徹語長新」，又「無端更渡桑乾水，却望并州是故鄉」，皆警句，宜後之慕之者直以金鑄之也。

周賀詩「路自高巘入，人騎瘦馬來」，又「歸人值落葉，遠路入寒山」，又「魚鹽橋上市，燈火雨中船」，又「空將未歸意，説向欲行人」，真切可味。

姚合《揚州春詞》：「暖日凝花柳，春風散管絃。」《寄賈島》云：「家貧惟我並，詩好復誰知。」《别賈島》云：「野客狂無過，詩仙瘦始真。」造語清削，殆賈島之亞也。

殷堯藩詩「山横萬古色，鶴帶九皋聲」，「英雄盡入江東籍，將相多收薊北功」，殊有氣概。

杜牧嘗論元白詩體舛雜。守秋浦，與張祐爲詩酒交，有詩云：「誰人得似張公子，千首詩輕萬户侯。」又云：「如何故國三千里，虛唱歌詞滿六宫。」

晚唐詩人，五言得初、盛風韵者獨祐一人，餘子不及也。祐詩如「鳥啼新果熟，花落故人稀」、「晚潮風勢急，寒夜雨聲多」、「海明先見日，江白迥聞風」、「地盤雲夢角，山鎮洞庭心」、「不雨山常潤，無雲水自陰」、「日月光先到，江山勢盡來」、「僧歸夜船月，龍出曉雲堂」、「野橋經亥市，山路過申州」、「風帆彭蠡疾，雲水洞庭寬」、「雪花鶯背上，冰片馬蹄中」、「一年逢好夜，萬里見明時」、「泉聲到池盡，山色上樓多」、「貧知交道薄，老信釋門空」、「紅旗開向日，白馬驟迎風」，置之盛唐名家中，亦無愧色。

許渾詩，東坡詆爲小兒，亦未免太過。余獨愛其一絶云：「海燕西飛向日斜，天門遥望五侯家。樓臺深鎖無人到，落盡東風第一花。」

馬戴詩清新秀逸，得王、孟之一體。戴詩如「啼春獨鳥思，望遠佳人心」、「夜久遊子息，月明歧路閒」、「猿啼洞庭樹，人在木蘭舟」、「待月人相對，驚風雁不齊」、「霜風紅葉寺，夜雨白蘋洲」、「秋光照不極，鳥影去無邊」、「高臺試延望，落照在寒波」、「同人不同北，雲鳥自南翔」，格高調逸，迥絶一時。

雍陶爲簡州牧，自比謝宣城，談何容易。然《咏白鷺》云：「立當青草人先見，行傍白蓮魚未知。一足獨拳寒雨裏，數聲相叫早秋時。」時人賞之。至他詩「邊人羊馬休南牧，大將旌旗在北門」、「初歸山犬翻驚主，久别江鷗却避人」，又「翠輦不來金殿閉，宫鶯銜出上陽花」，亦自不愧前人。

高仲武曰：「崔峒詩如『清磬度山翠，閒雲來竹房』，又『流水聲中視公事，寒山影裏見人家』，亦披沙揀金，往往見寶。」

薛逢《潼關河亭》詩：「天地併功開帝宅，山河相湊束龍門。」雄偉壯麗，後無繼者。至他詩「霜中入塞琱弓硬，月下翻營玉帳寒」，又「滻川桑落鵰初下，渭曲禾收兔正肥」，筆力亦健。

劉得仁詩「勁風吹雪聚，渴鳥啄冰開」，自是奇語。

趙嘏詩「斷崖如避馬，芳樹欲留人」、「風雨落花夜，山川驅馬人」，又「鵖鴂聲中寒食酒，芙蓉花外夕陽樓」、「殘星幾點雁横塞，長笛一聲人倚樓」、「楊柳風多潮未落，蒹葭霜在雁初飛」，皆不愧作手。

楊巨源詩「爐烟添柳重，宫漏出花遲」、「瑞凝三秀草，春入萬年枝」，又「五營向水紅塵起，一劍當風白日看」、「五色天書詞焕爛，九華春殿語從容」，亦自可賞。

張籍詩，在韓門中和平冲淡，另爲一體。如「長因送人處，倍憶别家時」、「家貧無易事，身病是閒時」、「身輕曾試鶴，力弱未離山」、「山情因月甚，詩語入秋高」，皆佳句。又「床頭黄金盡，壯士無顔色」，自是人意中語。

籍詩《白鼉鳴》：「天欲雨，有東風，南溪白鼉鳴窟中。六月人家井無水，夜聞鼉聲人盡起。」楊升庵極賞之。

李、杜而後，天才豪放，獨推牧之，雖有淺率處，已目空一時。如《題宣州開元寺水閣》起四語云：

「六朝文物草連空，天淡雲閒今古同。鳥去鳥來山色裏，人歌人哭水聲中。」又《早雁》起四語云：「金河秋半虜弦開，雲際驚飛四散哀。仙掌月明孤影過，長門燈暗數聲來。」是甚氣概！

牧之絶句尤佳，如《長安秋望》云：「南山與秋色，氣勢兩相當。」筆力甚健。又《望樂遊原》云：「欲把一麾江海去，樂遊原上望昭陵。」意謂生太宗之世，不應淪落至此，却不説破，故妙。又《七夕》云：「天階夜色涼如水，臥看牽牛織女星。」無限意皆於言外見之。

蔡寬夫曰：「荆公晚年喜義山詩，每誦其『雪嶺未歸天外使，松州猶駐殿前軍』、『永憶江湖歸白髮，欲回天地入扁舟』，與『池光不受月，暮氣欲沈山』、『江海三年客，乾坤一戰場』，謂雖老杜無以過也。」

《韓碑》矯健奇奧，直與昌黎上下。晚唐中七古，獨此一篇而已。

倒插是詩家妙訣，義山《落花》詩「高閣客竟去，小園花亂飛」，最妙。此法本《三百篇》「侯誰在矣，張仲孝友」，及《離騷》「不吾知其亦已兮，苟余情其信芳」之類是也。

《蟬》詩：「本以高難飽，徒勞恨費聲。五更疎欲斷，一樹碧無情。」可謂精於賦物矣。

義山絶句如「夕陽無限好，只是近黄昏」，詞意兼妙。又李衛公一絶云：「絳紗弟子音塵絶，鸞鏡佳人舊會稀。今日置身歌舞地，木棉花暖鷓鴣飛。」太白詩云：「越王勾踐破吴歸，義士還家盡錦衣。宫女如花滿宫殿，只今惟有鷓鴣飛。」此蓋用其章法。

《唐詩紀事》云：「令狐綯曾以舊事訪於庭筠，答曰：『事出《南華》，非僻書也。或冀相公燮理之暇，時宜覽古。』絢怒，奏庭筠有才無行，卒不得第。有詩曰：『因知此恨人多積，悔讀南華第二篇。』」

温詩《俠客行》結句云：「白馬夜頻驚，三更灞陵雪。」筆力健甚。至歌行「紅妝萬户鏡中春，碧樹一聲天下曉」、「殺氣空高萬里情，塞雲如箭雙眸子」、「芙蓉力弱應難定，楊柳風多不自持」、「掌中無力舞衣輕，剪斷鮫綃破春碧」、「不盡長圓疊翠愁，柳風吹破澄潭月」、「河源怒激風如刀，剪斷朔雲天更高」、「野土千年怨不平，至今燒作鴛鴦瓦」，極似李長吉。

五律「樹凋窗有日，池滿水無聲」、「高秋辭故國，昨夜夢長安」、「高風漢陽渡，初日郢門山」、「蝶翎朝粉盡，鴉背夕陽多」，皆佳句。至「雞聲茅店月，人迹板橋霜」，爲《早行》絶唱，惜後半不稱耳。

七律《過陳琳墓》一首：「詞客有靈應識我，霸才無主始憐君。石麟埋没藏秋草，銅雀荒涼對暮雲。」爲集中第一。至如「鵰邊認箭寒雲重，馬上聽笳塞草愁」、「萬象曉歸仁壽鏡，百花春隔景陽鐘」、「絲飄弱柳平橋晚，雪點寒梅小院春」、「一曲艷歌留婉轉，九原春草妬嬋娟」、「回日樓臺非甲帳，去時冠劍是丁年」，可謂工雅矣。

王建小詩絶佳，如《故行宫》云：「白頭宫女在，閒坐説玄宗。」《新嫁娘》云：「未諳姑食性，先遣小姑嘗。」又《宫詞》云：「聞有美人新進入，六宫未見一時愁。」

司空圖論詩：「梅（只）〔止〕於酸，鹽止於鹹，而其美乃在鹹酸之外。」此言最得詩家三昧。圖詩如「雨微吟足思，花落夢無聊」、「棋聲花院閉，幡影石壇高」、「晚妝留拜月，春睡更生香」、「緑樹連村暗，黄花入麥稀」，又「得劍乍如添健僕，亡書久似失良朋」、「孤嶼池痕春漲滿，小欄花韵午晴初」，亦或不愧其言。

李群玉詩「八月白露濃，芙蓉抱香死」，自是奇語。又「黄葉黄花古城路，秋風秋雨别家人」、「裙拖六幅湘江水，鬢聳巫山一段雲」，皆有意趣。

杜荀鶴《宫怨》：「風暖鳥聲碎，日高花影重。」佳句也。又《山中寡婦》：「時挑野菜和根煮，旋斫生柴帶葉燒。」兩語真境，可爲慨嘆。

崔珏《鴛鴦》詩：「暫分烟島猶回首，只度寒塘亦並飛。映霧盡迷金瓦殿，逐梭齊上玉人機。」時人號爲「崔鴛鴦」。

李頻詩：「落葉和雲掃，秋山共月登。」筆亦清秀。

李咸用詩：「春雨有五色，灑來花旋成。」未經人道語。

李山甫《公子家》：「鴛鴦占水能欺客，鸚鵡嫌籠解駡人。」余最喜其用意獨别。又《牡丹》詩：「數苞仙艷火中出，一片異香天上來。」司空表聖極稱之。

方干詩：「鶴盤遠勢投孤嶼，蟬曳餘聲過别枝。」象情寫物，曲盡形容，想亦偶然得之，不數數也。

鄭谷《鷓鴣》詩一時擅名，中四語云：「雨昏青草湖邊過，花落黄陵廟裏啼。遊子乍聞征袖濕，佳人纔唱翠眉低。」余謂三句可移白鷺，四句可移杜鵑，至五六乃真切不易，然不可謂非工雅矣。

李洞《毿驢》詩中四語：「三尺焦桐背殘月，一條藜杖卓寒烟。通吴白浪寬圍國，倚蜀青山峭入天。」全無一字及毿驢，隱隱一毿驢在，真絶唱也。

鮑溶詩：「百川赴海返潮易，一葉報秋歸樹難。」語經苦思始得。張蠙《登單于臺》詩：「白日地中出，黄河天上來。」爲時所稱。至「戰馬分旗牧，鷙禽曳箭飛」、「殘雪未消雙鳳闕，新春已發五陵家」，又「墻頭細雨垂纖草，水面回風聚落花」，皆佳句。而徐獻忠譏其「天才本少，英旨未奇」，何也？

楊萬里曰：「詩至晚唐益工。滔詩如『寺寒三伏雨，枝偃數朝松』、『青山寒帶雨，古木夜啼猿』，又《聞雁》『一聲初觸夢，半白已侵頭』，與韓致光、吴融輩並遊，未知其孰先也。」

歐陽公曰：「晚唐來詩人無復李杜豪放之格，然亦務以精意相高。如周朴者，構思尤艱，每有所得，必極雕琢，故時人稱朴詩『月鍛年鍊，未及成篇，已播人口』，其名重當時如此。余少時猶見其集，今不復傳矣。」

朴詩如「磧浮悲老馬，月滿引新弓」、「禹力不到處，河聲流向西」、「琴韵歸流水，詩情寄白雲」，皆矯矯自立。

曹松詩「衰條難定鳥，缺月易依山」，又「憑君莫話封侯事，一將功成萬骨枯」，可繼賈島。

韓偓《暴雨》詩：「雷尾燒黑雲，雨脚飛銀綫。」奇句也。余所最愛者，「四時最好是三月，一去不回惟少年」，尋常意，人却未道。至「岸頭柳色春將盡，船背雨聲天欲明」，「窗裏日光飛野馬，案頭筠管長蒲蘆」，皆有寄托，不得以常語目之。

僧皎然詩「日出天地正，煌煌闢晨曦」，又「願寄千里心，月高不可掇」，又「桃花春滿地，歸路莫相迷」，豈凡手所能道？

余邑僧可朋賦洞庭詩：「水涵天影闊，山拔地形高。」歐陽炯以比孟郊、賈島。貫休詩：「好山行恐盡，流水語相隨。」處默詩：「到江吴地盡，隔岸越山多。」皆僧詩之可傳者也。

吕洞賓《贈人》詩云：「數著殘棋江月曉，一聲長嘯海山秋。飲餘回首話歸路，遥指白雲天際頭。」又「三醉岳陽人不識，朗吟飛過洞庭湖」，又「白酒釀來緣好客，黄金散盡爲收書」，皆非凡手所能道。世傳吕仙，不虚也。

唐人詩佳句甚夥，不可枚舉。如「更無輕翠勝楊柳，盡覺濃華在牡丹」，又「野鳧眠岸有閒意，老樹著花無醜枝」，又「村邊竹樹多於草，江上塵埃别是雲」，又「女蘿力弱難逢地，桐葉心孤易感秋」，皆是佳句。又「楓落吴江冷」，一時傳誦，然至今未見全詩。又「暝色赴春愁」，王荆公極賞之。

歐陽公題梅聖俞、蘇子美詩云：「子美氣尤雄，萬竅號一噫。有時肆顛狂，醉墨灑滂霈。譬如千里馬，已發不可殺。盈前盡珠璣，一一難揀汰。梅翁事清切，石齒漱寒瀨。作詩三十年，視我猶後輩。文詞愈精新，心意雖老大。有如妖韶女，老自有餘態。近詩猶古硬，咀嚼苦難嘬。又如食橄欖，真味久愈在。蘇豪以氣轢，舉世徒驚駭。梅窮獨我知，古貨今難賣。」此詩殆不減昌黎。

梅聖俞嘗於席上賦河豚詩云：「春洲生荻芽，春岸飛楊花。河豚當是時，貴不數魚鰕。」歐公謂前兩語已盡河豚好處，且極稱云。此詩作於樽俎之間，筆力雄贍，頃刻而成，遂爲絶唱。蓋古人之去取如此，不可不知也。

歐陽公曰：「楊大年詩云：『風來玉宇烏先轉，露下金莖鶴未知。』用故實自佳。又『峭帆横渡官橋柳，叠鼓驚飛海岸鷗』，不用故實，亦何嘗不佳。」

司馬温公曰：錢文僖公詩云：「日上故陵烟漠漠，春歸空苑水潺潺。」鄭工部詩云：「水暖鳧鷖行哺子，溪深桃李卧開花。」又：「杜曲花香醲似酒，灞陵春色老於人。」寇萊公知巴東，詩云：「野水無人渡，孤舟盡日横。」又耿仙之詩云：「淺水短蕪調馬地，澹雲微雨養花天。」皆詩人之佳景也。

王荆公詩：「迎風鴨緑鱗鱗起，映日鵝黄裊裊垂。」又：「一水護田將緑繞，兩山排闥送青來。」又：「細數落花因坐久，緩尋芳草得歸遲。」佳句也。余又愛其一聯云：「遥瞻季行役，正對女傷悲。」對仗工巧，可配前人。

山谷詩「山園燕坐畫圖出，水作夜窗風雨來」，又「野水自添田水滿，晴鳩却唤雨鳩來」，皆清勁流利，迴步一時。

《捫蝨詩話》曰：「蘇、黄文妙絶一世，殆是天才難學。」

雪夜詩談下

丹棱彭端淑樂齋氏著
鵑城蔡長耕易之共集

袁中郎曰：「宋初承晚習，諸公多尚崑體，靡弱不足觀。至歐公始變而雅正。子瞻集其大成，前掩陶、謝，中追李、杜，晚跨白、柳，詩之道至此極盛。後遂無復詩矣。」

東坡詩云：「空山無人，水流花開。」又：「水在盆中，月在天上。」又：「酒力如過雨，清風消半途。前山正可數，後騎且勿驅。」又：「菩薩千手目，與一手目同。」又：「谿邊古路三叉口，獨立斜陽數過人。」又：「當其下手風雨快，筆所未到氣已吞。」又：「貪看白鷺橫秋浦，不覺青林没晚潮。」又：「輕寒入山谷，草木盡堅瘦。」又：「我懷此石歸，袖中有滄海。」任是人不能到，故稱仙才。

王荆公讀坡翁《遊蔣山》詩「峰多巧障目，江遠欲浮天」，嘆曰：「老夫一生爲詩，未嘗有此二語。」又見《咏荔子》詩云：「海上仙人絳羅襦，紅綃中單白玉膚。」曰：「此語人不能及。」

陸放翁詩：「山重水複疑無路，柳暗花明又一村。」宜稱幽致。至其臨終詩云：「王師北定中原日，家祭無忘告乃翁。」忠愛之心，千載如揭。

范石湖詩云：「春水渡旁渡，夕陽山外山。」余每喜誦之。余鄉文與可詩好爲新矯，不肯一字寄人籬下。如「晚容變雲霞，秋意著草木」，又「掃除閒景物，健筆當大帚」，又「高林動清吹，猶滴前夕雨」，又「雪乾山色老，風烈樹聲高」，又「好禽新語圓」，皆警句。至如《寄子瞻出守西湖》詩云：「北客若來休問事，西湖雖好莫吟詩。」可謂忠告善道，篤朋友之情矣。

余邑唐子西先生工於詩，人號爲「小東坡」。其詩云：「山静似太古，日長如小年。」自是前人所未道。又「桃花能紅李能白，春來何處無顔色」，又「水裁偏岸直，雲截亂山平」，造語新奇可喜。

許彦周曰：「陳無己賦宗室畫詩云：『滕王蛺蝶江都馬，一紙千金不肯下。』又曾子固挽詞云：『丘園無起日，江漢有東流。』近世詩人莫能及。」

《翰苑詩談》載寒山詩一首：「城中蛾眉女，珠珮何珊珊。鸚鵡花間弄，琵琶月下彈。長歌三日響，短舞萬人看。未必長如此，芙蓉不耐寒。」此詩甚佳，未識寒山爲何人。

高啓「函關月落聽雞度，華岳雲開立馬看」，陸深「大將能揮白羽扇，君王不愛紫貂裘」，徐昌穀「文章江左家家玉，烟月揚州樹樹花」，邊貢「花外子規燕市月，水邊精衛浙江潮」，皆明人高唱。

王元美集中極賞李崆峒《渡黄河》一律，云：「黄河水繞漢宫墻，河上秋風雁幾行。客子過壕追野馬，將軍韜箭射天狼。黄塵古渡迷飛輓，白日横空冷戰場。聞道朔方多勇略，只今誰是郭汾陽。」此詩極似右丞，不但《崆峒集》中所難，亦足雄視一代也。

明詩儘多佳句，王元美集中録之已詳，故不復録。今取二三新穎者，如魯鐸《至日》「病常如影在，日未及愁長」，吴鼎方「落日在流水，遠山青不齊」，孫友篪「世味隨年減，浮生到夜閒」，謝肇淛「水落禽聲盡，雲崩塔勢孤」，廖孔説「老愁看落葉，貧不厭青山」，皆有意致。

余最喜高季迪《古詞》：「妾刀不斷機，郎行當早歸。還將機中錦，作郎身上衣。」又鄒亮《古意》：「妾如江邊花，君如江上水。花落隨水流，東風吹不起。」又孫友篪：「爾從山中來，今喜江上遇。我家老梅花，開到第幾樹。」又董其昌：「烟迷楊葉舟，水拍芙蓉岸。我憶南湖秋，西山暮雲亂。」直入唐人妙境。

謝茂秦詩在七子中爲最，如《除夕示兒》云：「異鄉垂老計，春草隔年心。」又《除夕和同人得年字》云：「吳歌憐子夜，潘鬢感丁年。」又：「列炬明深院，繁星動遠天。」又《寒食旅懷》云：「春風來燕子，落日在桃花。」又《楊白花》云：「長風吹日暮，春雪落天涯。」又《邊警》云：「戰守何人能仗策，朝廷今日始言兵。」自不是他家一味門面語。

譚友夏詩「萬嶺氣如暇，一湖烟有餘」，佳句也。鍾伯敬詩「子弟漸親知老至，江山無故覺情生」，自是人意中語，被他道破。

《明詩歸》載二錢寒齋「村」字韵詩，其一云：「四壁賴雲成古屋，三更求火到前村。」其一云：「遠雁與哀沈古寺，飢烟無力出前村。」皆刻畫入微。

余於明人詩，李崆峒外，獨喜徐文長。如《俠客》云：「爲吊侯生墓，騎驢入大梁。」《鷹》詩：「雲中作戰場，韓彭鼓天外。」《黯澹灘》云：「女媧撤餘礫，頑查攬不化。」《觀音閣》云：「青山如美人，樓觀即奩妝。」《懷陳同甫將軍》云：「椎牛千嶂外，騎象百蠻中。」《瞻宫闕》云：「烏啼御溝柳，象散閣門花。」《壽吳宣府》云：「笑引雙椎胡女拜，傳呼萬帳令公來。」《岳公祠》云：「四海龍蛇寒食後，六陵風雨大江東。」皆雄偉壯麗。《謁孝陵》云：「二百年來一老生，白頭落魄到西京。疲驢狹路愁官長，破帽青衫拜孝陵。亭長一抔終馬上，橋山萬歲始龍吟。當時事業難身遇，憑仗中官説與聽。」一氣豪放，直與崔灝、劉禹錫争長矣。

文長題畫詩佳句儘多，余最喜《美人抱琵琶偶住蕉陰》一絶云：「離宫給事小青衣，催送琵琶向鎖幃。行到芭蕉忽竚立，去年此日嫁明妃。」絶唱也。

明初僧人多善爲詩，一僧楚琦詩云：「君不見車輪碾地不碾塵，塵暗却遮車上人。又不見馬口吸泉不吸月，月明豈解心中渴。」又一僧宗泐詩云：「明月不可招，流光入堂中。白雲不可約，掛我屋上松。」又一僧原静詩云：「白髮雖多難，黄花不厭貧。」又一僧守仁詩云：「人因病久交遊絶，士到成名出處難。」雖唐皎然諸僧，不能過也。

國朝詩，佳處大半入漁洋《感舊集》中，人皆誦之，故不復集。余最愛吴梅村《課女》詩，結句云：「亦知談往事，生日在長安。」多少興亡之感，却以輕妙出之。又漁洋所摘「九龍移帳春無草，萬馬窺邊夜有霜」、「禹陵風雨思王會，越國山川出霸才」，壯偉異常，在諸家上。

方密之《雜感》云：「惟有真山水，能消殘古今。」自是奇警語。

余鄉費此度有句：「大江流漢水，孤艇接殘春。」漁洋見而奇之，遂訂交。

錢牧齋詩擅名一時。余最愛其送王貽上一首，奇奥典贍，直與昌黎《薦士》等篇先後馳騁。今録其全云：「風輪持大地，擊颺爲風謡。吹萬肇邃古，賡歌暢唐姚。朱紘汜漢魏，麗藻沿六朝。有唐盛詞賦，貞符彙元包。百靈聽驅使，萬象窮鎪雕。千燈咸一光，異曲皆同調。彼哉諓諓者，穿穴紛科條。初盛别中晚，畫地成狴牢。妙悟掠影響，指注鬩鳌毫。甕天醯雞覆，井月癡猿號。化爲劣詩魔，飛精入府焦。窮老蔽蔀屋，不得瞻沉寥。正始日以遠，詞苑雜莠苗。獻吉才雄鷙，學杜餔醨糟。仲默俊逸人，放言訾謝陶。考辭競嘈囋，懷響歸浮漂。江河久壅決，潛潏亦騰囂。么絃取偏張，苦調搜啁噍。鳥空而鼠即，厥咎爲詩訞。喪亂亦云膴，詩病不可瘳。譬彼膏肓疾，傳染非一朝。嗚呼杜與韓，萬古垂斗杓。北征南山詩，泰華争岧嶢。流傳至於今，不得免嗷嘲。況乃唐後人，嗤點誰能逃。窮子抵尺璧，凍人裂復陶。熠燿點須彌，可爲渠略標。昌黎笑群兒，少陵訶汝曹。嗟我老無力，掩耳任叫呶。王君起東海，七葉光漢貂。騏驥奮蹴踏，萬馬喑不驕。識字函雅故，審樂辨簫韶。落紙爲歌詩，絳雲卷青霄。自顧骨骼馬，創殘卧東郊。敢云老識路，昏忘慙招邀。河源出星海，東流日滔滔。誰蹠巨靈掌，一手堙崩濤。古學喪根幹，流俗沸蜩螗。僞體不别裁，何以親風騷。珠林既深深，玉河復迢迢。方當剪榛(苦)〔楛〕，未可榮蘭苕。瓦釜正雷鳴，君其信所操。勿以獨角麟，儷彼萬牛毛。伊余久歸佛，繙經守僧寮。根觸爲此詩，狂言放調刁。無乃禪病發，放筆自抑搔。起挑長明燈，懺除坐寒宵。」

漁洋《感舊集》載王西樵評陳其年詩「浪捲前朝去」：真英雄語也。

王漁洋曰：「彭而述詩多在軍中作，如『戰壘荒城蒙段外，華風邊月漢唐年』，又『白露蠻江凋木葉，黄沙羯鼓下瞥州』、『千盤路吐檳榔塢，一線天開瑇瑁池』，此例數十句，皆有磨盾横槊之風。」

王漁洋紀行詩，詞多假借，不及工部諸篇善寫風土人物，千餘年後過其地，彷彿如見。然其佳句若《入棧》云：「棧雲高不落，隴樹曉還蒼。」《出峽》云：「扁舟天上落，回首萬灘高。」《過徐州》云：「大風過泗上，落日照彭城。」他詩云：「不見烟中人，空聞烟中語。」又：「螢火出深碧，池荷閒暗香。」皆超然獨絶。又七律《聞雁》云：「懷人江上楓初落，卧病空堂雨易成。」《題趙子昂牧羊圖》云：「南渡銅駝猶戀洛，西歸玉馬已朝周。」《秋柳》詩云：「愁生陌上黄驄曲，夢繞江南烏夜村。」又：「空餘板渚隋堤水，不見瑯琊大道王。」又：「相逢南雁皆愁侶，好語西烏莫夜飛。」皆空靈超脱，寄慨遥深，不愧才人之目。

漁洋七絶云：「謫仙樓閣浮雲裏，一傍危欄望楚江。」殊有畫意，宜好事者爲之圖寫以傳也。

蔣虎臣《過舊院有感》云：「錦袖歌殘翠黛塵，樓臺塌盡曲池湮。荒園一種瓢兒菜，獨占秦淮舊日春。」余兩過金陵，未得食瓢兒菜，至今悵然。

杜于皇登金、焦、北固諸作，雄渾悲壯，直入少陵之室，真一代之冠冕也。《金山》云：「海氣昏南北，鐘聲變古今。」又：「孤日沿波轉，遥天入海吞。」又：「歲月荒龍窟，乾坤此鶴河。」又：「咄哉天咫尺，消息轉茫茫。」《焦山》云：「江分神禹迹，海見魯連心。」《月夜重遊焦山》云：「東方動光怪，天水盪相摩。」又：「月明無賴極，化作一江烟。」又：「光芒纔一縷，氣象即千端。山擁青萍匣，天矜赤玉盤。」《北固》云：「石壁憑空下，江天插水生。」謝朓驚人句不過如此。

陳恭尹自是美才，惜貪用故實，首首皆然。如《蘇臺懷古》有句云：「臺鹿春深引子行。」又《蜀中》有句云：「漢朝終始在三巴。」自是佳句。而中四語俱用故實，遂少空靈。看杜工部咏武侯詩「映堦碧草自春色，隔葉黄鸝空好音」，又「三分割據紆籌策，萬古雲霄一羽毛。伯仲之間見伊吕，指揮若定失蕭曹」，非不用事，避人之所趨也。然恭尹詩如「南國干戈征士泪，西風刀剪美人心」，又「七十二墳秋草遍，更無人表漢將軍」，真不可及。

余弟磬泉，少聰敏，七歲濯手水邊，吟曰：「素手濯長渠，揚波混太虚。還將指上瀝，驚散水中魚。」先伯父聞而拊其頂曰：「是兒當作第一人也。」年十二，《咏扇上美人吹簫橋邊》一絶，結云：「仙音不肯隨風響，恐引劉郎渡石橋。」衆異之，由此知名。京師館中，與諸文士相倡和，積詩尤多。《咏塞上紅柳》云：「隴邊霜織紅絲縷，馬上人看頳玉盤。」《吕司農白燕》云：「銜風劍氣摇清晝，掠草霜花點翠微。」又：「自昔寄身原是玉，至今留影尚無瑕。」一時傳誦，謂高出袁白燕上。又《重九》云：「解事雁鴻書易達，妬花風雨菊無光。」《中秋和人秋字韵》：「露色遥凝天地氣，月明中晝古今秋。」余尤愛《紫雲寺雜詩》云：「山月别來嫌客俗，嶺雲多處倩誰娱。」又：「山岡斷處雲爲補，澗水消來石有聲。」《寄兄》云：「謝客池塘千里夢，子瞻風雨十年心。」《過劍門》云：「劍拔寒稜障巴蜀，氣昏陰雨失乾坤。」《早過函谷關》云：「疲驢皓月度函谷，不待雞鳴早出關。」《北上途中》云：「敝裘不敵嚴寒力，獨自騎驢入酒家。」《在京中》云：「堪嘆鄉心不似夢，客身飛度萬重山。」氣雄力健，堪以式靡。

余於友人架上得殘詩一卷，失其名。其詩多凑雜格塞，不盡可觀。然其警句間出，自不易得。如《咏雪》云：「北風吹渭水，意不向東流。」《烏衣巷》云：「生烟吹白屋，冥色赴青樓。」《遇雨》云：「天高雲有脚，挾雨走乾坤。」《登潼關驛樓》云：「河分天地闊，嶽抱古今秋。」《過友人山莊》云：「天下無高士，誰能晝掩門。」又《遊山》云：「日月不在天，芙蓉出烟霧。」《遊西湖》云：「楊柳陰濃舟不繫，桃花春暖夢初醒。」《春草》云：「飛空柳絮從沾水，落地梅花不染塵。」《秋懷》云：「蟬聲墜露涼回夢，月色當樓夜度簫。」《錢塘懷古》云：「馬來西北江成陸，龍到東南海盡冰。」《毛女》云：「是山春草皆靈藥，萬里兒童泛海船。」命詞遣調，不愧古人。

亡友蔡雪南寄余《古劍》詩四章，用《溉堂集》中韵，雖唐人《寶劍篇》，或不能過。其詩云：「出匣劃有聲，儼與雷電語。」又：「光氣入斗間，星辰失其位。」其結句云：「白氣每插空，徐收入杜皪。」又：「騎驢入大梁，向人不爲禮。」至《遊青城》云：「藤蘿染日月，子午多不的。」真曠代佳句也。

家湘南廷梅，楚人，爲詩多倔彊，然亦儘有佳致。如《咏橘燈》云：「莫笑奴無實，今朝盡相皮。」《冷泉亭晚步》云：「林影篩堂階，身在月之上。」又《春杪》云：「春去雨中人不惜，杜鵑啼與落花聽。」又《梅花》詩云：「僧尚多情思夢去，妻常深妬看花歸。」又《宿邯鄲》云：「此生未了天涯夢，來抱黃粱舊枕頭。」皆刻意獨造，不寄人籬下也。

方殿元《萍》詩：「生來五湖裏，不識五湖深。隨風相聚散，爲浪獨浮沉。羈旅仍天地，推移自古今。此中有漁父，一曲了無心。」咏萍中之絶佳者。

余鄉前輩向修野，爲詩多曠達不羈，惜未見其集。時人傳誦，間亦有之。《春興》詩云：「邁王衆建開新國，燕子多情入舊家。」又有句云：「帶月斫柴携稚子，揮毫持柬問先生。」皆不愧作家。

余鄉李芝山和唐人《蹇驢》詩云：「野店斜陽山下路，小橋流水雪中天。」亦足與前人相配也。

李眉山鍇《落葉》詩：「西風吹故林，一葉一秋心。生理或未盡，暮愁相與深。因知白頭者，中有老懷侵。獨立斜陽下，聽殘空外音。」此詩最似孟襄陽。

余友馬力本工於爲詩，尚未授梓。余在京師曾見其草本，佳句甚夥，今皆忘之，僅記其一二。如「夜闌別去」、「殘月掛柳」，又《和人送別韻字韵》云：「爾我會合信有神，章貢雙雙會清贑。」真佳句也。

余弟仲尹《咏菊》詩云：「野橋晚雨楓初落，流水空山日易斜。」又《秋日晚景》云：「緑盡荷塘烟晚渡，白浮葦岸鷺孤飛。」又《題寺中書齋》云：「蕭寺一燈長夏雨，殘書半架短籬風。」又《出邑城口占》云：「千峰雲擁北，一塔日沉西。」又《别兄》云：「臨歧翻語塞，不泪更魂消。」又《田家》詩云：「雞豚司户牖，風雨長兒孫。」置之唐人，亦無愧色。

何報之夢瑶，粤東名宿。余至肇始得訂交。讀其《竹枝詞》，清新雅雋，不減前人。他詩五言如「水窮青靄合，天盡白雲生」、「江空天墮水，雲散月隨舟」、「野緑延無際，山青拖不來」，又七律「尋僧落日鐵牛寺，送客秋風木馬船」、「楮葉掃空書架側，菊花開到酒人邊」，皆佳句也。

余年四十七歲始奮志爲詩，先達夫之三年。構思尤苦，數日一藝，殆不減孟襄陽、賈閬仙，而工復不逮也。然數年已來，所作頗多，亦間有所得，附録於後，以質高明。如《秋日》云：「飈風動地來，遥山雲氣薄。」《夏日渡淮》云：「乾坤鼓大爐，勢欲煮淮泗。」《濟橋晚照》云：「餘光收不盡，化作江烟散。」《硤石》云：「萬古劃不平，磊落争向背。」《月夜聞雁》云：「天宇何空闊，人間正寂寥。」《咏蟬》云：「吟老梧桐葉，氣先天地秋。」《秋行即景》云：「飈風鞭野馬，飛鳥亂浮雲。」《秋日途中遣興》云：

「楓林凋玉露，棗色上珊瑚。」《過舊山》云：「望雲慙俗客，聽鳥識前聲。」《晚景》云：「遥山吞落日，流水盪殘霞。」《過某氏園林》云：「榮枯人事易，風雨草亭荒。」《暮春遣興》云：「無愁燕子雙棲閣，解語山禽獨鬧林。」又《和人閏重九》云：「舊摘黄花霜下老，新驚玄髮鬢邊衰。」又《杜鵑行》云：「深山夜月一聲啼，天地有春留不得。」題《馬力本玉井蓮圖》云：「天生神物花十丈，汙泥不到太華巔。」未審置諸前人，以爲何如也。

詩被管絃，毋論五七言古及歌行、近體，皆以音韻爲主。音韻一失，不可言詩。歷觀古人，傳世行遠，莫不皆然。

詩之轉韵，古樂府已開之，或兩句一轉，或數句一轉，或臨結一轉，不限一格，覺節短而氣峻。唐初多用四句一轉，然雕琢工緻，尚有六朝丰韵，故自不厭。至元、白長篇，專用此法，敷衍千言。覽未終，欠伸欲卧矣。

五古以漢、魏爲宗，七言歌行必以李、杜、韓、蘇爲宗。善學者於此擇一焉。李、杜五言長篇，間有用兩韵者，前數十句爲一韵，後數十句爲一韵。此非古法，斷不可從。

王右丞《喜祖三至留宿》詩云：「門前洛陽客，下馬拂征衣。」忽插二語云：「不枉故人駕，平生多掩扉。」下方接云：「行人返深巷，積雪帶餘暉。早歲同袍者，高車何處歸。」此爲横插之法。《戲題示蕭氏外甥》詩「憐爾解臨池，渠爺未學詩」，忽接云：「老夫何足似，弊宅倘因之。」下接云：「蘆筍穿荷葉，菱花罥雁兒。」忽接云：「郄公不易勝，莫著外家欺。」此爲離合之法，變化神奇，他家未之有也。

太白《送楊山人歸嵩山》詩：「我有萬古宅，嵩陽玉女峰。長留一片月，掛在東溪松。爾去掇仙草，昌蒲花紫茸。歲晚或相訪，青天騎白龍。」一氣相生，妙入自然。前此惟陶靖節「結廬在人境」一章而已。

作詩以真爲上，而雕飾不與焉。余嘗有句云：「處世欲從圓尚易，吟詩直到真方難。」易之以爲妙論解頤。

詩有三不作：押韻可不作，過險韻可不作，尋常應酬可不作。三者害詩之道也。

詩之造句，以自然爲上，雄渾次之，秀逸又次之，琢雕粉飾，其下焉者也。

喜濃者詫淡，喜淡者詫濃，此以自作則可，若論古人詩則不然。余嘗云：「別千家乃能定一家。」此語殊不妄也。

詩有題目，必須作此題目乃得，至寓意隨人。東坡云：「作詩必此詩，定非知詩人。」此語微妙，而世人不悟。至有掩却題目，不知所作何詩者，可笑也。

詩有感慨，然必須有爲而發；無疾而呻，非吉也。

詩須肺腑中自然流出，不可依傍前人。古云：學步邯鄲，未得國能，先失其故步矣。

詩須以我馭題，不可令題馭我。

凡遊大山大水，必先其胸中有高出此山此水氣象，然後下筆自豪。若無此一段胸襟，終不能出色。

余最惡擬古。古人之詩已登峰造極，後之擬者能及之哉？不能及，不作可也。昔之善擬古者，僅一江文通。太白才高，無所不可。若工部、昌黎諸公，則固不肯爲也。

凡作詩一字不安，自有一定恰好字供其驅使，苦思自得之。

作詩從盛唐入手，氣骨自高；從晚唐入手，氣骨自卑。學盛唐，出入中晚可也；學晚唐，欲移而之乎盛唐，則水火不相入矣。

作詩入手要雄，入手一卑，則通身不振矣。此古人所以力争上流也。

晚唐七律，往往至五六而不振，結尤衰颯。看老杜、右丞，是甚力量。

明人詩話補

此從沈尚書《别裁》選本採出。

丹棱彭端淑樂齋氏著

劉青田詩一掃元人靡習，氣格超然，爲一代領袖。如《長門怨》云：「白露下玉除，風清月如練。坐看池上螢，飛入昭陽殿。」妙得古人不盡之韵。《太公釣渭圖》云：「浮雲看富貴，流水淡須眉。」《感興》云：「古戍有狐鳴夜月，高岡無鳳集朝陽。」皆佳句也。

詹同文《出獵圖》云：「蒼鷹欻起若飛電，四尺神獒作人立。」又：「酪漿跪進瑪瑙盤，黄面奚奴眼睛緑。」語自奇警。高季迪《明皇秉燭夜遊圖》云：「滿庭紫焰作春霧，不知有月空中行。」與李長吉「酒酣喝月使倒行」同妙。《贈金華隱者》云：「松花酒熟何處遊，瑶草自緑春巖幽。」沈尚書以爲太白佳境。《送葉判官赴高唐時使安南》云：「一官暫遣陪成璠，片語曾煩下趙佗。」用事典切，不愧作手。

楊孟載《岳陽樓》云：「春色醉巴陵，闌干落洞庭。水吞三楚白，山接九疑青。空闊魚龍氣，嬋娟帝子靈。何人夜吹笛，風急雨冥冥。」生才不盡，杜、孟兩作後，又復得此。至《春草》詩云：「六朝舊恨斜陽裏，南浦新愁細雨中。」佳句也。

袁景文《白燕》詩聲調微平，然不失爲佳作。評者多力詆之，何也？余愛其絶句，如《京師得家書》云：「江水三千里，家書十五行。行行無别語，只道早還鄉。」《淮東逢張十二信》云：「少年追逐共西東，吴邁文章馬亮弓。一自干戈零落後，白頭淮海獨相逢。」《題李陵泣别圖》云：「上林木落雁南飛，萬里蕭條使節歸。猶有交情兩行泪，西風吹上漢臣衣。」雖唐人不能過也。

劉子高《玉華山》句云：「樓臺上雲氣，草木動天風。」佳句也。

王子宣《宫詞》：「南風吹斷采菱歌，夜雨新添太液波。水殿雲房三十六，不知何處月明多。」高廷禮比之王龍標，不誣也。

林子羽《金鷄巖僧室》句云：「夜來滄海寒，夢繞波上月。」佳句也。《出塞曲》云：「苦霧沉旗影，飛霜濕鼓聲。」深得少陵鍊字法。

貝廷琚《隱居夏日》句云：「野花作雪都辭樹，溪水如雲欲到門。」意致可喜。

五言古體自漢、魏、六朝後，能者絶少。如明人烏繼善《澤畔》云：「上征天無風，遠遊橐無金。種蘭蘭不芳，行吟向江潯。漁父曠達者，庶幾知我心。鶴鳴子不和，徒然有哀音。踟蹰當奈何，湘水清且深。」許士修《夜坐》云：「雨歇宵影澄，天清月華素。空山秋欲來，涼意先在户。蕭蕭林樾風，泫泫幽篁路。草蟲亦何知，含淒感遲暮。深思無與言，美人隔雲路。」烏似漢魏，許似六朝。

東陽、北地，皆一代起衰手，而北地尤健。惜攀杜太過，爲後人所詆，然終無損北地也。東陽七言亦多奇語，如《風雨歎》云：「峥嶸巨浪高比山，水底長鯨作人立。」又：「陰陽九道錯黑白，烏兔不敢東西奔。」直逼昌黎矣。

文宗嚴《九日》詩云：「三載重陽菊，開時不在家。何期今日酒，忽對故園花。野曠雲連樹，天寒雁聚沙。登臨無限意，何處望京華？」此亦興到之作，不得以字句求也。

李崆峒《内教場歌》：「雕弓豹鞬騎白馬，大明門前馬不下。徑入内伐鼓，大同耶？宣府耶？將軍者許耶？武臣不習威，奈彼四夷。西内樹旗，皇介夜馳。嗚砲烈火，嗟嗟辛苦。」奇奥絶人。余又愛《泰山》詩云：「俯首無齊魯，東瞻海似杯。斗然一峰上，不信萬山開。日抱扶桑躍，天横碣石來。君看秦始後，仍有漢皇臺。」大題目，非大手筆不稱。

邊華泉與何、李齊名，余獨愛其五言佳句，如「斷雲低白雁，斜日近青山」、「山城稀見樹，關樹不開雲」、「林柯無静葉，江雁有歸聲」、「鶯啼非故國，草色亂春心」，不減唐人。

何大復七古仿初唐體，其骨力矯健不及崆峒，而諸體甚佳。陳臥子評《種麻篇》爲陳思君子之遺。其詩云：「種麻冀滿丘，種葵冀滿園。孤生易憔悴，獨立多憂患。當行思故旅，當食思故歡。先機失所豫，臨事徒嗟嘆。升蕭艾乃至，鋤桂致傷蘭。物理有相附，疇能識其端。斷金俟同志，抱玉難自宣。交結良匪易，君當圖未然。」至《得獻吉江西書》云：「近得潯陽江上書，遥思李白更愁予。天邊魑魅窺人過，日暮黿鼉傍客居。鼓枻襄江應未得，買田陽羨定何如。他年淮水能相訪，松柏山中共結廬。」神來氣來，不可凑泊。《鰣魚》詩云：「賜鮮遍及中璫第，薦熟應開寢廟筵。白日風塵馳驛騎，炎天冰雪護江船。」無限感慨，却又風雅可咏。

徐昌穀古體不及李、何，而五言律丰骨獨超。《長陵西望泰陵》起云：「昔送宫車出，長悲西雍門。今來寒食節，獨望霸陵園。」《送友人還吴》起云：「陽月隨陽雁，遥從塞上來。北人江北望，不見隴頭梅。」遥對無痕，天然入妙。至《贈别獻吉》云：「爾放金鷄在帝鄉，何如李白在潯陽。日暮經過燕趙客，解裘同醉酒壚旁。徘徊桂樹涼飈發，仰視明河秋夜長。此去梁園逢雨雪，知予遥度赤城梁。」一氣奔放，七律上乘也。

薛君采《昭王臺》句云：「儒生終報主，亂世始憐才。」自是名論。

沈尚書歸愚賞浦長源句云：「細雨疏鐘聞落葉，斷雲高樹見明河。」「雨中黄葉孤舟路，湖上青山遠寺鐘。」「杏花寒食春江店，榕葉熏風瘴海船。」均是詩中有畫。

楊升庵詩典重高華，在當時獨爲一體。其《送余學官歸羅江》云：「豆子山，打瓦鼓。陽坪關，撒白雨。白雨下，娶龍女。織得絹，一丈五。一半屬羅江，一半屬玄武。我誦綿州歌，思鄉心獨苦。送君歸，羅江浦。」似漢歌謡。其《懷歸》云：「汀洲春雨搴芳杜，茅屋秋風帶女蘿。」《武侯廟》云：「舊業未能歸後主，大星先已落前軍。」丰骨超曠。

王元美《亂後初入吴舍弟小酌》云：「與爾同兹難，重逢恐未真。一身初屬我，萬事欲輸人。天意寧群盜，時艱更老親。不堪追往昔，醉語亦傷神。」置之杜陵，亦無愧色。

謝茂秦《榆河曉發》句云：「雲出三邊外，風生萬馬間。」《元夕同人分韵得家字》云：「夜火分千樹，春星落萬家。」《野興》云：「孤峰依漢迥，老樹得秋多。」氣格自健。

陳鳴野五言，如「近海潮通郡，連山瘴入樓」、「孤月常隨棹，寒潮自到門」，佳句也。

張肖甫《宿黄牛峽》云：「楚雲高不落，巴水去無聲。」曠代佳句。王、李擅名，未見有此。

峨眉山最高，能望五百里，與青天一色。王敬美《送人册封蜀藩》云：「巫峽雲中流濯錦，峨眉天半落空青。」非至蜀，不知其妙。袁孟逸「道上霜寒逢白雁，馬前木落見黄河」，陳野山「客愁初到鬢，鄉夢不離家」，區正伯「書緣多難絶，月在異鄉看」，王百穀「雲已辭吴白，山初到越青」，沈子喬「殘月忽墮水，明河猶在空」，徐寶摩「黛浮五老臂，青入九江船」，皆公好之句。

陳卧子七律佳句，余已於吴梅村詩談中録之。至《雜感》詩云：「兵戈傳劍外，消息每差池。已失夔門險，誰言蜀棧危。雪山寒鼓角，玉壘暗旌旗。天子頻西顧，元臣實總師。」沈尚書云：「此楊嗣昌總師時也。夔門失而蜀不可守矣。喪師辱國，誰之咎哉？」

沈得輿《書事》詩云：「天地兵戈滿，江湖逋竄頻。布衣難許國，泪眼不逢春。玉闕悲龍馭，雄關喪虎臣。唐家靈武業，望斷素衣人。」《詠史》云：「卧薪嘗膽日，縱飲擘牋時。但識憑江險，而忘厝火危。一堂争洛蜀，四鎮角熊羆。此日王夷甫，清言或未宜。」感時撫事，可繼杜陵，近日作者，殆難爲匹。至他詩「山横玄鳥外，人立晚霞邊」、「冷岸孤舟摇月白，荒村一犬吠燈紅」，佳句也。

徐東癡《九日得顧寧人書》詩云：「故國千年恨，他鄉九日心。山陵餘涕泪，風雨罷登臨。異縣傳書遠，經時怨别深。陶潛籬下意，誰復續高吟？」瀟灑出塵，五律之絶佳者。

朝鮮人僁遜《山雨》絶云：「一夜山中雨，林端風怒號。不知溪水長，祇覺釣船高。」善克誠《湖堂早起》絶云：「江月曉欲沉，宿雲寒未去。但聞柔櫓聲，不見舟行處。」皆妙入自然。

國朝詩話補

丹棱彭端淑樂齋氏著

沛縣閻古古爾梅《雲中懷古》詩云：「晉王遼主會雲中，地在沙南石井東。自昔戰場成遇禮，至今兵氣滿寒空。地高天近星辰大，春少秋多草木窮。白豹黃狼隨意射，桑乾濁浪激西風。」雄渾悲壯，直逼杜陵。

近日詩人往往有句可追配前人者，五言如林茂之古度《秦淮新漲》云：「春雪消溪岸，江潮水上門。」《嘉善寺》云：「松聲流夜雨，草色積春烟。」《遊石門》云：「鄉心雲外盡，春色雨中過。」吴梅村《縹緲峰》云：「輕心出天地，羽翮生髣髴。」又：「看君衣上雲，飛過松間月。」邢孟貞昉句云：「潮生兩岸碧，天入衆峰青。」又：「清泉漱石出，白日照溪閒。」王言遠庭《送褚君》云：「衆鳥自棲息，月明溪水閒。」《曉雨》云：「空庭生秋陰，莓苔長寒色。」鄺湛若露《昭明廟》云：「雪日明春甸，藤花落古宮。」《送人遊華山》云：「金天開太華，玉井見芙蓉。」《洞庭》云：「挂帆明月樹，沽酒白雲船。」《别人》云：「如何雲夢月，不共漢江流。」釋寂吾《送生公》云：「越鐘聞隔浦，吴雨暗前山。」李平子沛句云：「山川滋舊恨，風雨結新愁。」王湘客若之《見月》云：「玉宇流孤月，清光照雁聲。」又：「風烟無市色，時令屬山秋。」又：「如何横白雨，忽已失青山。」趙韞退進美《春詞》云：「芙蓉春幌薄，蓮葉晚舟寒。」韓聖秋《潭居》云：「江湖雙雪鬢，日月一柴荆。」李聖一敬《清明瓜步阻雨》云：「瓜步新添水，清明遠送行。」《過武昌》云：「客愁增湍駛，楚色滿蒹葭。」《春曉》云：「酒醒亭午後，人憶秣陵秋。」趙懿侯瑾《暮春即事》云：「事去浮雲外，愁生暮雨中。」曾傳燈畹《出塞過青銅峽》云：「高原無樹影，大壑走春聲。」又《壽丘》云：「烟波隨雨闊，花月及春還。」又《麻平寺逢友人楚至》云：「蜀道無長轂，征衣有棧雲。」又《漢中寄懷唐采臣》云：「猶憐江左泪，化作隴西雲。」杜于皇《元夕江樓看月》云：「難逢今夕月，復此大江流。」又《聽軫石琴》云：「江雲飛不盡，流水上空堂。」又：「哀猿吟雪嶺，匹馬吊沙場。」《冬夜訪人》云：「北風今夜急，吹月已成霜。」龔半千賢《胡介再過邗上》云：「此地又春草，吾生俱暮年。」費此度密《平居》起句云：「故國不可到，春風早閉門。」顔遜甫光敏《過癯道人故莊》云：「倦馬投門巷，春風長藥苗。」陸冲默叢桂《寒食》云：「羅綺驕寒食，鶯花怨夕陽。」朱國正克生《雨後渡江》云：「杯傾揚子月，帆掛建康風。」吴賓賢嘉紀《元日》云：「東風今日至，老態一番新。」汪舟次楫《觀雲海》云：「人初入混沌，天不改青蒼。」《江上阻風》云：「荒田飛敗葦，崩岸走飢黿。」又《贈澹公》云：「批鱗真給諫，托鉢是頭陀。」吴後莊周《揚州月夜聞杜鵑》結句云：「滿城歌吹歇，夜半杜鵑來。」吴長庚光《洞濮站》云：「樹叠雨常泣，山重雲不流。」《棲霞寺》云：「遥聞白雲外，暝落青山鐘。」施愚山《遊嵩山》詩云：「翠屏横少室，明月正中峰。」《送梅子翔》云：「朔風一夜至，庭樹葉皆飛。」又：「岱寒雲不散，江雁去還稀。」董玉虬文驥《過井陘淮陰廟》云：「春雨王孫草，靈風古木旗。」程周量可則《青山》絶句云：「朝發青山頭，暮歇青山曲。青山不見人，猿聲聽相續。」曹澹餘申吉《北風》云：「氣挾江聲壯，寒增岳麓高。」又《武昌雜詩》云：「禹功江漢大，楚俗鬼神尊。」陳賡明玉堪《黄河》云：「大星垂谷口，斜日盪天門。」汪扶晨徵遠《上蓮花庵》云：「意想不到處，峰巒忽盡開。」又《凌雲道中》云：「流雲不相待，先上天都峰。」《早發蓮溝》云：「涼風穿壑來，吹落山頭月。」葉子吉方藹《月》云：「一淡能娱我，三更轉近人。」又《二十四峰閣》云：「開窗雲入座，卷幔月窺人。」又《辰山》云：「偶隨落花入，忽見群峰迎。」李屺瞻念慈《登浮山》云：「偶然臨福地，不信在人間。」又《雲》云：「東風吹汝急，幾日到咸陽。」《廣州除夜》云：「海色連銅柱，江春發木棉。」陳説嵒廷敬《雪夜懷默巖》云：「路寒歸騎晚，江遠泊船迷。」翁朗夫照《簑衣》云：「烟波雙鬢老，風雨一身秋。」胡稚威天游《哭友人》云：「新鬼收才子，青天哭故人。」釋涵可《晚步》云：「客心在秋水，微月出空山。」李坦園霨《秋日城西》云：「白露催林葉，晨光上客衣。」黄涵齋元治《登天門》云：「轉脚過危磴，回頭失好峰。　巖懸梯以石，澗斷渡於松。」成我存性《舟晚》云：「多愁只自曉，有月令人孤。」鄭鞠思熼新《閒居》云：「曠觀雲入定，幽夢草初生。」釋大汕《潼谷道中》云：「乳羊遮古墓，老馬立殘疆。」置之古人名句，不能過也。

七言如程孟陽嘉燧《桐廬道中》云：「回峰凍雨皆成雪，出霧危巒半是雲。」《六合道中》云：「三月鶯花離海曲，孤舟風日望江南。」吴駿公《浙中死事六君子》云：「赤虹劍血埋燕市，白馬銀濤走越州。」《伍大夫祠》云：「玄猿尚哭荒臺月，白馬新奔大壑潮。」龔孝升《寄方伯彭禹峰》云：「軍中轉粟青天上，使者論功大夏西。」鄺湛若《夢羅浮》云：「愁餘白髮三千丈，歸卧朱陵四百峰。」吕半隱潛《江望》絶句結云：「只有鄉心不東去，早隨烟月上瞿塘。」張虞山養重《春日將渡江留别》云：「南樓楚雨三更遠，春水吴江一夜增。」宗梅岑元鼎《題畫》云：「青山野寺紅楓樹，黄草人家白酒篘。」趙韞退《賦得楓葉微黄近有霜》云：「千里題書臨白雁，重陽疏雨映黄花。」周櫟園亮工《寒食後一日道中》云：「㪷車羸馬吹新火，古道荒林拜杜鵑。」高念東珩《遊山陰道上》云：「筇杖古松流水外，蒲團修竹緒風間。」胡君信承諾《至湘潭謝魯玉招飲》云：「楚人門巷瀟湘色，遠客歸來梅雨溪。」方爾止絶句結云：「烏衣巷口多芳草，明日重過是早春。」宋荔裳《驛夜》云：「樓邊哀雁飛何早，海上鱸魚歸又遲。」《登華嶽》云：「天開閶闔纔尋尺，地界雝梁入渺茫。五粒松摇群帝珮，三漿露浥百神觴。」《烏聲》云：「金井轆轤梧乍脱，白門樓閣柳初殘。」彭羨門《秋日登滕王閣》云：「依然極浦生秋水，終古寒潮送夕陽。」董文友以寧《秦宫詞》絶句結云：「知道樓居能引鳳，早隨公主學吹簫。」祁蘭尚文友《出郭》絶句結云：「一夜東風吹雨過，滿江新水長魚蝦。」周漁璜渭《登滕王閣》云：「江山已屬詞人手，樓閣空留帝子名。」朝鮮使臣金尚憲《曉發平島》云：「三秋海岸初賓雁，五夜天文一客星。」陳其年《清明後留别》云：「東風送遠惟江水，南國銷魂在柳絲。」林麟焻清漳《雜興》云：「何處暮潮收海月，一村烟樹唤山胡。」釋讀徹《金陵懷古》云：「六代蕭條黄葉寺，五更風雨白門鐘。」自足上配古人，下開後學。

《竹枝詞》須善採風土，雅俗共賞爲上，近日王漁洋最佳。余鄉嘉州江畔荔枝數株，相傳已久。漁洋《竹枝》云：「側生一樹會江門，水遞年年進大藩。寂寞蜀宫三十載，夕陽零落荔枝園。」他作不復記憶。陳其年《雙溪竹枝》云：「斜日蒸橈罨畫遊，可憐春水滑如油。回船亂泊鰕龍嚫，三月風光似小秋。」彭羨門《嶺南竹枝》云：「木棉花上鷓鴣啼，木棉花下牽郎衣。欲行未行不忍别，落紅没盡郎馬蹄。」又：「妾家溪口小回塘，茅屋藤扉蠣粉墻。記取榕陰最深處，閒時來過喫檳榔。」王西樵《西湖竹枝》云：「渡頭向曉聚蘭橈，勝日春風粉黛饒。相喚茅家埠邊去，紛紛摇過第三橋。」此數詞，雖劉夢得輩，未能過也。

湯西崖《黔中紀行集》甚佳，余愛其《入桃源山》詩，絶無烟火氣，不減孟襄陽。其詩云：「世外神仙宅，雲中雞犬聲。捨舟何路入，沿棹有人行。聞道春來水，桃花幾瓣横。年年流出在，長共楚江清。」又《磁州道中》一絶云：「夾隄柳色映泉流，滏口清源滙曲溝。二十里中荷葉路，水風吹緑到磁州。」

楚人柳國祚《岳陽樓遲友人不至》詩云：「舟小如騎鶴，乘風到岳陽。仙人多會此，君又去何方？雲鎖巫山暮，烟生湘水長。芳洲有杜若，采采莫相忘。」興到之作，真杜陵所謂「飄然思不群」也。

順德羅履先天尺，粤中名宿。與吾友蔡雪南神交萬里之外，雪南每賞其《南塘》、《漁子》、《石湖》等歌不愧李青蓮。其答雪南見寄詩云：「賦罷秋聲聽暮蟲，懷人重憶禁城鐘。誰知燕北傳書雁，飛過天南第幾峰？」五律如《送岑湘衡之楚》云：「雪沉衡岳白，天接洞庭青。」《晤何十贊調歸自遼陽》云：「老尋珠海友，生自玉門歸。」《過何都統大樹園》云：「草深緣壁峭，樹大得風多。」《贈老友遊泮》云：「舊恨生芳草，前途問夕陽。」七律如《寄潘清最村居》云：「占蠶綺陌憂春暮，射鴨回塘散夕陽。」《送梁丈度嶺》云：「愛看潮頭先計日，自携香草上行舟。」《粤中》云：「西京文字開秦史，南粤江山入漢書。」《哭進士韓喬村廣文》云：「宰相不憐韓進士，廣文終負鄭先生。」此例數十句，雄深雅健，不愧作家。

杭堇浦世駿，浙西名士，其詩豪放不羈，七古尤長。余最愛其《咏芒鞋》云：「板橋霜外迹，紅葉雨中聲。」可配唐人名句。其《哭蜀友》云：「岷峨半天秀，烟霧九秋昏。」不獨篤於交情，亦足徵愛才之衷矣。

余友沈椒園廷芳，寄余番禺車蓼洲騰芳詩數卷，讀之清雅可愛。如《秋塘》云：「秋月芙蓉外，長栖水一灣。」《贈湟溪隱士》云：「秋水白無際，春山青一圍。」《望羅浮》云：「天風吹不去，入望總氤氳。」皆佳句也。

龔芝麓「流水青山送六朝」，較明人「六朝山色馬頭青」過之。王西樵稱爲「才子語」，信矣。而他作多以濃詞掩真氣，吾無取焉耳。

仁和沈麟洲先生，諱元滄，余友椒園尊人也。學富才高，尤工歌咏，長篇得意，慷慨淋漓，雖蘇髯公，或未能過。五言佳句如《晚泊》云：「遠山明晚燒，寒水澹斜陽。」《秋風》云：「將雲横雁塞，吹夢入蒓鄉。」《秋蟬》云：「驚回孤客枕，唤起一林秋。」《秋泛》云：「白蘋汀外水，黄葉寺邊山。」《挽少詹查公》云：「浮雲消白日，舊業只清風。」《病中寫懷》云：「貧驅心力瘁，老邁鬢毛蒼。」《中秋夜月》云：「關山同一照，海碧天容青。」《南康道中》云：「急水争灘去，荒山占地多。」《晚泛陽江》云：「扁舟惟載月，殘夜忽聞雞。」七言佳句如《晚過淮安》云：「不爲饑驅輕遠道，可能老去急浮名。」《移居龍山》云：「身緣久客翻成主，地有同心可卜鄰。」《釣臺》云：「但可山林傲鐘鼎，莫因朋友廢君臣。」《漳河道中》云：「楊柳陰濃一夜雨，杏花香動幾家樓。」《書懷》云：「政平轉覺人心險，官罷争憐馬骨高。」《過彭澤》云：「柳色正當彭澤縣，潮頭不到小孤山。」《懷查浦侍講》云：「故園目斷無消息，一髮青青海上山。」置諸唐人，何以復加。哲嗣繼起，有自來矣。

椒園有亡友吴南澗可馴，遺詩一卷，清曠宜人。如《聞雁》云：「聲隨孤月落，夢斷一燈寒。」又《登蕭遠樓懷人》云：「千里共明月，一時生別愁。」皆佳句也。

余亡友武進士王君孫絨好吟。一日，自山東跨驢還京師，道上遇余，笑語曰：「吾在途得句，可爲君賞之。」因高吟云：「自覺馳驅嫌馬瘦，誰憐歲月笑人忙。」亦悲壯可喜。

雁字詩極難出色，明人「鶯簧借與填新曲，鳳史煩爲紀往年」句，爲世傳誦。余見友人案上有集句云：「寫出深閨思婦泪，悲於絶塞故人書。」又：「蠹魚欲食原非偶，鸚鵡能言不及群。」又：「天入中原籌筆驛，文成都護望鄉臺。」又：「畫穿圓月輪多缺，濡黑銀河水不清。」又單句「不是群鵝籠不得」，語皆奇。

余友蔡笠齋時豫工於詩，爲諸生時，嘗從鄉前輩同遊青城山，得「删」字韵。中一聯云：「偶趁雪殘投洞府，遥從雲外指人間。」諸公皆爲嘆絶。

余友椒園沈君詩風流瀟灑，得晉人丰韵。其佳句，五律如《寄家楚望兄》云：「别纔春破月，信到雁驚秋。」《送人遊嘉州》云：「一帆巫峽雨，兩岸杜鵑春。」《月夜懷張鴻勛》云：「幽夢落秋水，寒光生白雲。」《送人》云：「落葉無寧樹，遼天寫斷雲。」《暮蟬》云：「曳風多逸韵，抱葉有高枝。」七律如《秋懷》云：「夢回獨夜愁無寐，詩入秋風瘦有餘。」《真州晚泊》云：「潦水凈於豆花後，西風寒在雁聲先。」《山行》云：「野路有亭多賣酒，亂雲藏寺忽聞鐘。」《劉李河》云：「前人力戰遺銅弩，往事訛傳紀鐵槍。」《送陳和叔徵士之湖南》云：「雲連楚水千重白，夢繞吴山幾點青。」《耕耤喜雨恭紀》云：「是處協風芳甸碧，一犂春雨杏花紅。」

椒園門人會稽王蔗林，名棟，亦工詩。五律如《秋夜》云：「燈然酒醒後，秋在雨聲中。」《送椒園師》云：「文章歸大雅，師表重名臣。」七律如《蓬萊閣》云：「千帆風駛星辰亂，萬頃潮回島嶼微。」皆佳句。

番禺僧一靈，才力豪放，余愛其五律如《魯連臺》云：「一笑無秦帝，飄然向海東。誰能排大難，不屑計奇功。古戍三秋雁，高臺萬木風。從來天下士，只在布衣中。」《自白下至檇李與諸子約遊山陰》云：「最恨秦淮柳，長條復短條。秋風吹落葉，一夜别南朝。范蠡河邊客，相將蕩畫橈。言尋大禹穴，直渡浙江潮。」超然拔俗，雖置之盛唐，未能過也。

淮南周太史翼皇，詩甚佳。集中如「殘僧歸斷壠，古佛卧寒雲」，又「灘石回奔溜，江風入斷雲」，又「雲山藻思合，風雨歲華遷」，皆工雅宜人。其他不能盡録也。

張乾夫學舉以詩數卷寄余，余愛其佳句，如「南山露高稜，當窗青可接」、「西風收殘暑，涼意入青林」、「芳草有新意，春禽多好音」，又「春風花柳南中路，香雪羅浮畫裏山」、「雪到炎方都作雨，雲横嶺上半遮梅」，風流秀逸，不減前人。

沈霈尊剛中，年少好學，其古詩命詞遣調，得古人風韵。《雁字》詩云：「勒銘可到燕然北，記勝曾磨華頂空。」用事典切。至「烟迷回雁岫，雨暗白雲樓」，亦稱雅致也。

浙中吴君鴻號雲巖，才高學富。其七古豪邁不羈。余嘗採其《崆峒巖》一章入《肇郡志》中。五古「蘭舟拖兩槳，夜静菱歌發。妾似水中花，郎如波上月。棹入畫橋西，餘音散林樾」，絶似唐人《子夜》之遺。他句「客帆雲外白，春草雨中青」、「魚龍愁廣野，鸞鶴響空山」、「箕尾星懸沈夜氣，桄榔葉老颭秋風」、「回溪岸遠樹如薺，背郭山多峰是蓮」，最爲警策。至若「全身争尺咫，拔地得千盤」、「一峰長見面，百匝似圍腰」，非窮高歷險，固不知其妙也。

露筋祠題咏多矣，余最愛玉屏洪君其哲一章云：「人言血已枯，蠅蚋噆其膚。人言筋已露，昔日芳魂傷薄暮。我言血不枯，筋不露。千秋人猶拜儀容，神鴉晚噪祠前樹。」

（吴忱、楊焄、劉奕點校）

夢餘詩話

夢餘詩話提要

《夢餘詩話》二卷，據臺灣「中央」圖書館藏《毗陵沈氏雜著》清鈔本點校。撰者沈鍾（一六七六—一七五一後），字大聲，號鹿坪，江南武進人。康熙四十七年舉人，會試不第，後補福建屏南、閩清知縣，以忤上官罷歸。有《毗陵沈氏雜著》等。按卷上一則云「辛未春余年已七十有六」，知作於乾隆十六年後之垂暮之年。全書頗記本人及家族前後輩人之詩事詩作，諸如曾得前輩毛西河信札稱許其詩，任職福建時與黄莘田詠菊唱和之類，誠能爲己留影。此外，又頗録明人掌故書如蔣一葵《堯山堂外紀》、葉盛《水東日記》等，乃至清代王士禛《池北偶談》、「梅村體」詩等，或不標出處。所録亦以江南與福建兩地人物物産爲主，如閩産荔枝、杭州西湖船製名品不一等，饒有風土情味。即記陳圓圓事及録梅村《圓圓曲》，亦以圓圓初爲毘陵王氏家婢故也。卷下後半專録女子詩事，知其亦略有體例。其中「冷玉娟」一則原脱，據中國科學院圖書館藏底稿本補。

夢餘詩話卷上

毘陵沈鍾鹿坪

高中丞名衡，字平仲。崇禎辛未進士。觀政京師，製羅衣寄内，自畫花卉其上，凡二十六種，作三十二叢花，葉隙處題詩，凡八首。張杞園待詔爲作記，王阮亭題詩於□曰：「幾幅冰綃貌折枝，淡匀麝墨與燕支。笑他拊□□□兆，玉鏡窗前祇畫眉。」高以御史按河南，有保汴□□□，陞巡撫，告歸。夫婦同殉沂水之難，甚烈。宋廣□□□□，政自無礙耳。

長安雪後，清景極佳。予嘗坐車中，憶及王百穀□□□云：「春風吹雪下桑乾，添得城中一夜寒。鳷鵲樓□□□盡，長安街上馬頭看。」爲之諷咏數四。

家杜邨公以庶常出爲名御史，歷通政，卒於官。爲人風流倜儻，才品超絶一時。善飲，浩浩落落，恒一日夜不醉。詩極清新，出筆立就。嘗記其絶句云：「小床初設近檐頭，剪取花枝作帳鈎。桐葉四垂風四入，夢騎蝴蝶到羅浮。」又如：「誰載烏程三百甕，疾摇雙櫓出南潯。」俱宕逸可喜。書法尤飄飄有淩雲氣。惜捐館時予已南歸，不及收拾遺藁，而尺幅亦無存者，迄今猶有餘恨焉。

癸巳春，同諸友聯騎出郊外，徐行十餘里，微渴思飲。遥望道旁斜出青帘，摇曳柳際，遂策馬前，見茅屋數楹，頗極幽潔，因沽酒共酌，半酣。忽有所見，爰題一絶於壁云：「碧樹紅闌賣酒家，誰教歇馬泛春霞？雙鬟不管遊人醉，自露墻頭拗杏花。」

吴江孫理亭善刑名之學，與予共事者凡數載。□□□《定例成案》一書行世。嘗作《讀書精舍圖》，唐開□□□□上曰：「故國城西憶舊枝，漁村粉本寄烏絲。□□□□□孫登室，門近青山范蠡祠。風定垂楊春盡□，□□□竹雨晴時。他年皂帽能相訪，雙板重飜碧□□。」

馬塢弟憲鉉，生而穎悟，年十二即補博士弟子員，有神童之目。督學使者張石虹先生爲之聳異。所著詩文極佳，駢體尤出六朝之上，蓋皆授之祖母太夫人祁湘君者也。湘君名德菃，大中丞少傅彪佳公第四女，爲浙中名媛之冠，著有《寄雲草》行世。憲鉉性疏懶放逸，恒目空群輩。在山左時，與予談論最浹。嘗冬夜對飲，擁爐論詩，漸覺寒氣逼人，啓户視之，則雪大如拳，已積有數尺許。乃更煖酒，倡和達曙。惜原稿皆散失，不復記憶矣。

家觎翁太史名樹本，爲壬辰第二人。甲午秋，叔父閣學公典試三楚時，予偕伯兄讓齋，名默，癸巳孝廉，方自公安來武昌；撤棘後，弟植庭，名樹槐，壬午孝廉，與觎翁亦到。一時弟兄相聚，日往來於晴川黄鶴間，題咏殆遍。學憲太史薄公，予年伯也，考校已畢，大開東閣，晏諸名流。座中爲予雁行者，凡居四焉，可謂極一時之盛。□在席者尚有馮君詠，江西名宿，尋登第，與弟同□□職新孝廉，胡君作柄，申君茂，餘不及記。

王蓉溪嘗賦《如夢令》曰：「林下一溪春水，林上數峰嵐翠。中有隱居人，茅屋數間而已。無事，無事，石上坐看雲起。」高房山尚書愛其言，嘗爲作圖。張居貞題云：「歌此芙蓉窈窕章，山陰茅宇日凄涼。不是筆端天與巧，誰割雲山與侍郎？」此圖久爲遠人所得，倪元鎮因用其意寫贈王仲冕。梧溪老人王逢時題其後曰：「予謝病將歸鄉壠□，宿寶雲禪舍，與王仲冕論心。見先友倪幼霞畫，且□□王蓉溪、張居貞二公詩詞。仲冕徵予賦詩，亦爲□□□一闋：檐（葺）〔聳〕數株松子，村遶一溪菰米。鷗外迥〔聞雞，望望〕雲山烟水。多此，多此，酒進玉盤雙鯉。」

山陰詩人孫公甫，嘗與王新城論詩，亟稱之。生□□□甚富，其最可傳者，如《和陶詩》、《梅花三十詠》，尤膾炙□□。公甫既殁，家頤齋太守欲刻其遺稿而未竟，惜哉！〔公〕甫生平每盛稱吴下詩派，故凡見予作，輒歎曰：「風格自是不同。」然當其登壇對壘時，正如驟逢勁敵，直令我人馬俱辟易也。

家梅溪檢討初占籍遼陽，獲雋，恒以不得挈家入關爲憾。每與予深夜共語，輒曰：「吾此時無他望，惟改就一教，旦暮可授，以博庭幃聚首，吾願足矣。」且曰：「吾已預擬一聯於此，請質之。」因舉「全家遯此真無悶，半俸資身亦有餘」以示予，語及此，殊欣欣自得。無何及第，授館職。又逾年，移家來京師，侍從清華。較苜蓿風味，又當遠□，而不幸遽賦玉樓。予每念及，未嘗不爲之泫然也。梅〔溪〕詩極工，書法尤類通政。嘗記其《舊城旅次》絶句□：「□□一簇舊城西，衰柳叢中露酒旗。下馬拂衣無□□，□□閒續半殘詩。」頗有别致。

自唐人司空圖所居王官谷而下，不數十里爲□□□懶園者，在恭澗之半，清泉出於階前，衆木羅於牖□，□得溪山之勝，蓋明經李君之别業也。李君好客能詩，□號懶園主人。予嘗贈以聯云：「能詩宅近王官谷，好客名高芮伯城。」人頗傳之。李嘗賦詩八章以見志，予即席爲之和。主人乃大喜，置酒會客，既具梨園一部，又出家伎數人，歌舞間作，詩酒流連，累日而罷。迄今過中條者，猶傳爲美談云。詩載集中，不更録。

蔣紫真先輩博學工文，爲人磊落多奇，恒不可一世。晚年精岐黄術，能治險怪症，名冠數郡。自號紫真山人，壽九十餘。詩尤雋偉，惜不多見。嘗記其一二於此。其《咏絡緯》云：「萬家辛苦一天霜，静夜蕭蕭絡緯娘。野竹籬邊風淅瀝，豆花棚下月凄涼。故將急響催愁切，自有虚緣引恨長。作客年來無賴甚，任教秋思入衣裳。」又《題菊》云：「未必東籬是手栽，客中聊復此徘徊。可知天地能收拾，不信秋光有去來。人世幾曾容我傲，天涯到處讓□開。歸家細檢淵明集，一字須傾酒一杯。」又《咏白頭〔翁〕》〔云〕：「短髮蕭蕭數十秋，老夫端只爲多愁。不知小鳥□□□，也向花間白了頭。」《咏荷包牡丹》云：「偌大春光貯□□，□將名號並花王。尉佗稱帝聊娱老，漢使何勞□□□。」

牟大方伯東山，爲人俊偉慷爽，重交遊，愛士□□□□。如《孔陵》「陽虎何能同骨相，祖龍空自倒衣裳」等，□□膾炙人口。每以予能詩，至輒先問近作。終日講論，雖□務倥偬，恒亹亹不倦。其精神之發皇，意氣之豪宕，吾目中所僅見也。

單庶常醒齋好睡，每日無事輒就枕。予嘗戲謂曰：「君直睡齋耳，安得醒哉？」因爲賦《睡齋》詩曰：「日滿花磚眼倦開，飯餘鼻息又如雷。一生只化莊周蝶，得趣應從枕上來。」

自天津至京小船，有用驢刺縴者，此江南所無也。馬臻《舟次楊村》詩云：「前望同舟遠不分，打頭風急御河渾。蹇驢無力牽船纜，行到楊村日已昏。」即此可驗。

北地冰堅，河中舟楫不通，往來俱用冰床。床可坐四五人，或刺或撑，其疾如駛。有好事者，每於雪後載酒而遊，不啻吴中之蕩湖船也。予紀有詩曰：「燕山□□朔風寒，凍合銀河一夜乾。雜坐冰床如箭□，□□身在水晶盤。」

燕京故事：茶綱到京，各衙門獻新，每值清明□□□□小錫瓶分餉，外貼紅簽，曰「馬上新茶」。時尚御□□□□之曰：「江南春色至矣。」當湖沈客子有《燕京春詠□□□》其一云：「春店烹泉開錦棚，日斜宫樹散啼鶯。朝來□點黄柑露，馬上新茶已入京。」

毛舜臣被命灑掃南内，迴廊粉壁多有宫人字跡留香。有媚蘭仙子題云：「寒氣逼人眠不得，鐘聲催月下斜廊。」予謂非身居長門永巷者，不能道此。又梁溪楊載遊鳳凰山，過宋大内，至披香閣故址，拾一玉牌，鎸云：「内人曉起怯春寒，輕揭珠簾看牡丹。一把柳絲收不得，和風搭在玉闌干。」風情婉麗，尤令人讀之憮然。

王世貞《西城宫詞》云：「兩角鴉青雙筯紅，靈犀一點未曾通。自緣身作延年藥，憔悴春風雨露中。」語極含蓄有味。

薩都刺《宫詞》云：「清夜宫車出上陽，紫衣小隊兩三行。石闌干外銀燈過，照見芙蓉葉上霜。」寫清景佳絶。

周憲王《元宫詞》云：「健兒千隊足如飛，隨從南郊露未晞。鼓吹聲中春日曉，御前咸着只孫衣。」「只孫〔衣〕」□□一色衣也。

陶澂，字季深，寶應人。有《故宫詞》云：「水殿風摇〔楊柳絲〕，先皇朝罷獨憂時。抽毫却寫《賢臣頌》，面敕中涓〔賜〕主兒。」注云：「宮人左氏，今爲民間浣衣婦，能言掖庭舊事。宮中稱皇太子曰主兒。」

米萬鍾，字仲詔，宛平人。官江西按察使。爲水曹郎時，築園海淀之北，極丘壑亭臺之勝，名曰勺園。自念園在郊外，不能日涉，因繪園中景爲燈，纖悉具備。都人争尚之，號曰「米家燈」。嘗於元夜集客賦詩，吕太常邦耀即席口占二首，其一云：「玉綃叠出上元村，雙炬懸來景物繁。恍惚重游丘壑裏，米家燈是米家園。」其二云：「輕舟寒夜渡無冰，波入銀綃訝月升。宛似夢中曾一照，米家園〔是米〕家燈。」一時和者數百，亦太平佳話也。

伯牙瀆在吾鄉能仁寺旁，相傳伯牙丞相彈《〔高山流〕水》處，再過，聞子期已死，以爲世無知音者，遂碎□□□於瀆中，故名。又有橋，亦曰伯牙橋。瀆中常産琴〔魚〕，□□寸，首尾俱禿，狀如琴，背有紋，成七絃，並十三徽俱備。□□風清月白之夕，則群跳躍水面，鏗然有聲。有善琴者聽之，以爲猶合調云。其地爲「金臺八景」之一。先光禄公有《八景詩》，載於集。其題《右瀆琴魚》云：「爲鑿清虚瀆，誰調《白雪》吟？歌風一彈指，魚水百年心。銀浪浮蕉尾，青桐躍碧潯。千年子期去，何處覓知音？」

詩話樓在邵武東城上，舊名環碧。宋時邑人嚴滄浪，與戴石屏嘗論詩於此，詩話膾炙千古。國初，方伯周櫟園登埤禦寇之暇，與紳士倡和其中，更名曰「詩話樓」，并祀滄浪於其上。周既去，樵人德之，因與滄浪並祀焉。周有《寒食登詩話樓感懷》詩四首，留題於上，詩曰：「高樓獨上萬山前，風展牙旗草色芊。藥裹羞隨刀共佩，鄉書不與燧相連。殊方作客逢寒食，亂裏看花見杜鵑。〔遺令〕未須頻禁火，孤城此際半無烟。」「到來風雨半周星，〔開遍〕桐花涕自零。病榻惟臨《乞米帖》，荒城早廢種魚〔經〕。〔羽書〕夜報溪雲黑，鐵騎朝馳磧草青。不見當年作賦〔客〕，〔遥聞〕新鬼泣郊坰。」「令節空傳舊綵毬，詞人踪跡此高〔樓〕。〔藥房〕難覓青棠種，蕙畝徒看丹棘抽。幕府健兒猶〔白打〕，〔上〕河士女幾千秋。盤飡寧爲綿山客，匝地烽烟不肯〔休〕。」「〔更〕向中宵舞劍鐔，巒迴嶂疊故園心。突生葶藶須人刈，難覓酴醾與客斟。一夜灘聲争海大，萬山雨勢起秋深。當年逋客歸何地？每上高樓意莫禁。」庚午夏日，予與樵川司馬同登，讀而記之。予嘗題一聯於上，云：「有客盡歸詩話裏，無時不在畫圖中。」并附識於此。

京口江岸有避風館，凡渡江者，遇風水不順，於此可少托足焉。彭城李修撰蟠登此，嘗題云：「若使風波能避得，何人不向此中來。」頗有味。予里中香林寺蒼大師，嘗築聽帆軒三楹於近岸，爲名流講論之所。一時題咏甚多，最後有雲陽袁某者題云：「若還有意終朝聽，此是勞勞送客亭。」此與李作相似，蓋即禪家之轉語也。

西湖船製不一，有以色名者，申屠仲權詩「紅船撑入〔水中〕去」、釋道原詩「水口紅船是妾家」是也；有以形名〔者〕，〔曰龍〕頭船，白樂天詩「小航船亦畫龍頭」是也，曰鹿頭〔船，楊廉〕夫詩「鹿頭湖船唱赧郎」是也；形色雜者，有百花〔十様錦〕，錢復亨詩「又上西湖十錦船」是也；以姓名者，有黄〔船〕、〔董〕船、劉船，見吴自牧《夢粱録》。蓋大者謂之頭船，最大〔者賈〕秋壑所造車船也。車船棚上無人撑駕，但用車輪脚踏而行，其速如飛。小者謂之瓜皮船，廉夫詩「小小渡船如缺瓜」、歐陽彦珍詩「瓜皮船子送琵琶」、張大本詩「瓜皮小船歌《竹枝》」、周正道詩「瓜皮船小水中央」是也。又有總宜船，取東坡

「淡粧濃抹總相宜」之句名焉，李宗表詩「總宜船中載酒波」、凌彦翀詩「幾度湧金門外望，居民猶説總宜船」是也。四水潛夫述《武林舊事》：「值探春競渡日，畫船櫛比如魚鱗，無行舟之路。」楊謹思詩：「大船撾鼓銀酒缸，小船吹笛紅繡窗。」可想見當時之盛。

福州西湖環繞，會城西北隅廣袤數十里。僞閩王氏時，嘗築水晶宫於湖上，與僞后陳金鳳歌舞燕游，窮日夜之樂。斯時之繁麗，幾不減武林之西湖矣。後漸爲居民侵削。我河陽潘公來撫閩，大興水利，慨然念斯湖之湮廢，力爲清復。特檄福州徐别駕嵩司其事，不數月而告竣，於是水光山色得盡還舊觀。而侯官姚君復作畫舫二，以濟其勝。一時名流畢集，觴詠無間，歌詩膾炙□□，今皆載姚君《西湖志》中。予以他故，不獲從。間嘗於□□獨行湖上，偶得句云：「天開樓堞放新晴，出郭聊□□□行。小病尚餘雙足健，久閒真覺此身輕。烟銷□□□□占，雨霽山青眼倍明。安得飄然來物外，長分一□□□生。」

太湖戈船，一名罛船，俗呼爲娘船。大艑巍峩，占湖西石磯，非大風不開。峭帆六七，破浪而行，曳巨綱於船尾，獲魚多至千頭。東望用里而止，不能登岸，吴興邱大祐《竹枝》所云「郎如湖裏泛罛船，逐浪隨風不到邊」是已。船人生子，仍課以書，具束脩延師，必三四鎰。女子塗粧綰髻，臂金跳脱曳篷。船中雞栖豚栅，靡所不有。昔皮、陸聯吟，天隨自詡矢魚之具，窮極其趣。竊疑尚未睹此，其中漁具□□，定不止如襲美所言而已。崇德孫爽，字子度，《咏太□□船》詩云：「嘗讀眉山詩，雅羡魚蠻子。誰知五湖中，□□□過此。寬如數畝宫，曲房不見水。雙舫截湖來，横網□□里。高眠狎波濤，天風聽所止。長魚幾人縛，尺許無□□。□賣逐自然，通侯富可擬。亦有童子師，書聲到水市。□□既鮮華，絃誦恒清美。雖有桑大夫，差科未擾是。人□□戈船，頭白何須耻。」又朱竹垞《太湖罛船》詩：「具區萬頃滙三州，點點青螺水上浮。到得石尤風四起，罛船打鼓發中流。」又：「櫂郎野飯飽青菰，自唱吴歈入太船。但得罛船爲贅壻，千金不羡陸家姑。」

東洞庭以山後爲尤勝，有碧山里朱君，築畫樓於上，教其家姬歌舞。君每歸自湖中，不半里，令從者據船屋作鐵笛數弄。家人聞之，皆出樓。西有赤欄，累丈餘。諸姬十二人，艷粧凝睇，指點歸舟於烟波杳靄間。既至，即洞簫鈿鼓，諧笑並作，見者初不類人世也。又性愛花，每花開時，雖病，猶灑酒再拜。諸伎中有紫雲者，爲感其意，朱既歿，守志不嫁。吴梅村嘗題詩於壁，云：「盡説凝眸望，□□徙倚身。如何踏歌處，不見看花人？舊曲抛紅豆，新□□白蘋。傷心關盼盼，又是一年春。」

陳芹字子野，江寧人，善畫竹。文徵明戒其門人□□□陵慎勿畫竹，彼中有人也。領鄉薦爲奉新令，居□□□，即謝病歸。起邀笛閣於秦淮，招一時名流，結青溪社，每月觴詠不輟。金陵文酒之盛，至今猶艷稱之。嘗作《秦淮夜月》詩云：「秦淮烟暝水長流，明月空懸萬古愁。春去秋來風景别，嗚筝夜夜酒家樓。」

陳其年《小秦淮曲》云：「廣陵城外小樓多，秋水盈盈剪越羅。記得昨宵樓上女，更無人處注横波。」「衰柳寒蟬水一城，渚禽沙鳥太縱横。今年轉覺流光駛，七月深秋景早成。」「大婦貪居茭葉莊，小姑愛住捕魚塘。沿流畫舸自來去，欸乃一聲江月黄。」「絶代銷魂王阮亭，六年客舍爲君停。昨來甓社湖頭宿，雨打離帆一夜聽。」

君山云係湘君葬處，在洞庭湖中，離巴陵數十里。上有十二峰，產方竹、方石。於湖口遥望之，但裒然一土阜而已，不見奇異。予嘗有《望君山》詩云：「扁舟早發出巴陵，遥望湖頭一片雲。一十二峰都不辨，令人何處吊湘君？」又吾郡江陰亦有君山，係楚春申君葬處，特立江上，臨江一面頗峭拔。上有浮遠堂、梅花書院。濁浪排空，直接大海，風帆上下，瞬息千里。近又新構水閣十餘間，□以遠眺。當盛暑時，憑闌啜茗，可令人股栗，真□「□閣江深五月寒」也。

王穉登云：「至無錫，晚泊迎潮館下。此地即故蓮□□□，今爲田者十九，然猶巨浸蒼茫，水及惠山之趾□□□三月最明，與前中秋十三夜相若。錫人士好遊大□□門，短橈輕舸，夷猶緑波，載嬋娟而出者，簫管之聲盈耳。僕顧而嘆：微茂苑者，此地幾甲天下矣！」予亦最愛惠山，每自毘陵放舟吴門，過之，必留連累日，不忍舍去。今年來讀書錫署，署後層臺曰阜民，遠接山光，如在几席，飲食坐卧，皆與九龍相對，真一快也。

《無錫縣志》載舊有綺塍街，元、明之間最爲繁盛。夾路喬木古藤，飛樓連閣，浦長源詩所謂「出郭樓臺三四里，遊人不得見山客」也。又諺云：「惠山街，五里長。踏花歸，鞋底香。」可想見一時之盛。

仙霞嶺高出雲表，當浙、閩之衝，最爲險要，真所謂「一夫當關，萬夫莫奪」者也。未夏，予同唐使君過此，留覽者久之。平江顧之安嘗題一聯云：「進來福地非爲福，出得仙霞即是仙。」此雖有激而然，然亦可謂確論。予因與唐使君約，期早出此關。不謂今春予又捧檄過此，回憶□□君之言，政不知何時更得仙去也。

虎丘山塘，遊人不絶，名作如林。予最愛「沽酒□□□亦醉，賣花人過路猶香」之句，以爲非此地不足□□□詩，亦非此詩不能盡此地也。

予在屏三載，民頗安之。嘗題三堂有一聯云：「我愛民□寬用法，人知吏拙忍相欺？」浮梁姚逸庵先輩見而嘆曰：「洵良吏也。」因誡其仲君斐園，當奉以爲法。後果以治績稱，屢調劇邑□。斐園嘗與予先後治屏，頗多遺愛。及調任閩清，又與予商訂《梅溪志》，繼復纂輯《南靖志》，其留心地方，可謂不遺餘力。予嘗寄以詩曰：「清時作宰讓明公，騎竹歡迎到處同。爲治正當青嶂外，放衙多在白雲中。桑田夙駕行春雨，花署鳴琴坐晩風。料只一編新志稿，更無長物貯筠籠。」

屠廷楫字東蒙，嘉興人。嘗作《米蠹》詩云：「之蟲在囷内，我亦可憐蟲。各食天地物，等使飢腹充。我家八九口，强半雜兒童。日須五六升，我計亦已豐。恣汝所食噉，黽勉必汝供。但恐秋風來，缾罄罍亦空。我飢固常甘，汝徙將安從？」

沈野字從先，吴縣人。福州曹能始賞其詩，延致□□，館於石倉園。題所居之室曰「吴客軒」，誠重之也。□□《寒食》絶句云：「驚心芳草上河橋，雨後推窗見□□。□下從來烟火少，不知寒食是今朝。」最爲詩人□□。有《卧雪》、《閉户》、《燃枝》、《榕城》諸集行世。

秦少游與錢穆父皆居東華門之堆垛場，少游□□嘗遺穆父詩云：「三年京國鬢如絲，又見新花發故〔枝〕。日典春衣非爲酒，家貧食粥已多時。」穆父得詩，即遣家僮以米致之。憶予初罷官後，流寓三山，時有在陳之厄，亦嘗詠詩云：「更無换米殘書本，只有抛荒老硯田。」彼時令佚官者漠不爲動。及浮梁姚君來涖此邦，乃使廪人繼粟。予嘗謂古今人不相及，由此觀之，如姚君者，不更賢於穆父哉？

劉伯淵字静之，號念庭，慈谿人。隆慶辛未進士，仕江西副使。致仕歸，年百餘歲。其《八十初度自嘲》詩云：「謂我歸田早，假令不早有何好？幾人欲歸不得歸，黄犬東門添懊惱。謂合彈冠出，陶令折腰八十日。投閒已道宜休三，揣分真成不堪七。」及百歲，思陵遣御史梁雲構存問，念庭猶健步迎於門外。謝恩畢，騰觚飛爵，了無倦容，蓋崇禎十一年事也。吴興有顯者家居，以厚幣□□介壽，念庭笑曰：「七十上壽，毋乃太早乎？」浙東西相□□爲佳話云。嘗賦《園居》詩曰：「松際茅檐隔小橋，□□穿圃亦通潮。得閒獨坐翻書卷，有客相過慰寂□。□竹歲深裁作杖，大壺霜落剖爲瓢。年豐飽喫□□□，莫問仙山路近遥。」

趙徵士名金，字淮獻，烏程人，布衣。正德中，詔徵不起，□《浮休集》。徵士居南潯，著書闤闠。入其門者，有如深壑。恒坐小艇，出入五湖，陶然自酌。年六十，營壙室，斂平生齒爪髮之已脱者，洗滌而囊盛之，以爲殉葬之具。賦《全歸》詩三章，其一云：「憶昔髫年時，嘗記齒初齔。歷歷真牙生，蔬食賴以進。邇來筋骨衰，齒牙摇且振。朝夕學種之，種之惟自慎。餘齡已七十，疏豁落殆盡。萬物有消長，死生當委順。」其二云：「十指之爪，乃筋之餘。搔彼白首，藉爾爬梳。一彈指頃，歲月其駛。時或蜕之，式用藏只。嗟嗟此爪，我心不違。他日觀化，亦從而歸。」其三云：「朝梳暮梳，白髮滿首。一朝禿盡，真成老醜。藏諸囊中，括之無咎。天地一毫，惟我所有。人言白髮，公道不負。我將全歸，其顔何厚？」又自爲祭文、輓詩。自是不復出，年八十九而卒。其《郊居》詩云：「自愛閒居卜近郊，獨將心跡寄衡茅。桃花水泛魚吹浪，芹草泥香燕補巢。雜植桑麻供國税，細分杞菊入山肴。平生方外誰爲友？冷澹雲霞信可交。」

陸光宙字與嘗，平湖人。隱居郊園，與宗旭初等□□□結文酒之社。晚夢一道士，持陶靖節小像索題，□□□即己也，題云：「在晉爲淵明，躬耕辭五斗。昔以節□□，□惟義自守。千載復歸來，春風吹五柳。曾識白蓮□，□公是吾友。」蓋十八人中有白蓮道人如本也。

訪庭唐樞，武林名宿也。來三山，與予相聚甚久，襟懷高曠，有超然物外之意。嘗記其《對鏡感懷》詩云：「兒女何鍾情，卅載牽懷抱。昧昧向前行，忽忽忘歸道。今朝對鏡看，瞿然驚我老。兩鬢已成斑，髯鬚間白皂。從兹悟有生，收心應及早。嘯傲趁花時，醉任玉山倒。用行舍則藏，何事閒煩惱？君不見東鄰豎子倏成翁，西舍高官今不保。秋來夏去冬復春，回首百年嘆草草。」予有《初春送歸武林》詩云：「纔入新年感物華，羨君特地問歸槎。光風漸轉堤邊柳，晴日將舒湖上花。挑菜有人沙路軟，踏青隨處酒旗斜。此行正喜逢佳節，剛及清明可到家。」

辛未春，予年已七十有六，而四弟年六十有九，五弟年六十有七，七弟年六十有二，合計共有二百七十四歲，俱在古稀上下。若得聚首一堂，豈非人倫樂事？乃以貧故，餬口四方，長年離别。未稔過此以往，尚餘歲月幾何，曷勝浩歎！因述數言，并示諸弟，不知亦念及否也。詩曰：「春風布庭除，漸轉荆樹枝。萬卉競敷榮，造物原無私。念予弟與昆，賦畀獨厚之。予年近八十，屈指每自□。□次齒相若，俱將七十時。季也雖云少，六十亦有奇。□□各强健，惟看雪在髭。正當日娱樂，伏臘偕遊嬉。□□□一方，經歲長别離。餘年復幾何，雲山空繫思。臨□□□歎，爲詠鶺鴒詩。悠悠天地心，寧幸聚首期？」

汀司馬覺羅四公，號松山，由中翰外補。人極慷爽，尤敦□□，與予交最厚。間作小詩，雋永可味。嘗記其去汀時留别諸同事，有云：「一雨山光分外青，萬株烟柳短長亭。參差城郭真傳舍，遠近人家入畫屏。好友會難容易别，當風酒醉幾能醒。須知此後相思處，夜夜猶疑月在汀。」頗傳誦之。

族兄邇叟夙負盛名，操選政，風行一時。惜久困諸生，年將五十，始貢入成均，遂魁京兆榜。其詩文古作流布海内。晚年應張公之召，修輯《崇沙志》，人稱爲司馬子長焉。嘗刻《桴客巵言》，行於世。其《渡海》詩云：「我生足跡半天下，宇内奇觀恣怪詫。此身未離塵世間，終似蒙頭困黑夜。今年意外忽春遊，三月輕帆海上頭。婁河出口渺無際，迴顧内地恍浮丘。此時舉首向天外，我□□小天非大。劃然長嘯風濤生，天地應人成三籟。□□□抑六十年，一手一足悲拘攣。人事錯迕多不□，□□□曠還其天。兹遊自喜真奇絶，我非坡公□□□。□桴從此天風吹，三島十洲隨所悦。」

虞山趙貴樸序歸安潘健君《泊宅詩摘句》云：「長安落葉，燈火青熒。手吾友《泊宅詩》，流覽往復。大者含元氣，細者入毫芒。淳意發爲遒文，邃思攄其壯采。」如五言《遊横山》云：「野猿翻樹直，摯鳥入雲平。」《晚過黄河》云：「地險河流赤，關寒馬色青。」《秋夜》云：「瀨聲山豹應，露氣草蟲醒。」

《秋泛》云：「日瘦水生骨，烟寒山有稜。」七言如《武林雜詠》云：「秋風雁響錢王塔，暮雨人耕賈相園。」又：「銀濤白馬三千甲，淡柳春堤十二虹。」《宿金山寺》云：「霜猿拜月笛生浦，山鬼吐燈竹到窗。」《題虎阜》云：「虎腥着壁劍花緑，電火搜潭石髪青。」《夏日閒居》云：「涼貪竹密防遮月，懶愛人過怕踏花。」《蕭山道中》云：「數嶺青來秋堞小，半江紅暝雨帆遲。」《咏□□》云：「雨聲半夜盡來枕，天色一條剛到檐。」《咏松聲》〔云〕：「□□小院人談虎，雪滿空山客罷琴。」洵可掩顔、謝之□□，□徐、庾之流麗。

雲間張巨川淡永，嘗題予集云：「清韵盤空逸思新，雕冰鏤雪總傳神。争鳴長僞淪胥日，風雅何曾不在人？」「長城旗鼓過錢劉，才子争呼信有由。若使雞林人鬻去，定傳新句説江州。」「詩客風流自盡傾，何勞官職與聲名？日多佳句猶耽切，庾信文章老更成。」「霧夕憐才事足誇，紅蕖新意惡詩家。折衷雖却邯鄲步，心地皈依豈有涯？」每讀一過，輒不勝自愧焉。

苕南吴斯洺題潯水王翶如摘句云：「偶尋舊□，□□□編。亭亭水際芙蕖，濯濯月中楊柳。君餐冰雪，□□□年；我淨聰明，直應十日。」集中五言，如「輕風翻燕□，□雨放梨花」、「風隨寒漏曉，月向亂山低」、「那堪君去處，正是柳青時」、「竹韵春晴後，茶香穀雨前」，七言如「草生野陌看看遍，水漲横塘漸漸平」、「草將野色連荒岸，雲放斜陽在別村」、「社雨一番江燕至，春寒十日杏花稀」、「細雨池亭鶯獨語，東風樓閣燕交飛」、「梅熟乍來三尺雨，麥□猶剩一分寒」、「不知小閣幾何迴，容得好山如許多」、「□□寄夢秋風外，一榻看山暮雨中」，皆佳句也。

淡永有《鳳仙花十咏》，同人競傳之。予不揣，聊爲續貂，以資談柄。詩云：「誰分仙種自丹山，翠羽娟娟舞藥欄。記得玉人纖手摘，露華霑濕畫裙襴。」「彩翼聯翩浥露叢，淡烟明月玉簫中。不知誰在秦樓上？引得靈禽下碧空。」「桐花小鳳不争差，飛集瑶階每共誇。怪煞鄰家小兒女，生來偏愛女兒花。」「根株何必託東籬，本是瑶池絶世姿。底事被人呼菊婢？却教陶令占便宜。」「淺白深紅别様粧，天然幽徑産幽芳。若教簪上飛瓊鬢，勝是釵頭金鳳凰。」「翽羽□紛映彩櫳，九苞翔舞玉階風。近來争購西洋種，□□重臺掌露濃。」「開早開遲奪化工，驗來梅雨候□□。□園册子飜新本，譜入田家節序中。」「天生繁種易栽□，□熳多從籬落開。村女也知喬打扮，滿頭插得餉田□。」「□閨岑寂夜涼時，澹月簾櫳採獨遲。割取一圭丹□□，金盆和麝搗如脂。」「結子猶堪貯藥籠，花開應許入□筒。曾經白鳳詞人手，題向烏絲字字工。謂淡永。」原詩已梓行世，兹不具録。

葛邏禄《石臺賞杏花》云：「上東門外杏花開，千樹紅雲繞石臺。最憶奎章虞閣老，白頭騎馬看花來。」又朱太傅養醇《摩訶庵看杏花》云：「摩訶庵外袖吟鞭，繁杏春開十里田。曾與邨翁舊相識，看花不費酒家錢。」元、明之間，都城花事甚盛。當時侍從諸臣優游燕樂，於此可見。

黄莘田任，三山詩家也。以名孝廉出宰粤東，因酷嗜詩酒放歸，蕭然自得。嘗有《咏菊》詩六首，上河陽公，極賞之，爰命予依韵奉和，不自知其詞之陋也。詩云：「歸卧柴桑志益堅，秋光滿眼各呈鮮。葛巾慣漉先生酒，郭索頻登處士筵。不逐春華甘耐冷，獨高晚節肯争先。幾回静對人俱淡，盡日無言分外妍。」「薄醉臨風墊角巾，絶憐秋景更宜人。香浮竹逕苔痕古，影落桐階月色新。賴有芳□編作譜，奈無好句爲傳神。年來寄傲緣何事？祇覺□懷向爾親。」「分栽多向雨中移，培植常教護短籬。門□□來添屐齒，案頭香繞有軍持。微條引水徐徐上，小□□名細細知。肯負一番辛苦意，燒燈看到夜深時。」「紛□□賞曲闌干，誰解經營匝歲難？老去不妨長秉燭，醉□□必又加冠。未煨白石充飢腹，聊摘秋英當飽餐。惆悵故人成遠别，白衣迢遞不勝寒。」「高情只合寄陶家，曠蕩遺風世共誇。名士自來多本色，美人原不藉鉛華。天教青女收凡卉，秋鑄黄金到此葩。賞遍芳園何足羨，春風掃盡等閑花。」「托足衡茆隔市街，秋來花發滿幽齋。幾叢香散遠招隱，一卷詩成高寄懷。茗椀書籤新勾當，釣車棋局舊安排。但教對此長歡飲，不數豪筵十二釵。」原唱惜未抄存，今不及備載。

荔支，果中佳品，惟閩、蜀、南越産之，而閩爲尤最。六月始熟，朱實纍纍可愛。昔人詩云：「六月炎州始薦盤。」不虚也。於凌晨就樹頭旋摘旋啖，美不可言喻。予覊閩日久，雖囊少賣文，届期必預積青蚨，以濟老饕。惜飽食而未能成隻字，真負我十八娘多矣。雲間顧餘庵有《荔支詞》若干首，形容殆盡。按：其名品不一，烏石山有名「奪先紅」者，顧詩云「江南梅子黄時雨，烏石山前客枕中。睡起南窗看山色，垂垂一樹奪先紅」者是也；又有名「瑪瑙紅」者，顧詩云「參差黼繡炫春華，忙唤山童剪曉霞。頃刻流□□雨隕，盈堆瑪瑙入清牙」者是也；又有名「緑羅袍」者，〔顧詩〕云「曾見左思賦《蜀都》，十年南越飽髯蘇。緑袍每向□□挂，解得臨卭渴也無」者是也；又有名「火山」者，顧詩〔云〕：「□山灼灼似還丹，千顆争誇一頓餐。但使此君能却□，□來都浴水晶盤」者是也；又有名「進貢子」、名「真珠」者，顧〔詩〕云「錫貢充庭選妙材，莓莓新蕾報花開。及時移向黄磁斗，百斛珍珠南海來」者是也；

又有名「緑珠」者，顧詩云「休笑老饕常指動，偶逢風雨輒眉顰。六根未斷憐香色，金谷樓中愁煞人」者是也。餘詩不及備載。家學子跋其後云：「離離朱實，鑄自祝融；的的夜光，求於象罔。引絳襦以一捻，指亦含香；褰碧障而重探，肌真如玉。妃脣乍齧，沆瀣流漿；儀舌尚存，醍醐留味。越姝捧出，分明臉際桃花；海客擎來，磊落槃中火齊。」洵可並傳，爲此果作定評也。

《冶遊記》一編甫脱稿，輒争相傳寫，宫大冶欲刻之而未果。當湖陸蕉園序其首曰：「原夫艷奪桃花，大别峙夫人之廟；醉吟秋月，郎官泛供奉之舟。苟非都會名區，曷克留貽盛事。而況地稱漢上，解珮偏宜；居號宋家，窺墻亦得。是以玉衱珠袿，於焉雲集；而騷人遷客，籍甚風流者也。猗歟我友，卓爾名流。搴丹桂於蟾宫，素娥垂睞；訊紫雲於綺席，紅粉齊迴。問於舞榭歌樓，遣牢愁而選勝；□致練裙紈扇，紀韵事以抽毫。偶來江漢之間，爰□□題之作。玲瓏小傳，空北里之臙脂；宛轉新詞，軼西□□藻采。雅工序述，潔侔典午之文；酷善描摹，倩越秘□□録。譬之珍奇羅列，無非澤媚山輝；名繪雜陳，幾欲□□花笑。恍睹儀容於帳裏，是也非耶？疑聞謦欬於風□，□乎帝矣！僕誠秋士，荒淫於醉睡兩鄉；君是冬郎，纏綿於□柔深處。披閲盥薔薇之露，珍藏裝玳瑁之函。論其才調高華，無慚《八詠》；即此餘波綺麗，亦擅三長。豈僅洛浦慮妃，郊陳思之寓意；高唐神女，擬宋玉之微詞而已哉！」又花邨孏農題後云：「歌聲響徹遏梁塵，緑酒紅燈舊日春。展卷無端心自醉，名香羅袖恍相親。」「楚腰纖細儘消愁，漢上繁華記冶遊。怪底當年狂杜牧，春風荳蔻憶揚州。」「伊其相謔風前語，我見猶憐紙上妍。花月總隨春夢斷，新詞還唱柳屯田。」「細膩風光似飲醇，羅襦薌澤亦前因。

玉溪有句堪持贈，瘦盡東陽姓沈人。」

宛南公廨西偏有圃曰適園，中有草亭五楹。時家孟館予於内，偕同人脩輯府志，一時辨論極多，頗有新奇可喜者。予笑曰：「若一一誌之，可作《草亭新話》也。」又有一客，語極嘈雜，自負淹博，識者鄙之。一日午飧，予偶於羹中撿得一蠅，因戲作一詩曰：「營營常怪耳邊訛，就熱秋蠅入饌多。莫笑老夫容若輩，腹中新作百蟲窠。」見者絶倒。

業師張鶴田夫子與予同舉京兆，旋登己丑進士。□有文名，官粤東，分闈所得，皆知名士。初館於□□，嘗與元長亟稱予能詩，予時甫弱冠。一日，至館□□問爲誰，師以某告。楊曰：「是即所稱『蟹舍』、『秋燈』者□。」□然握手，恨相見晚。既而索予全藁，予笑曰：「政恐爲『〔楓〕落吴江冷』耳。」嘻！如予者，真所謂浪得詩名者矣。

蕭山毛進士述齋與予同客金川，於其歸，以詩一帙就正。其尊公西河太史先生歎曰：「毘陵真才藪也，觀此益信。」因緘此札寄予，謬爲許可。不數年來，相繼化去。夏日曝書，敝篋中檢得手版，殊令人腹痛。前輩風流，一時頓盡，可勝悼哉！

度索山有桃一株，高百尋，蔭廣數十畝，花大如碗，實大如斗。每三千年一開花，三千年一結子。自漢曼倩三偷之後，意此時又應著花。昨往探之，僅蓓蕾耳，尚未全放也。清明前一日夢中書，醒而記此，并題一絶云：「偶然游戲落塵寰，七十餘年若等閒。一點靈根應未泯，夢魂常在此花間。」

夢餘詩話卷下

毘陵沈鍾鹿坪

李忠毅應昇，江陰人。被逮，於丙寅三月十九日晨抵常州郡城。業師吴鍾巒迎於道，館穀其家，候開讀。翊日，故人徐元修從江上來，悲憤欲慟。應昇止之曰：「元修何必然！但他年史筆借重數語，便堪不朽耳！」吴曰：「昔蔡元定竄道州，晦翁餞之於蕭寺，坐客有泣下者。〔晦〕翁微視元定，不異平時。歎曰：『友朋相愛之情，季□□挫之志，兩得之矣。』不圖今日親見此景，真一夕千□。」□酒共酌。應昇浮大白，自賞曰：「飲酒恨不足，今日足□。」□公者，真可謂從容就義，讀之令人增多少意氣。其《□子》詩曰：「白雲渺渺迷歸夢，芳草萋萋泣路岐。寄語□曹焚筆硯，好將耕犢聽黄鸝。」

曲端之死，與檜之殺武穆無以異。後世因張魏公浚之子講學，浚死，徽國爲之作狀，天下後世遂信之不疑。袁中郎《宿朱仙鎮》詩云：「祠前簫鼓賽如雲，立石争鑱吊古文。一等英雄含恨死，幾時論定曲將軍？」又江進之《讀魏公傳》詩云：「子聖焉能蓋父凶，曲端冤與岳飛同。何人爲立將軍廟，也把烏金鑄魏公。」

鄒智字汝愚，合州人。幼貧，居龍泉庵，掃敗葉，焚以照讀，或通宵不寐。領四川鄉薦第一，郡人聚觀於會江門外。公馬上口占曰：「龍泉庵裏苦書生，偶竊三巴第一名。世上許多難了事，鄉人何用太相驚？」時年方弱冠耳。及入庶常，因星變抗章，極斥宦官，遂下詔獄。其《寫懷》詩曰：「人到白頭終是盡，事垂青史定誰真？夢中不識身猶繫，又逐東風入紫宸。」謫廣東石城所吏目，其《辭朝》詩曰：「雲韶聲裏拜彤墀，轉覺心驚不自持。罪大故應誅兩觀，網疏猶得竄三危。盡披肝膽知何日？望見衣裳只此時。但願太平無一事，孤臣萬死有何悲？」公著有《立齋遺集》。

熙寧間，福州洪浩居太學累年。其父以詩寄之云：「太學何蕃且一歸，十年甘旨誤庭闈。休辭客路三千遠，應念人生七十稀。腰下雖無蘇子印，篋中幸有老萊衣。歸期定約春前後，免使高堂詠《式微》。」浩得詩感泣，於是揖諸生，遂歸。聞而歸者，十五六焉。明時，張江陵以奪情致群議風起，大損令名。今則在任守制者比比皆是，殆恬不爲怪矣。

王清臣，潁州人。天啓初，張遠度買田潁南，地多桃花林。一日攜榼獨游，見耕而歌者。聽之，所歌皆杜詩也，遂呼與語。自言王姓，清臣名，舊有田，畏徭役，盡委諸族，爲人傭耕。度過其廬，見舊曆紙背以煤書所作詩，云：「人生如泛梗，飄飄殊無根。飲啄得幾許？營營晨與昏。對此春日好，荷鋤出南原。近觀翠色敷，静聽鳥語繁。有身貴適意，窮達安足論。」

董樵，萊陽人。甲申後，徙居文登海濱，日荷蓧入□□□，人莫知其住處。縣有紳士，要於路，欲與語。生棄薪□□左，詭云：「吾科頭，當取冠與公揖。」竟去，日暮不復來。□□士取棄薪以歸，曰：「此高士所遺也。」生從此不復入市。□《詠懷》詩云：「蘭生託層岩，幽獨鮮人知。正當揚葩候，所遇非其時。采采桃李花，乃在山之蹊。豈不艷目前，難免達士嗤。珍重語國香，長守貞潔姿。」

潛溪之歸也，孝陵諭之曰：「大江春來風浪多，宜就裏河達於家。」故史靖可有《送宋學士》詩云：

「君王親爲計歸程，幾日攜家出鳳城。江上春來有風浪，扁舟好向裏河行。」一時君臣相得，即此可見。

嵇元夫《於立秋日盧溝送新鄭少師》詩云：「單車去國路悠悠，緑樹鳴蟬又早秋。燕市傷心供帳薄，鳳城回首暮雲浮。徒聞後騎宣乘傳，不見群公疏請留。三載布衣門下客，送君垂淚過盧溝。」

臨安錢宰，元末老儒也。高廟禮徵，同諸儒修纂《尚書》，咏曰：「四鼓鼕鼕起着衣，午門朝見尚嫌遲。何時得遂田間樂，睡到人間飯熟時。」高廟聞之，即日放歸，謂曰：「汝今可放心睡矣。」又嘗題趙仲穆《秋山圖》云：「人家水檻接山窗，好在江南山水邦。兩岸雲林皆落日，一天𣆶雁共秋江。屋頭數遍青巒九，松下吟成白石雙。野服何人正蕭散？泊船歸醉酒盈缸。」

高啓《送何記室遊湖州》云：「暮雨闔城獨去遲，〔少年〕心事劍相知。故人當路輕貧賤，倦客逢秋惡〔別離〕。疏柳一旗江上酒，亂山孤棹道中詩。水嬉散後〔湖亭〕廢，此去煩君吊牧之。」

陸圻，號講山，錢塘人。晚因史禍牽連，既得釋，訪澹公於丹霞精舍，轉入武當爲道士，不知所終。里人洪昇有《答友》絶句云：「君問西陵陸講山，飄然一盋竟忘還。乘雲或化孤飛鶴，來往天台雁宕間。」附記：東坡謫儋耳，久之，天下閧傳子瞻已仙去矣。又七年北歸，時章惇丞相方貶雷州。東坡歸至南昌，太守葉祖洽曰：「比傳端明已逝道山，今尚爾游戲人間耶？」坡曰：「途中見子厚，故返回耳。」

庭中玫瑰盛開，當朝陽欲動，花争浥露，濯濯可愛。清河君每晨起，獨立花下，玩賞久之。一日，予睡未醒，乃摘一小筠籠，潛置枕旁。予於夢中，覺清芬之氣直入肺腑，因於枕上得句云：「朝來輕剪露華妍，滿貯筠籠餉枕邊。怪煞夢回香欲醉，沁人心骨動人憐。」

嘉靖間，吴郡茅氏幼習《小學》、《孝經》。適陸樞，樞卒，家□□紝以給。其《攜孤上墓》詩云：「攜却孤兒上古墳，眼穿□□淚紛紛。翁姑大德終身負，夫子深情兩處分。帛紙灰飛烟漸冷，杜鵑聲切耳難聞。東風道路多塵土，不染荆釵舊布裙。」又《賣廢宅》詩云：「壁有蒼苔甑有塵，家園一旦屬西鄰。傷心怕見門前樹，明日猶如陌路人。」《子冠》詩：「汝年三歲父亡身，汝父先亡母苦辛。難得光陰到今日，加冠見汝又成人。」三詩人艷傳之。

沈清友，吴郡女子。能詩，有云：「晚天移棹泊垂虹，閑倚蓬窗問釣翁。爲甚鱸魚低價賣？年來朝市怕秋風。」甚得風人之體。又《咏漁父》云：「起家紅蓼岸，傳世緑簑衣。」《咏牧童》云：「自便牛背穩，却笑馬蹄忙。」下字之工如此。又有李氏能詩，《咏破錢》云：「半輪殘月掩塵埃，依稀猶有開元字。想得清光未破時，買盡人間不平事。」鄭允端，郡人施伯仁妻，能詩，有《肅雍集》一編，自爲序。

大場農家婦，失其姓氏，幼習書史，工翰墨。後嫁爲農□婦，惟事織紝，操井臼。雖親黨中，絶不知其能詩也。□□終，忽索紙筆爲詩，與其夫永訣，云：「當年二八過君□，□繡無心只枲麻。今日對君無别語，免教兒女衣蘆〔花〕。」□婦真可謂才而有德者。

王朗，金沙王彦泓之女，適錫山秦氏。彦泓工爲艷□□，傳寫滿江左，即今所刻《疑雨集》者是也。朗有夙慧，擅家學，歌詩、小詞及畫水墨梅花，並稱絶調。録其《山園·浪淘沙》一闋，以見大略，云：「幾日病淹煎，昨夜遲眠。强移心緒鏡臺前。雙鬟澹烟低髻滑，也自生憐。不貼翠花鈿，懶易衣鮮。碧油衫子裩紅邊。爲怯遊人如蟻擁，故揀陰天。」

山陰名媛王静，有詩名。予最愛其《渡錢塘》一絶，云：「風微月落早潮平，江國新晴喜不勝。買得一舟輕似葉，載將山色過西陵。」

王阮亭《池北偶談》云：「武林黄夫人顧氏若璞所著《□□軒文集》，多經濟大篇，有西京氣格。常與婦人晏坐，□□究河漕、屯田、馬政、邊備諸大計，副笄中乃有此人，□□奇也。」按：若璞字和知，爲明黄貞父先生諱汝亨之□，東生諱茂梧之室，所著有《卧月軒集》。又汝亨季女名修娟，字媚清，適沈希珍，著有《梱内言》、《亦政堂詩鈔》、《娱墨軒集》。又汝亨之孫名燦，字維含，室丁氏，名玉如，字連璧，著有《棲水附集》。仲孫名煒，字維藴，室鮑氏，名婻碧，著有《艇軒集》。煒女名埈，字智生，適陸，著有《遺草》。燦仲子名弘修，字式序，室錢氏，名鳳綸，字雲儀，著有《古香樓藁》、《散朗室集》。煒仲子名羅扉，字時序，室姚氏，名令則，字柔嘉，著有《半月樓藁》。一門才媛，亦未有若是之盛者也！

侯户部鼎鉉母王氏，有文才，早寡，以節著。遺詩訓其子孫，凡千六百餘言。年七十餘而卒。鼎鉉時已舉進士，出宫詹黄道周之門。〔道〕周夫人蔡見王詩驚賞，亦援筆贈以二十四韵，一時傳之。惜蔡贈詩時，已在道周捐軀之後，家國之際，有餘恫矣。

葉小鸞字瓊章，號瑶期，沈宛君季女也。許張氏子，未□而卒。有《返生香》。泐師云：「小鸞本月府侍書女，名寒□。□後歸緱山仙府。最初爲小有真人。」嘗受泐師戒，師□□：「汝仙子曾犯殺否？」對云：「曾犯。」師問：「如何？」云：「曾呼小□□花虱，也遺輕紈壞蝶衣。」「曾犯盗否？」對云：「曾犯。不□□□誰家樹，怪底清簫何處聲？」「曾犯淫否？」對云：「曾犯。曉□□窺眉曲曲，春裙親繡鳥雙雙。」師又審四口惡業，問：「〔曾妄〕言否？」對云：「曾犯。自謂前生歡喜地，詭云今坐辯才天。」「曾綺語否？」對云：「曾犯。團香製就夫人字，鏤雪裝成幼婦詞。」「曾兩舌否？」對云：「曾犯。對月意添愁喜句，拈花評出短長謡。」「曾惡口否？」對云：「曾犯。生怕簾開譏燕子，爲憐花謝罵東風。」師又審意三惡業：「曾犯貪否？」對云：「曾犯。經營緗帙成千軸，辛苦鶯花滿一庭。」「曾犯嗔否？」對云：「曾犯。怪他道藴獻枯硯，薄彼崔徽撲玉釵。」「曾犯痴否？」對云：「曾犯。勉棄珠環收漢玉，戲捐粉盒葬花魂。」師大讚云：「此六朝以下，温、李諸公，血竭髯枯，矜詫累日者。子於受戒一刻，隨口而答，那得不哭殺阿翁也？然則子固止一綺語罪耳。」遂予之戒名曰智斷。

吴紉蘭字義佩，長汀吴白漚先生女孫也。幼讀父書，長於吟詠，有道藴風。同邑黎媿曾、陳錫震爲同社友，分題唱和。著有《玩芳草》。其《即事》詩云：「高閣雨霏霏，愁朝復愁夕。朝愁猶自支，愁夕知何極？」白漚先生諱廷雲，登進士，歷肇高兵備副使。以璫焰告歸，詩酒自娱。

桑静庵適廣陵韓氏，父進士，官刺史，母張夫人。素□□性，見月輒下淚。每終夕相對，至西沉，猶升高目送，□□就寢。或謂本月宫仙子下謫也。静庵工細楷，臨《黄〔庭〕》，□得之如拱璧。詩尤雅澹，無脂粉氣。客京師，非鉅公貴□，不能延致。一時縉紳閨彦，多出其門。□南巡時，嘗有詩進呈。年六十餘卒。予爲賦輓詩二章，詩載集中。

袁寒篁，父秀才，號玉屏，住松江華亭東門外，自稱唳鶴灘女史。能詩，著有《緑窗小草》。其《春暮》詩云：「一度年華一轉蓬，此生荏苒百憂中。遊魂應化子規血，啼向春山樹樹紅。」又：「春事闌珊咽管絃，東皇難倩柳絲牽。芳菲入眼知多少？半付酸風苦雨天。」

徐仲山内子商夫人與女昭華，皆浙中閨秀也。仲山嘗倡，有「爲讀西河新句好」之作，令商夫人和之。夫人詩云：「芙蓉露下小池秋，金鴨烟銷宿雨收。爲讀西河新句好，都梁艾蒳滿粧樓。」又：「彩筆翩翩映玉臺，頻將繡帙向風開。可憐杜甫驚人句，不數陳留曠世才。」昭華詩云：「胭脂花落覆紅蠶，獸頸初垂火自含。爲讀西河新句好，渾如秋月照澄潭。」又：「少小愁觀白日詞，蘆中人去竟何之？不知擊絮溪邊女，曾讀西河瀨上詩。」昭華爲西河女弟子，雲間張錫懌嘗贈詩云：「弟子如蘇蕙，先生是馬融。」良不虛也。

三山左芬侍史陳玉瑛，乃郭復齋之母氏也。好讀□□詩，著有《蘭居吟草》行世。其《得三兒瀚元都中書》云：「一紙鴻□下朔風，客愁多病思何窮。寂寥孤榻家千里，迢遞寒江月一篷。衰柳望迷殘夢亂，羈禽啼斷曉山空。誰憐勳業留琴劍？回首高堂鬢久蓬。」又《四女元琛遥在粤西秋晚寄懷》云：「井梧葉落滿庭幽，悵汝天涯七載悠。一枕夢隨千里月，半窗風動五更秋。猿啼白露迷高樹，鶴唳清霜過小樓。未卜重逢何日是，不堪飛雪已盈頭。」復齋名起元，著有《介石堂文集》。

如珺姓林氏，閩之莆田人，望族也。年十九，侍巾櫛於霞光先生。先生宦閩，頗著廉績。罷官後，清風兩袖，徒步出嶺表，如珺裹襆被以從。及歸里門，環堵蕭然，不蔽風雨，炊烟常斷，恒假十指以自給。先生意竊憐之，如珺顧欣欣自得。嘗謂曰：「先生功德在人，屏民必尸祝之。異日者，妾當偕先生仍遊故土矣。」先生仰視蒼旻，見白雲冉冉，自南而來，不禁爲之莞爾云。因賦詩曰：「嫁得黔婁計已疏，蕭然一葉伴歸湖。瓣香他日遥相待，肯□□鸞一到無？」

弟婦楊氏，太史芝田先生之從女孫也，頗嫻家學。歸弟葆文，日以詩詞相唱和。嘗有小詞云：「花外喜初晴，溪水泠泠。無端紅雨鬧簾旌。聽得黄鸝聲漸老，春去江城。　隨意步園亭，緑樹陰成。日長池館燕雛輕。啣得殘香歸畫閣，也惜芳辰。」亦藴藉有致。

張瑛，泰州人，庶常符驤妹也。符驤字良御，走□場數十年，選有《日下麗澤集》。晚年登第。與予爲老友。瑛能□□《中秋感懷》云：「旱澇何堪兩事并，縱當好節亦愁生。□□暴雨如相妬，月避寒家不肯明。　肴核自成荒歲景，□□猶費老人情。莫言此夕無佳晏，尚有饑民乏菜羹。」□□謂此詩可當鄭俠圖，政使爲民牧者不堪多讀，閨□□未易覯也。

粤東佛山有孝廉李君，名紹祖，能詩，著《鳴秋閣集》。其夫人亦善吟咏，互相唱和，真閨幃中樂事也。李公車北上，夫人贈以詩云：「此去不須縈内顧，高堂有妾勸加餐。」語極本色，亦甚得體。

玉茗堂填詞妙絶一時，其《牡丹亭》曲本尤極情摯。人或勸之講學，笑答曰：「公所講者性，僕所言者情也。」當日婁江女子俞二孃酷嗜其詞，斷腸而死。義仍作詩哀之云：「畫燭摇金閣，真珠泣繡窗。如何傷此曲，偏只在婁江。」又《七夕答友》詩云：「玉茗堂開春翠屏，新詞傳唱《牡丹亭》。傷心拍遍無人會，自掐檀痕教小伶。」又傳内江一女子自矜才色，讀《牡丹亭》而愛慕特甚，誓欲執巾櫛。□語以老，弗之信。後踪跡於湖上，果衰邁，遂投湖□□，其鍾情與俞二孃相似。予亦有詩曰：「一卷新詞

□□□，《還魂傳》裏費思量。臨川老去風流盡，西子湖頭□□腸。」

朱吉士大韶，嘉靖丁未進士。性好藏書，尤愛宋時□板。訪得吴門舊姓有宋槧袁宏《後漢紀》，係陸放翁、劉涣溪、謝叠山三君子手評，飾以古錦玉籤，遂以美婢易之，蓋非此不能得也。婢臨行，題詩於壁云：「無端割愛出深閨，猶勝前人换馬時。他日相逢莫惆悵，春風吹盡道旁枝。」吉士見詩惋惜，未幾死。婢固有情，而朱亦可謂不負婢矣。婢佳甚，惜失其名。

史痴翁名忠，字端本，一字廷直，上元人。近冶城建樓，題曰「卧痴」，楊君謙爲作記。翁畫山水、人物、花木、竹石皆工，嘗訪沈啓南於吴門，不值，見堂中有素絹，摇筆作山水，不題姓名而去。啓南歸，見之曰：「吴中無此人，必金陵史痴也。」邀之回，留三月乃返。翁妻朱氏，號樂清道人；妾何玉仙，曰白雲道人。玉仙亦善畫，工篆書，知音律。翁教以琵琶，每自製曲，命玉仙被之絃索。晚無嗣。一女既笄，婿貧，不能娶。與婿期元夜略具隻雞斗酒，我當過飲。至元夜，誑其妻女曰：「家家走橋觀燈，盍亦□俗，可乎？」攜妻與女，送至壻家，留其女，一笑而别。□□而觀，翁正未嘗痴也！盛仲交合金元玉之詩，□《江南二隱藁》。

張黄門寧，字静之，海鹽人。著有《方洲集》。黄門賦□□捷，兩使朝鮮，水館山郵，留題殆遍。陪臣朴元亨以□判司爲館伴，詩篇倡和，殊不相下。及偕登太平館樓，黄門成七言長律六十韵。元亨誦至「溪流殘白春前雪，柳折新黄夜半風」之句，乃擱筆曰：「不能和矣。」使旋，爲大臣所忌，出守汀州。與岳文肅同日拜命。致仕歸，而築方洲草堂於海澨，叠石爲山，上有峰，曰蒼玉，曰拄頰，曰小飛來岩，曰宿雨，曰滴露洞，曰歸雲坡，曰蘭雪岫，曰茶烟嶠，曰咏月碧，曰卓筆泉，曰洗硯池，曰暎山，皆鐫於石。家居三十年，歌詩畫筆，與雲東逸史齊稱。暮年無子。有二婢，曰寒香、晚翠，剪髮自誓，不下樓者四十年。有司以聞，詔旌爲雙節。釋明秀詩曰：「交剪雲鬟報主恩，鏡臺花落洗頭盆。同心誓死方洲上，霜月寥寥夜照門。」一時和者甚衆。

吴梅邨題《西泠閨咏》，蓋爲石城卞君作也。詩云：「落日輕風雁影斜，蜀箋書字報秦嘉。絳紗弟子稱都講，碧玉才人本内家。神女新詞填杜若，如來半偈繡蓮花。粧成小閣薰香坐，不向城南鬪鈿車。」「晴樓初日照芙蕖，〔姑射〕仙人賦子虚。紫府高閑詩博士，青山遺逸女尚書。〔賣珠〕補屋花應滿，刻燭成篇錦不如。自寫洛神題〔小像〕，〔一〕簾秋水鏡湖居。」「五銖衣怯鳳凰雛，珠玉爲心冰雪〔膚〕。〔緑〕屐侍兒春祓禊，紅牙小妹夜樗蒱。瓊窗日暖櫻桃〔賦〕，粉箑風輕蛺蝶圖。頻歛翠蛾人不識，自將書札問麻姑。」「石城楊柳碧城鸞，謝女詩篇張女彈。鸚鵡歌調銀管細，瑯玕字刻玉釵寒。雙聲宛轉連珠格，八體濃纖倒薤看。閒整筆床攤素卷，棠梨花發倚闌干。」

吉安曾副使言族丙應試，旌陽觀道士謂之曰：「見棗花當舉。」曰：「然則來秋耳。」道過孀姑，姑呼棗花持脯前，則婢也。丙告道士語，姑與之，待年果入解。丙有定詞云：「欲見棗花開，喜見花開早。留此潘家苑裏紅，試待秋風曉。」婢答詞云：「將採上林花，須記東家棗。莫道人從四面來，忘却枝頭好。」

賣漿婦，汾州人也。初爲故保定伯家婢，大兵下江東，西陵軍潰，遂致失散，流落民間，以賣漿爲業，時年且耄矣。毛西河太史遇之於竇家瀆，詢及之，自陳顛末，涕下如雨。嘻！白頭宮女，夜説開元、天寶遺事，能無腸斷乎？西河詩曰：「錦帳雙鬟貌似花，河陽軍散各天涯。可憐紅字□家店，不賣青門五色瓜。」

圓圓姓陳，毘陵王氏家婢也，爲吴門女伶之冠。大□□後，歸田皇親府中。吴三桂總制三邊，田餞之，出圓圓。三桂頗留意，田與訂後期而别。未幾，李賊陷京師，煤山兇耗報至，桂不爲動，問：「圓圓安在？」曰：「已爲賊得之矣。」桂大怒，趣命發兵，窮日夜追之甚迫。賊惶懼，圓謂賊曰：「桂之來，非追將軍，乃追妾也。妾留，將軍脱矣。」從之。桂得圓，果止。嗟乎！君父之仇不恤，而顧戀戀一婦人，桂豈尚有人心者哉？吴梅村嘗作《圓圓曲》，以紀其事。桂知，密遣使持千金爲壽，求削去。吴勿許，今尚載集中。曲云：「鼎湖當日棄人間，破敵收京下玉關。慟哭六軍俱縞素，衝冠一怒爲紅顏。紅顏流落非吾戀，逆賊天亡自荒讌。電掃黄巾定黑山，哭罷君親再相見。相見初經田竇家，侯門歌舞出如花。許將戚里箜篌妓，等取將軍油壁車。家本姑蘇浣花里，圓圓小字嬌羅綺。夢向夫差苑裏遊，宮娥擁入君王起。前身本是採蓮人，門前一片横塘水。横塘雙槳去如飛，何處豪家强載歸。此際豈知非薄命，此時只有淚沾衣。薰天意氣連宮掖，明眸皓齒無人惜。奪歸永巷閉良家，教就新聲傾坐客。坐客飛觴紅日暮，一曲哀絃向誰訴？白皙通侯最少年，揀取花枝屢回顧。早攜嬌鳥出樊籠，待得銀河幾時渡？恨殺軍書抵死催，苦留後約將人誤。相約恩深相見難，一朝蟻賊滿長安。可憐思婦樓頭〔柳〕，認作天邊粉絮看。遍索緑珠圍内第，强呼絳樹出雕〔闌〕。若非壯士全師勝，爭得蛾眉匹馬還？蛾眉馬上傳〔呼進〕，雲鬟不整驚魂定。蠟炬迎來在戰場，啼粧滿面殘〔紅印〕。專征簫鼓向秦川，金牛道上車千乘。斜谷雲深起〔畫樓〕，散關月落開粧鏡。傳來消息滿江鄉，烏桕紅經十〔度霜〕。教曲妓師憐尚在，浣紗女伴憶同行。舊巢共是啣泥燕，飛上枝頭變鳳凰。長向樽前悲老大，有人夫婿擅侯王。當時祇受聲名累，貴戚名豪競延致。一斛明珠萬斛愁，關山漂泊腰肢細。錯怨狂風颺落花，無邊春色來天地。嘗聞傾國與傾城，翻使周郎受重名。妻子豈應關大計，英雄無奈是多情。全家白骨成灰土，一代紅顔照汗青。君不見館娃初起鴛鴦宿，越女如花看不足。香逕塵生鳥自啼，屧廊人去苔空緑。換羽移宫萬里愁，珠歌翠舞古梁州。爲君别唱吴宫曲，漢水東南日夜流。」

玉尺樓文讌，尤生住紅墻巷，是日以大風渡江，詩曰：「紅墻巷子隔江津，冒險來過意獨真。始信漢陽門外水，風波不礙有情人。」

紘達有咏物詩若干首，久膾炙人口，今舊板已失，不可復得。嘗記其《崔樓》詩云：「夢回紅日滿窗紗，亂挽烏雲鬟未鴉。梳洗正忙人語沸，隔江來送臘梅花。」又《後湖》詩云：「旗亭貰酒不論錢，可意人□□妙年。殘月曉風楊柳外，祇應教唱柳屯田。」□□自恃才華，風流倜儻，讀此可略見一斑。

杜髯翁，山右汾陽人。頗具俠腸，在漢時，與于三□□特甚。後三歸金陵，杜送至江滸，不忍釋手，灑淚而别。送以詩云：「一江春緑畫橈輕，兩岸青山續續迎。但願夢隨東逝水，與卿同到石頭城。」

陸啓浤字叔度，性豪邁。遊金陵，大會詞人於桃葉渡。妓有呼延紅菊者，武安人，倚船窗謂女婢曰：「今日之集，惜無兩岸芙蕖。」君乃復治具張讌，至則晚風拂席，荷香襲人，四座莫測其故。蓋先一日以善價購得百缸，碎而沉之。自是十六樓中奉爲上客。

馬湘蘭名譟一時，獨與王百穀先生善。嘗約同伴數輩，乘樓船直達吴門，爲先生稱祝歌舞，歡讌彌月始散，相傳百花洲水經年尚有脂粉香者是也。先生嘗有小札寄蘭，流落人間。家讓齋孝廉於廟市購得之，藏於巾笥，以爲珍玩。其一札云：「步出都城，憇悦公竹下，緑陰黄鳥，駘目娱耳，頓忘塵土之因。此地宛似維摩丈室，惜無天女散花耳。夜來薌澤微沾，已盡淳于一石。足下之意非□□繆，但老頭陀心如槁木，恐一念墮落，累劫難修，□□□以慧劍割之。卿用卿法，於我教中，便同風馬牛矣。裙□□囊，悉出纖手所成，敢不佩服明貺。其他珍寶纍纍，□□半偈所需，却歸粧閣。僕且東矣，湘君自愛。」又一札云：「□七日發秦淮，殘月在馬首，思君尚未離巫峽也。夜宿□巷，聞雨聲，旦起不休，輿夫泥没骭良苦。見道旁雨中花，彷彿湘娥面上啼痕耳。陸先生有俠骨，遂以君屬之，必能出君於險，幸毋過自摧殘。使王生乞茅山道士藥，恐無益千金軀。千萬自愛。」

金陵舊有十六樓，曰來賓、重譯、清江、石城、鶴鳴、醉仙、樂民、集賢、謳歌、鼓腹、輕烟、淡粉、梅妍、柳翠、南市、北市，一時名姬輩出，不獨粉香脂艷，亦且繡口錦心。無何風流雲散，鞠爲茂草矣。金沙蔣虎臣先輩有詩云：「錦繡歌殘翠黛塵，樓臺已盡曲池烟。荒園一種瓢兒菜，獨占秦淮舊日春。」曷勝今昔之歎！

譚友夏初至西湖，見酒旗歌扇，遊船如織，乃獨棹小舟，令童子烹茶，以助詩興，容與中流，歗歌自得。忽望見一麗人，彈琴孤坐，旁立小婢焚香，韵致不凡。心異之，遂迴櫂相迎，而舟中麗人亦命擊楫而來。兩舟漸近，麗人含笑舉手以請，曰：「此處無此異人，先生得非竟陵譚友夏乎？」譚欣然應曰：「卿非許某耶？」相與撫掌稱快，偕遊□□。因邀譚寓其家，月餘，厚贈而別。

冷玉娟字珊珊，西園周氏家婢也。初授管絃，繼授歌□□成，娟皆不樂，乃請於主人曰：「向所授賤藝，竊耻爲之。且□歌曲者，何人所作，是不可學而能乎？」周奇其語，遂以絶句授，次近體，又次古歌行。命題捉筆，刻燭而就。久之，篋中稿幾盈千。丙辰冬，將適膠西，宋子周爲選而刻之，名其稿曰《硯爐閣詩集》，行於世。

京師小市中，嘗見小像一軸，不知誰氏姬也。姬名墨環。其人宦遊八閩，得之海外。貌微黑，稍類西洋女子，頭作雙丫髻，跣足，着六銖衣，肩負如意杖，杖挑小花籃，籃中有五色芝、十丈蓮、千年桃等花。畫出高手，題咏多名人。予愛玩久之，惜未攜阿堵去，遂悵然歸。明晨急往購，已爲他人物矣。因賦詩曰：「無端紫玉易成烟，只博春風一面緣。妙畫通靈難再覓，不知飛向阿誰邊？」

病張郎，平陽張孝廉子也。年弱冠，善屬文，鍾情多病，卒以此死。臨終作絶命詞四首，刻於碑陰，而自題曰「病張郎墓」。予讀而哀之，吊以詩曰：「敝車羸馬出平陽，白日荒荒墓草黄。千古多情憐瘦沈，臨風哭煞病張郎。」墓在平陽府城南五里許。

吳烈婦墓在閩清八都洋。吳名焕姐，適林臣輝。夫故，氏年纔十九，遺腹僅數月。見後園柚樹一株花盛開，吳對妯娌指樹而言曰：「吾未知得嘗此柚否？」越秋末，其遺腹男不育，吳遂决志殉夫，從容拜奠，縊於柩前。烈骨香肌，淺埋在本鄉雲頭壟。荒蕪三十餘年，至雍正甲辰，生員王信敏在其地設帳，稔知吴節，捐館俸八金，砌造墳塋，竪碑祭奠，與其族人擇嗣以承其後。邑令姚循義作詩□紀其事，詩曰：「林園三月柚花香，嫠婦低徊柚樹旁。□□忽死心亦死，柚花未實吴先亡。冰姿玉骨葬何□？□□埋在八都洋。杜鵑啼盡空山血，年復一年墓草□。□□無人澆麥飯，清明寒食徒凄涼。何意王生發□□，□捐館穀爲周章。募夫負土築高壟，樹碑立嗣□□□。氏烈生賢兩不朽，山青水碧同流芳。安得民風盡如□，吾梅厚俗成陶唐。」

趙四娘墓在衢州鹿鳴山下，面溪背山，遥映城郭，盡據兹山之勝。四娘，廣陵人，明萬曆間郡守蜀人瞿溥妾也。年十八死。生有殊色，妙絶聲技，尤善琵琶，能彈蔡琰古《十八拍》，悽艷感人。隨瞿君入浙，舟行瀔江間，愛其澂碧，日令侍婢汲水注器中，照影數四。又見富春諸山蒼翠詭狀，目送不置。徐謂瞿君曰：「妾邗溝人，止知有梅花岡耳。他日死，必葬此。」瞿君怪其言。未幾，果死，遂葬是山之麓，有碑在古寺中。予哀其事，爲賦詩曰：「水碧山青夙世因，洛川湘浦是前身。鹿鳴剩有埋香處，幽壑雲含萬古春。」

冷姬，雲陽人。年十七，有懷不遂，飲醇醪死，葬嘉□□□。予友爲述其事頗悉，蓋亦情種也。因吊以詩曰：「香□□夢閉泉臺，酩酊松根唤不回。艷影定擕金椀出，芳心□逐畫衣灰。鵑啼春雨空山泣，雁叫西風落木哀。一自斷腸人醉後，墓田誰復酒澆來？」

小唐故居在毘陵城西五里許，花柳叢雜，頗極幽雅。失身於太原王生，爲其所負，憂鬱以死，葬青山門外，人甚憐之。予既爲立傳，又吊以詩曰：「燕去巢空玳瑁梁，萬株垂柳鬱金堂。可憐寂寞青山路，不共王昌葬北邙。」

吴江葉元禮少時，隨其從兄過平望酒家。一女子見而悦之，私問其母曰：「適與吴江葉九相公來者誰耶？」母曰：「其弟四郎也。」女自此遂病，且死，告父母曰：「兒因葉郎而病，今死矣。葉如再經此，須一告之。」如其言。元禮入哭之，如唐崔護「桃花人面」，特未回生耳。王阮亭爲賦詩曰：「阮家未卧酒罏旁，荀令橋南惹恨長。鶯脰湖邊逐春水，化爲七十二鴛鴦。」元禮，阮亭門人也。□未夏，予同唐使君入閩，過平望，停舟竟日，偶憶其事，爲吟一絶，附識於此。詩曰：「鶯脰湖邊浴日斜，遥聞隔岸響繅車。多□最是橋南柳，遮斷當年賣酒家。」

王次回《疑雨集》載，云鄰女有自經者，不曉何□□□媪述其光艷皎潔，閲日不變，且以中夜起自□□□綵而衣配花而戴於綰髻，塗妝膏唇，耀首以至□□迫袜，皆着意精好，盡態極妍而始畢命焉。其所懸□帶，以潤州朱絲數百條，長九尺許，爲十股細辮，手自盤製，逾月甫成。同伴以爲纏腰物也，而不知用意至此。噫！亦可悲矣。爲詩以吊之曰：「明姿靚服嚴粧乍，垂手亭亭儼圖畫。女伴當窗唤不譍，還疑背面秋千下。嬌痴小妹忽驚啼，惱恨春宵睡似泥。何刻停燈開鈿匣，幾時㔩響度樓梯？肌膚到此真冰雪，頳玉峩峩扶不得。素頸何曾着罊痕，却教反縛同心結。紅絲交結爲誰容？約髻安花次第工。應愛自看粧鏡裏，豈須人見影堂中。千春不改凝酥面，媚眼微舒若流盼。候娘怨句鬼先知，玉兒艷質人猶羡。當時犀櫜定沉埋，繡襪何人拾馬嵬？乞取卿家通替様，許盛銀液看千回。萬轉千回負此生，枉將偷嫁占虚名。」有「周郎已誤難重顧，哭煞墻東阮步兵」之句，詩載《疑雨集》中。吾里嚴氏二女，俱有殊色，姊妹依依不忍捨。及姊嫁歸寧，猶終夜喁喁密語。忽一夕，俱艷粧，以紅巾對縛，自沉於門外溝内。其父曉起，見房門半開，一燈熒熒未滅，深訝之。遍覓，乃直立於碧波間，神色自若，觀□如堵，咸不解其故。二事頗相類，因附識於此。予亦吊□□□：「深閨弱質最堪嗤，底事雙雙蹈碧漪？姊妹□□□□惜，始知人世有情癡。」

長安有一故第，云是宜春院妓人所居，扃閉已□□□。有士人僑寓，夜聞歎息不已，吟云：「禁鼓初傳時□□，□過清風明月夜。眼如魚目幾曾乾，心似酒旗終日掛。銀漢低垂星斗横，院宇空寥燈燭卸。西樓瀟灑有誰知？獨自上來獨自下。」語故凄絶，實非人境。予嘗野步至一廢苑中，見壁間題云：「梨花香影杳冥冥，空屋無人夜自扃。獨倚危闌寒欲噤，一聲小犬吠春星。」疑亦鬼句也。

爾方和尚住山陰石塘庵，塘壞，走京師，遍求□□□。達官長者咸高其義，争樂助焉，蓋以濟人利物□□者也。予嘗題其小照曰：「一片婆心，兩隻空手。提着拄杖，向何處走？廣長舌，蓮華口。咦！功成行滿山陰道，萬壑千巖同不朽。」

東洋離南海萬餘里，自廣東開船，順風半月餘可到。嶺南陳法乾嘗至其國，凡數閲月，作長篇以紀其事。詩云：「南溟地盡天連水，浩氣渾涵千萬里。入夜寒流似火明，終朝雪浪如山起。百尋巨艦出汪洋，滅汩漂流如一指。十桅直竪盡挂帆，不借人力借風勢。馮夷幽府毒龍吟，來時作風歸作雨。海怪憑陵黑浪高，狂呼亂叫烟波裏。有時披髮直登舟，舟人驅逐持兵器。有時出没亦乘船，獵獵靈旗建豹尾。地慘天愁日色昏，相看真不辨人鬼。幽魂漂泊是何年？一片精靈曾不死。或求香飯或冥錢，可憐作鬼猶謀利。海鰍張牙以岳浮，奔濤直可吞行舟。炯炯如箕雙目曜，高懸日月照中流。黿鼉夭矯勢磅礴，海蜃吹氣成樓閣。陰翳靉靆晝冥冥，海水群飛珠錯落。舟師降神亦有方，星星流火禁帆檣。海上有神名天后，降時常帶異花香。呼吸之間百靈集，澄波一色似鏡光。昏去朝來如倏忽，屈指已逾旬七日。土偶相逢定笑人，天水茫茫渾似一。迷離惟藉指南針，青影東南見彷彿。須臾滿目盡山川，洋人迎客已登船。相看語言不相接，兩意惟將通事傳。城郭亦因形勢立，陌路穰穰井里喧。國人多是好樓居，樓上檐牙列八隅。畫壁層層披錦繡，雕題往往飾金珠。風俗輕男惟重女，婚媾郎就女家處。夫婦長如比翼禽，出門便當連臂去。衣裳綺麗似雲霞，洋婦容顏羞落花。青髮鬘垂光奪目，薰沐奇香益倩華。青樓紅粉多殊色，芙蓉孃孃嬌無力。帷裳縹緲曳仙衣，鸞帶冰綃本鮫織。玉指玲瓏畫不成，香茗浮盃頻勸客。媚人一事更銷魂，茗椀先將香髮拭。薌澤常沾齒頰芬，伽南氣味生餘瀝。腰肢結束真天人，百萬纏頭輕一擲。六朝天子浪傾城，一種風流曾未識。窈窱歌吹滿玉顏，陌上彝王出獵還。寶刀橫佩簪文羽，花帽垂旒間木難。馴象騎來渾似雪，紛披瓔珞綴金鐶。豹茵玉絡玲瓏現，血色氍毹護彩欄。列座有時成晏會，几筵不設但傳餐。杯斝旋進旋即徹，揖讓無文禮數寬。風波未解生文字，椎魯依然市井安。向辰動作向午息，午後閉門人闃寂。黃昏燈火徹通衢，市肆行人重貿易。門門開處綺羅叢，香氣濳來紫陌風。樓閣千家翠箔捲，綺寮遠射燭光紅。直至雞鳴人始靜，一日分爲兩日永。一年七百二晝宵，應惜流光難駐景。涼生萬物入秋中，中華歸客理歸艟。天空不作鷩人颸，海闊堪乘破浪風。來時艱險頻經歷，歸日心魂猶惕惕。陽侯豈料足高情，浪静波恬一片白。波瀾真覺似人情，反覆之間面目易。令人總莫測其端，怒似連山静鏡色。一劍飄零天地間，孤雲野月偏相識。遥望鄉關一解顔，夢裏風濤猶堪憶。海外山川一咏題，贏得新詩留異域。」

占城，西南大國。嘉靖中，遣沙不登貢方物，過蘇州，見(下原缺)

元末，宗室王子忽哥赤爲梁王，鎮善闡。初，與宣尉司段功有隙，後因破明玉珍有功，王德之，以女阿禚主妻之。或譖功將不利於善闡，王密召阿禚主，付孔雀膽一具，令毒功。主不忍，夜語功曰：「我父忌阿奴，將殺奴矣，願偕奴西歸。」因出毒具示之。功不信，曰：「爾父視我厚，何得有此？」再三言，不聽。明日，王邀功東寺演梵。至通濟橋，馬逸，王令番將格殺之。主聞變，失聲哭曰：「阿奴不聽吾言，致有此。雖然，吾不負阿奴。」起自裁。王守之嚴，主愁憤將死，乃作詩曰：「吾家住在鴈門深，一片閒雲到滇海。欲隨明月還蒼山，誤我一生踏裏彩。吐嚕吐嚕段阿奴，押不〔蘆〕花何處採？肉屏獨坐細思量，昆西鐵立霜灑灑。」遂從容死。「踏裏彩」，譯言被也；「吐嚕」，無知也；「押不蘆」，回生草也；「肉屏」，槖駞也；「昆西」，昆陽之西；「鐵立」，松也。

杜松風云：「阿墩子去瀾滄百餘里，進藏時，主猓猔七林家。幼女倫幾卑母年十五六，通漢語，以俗例爲尼。歸時猶相識，餉茶果，甚欵洽。留數日東歸，以戒珠遺别。歸語同人，争爲作歌。因述其事。」詩云：「滇南制軍使西域，匹馬從征戒行色。芒屩凌雲渡碧空，馬蹄踏雪穿巖壁。崎嶇逼仄身未歷，他鄉惟有青衫濕。忽逢小女似曾識，遊踪兩度還堪憶。雪山西去瀾滄東，阿敦部落呈嬌容。養疴半月駐行跡，學佛幼女名先通。喃喃會作漢人語，脉脉相看弄機杼。聞道將行前致詞，何日歸來淚如雨。西行兩月不更西，歸鞭十日還覊栖。舊面忽從天外至，柔顔翻向人前低。酪茶佳果背地餉，小窗私語如鶯啼。夾來譯言綏也。意欲挽君住，恐教阿姊成猜疑。驪駒無那行旌促，東望知君何處宿？牟尼百八顆顆圓，脱來和淚君前掬。對人强笑送君去，此別重來杳難卜。一自歸來萬餘里，夢魂不到阿敦子。今年文讌説舊愁，淚痕猶寄征衫裏。邊塵漠漠雲山多，金沙流水空生波。知己未報譯蠻語，特補狜猔小女歌。」

孫司馬元衡《過他里霧》詩：「翠竹陰陰散犬羊，蠻兒結屋小如箱。年來不用愁兵馬，海外青山盡大唐。番人稱内地爲大唐。」「舊有唐人三兩家，家家竹逕自迴斜。小堂蓋瓦窗明紙，門外檳榔新作花。」又張鷺洲侍御詩云：「争迎使節共歡呼，驄馬前頭衆婦趨。首頂糍盤陳野食，大官曾未識都都。都都，與内地糍團略同。」

《使槎録》云：「臺地花不應候。仲冬按部北路，至斗六門，見桃花方謝，菜花初黄。回至笨港，見人擎荷花數枝。及回寓館，榴花亦照眼。至二月，桂正芳菲。八月，桃又花。信不可以時序限也。」張鷺洲侍御詩云：「少寒多燠不霜天，木葉長青花久妍。真個四時皆似夏，荷花度臘菊迎年。迎年菊與秋花無異，惟紫色一種，開歷冬春，故曰迎年。」

（楊君點校）

讀杜筆記

讀杜筆記提要

《讀杜筆記》一卷，據國家圖書館藏《澴農遺書》本點校。撰者夏力恕（一六九〇—一七五四），字觀川，號澴農，晚號菜根老人。湖北孝感人。康熙六十年進士，授翰林院編修，官至日講起居注。主修《湖廣通志》。著述身後彙刻爲《澴農遺書》。夏氏有《讀杜筆記》若干卷，乾隆十九年甲戌春夏之際，摘録其中二十餘則關係大者，而成此書，時已届逝世之年也。詩約二十餘題五十餘首，專説其大義，必欲探本而後止，而其所認之「本」，約在辨肅宗與上皇之失倫上，以爲杜詩關注此一中興之關鍵，「義正而辭渾，最得規諷之體」，此所以爲詩史也。如謂《北征》「本中之本」乃在救房琯，肅宗「遠公即所以遠琯，遠琯即所以遠上皇也」。謂《收京三首》乃「去國後有感於肅宗父子之間，而追寫收京之事而寓其意」，如「忽聞哀痛詔，又下聖明朝」二句，不滿靈武即位不待册命、至德改元不俟天寶逾年明甚。謂《紫宸殿退朝》、《洗兵馬》皆爲憂肅宗失政而作；《曲江二首》亦爲悲上皇而作，此「人生七十古來稀」之謂也。《同谷七歌》亦是以「肅宗人子之事殃積日甚」，方「棄官西走」。《憶昔二首》於「周宣中興望我皇」一句，歷述代宗即位逾年改元之正，至謂「小臣」句以下「公意在肅宗朝不欲再仕，代宗時又當别論」之也。下之《諸將》、《秋興》等詩，皆以肅宗、代宗之際説之，而駁諸注家之「擲代宗而説明皇」

者。全書以《送覃二判官》作結，蓋趙次公注此詩「先帝」句，「謂公生平於肅宗毫無所責備者」，故不容放過，而再申其肅宗朝不欲再仕、代宗朝則欲出仕之説，以爲「無若此篇之明顯痛切者」。其説别具隻眼，自成一家，頗有《毛序》説《詩經》之氣象，固不必以穿鑿責之也。

讀杜筆記

孝感夏力恕譔

古人語言行事，苟非擇而學之，未得其長，先墮其短矣。虚心别白，期於揣其本而不掩其真，豈無呵護苦衷？僭踰之罪，其又奚逃？頃年有《杜詩筆記》若干卷，姑檢二十餘則，書付兒輩。風塵偃息之暇，略悉梗概，斯亦窮理論世之一助云爾。甲戌立夏前五日，菜根老人識。

公初來鋭於仕進，天寶六年下第，林甫陰謀所致也。朝享賦，猶冀林甫之薦。未幾，林甫死，進《西嶽表》及贈鮮于仲通詩，實望國忠之薦。其贈哥舒翰，則不得已而欲出徵辟之途也。又不可得，乃有《韋左相》之詩。每思杜、韓爲有唐一代偉人，韓亦三上宰相書，後世譏者津津，其病在責於人者重以周，而又不達當年事會也。唐時除進士第外，惟有宰相能特薦人，次則節度徵辟。舍此兩途而受知人主者，皆詭遇耳。昌黎雖登第，然三選於吏部，卒無成。則且有登第而不得官者，此惟大賢之徒能杜門老死耳。如欲用世，舍宰相奚問？二公之於宰相，直明目張膽，以此責備之，竟不可得，故其卒也皆就徵辟，斷不詭遇於人所不見之地，以驕人白日也。嘗謂東漢氣節之弊，雖郭林宗之得免，亦出天幸。故惟申屠蟠乃可以形衆人之短。世無申屠蟠，而竊議杜、韓，則亦詭遇者之惡明目張膽耳。如此則杜、韓得失之不相揜，其亦庶幾平情之論乎！《上韋左相》

緇流豈無賢智可交者？且天地生之亦久矣，安得絶跡，不與相往來？至以之入詩，則或藉登臨，或資遣興；又深言之，則或因彼明此，又或引彼入此，方不愧儒者之言。公嘗自謂「師粲可」，是固儼然自命爲禪客。然每味其所語，恐亦未必真有得於空靈之表，則儒與佛兩失之矣。此固前人真率處，要不必曲爲呵護。東坡氣節岸然，尤覺津津。每爲詩及之，則飣餖佛門，直若應博學宏詞者。少陵忠義性成，而未免佞佛；坡公亦未免違道以干，而又示人以吾之無所不能也。大抵兩公憂患所乘，易致牽引；又才名震世，故此曹引而尊之，以壯其色。然則兩公反墮此曹坑塹耳。天下奇才，宰相不能有之，反資空門奇貨，世變可知矣。贊公與少陵最厚，厥後亦遭譴謫。夫以學佛而寄姓名於九達之衢，福誠大矣，禍亦不免。然則氣數之命，佛且難逃，儒者不能脱然於義命，乃欲棲空門以自效，利害且迷，況義理乎？世有讀兩公之詩者，師其所當師，而戒其所可戒焉可也。《大雲寺贊公房》

《北征》篇七十韵，段落卻最簡省。首言戀主之誠，憂時之切；次及道途所歷，可駭可欣之狀，皆足感人。因見戰場白骨，尤致痛於潼關之敗，「遂令半秦民，殘害爲異物」，尚安問室家乎？今者北歸，猶有室家之樂，崎嶇歷盡，暫得安寧，而至尊乃獨蒙塵於劍外。休練士卒，本圖恢復，顧乃憑藉回紇之力，不知官軍自可用，且當乘勢以驅幽、薊，不宜坐失擒胡之事。會此即所謂「雖乏諫諍姿，恐君有遺失」也。「君誠中興主，經緯固密勿」，亦可云有是君，有是臣矣。然明皇尚能鑒前世之亂，醢奸臣而誅褒、妲，而中興之勢固兆於此。陳玄禮昔佐明皇平内亂，今又贊成此舉，以雪衆憤，則密勿之功，亦莫大於此。向使返旆歸來，爲肅宗者能安全於子道，而且位玄禮於功臣之上，則有唐事業，豈不高出宣、光一等耶？曰「都人望翠華」，旨微哉；曰「煌煌太宗業」，思深哉！夫《北征》、《南山》各極其妙，而《北征》議論識見，洞然千古，其於兩宫之愛，亦云至矣。黄山谷少時謂：「與《國風》、《雅》、《頌》相表裏，則《北征》不可無，而《南山》雖不作亦未害。」此爲探本之論。然本之中又有本焉。公以救房琯，幾致推問，宰臣救之乃免，不旋踵而以墨制令其省家。琯以上皇册命至而不保其終，公以救琯而遽許其歸。遠公即所以遠琯，遠琯即所以遠上皇也。肅宗之於父子閒，其心亦可知矣。昧先幾之哲，去而復來，雖冀幸君之一寤，俗之一改，豈曰非忠？而其於守身見幾之義，他日投老江湖，寧不自悔其聞道稍晚乎？詩中曲叙家人瑣屑之事，其意謂孤臣困頓，猶有婦子之歡，而蜀道播遷之苦，鳳翔軍旅之勞，乃至於此，豈曰非忠？然賊虜充斥，兩宫隔絶，爲乾坤何等時，顧猶計及於兒女子之粉黛，揆諸卧薪嘗膽，非其所安；即師粲可、訪鍊師，或亦不免爲空門之累，蓋古人之真率而不肯自匿其短者如此。窮理論世亦有纖悉不可遺者，其於古人之高，究無所損。譬彼千鈞之鐘，雖有寸莛，闃如也。《北征》

《冬日謁洛城北玄元廟》詩云：「世家遺舊史，《道德》付今王。」言世家且遺舊史，《道德》之旨何自有家傳而付今王乎？又曰：「五聖聯龍衮，千官列雁行。」則賤其祖宗，以崇奉無何有之人，其失自見。終之曰：「谷神如不死，養拙更何鄉？」以見本非一氣，而老子之神自不相屬。義正而辭渾，最得規諷之體。此時公當局外，見道分明，固未嘗以唐祖玄元爲盛事。及上朝獻《太清宫賦》，然後仕宦之志生，而義理之氣奪，更無復用意若此篇者矣。《行次昭陵》詩云：「舊俗疲庸主，群雄問獨夫。」風俗以漸而敝，故曰「疲」；國事謬迷則人人有可執之辭，故云「問」。「讖歸龍鳳質」，意謂天定之矣。玄武門之役，若有不期然而然者。「威定虎狼都」，此則原其所以得之之由，不但非建成力，並非高祖之力也。「天屬尊《堯典》，神功協《禹謨》」，言内禪也。「風雲隨絶足，日月繼高衢」，則賢路闢矣。「文物多師古，朝廷半老儒。直詞寧戮辱，賢路不崎嶇」，贊太宗特用此四語，正歎今日之大不然，以致亂也。「往者災猶降，蒼生喘未蘇。指揮安率土，盪滌撫洪鑪」，言今日亂極將治也。「壯士悲陵邑，幽人拜鼎湖。玉衣晨自舉，石馬汗常趨」，言今日唐室之不亡，皆昭陵呵護之力；而「壯士」、「幽人」，即今日之「老儒」也。「松柏瞻虚殿，塵沙立暝途」，正謂今日猶有「老儒」到此地耳。「寂寥開國日，流恨滿山隅」，其所感深矣。此篇最爲雄偉悲壯之作，持論亦高渾無跡。以上二首皆少陵排體之傑出者，古今稱「詩史」、稱「杜律」，皆從此類詩得之。學杜者不此之學，乃欲摭拾於顛醉之餘，甚或以鄙俚樸陋爲真能學杜者，何其謬哉！五言排律二首

《白絲行》、《麗人行》，皆少陵七古傑作也。《白絲行》作於天寶之末，正李、楊用事時。其發端曰：「繰絲須長不須白。」真《三百篇》之遺。蓋謂人當終守其志，不當遽暴其能也。中閒比喻用舍變態，得志則趨附者接踵，一朝失寵，新者用，故者棄捐矣。終之曰：「開新合故置何許？」又曰：「恐懼棄捐忍羈旅。」可謂曲盡人情矣。然「棄捐」固可懼，若李、楊之門，不「棄捐」更可懼也。《麗人行》專刺楊國忠。夫《西嶽表》者，固拜獻之資也，「篤生司空」之説，不與此刺謬乎？即曰好惡因時異用，而「秦」「虢」「椒房」、「御廚絡繹」，不復爲尊者諱；「炙手可熱勢絶倫，慎莫近前丞相嗔」，又幾於言之辱且長。若當時賦此，殊非默足以容之道。且凡刺諷之詩貴有含蓄，即公詩亦歷歷可稽，豈亂後補作之

與？然亦非忠厚悱惻之遺音矣。七古二首

此去國後有感於肅宗父子之閒，而追寫收京之事以寓其意。若當其時，亦未遽解此矣。《喜達行在》詩曰：「今朝漢社稷，新數中興年。」此詩曰：「暫屈汾陽駕。」曰：「更與萬方初。」其用意不同可知。肅宗十月還京，已下詔云：「義切奉先，恐不負荷。」似矣。乃上皇歸已有日，而十二月朔又下詔大赦。夫家事且宜待其處分，況大恩之霈，獨不能稍待乎？故曰：「忽聞哀痛詔，又下聖明朝。」李泌請更爲賀表，以迎上皇，使其不疑。上皇歸索黄袍，自爲肅宗著之。此與高祖時内禪，皆迫於勢之不得不然也。故曰：「羽翼懷商老，文思憶帝堯。」肅宗撥亂反正，可謂有功，然律以人子之分，不免乖離。曰：「叨逢罪己日，霑灑望青霄。」其意深矣。卒章之言曰：「賞應歌《杕杜》。」謂宜及時行賞，以免雜虜之暴，而定功臣之志也。曰：「歸及薦櫻桃。」時太廟爲賊所焚，僅享九廟主於長樂殿。賊壕既鏟，祖廟新建，計明年夏可落成。而上皇之歸，可及是時而薦櫻桃也。「雜虜横戈數，功臣甲第高」，賞遲而濫矣。「萬方頻送喜，無乃聖躬勞」，父子宗廟之閒，得毋有未盡禮者乎？注家謂此時父子閒猜嫌未見，不應有譏。不知靈武即位，既不待册命之來；天寶十五載餘月幾何，又不俟逾年，遂改元至德，則其苟貪天位，急於即真，無父之心已見於此。千載下猶嘵嘵争之，此朱子所謂「苦心勞力，費盡言語，只成就個枉尺直尋」者也。《收京三首》

「户外昭容紫袖垂」，「昭容」，女官也。公詩又曰：「宫女開函近御筵。」既引朝儀，復司章奏。人主視朝，所以接賢士大夫，猶不離宫妾。視古之疑承、師保，爲何如矣？唐人詩又云：「侍女新添五夜香。」人臣入直，正當洗心積誠，以爲感格君心之地，乃亦以侍女闌入其閒，視古之闢寢門而假寐者，爲何如矣？岑嘉州有「花迎劍佩」、「柳拂旌旗」之句，此詩亦曰：「花覆千官淑景移。」可見唐時殿庭皆植花柳，直與離宫别館無殊。要之，此即「昭容紫袖」之意，視古之三槐九棘，爲何如矣？「晉陽啓唐祚，王明紹巢封」，終三百年闈政不修，皆流風餘韵之所積也。作者其無意乎？駸駸乎移於習俗而不知。作者其有意乎？直書其事而失自見。「詩可以觀」，信哉！若乃和親之舉，雖相沿自漢，未有以親生幼女與回紇若肅宗者。《留花門》之篇曰：「公主歌《黄鵠》，君王指白日。」其意雖悲，其詞尚壯。厥後公主以不狥葬而得歸漢，和戎事已不能有終。公作《即事》詩以歎之，而其中有曰：「秋思抛雲髻，腰支賸寶衣。」蓋《新唐書》言公主初嫁鄭巽，又嫁薛康衡，乾元元年乃嫁回紇。天下風俗自朝廷始，可見唐時恬不爲怪。此公詩之所以爲史也。《紫宸殿退朝》

收東京乃至德二載事，而詩内稱「成王」，則明年三月徙封者；又及鄴城之圍，則十月事，此詩當作於乾元十月後。而題曰《洗兵馬》，且注以「收京後作」，蓋其閒多隱諷語，不欲顯明之也。就中要語如「獨任朔方無限功」，深懼任子儀之不專也；「回紇餧肉蒲萄宫」，深懼外夷之養禍也；「成王功大心轉小」，則藉成王以癚肅宗也。因言大亂既平，上皇復入，正當返權爲經，故曰：「青春復隨冠冕入，紫禁正耐烟花繞。」「鶴駕」，太子駕也；「問寢」，太子事也。今者宜乎鶴駕通霄而鳳輦仍備，宜乎雞鳴問寢而龍樓已曉。昔之權爲龍鳳者，遂長此龍鳳矣。是以攀附之徒，宵小者進而用之，漸攬國柄；反側者因而授之，人懷叵測，故曰：「攀龍附鳳勢莫當。」而直呼「汝等」，以深警之也。疏遠之臣就事言事，即此見在籌國之良，猶可致中興之盛。而喪亂初平，驕盈漸起，獻瑞呈諛，何所不至。憂國如鄴侯等歎息而去，歌頌如楊炎輩接踵而來，百姓之苦極矣。故終以農事爲言，偃武致望，而歸之於「洗甲兵」也。肅宗之役，朱子謂：「元次山之詞，歌功而不誦德，不可謂無意。」又謂：「山谷之詩推見至隱，以明君臣父子之訓，乃萬世不可易之大防，與一時計功謀利之言，蓋不可同年而語矣。」以是求之，少陵心事，千載如見。雖《東萊博議》，猶未免於計功謀利，況其他乎？《洗兵馬》

「一片花飛減卻春，風飄萬點正愁人。」人知「風飄萬點」之愁，而不知其始於「一片」，此可以悟喪亂之由。而公之去就，其見幾亦自此始矣。是時公年未五十，乃曰：「人生七十古來稀。」悲上皇之老居南内，早已受制於良娣、輔國之徒，而無復遊賞之事也。典衣盡醉，人生隨處皆可行樂，何況爲天子父而乃不得以樂餘年耶？「穿花蛺蝶深深見，點水蜻蜓欵欵飛。」可見人不如物。而宵小攀附之徒，熌爍離閒之情狀，亦隱然見於言外矣。春去春來，流光迅速，「暫時相賞」，悵餘年之無幾，所當養志而「莫相違」也。初，上皇改羽林軍爲「龍武」，肅宗易名「天騎」。《曲江對雨》詩曰：「龍武新軍深駐輦。」業已新軍，猶以「龍武」冠之。「龍武新軍」四字乃《春秋》之筆。曰「深駐輦」，則惟恐上皇之一出也。出且不可得，而況其他乎？南内有夾城入芙蓉園，園與曲江相接，而曲江亦有殿，故曰：「芙蓉别殿謾焚香。」言上皇之隱隱受制於新軍，而不復可以遊幸也。二語其辭微。又繼之曰：「何時詔此金錢會，暫醉佳人錦瑟旁。」「金錢會」乃開元故事，尤深切著明；「佳人」即屈原所謂「美人」，孤臣咫尺，求一面亦無由耳。公仕宦之志本熱，天寶閒雅欲進身，常思汲引。肅宗即位靈武後，若《喜達行在》，若《北征》，若《早朝》、《退朝》諸詩，皆勃勃然有仕進之意。及上皇自蜀歸，而肅宗宴然處之，父子之閒，情意漸疏，防閑漸密。而公又適以曲江之遊，感觸於中，其志乃淡矣。題省中壁曰：「退食遲迴違寸心。」《曲江二首》曰：「何用浮名。」《曲江對酒》曰：「懶朝。」曰：「老大徒傷未拂衣。」皆「龍武新軍」數語辭前之意所急急欲吐者。天寶獻賦，諛丞相，美司空，躁進之愆，不必爲公諱。而上皇南内以後，淡於仕進。千載下乃無復有知公之心者，即知其爲忠，而實不知其所以爲忠，是以論其世也。《曲江》諸詩

明皇晚雖荒亂，而氣度高朗，萬一悔禍，終屬英主，且内禪之志已安。而肅宗人子之事，殃積日甚。是故南内以後，公始淡於仕進，尋至棄官西走。此詩第六首，蓋因萬丈潭之龍，以比南内之見構於李輔國也。「我行怪此安敢出」，隱遯之意也；「拔劍欲斬且復休」，欲除之而不能也；「歌思遲」，不敢言也；「溪壑爲我回春姿」，不忍絶望之辭也。幽懷沈痛，至於如此。故第七首遂建瓴而出，曰：「男兒生不成名身已老。」又曰：「富貴應須致身早。」見此時之不復可爲也。「但話夙昔傷懷抱」，其言可知也；「仰視皇天白日速」，聲淚俱盡矣。朱子跋此歌，謂：「豪宕奇崛，詩流少及之者。顧其卒章歎老嗟卑，則志亦陋矣。人可以不聞道哉？」斯言誠足以責備賢者。蓋惟其名心未化，故著語不能無病，而用意甚苦，亦深隱而不可以驟窺。今竊反覆全集，紬繹此歌，有以灼見其生平，則其聞道之淺與其立心之厚各不相揜，而其所以至於歎老嗟卑者，又朱子所謂「屈原之過，過於忠者」也。嗚呼！枯竹無言，傳薪不易。不合觀其心跡，不互著其短長，難與讀古人之書，并難與讀尚論古人之書矣！《同谷七歌》

「十日畫一水，五日畫一石。」或謂公戲語，非也，正言其慘澹經營得手處耳。「十日」、「五日」非平分多少也，蓋謂「十日畫一水」先須「五日畫一石」，則水之曲折隱見，乃可得言耳。「崑崙方壺」，掛之「素壁」，人但以爲高山之石勢，不知其爲水之遠勢也。「巴陵」、「日本」，水勢之東西；「赤岸」、「銀河」，水勢之上下；「中有雲氣隨飛龍」，此則石勢之隱見爲之也；直至「漁舟」、「浦漵」、「木亞」、「洪濤」，水勢之因山而可近覩者，人始知其爲水，不知其「尤工遠勢」，「咫尺」可以「萬里」也。結二語乃戲之曰：今且無論萬里，焉得翦此「吴淞半江水」乎？「巴陵」以下所言無非是水，可知起二語之非平列也。事固有經營於此，而後得手於彼者，即「遠勢」之所藏也。此二字曲盡畫家之妙，并曲盡文字之妙。如此篇作法，正所謂「尤工遠勢」者。《戲題王宰畫山水圖》

「獨酌甘泉歌，歌長擊樽破。」如是則雖屏跡，而壯心殊未已也。故繼之曰：「用拙存吾道，幽居近物情。」如是則心安而跡亦無所違矣，心跡雙清則一無所事矣。故又繼之曰：「晚起家何事？無營地轉幽。」人幽則地亦幽，雖竹光舍影，悉相遊於無事之天矣。一人幽則一家從而化焉，一家婦子亦無一事入我胸次矣。入醉鄉而絕交遊，此跡真可屏矣。此詩三章，幾於近道，然此蓋得佛老之精粹者耳。得乎天而遺乎人，遊乎自然而失其所以自盡。學者能深悉其源流之所以分合，則亦無害於此詩之妙絕千古也。「失學從兒懶」，即此是佛老空處。《遣興》詩謂陶潛未能達道，而曰：「有子賢與愚，何其掛懷抱。」此可以互證矣。然他詩又有「熟精《文選》理」及「續兒讀《文選》」之句，則猶未免掛懷抱，而無以脱然於語言文字之外也。《夔府詠懷百韻》詩既自謂「許雙峰」、「依迦葉」，而終之曰：「勇猛爲心極，清羸任體孱。金篦空刮目，鏡象未離詮。」此又可以互證矣。以此見才人之於佛老，直以之消磨世變，且資談助耳；亦未必其真有得也，而況聖道之精微者乎？《屏跡三首》

人當患難則奮勉，當逸樂則宴安，肅宗亦既如此矣。因言昔爲拾遺時，代宗方爲太子，居天下兵馬元帥之職，能收復兩京，故曰：「出兵整肅不可當。」以歎今日之不然也。不曰不能早用子儀，徒使閒住京師，而曰：「爲留猛士守未央。」立言之體也。末二語追禍本之來由，慨居官之素志，此則公之所以自憶也。二詩先叙肅宗者，憶昔一身用舍之由也；次叙開元者，憶昔致亂之由。而爲子孫、臣僕，無斥言祖宗之理，故極言開元之盛、今日之衰，而曰：「傷心不忍問耆舊，復恐初從亂離説。」立言之體，忠厚之意也。「小臣」以下方述爲尚書郎事，竊揣公意在肅宗朝不欲再仕，代宗時又當别論，故且居官以望中興。而「尚書郎」三字卻反借見於前篇之尾，蓋言語之妙如此。自上皇還京，南内、西内以及前後諸形跡，公始無以解於靈武之役，遯迹羈旅，不復還朝。此詩云：「周宣中興望我皇。」則肅宗可知，此蓋公之史筆也。謹按：國君即位，逾年改元，古今之通義也。唐自中宗景龍四年，睿宗即位，未逾年而改元景雲，開亂源矣。故《綱目》削「元年」不大書，大書自二年始；而猶書曰「睿宗皇帝二年」者，特以授受分明，正其始也。睿宗太極元年八月，明皇受禪，不踰年而改元先天，厥後自覺其非，故明年始改開元元年，而先天之年號泯矣。天寶十五載七月，肅宗不待册命之至，即位靈武，旋已改元至德，故《綱目》既削元年不大書，大書二載，仍削「肅宗皇帝」四字，蓋以其無所授受也。肅宗寶應元年四月，代宗即位，乃能鑒前人之失，至於明年七月而後改元廣德。此雖過當，然後之子孫，終唐世無有不逾年而改元者，代宗有以震動之也。即此一事，其賢於肅宗遠矣。此事甚有關係，讀史者未嘗有所發明，因此詩「周宣中興」一語，故及之。《憶昔二首》

一首責長安諸將，而舉禄山之往轍，以興陝州之近事，讀「見愁汗馬西戎逼」之句可知矣。蓋《諸將五首》本爲代宗時而發，大約皆原往昔以諷於今，如「韓公」、「回紇」、「越裳」諸事皆賓也，非主也。諸注家不當徑作天寶以來諸將之事。二首責河北諸將。中宗時築三受降城於朔方，本以嚴中外之防。吐蕃之入，代宗倉卒出幸。時郭子儀閒居已久，將校無人，朔方兵爲僕固懷恩所脅者，不得不煩回紇以救之。然其病非自今，始自肅宗收京及代宗初立雍王之討史朝義。「豈謂盡煩回紇」，以至於今而「翻然」，又以之「救朔方」乎？三首責朝廷大臣之出將者。當時節度多兼宰相之銜，而實無預補衮之事。府兵法廢，兵、農遂分，而軍儲悉取諸苛斂。「滄海」、「薊門」，蓋通南北言之，即後首「炎風朔雪天王地」也。四首責中官之出將者。言朝廷之任中官久矣，而南方之覆轍相尋，尤爲可鑒。故以「扶桑銅柱」與「越裳」、「南海」，而又以前代之楊思勗興今代之吕太乙。然此二人者，中官之號猶未泯，無所謂非常之寵錫也；至李輔國，則拜兵部尚書，魚朝恩則爲天下軍容使，程元振則加大將軍。南方覆轍不足鑒，而寵錫愈甚，則閹人之誤國，而忠良之見斥也。五首借嚴武以責蜀中諸將。在蜀言蜀，故以此爲殿，而歎今日之無其人也。曰「正憶」、曰「須仗」，《黄草》一篇，其爲刺諷鴻漸無疑矣。《諸將五首》

首句紀時，次句紀地，皆深秋景象。江水不過天漢中一渠，「波浪兼天湧」則强藩之擁兵震主可知也；塞上亦僅地理中一域，「風雲接地陰」則外夷之蹂躪不時可知也。就中比興，早已函蓋八首。而「叢菊」又從「楓樹」生出，凋者感人，華者亦感人。且天時地氣既感人，「暮砧」、「刀尺」，人事復感人。初至夔州，不意便歷兩秋，今已兩度看菊。後來節序重到眼前，是他日之淚也。由今日夔府溯到雲安、梓、閬、成都，溯到同谷、秦州，溯到長安，「孤舟一繫故園心」，指不勝屈矣。「白頭吟望」，此懷何寄？寄之於《秋興》而已。「聽猿」從「夔府」説，「奉使」從「京華」説；「伏枕」又因「聽猿」而憶「京華」，一若身依魏闕者；「悲笳」又因「奉使」而歎「夔府」，一若同此羈人者。二首「落日」、三首「朝暉」，都從首篇結句次第寫之。「日日江樓坐」，則見江水漸落，此「漁人」止在「信宿」閒而「還泛泛」；樓燕猶存，清秋宜返，而「故飛飛」，皆與時相背者，以興「匡衡抗疏」、「劉向傳經」，宜乎得志，而反「功名薄」、「心事違」。然則長安中少年裘馬，夫豈從「抗疏」、「傳經」來乎？四首注家多從明皇説起，不然也。禄山之亂，公所目擊。此詩開口著「聞道」二字，分明説肅、代閒事。「王侯」一聯，即「似弈」二語之實録；「直北」一聯，專言代宗時事。吐蕃之入，諸節度擁兵，朝廷遣使敦諭，皆不至。公自注固分明矣。「聞道」二字直貫至「羽書遲」。「魚龍寂寞」，不在「第宅」、「衣冠」之列，乃獨爲憂國之人，而又不欲質言之，故曰：「故國平居有所思。」「蓬萊」而下，即其「所思」者也。夫今之「京華」，即漢之故地；而漢武好神仙，唐室祖老子；漢之「承露金莖」則「瑶池西望」，唐之「蓬萊」、「南山」則「紫氣東來」，漢、唐雖隔，其宫闕之壯麗相等。因思至德、乾元時，「雲移雉尾開宫扇」，固儼然在君臣之列；「日繞龍鱗識聖顔」，已愀然於父子之閒。是以「一卧滄江」，不復再「點朝班」，此身久在「瞿塘峽口」矣。秦、蜀「萬里風烟」相接，秋思感人。「花萼」、「芙蓉」，昔之「通御氣」者，今乃「入邊愁」，則宮闕之殘可知。豈山河故地不足以爲「帝王州」哉？當漢之盛，於太液則「珠簾繡柱圍黄鵠」；當唐之盛，於曲江則「錦纜牙檣起白鷗」，皆歌舞地也。而今豈獨漢成古事，即開、天都成古事，故曰：「回首可憐歌舞地，秦中自古帝王州。」夫此「帝王州」豈有今昔之殊哉？惟漢武權操於上，國雖漸以空虚，而威武行於四夷；唐室權移於下，藩鎮擁兵，安史、吐蕃之亂，拱手環視。故「瞿塘」一首，由今日之衰，思昔日之盛；「昆明」一首，思昔日之能修武備，以歎今日之不然也。「織女」、「石鯨」皆武帝所刻，置於昆明池者。「機絲」猶「虚夜月」，「鱗甲」猶「動秋風」，豈不凛然「旌旗」之象「在眼中」乎？而今則「菰沈」、「蓮墜」，廢弛已久，武備不修，征伐不出於上，喪亂何由而靖？此萬里孤臣所以流離於「關塞」而歎息於「江湖」也。代宗幸陝，至是僅四年事。詩中「金鼓震」、「入邊愁」等語，明指吐蕃之亂，公自注亦分明。不知「蓬萊」、「昆明」二首，諸注家何以皆擲代宗而説明皇，以「蓬萊」爲譏太清之獻乎？豈當時既作賦以諛之，而死後乃訕謗之耶？以「昆明」爲譏南詔之役乎，則生當其時，託詩諷諫，不失爲忠；既歷兩君，舍目前之喪亂而專議祖宗，非人情矣。且屬辭比事，其於前後語脈意味，奚所貫注哉？末篇承上「池水」、「江湖」，遂及「渼陂」游歷之事。「香稻」、「碧梧」皆渼陂景物，其「啄餘」者，不過鸚鵡之粒耳；其「棲老」者，猶有鳳凰之枝乎！故國之思，何所不至？君子小人消長之數，感慨係之矣。因記昔年之事，若「佳人拾翠」，則「長安水邊麗人」也；「仙侣同舟」，則「岑參兄弟攜我」也。是時正當獻賦之後，「曾干氣象」，而今則「白頭吟望苦低垂」而已。八篇中一切風景以「白頭」之「望」收之，一切痛楚以「白頭」之

「低」括之，而皆感於秋，故曰「秋興」。《秋興八首》

言自河北、山東之亂，避地西南，其所以「漂泊」而「未還」者，「羯胡」反覆。昔明皇倚恃禄山，而禄山已無賴；肅宗即位，回紇、吐蕃皆請助國討賊；代宗時卒爲僕固懷恩所誘，致陷長安，是「羯胡事主」之「無賴」已久也。以子儀之誠勇威信，雖足以奪回紇之氣，使之效順，然終恐其「無賴」。是以「詞客哀時」，有感於庾信之避亂江陵，而僅藉詩賦以娱暮景也。庾信在江陵，居宋玉故宅，故承前首而遂及宋玉。「摇落」者，宋玉悲秋之辭，蓋悲其師也。而其辭特風雅，則玉亦可師。於是「悵望千秋」，悲其所悲，而誌「蕭條異代」之感。「江山故宅」，庾信所居，「暮年詩賦」「空」，彷彿其文藻而已。而其所悲者深不易知，「雲雨荒臺」亦猶其師「冀幸君之一寤」，豈真「夢思」哉？此以知詞客之所感，古今一轍。「楚宫泯滅」，其悲者無窮期矣。由江陵而上之曰姊歸，故遂及明妃。「群山萬壑赴荆門，生長明妃尚有村。」苟有關於世運，天地生之，又豈偶然哉？由姊歸而又上之爲夔、蜀，故遂及昭烈、武侯，立言之次第如此。漢祚將移，而「君臣一體」，「志决身殲」，所謂「成敗非所逆覩」，「死而後已」者；天未厭唐，而社稷之計如傳舍然。一爲君天下者發，一爲宰臣、節度發也。此詩命題以「詠懷古跡」，借往事以抒懷，意不係乎古也。「詞客哀時」，借「詩賦」作引，其所悲者大也。第二篇不詠屈原而詠宋玉，「雲雨荒臺」，「楚宫泯滅」，所以爲色荒戒也。三篇不詠女嫛而詠明妃，「青冢黄昏」，「琵琶胡語」，所以爲和戎戒也。昭烈創業益州而崩在永安，庶幾「王業不偏安」。曹魏之篡，奚翅戎虜？武侯「志决身殲」，所云「漢賊不兩立」也。唐自晉陽脅父，巢剌嗣王，而女謁基之；始資突厥，繼倚回紇，而戎狄基之，始終受此兩大禍。又挾天下之全力而太阿倒授，坐失征討之權，視昭烈、武侯有慚色。此公之所爲拳拳而借詠於詩賦者。不然，前陳「詞客」，後列英雄，而中間參一失身戎狄之女子，不經甚矣。《詠懷古跡五首》

《八哀詩》首三節度，次郡王，次三詞客，次故相。題曰：「傷時盜賊未息。」故首王公、李公、嚴公，而此三公者，又以建功之先後與其卒之歲月以爲次。又曰：「歎舊懷賢。」汝陽與李、蘇、鄭三人皆公故舊，故首汝陽，而三人則又以官之大小爲次，終之以曲江，懷賢也。其所以誌哀者，亦異焉。思禮從哥舒翰建功最早，而不免潼關之失守；光弼戮力安史，功埒汾陽，而不免晚歲之傷讒畏誅，而未敢入朝；武功在西川，能破吐蕃，而其後不免專刑戮、厚賦斂，此其所以可哀也。故歷叙其功，而於思禮則曰「潼關初潰散」，曰「偏裨無所施」；於光弼則曰「内省未入朝，死淚終映睫」；於武則曰「意待犬戎滅，人藏紅粟盈」也。汝陽以天潢之胄，當開元寵遇之隆，而能屈己下交，哀今日之不然也。李、蘇、鄭三人詞章卓犖，邕以才名爲時宰所忌，累貶而不得其死；源明與虔皆能不屈於禄山，源明雖蒙擢用，而以直言不顯於時；虔雖有密章達靈武，而卒貶台州以死。三人在故舊中，尤自傷同調，此其所以可哀。況乎禄山之亂，上皇父子挾六軍之威，而不能守其宗廟社稷，至於逃竄。然則亂定之後，黨惡助反者固應誅夷，脅從者所當寬宥。乃叛如嚴莊，而爵以上卿；黨惡如均、垍，而尚欲以私恩免之，其何以奉天討、誅叛逆乎？密章之達如虔而長貶不歸，其於前日延秋之出，異日陝州之行，又何以自處乎？此尤公之所深哀者。能救房琯，不能救一樗散之老畫師，尤公之所追往悼昔而莫可如何者。故於邕則歎其不免於争名，於源明則危其不脱於乳糞，而於虔則深痛其「反覆歸聖朝，點染無滌盪」也。曲江去而開元之治以衰，曲江卒而天寶之亂以起，故終及之，以爲《八哀》之殿。而其所諄諄不置者，曰「退食吟大庭」，曰「篇終語清省」，曰「用才文章境」。蓋曲江之賢，人盡知之，無事臚列；又以見文事之深有關於治體，落落不遇而以詞賦終者，未必無稷、契之徒。此則公之所以自哀，而借曲江以亂其篇也。八人隱括生平，顯微詳略，各得其宜。以詩歌爲傳記，其諸爲少陵獨步者與？《八哀詩》

此詩追叙禄山之亂，九廟爲燼；肅宗雖經修建，而宏壯已不如初；及乎吐蕃之陷，重失其守。傷宗祧之再辱，歸本於盡人事以回天意，然後能合萬國之歡，以祀其先也。終之曰：「赤墀櫻桃枝，隱映銀絲籠。千春薦靈寢，永永垂無窮。京都不再火，涇渭開愁容。歸號故松柏，老去苦飄蓬。」蓋唐室太廟本因苻堅之舊，自開元五年四室壞，迄不聞有創建之舉。肅宗以十月還京，十二月上皇至自蜀，而太廟以明年四月落成。則仲夏薦櫻桃，適當太廟落成之首祭。故公《收京》詩曰：「賞應歌《杕杜》，歸及薦櫻桃。」此詩復以櫻桃之薦爲辭，殆託物以紀其時，因時以誌其感。使孝子慈孫居安思危，累世不忘其所自之意。而孤忠遠遯，悼上皇之困迫抑鬱以死；甘心漂泊，不忍歸戴長安之天者，亦將藉是以告於祖廟之靈也。嗚乎，至矣！詳味此詩，益信諸注家於《收京》詩不得其解也。《往在》

此詩當編於廣德二年春，聞代宗已自陜州歸京師而作。觀篇内有「申命空山東」之句，則河南、河北尚未收復之時也，不應編入大曆。

篇中所云：「無貴賤不悲，無富貧亦足。萬古一骸骨，鄰家遞歌哭。」極透徹語，乃人世公共之宇宙也。其自陳則曰：「用心霜雪閒，不必條蔓緑。非關故安排，曾是順幽獨。」此公生平出處大節所存，卻只從冲淡中渾渾説出，所謂醇乎其醇者也。終之以「達士如弦直，小人似鉤曲。曲直吾不知，負暄候樵牧」，極傷慨語，正自灑然，其意味直超脱《十九首》外，自闢門庭，不復入古人牢籠内矣。次章曰：「夜深坐南軒，明月照我膝。驚風翻河漢，梁棟日已出。」蓋謂古今猶晝夜，爲下「古者」一段起興也。又曰：「天寒行旅稀，歲暮日月疾。榮名忽中人，世亂如蟣蝨。」古質精深至此，何減漢人！而正意卻還在下「古者三皇前，滿腹志願畢。胡爲有結繩，陷此膠與漆。禍首燧人氏，厲階董狐筆」，言三皇以前汙樽抔飲，譬如鼯鼠之滿腹，無所貪也；漸而以結繩記事分别大小，猶無所謂是非也，然已譬如假膠漆以爲固，而失其本來面目矣；「禍首燧人氏」，烹飪始則滿腹之慾難塞也；「厲階董狐筆」，是非起則結繩之禍轉烈也。就兩首較之，奇崛似推次首。蓋亦老、莊緒餘，而出之以幻化耳。然五古至此，實公晚年清老之絶技也。生平心得語，若此類詩，豈襲取者所能彷彿乎？《寫懷二首》

詩序言公孫氏舞「劍器渾脱」，皆舞名；「瀏灕頓挫」，則形容其妙。今人多以「渾脱瀏灕」爲用，非也。「渾脱」本帽名，舞此者必著此帽；即「劍器」之舞，亦必用劍。舞有健舞曲、輭舞曲，「劍器」，健舞也。《明皇雜録》稱「公孫大娘善舞劍」，少陵復以「雷霆震怒」、「江海清光」擬之，非劍而何？不知「劍器」爲舞曲之名，固失之疎；知其爲名，而遂謂以空手爲之，則鑿而泥矣。此詩即事懷君，感慨係之。而「金粟」、「瞿塘」，淒然草木，并舉而雜陳之，蓋歌舞之樂，即播遷所自也。終之曰：「老夫不知其所往，足繭荒山轉愁疾。」以此益知公之轉徙荒徼，其致痛於明皇者深也。凡作此類詩，皆緣情起義，而

至性昭焉。元、白諸作，所以不及公者，止是情爲星宿，性特波瀾耳。此中分際甚微，然詩之升降大矣。《觀公孫大娘弟子舞劍器》

此以無魚而射雁興米賤，而更傷織作；又以雁雖殺而無當於食，興男女雖鬻而終不足以給租庸。所以然者，官貪於内，兵黷於外，民窮財盡，而泉布不流行於天下。蓋米固軍所需，錢亦軍所需，米之貴賤與錢之官私，其利害又相等。故末後遂言錢法，而「好惡不合長相蒙」一語，又千古錢法之龜鑑也。詩分兩段看，自起至「茅茨空」爲一段，「楚人」至末爲一段，中間「去年」、「往日」四字又兩邊點綴相映處。「高馬達官厭酒肉」，官貪於内也，所以終前段之興；「萬國城頭盡吹角」，兵黷於外也，所以終後段之興，其實亦互文而錯舉之。不悟此法，無由見少陵變化之妙矣。《周禮・庖人》：「冬行鱻羽。」即魚與雁也。此詩因歲暮而借魚、雁以起興，不爲無本。且篇中云云，亦所以爲玉食萬方者之鑒戒。《離騷》：「歲既晏兮孰華予。」蓋命題之所自。可見此類詩皆孤臣遲暮、感時憂國之言，乃《風》《雅》之真源，《楚辭》之變調，錯節深情，愈諷愈出。而舊注乃謂公晚年詩多雜亂，無復語次，如此篇批剥尤甚。今表而出之，庶不負千載上一片苦心也。《歲晏行》

公有《洞房》八首，叙明皇事甚悉。其七章云「驪山絶望幸」，言在南内已無郊野之遊幸；「花萼罷登臨」，言在西内，即宫禁以内之樓臺，亦不復可上矣。南内者，公不樂仕進之始也；西内者，公不欲北還之始也。劫遷之狀，儼同禁錮。上皇自是不茹葷以死，垂艴餘生，聽其束縛於小人女子之手，豈但良娣、輔國罪無可逭哉！長安尺五之天，有非臣子所能安堵者。公《散愁》詩曰：「老魂招不得，歸路恐長迷。」其意可知。又《送嚴公入朝》詩云：「此生那老蜀，不死會歸秦。」公直避讒忌爲此語耳。果欲歸秦，孰便於附嚴公之驥？以此知公之竟不北還也。此篇之言曰：「先帝弓劍遠，小臣餘此生。蹉跎病江漢，不復謁承明。」又曰：「遲遲戀屈宋，渺渺卧荆衡。」公詩雖屢及此，寓意常微，無若此篇之明顯痛切者。千載下誦其詩而不論其世，孤負斯人矣！舊注趙氏以此詩「先帝」謂肅宗，而因有謂公生平於肅宗毫無所責備者。則昔者拾遺之授，影静心蘇；華州之去，飄然長往，豈不爲熱中之懟？而所謂拳拳忠愛之誠，將安在乎？通觀前後諸詩，及公《祭房琯文》所云「太子即位，揖讓倉卒；小臣用權，尊貴倏忽」者，有以知公之志必出乎此，故竊取而論之。《送覃二判官》

（楊焄點校）

青梅軒詩話

青梅軒詩話提要

《青梅軒詩話》二卷，據乾隆六十年刊《史位存雜著六種》本點校。撰者史承謙（一七〇七—一七五六），字位存，號蘭浦，江蘇陽羨人。與弟承豫俱有名於時。有《史位存雜著六種》。六種中《愛閑齋筆記》、《菊叢新話》、《静學齋偶志》亦頗有論詩語。《詩話》漫説古今人詩，雖間有入微處，然議論每至小大失據。此本上有吴騫、陳鱣批語，頗能道其失。如卷二極詆厲鶚輯《宋詩紀事》爲不可解，吴批云：「曰紀事者，元取其備一代之掌故，非專取其一字一句。樊榭此書，竭一生之苦心，自是不能埋没。大約空疏不學人之談詩，不知其書之足重也。」又同卷謂查慎行詩與王士禛不可以道里計，陳批云：「當時本有南查北王之目。平心而論，初白實可接武新城，並非鄉曲之見也。」二家駁之甚峻。然吴騫《拜經樓詩話》亦曾摘引數則，非一無可取也。其他如推許嚴羽詩論，不惜全文載其《答吴景仙書》等，亦爲失體。

序

史蘭浦先生《詩話》二卷，凡二百餘條，皆深入古人堂奧，洞悉其醇疵，故所評泊無一字枝梧。至獵取篇章及一聯半句，則又明雋輕圓，詞之藻也。古今詩話之多，幾負牛腰，似此不啻優鉢曇花，而覽者可聞木樨香否？乾隆乙卯仲冬同里後學萬之蘅拜識。

青梅軒詩話卷一

陽羨里史承謙位存氏纂撰

昔人論詩格云：所以條達神氣，吹嘘興趣，非音非響，能誦而得之。猶清氣徘徊於幽林，遇之可愛；微徑紆迴於遥翠，求之逾深。

讀韋蘇州詩可以長道心。「法妙不知歸，獨此抱冲襟」，余最愛其語，有深長之味。

陳卧子云：古詩自漢、魏至唐，近體自初盛而中晚，皆可爲也，務絶其不雅者而已。真而不雅則俚，樸而不雅則陋，艷而不雅則俗。落調宜老成鄭重，意致宜委婉悠揚。

昔人謂馬君虞「猿啼洞庭樹，人在木蘭舟」爲五言之極則。余謂唐人如徐晶詩「人家多種橘，風土愛彈琴」，亦五言極則也。詩須如此做，方有風雅。

古今來惡詩衆矣。始自貞元、元和以後，元、白、張、王輩漸多，至晚唐、五季之卑劣衰颯而極。北宋之粗派，南宋之陋習，元代之纖詞弱調，景、宣之陳腐冗長，嘉、隆之優孟裝塑，徐、袁之天魔舞、信口腔，至鍾、譚之鬼趣而極。至於我朝康熙中，又有一種韓、蘇派，昌黎、東坡幾盈宇宙，了無意味。至今日而又有一種爲南宋派，如殘杯冷炙，不堪入口，而飫之者以爲上珍，不知其何心也。

薛岡《天爵堂筆餘》云：「風人與訓詁，肝腸意見，絶不相同。往往取風人妙義，牽强附會。老杜身後，受虞、趙兩君之累不淺。」近見《剡溪漫筆》云：「杜公雖破萬卷，未必拘拘泥古若此。」

近有達官咏「野蠶成繭」限韵詩云：「經綸猶有待，吐納已非凡。」其寓意亦自不同，竟以此膺特達之知，榮遇也。

金源人詩「青鏡功名兩行泪，浮雲親舊一囊錢」，誦之輒爲引泣。身世之感，何其深也。

乾隆戊辰秋杪，余友儲長源録示數詩最佳。《過南樓小飲有懷衍存》云：「幾日不來過，樓前秋葉黄。輕陰催穫稻，別浦散鳴榔。野菊知時發，溪蟄入饌香。嬾人歸棹緩，離思滿瀟湘。」《九日》云：「瀟瀟寒雨灑茅茨，極目寥天過雁遲。破帽多情從覆頂，白衣不到判空巵。仙家漫説縫萸佩，風俗依然競粉餈。一歲佳名又虚負，剩拈秃筆補新詩。」《寄玉函》云：「聞道長安不易居，比來踪跡定何如。黑貂已敝歸難料，白雁紛來信轉疎。夢落吴天楓橘候，酒醒燕市雪霜初。極知歲晚情懷惡，況復高堂正倚閭。」《寄時夏》云：「湖干屢月滯詩筒，悵望衡門一水通。罨岸雲林交影秀，連塍瓜芋及秋豐。新編掌録珊瑚網，舊署頭銜笠澤翁。興至偶然成獨往，輕舟早晚信樵風。」「驅馬并汾憶壯游，多年歸卧故園秋。貧來竇劍千金值，老去詞源三峽流。相約酒人同汐社，別營書庫作菟裘。得如畢卓誇雙手，青鏡何妨雪滿頭。」諸律皆朗健可誦。

制府尹公有《四過宏濟寺和壁間韵留贈默上人》詩云：「每過雲藍便繫船，非關前路受風偏。秋殘野岸丹楓冷，水落空江翠壁懸。月色微茫僧入定，鐘聲斷續客驚眠。回思十七年來事，似與名山有宿緣。」「百尺青峰迎面起，六朝老樹枕江栽。還同拾級尋前路，不覺穿雲到古臺。幾許塵機聊暫息，無邊眼界一時開。巒光水色何今古，任爾征帆日往來。」「繞寺荒田百畝餘，山僧歲歲好耕鋤。芒鞋竹杖還依舊，倦鳥閒鷗各自如。妙相無言能撒手，碧紗有處亦籠書。談經未忘當時約，一去塵寰願亦虛。」「亂石巉巉印緑苔，寺門僻静帶雲開。秋光澹處花將老，潮水平時雁正來。目斷斜陽添悵悒，手摩遺跡重徘徊。蒲公説偈當年事，賸有松龕倚講臺。」「落葉聲中響木魚，茶烟輕散晚風餘。探幽路慣依山轉，隔岸人多傍水居。幾度登臨皆偶爾，再來意興復何如。虎溪一笑重回首，又送行雲過太虛。」達官之詩如此，亦僅見。

宋時杭州僧有濟顛大師，多靈異之跡。唐戴叔倫《寄華上人》詩云：「德士名難避，風流學濟顛。」豈唐時先有一濟顛耶？

叔倫《遣興》詩云：「詩名滿天下，終日掩柴門。」其自負不淺。按叔倫見表於劉晏，又受知於曹王皋，後爲撫州刺史、容管經略使，有威名。德宗賜以中和節詩，世以爲榮。而詩中多抑塞語，如「四十無聞」一首，尤爲酸鼻，豈亦晚達者與？

「掬水月在手，弄花香滿衣」，于良史句。

鄒道鄉有《謝吕絢》絶句云：「平生親友漫紛紛，有幾書來寂寞濱。二十萬錢抛不得，可憐湖外有斯人。」「瀟湘起柁出江湖，日日乾坤展畫圖。白酒紅魚對妻子，鴟夷還似此行無。」二詩風味之妙不可言。吕絢者，零陵市户也，嘗以錢二百萬造大舟以俟。後先生北歸，吕以舟送歸江南。

王建詩「惟願在家貧，團圓過朝夕」，即戎昱「在家貧亦好」之意。而昱覺簡而有味。又楊凴詩「貧知處事難」亦佳。

漁洋先生於宋人中最推重黄太史，元、明以來所未有也，此是先生另出眼處。竹垞先生則云：「江西宗派各流别，吾先無取黄涪翁。」鄙意則舍王而從朱矣。

近人訾謷太史者不少，如琴川王某《柳南隨筆》中某某云：「不欲與山谷同世界作詩。」此則過論。但如王先生之言，亦未免過耳。

李泰伯《憶錢塘》云：「當年乘醉舉歸帆，隱隱前山日半銜。好是滿江涵返照，水仙齊着淡紅衫。」晁子西《詠瓶中梅》云：「折得寒香日暮歸，銅瓶添水養横枝。書窗一夜月初滿，卻似小溪清淺時。」樓攻媿句如：「行盡杉松三十里，看來樓閣幾由旬。」「水真緑淨不可唾，魚若空行無所依。」皆别致。

「奇險驅回還寂寞，雲山經用始鮮明」，王建《上李益》詩。

成容若詞云：「妝罷只思眠，江南四月天。」李孚青詩云：「彈指吴蠶老，江鷗亦倦飛。」皆善道吴中首夏清和風景。

于鵠有《醉後寄山中友人》詩云：「昨日山家春酒濃，野人相勸久從容。獨憶卸冠眠細簟，不知誰送出深松。都忘醉後逢廉度，不省歸時見魯恭。知己尚嫌身酩酊，路人應恐笑龍鍾。」

王建詩「重裝墨畫數莖竹，長著香薰一架書」，張登詩「曠懷常寄酒，素業不言錢」，皆可書作對聯。

乾隆壬申春仲游攝山，擬作一詩，未果。頃閲權文公詩有游兹山五古二首，頗盡其勝：「攝山標勝絶，暇日諧想矚。縈紆松路深，繚繞雲岩曲。重樓迴樹杪，古像鑿山腹。人遠水木清，地深蘭桂馥。層臺聳金碧，絶頂磨淨緑。下界誠可悲，南朝紛在目。焚香入古殿，待月出深竹。稍覺天籟清，自傷人世促。宗雷此相遇，偃放從所欲。清論松枝低，閑吟茗花熟。一生如土梗，萬慮相桎梏。永願事潛師，窮年此棲宿。」「偶來人境外，心賞幸隨君。古殿烟霞夕，深山松桂薰。岩花點寒溜，石磴掃春雲。清浄諸天近，喧塵下界分。名僧康寶月，上客沈休文。共宿東林夜，清猿徹曙聞。」

「吟詩向月路，驅馬出烟蘿」，此權詩之清絶者。

羊士諤《林館避暑》云：「静勝朝還暮，幽觀白已玄。」梁鍠有《美人春怨》詩，阮亭先生《三昧集》選之。或以爲不應選。而《全唐詩》乃見楊巨源名下，並不云梁鍠，何耶？

元稹《水上寄樂天》云：「眼前明月水，先入漢江流。漢水流江海，西江過庾樓。庾樓今夜月，君豈在樓頭。萬一樓頭望，還應望我愁。」此格古今絶少。

香山欲模擬李東川「渭水至清涇至濁，周公大聖接輿狂」，弇州《卮言》中已指摘之矣。近方南堂又從而嗟賞之。作詩自有本色正路，何必如此。

香山《送客之湖南》云：「帆開青草湖邊去，衣濕黄梅雨裏行。」鄭谷《咏鷓鴣》似脱胎於此。

香山《閒吟》一絶云：「自從苦學空門法，消盡平生種種心。惟有詩魔降未得，每逢風月一閒吟。」《白紵詞》作者多矣，楊衡所作二首獨具别致。劉言史《七夕詞》亦爾。言史《與孟郊煎茶》詩云：「粉細越筍芽，野煎寒溪濱。恐乖靈草性，觸事皆手親。敲石取鮮火，撇泉避腥鱗。熒熒爨風鐺，拾得墜巢薪。潔色既爽别，浮氳亦殷勤。又兹委曲静，求得正味真。宛如摘山時，自歠指下春。湘瓷泛輕花，滌盡昏濁神。此游愜醒趣，可以話高人。」似勝玉川子。其《廣州王園寺伏日》五排，亦寫盡酷熱之景。

張碧《山居雨霽即事》云：「結茅蒼嶺下，自與喧卑隔。況值雷雨晴，郊原轉岑寂。出門看返照，繞屋殘溜滴。古路絶人行，荒陂響螻蟈。籬崩瓜豆蔓，圃壞牛羊跡。斷續古祠鴉，高低遠村笛。喜聞東皋潤，欲往未通屐。杖策試危橋，攀蘿瞰苔壁。鄰翁夜相訪，緩酌聊跂石。新月出汙尊，浮雲在巾舄。常墮腐儒操，謬習經邦畫。有待時未知，非關慕沮溺。」

徐凝絶句殊有佳者，不盡惡詩也。如「娟娟水宿初三夜，曾伴愁蛾到語兒」，及「不寒不暖看明月，況是從來少睡人」，極似香山。其《留辭川守侍郎》云：「一生所遇惟元白，天下無人重布衣。欲到朱門泪先盡，白頭游子白身歸。」

李衛公《鴛鴦篇》云：「願作鴛鴦被，長覆有情人。」又過於廣平《梅花》矣。其憶平泉詩甚多，又有《懷山居邀松陽子同作》詩云：「我有愛山心，如饑復如渴。出谷一年餘，常疑十年别。春思岩花爛，夏憶寒泉冽。秋憶泛蘭卮，冬思翫松雪。晨思小山桂，暝憶深潭月。醉憶剖紅梨，飯思食紫蕨。坐思藤蘿密，步憶莓苔滑。晝夜百刻中，愁腸幾回絶。」亦可云愛山者已。

王逢原著《十七史蒙求》，便於初學。然《全唐詩》有《蒙求》一篇，是李某所作。則《蒙求》有二也。

《漁洋詩話》中所舉陳元孝「帆隨南嶽轉，雁背碧湘飛」二語，見華夫《詩外》中。全首云：「人日雪霏霏，孤舟上翠微。帆隨南嶽轉，雁背碧湘飛。知己惟長劍，還家復短衣。猿聲如送客，薄暮更依依。」題爲《人日衡陽道中》，不知漁洋何以屬陳？

家公度震林著《西青散記》，詩墮鬼趣。其載王澹園五古一首頗佳，詩云：「舍此奚所適，城市多囂塵。數椽幸不朽，桑竹素所親。野館言旋歸，去屣脱葛巾。放歌緑陰下，濯足長河濱。有酒固足喜，無酒亦不嗔。所願飽藜藿，漁釣無冬春。大兒强解事，日出肆苦辛。半畝未及終，號叫聞四鄰。小兒始學語，對之忘宵晨。籬落明霽色，天地爲之新。烟霞得自然，物外歌皇仁。」

予友任君澹存曾貽《雜憶》詩云：「折得寒香雪一枝，小窗催賦蚤春詩。記來院落燒燈夜，親爲如花插鬢時。」「真色由來體自香，底須重熨鷓鴣肪。自憐不及交紅被，消受温柔擁象床。」「白門楊柳可藏烏，沉水薰爐暫有無。已分卿卿是沉水，可憐儂做博山爐。」「合歡消息悵難諧，剗襪何緣步玉階。曾見曲欄閒竚立，果然願作縷金鞋。」風調頗似馮鈍吟。

孫湘南《赤嵌集》有《雜謡》十首，其中一首云：「惟筆有穎劍有鋒，附耳之言何從容。默而微笑甘可悦，聯綿奚啻九疑峰。我生不作囁嚅語，率爾出口如扣鐘。」阮亭先生批其後云：「愚平生病根坐此，湘南乃同此病。」又孫有《海市清言》云：「兩乳燕投孤壘宿，海燕一歲再乳。四時花共一瓶開。」

馮定遠之孫古宜承宗工詩，《閉門》云：「閉門江上岸，寥落獨潸然。白日空爲照，秋光自可憐。砌蟲多絮語，風竹亂疎烟。當此翻成笑，何如且醉眠。」《送戴滙長之竟陵》云：「酌酒送君去，偏當寥泬天。一聲雲際雁，三月竟陵船。秋色淡無著，別情多渺然。登高望江樹，落葉滿前川。」《雪中感興》云：「天地正寥落，端居抱寂機。一杯空復爾，終歲竟何依。急霰生寒漸，長鑱托命微。稻粱謀未易，慚愧雁南飛。」《秋夜》云：「客情浩渺但壺觴，新月高高夜漏長。無那黄昏燈影裏，玉蟲低語又秋涼。」《對月》云：「楚望經時夜漏遲，阿誰横笛怨龜兹。石埸曾記當三五，一曲秋風被酒時。」「明滅秋河露氣鮮，空庭水石浄無烟。誰家玉鏡虚牢合，飛上青天照不眠。」又《雜懷》五古一首云：「庭際漾初旭，春來景忽繁。蓊濛花作香，綿蠻鳥能言。心賞既已失，跼脊煩精魂。終日塊然坐，不得開一尊。明年謝春風，勿到湘南村。」馮氏自鈍吟先生以詩名，其子詩學白香山，漁洋先生稱其有自得之趣。今古宜復工吟咏，三世稱風雅矣，亦僅事也。

邵堯夫先生《月夜》詩云：「雨霽風自好，秋深天未寒。移牀就堦下，看月出林端。有酒欲共飲，無琴可獨彈。他時遇良友，此景復求難。」亦灑然可誦。

朱昆田詩云：「鮮雲媚松柏，初日明菡萏。」可取以評文。

南宋諸人詩，纖碎靡弱，可鄙之甚。晚季《谷音》諸賢，乃傑然有節烈之氣，可異也。元人詩派大抵皆近晚唐，萬口雷同，欲讀之終卷亦難矣。不有明音之盛，不幾唐後無詩哉。

戴石屏詩序云：「三山宗院趙用父問近詩，因舉『今古一憑闌』、『夕陽山外山』兩句，未得對。用父以『利名雙轉轂』對上句，劉叔安以『浮世夢中夢』對下句，遂足成篇，和者頗多，僕終未愜意。都下會李好謙、王深道、范鳴道，相與談詩，僕舉此話。鳴道以『春水渡旁渡』爲對，當時未覺此語爲奇。江東夏潦無行路，逐處打渡而行。溧水界上，一渡復一渡，時夕陽在山，分明寫出此一聯詩景，恨不得與鳴道共賞之。」余謂此二語合之則雙美，乃如此煅鍊而成，詩道之重友朋如是。

江都方石川太常覲詩頗温秀，最喜其《懷儲太史禮執》一律云：「真仙何必戀瀛洲，碧落清虚好漫遊。任是鑠金銷衆口，肯因破甑復回頭。風涼獨感潘仁簟，雪霽還登杜牧樓。一望天涯同病者，買田心事幾時酬？」又句如：「鶯聲在樹能留客，柳色當樓最憶家。」又《詠畫眉鳥》云：「情深張尹分明畫，愁極孫孃宛轉啼。」亦佳。

《圍壚詩話》，常熟吴喬脩齡著。大約本東澗之説，訾謷二李，梳剔杜陵，殊無妙論。其中但推尊一馮鈍吟。《夫于亭雜録》中所謂「鑄金頂禮」者，想即此人也。

施愚山先生不喜人作和韵詩，見人作者，輒曰：「此不是做詩，是先做韵。」噫！今之做韵者比比矣。

錢塘厲太鴻鶚《春寒》詩云：「漫脱春衣浣酒紅，江南三月最多風。梨花雪後酴醾雪，人在重簾淺夢中。」《雨夜聞雁》云：「深黑雲天箏柱落，昏黄庭院櫓聲來。」《西湖春雨》云：「無賴東風轉柳條，雨從月額到花朝。少年記得嬉春事，斜日衣香第四橋。」

吴江王徵士載揚藻最工絶句，近《西湖雜詩》云：「春隄緤馬試清沽，宋嫂魚羹近已無。蕭九孃家來貰酒，女孫楚楚又當壚。」《紅橋秋禊詞》云：「風約蓮香度碧潯，木瓜酒釅過花斟。一聲鄰舫飄歌板，唤起曹騰十載心。」「日落岡巒翠漸微，水昏烟淡畫船歸。晚風乍起衣香散，便有涼螢幾个飛。」

范石湖詩云：「早被黄鸝聖得知。」注云：「聖，聽也。」蓋前此已有用之者矣。王載揚詩中亦用之。

般陽張篤慶歷友云：「陳子昂五古遁入道書。」又云：「五言古五句，惟劉宋《前溪歌》爲然。或以爲車騎將軍沈充作也。」

顧黄公景星《白茅堂集》，學問該洽，其論詩文以自然爲宗，持論亦多可喜。如《張長人詩序》云：「得於天者，自然也；感於人者，亦自然也。至於自然，則奇正仙鬼、輕俗寒瘦，如其天而止，何原、派之分而矯枉之由作與？夫原之説始六朝，而派之説始宋。原者，各有宗尚，不相是非，唐之詩人，猶如是焉耳。派者，矯枉過當，至於相争，明之輓季，弊乃極焉。」又云：「自然之詩，隨遇肖志，無有方軌，語出獨創。不知奇體備諸家不病雜。」此一段議論，真得古今詩家三昧。

又與人云：「某生詩清潔自喜，但胸中多一影子。此病大難攻取。段善才琵琶須十年忘其本領，而況根於性情，陶於道德者乎！」

朱竹垞先生嘗語人云：「吾詩在本朝居第二等。」見江都方太常《石川集》注中。每閲謝叠山論詩，輒噴飯不已。世安有如此風雅耶！先生忠義人，重之者捨此一途可耳。長水《鴛鴦湖櫂歌》百首，一時寄興之言，補綴舊文，以資驅使。古人所云「有一不可有二」也。後之效之者，《南宋雜事詩》遂得七百首，紙札無情，任其摇擘，果何取乎！

宋玉才工五七言絶句。《送别》云：「别路風光好，江南芳草天。人心似春色，千里逐君船。」《瀟湘曲》云：「楓落早鴻過，洞庭無限波。相望終不見，只是白雲多。」又云：「湘山九疑暗，湘江九派深。腸亦隨帆轉，相望面面心。」又云：「酹酒黄陵廟，湘君竹泪深。從今添一滴，萬古共消沉。」《憶金陵》

云：「涼月清溪渡，秋風白下橋。離心似江水，一日兩迴潮。」又云：「紅燭博山壚，青樓似昔無。至今魂夢裏，猶聽白門烏。」《答揚州喬子》云：「病餘纏縛似春蠶，詩酒風情亦尚堪。日落離心滿揚子，知君江北望江南。」《送人避仇》云：「狂歌痛飲向來心，贈別吴鈎抵萬金。君到他鄉莫沉醉，酒悲時候最難禁。」《秋思》云：「曉坐寒塘鏡碧開，蘋香風引上樓臺。長天一雁斜飛水，邊色先從望裏來。」《贈鄭公子企瑗》云：「琴書以外百無能，雲水蕭然策野藤。誰愛天台鄭居士，貴家貧士俗家僧。」《蘇臺柳枝詞》云：「吴女摻摻解蕩船，風波日日別年年。不如柳絮飄隨水，化作浮萍個個圓。」又云：「十里珠簾映碧流，絲絲金線拂船頭。閶門過去盤門路，一樹垂楊一畫樓。」玉才名樂，吴郡常熟人。

吴野人有《内子生日》詩云：「潦倒丘園二十秋，親炊藜藿慰予愁。絶無暇日臨青鏡，頻過凶年到白頭。海氣荒涼門有燕，溪光摇蕩屋如舟。不能沽酒持相祝，依舊歸來向爾謀。」

吴梅村先生絶筆詩云：「丈夫遭際惟身受，留取軒渠付後生。」亦可悲矣。

予友周君東標士廣近詩甚多，予賞其一律云：「暮年猶在客，春去獨關心。往事付流水，落花當午陰。蒼顔北海道，故國南山岑。風雨江樓夜，無端又苦吟。」蒼健不減高達夫。

張曼曼《日記》語多奇創，句如「群山過雨松如靛，野寺澄波石照魚」，亦未經人道。

汪駿兄有句云：「冷吟紅樹下，時見白雲來。」高韵不減古人，雅喜誦之。

吾鄉明季孝廉吴迪美貞吉負雋才，所著詩文有《春曙樓集》、《采薪集》。詩有別才，最愛其《秋陰》一詩云：「山閑水静天蒼蒼，修竹萬个松千章。獨出蒙茸最幽徑，來臨飄渺之飛廊。雲浮遠接野田色，風過乍聞籬菊香。愛此蕭條願相守，把酒不喫秋衫涼。」吴，崇禎丙子舉人，國變後頗負氣節，與家譙巖先生善。先生與吴同舉鄉試。

盧仝詩實多奇作，劉乂《雪車》、《冰柱》二篇亦不易及，馬異篇什寥寥，止詩四首。要皆同調，爲韓、孟之羽翼者也。

方南堂先生詩，初學李義山。後以詩謁李孚青太史，太史曰：「李詩殆無處著手，君欲學詩，唐人當先以王右丞、劉文房、張文昌、白香山爲圭臬，乃可入頭耳。」方從其説，詩乃大進。後在邗上親爲余述之，且云：「子之五言詩善矣，古音也。」余深愧其言。

亡友儲君實夫傳泰有《夜過位存南園喜值衎存歸自江右作》云：「炎威蒸白晝，如醉未能醒。火雲怒不飛，高鳥去無影。少焉暝陰合，新浴招涼風。攜笻訪佳友，散步來城東。何期款園扉，忽接遠游侣。夙昔勞夢想，到此轉忘語。都不問寒燠，急爲數游蹤。首談雙姑秀，次及匡廬峰。此時萬籟寂，天宇浄如洗。清光出疎林，明月爲我喜。我生倦行役，漂泊差相同。游情但如此，何用羞囊空。」殊有清辣之味。實夫詩頗多，余最愛其「風定帆疑晝」之句，惜不記其全篇矣。

京師陶然亭有題句云：「到來水剩山殘處，灰盡南船北馬心。」可謂情景兼得。

「春宵聽雨第三番，起坐篝燈酒自温。曉起開門看桃李，蒼柯翠篠喜無言」，倪雲林題畫詩。

顧華峰先生《寄吴漢槎》詩云：「萬里誰能憶，三都只自傷。聲名箕子國，詞賦夜郎王。泪盡臨關月，心摧拂鏡霜。李家兄妹好，儻復惜班揚。」吴在塞外時，朝鮮王使人屬製《高麗王京賦》文數千言，吴自詡彷彿班、揚也。

《黑蝶齋小牘》云：「秀水朱十負異才，吴梅村先生游檇李，見其詩，評云：『若遇賀監，定有「謫仙人」之目。』嘗效俞羨長《古意新聲》體賦《閑情》詩三十首。錢塘陸麗京誦之傾倒，作《望遠曲》，思勝之，不敵也。一序尤爲計孝廉甫草擊節。」按《閑情》詩，今集中止八首。

桐城方君《題滕王閣》詩云：「閣外青山閣下江，閣中無主自開窗。春風搨得滕王畫，蝴蝶入簾飛一雙。」頗有致。

朱子年詩襲浙西派，五字稍清渾。記其二律云：「山塘寒食近，寂寞見梅花。物外春長在，人間日易斜。泉聲三徑雨，竹色幾人家。小隱何年事，空勞感歲華。」「畫舫乘春水，空林淡夕陽。浦寒花信晚，天闊雁聲長。話舊時開卷，臨風對舉觴。望中漁舍近，吾意在滄浪。」

嘉靖時，布衣中盧次楩最負才名。余最愛其《青樓》詞云：「百尺高樓挂彩烟，錦箏銀甲亂哀絃。夕陽西下簾深捲，望見西江萬里船。」音韵真不愧唐人。

宋人詩如郭功甫《金山行》最有奇氣，王半山極賞之。

杜雲川太史詔詩篇平弱，其少時有句云：「苦吟黄葉寺，香夢木樨樓。」則猶不失晚唐人風韵。

德水盧鹽使抱孫見曾有句云：「緑陰新雨過，涼月故人來。」不減大曆十子語。

郭畬公《與儲氾雲書》云：「尤、蕭、范、陸，是吾揚餘毒。」當時之論如此。豈知後之奉南宋者并不在尤、蕭、范、陸，而標舉其極纖細陋劣者以爲模範，一人唱之，百人和之，不爲所惑者鮮矣。邪説誣民，詩文一道亦有然者。江河日下，可勝太息。

包佶《病後寄友》詩云：「波瀾喧衆口，藜藿静吾廬。」余年來深嘗此味。唐人詩不可及，言簡而味長。使宋人爲之，演作大篇矣。

吾邑宋蔣堂頗有詩名，「雪後溪山玉一圍」，其佳句也。

友人一律云：「趁漲水三尺，當門鏡樣鋪。美人憐寂寞，小艇出菰蒲。話舊開詩板，閒情仗酒壺。白雲多處望，認得故園無？」

厲太鴻《游金山》詩云：「開尊留客黑鹽豉，打槳載人紅板船。」此阮亭所嘲李念慈之「紅油車子賣蒸羊，啓蓋風吹一道香」也。玉局留帶，蘄王伏兵，幾許故跡，而乃及黑鹽豉乎？

元人句云：「芭蕉葉大酒尊涼。」余最喜之。

亡友陳君浣初修慈有《杏花》二絶，余最喜之。詩云：「朝來殘醉尚朦朧，背手高樓小院中。不信東風如火急，杏花偷眼破生紅。」「小雨班班聽欲無，雙鳩簷角曉相呼。年時記得秦郵路，笑指紅妝問酒壚。」

南宋人斯植建中有《采芝集》，其《詠鳩》云：「何處芳草多，相呼向深塢。竹外立寒枝，山南又春雨。」甚得畫意。

「林櫻墮紅珠，打著琴上絃。山人時一笑，愛此聲琅然」，最有天趣。漁洋先生「櫻桃風急打琴絃」，乃用其語耳，而不舉之，何耶？

李滄溟之七律，《皇明詩選》之可謂無遺憾矣。使選家而皆若此，詩文竟無遺珠。惜乎七子之集，濫收者正復不少。

「峨嵋天半落空青」，小美句也。高華氣色，不減于鱗，難兄所無。

查他山《中秋夜洞庭湖對月》七言長句云：「長風驅雲幾千里，雲氣蓬蓬天冒水。風收雲散波忽平，倒轉青天作湖底。初看落日沉波紅，素月欲生天斂容。舟人回首盡東望，吞吐故在馮夷宮。須臾忽自波心上，鏡面橫開十餘丈。月光射水水射天，一派空明互迴盪。此時驪龍潛已深，目炫不敢銜珠吟。巨魚無知作騰踔，鱗甲一動千黄金。人間好境知難必，快意翻從偶然得。遥聞漁父唱歌來，始覺中秋是今夕。」

近人《潼關》一絶云：「百二雄關亦偉哉，祇容一騎荔枝來。春風恨煞哥舒翰，斷送名花葬馬嵬。」

王阮亭先生云：「故友董文友有子曰叔魚，所作《賣蔗童子歌》、《和東坡九日黄樓》詩，句鍐字琢，頗具苦心，不愧名父之子。」

嚴滄浪《答吴景仙書》云：「僕之《詩辨》，乃斷千百年公案，誠驚世絶俗之譚，至當歸一之論。其間説江西詩病，真取心肝劊子手。以禪喻詩，莫此清切。是自家實證實悟者，是自家閉門鑿破此片田地，即非傍人籬壁、拾人涕唾得來者。李、杜復生，不易吾言矣。而吾叔靳靳疑之，況他人乎？所見難合固如此，深可嘆也。吾叔謂：説禪非文人儒者之言。本意但欲説得詩透徹，初無意於爲文，其合文人儒者之言與否，不問也。高意又使回護，毋直致褒貶。僕意謂：辨白是非，定其宗旨，正當明目張膽而言，使其詞説沉着痛快，深切著明，顯然易見。所謂不直則道不見，雖得罪世之君子，不辭也。吾叔《詩説》，其文雖勝，然只是説詩之源流，世變之高下耳。雖取盛唐，而無的然使人知所趨向處。其間異户同門之説，乃一篇之要領。然晚唐、本朝謂其如此，可也；謂唐初以來至大曆之詩異户同門，已不可矣。至於漢、魏、晉、宋、齊、梁之詩，其品第相去，高下懸絶，乃混而稱之，謂錙銖而較，實有不同處。大率異户而同門，豈其然乎？又謂：韓、柳不得爲盛唐，猶未落晚唐。以其時則可矣。韓退之固當別論，若柳子厚，五言古詩尚在韋蘇州之上，豈元、白同時諸公所可望耶？高見如此，毋怪來書有甚不喜分諸體製之説。吾叔誠於此未瞭然也。作詩正須辨盡諸家體製，然後不爲旁門所惑。今人作詩，差入門户者，正以體製莫辨也。世之技藝，猶各有家數，市縑帛者，必分道地，然後知優劣，況文章乎？僕於作詩，不敢自負，至識則自謂有一日之長，於古今體製，若辨蒼素，甚者望而知之。來書又謂：忽被人捉破發問，何以答之？僕正欲人發問而不可得者。不遇盤根，安別利器？吾叔試以數十篇詩，隱其姓名，舉以相試，爲能別得體製否？惟辨之未精，故所作惑雜而不純。今觀盛集中，尚有一二本朝立作處，毋乃坐視而然耶？又謂：盛唐之詩『雄深雅健』。僕謂此四字但可評文，於詩則用『健』字不得。不若《詩辨》『雄渾悲壯』之語，爲得詩之體也。毫釐之差，不可不辨。坡、谷諸公之詩，如米元章之字，雖筆力勁健，終有子路事夫子時氣象。盛唐諸公之詩，如顔魯公書，既筆力雄壯，又氣象渾厚，其不同如此。只此一字，便見吾叔脚跟未點地處也。所論屈原《離騷》，則深得之，實前輩之所未發，此一段文亦甚佳。大概論武帝以前皆好，無可議者。但李陵之詩，非虜中感故人還漢而作，恐未深考。故東坡亦惑江、漢之詩，疑非少卿之詩，而不考其胡中也。妙喜是徑山名僧宗杲也。自謂『參禪精子』，僕亦自謂『參詩精子』。嘗謂此字疑誤。李友山論古今人詩，還僕辨析毫芒，每相激賞，因謂之曰：『吾論詩，若那吒太子拆骨還父，拆肉還母。』友山深以爲然。當時臨川相會匆匆，所惜多順情放過，蓋視蔭執手，無暇引惹，恐未能卒竟其辨也。鄙見若此，若不以爲然，卻願有以相復，幸甚！」右書議論甚暢。滄浪不以詩自負，而自負論詩之識，可見古人自知之明。吴臨字景仙，嚴表叔行。他本作《答吴保義手書》，景仙或其號耶？又按滄浪隱樵郡之莒溪，群從九人俱能詩，稱「九嚴」。其地曰嚴坊，滄浪之水出焉，因自號滄浪逋客。九嚴詩俱軼弗傳，獨先生《滄浪吟》僅存。上官閬風、吴潛夫、朱力庵、吴半山、黄則山皆其邑人，傳其宗派者也。

青梅軒詩話卷二

陽羨里史承謙位存氏纂撰

《詩歸》云：「清之一字，要有來歷，總是不讀書人假借不得。」此語甚深，非淺學所能識。宜漁洋謂其議論多入微也。

袁景文以《白燕》詩得名。其《詠鏡中梅》云：「瑶池風暖香初散，銀漢春回跡未真。」意致仿佛。古今論詩，鍾記室《詩評》、嚴滄浪《詩話》、姜白石《詩説》、徐迪功《譚藝録》、弇州《藝苑巵言》皆當爲第一等；論詞則張玉田《樂府指迷》數則已盡之，後人不必贅説。詞境窄，而詩道廣也。

王右丞《贈焦道士》詩云：「飲人聊割酒，送客乍分風。」措語如此，亦初盛時人所少。又「多雨紅榴折」，係右丞《田家》詩。

近人有云：「才情易賞，風格難知。」此深知詩者。

南唐詩人劉洞有《夜坐》詩，人呼爲「劉夜坐」；北宋詞人劉一止有《曉行》詞，人呼爲「劉曉行」。絶可作對。

商丘侯祭酒恪論詩自《三百篇》後存亡者三：漢、魏存矣，六朝亡也；唐存矣，五代、宋、元亡也；國朝正、嘉存矣，今又亡也。其持論深惡新體，伸北地、信陽而抑嘉靖七子，尤痛詆公安、竟陵流派云。按明詩伸李、何而抑王、李諸君，自是平允之論。竹垞先生《詩綜》之選，亦取其意焉。

申㫤盟詩有「近秋雲鳥合」之句，余最愛之。

近人有《秋盡》句云：「斜陽無盡色，疎樹可憐生。」

汪楓南先生有《題壁》詩云：「小築三間稱隱淪，曲廊香檻護花茵。百年風韵歸紈扇，一日生涯托葛巾。偶縱清言聊似晉，暫依僻地豈逃秦。從來心性真成懶，鶴食鳩居一任人。」《偶成》一絶云：「皮絃鐵撥莫相嘲，只恐聰明誤作勞。世上幾多榮悴事，青衫終勝鬱輪袍。」

海鹽馬觀察墨麟維翰有《雜咏古蹟》六首，頗豪宕。然如《咏華陰王景略墓》云：「縱然定數鮮卑讖，但使長年典午愁。」下句殊非景略本意，觀臨終數語可見。此亦古人論詩之法也。

近人有《粤東》詩云：「夏蟲冰暫語，春樹臘偷花。」頗善狀風土。

五代女子梁意孃《寄所歡》詩云：「君在湘江頭，妾在湘江尾。相思不相見，同飲湘江水。」宋人李之儀即用之入詞曰：「我住長江頭，君住長江尾。日日思君不見君，共飲長江水。」各極其妙。

汪彦章詩：「何時置之青瑣闥，妙語付以烏絲闌。」下句可鎸一印。

方南堂《彈指閣》詩云：「忽驚雲構出精藍，俯仰才知紺宇寬。今古由來一彈指，川原聊爾暫憑闌。難爲金地龐居士，畢竟彌天釋道安。嘉樹喜經新雨沐，清言應待月華殘。」

劉須溪評杜詩極佳，然多開明代景陵之前茅，讀者不可不知。

臨川李閣學紱《穆堂初稿》，縱筆揮灑，多自然入妙處，信其才之絶倫也。余愛其《過東平》一絶云：「斷雲斜日過東平，楊柳風來葉葉輕。莫爲春陰便惆悵，杏花如雪更分明。」

新安吴東巖《杜詩提要》，語多可笑。如解「納納乾坤大」云：「納而又納，始見乾坤之大。」不覺噴飯。

耿德基《效古》云：「黄金零落大刀頭，玉筯歸期劃到秋。紅錦寄魚風逆浪，碧簫吹鳳月當樓。伯勞知我經春別，香蠟窺人一夜愁。好去渡江千里夢，滿天梅雨是蘇州。」耿，南宋時人。

余友儲玉函秘書有《元夕》詩五律一首，長源評其上半首絶似王夢澤，余亟嘆爲知言。其詩云：「萬井烟光裏，縈空密雪霏。乘春弄花絮，入夜助燈輝。」玉函近詩殊有佳者，如「遠鐘清過水，深竹暮連山」，不減古人。

吾鄉人吴子振軫《舟過西溪宿江氏莊》詩云：「駕言采江蘺，日暮過秋渚。水落蒹葭高，舟行幽絶處。清風起蘋末，吹我單白紵。小落入荒榛，夕照隱遠樹。悠悠中心悲，倚棹正延佇。美人偶然逢，相邀到别墅。路入紅蘭陂，門臨白沙嶼。蕭蕭竹繞徑，霏霏雲承宇。坐我青玉案，酌我越椒醑。笑語既款洽，應酬亦有序。醉矣朱顔酡，月華迴初曙。起舞歌秋風，木葉下如雨。」《同人登石門》詩云：「百盤躡仙蹤，方寸變靈異。紺碧深相照，爽心值春霽。岩花笑殘日，石樹含雨氣。白雲滃然生，惝怳靈竇閟。山鵑紅映壁，松粉黄飄地。幽人不可逢，琴詠渺天際。冥聽風泉響，微聞妙香至。諒非真隱徒，願言息塵繫。」《梁溪絶句》云：「小金山下柳千枝，釀雨和烟三月時。幾日嫩晴花又綻，東風吹入謝孃詩。」

武昌西山九曲亭有題句云「玄鴻横號黄槲峴」，東坡戲對以「皓鶴下浴紅荷湖」，坐客皆笑。因更以此體賦一首。此與世俗所傳之諢語何異？才人偶作狡獪可耳。譚友夏評之云：「世豈少故作艱奇者，欲湮其源，且恨無由，奈何復導之，使有其詞也？此等詩，昌黎、東坡諸人不得不任其過。」此語最有見。又云：「『魂飛湯火命如雞』之作不宜留之集中，區區愛坡公以德耳。」亦是名論。

齊己《浙中春興》云：「雨歇江明苑樹乾，物妍時泰恣游盤。更無輕翠勝楊柳，盡覺穠華在牡丹。終日去還拋寂寞，繞池迴卻凭闌干。紅芳片片由青帝，忍向西園看落殘。」

吾邑儲水榭雄文先生詩未刻者，有《留京集》、《拂塵集》諸編。先生詩以苦思得之，未刻集中，如「車中坐聽勞人唱，妙處居然子夜歌」、「黄茅野店黄沙地，一樹垂楊管領春」、「林霏似惜遊人去，各自含情結暝烟」，真得唐人遺韵。近人更無能及此者。

予友儲仍叔知行少年時有句云：「紅樓近水偏宜月，青草如烟已過春。」人極賞之，予以爲酷似宗定九。

《詩綜》賞汪朝宗詩云：「諸句可入主客圖，静居、北郭猶當遜之，毋論孟載。」孟載詩品故低，然徐、張詩有鄉士女氣，弇州評大當。

「詩酒生涯山水福，此生甘分不甘心」，或以爲唐子畏詩。語殊可悲，放廢後，人宜有此。

楊廉夫自負其五言小樂府，嘗云：「七言絶句體，人易到，吾門章木能之；古樂府不易到，吾門張憲能之。至小樂府，二三子不能，惟吾能之耳。」然老鐵之小樂府，吾不喜之。

高季迪《梅花》詩在雅俗之間，蓋高才大思闊，故有此病。袁景文無此病，而局面小矣。

金道隱即丹霞。之序彭羨門《南洴集》，張公選之序王阮亭《漁洋集》，其推美之意，措語之妙，皆前此所未有。弇州序滄溟，不過夸大其詞，而不如二序之新雋也。

周桐野謂本朝詩王新城第一，查初白次之。夫初白之詩，去王不可以道里計，而王之下即推之，甚矣黔人之無識也。顧又以汪蛟門次查，益不可解。

明初廬陵周子諒有《讀子書作》云：「披文既薈蕞，尋義亦泮涣。趨前後已逸，顧舊新輒竄。萬言雖畢陳，一理竟未貫。往往卷未終，心目已潰亂。綿延比葛藟，根遠益纏絆。雕刻出葩卉，綴緝呈組纂。推以合身心，宜若霄壤判。」此詩曲盡子書之病。子諒於洪武初與脩《禮》書，授工部虞衡司主事。

太丘道廣，弇州已然。至明卿、伯玉輩而濫觴極矣，何有真風雅，而推廣至四十餘人耶？

吴漢槎《燕支山詞》序一事而宛轉關生，情詞絶妙，使當日之神情畢見。此本事詩之極則。

「啼春獨鳥思，望遠佳人心」，晚唐人作詩用意之法如此，佳處在此，其流弊而爲惡處亦在此。

明至中葉，風雅太盛。人飾羔雁，俗混贋鼎，如五岳十岳，及洞庭漁人之流，紛紛自詡。至承父、伯穀輩，詩文日繁，大雅淪喪。大抵乞兒語多，山人氣少。

宋禧无逸七律句，竹垞摘之極多，蓋以家有其集也。句如「驚心世事三年後，照眼梅花二月初」、「空中書寄仙人鶴，月下詩成佛寺鐘」、「十日看山坐西閣，一春多雨怕東風」、「身到名山頭已白，眼明秋日葉初紅」、「落筆十年身後在，懷人三絶眼中無」、「人日晝陰開晚照，老年寒極愛春風」、「艱難人事都非舊，貧賤交情倍覺真」、「二月江村三日雪，百花時序半春陰」，俱絶可誦。

華幼武一絶云：「梅子將黄杏子肥，緑陰門巷客來稀。南窗一枕睡初覺，蝴蝶滿園如雪飛。」此種風致，非竹坨先生不能拈出。與文衡山一絶可作匹。

吾邑陳迦陵先生寓居宋中時，歲暮不聊，作詩示彼地諸人云：「誰憐吴郡真男子，涸作中原賣餅傖。」

戴叔能《贈烏斯道》詩云：「不有同心人，誰其慰枯槁。」至言也。至斯道詩云：「鶴鳴子不和，徒然有哀音。」則益可悲矣。然世運茫茫，江河日下，實有此慨。

「落盡冬青花，江南雨新足」，管長史訥詩也。長史詩亦不見好，竹坨所存，未免過多。

浦長源詩，風致實勝林子羽，而竹坨謂其不及林，僅與二元伯仲，何耶？

陳繼嗣初云：「詩者，非得乎天地之清氣，則無以極其妙。」

鄭桓居貞詩云：「相對靡俗言，共談止書詩。遐情或深契，歡笑同解頤。於心有至樂，天地亦可遺。」

昔人謂馬君虞爲晚唐詩人第一。余謂無論詩名，即其恤許棠一事，亦千古所少。

李西涯先生云：「耳目所接，興況所寄，左觸右激，發乎言而成聲。雖欲止之，有不可得而止者。」蓋自言其作詩之道也。

鄭少谷作詩不襲李、何派，獨開生面，自是畸人。然其《論詩》云：「大哉杜少陵，苦心良在斯。末流但叫噪，古意漫莫知。鳳鳥空中鳴，衆禽反見嗤。」亦可謂志大言大。鄭詩質樸可取，何遽以鳳自詡？崆峒、大復，少谷去之尚遠。

宋子建倣弇州所作《詩評》，多不了語。惟評弇州云：「如西域化人，手易山川，海量珠玉。」造語既不減王，而摹擬亦稱。

竹坨之毁滄溟也亦太過。要之，「三十年後，水落石出，索然不見其所有」之説，雖起滄溟於九原，亦無以闢之。

《漁洋詩問》云：「七言古若李太白、杜子美、韓退之三家，横絶萬古，後之追風躡景，惟蘇長公一人耳。」

沈山子云：「東澗尚書論詩派之壞，動以何李、王李並舉。以愚觀之，王李可非，何李似難輕議。袁中郎詩云：『草昧推何李，爾雅良足師。』則中郎亦不專非何李矣。」

袁小修云：「中郎解脱，意在破人執縛，間有率意游戲之語，或快爽之極，浮而不沉，情景太真，近而不遠。要出自性靈，足以蕩滌塵坌。學者不察，效顰學語，其究爲俚俗，爲纖巧，爲莽蕩，烏焉三寫，弊有必至，非中郎之本旨也。」

歸季思《夏日閑居》詩云：「閑居不勝娱，何妨抱微疾。長以無事心，當彼攝生術。白日一何長，臨窗坐捫蝨。飯餘弄清琴，卧起展殘帙。孤雲御微風，翩翩獨高出。」

又《對客》一詩云：「嘿然對客坐，竟坐無一語。亦欲通殷勤，尋思了無取。好言不關情，諒非君所與。坦懷兩相忘，何害吾與汝。」

《漁洋詩問》一書，郎廷槐所刻。漁洋答郎之問，所言皆淺淺者，而以爲初學詩者之津梁，則甚切近可從。以二張之所答雜之，殊可厭。張之與王相去可以道里計哉？郎不知何許人，大約北方學者之無識人耳。

「緑楊花撲一溪烟」，晚唐佳句也，此景可大可小，解人自知。而沈歸愚以爲洲港之景，不宜於洞庭湖。傎哉沈公，老不解事。

華夫《吴江曲》云：「更向越來溪畔去，吴孃雞豆點茶鮮。」吾吴祇有雞頭子，無有呼爲豆者。又《春水絶句》云：「春水諸魚嘯子時。」恐「嘯」字亦誤。華夫闊略，凡事多以意爲之，此等處，詩中正復不少。

宋人盧衷父一絶云：「客懷耿耿自難寬，老傍京塵更鮮歡。遠夢已回窗不曉，杏花同度五更寒。」見《渭南集》題跋中。

《湖海新聞》云：「向豐之爲向后族子，才調極高，貧窘則甚。嘗有句云：『人情甚似吴江冷，世路真如蜀道難。』楊誠齋甚奇之。」觀此則「吴江冷」、「蜀道難」，前人已有作對者，不始於蜨磯夫人廟之對矣。又《荆門紀略》云：「統制吴源死襄陽之難，後有《示柳春》詩云：『雲邊岫接秦山色，樹裏河流漢水聲。』」云云。則浦長源《入閩》一聯全襲其語矣。句之有本者如此。

宋宗室庚夫有《山中集》，其《讀曾茶山集》詩云：「新於月出初三夜，淡比湯煎第一泉。」語亦甚新。

李易安句云：「詩情如夜鵲，三繞未能安。」

徐師川句云：「詩如春態度，人似柳風流。」

宋時僧有句云：「每因多病日，減卻少年心。」

洪覺範詩云：「麗句妙於天下白，高才俊似海冬青。」又：「文如水行川，氣如春在花。」覺範詩無僧氣，蔡卞夫人所謂「浪子和尚」也。

丹陽賀天山所著《載酒園詩話》，迦陵先生嘗稱之，然門外話居多。摘其稍有當於詩道者數條於此。如論方干詩云：「凡作詩不可露咬文嚼字之態，鍊字必自然無跡，方爲雅道。」又云：「人各有能有不能，李獻吉一代大手筆，輕艷非其所長。效李義山《無題》詩云：『班女愁來賦興豪。』『豪』字韙甚。」

又云：「弇州曰：『五言律差易得雄渾，加以二字，便覺費力。雖曼聲可聽，而古色漸稀。』此言足令中、晚人心死。雖然，與其僞古而爲宋之江西派，則寧取曼聲。」

又云：「袁石公論詩曰：『古人有以俳而傳者，有以俚而傳者，雖傳，正傳其醜耳。如西施與嫫母並傳，遂可謂其並美耶？』」

又云：「鍾氏《詩歸》得失不相掩。得者如五丁開蜀道，失者則鐘鼓之享爰居。大抵以深心而成僻見，僻見而涉支離，誤認淺陋爲高深，讀之使人怏怏耳。又見體裁怪異者輒喜之，不考其何時何事。如閻朝隱頌猫之類。以此知古人知人論世之説，真不可草草。」

又云：「伯敬見人所稱，便欲尋事作鬧以見奇。詩之是非，何由可定。」

又云：「《詩歸》之謬，尤在李、杜。如《客居》詩止是率爾寫懷之作，原不足選而選之，更賞其『示』字之妙。本「視」字，此《詩紀》之謬。偶見其新，遂稱爲妙。好奇之僻，其蔽爲愚，真可一笑。」

又云：「選詩不宜以同異作意。細推鍾意，先務人棄我取，安得不僻，僻則安得不錯？鍾已吹竽，譚復建鼓從之。」又云：「伯敬凡事以意爲之。」

又云：「太白高曠人，其詩如大圭不琢，而自有奪虹之色。讀者如泛江海，忽而鼉怒龍吟，金支翠旗；忽而波澄如練，一日千里，不可以溪潭沼沚之觀槩之也。鍾、譚細碎人，喜於幽尋暗摸，與光明豁達者氣象固自不侔。故《詩歸》所選，李、杜尤舛；論李之失，視杜尤甚。」

又云：「初唐人應制酬贈諸篇，如暑月中衣冠讌會，匒匌盈盤，歌吹滿耳，令人轉思科頭箕踞，枕石漱流之樂。」

又云：「不讀全唐詩，不見盛唐之妙；不徧讀盛唐諸家，不見李、杜之妙。太白胸懷高曠，有置身雲漢、糠粃六合意，不屑屑爲體物之言，其言如風卷雲舒，無可踪跡。子美思深力大，善於隨事體察，其言如水歸墟，靡坎不盈。兩公之才，非惟不能兼，實亦不可兼也。杜自稱『沉鬱頓挫』，謂李『飛揚跋扈』，二語最善形容。」

又云：「中唐不及盛唐者，氣力減耳。雅淡則不能高渾，清新則不能深厚。至貞元以後，苦寒、放誕、纖縟之音作矣。」

又云：「七言古最見筆力，中唐人緩弱，惟韓退之有項羽救鉅鹿，呼聲動天，諸侯莫敢仰視之概；至敗亡，猶能以二十八騎，於百萬衆中斬將刈旗。稍一深沉，項可劉，韓可杜矣。」

又云：「盧仝詩可笑者多，但讀至『相思一夜梅花發，忽到窗前疑是君』，不得不以勝流目之。」

又云：「白傅清綺之才，其病有二：一在務多；一在强學少陵，率爾下筆。秦武王與烏獲争雄，一舉鼎而絶脰矣。」又云：「選白詩者從無精識，喜恬淡者兼收鄙俚，尚氣格者并削風藻。此子瞻所云『不與飯俱嚥，即與飯俱吐』者也。」

又云：「《松陵集》詩不爲佳，筆墨之外，自覺高韵可欽，其神明襟度勝耳。尤喜其詩序，或數十言，或數百言，皆疎落有古意。」

《宋詩紀事》一書共一百卷，錢塘厲太鴻倣《唐詩紀事》而爲之，補苴收拾，大廢蒐尋。然宋人詩遠不逮唐人，即詩話亦無味者多。弇州有言，手宋人之陳編，輒自引睡。非虚語也。而太鴻之好宋人，甚并好南宋人，以爲極則，此真不可解矣。北宋詩粗确已可嫌，梅、歐、蘇、黄而外，能有幾人？南宋則自放翁而外，尖纖瑣陋，晦庵譏之最當。而昌歜之嗜，忽於五百年獨産畸人，天下事可以意量哉？

李崆峒序《迪功集》，沉痛楚折，其文絶佳，非平日文筆可及。其云「追古者，未有不先其體者也」，尤是特識。宋、元人正病不知此。

竹垞先生《明詩綜》一書，其於數大家、名家之絶出者，選法當而評語精，無復可憾。其於萬曆以後，蒐輯區大相、公鼐、鄭明選諸人，欲以補錢氏所未備，意亦甚美，然其間不無稍濫矣。其於程松圓詆之太甚，以矯錢氏之失。然君子論詩文，平心乃可，正不必有意低昂也。

葉文敏訒庵有《對月》詩云：「一淡能娱我，三更轉近人。」佳句也。葉有《論詩絶句》十首，皆推重一時同人之作。

長洲顧太史俠君所輯《元人百家詩》，一集尚有冠冕數人，二集後則漸不足觀。元人詩本弱劣，可傳者少，蒐羅之意則善矣。然如二集後諸人詩，將來果有爲之重刻者乎？否則終歸散佚耳。

王漁洋先生不飲，留客飯罷即談詩。吾鄉謝丈皆人少年時，以詩托其兄孝廉君持以往質。先生邀孝廉飯，極賞皆人詩，謂能嗣音唐人。時有同往蔣君，亦以詩就正，先生泛爲許可，數言而已。

吳孝廉逢辰《城頭行》云：「城頭落日黄蒼蒼，北風吹雁青旻翔。枯楊三兩泊漁舫，遐睇塵世何茫茫。感時不用摧肝腸，懷古不用深悲涼。城中萬户真羲皇，我有莫愁名杜康。」頗似《谷音》。

歙人汪君蘅谷有《詠花雜詩》云：「三信相催過小寒，幾株的皪隔溪灣。疲驢破帽閒相訪，花氣凌人雪滿山。」「盡日無言態自殊，含愁含笑一株株。香飄洞裏神仙宅，艷拂文君舊酒壚。」「著顔酒暈更多姿，别有微香世不知。正是玉奴眠未足，明光宫裏日高時。」「最是清和五月中，群花消息意無窮。一株獨挽東皇信，開出枝頭鶴頂紅。」「香逐西風撲畫簾，枝頭金粟影纖纖。人間朱粉無相逼，只伴嫦娥駕老蟾。」諸絶意韵在晚唐、北宋之間。

興化鄭板橋燮《贈潘桐岡》詩云：「讀書必欲讀五車，胸中撑塞如亂麻。作文必欲法前古，終日彷效奴婢苦。五曹筆墨凌雲烟，掃空日月鋪青天。一行兩行書數字，南箕北斗排星纏。騎龍那用珊瑚鞭，殺虎何事磨龍泉。蕭蕭落落自千古，先生信是人中仙。」筆勢渾似《谷音》諸人。

桐城方密之先生《狂歌》云：「出門祇攜一卷書，豈可五侯七貴同馳驅。作詩不入時人眼，且與燕市丁東按檀板。三斗酒後燈放花，渾脱舞作漁陽撾，滿堂烈烈崩風沙。忽然住，得一句，手揮四座騎馬去。」亦絶似《谷音》中作。

韓君平晚年，人誚其所作爲惡詩。竊意君平才名藉甚，何忽受此輕薄？大約詩之艷者，其流蔽必俗必惡。君平詩艷極，晚年或有此病耳。

李丹壑詩：「四野牛羊時有笛，一村桃李晝無人。」殊可畫也。

内人絶句云：「梧月初生映碧紗，妾如小鳳嫁桐花。郎情底似春雲薄，空織迴文寄寶家。」「坐對壚烟一縷斜，月光初上海棠花。胸中無限傷心事，自把銀箋拂碧霞。」

乩詩云：「梅柳疎疎小徑分，清流繞屋絶塵氛。幽人不惜頻來往，閑却松窗半榻雲。」又云：「解衣急付酒家胡，博得尊前一瞬呼。壚畔自斟還自酌，可能醉我野心無？」

又乩仙詩：「水滿深池草滿堤，斷雲飛鳥望凄凄。仙源止許無心入，有意尋來路已迷。」「春殘游屐半山隈，一望巃嵸路幾回。如帶江城烟水静，緑陰深處鳥聲來。」

「地天開泰日，星斗建寅春」，許宗魯東侯詩。

近人詩，以方南堂爲最。余嘗戲語諸君：「吾輩詩不無佳處，然如景德鎮新窑，不無彩翠，未能堅古。南堂詩如小宣壚，古質黝然，寶色可愛。」友人儲君長源首肯其言。

予於《南史》中剌取「小眠齋」三字作詞名。而吴元朗《西齋集》中《新茶》詩云：「小眠齋上沃陶形。」已先用之。

元朗詩東塗西抹，隸事過多，終少佳境。吾喜其《咏簾》云：「過防飄細骨，佯設拒閒人。」

竹垞作鄭明選侯升詩話，云「先生詩，五言近體全學高達夫，七言近體全學杜子美，語不求工，而句鎚字鍊，卓然名家。是時汪伯玉、劉子威、馮元成、屠緯真輩，類守其聱殼，而遺其神明。其在西吴，徐子與、吴峻伯皆然。先生之詩，遂無人賞激者。《列朝詩》僅録其數首」云云。吾觀侯升詩，差勝伯玉諸君，然聱殼之病亦不免。較之同時海日、石倉諸君，固不逮也。

嘗見陳迦陵先生有手録己所作詩數本，中有一本，係方爾止所批。内《游善卷》七古一首，畬山不加賞激，先生將朱筆大圈大書其上，云：「畬山不知此詩之妙。」然其詩實淋漓盡致，先生非狂語也。今集中亦不載。

韓忠獻《春雨》七律云：「洗開春色無多潤，染盡花光不見痕。」又結云：「堂虚坐密珠簾下，試問淳于醉幾樽？」何其風韵。

明人云：「枕籍《騷》、《選》，死生李杜。」夫《騷》、《選》、李、杜中有詩也，實無詩也，胸中苟無詩，即《騷》、《選》、李、杜枕籍焉，死生焉，奚益哉？此明人之失也。最不可解者，大復《明月篇》自是絶調，而學之者或摹其調，或襲其名。大美亦爾，何怪他人。

李長源七律，自是金源詩人一代冠冕，而吴薗次《詩永》一首不録，可怪已。

讀吴梅村先生詩，云：「我本淮王舊雞犬，不隨仙去落人間。」可以泣矣。

劉後村《謁南岳》詩甚奇，此種五古，北宋人亦少。

宋末詩無足取。一讀至《谷音》諸人，便有奇氣。此非《河汾》諸老所及也，殆亦天地之間氣與？

《老學庵筆記》云：「今人解杜詩，但尋出處，不知少陵之意初不如是。如《岳陽樓》一詩，此豈可以出處求哉？縱使字字尋得出處，去少陵之意遠矣。蓋後人元不知杜詩所以妙絶古今者何在，但以一字亦有出處爲工。如《西崑酬唱集》中詩，何曾有一字無出處者，便以爲追配少陵，可乎？且今人作詩，亦未嘗無出處，渠自不知；若爲之箋注，亦字字有出處，但不妨其爲惡詩耳。」

杜詩「枚乘文章古」，李詩「八月枚乘筆」，平仄互用，此類極多。

邊華泉《送于利》四絶句，余最愛之。詩云：「送君城南橋，笑折城南柳。歸來掩關坐，皎月當窗牖。」「露下夜已久，清軒調玉琴。凄涼湘水曲，窈窕白頭吟。」「一别春城雨，兩回秋月圓。樽前不盡意，書札但空傳。」「離腸似連環，宛轉不可絶。相送淮水秋，相思燕地雪。」

林君復詩「晝岩松鼠静，春棧竹雞深」、「水風清晚釣，花日重春眠」，此等律句，何愧唐賢，比魏野處士之「九日花藏縣，重陽菊繞灣」，殆遠過之。

「月如芳草遠，身比夕陽高」，寫景最妙，惜無有人能畫者。最愛宋詞「落日醉醒間，一春無此寒」，真措語神妙，殆不可思議也。

方南堂之詩有骨有味，兼之口角韵絶，近今詩人莫及也。自言得詩法於李孚青太史。然青出於藍，實過李遠甚也。

裘少司馬叔度曰修典試浙江，鎖院中詩云：「撲面黄塵客路遥，桂花香發笑停橈。重攜太史千秋筆，來聽錢塘八月潮。一榻清風還舊館，兩行官燭又今宵。文章報國聞前語，何有涓埃答聖朝。」「江左軺車只昨年，眼前鉛槧故依然。雨餘漸覺秋容出，院静惟聞漏點傳。誰是丹成經九轉，我如蠶老過三眠。此邦舊説多材地，濟濟重看一輩賢。」

李長吉詩，古人詩詞中用之化出者多矣，近人亦有。如伊詩「八窗籠晃臉差移，日絲繁散曛羅洞」，此宗梅岑「八窗籠晃日絲飛」所從出也。又「小雁過爐峰，影落楚水下」，此宋牧仲「徘徊念儔侣，清影落瀟湘」所從出也。此類尚多，聊舉其衍襲之佳者耳。

（吴忱、楊焄、劉奕點校）

劍谿說詩

劍谿説詩提要

《劍谿説詩》二卷《又編》一卷，據乾隆間寫刻本點校。撰者喬億（一七〇二—一七八八），字慕韓，號劍谿，江蘇寶應人。應試不第，棄舉業。客游山西，主講猗氏書院、郇陽書院。有《喬劍谿遺集》。此書前有沈德潛乾隆十六年辛未序及四言詩三章，皆云書成二卷，知爲前二卷。而《又編》一卷乃另成於其後，稿本今藏上海圖書館，題曰「説詩次編」，鈐「喬億」、「窺園」二印，亦有歸愚批語。此本則已合刻爲一矣。卷首收有方觀承乾隆丙子信札一通，距歸愚序已歷五年。劍谿説詩既崇古，亦不薄今，大抵除《三百篇》外，漢、魏、晉、唐詩亦非不能仿效，宋、金、元詩亦非不可寓目，識頗健全。論體則最尊古詩，以其去《風》《雅》愈近，至可細析至「托興古，命意古，格古，氣古，詞古，色古，音節古」；又稍改李于鱗「唐無五言古詩」説爲「長慶後無五言古詩」，則欲包韓、白「一險一易」兩家耳。惟論近體亦求合於古意，此於五律尚不失爲有度，於七律則幾近南轅北轍矣，故老杜以下竟無有當意者。劍谿選有《大曆詩略》，其論大曆前後詩人自是當行。又論詩主「詩中有人」，雖云非關倫常美刺，終以人品奠其詩格，故於盛中唐諸家頗致意於韋、柳，於明詩則著意分出李、何與錢虞山之别，而於漁洋詩之無所感發亦致不滿。喬氏父祖輩與方望谿頗有來往，作者少時亦得接聞咳唾，文中頗記其言。此時則與方氏後人觀承交，論詩亦相合。

序

古來説詩者夥矣，而司空表聖、嚴滄浪、徐昌穀爲勝，以不着跡象，能得理趣也。但從入之方，未嘗指示，學者奚所循軌焉？白田喬子劍谿，中有所得，發而爲言，自古逸、風騷以暨六代、三唐、宋、元、明代，各有開陳。或述前言而衷以心得，或抽新緒而融以舊聞。於忠愛敦厚之意，丁寧三復。凡以見詩道之尊，不使雕刻曼辭、誇纖鬪媚，與夫龐言繁稱，意竭語盡者，得以岐出其途而亂其位次也。書成上下二卷，分古今，叙源流，别正閏，而一歸於性情之和平。使學者心體而允蹈之，則成大家；即依約而遵守之，亦不失爲正格。質之表聖、滄浪、昌穀諸公，有共許爲補予未逮者矣。劍谿詩古澹超逸，準之前賢，有契其心神而化其面目者。其所説詩，幾於有而後言，匪獨見而能言者也。《詩》云：「惟其有之，是以似之。」劍谿有焉。

乾隆辛未冬十月，長洲同學弟沈德潛題。

附録

邱君手札一通

奉札久未報命，固由衰老，筆墨疏慵，亦緣矜慎之過，不敢率爾，有負虛懷。頃細讀《説詩》二册，洞悉源流，指陳利病，既顯示以坦途，復微參以絶詣，信詩學之指南也。内有數則，似與義例不合，意欲削去，或别存之，復有細碎商榷處。蓋弇州先生《巵言》一出，四方文士皆珍爲枕中之秘，正不妨過爲斟酌，俾疵纇盡蠲，美善兼備耳。所見如此，是否亦未敢自信，仍祈教之。詩册諸篇，境愈老，法愈細，《九日》一章，尤爲絶調，「四海」二句，選中亦不可多得者。中心藏之，擬議不得矣。闊别多年，於讀書間有所見，輒思質正，而會合無由。夏初惠然一晤，亦未罄所懷。昔年朝夕聚樂，視爲循常，烏知後時疏隔如此，世事大抵然也。近詩二首、賦一首附呈，爲瑕摘幸甚，餘不宣。

弟謹頓首。辛未冬十一月。

方公手札一通

客冬在京，晤歸愚先生，詢悉候履清佳，遠懷爲慰，並知有詩話近作。昔人爲此，久乃卒業，如所輯者已多，則亦先即公諸同好。珠林玉府，何當窺見光異耶？比刻《賡紀初編》，便上四册，亦祇是於案牘中作本事詩，幸不笑其塵陋耳。西秋尚有北上之興否？因風致念，不盡欲言。

慕韓五兄先生。同學弟方觀承頓首。壬申四月自保陽發。

方公又札

久不通候問，勞人疏節，想在諒中。比知物外多暇，吟情日富，尤勞人之所常常企羡者耳。《説詩》一編，多前人未發之藴，必傳無疑。着意全篇，勿貪好句，尤足爲時賢鍼砭也。先集付梓，並附拙稿，前已布聞，兹具一函，寄奉座右，幸教之。貯蘭小照冀得佳咏，以爲光寵。今付价子，順呈清覽，於其北歸時，再請展題，則能事不受促迫，行人亦省守候，如何，如何？另紙並奉教澤，唯照不宣。

慕韓五兄先生。同學弟方觀承頓首。丙子十月自保陽發。

附詩

歸愚先生四言詩三章

壬申冬日，喬君慕韓自白田至，感舊言懷，出示近詩，并《劍谿説詩》二卷，未遠《風》、《騷》，欣然成詠。

冰雪川原，時當飲蜡。故友相思，千里命駕。爲認容顔，不驚衰謝。胸次崚嶒，中蟠嵩華。狎主敦盤，高談王霸。起予衰頹，壯心暫借。共寫離懷，秉燭良夜。

詩道波流，滔滔何底？雕斲喪真，綺靡乖體。不圖今日，復聞正始。味無味處，其味無已。詣臻古淡，超然塵滓。嗜者誰人，箏篴悦耳。海上琴聲，成連邈矣。

詩家品炙，始於鍾嶸。表聖承之，續者儀卿。餘子紛糺，岐説争鳴。誰別白黑，劍谿平衡。叩虚返寂，取神離形。引弓不發，躍如以呈。中正清泠，騷雅門庭。爲語後來，問途已經。

同學弟沈德潛稿。

劍谿説詩卷上

寶應喬億

韓退之有言：「沿河而下，苟不止，雖有遲疾，必至於海。如不得其道也，雖疾不止，終莫幸而至焉。故學者必慎其所道。道於楊、墨、老、莊、佛之學，而欲之聖人之道，猶航斷港絶潢，以望至於海也。」然則爲詩者求合乎風人之旨，可不慎其所道哉！

詩學根本六經，指義四始，放浪於《莊》、《騷》，錯綜於《左》、《史》，豈易言哉！

杜子美「讀書破萬卷，下筆如有神」。何謂「破」？涣然冰釋也。如此則陳言之務去，精氣入而麄穢除，是以「有神」。

漢人篤學，不易爲文，文出氣厚。六朝文士，未嘗無學，然摭華棄實，文故靡靡。唐大家及北宋人，皆有文有學。南渡後，義理之學盛，往往易於語言，而文不逮學矣。詩之升降亦然。

着眼大處，久則積學自厚。如讀史不考政治之得失，人物之消長，與夫治亂之由，奸賢之跡，但録碎事僻字，以備採用，惡在其爲詩學也？

《日知録》曰：「今之經義論策，其名雖正，而便於空疏不學之人。唐宋用詩賦，雖曰『雕蟲小技』，而非通知古今之人不能作。」故號稱詩人，縱匪淹博，未有不洞曉古今大意者。

蕭千巖謂「詩不讀書不可爲，然以書爲詩則不可」。所以滄浪貴妙悟。

朱子《答鞏仲至書》曰：「來喻所云『漱六藝之芳潤，以求真澹』，此誠至極之論。然亦須先識得古今體製，雅俗鄉背，更洗滌盡腸胃間夙生葷血脂膏，然後此語方有所措。如其未然，竊恐穢濁爲主，『芳潤』入不得也。」《雕龍》曰：「疏瀹五藏，澡雪精神。」本莊周引老子語。豈不信夫！《仕學規範》曰：「有道之士，胸中過人，落筆便造妙處。彼淺陋之人，雕琢肝肺，不過僅能嘲風弄月而已。」故詩學首務知道。

古詩云者，托興古，命意古，格古，氣古，詞古，色古，音節古也。後人古詩不古，直可謂之「拗字體」耳。

東坡教人作詩曰：「熟讀《毛詩·國風》、《離騷》，曲折盡在是矣。」

或問程子《詩》如何學。曰：「只於《大序》中求。」又曰：「學《詩》而不求《序》，猶欲入室而不由户也。」

《大序》反覆於二《南》，所謂「正始之道，王化之基」。

《詩》大小《序》，紫陽承夾漈後，備論得失。樂平馬氏乃亟言紫陽之失，幾爲千古不了公案。愚謂惟慈谿黄氏持論平允。○《黄氏日抄》曰：「《毛詩》注釋簡古，鄭氏雖以《禮》説詩，於人情或不通，及多改字之弊，然亦多有足以裨《毛詩》之未及者。至孔氏疏義出，而二家之説遂明。本朝伊川與歐陽諸公，又爲發其理趣，《詩》益焕然矣。南渡後，李迂仲集諸家爲之辨而去取之，南軒、東萊止集諸家可取者，視李氏爲徑。而東萊之《詩記》獨行，岷隱戴氏遂爲《續詩記》，建昌段氏又用《詩記》之法爲《集解》，華谷嚴氏又用其法爲《詩緝》，諸家之要者多在焉。此讀《詩》之本說也。雪山王公質、夾漈鄭公樵，始皆去《序》而言《詩》，與諸家之說不同。晦庵先生因鄭公之說，盡去美刺，探求古始，其說頗驚俗，雖東萊不能無疑焉。夫《詩》非《序》，莫知其所自作，去之千載之下，欲一旦盡去自昔相傳之說，别求其說於茫冥之中，誠亦難事。然其指《桑中》、《溱洧》爲鄭衛之音，則其說曉然，諸儒安得回護而謂之雅音？若謂《甫田》、《大田》諸篇皆非刺詩，自今讀之，皆藹然治世之音。若謂『成王不敢康』之成王爲周成王，則其說實出於《國語》，亦文義之曉然者。其餘改易，固不可一一盡知。若其發理之精到，措詞之簡潔，讀之使人瞭然，亦孰有加於晦庵之《詩傳》者哉？學者當以晦庵《詩傳》爲主，至其改易古說，間有於意未能遽曉者，則以諸家參之，庶乎得之矣。」

億按：李迂仲名樗，兄和伯名柟，吕成公所謂二李伯仲也。樗《毛詩詳解》十□卷。《通考》陳氏曰：「樗，閩之名儒。」岷隱戴氏，名溪。《宋史·儒林》有傳，著《續讀詩記》三卷。建昌段氏、華谷嚴氏，不載《宋史》。《續通考》載《詩輯》，亦不詳卷帙，今刊本三十六卷；《段氏集解》、《通考》、《續通考》俱未列名目，《居易録》曰：「《叢桂毛詩集解》三十卷，宋朝奉郎段昌武撰。」王氏質字景文，《宋史》與樓鑰、陸游諸人並傳，著《詩總聞》三卷。獨是黄同時王魯齋、同郡王伯厚所撰《詩疑》、《詩考》，曾不一字及之。豈當日未有成書，抑秘不問世，未或一見故耶？並識於此。

《困學紀聞》曰：「荀子曰『善爲詩者不説』，程子之『優游玩味，吟哦上下』也。董子曰『詩無達詁』，孟子之『不以文害辭，不以辭害志』也。」

《三百五篇》，散見於《周官》、《儀禮》、《戴記》、《左氏内外傳》、《孝經》、《論語》、《孟子》及百家子史之書，百倍於他經，以是知詩歌之感人無窮，故爲教廣。

《困學紀聞》曰：「子擊好《晨風》、《黍離》而慈父感悟，周磐誦《汝墳》卒章而爲親從仕，王裒讀《蓼莪》而三復流涕，裴安祖講《鹿鳴》而兄弟同食，可謂興於《詩》矣。李楠和伯亦自言：『吾於《詩·甫田》悟進學，《衡門》識處世。』」此可爲學詩之法。

許文正魯齋曰：「《三百篇》，古樂章也，與後世樂章大異，尤以見古人敦本業，厚人倫，念念在是，未嘗流於邪僻也。」

《尚書》有韵者似《雅》、《頌》，即無韵者，凡叠下四字句皆似也。但《詩》兼比興，《書》直似賦體耳。《大禹謨》「帝德廣運」六句，《仲虺之誥》「佑賢輔德」六句，《伊訓》「聖謨洋洋」三句，《太甲》「惟天無親」六句，《泰誓》「我武惟揚」五句，《洪範》「無偏無陂」十四句，皆用韵。若《仲虺之誥》「德日新」至「謂人莫己若者亡」，《伊訓》「作善降之百祥」至「墜厥宗」，《洪範》「臣之有作福作威玉食」至「民用僭忒」，及《周易》，雖用韵却不似詩。

《左氏》韵語，當别録一帙，附《三百篇》後。

《雕龍》曰：「《騷經》、《九章》，朗麗以哀志；《九歌》、《九辯》，綺靡以傷情；《遠遊》、《天問》，瓌詭而惠巧；《招魂》、《招隱》，耀艷而深華；《卜居》標放言之志；《漁父》寄獨往之才。」愚按：《九章》之詞迫，不可謂「麗」。《九歌》幽艷，《九辯》清峻，何云「綺靡」？《遠遊》朗暢，《天問》奇肆，豈「惠巧」哉？《騷經》一篇，已括有《九章》、《遠遊》，故史公爲傳贊，舉《離騷》則無不該備矣。《九章》中，《哀郢》

紀去國月日，其始事也；《懷沙》明捨生取義，其終事也。故傳中備載《懷沙》，贊及《哀郢》，其去取詳略，有微意焉。而或者謂史公雅好《哀郢》，讀而悲之，恐史公未許爲知言。

《大招》以理識勝，《文選》尚藻飾，故置此而録《招魂》。

李昌谷謂《天問》於《楚詞》中可推第一，《遠遊》尚未盡所長。玉賦以《招魂》爲最。昌谷務奇，故爲此言。

《招隱》從《九歌》暨《九辯》首章來，不但幽峭，音節亦復鏗鏘。

揚雄《反騷》，宋洪氏論説極詳，朱子韙之。而望溪方公稱其隱痛幽憤，且爲之辯曰：「今人遘疾罹禍殃，其泛交相慰勞，必曰此無妄之災也。戚屬至，則將咎其平時起居之無節，作事之失中，所謂垂涕泣而道之也。雄之斯文亦若是而已矣。」按雄之先世，非楚同姓，《反騷》且作於成帝陽朔間，距屈子沉江二百六十餘年，安得比擬戚屬，釋莽大夫羞也。

或謂漢之去楚，人代遼闊，公豈憒憒致此瑕摘耶？特藉喻以引下文所謂「《七諫》、《九懷》、《九歎》、《九思》之雖正而不悲，雄之言雖反而實痛」耳。余曰不然。古人文章，無一字漫然者，即子所稱下文，乃筆力轉變，以盡「汎交」「戚屬」之指義，何得謂非注意處也？

後人擬《騷》，多失之明白條易。望溪方公曰：「《騷》之辭惝恍而彬蔚。」《三百篇》、《楚騷》外，如漢、魏、六朝名賦，皆詩學之丹頭。

揚子雲曰「能讀千賦，則能爲之」，非爲材料也。如此然後盡文章之變態。

古樂府無傳久矣，其音亡也。後人樂府皆古詩。

樂府古辭不可不讀，亦正不易讀。其中無句讀文義者，或聲詞相雜，與夫「夏五」、「郭公」之訛落，自魏氏來已難辨證。

《談藝録》論古樂府，於神理、格韵、辭調間辨析甚微，其音亦終不可得而詳。

漢武帝立樂府，以李延年爲協律都尉，世儒遂謂樂府之名自武帝始，不知孝惠時夏侯寬已爲樂府令矣。

少宗伯沈先生歸愚謂：「樂府自齊、梁以來，多以對偶行之，而又限以八句，豈復有詠歌嗟歎之意！」謂：「李太白所擬，篇幅之短長，音節之高下，無一與古人合者，然自是樂府神理。」

吴淵穎論樂府諸篇，反覆詳盡，令讀者爽然自失。《與黄明遠書》、《大樂玄機論賦後》、《題黄隱君哀頌》、《古琴操九曲引》、《古詩考録後序》、《樂府類編後序》，凡六篇。

楊鐵崖樂府，亦元、白、張、王末派。

李西涯論古樂府，謂：「李太白才調雖高，而題與義多仍其舊；張籍、王建以下無譏焉。」及觀所自爲樂府，祇堪樂天後塵耳。

西涯樂府非不佳，只是詞氣不古。

《採薇歌》詞氣衰颯，斷非夷、叔作，而史遷莫辨。吾鄉王先生予中云。

億按：程子謂：「《史記》所載諫詞皆非也。武王伐商，即位已十一年矣，安得父死不葬之語？」胡致堂曰：「叩馬之諫，孔氏未嘗及也。」王先生學有根柢，立論似本諸此。

《安世房中歌》詞旨古奥，絶類周人。《漢書・禮樂志》云：「高祖唐山夫人所作。」服虔曰：「高祖姬。」韋昭曰：「唐山，姓。」其他無傳焉。余竊悲夫人有如此才，而事蹟不少概見，何哉？

樂府與古詩迥别。如《漢十八曲》及《雞鳴》、《烏生》、《陌上桑》、《相逢》、《狹路》等篇，樂府體也；晉以下擬作，古詩體也。《秋胡行》，如曹氏父子，樂府體也；傅休奕、顔延年，古詩體也。

漢詩和平。魏詩激昂。晉詩高處與魏相頡頏，次之則信如劉彦和所謂「輕綺」也。宋詩已有排句，然骨重體拙，古意尚存。齊詩骨秀神清，而力不厚。梁詩高者可匹宋、齊，下者與陳、隋並入唐律矣。陳詩格最下，前不如梁，後不如隋。北朝詩可稱巨擘皆南人，餘子詞采不足，絶似當日南北風氣也。

《古詩十九首》最近《國風》、《小雅》，讀之久，令人感嘆流連，泣下沾衣。

讀《十九首》，不須尋章摘句，但如程子所謂「優游玩味，吟哦上下」，自有得處。

《日知録》曰：「真希元《文章正宗》，其所選詩，一掃千古之陋，歸之正旨。然病其以理爲宗，不得詩人之趣。且如《古詩十九首》，雖非一人之作，而漢代之風，略具於此。今以希元之所删者讀之，『不如飲美酒，被服紈與素』，何以異乎《唐詩・山有樞》之篇？『良人惟古歡，枉駕惠前綏』，蓋亦《邶風》『雄雉于飛』之意。牽牛織女，意仿《大東》；兔絲女蘿，情同《車舝》。《十九》作中無甚優劣，必以防淫正俗之旨，嚴爲繩削，雖矯昭明之枉，恐失《國風》之義。」旨哉言乎！

蘇、李詩《漢書》不載，後人多疑是僞作。不知五言體製入史傳不合，故班史削之，衹録少卿《别歌》一篇。五言詩遷、固不入史傳，范史始編入。後人效之。至陸游、馬令輩作《南唐書》，併入詞句，可一噱也。

「河梁」詩縱不出蘇、李手，亦西京文士擬作，魏、晉人氣味那得純古至此？

漢京自雜歌樂章外，五言概不多見，是殆歷武、宣之世，崇尚經術，不暇以爲。然作者間出，深醇簡古，非魏、晉人可到。

三國文士，盡屬當塗，良由鄴下去東京不遠，文物未即散亡，且老瞞父子才華實堪統制。

曹孟德詩，鷹揚虎視，自具横槊氣象。

陳思王植初封臨菑侯，聞魏氏代漢，發服悲哭，其不得於兄宜矣。

陳思篇什既富，端緒紛然，大旨不越《求自試》、《通親親》二表意。至《遠遊》、《遊仙》等篇，蓋亦憂愁幽思而作，其詞曠以蕩，其情愴以悲。

《贈白馬王彪》詩，長言嗟歎，不復爲子桓諱矣，而不失《小弁》親親之義。贈徐幹、丁儀諸子，慰藉深至，而已之困厄無聊自見。

《送應氏詩》，極《黍離》之感，非老瞞《薤露》、《蒿里》等篇，隱然覬覦王室也。

陳思詩全以神行，筆未嘗着紙。楊德祖謂「有所造作，若成誦在心，借書於手，曾不斯須少留思慮」。又曰：「含王超陳，度越諸子。」嗚呼！真八斗才也，後來惟李太白近之。

《典論》及《與吴質書》，并丕爲世子時作，於偉長、公幹諸子，各加品隲，獨不及其弟植，猜忌之心，早見於此矣。

《中説》亟稱陳思王能達理善讓，則當日賫志以没，可見白於後世矣。

曹丕深愛孔融文辭，稱帝後，嘗募天下有上融文辭者，輒予以金帛。顧《與吴質書》論次諸子，獨遺之，豈融初遇害，不無顧畏邪？

公幹、仲宣，才思在伯仲間，而《詩品》曰：「陳思以下，楨稱獨步。」《雕龍》曰：「兼善則子建、仲

宣，偏美則太冲、公幹。」一先劉後王，一先王後劉，均非篤論。

新城公於建安諸子，獨不喜劉，見《香祖筆記》、《古夫于亭雜録》。至謂無一語可采，毋乃過與！

《雕龍》曰：「阮旨遥深。」《詩品》曰：「言在耳目之内，情寄八荒之表。」近日沈先生歸愚謂：「阮公

《咏懷》，反覆零亂，興寄無端，和愉哀怨，俶詭不羈，讀者莫求歸趣。」合諸評語觀之，阮詩精神出矣。

漢、魏詩多同句，阮籍詩句多自同。不爲苟同，斯不嫌於同。

三張以景陽爲最，二陸則士衡居先。潘安仁稍遜士衡，遠過士龍，宜乎康樂賞之。但與太冲並，

竊所未喻。

景陽居穢濁之世，與兄孟陽各保清節，其先見殆不減江東步兵也。讀《咏史》、《雜詩》等篇，微言

妙緒，超出潘、陸諸公之上，論者尚以乏風骨少之哉！

太冲、越石、景純，自是公幹、仲宣勍敵。○三家詩體不同，各具建安風骨。典午之世與兩漢同

風，正賴鼎峙力耳。

陶詩渾然元古，在六朝中自爲一格。

讀陶詩當察其樂中有憂，憂中有樂。至其見道語，亦劉以來詩人所未有。

陶公嘗往來廬山，集中無廬山詩。古人胸中無感觸時，雖遇勝景，不苟作如此。

淵明人品高出四皓之上。而《贈羊長史》詩曰：「路若經商山，爲我少躊躕。多謝綺與甪，精爽今何如？」又《飲酒》詩曰：「咄咄俗中惡，且當從黄綺。」其景慕之如此，正猶武侯嘗自比管仲、樂毅，而不自知度越諸子也。

阮嗣宗、陶淵明詩當全讀，《文選》不足據依。

康樂詩，昔人比之「初日芙蓉，自然可愛」，專論品質也。謝公才大，不減士衡，而骨力過之。漢、魏詩渾然無涯涘，至謝康樂始有致力處，千古標準，不專在遊山詩也。

顔詩昔人病其刻鏤太甚。余謂刻鏤處亦近古，《秋胡行》體裁明密，九首如一首，《五君咏》章句似各不相屬，皆高作也。

鮑明遠五言輕俊處似三謝，至其筆力矯捷，直欲與左太冲、劉越石中原逐鹿矣。七言歌行，寓廉悍於藻麗中，江表三百年，允推獨步。

杜詩「俊逸鮑參軍」，「逸」字作奔逸之逸，纔托出明遠精神，即是太白精神。今人多解作閒逸矣。

讀小謝詩，令人神思清發，昏不假寐。

江淹才力實勝何、劉、沈、謝，故與明遠並稱爲江鮑體，然小謝之清音獨絶矣。蕭梁一代，新城公謂江淹、何遜足爲兩雄。以余觀之，文通格調尚古，仲言音韵似律，未宜並論也。

水部詩氣韵清微，孝綽、子堅非其曹耦。

庾子山在南北朝力量最大，故李、杜宗之。退之亟稱李、杜而不及子山，蓋輕之也。其詩曰：「齊梁及陳隋，衆作等蟬噪。」是子山固在「蟬噪」中矣。許彦周曰：「此語吾不敢議，亦不敢從。」諒哉！退之論文，則稱屈原、孟子、司馬遷、相如、劉向、揚雄，而不及賈誼、班固。論詩自陳子昂、李白、杜甫外，則稱蘇源明、元結、李觀，而不及王維、孟浩然、韋應物。則退之固精於文而略於詩者。

唐五古宜枕藉觀者，射洪、曲江、李、杜、韋、柳，他如儲、王數公，亦可備流覽也。韓、白五古自佳，一險一易，別成韓、白體耳。

陳拾遺曰：「文章道弊五百年矣。漢魏風骨，晉宋莫傳，然而文獻有可徵者。僕嘗暇時觀齊梁間詩，綵麗競繁，而寄興都絶，每以永歎。思古人常恐邐迤頽靡，風雅不作，以耿耿也。」李供奉曰：「梁陳以下，艷薄斯極，沈休文又尚以聲律。將復古道，非我而誰？」讀二公詩，益三復於斯言。

曲江公詩雅正冲澹，可想見其風度。「詩罷地有餘，篇終語清省。」觀曲江公集，益歎老杜評泊之妙。

太白樂府五言，約六百十餘篇，體勢多端，要不失風騷指趣；間涉徑露，固屬不經意之作，亦擺去拘束。

杜五言二百七十餘篇，精警之什，皆少壯時作。入蜀後，律詩則更精，而古、《選》不逮矣。至七言歌行，合前後無不佳者。○「晚節漸於詩律細」，祇自言其律細耳，亦不及古、《選》。「律細」，祇是律詩之律法細耳。若古詩，朱子固謂「晚年自出規模，不可學」，何「律細」之有！

朱子謂：「李太白終始學《選》詩，所以好。杜子美詩好者，亦多是效《選》詩，夔州以前詩佳，夔州以後自出規模，不可學。」大儒天縱，論詩亦深到如此。

太白詩有似《國風》、《小雅》者，有似《楚騷》者，似漢魏樂府及古歌謡雜曲者，有似曹子建、阮嗣宗者，有似鮑明遠者，似謝玄暉者，又有似陰鏗、庾信者，獨無一篇似陶。子美間有陶句，亦無全篇似之者。雖李、杜之不爲陶，不足爲病，而陶之難擬可見也。

江、鮑各有擬陶詩，皆不及韋。韋氣象近道。

韋左司詩，澹泊寧静，居然有道之士。《國史補》稱「韋性高潔，鮮食寡欲」。今讀其詩，益信其爲人。

韋詩淡然無意，而真率之氣自不可掩。

韋公五言正脉，白居易謂「高雅閒澹，自成一家」，尚不爲知言。朱子謂「左司五言所以高於王維者，以其無色香臭味也」，此是篤論。

柳州哀怨，騷人之苗裔，幽峭處亦近是。

永、柳山水孤峻，與永嘉、隴、蜀各别。故子厚詩文，不必謝之森秀，杜之險壯，但寓目輒書，自然獨造。

王、孟齊名。李西涯謂「王不及孟」，竟陵及新城先生謂「孟不及王」。愚謂以疏古論，孟爲勝；以澄汰論，王爲勝，二家未易軒輊。

右丞詩精工，襄陽詩有亂頭麤服處，故説者多謂勝王。不知此乃跡耳，境地高下不在此。東坡言：「孟浩然之詩，韵高而才短，如造内法酒手而無材料爾。」顧老杜詩曰：「復憶襄陽孟浩然，清詩句句盡堪傳。」又曰：「賦詩何必多，往往凌鮑謝。」孟詩在子美意中，居何等也？

儲、王並稱。儲自不及王，獨《田家》詩，歸愚先生以爲儲勝，蓋此題詩更宜朴質也。新城先生《居易録》曰：「儲光羲詩多龍虎鉛汞之氣，田園樵牧諸篇，又迂闊不切事情。」此論似過當，然自是古今獨見。

常建、劉昚虛詩，於王、孟外又闢一徑。常取徑幽而不詭於正，劉氣象一派空明。

劉昚虛詩，空明深厚，饒有理趣。

高、岑詩同而異，高詩渾樸，岑詩警動。

蕭功曹潁士、李員外華、獨孤常州及詩，皆以格勝，不欲與流輩争妍。蕭品節尤高。新舊《唐書》俱傳入《文苑》，殊失義例。

《篋中集》載沈千運諸人，皆廉潔士，詩亦高古，無唐世名輩習氣。

孟校書雲卿詩最古，交游亦盛。與陶峴、焦遂、張旭、杜甫、元結、劉長卿、韋應物相友善。杜集中凡四見。次山詩文亦屢見，且曰：「雲卿少次山六七歲，名聲滿天下。」韋古詩一篇，有「高文激頹波，四海靡不傳。西施且一笑，衆女安得妍」之句。其爲名賢所重如此。顧後人論詩，從不及雲卿，何也？

元次山詩，在唐人中又是一格，所謂「仁義之人，其言藹如」也。

退之五言大篇學杜，而峭露特甚；小詩學《選》而變，鑿空處類孟郊，而氣象較闊。

孟郊詩筆力高古，從古歌謡、漢樂府中來，而苦澀其性也，勝元、白在此，不及韋、柳亦在此。

郊詩類幽憤之詞，讀之令人氣塞。

王奉常敬美曰：「小詩欲作王、韋，長篇欲作老杜。」新城先生《池北偶談》曰：「感興宜阮、陳，山水閒適宜王、韋，亂離行役、鋪張叙述宜老杜，未可限以一格。」愚謂古人多師以爲師，正如此。

吕成公曰：「詩詞之作，自漢魏而下，如建安七子，如顔、謝、徐、庾，雖爲淫麗，而古人之遺風餘韵，猶間見也。至唐杜子美，以大才爲之，一切蓋了，故後世惟見子美之詩，而前日之詩無復見矣。」見《左氏傳説》卷二。誠哉是言！

蘇子瞻曰：「蘇李之天成，曹劉之自得，陶謝之超然，蓋亦至矣。而李太白、杜子美以英瑋絶世之姿，凌跨百代，古今詩人盡廢。然魏晉以來，高風絶塵，亦少衰矣。李杜之後，詩人繼作，雖間有遠韵，而才不逮意。獨韋應物、柳宗元，發纖穠於簡古，寄至味於澹泊，非餘子所及也。」晦翁謂：「坡公病李杜而推韋柳，蓋亦自悔其平時之作而未能自拔者。」觀此，則爲五言詩者，當知所取擇矣。

長慶後無五言詩。

古歌謡樂章長短句，固七言體製所自出，遂名爲七言古詩，似於格未合也。至如漢武之《栢梁詩》、《瓠子歌》、《秋風辭》，曹丕之《燕歌行》，陳琳之《飲馬長城窟》，鮑照之《代白紵舞歌辭》、《擬行路難》，無名氏之《木蘭詩》，雖詞意高古，而波瀾漸闊，肇有唐風矣。

南北朝短章，《敕勒歌》斷爲第一，蒼勁高古，不減《大風》、《垓下》。《楊白華》、《咸陽王歌》，事真情真，詞調亦委婉逼真，惜不傳誰氏子作。

七言歌行欲氣勝易，欲氣古難，氣古而兼氣勝更難。

王、楊、盧、駱氣古，非氣勝也。子瞻氣勝，非氣古也。退之短章氣古，長篇氣勝。王、李、高、岑，並氣古氣勝而未至者。惟李、杜兼之，各造其極，又加以變化神奇、錯綜斷亂也。

唐初四子外，如李嶠《汾陰行》，情詞斐然，可歌可泣，古今絶調也。郭元振《寶劍篇》，托興微婉；王翰《飲馬長城窟》，足當史斷，並皆高作。他如宋之問《明河篇》，詞調圓美，乍讀之，賞其才，細玩之，卑其志也。

嘉州五言，微不逮高，至歌行奇崛處，不翅過之。東川筆力，似亦未遒。

退之《琴操》、《羅池廟詩》，李、杜不能作，何論子厚。

子厚寂寥短章，詞高意遠，是爲絶調。若《放鷓鴣》、《跂烏詞》，並悔過之作，惻愴動人。

昌谷歌行，不必可解，而幽新奇澀，妙處難言，殆如春閨之怨女，悲秋之志士與！

玉川子詩誠誕，然《有所思》、《樓上女兒曲》，音韵飄灑，已近似謫仙。讀《寄謝孟諫議》詩，尚想見此老襟抱。乃甘露禍起，以事外儒生，倉卒遇害，君子傷之。

元、白長句，無初唐之整麗，老杜之激昂，而宛轉流暢，又自一格，大抵通贍有餘，遒緊不足。

許彦周謂：「張籍、王建，樂府、宫詞皆傑出，而不能追逐李、杜者，氣不勝耳。」漁洋老人《分甘餘話》非之，謂：「正坐格不高耳。」愚以爲皆非也。張、王縱氣勝格高，祗追逐王、李、高、岑，如何敢望李、杜？

義山《韓碑》，淋漓盡致，獨諱言段碑，蓋事由奉勑也。或曰與柯古交善。

詩與題稱乃佳。如《石鼓歌》三篇，韓、蘇爲合作，韋左司殊未盡致。《桃源行》四篇，摩詰爲合作，昌黎、半山大費氣力，夢得亦澄汰未精。

新城公《池北偶談》曰：「唐、宋以來作《桃源行》最傳者，王摩詰、韓退之、王半山三篇。觀退之、半山二詩，筆力意思甚可喜。及讀摩詰詩，多少自在，二公便如努力挽强，不免面赤耳熱。此盛唐所以高不可及。」

韓、蘇筆力相當，韓排奡，蘇雄放，并體出杜陵。蘇兼有謫仙，然謫仙超忽，終隔一塵在。

坡公規模大，波瀾壯闊。涪翁筆力高，風格孤峻。

坡公嘗自評其文曰：「吾文如萬斛泉源，不擇地皆可出。在平地，滔滔汩汩，雖一日千里無難。及其與山石曲折，隨物賦形，而不可知也。所可知者，常行於所當行，常止於不可不止，如是而已矣。

其他，雖吾亦不能知也。」公之詩亦然。

涪翁語皆生造，不襲前人。

放翁多和緩之音，遺山清壯頓挫，殆欲過之。

《史》、《漢》、八家之文，可通於七古。李、杜、韓、蘇之七古，可通於散體之文。

六朝之文，與爾時詩賦一種筆墨。

詩文有不相蒙者，律詩也，古詩則與之近。如作碑誌，末係以銘辭，擬《雅》、《頌》、《騷》體及古歌謠，雖非詩，亦有韵之文也。使放筆爲古詩，不必合拍，自然越俗。韓退之文「貞元十九」，李習之文「貞元十二」，并截「年」字成句。韓退之詩「屈原《離騷》二十五」，吴立夫詩「偉兹欲繼三百五」，并截「篇」字成句。此詩古文之句法相同者。

太白詩「蜀道之難難於上青天」句凡三叠。管子曰：「使海於有蔽，渠彌於有陼，綱山於有牢。」穀梁氏曰：「梁山崩，壅遏河三日不流。」一篇之中，三番叙述，愈見其妙。所謂「閉户造車，出門合轍」者也。

李東川《夷齊廟》詩，放寫山河寂寞，韓、歐《孔子廟碑記》，但詳典禮，皆不着議論，詩古文之義法同也。

柳仲塗論文，謂「古其理，高其意」。余謂詩之道正不外是。

望谿老人《贈淳安方文輈序》，略曰：「唐宋之學者，雖逐於詩賦論策之末，然所取尚博，故一旦去爲古文，而力猶可藉也。明之世，一於五經、四子之書，其號則正矣。而人占一經，自少而壯，英華果鋭之氣，皆敝於時文，而後用其餘以涉於古，則其不能自樹立也宜矣。」用此言之，欲從事古文，自詩賦入者，視帖括爲徑。而世或不然，未上溯風雅之源，又所涉叢雜，不可爲博耳。望翁嘗曰：「我若不能時文，古文當更進一格。」

杜子美原本經史，詩體專是賦，故多切實之語。李太白枕藉《莊》、《騷》，長於比興，故多惝恍之詞。

太白詩法，齊尚父、淮陰侯之兵法也。少陵詩法，孫、吴之兵法也。以同時將略論，在漢，李則飛將軍，杜則程不識；在唐，李則汾陽王，杜則李臨淮。然則李愈與？曰：杜猶節制之師，百世之常法。

字畫有篆隸真草，詩亦有之。古樂府，大小篆也。漢、魏、晉，隸書也。六朝暨唐初，真書也。鮑明遠，亦隸亦草。李太白，顛、素之草書也。杜子美，魯公之真草也。然則陳思其鍾、王乎？阮籍其張伯英乎？

以畫論詩，李杜歌行，荆、關、董、巨之山水也。唐初四子歌行，思訓父子之金碧山水也。摩詰之詩，即摩詰之畫，意致蕭散中自饒名貴。

詩之骨有重有輕，骨重者易沉厚，其失也拙；骨輕者易飄逸，其失也浮。然詩到聖處，骨輕骨重，無乎不可。李詩骨輕，杜詩骨重。

「黄河落天走東海，萬里瀉入胸懷間」，太白具此襟抱，故下筆有延頸八荒氣象。

太白詩「一夜飛渡鏡湖月」，又詩「一谿初入千花明，萬壑度盡松風聲」，皆天仙語也。太白詩境正如此。

「意愜關飛動，篇終接混茫」，劉須谿謂即子美自道，良是。高岑不足以當之。

世人但目皮色蒼厚、格度端凝爲杜體，不知此老學博思深，筆力矯變，於沉鬱頓挫之極，更見微婉。試舉五古自《前後出塞》、《三吏》、《三別》、《彭衙行》外，如《玉華宮》、《羌邨》、《贈衛八處士》、《佳人》、《夢李白》，七古自《兵車》、《麗人》、《哀江頭》、《哀王孫》外，如《樂遊園歌》，五律之《洞房》、《鬬雞》，七律之「東閣觀梅」等篇，學杜者視此種曾百得其一二與？

杜詩自貞觀以來，人物略具，如劉文静、裴寂、房玄齡、杜如晦、王珪、魏徵、虞世南、狄仁傑、郭震、宋璟、張九齡諸名臣，散見側出，皆歷歷可數。尤詳於肅、代時事，以至閹人、蕃將、吐蕃、回紇、叛逆諸臣，罔不見諸篇什。然衣白山人事秘，未由遽知；平原及諸死義之士，如李憕、盧奕、顔杲卿、張巡、許遠、南霽雲等。炳若日星，何以咏歌不及？若謂未經欵洽，則嘗和元道州《舂陵行》矣。杜老可作，吾當首質之。

張睢陽事，始見於韋詩。韋往來梁、宋間，聞見最真，故感憤歎息，非復平日淡緩之音。

韋公當天寶末，扈從遊幸，目擊明皇敗度喪亂，後經驪山温泉，遇諸耆舊等篇，追維已事，備極敷陳，獨楊氏諸姨未嘗顯及，爲尊親隱也。或曰如杜不諱言何？余曰：「有忠愛之心如杜則可，不然，韋公爲正。彼元、白、張祜之徒，長吟短咏，果足垂鑒戒與？抑宣淫與？不得援詩人刺衛宣、齊襄自解免也。」

昌黎出陸宣公之門，集中無上書，無投贈詩，但於《順宗實録》及他文側見。豈宣公德業，昌黎學行，兩未洞悉然與？

韓詩多不經人道語，奇闢處驚人。白詩善道人心中事，流易處近人。

白傅諷諭詩有關世道，當別具隻眼觀之。

新城先生《香祖筆記》曰：「李長吉詩『骨重神寒天廟器』，『骨重神寒』四字，可喻詩品。元、白正坐少此四字，故其品不貴。」

古人詩境不同，譬諸山川，杜詩如河嶽，李詩如海上十洲，孟襄陽詩如匡廬，王右丞詩如會稽諸山，高、岑詩如疏勒、祁連，名標塞上，大曆十子詩如巫山十二，各占一峰，韋詩如峨嵋天半，高無與比，柳詩如巴東三峽，清夜啼猿，韓詩如太行，孟東野詩如羊腸坂，蘇詩如羅浮，黄詩如龍門八節灘。此類不可悉數，惟覽者自得之耳。

謂漢、魏、晉、盛唐詩不能倣效者，自晝之詞也。謂宋、金、元詩不可寓目者，拘墟之見也。大率五言在六朝不可居鮑、謝後，在唐不可居韋、柳後，七言則坡、谷已下，如放翁、遺山，余均有取焉。

劍谿説詩卷下

竇應喬億

古體嚴於今體，五古嚴於七古，以其去《風》、《雅》愈近也。太白謂「寄興深微，五言不如四言」。然四言極難，故自漢迄晉，能者祇落落數公，唐自韓、柳外，亦未見其人。○方宜田曰：「漢魏鮮四言佳境，宋元鮮五言佳境。三代以下其言長，氣使然也。」

平淮西非唐代第一豐功偉烈，而韓爲之碑，柳爲之雅，噫，盛矣哉！石徂徠《慶曆詩》，下昌黎《元和詩》遠甚，祇是作詩之意美，遂足千古。

雜言無定數，而往復諷詠，自成音節，所謂「氣盛，則言之短長與聲之高下皆宜」。○若限以句調，便是填詞。

七言中有單句，有長短句，五言亦間有之。古辭《陌上桑》云：「羅敷年幾何？二十尚不足，十五頗有餘。」單句也。曹孟德《秋胡行》云：「歌以永志。」謝客《相逢行》云：「憂來傷人。」短句也。陸士衡《猛虎行》云：「渴不飲盜泉水，熱不息惡木陰。」長句也。古人文章無定式，不可不知，不可輕學，正此類也。

轉韵無定句，或意轉、氣轉、調轉，而韵轉亦隨之。

長篇貴有操縱，忌章法散漫而筋骨或懈。○有一二字之向背，通篇脉絡攸關。

長篇固通體有大提挈、大結束、大轉换，逐段中又自有小提挈、小結束、小轉换，間有不提挈、不結束，而未有不轉换者。

當折落不折落，不當折落忽然折落，李、杜小詩且然，何況大篇？若元、白諸公，但穩順聲勢而已。

讀古人長篇，當先分段落，再觀其次第詳略，首尾呼應，順逆隱見，疏密疾徐，乍離乍合，忽斷忽連，與夫不可顛倒一聯，增減一韵也。

《北征》、《南山》詩，雖具絶大魄力，却有規矩可學。《廬江小吏詩》，叙次似衍而複，然情事曲折，盡在是矣，筆墨天成，不假造作，所謂「羚羊掛角，無跡可求」者也。此在六朝已成《廣陵散》矣。

鄭善夫曰：「長篇沉着頓挫，指事陳情，有根節，有骨格，此老杜獨擅之能，唐人皆出其下。然詩亦不以此爲貴，但可以爲難而已。宋人往往學之，遂以詩當文，濫觴不已，詩道大壞，由老杜啓之也。」愚謂此説甚透，非議杜，正勸人善學杜耳。

「白居易亦善作長韵叙事，但格制不高，局於淺切，又不能更風操，雖百篇之意，只如一篇，故使人讀而多厭也。」魏泰云。

五言律肇自齊梁，由前以觀，風斯降矣，繩以唐律，却古。

律詩而有古意，此盛唐諸公獨絶，後人極力摹擬，便着跡。〇方宜田曰：「鍾、王楷法帶篆隸，後人不習篆隸，惟於楷法中求之，故難能也。」

拗體尤貴自然。

陳、杜、沈、宋、二張燕公、曲江、王、孟、高、岑、李、杜及劉、韋、錢、郎諸家五律，雖氣有厚薄，骨有重輕，併入高品，後來惟張文昌稍步趨大曆。

唐季五律，嚴滄浪獨取馬戴，亦自有見。按《全唐詩話》：「戴佐大同軍幕，許棠往謁之，一見如舊識。留連數月，詩酒而已，未嘗問所欲。一旦大會賓友，命使者以棠家書授之，啓緘，乃知戴潛遣一介郵其家矣。」行誼如此，其詩益爲可貴。

宋之後山、簡齋，五律宗杜，語皆麄硬，乏温醇之氣。

七言律詩有古意更難。氣格之古，無過沈雲卿之《龍池篇》、崔顥之《黄鶴樓》、老杜之「城尖徑仄」諸篇。詞意之古，無過沈雲卿之「盧家少婦」一首。然效杜拗體者多，「盧家少婦」無嗣響矣。

開、寶七律，王右丞之格韵，李東川之音調，並皆高妙。高常侍五言質朴，七律别有風味。岑嘉州微傷於巧，而體氣自厚。

七律至於杜子美，古今變態盡矣。試舉十數首觀之，章法無一同者。

隨州「五言長城」，七律亦最佳。然氣象骨力，降開、寶諸公一等。

左司不著七律名，而格韵自高。

大曆以後七律，劉、柳格調最優，香山、義山須合看以矯其偏，亦以參其變也。

義山七律大有作用在。

不觀楊、劉唱和詩，不知義山筆力高不可及。

新城公《池北偶談》曰：「樂天作《劉白倡和集解》，獨舉夢得『雪裏高山頭白早，海中仙果子生遲』、『沉舟側畔千帆過，病樹前頭萬木春』，以爲神妙，且云：『此等語在處應有神物護持。』殊不可曉。宜元、白於盛唐諸公興象超詣之妙，全未夢見。」

新城公《居易録》曰：「劉吏部公㦷云：『七律較五律多二字耳，其難什倍。譬開硬弩，祇到七分，若到十分滿，古今亦罕矣。』予最喜其語。因思唐宋以來爲此體者，何翅千百人，求其十分滿者，惟杜甫、李頎、李商隱、陸游，及明之空同、滄溟二李數家耳。」愚謂王維、劉禹錫亦有十分滿者，豈反在放翁、滄溟下耶？

七言律古人所難，試觀大曆前，唯老杜下筆五首八首，餘子率皆矜貴。及後人逞博，擇焉不精，有多至三二十首者。然三二十首細看祇是一首，無淺深層次變化也。

《日知録》曰：「鄞人薛千仞岡曰：『自唐人之近體興而詩一大變，後學之士，可兼爲而不可專攻者也。近日之弊，無人不詩，無詩不律，無律不七言。』又曰：『七言律法度貴嚴，對偶貴整，音節貴響，不易作也。今初學後生，無不爲七言律，似反以此爲入門之路，其終身不得窺此道藩籬，無怪也。』」

先徵君嘗述陶先生澂語曰：「近人作詩，不拘何題，落筆便是七律。」

長律較古體長篇，鎔鑄最精，音韵更切，不容一字不入格也。唐初及開、寶諸公，渾雄富麗，出以整暇。至杜子美，更縱横於排比中，斯爲至矣。元、白篇幅雖長，波瀾未闊。

柳州長律，極峭蒨可喜。

近人於長律專事鋪陳，全無手段。

五言絶句，工古體者自工，謝朓、何遜尚矣，唐之李白、王維、韋應物可證也。惟崔國輔自齊梁樂府中來，不當以此論列。

後人苦效王、裴而不得其自在，所以去之彌遠。

七言絶句，李供奉、王龍標神化至矣。王翰、王之涣一首兩首，冠絶古今。右丞氣韵，嘉州氣骨，非大曆諸公可到。李君虞、劉夢得具有樂府意，亦邈焉寡儔。至如樊川之風調，義山之筆力，又豈易言哉！

唐七絶儘多佳製，以得樂府意爲尤。

「《竹枝詞》與七絶音韵各殊，大率似謡似諺，有連臂踏歌之致。」先仲兄敬哉云。

七絶似易而實難，《竹枝詞》更難。

坡公七絶具邁往之氣，放翁、遺山亦遠擅長。

每成一篇，先觀氣象如何。

讀古人詩，要分别古人氣象。盛唐詩有極不工者，氣象却好。晚唐詩有極工者，氣象却不好。

漢魏六朝詩，勿論寄興如何，氣象固自不同。

「賦詩分氣象，佳句莫頻頻。」杜老豈欺予哉？

詩必有爲而作，焉得多！

漢人無故不作詩。魏氏自《公讌》等篇外，亦不苟作。故陳思、阮籍詩雖多，讀者不厭其多。迨陸士衡以贍博稱，效尤者遞降而下，以多爲貴，而詩旨微矣。黄魯直曰：「吟詩不須務多，但意盡可也。」按《紀事》：「祖詠賦《終南殘雪》詩，四句即納於有司，曰『意盡』。」此足見古人賦詩，必因情事之繁略，以定體製之豐約，斷不瘠義肥辭，徒悦目偶俗而已。○《文賦》曰：「要辭達而理舉，故無取乎冗長去。」士衡固患才多者，亦爲此言。

極用意要看似不用意，極着力要看似不着力。

詩有似率而實錬者，蓋錬在意在氣在篇，不在字句也。○字句又何嘗不錬，但出語自然，不使人覺耳。

詩本貴潔，亦貴拉雜；能潔難，能拉雜更難。近代詩人，吾見有能潔者矣，未見有能拉雜者也。能潔而不能拉雜，不失爲高手；不能潔而遽言拉雜，難乎爲詩矣。夫所謂拉雜者，形體則然，其意義未嘗不潔，若《莊子》、《離騷》皆是也，獨詩也哉？○史遷何嘗不拉雜，而柳州謂「參之太史以著其潔」，亦此意也。

知能率高於能錬，則知謝不如陶，柳不如韋矣。知能拉雜過於能潔，則知小謝不如鮑矣。

勿寫無意之景，勿措無味之辭。

「意中有景，景中有意」，姜白石語也。余謂意中有景固妙，無景亦不害爲好詩；若景中斷須有意，無意便是死景。

景物萬狀，前人鈎致無遺，稱詩於今日大難。惟句中有我在，斯同題而異趣矣。以下二條，劉補齋學士見與予同。

節序同，景物同，而時有盛衰，境有苦樂，人心故自不同。以不同接所同，斯同亦不同，而詩文之用無窮焉。

景有神遇，有目接。神遇者，虚擬以成辭，屈宋已下皆然，所謂五城十二樓，縹緲俱在空際也。目接則語貴徵實，如靖節田園、謝公山水，皆可以識曲聽真也。

景物所在，性情即於是焉存。

陳白沙曰：「論詩當論性情，論性情先論風韵，無風韵則無詩矣。」愚謂先生深味道腴，自具性情，故首以風韵爲言。至近代名家，專尚風韵，不問性情，反得謂之有詩乎哉？○宋以來學《擊壤集》者多涉學究語，又或以書爲詩，以文爲詩，其乏風韵以此。

詩學根於性情，則識與年進，愈老愈妙。不然，精力向衰，才思頓減，遇英鋭後生，皆當避席也。

所謂性情者，不必義關乎倫常，意深於美刺，但觸物起興，有真趣存焉耳。

性情，詩之體。音節，詩之用。

音節難言也，近體在字句輕重清濁，古體在氣調舒疾低昂。

音節不但四聲，必兼喉舌腭齒唇，方爲盡善。

《困學紀聞》曰：「李虚己初與曾致堯倡酬，致堯謂曰：『子之詩雖工，而音韵猶啞。』虚己初未悟。

既而得沈休文所謂『前有浮聲，後須切響』，遂精於格律。」愚謂古人詩固音節鏗鏘，有時調啞，又未嘗不妙，天趣足也。

凡讀詩宜沉緩而悠圓，其滋味自出，音節亦自有會心。

作詩須辨材料，何者宜入近體，何者宜入古體，又何者宜入七古而并不可入五古。五古材料可入七古，七古材料如何輕入五古？此專指韓、蘇體，非唐初四子歌行。

少陵曰：「作詩用事，要如釋語『水中著鹽，飲水乃知鹽味』。」東坡曰：「用事當以故爲新，以俗爲雅。好奇務新，乃詩之病。」荆公曰：「用漢人語，止可以漢人語對，若參以異代語，便不相類。」愚謂少陵語尤精到，坡語亦佳，荆舒則太拘忌矣。他詩不具論，李、杜二集可覩也。

邢子才曰：「沈侯文章用事，不使人覺，若胸臆語也。」正與杜旨同。

古人用事即是用意，加以真氣行之，健筆舉之，故徵引雖繁，不爲事累。

《南史》謂：「任昉用事過多，屬辭不得流便。」後人喜用事者，尚鑒茲哉！

《詩品》曰：「吟咏情性，亦何貴於用事。」愚謂情性有難以直抒者，非假事陳詞則不可，顧所用何如耳。

勿貪奇字，若胸有卷軸，肆筆寫出，又自不同。

「增一分才氣，不若增一分識見。」何義門焯語。「讀書人下筆，斷不滿紙經史。」吾邑王先生予中語。

虞伯生曰：「文章之妙，唯浙中庖者知之。若川人之爲庖也，麄塊而大臠，濃醯而厚醬，非不果然饜也，而飲食之味微矣。浙中之庖則不然，凡水陸之産，皆擇取柔甘，調其湆齊，澄之有方，而潔之不已，視之泠然水也，而五味之和，各得所求，羽毛鱗角之珍，不易故性。爲文之妙，亦猶是耳。」按此與司空圖鹽梅之喻，各有意義，非言用事，而用事之法，不出乎此矣。

着意全篇，勿貪好句。○前人標舉一句兩句以定工拙，乃偶然談次如此，詎意後來學者，盡有句無篇也。

詩句欲雄壯不難，雄壯而有綿至之思爲難。故外强中乾，詩家切忌。

張衡《同聲歌》，繁欽《定情篇》，托爲男女之辭，不廢君臣之義，猶古之遺風焉。《子夜》、《讀曲》、宫體，桑間濮上之音也。迨唐末三十六體并作，語多穢褻，其宫體之職志，詩人輕薄之號，有由然矣。然謂温、李輕薄則可，謂詩人輕薄則不可。如因其失而歸咎於詩，然則張禹、馬融之奢淫，亦其經術過歟？而淵明、子美，又何以稱焉？

漢室小人亦有經術，唐代君子亦尚詞華。

淵明人品不以詩文重，實以詩文顯。試觀兩漢逸民，若二龔、薛方、逢萌、臺佟、矯慎、法真諸人，志潔行芳，類不出淵明下，而後世名在隱見間。淵明則婦孺亦解道其姓字，由愛其文詞，用爲故實，散見於詩歌曲調之中者衆也。○漢末如黄憲、徐穉、申屠蟠、郭泰、管寧、龐德公、司馬徽，與晉陶潛，皆第一流人，而陶更有詩文供後人玩賞。

倫常中唯父子不見諸吟咏。望谿方公曰：「自古無子别父母之詩，《陟岵》作於中途，但言父母思己，而不言己思父母。唐人作《觀别者》，不自言離其親，不忍言也。親亡而自痛自責，則義盡於《蓼莪》矣。」

詞人于役，但經過處必題詩，或多至三二百篇，少亦不下五六十篇，幾無一題一咏不有郡邑名，竟是地里志，固曰然矣。然道塗跋涉之苦，山水奇崛之區，所感非一，情不能已。至若絶塞邊徼，輶軒不到，人物異形，草木殊狀，過其地者，莫不悄焉動容，因之慨然成咏，不特抒懷，亦云紀異也。

詠史詩須别有懷抱。

劉向睹成帝及趙、衛之屬，爲《列女傳》。荀悦以政移曹氏，作《申鑒》。習鑿齒因桓温跋扈，著《漢晉春秋》。胡致堂《管見》，專爲秦檜設。朱子釋《楚詞》，有感於趙忠定。古人著書，皆有故也。作咏史詩，尚師其意。

咏史詩當如龍門諸贊，抑揚頓挫，使人一唱三歎。咏古人即採摭古人事蹟，定非高手。試看老杜咏昭烈、武侯詩極多，何嘗實填一事？而俯仰傷懷，將五百餘年精神，如相契合，是何等胸次也。漁洋先生詩，如《謁少陵祠》、《題三閭大夫廟》等作，并組織極工，才思極贍，而讀罷茫然無所感發。後來作手，必有短長之者。然余非知之深，愛之至，亦何敢遽發此言哉！○賈誼弔屈原，以謫長沙也。史遷以屈、賈合傳，從其類以見志也。自漢以來，感其事作爲文詞者，亦何非拓落人耶？而漁洋先生以郎官主試西川，歸塗過三閭大夫廟，有何鬱抑而賦此詩？宜其歔欷無涕，讀者必不爲之興哀也。

後人賦物，每苦於太切，不及古人高渾。如柳吴興《擣衣詩》五首，直至第三首末方到題，第四首言擣衣。其前後數首，多言秋閨愁思之態，豈語皆泛設，蓋正寫擣衣時情景也。從來空中用力，遠處傳神，多類此。

《仕學規範》曰：「古人作詩，正以風調高古爲主，雖意遠語疏，皆爲佳作。後人有切近的當，氣格凡下者，終使人可憎。」

詠物詩原於盤盂户席諸古銘辭，而漸失其旨，由過於黏着也。

咏物詩，齊梁及唐初爲一格，衆唐人爲一格，老杜自爲一格，宋、元又各自一格。宋詩麄而大，元詩細而小，當分别觀之以盡其變，而奉老杜爲宗。大率老杜着題詩并感物興懷，即小喻大，何嘗刻意肖題，却自然移他處不得。

新城公《分甘餘話》曰：「咏物詩最難超脱，超脱而復精切則尤難也。」余謂後人咏物詩，佳者未嘗不精切，但精切不從超脱中來耳。

昔人謂畫花，趙昌意在似，徐熙意不在似。意在似，晚唐及宋、元人咏物詩也；意不在似，老杜咏物詩也。然意在似未必盡似，意不在似又何嘗不似。

題畫詩，三唐間見，入宋寖多。要惟老杜横絶古今，蘇文忠次之，黄文節又次之。金源則元裕之一人可下視南渡諸公。至有元作者尤衆，而虞邵庵、吴淵穎，又一時兩大也。

古今題畫之作，大率古體及絶句，律則五言，以七言律者，未數數然也。

論詩當論題。魏晉以前，先有詩，後有題，爲情造文也。宋齊以後，先有題，後有詩，爲文造情也。詩之真僞，並見於此。

謝康樂製題，輒多佳境。

唐人製題簡淨，老杜一字二字拈出，更古。○《天末懷李白》，當屬「天末」名篇，旁注「懷李白」。猶夫「不見李生久」，以「不見」名篇，旁注「近無李白消息」也。而諸刻本五字悉居中，直傳寫之訛，校閱未加察詳耳。

唐人間作長題，細玩其詩，如題安放，極見章法。

長題亦權輿於謝，藝苑宗之。

題詳盡，則詩味淺薄無餘藴。邱庸謹爲此説，不得以杜不盡爾非之。

詩題至於玉局，別構佳境，唐人家法，爲稍變矣。

元人詩題太細碎，殊欠渾雅。

唱和須擇人，作詩須擇題。

唱和太頻，令人思敏而格退。

與人唱和，固相觀而善，然筆頭塵土易生，無復古人氣味矣。

次韻非古，古詩次韻非也。

次韻始於元、白，盛於皮、陸，再盛於坡、谷。後來記醜而博者，專用此擅場。○按戴叔倫詩有次韵者，此又在元、白前，然祇小詩偶次己韵耳。

次韵不難，不次韵難。長篇自當別論。

凡韵叠至數四，直兒戲耳，豈足效尤？

吴子華、韓致堯次韵，復倒次前韵，此又一格也，亦不難。固有險韵，亦有因題而韵險者。

許彦周曰：「作詩淺易鄙陋之氣不除，大可惡。客問何從去之？僕曰：『熟讀唐李義山及本朝黄魯直詩則去也。』」余謂何如讀古樂府及魏晉人詩。

明詩屢變，咸宗六代、三唐，固多僞體，亦有正聲。自錢受之力詆弘、正諸公，始纘宋人餘緒，諸詩老繼之，皆名唐而實宋，此風氣一大變也。至近人謂學詩斷自元和，不可作開元、大曆之想，是朝菌蟪蛄儔也，尚何言哉！尚何言哉！

論詩如論士，品居上，才次之。若但以才言，更千百世之下，無出眉山右者。必求諸品，當知韋、柳既没，清音遂杳者五百餘年。迨明初高季迪樂府五言，始刻意六朝，才情兼贍，而元習未除，骨稍輕，氣稍薄也。又百三十年，李、何繼起，力振頹風，倡爲古調，一時群彦，莫不景從，雖真僞雜興，瑜瑕莫掩，然而立志高，趨嚮正矣。故余嘗言：李、何大有功於詩教，斷爲風雅中興之冠，而虞山錢氏非之，耳食之徒又群附和之，於今不息也，可勝歎哉！

空同詩削其摹古太着跡者，餘皆卓犖可觀。而虞山詆諆不遺餘力，祇可誑盲俗耳。

仲默善學古人，於漢魏得其風骨，於六朝得其情采，於唐初四子得其音調而詞不縟，於老杜得其格律而氣不恂，後人於此問津，最爲無弊。顧虞山擠北地而并及信陽，何歟？

湯潛庵先生曰：「近代空同、大復，振衰復古，爲風雅準的。或慷慨豪岸，或俊朗風流，實各肖其性情。糾彈戚畹，中夜悲歌，抗表閶闔，脱屣簪紱，浩氣清風，至今猶可想見於長歌短咏之間。」愚謂李、何詩不待先生論定，而人品爲所歎慕如此，可謂難已。

昌穀詩超軼絶塵，復饒古韵，在盛唐中允推上品。秀水朱先生竹垞謂：「七言勝於五言，七絶尤勝諸體。」余閲《廸功集》，唯五古有未至，而樂府、歌行、律體俱妙，至七絶名篇實多，並臻極則。《列朝詩選》於空同、大復、廸功諸家，去取多不可解。高子業專工五言，語多凄怨，殊乏懽悰，良由夙抱羸疾使然。其神彩或稍遜仲默、昌穀，然邊、顧已下，鮮其儷也。

明初自高青丘外，則青田、海叟。成化以還，則李賓之。弘、正間，則李獻吉、何仲默、徐昌穀及楊升庵之七言，薛西原之五字。嘉靖後，則高蘇門、華鴻山、皇甫兄弟、謝四溟，皆五言之選也。弇州才大。滄溟七言今體，間入神品。

明作者本領遠不逮宋，而品格較高。

李長沙自是風雅道喪時一大作手，然平心論之，終出李、何之下。

長沙詩格在唐、宋之間，虞山則全體皆宋矣。

虞山詩才詩學誠無愧前賢，而不可以言品，正與其人相似耳。

李、何諸公，詩人之詩也。虞山、婁江，才人之詩也。公安、竟陵，則藝苑之根蠹，豈特爲旁門曲徑而已！

觀錢受之詩，則知本朝諸公體製所自出。

明代詩人，尊唐攘宋，無道韓、蘇、白、陸體者。國朝則祖宋祧唐，雖文章宿老，宋氣不除。

才人喜事，輒竄易往哲詩文。如歐陽率更之於曹孟德，《短歌行》删「慨當以慷」十二句，「越陌度阡」四句。坡公之於柳州，《漁翁》詩删末二句。嚴滄浪之於小謝，《新亭渚送范雲》詩删第四聯。李空同之於駱丞，《蕩子從軍賦》改爲歌行，中多削去，兼潤色之。譚友夏之於潘黄門，《悼亡詩》首篇删「如彼翰林鳥」四句。本朝王阮亭先生之於老杜，《醉時歌》删「相如」二句，《玉華宫》删「美人」一聯及末二句。皆不爲無見。然細按之，似緊實促，無原本渾闊氣象。唯駱丞賦改爲詩，音調極協，而亦可不必然也。至若周少隱、《柳州别弟宗一》詩，落句「夢」字改「處」字，「長在」改「望斷」。謝茂秦改小謝「澄江」句。則妄矣，又不足深辯。

陳思王曰：「世人之著述，不能無病。僕常好人譏彈其文，有不善者，應時改定。」夫以植之才尚爾，胡後之人護短憑愚，踵相躡也！

先大父侍讀公在史館，嘗以列傳就茗文先生而索指授焉。先生，公同年友，乃於意不爲可，輒塗竄，未嘗以少貸。一夕酒半，公及之，先生詞色甚厲，衆艴然，公意愈下，繼此而請業如初。及公議下河罷歸，先生已退老吴下八九年矣，更挾所爲文造堯峰以請，先生讀而歎曰：「今海内文章，我之外唯汝，他如潘次耕尚堪把筆。」亟命嗣君出拜，以他日墓誌屬公。未幾，相繼而殁。嗚呼！公立朝非有言責，遇事關國是以及民依，則義形於色，抗廷議、忤權要而無難。至以文字處友朋間，肅然受命，如弟子之奉先師。是以慕公之義者，又未嘗不重公之文也。而先生直諒之風，亦因公而著云。

附苕文先生贈侍讀公絶句。其一「千古文章自有真，波瀾如此不無神。老夫今夜掀髯笑，垂死纔能見替人。」其二「杯闌燭跋月將中，細與論文興不窮。從此兒曹争企脚，瓣香遥指射陂東。」其三「輕薄爲文哂未休，典刑何意近韓歐。縱饒前輩風流在，也放斯人出一頭。」右詩三首，從《堯峰文鈔》檢出，先君子嘗言此詩侍讀公未見也。

方先生望溪嘗以《讀邶鄘十一變風》、《讀王風》二篇示座客，固屬摘疵，衆皆援《左》、《國》、秦、漢人爲讚説。億徐進曰：「先生此文，殊不近人，尚覺永叔、子瞻氣未穆也。」先生曰：「莫是疵否？余於八家意主不似。」少間又曰：「與其後世有違言，不若當世有違言，尚可改正。」噫！先生古文，應半千之運，當今無輩，且性簡傲，而論文獨虚懷於晚進如此。

施愚山先生曰：「徧觀古人著作，不能毫髮無憾，何況時賢？然我輩志在行遠，决不可自恕，正使痛自針砭，不審去古人幾許？」又曰：「蘄州顧赤方出其詩相讐校，嘗握手笑曰：『吾儕相好也，攻瑕索垢，當猛鷙如寇讐，毋留纖塵爲後人口實。』」噫！先生五言爲一代宗匠，顧君亦不愧作手，有以夫！

唐子西曰：「吾於他文，不至蹇澀，唯作詩極艱苦，悲吟累日，僅自成篇。初讀時未見可羞處，姑置之；後數日取讀，便覺瑕釁百出。輒復悲吟累日，反覆改定，比之前作稍有加焉；後數日復取讀，疵病復出。凡如此數四，乃敢示人，然終不能工。」甚矣，古人成詩之難也！

幽人無事不出門，偶逐東風轉良夜。參差玉宇□□□，□□□烟來月下。江雲抱嶺塗「抱嶺」改作

「有態」。清自媚，竹露無聲浩如□。□□□□□絲垂，尚有殘梅一枝亞。不惜塗「惜」字改作「詞」字。青春忽忽過，但恐懽意年年謝。清詩獨吟還自和，白酒已盡誰能借？此聯倒勾在「謝」字韵前。自知醉耳受松風，會採霜林結茅舍。浮浮大甑長炊玉，滴滴小槽如壓蔗。飲中真味老更濃，醉裏狂言醒可怕。閉門謝客對妻子，原稾脱落「閉門謝」，緊接「怕」。倒冠落珮從嘲罵。

去年花落在徐州，對月酣歌美清夜。今年黄州見花發，小院閉門風露下。萬事如花不可期，餘生塗「生」字改作「年」字。似酒那禁瀉？十五年前真一夢，此句全抹去，改作「憶昔還鄉泝巴峽」。落帆武口長改作「高」。桅亞。長江袞袞流不盡，日後紛紛莫吾塗「莫吾」改作「寧少」。借。竟無五畝繼沮溺，空有千篇凌鮑謝。自憐老境更貪生，此句塗抹，改作「至今歸計負雲山」。未免孤衾眠客舍。少年辛苦真食蓼，老境初塗「初」字，易「安」字，又塗「去」，易「清」字。閒如食改「啖」字。蔗。幽居□□已甘心，此句塗去三四，墨濃不辨爲何字。上四字改至再，皆抹去。於句左改爲「饑寒未至且安居」。佳事塗「佳事」改作「憂患」。已空猶夢怕。

右詩二篇，顛倒塗抹，極意匠之經營。無題目，無欵識。以先君子平日誦此，得知爲坡公《定惠院》詩也。取集對勘，前篇三四缺「飛木末」、「繚繞香」六字，「竹露」句缺「瀉」字，「已驚弱柳萬絲垂」缺上五字，「不辭青春忽忽過」，「辭」寫作「詞」，「謝」、「借」二韵集與倒勾處同。次篇「還鄉」集作「扁舟」，「武口」集作「樊口」，「流不盡」集作「空自流」，「日後」集作「白髮」，末二句當屬未就，故不書，集乃「穿花踏月飲郫酒，免使醉歸官長罵」。此稿字半行楷，大如山栗，殆爲詩起草，意不在字也。烟雲過眼，轉落何方，幸囊曾録出，今載於此，庶不致沉匿，且即公諸同好云。

《八哀詩》當屬子美暮年初稿，未及改定者。

韓退之《進撰平淮西碑文表》曰：「聞命震駭，心識顛倒。非其所任，爲愧爲恐。經涉旬月，不敢措手。」固重其事、難其文，亦足見古稱大手筆，不皆敏捷也。

庖丁目不見牛全，然曰：「每至於族，見其難爲，怵然爲戒。」從古哲匠臨文矜慎，皆類此。

山陽邱先生拙村曰：「凡爲文辭，初脱稿未有不稱意者，當俟十餘日或三數月，復取觀之，則能自定其優劣。」因憶歐陽文忠有言：「疵病不必待人指擿，多作自能見之。」先生所見有略同者。

先生教初學先爲五律，蓋古詩無牆壁，七律法度又過嚴也。

凡作詩本領在平日，臨搦翰惟落想、取境、謀篇、鍊氣，將脱藁，逐字逐句細加敲煉，層層都到，能事畢矣。如落想凡近，取境平熟，縱謀篇鍊氣，不爲好詩。未嘗謀篇鍊氣，遽欲逐字逐句細加敲煉，亦枉費工夫。蓋全體未安，如何遽商量字句也？此數層工夫缺一不得，次第亦顛倒不得。

詩勿遽論高下，且辨是非。

詩不在深，在真。

欲驚俗眼，斷無好詩，蓋先自棄於高聽也。

爲詩者不祖開元、大曆有故。一爲格韵高，非後人易到，但習復長慶以下詩爲便利，以至瑣碎寒窘，入鄙體俗體而不自知。一爲語清省，無以展拓才思，徑放筆爲韓、蘇，規模始大，以至亂雜無章，名野體而不可得。是無惑乎「學如牛毛，成如麟角」也。

又或知膚庸不可爲詩，但求新於事實詞句間，興象都絶，尚何詩之可貴？

或問酬應之作宜何師。曰：王維冠裳珮玉，而丰容絶世也。初、盛唐人多酬應之篇，格韵既高，情景兼勝，詞采又精，焉得不妙？近人詩本無格韵，又乏情景，雖徵事選詞，美可溢目，而細味之如嚼蠟耳。所自作如是，何況酬應？

人之能詩不能詩，與詩之高不高，不必觀詩，但披其卷帙，看是何題，并作何體，則得其梗概矣。

凡詩文身後之名，不可以口舌争，勢力取，用功深者，默以自驗。○毁來而怒心不生，則幾於成矣。

劉歆觀《太玄》、《法言》，謂其空自苦，用覆醬瓿。雄笑而不應，最高。

施愚山先生曰：「余嘗與林鐵崖叙論詩人，以爲詩固難言，詩人尤不易。今之工者，多飾郛郭，擘菁華。其有出於時，或矜己忤物，誕蕩不可近。於是號稱詩人者，寖爲有道所不録。」又曰：「常憾文人不護細行，爲世口實。」由此言之，吾輩喜爲文詞，當因以自警也。

先曾祖侍御公家訓曰：「無莊周之達，而知魚樂；無茂叔之静，而愛蓮香。無陶元亮之高，妄意羲皇一枕；無邵堯夫之學，漫吟雪月風花。無吴康齋之收斂身心，而羡緑陰清晝；無高雲從之沉酣義理，而慕水居優游。内不足，外有餘，君子所耻也。吾輩莫把『丘壑』二字等閒看過，不以此自娱，日以此自警，庶幾得之。」玩此，則子孫溺於詞章，亦公所不取，更爲冥冥墮行，致公歎息痛恨於九泉耶？

汪苕文先生曰：「子弟須有學究氣，不可有名士氣。」先徵君亦嘗訓億曰：「當作讀書人，毋爲詩人。」億少壯不悟，今悔何及已。

望谿方公謂先君子曰：「君詩胡不自收拾？古文詩字工，後世人知之。時文廢，雖震川、荆川之文，知爲底物！」壬戌六月二十七夜，方公至自燕山，共家君露坐時語。伯氏偕億暨姪桀、櫑、封皆侍。時先君子語及時文，方公故云。不知詩固輯成，不欲問世也。

方公早歲叙世父庶常公學齋詩，謂「毋以詩自瑕」，晚年乃勸先君子編詩。蓋積學久、閱世深，知古今人自有差等，詩不與也。況詩可以觀，謹重之人，有放蕩其詞者乎？文中子曰：「文士之行可見。」信夫。

才人值小困苦，最可喜。

元遺山叙其學詩自警，略曰：「無怨懟，無謔浪，無爲仇敵謗傷，無爲聾俗閧傳，無爲郵夫子兔園册，無爲正人端士所不道。」信斯言也，詩人其庶幾乎！

近代如薛敬軒、陳公甫、王伯安、趙夢白、高雲從詩並佳，特以理學、事功、風節掩之。今重其人，不知愛其詩，故爲表出。

歸陶庵不獨人品高，詩品亦高。

陳大樽風節凜凜，詩亦東南俊及。

顧亭林早年入復社，淹貫古今，詩亦無愧作手。竹垞老人稱其無長語，事必精當，詞必古雅，豈淺小哉！

僕嘗欲萃宋、元、明三朝儒者詩爲一册，曰《道學詩鈔》。又自漢迄明凡良弼、循吏、賢士大夫之作爲一册，曰《名臣詩鈔》。又採古今節烈之士有篇什者，如漢之蘇武、孔融，唐之李憕、蘇源明、顔真卿、張巡、韓偓、司空圖，宋之靖康以盡文、謝諸公，明靖難及末造授命諸臣爲一册，曰《忠義詩鈔》。又取幽人憤士之詩自陶靖節、王文中、陳希夷、林和靖、魏仲先、鄭所南、真山民，以及元、明之志潔行芳，絶塵不返者爲一册，曰《逸民詩鈔》。俾游心藝苑者，知詩外尚有人在也。

古人詩文，當擇其有補於性情風化者，别録一帙，於正課外雒誦數過，亦可爲進德之一助也。

劍谿説詩又編

四言自魏晉以來，郊祀之作擬《頌》，餘皆擬《國風》、《小雅》。唐李青蓮不爲形似，杜拾遺初無此體，蓋難之也。至韓、柳二公，全法宣王《大雅》，所紀載之事使然也。大抵四言擬《雅》、《頌》難似而易好，擬《國風》易似而難工，果能肅穆其氣，簡古其辭，雖不逮《三百五篇》，庶幾哉漢京之遺音與！昌黎云：「師其意，不師其辭。」在擬古者尤爲要訣。

「大雅久不作」，言東周後無正《大雅》，亦無變《大雅》也。竊嘗執此説觀漢魏以還詩，其善者猶不失變《小雅》之遺意，而《大雅》洵未有也。然太白能言之，太白不能復之，蓋其人非凡伯、芮良夫、尹吉甫之儔也。世運然乎哉。

許彦周亟稱《邶風》「燕燕于飛」，可泣鬼神。阮亭先生復申其説，爲萬古送別詩之祖。余謂唐詩之善者，不出贈別、思懷、羇旅、征戍及宫詞、閨怨之作，而皆具於《國風》、《小》《大雅》，今獨舉《燕燕》四章，其説未備。蓋《雄雉》，思懷詩之祖也；《旄丘》、《陟岵》，羇旅行役詩之祖也；《擊鼓》、《揚之水》，征戍詩之祖也；《小星》、《伯兮》，宫詞閨怨詩之祖也。《品彙》載張説巡邊，明皇率宋璟以下諸臣各賦詩以餞別，猶吉甫贈申伯之義也。賀知章歸四明，明皇復率朝士咏歌其事，亦詩人咏《白駒》之義也。凡此雖不盡合乎《風》、《雅》，而遺意猶存，不皆其苗裔耶？

《燕燕》、《雄雉》詩各四章，前三章纏綿悱惻，漢人猶能之，至後一章，萬萬不可企，蓋性術所流者異矣。

衛武公三詩，《抑》戒粹於《賓筵》、《淇澳》，是爲成德，爲萬古道學詩之祖，斷可識矣。

漢之騷皆賦也，惟淮南小山《招隱士》，節短而音長，迥出常格，乃真騷也。武帝之《瓠子》、《秋風》，併是歌詞，雖古調，終遜其峭勁。

唐代深於騷者，自青蓮、昌黎、柳州、貞曜、昌谷而外，蓋亦寥寥。後來坡、谷雖甚愛其文詞，祇供爲文驅使，於騷人之旨，未見有合焉者，而音韵尤乖。甚矣騷之難也！

詩不緣於《楚騷》，無以窮《風》、《雅》比興之變，猶夫文不參之《莊子》，雖昌明博大，終乏神奇也。

唐詩固稱極盛，而五言正脉，亦無多傳。陳拾遺、張曲江、李、杜、韋、柳而外，惟儲、孟、二王維、昌齡、李頎、常建、劉昚虚、沈千運、孟雲卿、元結、孟郊，尚不替前人軌則，高、岑體稍近杜，《品彙》列之名家，允稱也。至於退之大篇，樂天諷諭，雖同祖少陵，爲五言之偉製，然已破抉藩翰，於「言近旨遠」之意微矣。

余少時曾擬《古别離》一章轉韵，山陽邱拙村師評曰：「頗學漢魏，中多有合，但首尾尚未合拍爾。」時正雒誦孟雲卿詩，初未識所謂漢魏詩也。由是進取而習之，乃恍然於雲卿體製所自出。

歸愚先生曰：「愚最愛元結、沈千運、孟雲卿諸作者。」今閲此，實獲我心。

五言盛於漢魏，大衍於晉，衰於齊梁，雜於唐，亡於宋。至有明中葉，李、何之徒，稍稍復古，而真僞雜出其間，藝苑以爲口實，此風雅所以終不振也。

學漢魏詩，當如魯男子學展禽，方爲善學。歸愚先生曰：「李滄溟失此意，所以貌似神非。」陳伯玉惟《感寓》諸篇全法阮步兵，餘皆其自體；始興公自《感寓》、《雜體》外，亦自體也，何嘗似後人步趨不失尺寸？

太白五言，神明於《選》體之外。

太白古詩，往往音調似律，蓋體源齊梁，興酣落筆而不自覺。然逸氣横生，高出齊梁萬萬也。至於今體，反入古調。「老子猶龍」，吾於太白詩亦云。

裴旻劍舞，其術不傳。張旭草書如神，今猶髣髴遇之，何酷似青蓮詩也？筆力頽放，各肖其爲人。

凡讀杜詩，先即其議論，想其襟抱，固高出唐一代詩人。再觀其法度，或謹嚴，或奔放，順各篇之體勢，非有意爲之也。而鍊字於句法之中，與諸家異同，亦宜參看，方識杜之大，又未嘗不細也。自北宋以來，學杜者如林，豈盡得神髓哉？但勿以虎賁士爲具有典型，斯無爽忒已。愚著有《杜詩義法》一卷，另編。

半山謂學杜當從義山入。愚以爲從六朝入，更無氣麄之弊。

觀宗忠簡臨終誦杜詩「出師未捷身先死，長使英雄淚滿襟」，文信國在燕獄中集杜至二百首，且曰：「凡吾所欲言者，子美先爲代言之。」則杜詩之爲百世師者，豈徒在文辭格律間哉？

書元稹論李杜優劣後

李杜詩自元稹之論出，古今譚藝之士，先杜後李者，莫不然矣。以韓退之於二公，輒並舉，不小爲軒輊，雖不敢議，乃終弗于從。蓋由子美學博而正，其所爲詩，大則有關名教，小亦曲盡事情，加以詩之法度，至杜乃大備。太白神遊八表，學兼内典，見之於詩，多荒忽不適世用之語，又才爲天縱，往往筆落如疾雷之破山，去來無跡，將法於何執之？後之從事於斯者，但隨其分之淺深，功之小大，皆於杜有獲也，諸體可兼致其力。而太白歷千餘年，所云問津者，率皆短製，或一二韵之飄灑，其庶幾焉。至於大篇，入筆驅辭，能得其山奔海立之勢，而音韵自若者，誰與？五嶽名山，九州之勝概也。蓬、瀛、方丈，海上之仙蹤也。以言乎遊歷，一身無遍及要荒，而五嶽之真形，八方之異氣，怪禽幽獸，山鬼跳梁，可驚可愕於叢薄深箐中，世每不絶於傳聞，以高僧畸士獨往之徒各流播人間也。彼三山、五城、十二樓，太史公述之，而誰其一至與？故未躡蓬、瀛、方丈，謂高於五嶽，非也。知有五嶽，謂尊於蓬、瀛、方丈，亦非也。李、杜之詩，固若是焉已矣。以是知杜可宗，李不可輕擬，可不可於李、杜，云何先後哉！昔陳無己評太白詩，因及友人黄介嘗讀是論，謂「論文正不當如是」，陳以爲知言。《山谷集》亦載此説。然猶不免低昂之見宅於心也。善乎子瞻之言曰：「詩文之學，至於韓退之，天下之能事畢矣。然則善評李、杜者，亦莫如韓，韓其得意於二公興象之外云爾乎？余學詩垂五十年，固習復於杜而涉獵於李者，今誦韓詩有會心焉，故書之。若歐陽永叔貴韓及李，而不喜杜，則有貢父諸人論説在已。」

韓詩固宗杜，又何嘗不慕李？而縱筆爲之，乃過於生造，無飄灑自然之妙。

後人長篇，率皆横徵事實，否則力薄不可支持。試閲老杜《咏懷》、《北征》等作，曾用幾故實耶？若青蓮大篇，隨手事實，滚滚而來，則又不爲使事也。正如大風拔木，屋瓦皆飛，氣之所過，物必從之，風何有意於其間哉？

唐詩自李、杜而下，許彦周謂孟浩然、王維當爲第一，陸務觀曰岑參一人而已。余以爲岑之歌行，足當陸語，而諸體兼長，氣象宏遠，無過王維者。

韋詩不惟古澹，兼以静勝。古澹可幾，静非澄懷觀道不可能也。

韋《咏聲》詩：「萬物自生聽，大空恒寂寥。還從静中起，卻向静中消。」此乃静坐功深，領得無始氣象，又在希夷、康節前也。較陶靖節「縱浪大化中，不喜亦不懼」，更入玄通。

古今共推韋詩冲澹，而韋之分量未盡也。如《睢陽感懷》、《經函谷關》，並大有關係之作，尚得以冲澹不冲澹論耶？《唐文粹》、《文苑英華》不録此二首，獨《品彙》收入，可稱巨眼。

睢陽感懷

豺虎犯天綱，昇平無内備。所以潼關失守。長驅陰山卒，略踐三河地。張侯本忠烈，濟世有深智。堅壁梁宋間，遠籌吴楚利。兼叙守睢陽功。窮年方絶輸，鄰援皆擕貳。賀蘭進明、許叔冀。使者哭其庭，以申包胥況南八。救兵終不至。此專指賀蘭。重圍雖可越，藩翰諒難棄。句句可證《新書》。飢喉待危巢，叙事中着此五字，妙。懸命中路墜。甘從鋒刃斃，莫奪堅貞志。宿將降賊庭，指哥舒翰一輩人。儒生獨全義。空城惟白骨，同往無賤貴。哀哉豈獨今，千載當歔欷。

李翰所撰《張中丞傳》，今有無莫據。其《進傳表》見《文粹》，《新書》翰本傳亦載全文，稍截其字句耳。韋此詩相爲表裏，感憤歎息，可當傳贊。退之所書，後出也，歐陽文忠謂與翰互有得失。顧中丞大節，以翰而白，郵典亦云優至，獨何以缺謚？當即取詩中「忠烈」二字追謚之，百世下誰曰不然？

經函谷關

洪河絶山根，單軌出其側。萬古爲要樞，往來何時息。秦皇既恃險，海内被吞食。及嗣同覆顛，咽喉莫能塞。炎靈詎西駕，婁子非經國。徒欲扼諸侯，不知恢至德。聖朝及天寶，豺虎起東北。下沉戰死魂，上結窮冤色。何嘗不警動。古今雖共守，成敗良可識。藩屏無俊賢，金湯獨何力。馳車一登眺，感慨中自惻。篇中步步扼「關」字。

韋公遇此等題，亦以議論筆力勝。○此歎西京失守，謂徒險之不足恃也。起得雄傑稱題，具見形勢。次舉秦、漢，爲時事立張本，議論正大，可爲經國至言，亦絶好詩篇。而自來選家，專取韋淡遠之作，概置此不録，殆所謂見其表不見其裏者耶？

左司有《送李侍御益赴幽州幕》詩，李少於韋十餘歲，題則書爵復書名，詩稱「儒生」。韓侍郎《送李端公序》，即益也。以所執之事與其地考之，正同時之作，乃稱爵曰「端公」，李蓋長於韓二十歲。顧韋之詩，韓之文，指意則同，皆諷其佐劉靖國氛、書竹帛也。詩文豈異軌哉？

韋公多恤人之意，極近元次山。歸愚先生曰：「此無人道及。」

薛文清居官，每誦韋「自慚居處崇，未覩斯民康」之句，以爲惕然有警於心。又「所願酌貪泉，心不爲磷緇」，謂可以爲守身之戒。余謂左司此等句，數不可更僕，如「身多疾病思田里，邑有流亡愧俸錢」，固見稱於紫陽也。然則韋公足當良吏之目，而後世徒重其詩，謂之知言可乎？

韋詩五百七十餘篇，多安分語，無一詩干進。且志切憂勤，往往自溢於讌遊贈答間，而淫蕩之思，麗情之句，亦無有焉。至若「身作里中橫，家藏亡命兒。朝持摴蒱局，暮竊東鄰姬」等句，乃建中初遇故人，悽然而論舊，自道其盛時氣概，於今爲可悲耳。獨是折節問學以來，更仕途起伏數十年，所居未嘗不焚香掃地，又多與文學高士釋子相往還。以恒情論之，少年無賴作橫之事，有忸怩不欲爲他人道者，而韋不諱言之，且歷歷爲著於篇，可謂不自文其過之君子矣。○韋集中，今刻有絶句云：「高髻雲鬟宫樣妝，春風一曲杜韋娘。司空見慣渾閒事，斷盡蘇州刺史腸。」按此乃劉夢得作，夢得亦嘗爲蘇州刺史，孟啓《本事詩》可據，宋版韋集亦不載。歸愚先生曰：「此辨大有關係。」

杜、韓不無干謁詩文，太白亦多綺語，試執此以論韋，卓乎其不可及已。

詩中有畫，不若詩中有人。左司高於右丞以此。

左司歌行，極華贍中仍加澹逸，特風調稍遜王、李諸公，然王、李較之意淺。

韋、柳歌行之善者，妙絶時人，但五言更臻極則，不能不自掩之耳。

柳州歌行甚古，遒勁處非元、白、張、王所及。

《平淮夷雅》森嚴有體，不及韓更跌宕多姿，然已卓絶古今矣。析裴、李平蔡之功，於各篇叙之，更不見低昂，似出愬妻入譖，詔毁韓碑後。觀集中上裴晉公、李僕射啓，則子厚之爲二《雅》，亦可憫也。

柳並韋稱，五言小詩也，至大篇馳騁筆力，當不在韓吏部下。顧韓自出規模，柳則運以古法，韓氣奇，柳氣峻，分路揚鑣，而柳詩品貴。

子厚爲《韋道安》詩，叙致詳贍，篇法高古，可當韋生小傳。白傳諷諭諸篇，有此筆力否？

韋道安詩

道安本儒士，頗擅弓劍名。二十遊太行，暮聞號哭聲。疾驅前致問，「疾驅」二字便有高義在。有叟垂華纓。已透下「刺史」。言我故刺史，失職還西京。偶爲群盜得，毫縷無餘贏。貨財非足惜，二女皆娉婷。蒼黄見驅逐，誰識死與生？便當此殞命，休復事晨征。以上述叟之言，「晨」字從上「暮」字來。一聞激高義，眥裂肝膽横。挂弓問所往，不曰「奮身」，乃曰「挂弓」，趁勢插入，捷甚。趫捷超峥嶸。指太行。見盗寒磵陰，羅列方忿争。謂所掠貨財。一矢斃酋帥，前已提出「挂弓」，便可直入。餘黨號且驚。麾令遞束縛，「遞」字好。墨索相拄撑。彼姝久褫魄，刃下俟誅刑。詩意將爲「彼姝」解縛，句中只言被縛，下一「久」字，是斃賊後始見彼姝情景也。其不爲賊污，不白而義自見，筆力高絶。卻立不親授，諭以從父行。達禮之言是儒士本色。捃收自擔肩，轉道趨前程。字字有根節。夜發敲石火，山林如晝明。「敲石火」、「如晝明」，即女子夜行以燭義。若男子黑夜從行，當别叙一番情景。○「夜發」與上「晨征」、「暮聞」一線。父子更抱持，涕血紛交零。頓首願歸貨，納女稱舅甥。道安奮衣去，義重利固輕。師婚古所病，合姓非用兵。是儒士本色語。朅來事儒術，十載所能逞。「所能」謂弓劍也。雙收正與起應。○前案已結，此下别舉一事，見韋終蹈義死也。截然兩段，不用聯絡，而氣脉自相灌輸。慷慨張徐州，朱邸揚前旌。投軀獲所願，前馬出王城。轅門立奇士，淮水秋風生。五字有生氣，有餘情。入張侯即世，亦步驟從容。君侯既即世，麾下相欷傾。立孤抗王命，鐘鼓四野鳴。横潰非所壅，逆節非所嬰。舉頭自引刃，顧義誰顧形。烈士不忘死，所死在忠貞。「儒士」、「奇士」、「烈士」，俱篇中着眼字。咄嗟狗權子，翕習猶趨榮。我歌非悼死，所悼時世情。結處只歎死義爲難能，不更挽襲盜事，足見末段爲餘波耳。

右詩第三句標韋之年，見年少勇能殲盜，彼父亦以年少願納女，且見女娉婷，拒以師婚，在年少尤爲義舉。既勇且義，所以投軀幕府，至死不變也。通篇具史公義法，而此句與《賈誼傳》「年十八」、「年二十餘」正同。若四十五十，事可書，年不足稱已。

盜殺武元衡，與韓相俠累何異，非國家細故也。柳子厚《古東門行》，直指其事，其義正，其詞危，可使當日君相動色。而劉夢得置國事勿論，乃爲《靖安佳人怨》詩，觀其小引，似與武有不相能者。顧夢得左官遠服，當不以私廢公，爲國惜相臣，又況其死以國事，胡托爲女子悽斷之詞，而猶以爲「埤於樂府」，過矣！歸愚先生曰：「正論不磨。」

柳子厚《古東門行》

或問：盜殺武元衡事，而題曰《古東門行》，何義？曰：漢樂府有《東門行》，鮑照嘗擬之。武之遇盜被害，在靖安里東門，故借漢樂府題咏其事。

漢家三十六將軍，東方雷動横陣雲。雞鳴函谷客如霧，三字妙。貌同心異不可數。赤丸夜語飛電光，爲刺客傳神，讀之悚慄。徼巡司隸眠如羊。當街一叱百吏走，馮敬胸中函匕首。兇徒側耳潛愜心，悍臣破膽皆杜口。魏王卧内藏兵符，子西掩袂真無辜。羌胡轂下一朝起，敵國舟中非所擬。「魏王」以下，似雜出不倫，及細按其用意，在每句下三字，固自有條不紊也。安陵誰辨削礪工，韓國詎明深井里？絶臏斷骨那可補，萬金寵贈不如土。結言死者不可復生，徒寵贈無益也。似寬實緊。諷諭迫切，而叙事渾古，筆亦沉健有力。○詩旨欲大索刺客，聲罪致討，而終篇不露，是爲深厚。○此詩精悍，得明遠之神。

劉夢得《代靖安佳人怨》詩 并序

靖安，丞相武公居里名也。元和十一年六月，公將朝，夜漏未盡三刻，騎出里門，遇盜，薨於墻下。初公爲郎，余爲御史，繇是有舊故。今守遠服，賤不可以誄，又不得爲歌詩聲於楚挽，故代作《佳人怨》，以埤於樂府。

寶馬鳴珂踏曉塵，魚文匕首犯車茵。適來行哭里門外，昨夜華堂歌舞人。

秉燭朝天遂不回，路人彈指望高臺。墻東便是傷心地，夜夜秋螢飛去來。

朱子謂「武元衡被刺，劉禹錫作詩快之」，當即指是作。

八司馬之才，無過劉、柳者。柳之勝劉，又不但詩文。其謫居自多怨艾意，而劉則無之。惜乎其一斥不起，天故斬而弗與自新也。

夢得詩多傑作，特古、《選》不及子厚、東野，歌行不及退之、長吉，要非張、王可望也。當日惟樂天可相頡頏，而健舉終遜之。大抵白詩寬裕，劉較峻狹，此兩人之派别也。至於七言今體，獨出冠時，楊升庵以爲元和後夢得當爲第一，可謂知言矣。

白樂天中懷坦蕩，見之於詩，亦洞澈表裏，曲盡事情，俾讀者欣然如對樂易友也。然往往意太盡，語涉饞俗，似欠澄汰之功。試閲青蓮詩，如海水群飛，變怪百出，而悠然不盡之意自在，所以横絶高絶。元和、長慶間，自韓、柳而外，古、《選》首孟郊，歌行則李賀，張籍五律，劉禹錫七言律絶，張祜小樂府，並出樂天之右。樂天衹長律擅場，亦無子厚筆力也。而當日名播雞林，後人多宗之，良由諸體贍博，儘疎快宜人耳。歸愚先生曰：「中所許皆當。」

大曆詩品可貴，而邊幅稍狹。長慶間規模較闊，而氣味遜之。歸愚先生曰：「定評。」

大曆諸子詩，相似處如出一手，及細玩之，自有各家面目在。

讀古人詩，不於本領作用處求之，專賞其氣味詞調，及一二虚字傳神，以爲妙道，則日誦《唐賢三昧集》即阮亭先生選本。足矣，何假萬卷爲哉！

超，非詩文第一境地。太倉沈敬亭先生深歎美此言，謂知其説者天下鮮矣。

文莫古於《尚書》，詩莫古於《三百篇》，試閲典、謨、訓、誥、《雅》、《頌》諸什，詞氣簡質，可目以超與？文如《莊子》，始爲超絶。漢魏詩亦不可言超，此六朝以還佳境，後人尚之耳。

少陵詩體，有如大河東注，濁浪掀天，所從來高遠，非酌彼清泠之淵，如桑苧翁品泉，某水第一，可稱名超也。若青蓮之超妙，別有廣大氣象，洵所謂「張樂洞庭之野」，與開元、大曆諸家異矣。

王、孟，金石之音也。錢、劉，絲竹之音也。韋如古雅琴，其音澹泊。高、岑則革木之音。兼之者，其惟李、杜乎？

前人謂李、杜宮聲，昌黎角聲，此不易之論。獨謂劉文房商聲，余深不然之。蓋商調高響切雲，非重有力莫致也。文房淒清而不勁，烏足以擬之？必也，其柳州乎？

六朝詩音無不善，唐音有善有不善，宋以下率皆有聲無音，若元詩之音，又近詞曲矣。歸愚先生曰：「此又當防界限。」

後人知詩不知音。

勿遽欲自開徑陌，勿終不自開徑陌。歸愚先生曰：「從法古入，大家盡此兩言。」

不能自開徑陌，終是屋下架屋，然功力到此大難。當知「別裁僞體」、「轉益多師」，未嘗立異而體自不同，方爲善變。若廣袤未分，驟騁逸足，將入野狐外道而不可回，反不若守故轍之爲愈也。

縱橫排宕，非狂放背馳之謂也。〇陳白沙先生云：「完養心氣，臻極和平，勿爲豪放所奪，造詣深後，自然如良金美玉，無瑕纇可指摘。若恣意橫爲，詞氣間便一切飛沙走石，無老成典雅，規矩蕩然，識者笑之矣。」余謂論詩於蒙叟後，不爲豪放所奪者蓋寡。

凡詩文至浩乎其沛然，猶聖學之充實光輝，談何容易。是必待戛戛其難之後，又加以歲月功深，或漸臻此境也。今未歷其難，而遽曰沛然者，特未中規矩鉤繩之埴木耳。歸愚先生曰：「劍谿自寫所得，故親切有味如此。」

李貴清真，杜裁僞體。清而不真，則僞體也。韓退之務去陳言，歸熙甫謂不切者爲陳言。足見詩文不真不切，古人所不取也。

能感人便是真詩，不能感人便是僞體。

前人一語包舉數義，後人數語只了一意。○蘇子卿詩：「幸有絃歌曲，可以喻中懷。請爲遊子吟，泠泠一何悲。絲竹厲清聲，慷慨有餘哀。長歌正激烈，中心愴以摧。欲展清商曲，念子不得歸。」此一意緜緜，五折愈見情殷，又不得謂數語只了一意也。

辭尚體要，自以簡爲貴。而《堯典》「女于時，觀厥刑于二女，釐降二女于嬀汭，嬪于虞」四句，凡十九字，祇叙試舜一事，則又不爲簡也。

欲句穩先求意穩，毋句弱先防意弱。

詩文字句工夫，末也，而所係非輕。抑知弈有《官子譜》耶？既審枰面，能内固外侵，復善紐殺，而官子路徑不分明，失着良多，則不爲善弈者。夫弈之官子，猶詩文字句也。秉筆之士，而可忽諸？

竊聞望溪先生論文，務一字動摇不得。余服膺數十年，凡誦讀及搦管時，未嘗不字字經心，但恐不免疎脱耳。

「詩要字字作，亦要字字讀」，遺山豈欺余哉？

我役材料，材料不得役我。押韻亦然。

魏晉以前詩，句法渾淪，讀之幾忘其有韻，至顔、謝，韻脚琤琤。太白使韻如轉丸，變易不常。杜五言徹首尾一韻，韻皆平正。惟「迥眺積水外，始知衆星乾」，「乾」字險，餘皆渾渾無奇。及觀退之用韻，或轉或不轉，並神施鬼設，極搏攫之奇。此固爲大才，亦詩遜李、杜，專門未免造作耳。

景兼比興，無景非詩。顧涉筆皆景，縱美未善。歸愚先生曰：「此死景、活景之別。」

觀古人自咏所居，言山水、卉木、禽魚，皆實有其境，抑或小加潤色，而規模廣狹，境地喧寂，以及景物之豐悴，未或全非也。陶淵明若居鄰城市，必不爲田園諸詩。且陶之性情高潔，在處可見，何假烟霞泉石爲哉？沈敬亭先生曰：「至言。」

寓言詩如海市蜃樓，空中結撰，凡點綴景物，不妨侈言之。招提、道館、園林、齋舍等作，須即景抒情，景或不真，情焉得實？雖詞句清美，氣味恬雅，可以充高品，不可爲真詩。

右丞詩如《輞川閒居》二首，並體認「閒」字極細，句句與幽居迥別。前首結處，合兩事鎔成一片以贈裴，妙有「閒」字餘情。後首所云於陵灌園，是即目借以襯托，歎彼寂寞中尚不無所事，正見此倚樹者真閒也。《春日上方即事》，後半忽作綺語，亦反襯法，玩「但焚香」三字可見。

竊見古人兄弟友朋相與贈答，祇叙其悲歡離合，履運之通塞，間寓以規誨，而讚頌則汎交也。杜子美骨肉流離，悲歌當泣，又奚暇言他？至若素交歎美不已者，非被罪長流，衰老遷謫，則死生契闊，家貧宦卑，稱其才，正悲其命也。而太白與子美二詩，當在天寶初優詔放還，遨遊齊魯之間，子美未獻賦時也。事無可説，惟別後寄情千里，《沙丘城下》詩。別時樽酒留連。《魯郡東石門》詩。夫豈不知子美之學與才，舍己其無輩哉？以爲漫然稱之，甚無謂也，反不似與有深分者。自後世應酬之風熾，專主貢諛，迨於今而此義亡矣。

古人於妻喪哀誄之文，凡服勤茹苦明大義則書之，無道舅姑稱善者。或有仁孝實蹟，祇著明本事顛末，不贊一語，而賢自見。柳子厚爲亡妻墓誌，語涉溢美，自是少年之作，永、柳以後，必不然也。老泉《祭亡妻文》，但言教子學問，「要以文稱」，及箴己過，憂己泯没。其逮事舅姑，不逮事舅姑，終篇無一語及之，正《春秋》常事不書之義耳。夫文主理，詩主情，固自各别，而此則皆同，所争在識也。識有不自問學來哉？

古今悼亡之作，惟韋公應物十數篇，澹緩悽楚，真切動人，不必語語沉痛，而幽憂鬱堙之氣，直灌輸其中，誠絶調也。潘安仁氣自蒼渾，是漢京餘烈，而此題精藴，實自韋發之。江文通詞繁而意寡，中乏警策，且莫辨爲誰何，豈伉儷之詞哉？沈休文短製，亦文通之亞。至如元微之、李義山數篇，雖格韵不高，而情思凄然可誦。金源僅秦略簡夫七律一首，風格清老，遺山稱之，非過也。元傅若金汝礪五言數章，亦鐵中之琤琤者。獨怪梅聖俞名高而詩不稱，如「見盡人間婦，無如美且賢」，成何語也？有明諸名家無詩。國初翁山、阮亭兩先生，并多是作，當合諸前輩有是詩者，别爲論次云。

詩咏莊姜、宣姜並著其色，而有美有刺，義各不同，使義不切於美刺，其色不必言矣。《離騷》稱靈修、美人，及漢魏樂府言女子盛容飾，皆寓詞以託諷，無非比興者。齊梁以下，始專咏色，於義何取，直誨淫焉耳。唐人倣古意而不失其正者間見，若杜子美《麗人行》，直書所見，深切著明，尤合乎「主文譎諫」之義。今讀此詩者，亦嘗俛焉玩其詞而逆其志耶？

趙飴山贊善所撰《聲調譜》列唐、宋人詩數十篇，篇中拗字、拗句，分區平仄，注明其下。用此施之近體，可裨於初學，古詩則難口授，何況筆譚？乃并李、杜歌行，如《扶風豪士》、《夢遊天姥》、《渼陂行》、《丹青引》，亦字字準以律調譜之，是以伶工節拍按鈞天廣樂也。竊見詩人佇興，變動無方，音節亦從之，正昌黎所謂「聲之高下皆宜」。飴山乃桎梏名篇，桁楊聲律，使人盡效尤，皆詩囚矣。風竹流泉，候蟲時鳥，莫不含宮咀商，音響自然，豈亦嘗赴節與？○詩道本大，飴山自小之，此謂雕蟲，此謂傳奇伎倆也。

陳思王「羅衣何飄颻，輕裾隨風還」，十字皆平，未聞有議其失調者。《小雅》「我不敢傚，我友自逸」，八字句皆仄，又何嘗不入工歌也。

古詩律調，輪扁不能言，會心自得之。

益都趙清止觀察論詩云：「格律嚴則境地狹，擬議盛則性情薄。」余謂格律嚴，能境地不狹，惟老杜。若夫擬議盛，則性情未有不薄者，陸機、江淹且然，又況其下乎？

仁和少宰湯公西厓謂詞妨於詩。余謂荀子有言：「自古及今，未嘗有兩而能精者。」但以文兼詩，縱詩無興象超詣之妙，不失爲讀書人詩也。以詞兼詩，雖托體齊梁，而五季委靡之習，秦、李艷冶之姿，闌入篇章，不惟詩品卑，人品亦概可見已。湯公豈過論哉？

凡爲文詞，於衆翕然稱善後，毋忘自攻其短。

家數之大小，不在篇什多寡，尺幅短長。

真能文，定知詩，不必其能詩也。真能詩亦然。

韓退之云：「名之所存，謗之所歸也。」又云：「動而得謗，名亦隨之。」名與謗常相倚伏，故杜子美云：「將詩不必萬人傳。」

我輩暮年，事事宜歸真反璞，獨至詩而馳騁於末流，抑又何也！

杜詩義法

杜詩義法提要

《杜詩義法》二卷，據乾隆間刻本點校。撰者喬億，生平見《劍谿説詩》提要。此係其專就老杜五七言古體詩所作之評注，而未及律體，於杜詩義法僅可謂得其半。惟劍谿論詩本重古輕律，故此「半」或即其心目中之全也。而不録原詩，則顯非別集，而可視之爲詩評者矣。劍谿論詩主格調，與沈德潛同道。其説杜雖較前後之王漁洋、翁覃溪甚少創獲，然中規中式，極可信從。大抵五古論「義」較詳，七古論格法稍備。其中或採或駁漁洋之説，既糾其偏失，亦不無承接之跡。如《洗兵馬（行）》一首，漁洋評爲杜集七古中「極整麗可法」者，劍谿進而謂「格製稍近初唐」，「辭采音調，居然四傑」。兩家實陰承明何大復《明月篇序》之説而調和之，老杜之歌行遂不必與初唐四子分流而無所謂得失矣。其不滿於漁洋者，如《冬狩行》「有鳥名鸜鵒」諸句，漁洋曰比，劍谿則曰「實獲此鳥，非憑空結撰者」，此由尚實、尚虛之不同來，固人所習知。卷下末附論五排十餘首，蓋重其「長」，亦是其輕律體之意也。

杜詩義法卷上

賓應喬億著

五言古詩

《遊龍門奉先寺》：清機妙理，似與襄陽爲近者。

《望嶽》：次句氣蓋世矣。中復力厚莫與京。落句正有歸宿，漁洋先生謂末直遂了，然則當以何語結之？〇句句是望不是登。

《奉贈韋左丞二十韵》：語稍激烈，而氣自渾古。「讀書破萬卷，下筆如有神」：有此本領，方敢爲此言。李太白云：「將復古道，非我而誰？」韓退之云：「雖使古人復生，臣亦未敢多讓。」皆自信語也。「致君堯舜上，再使風俗淳」：公嘗自比稷、卨，又詩「舜舉十六相，身尊道何高。秦時任商鞅，法令如牛毛」，及此二句，併見公襟抱，但未知得位設施是如何。朱子曰：「其救房琯亦正。」

《同諸公登慈恩寺塔》：高、岑詩眼高四海，盡題精義。此更神遊題外，冠絕古今。〇自是名篇，然亦氣太厲矣。建安諸子激昂中不失和平。「自非曠士懷，登茲翻百憂」：二句見此老襟抱，并蓄有後半在。「七星在北户，河漢聲西流」：言其近也，正見登陟之高。〇不言登臨而言星漢，其義可參。「迴首叫虞舜」至末：中段奇警，此下托興深遠。而王西樵吏部謂末八句四截，各不相續。愚按其語脉自相灌輸,《騷》、《雅》中如是不可毛舉也。

《示從孫濟》:前半皆古興,「阿翁」以下自出規模。蓋因事感發,不如是不足以暢其旨。而漁洋先生徑抹「覺兒行步奔」、「亦不爲盤飧」,且曰「笑柄」,似未得其指義,遽下雌黄也。「平明跨驢出,不知向誰門」:起十字具耿介無聊氣象。

《前出塞九首》:九首如一首,顔延之《秋胡行》亦如此章法。「亡命嬰禍羅」:按《漢書・王常傳》:「亡命江夏。」注:「命,名也。謂背其名籍而逃亡也。」此言程限期會,欲逃亡而恐致禍也。「君已富土境,開邊一何多」:此與《兵車行》「武皇開邊意未已」義同。九詩主意,於首章揭出。○《秋胡行》「峻節貫秋霜,明艷侔朝日」,亦叙事中論斷,同在首章。

其二:「走馬脱轡頭」至「俯身試搴旗」:脱轡頭,馬頭不絡也。挑青絲,挑去絡頭之青絲也。公《驄馬行》「青絲絡頭爲君老」可證。言乘此不絡頭之馬,不避危險,在處訓練,以見無時不可死也。如作壯語,便與前半不合。

其三:「功名圖麒麟,戰骨當速朽」:悲苦之極,翻作壯語以自解。

其六:「殺人亦有限」:限制之不得過也。

其八:「潛身備行列,一勝何足論」:連下章皆古名將襟度,卒伍中焉得此人?當是公意有所諷耳。

其九:「中原」二句:言内地密邇聲教,軍中尚有争功之事,况沙漠去天王萬里哉?此專指欲苟得者。

《送高三十五書記十五韵》：樸老疎快，亦高達夫體。

《渼陂西南臺》：杜五言排比處，全法大謝、小庾。此則謝體，而未滅其跡。「蒹葭離披去，天水相與永」：十字空明蕭瑟，下句緊黏「去」字，謂蒹葭也。「錯磨終南翠，顛倒白閣影」：二句盡水盪峰巒之態。

《夏日李公一云「李家令」。見訪》：此子美閒適詩，亦不與開寶諸公同，白、陸多效之。

《奉同郭給事湯東靈湫作》：此篇前人多不喜之，或又稱是奇作。余謂窮極筆力，氣格蒼渾，退之不能到也。「陰火煮玉泉，噴薄漲巖幽。有時浴赤日，光抱空中樓」：此言溫湯浴赤日，比也，語意光啖。「閶風入轍跡」至「揮弄滑且柔」：此段言幸靈湫。「翠旗淡偃蹇」至「古先莫能儔」：此段言致祭靈湫。「坡陀金蝦蟆」至「化作長黄虬」：六句皆隱語，此種光怪，全是太白。

《自京赴奉先縣詠懷五百字》：「許身一何愚，竊比稷與卨」：二句一篇之要領。「窮年憂黎元」：側入。「以兹悟生理，獨恥事干謁」：是稷、卨一輩人身分。「窮年憂黎元」至「放歌頗愁絶」：窮年句至此，蓋自寫其出處，意無非爲黎元，欲致君堯舜。凡十二韵，層折轉換，無限低徊，是大篇局勢。○此段總攝，不並提君民，極見章法。「彤庭所分帛」：從君上推出。「鞭撻其夫家」：不脱憂黎元意。「况聞内金盤，盡在衛霍室」：又從君上推出。「路有凍死骨」：又不脱憂黎元意。「歲暮百草零」至「惆悵難再述」：歲暮以下至此，述自京所見并及所聞，皆由君上推出。亂亡已兆，莫非隱憂，在稷、卨一輩人難置之度外也。大筆淋漓，曲盡時事乃爾。○極奔放中劃然而止，此何等筆力。「北轅就涇渭」至「貧窶有倉卒」：北轅以下，赴奉先也。叙到家情事，簡淨有法。「生常免租税」至末：末段從自己之免租税征伐想到平人之失業遠戍，非稷、卨一輩人，那具此襟抱？杜老竊比，有以夫。○此單繳憂黎元，正與前「窮年」句相應，首尾一綫。

《白水崔少府十九翁高齋三十韻》：「高齋坐林杪」至「逍遥展良覿」：此段寫高齋之面勢，倒點崔少府。「危階根青冥，曾冰生淅瀝」：二句言齋之高，因高又生寒也。「鳥呼藏其身，有似懼彈射」：上句實景，下則虚擬，而比在其中。「坐久風頗怒」至「巉絶華岳赤」：此段言山間之雲霧晦冥，變怪恍惚，倏又開霽，是朱炎景氣。前人謂此起興，説到時事，其知言哉。「兵氣漲林巒，川光雜鋒鏑」：入時事，警絶。○自此至「淚下流衽席」，就時事切近言之。「玉觴淡無味」：五字指至尊言。「人生半哀樂」至「帶甲且未釋」：此段就時事推出言之。末四句：總結。

《三川觀水漲二十三韻》：通上一首，皆長篇之格，極平正，語多奇警者。「自多窮岫雨」至「何以尊四瀆」：此段言雨潦之漲，朱長孺云。「聲吹鬼神下，勢閲人代速」：言雨潦之聲勢，上句尤險。「及觀泉源漲」至「如聽萬室哭」：此段言交洛之漲，朱長孺云。「漱壑松柏秃」：秃字險而確。「穢濁」至末：總結上兩層。風濤指水漲言，雲雷指多雨言。此行既不見平陸，又無川梁以濟，故仰蒼天，思鴻鵠，亦中路徘徊，不能奮飛之意也。

《塞蘆子》：此詩斥言蘆關當用重兵屯戍，似爲肅宗在靈武也。及已至鳳翔，守禦克復惟在關陝、河南、河北，是以子美達行在，受拾遺，不復上陳此策矣。顧當靈武即位之初，左右參謀如杜鴻漸、裴冕、李泌，曾議不及此。又大將自汾陽、臨淮而外，如李嗣業、王思禮，皆手握重兵，胡不奏聞，遣一偏裨往戍？蓋爾時大盜出没，掎角之勢不到延州，子美儒生，或未達形勢之言也。至若詞氣簡質，真漢樂府，非晉以下可企。「五城何迢迢，迢迢隔河水」：此地扼河套之南者，漁洋先生云。「蘆關扼兩寇」：舊解兩寇謂思明、吐蕃，吐蕃即本詩内昆戎也。錢箋、朱注皆曰史、高。

《雨過蘇端》：此篇及《喜晴》不爲佳製，而「杖藜入春泥，無食起我早」、「春夏各有實，我飢豈無涯」，併似陶語。「紅稠屋角花，碧委牆隅草」：公慣用此句法，集中凡五見。「妻孥隔軍壘，撥棄不擬道」：説不道妻孥，正是道妻孥也。

《晦日尋崔戢李封》：此因讌游而及時事，曲折清灑以入，終之慷慨悲歌，筆力横絶。「草茅既青出，蜂聲亦煖遊」：顧晦日及春氣和柔，遂軫農務之思，未免兵戈之痛。「濁醪有妙理」：末段縱筆所如，五字收勒矯捷。

《述懷》：此因喪亂，妻子消息斷絶而作。首揭本旨，次寫陷賊、脱身、受職，遂及家中安否，能不惴惴焉顧念耶？委婉頓挫，句句實情，而格老氣蒼，自是少陵獨絶。「麻鞋見天子，衣袖露兩肘」：間道藍縷之狀，寫出動人，他手概略此不叙。「柴門雖得去，未忍即開口」：是初授職時真情實語，恰好爲致書問之由。「反畏消息來，寸心亦何有」：望來信，又恐信來，盡室真罹禍也。是久無消息，隱憂神理，然非子美筆力，不足以達之。「漢運初中興」：顧上天子及朝廷只此五字，後三句仍挽到自己作結，蓋詩爲思家而作也。

《送長孫九侍御赴武威判官》：「奪我同官良」至「令我惡懷抱」：退之《送温處士序》云：「資二生以待老，今皆爲有力者奪之。」亦如此立言。

《送樊二十三侍御赴漢中判官》：「柱史晨征憩」：「憩」字頗似趁韵，漁洋云。「後漢更列帝」：唐雖遭禄山之亂，然非滅而再興，不得以後漢爲比。漁洋云。

《送從弟亞赴河西判官》：「南風作秋聲」：《古八變歌》：「北風初秋至。」句法正同。

《送韋十六評事充同谷防禦判官》：以上四首是一格，而叙致順逆，起結轉變，各自不同。

《九成宫》：「蒼山入百里，崖斷如杵臼」：起十字來脉甚長，具見故宫形勢。「揭巘怪石走」：較「石上走長根」、「江聲走白沙」兩「走」字爲獨險。「巡非瑶水遠，跡是雕牆後」：感歎前王，亦昭殷鑒，而鑄造特精。「天王守讀作狩。太白，駐馬更搔首」：結警動有深情。

《玉華宫》：「溪迴松風長，蒼鼠竄古瓦」：起不見首。「不知何王殿，遺構絶壁下」：「不知」二字舊解誠迂，朱説亦非。大抵于役始經其地，雖勝跡亦茫然，未有不待問者。「美人爲黄土，況乃粉黛假」：美人定指宫嬪無疑，粉黛兼容飾諸物言也，與下二句詞義正相貫。若以太宗爲美人，臣下不得斥言爲黄土。「冉冉征途間，誰是長年者」：「長年」指當日故老猶及見玉華宫未廢時也。若出樂天手，必將此意道破，未爲不善，然以格制論，杜旨遥深。○胡孝轅謂此詩興感遺宫，忽及征人之無長年者，意殊不倫。漁洋老人抹去「美人爲黄土，況乃粉黛假」，又抹去「冉冉征途間，誰是長年者」，曰：

「後亦弩末，竟删四句，更緊。」似皆未得解，漁洋更發狂疾。

《羌村三首》：三詩曲盡生還神理，而悲甚於喜，所謂對此茫茫百端交集也。讀者亦爲之感歎而歔欷。「峥嶸赤雲西，日脚下平地」：此景亦郊野所常見，却寫來鄭重作起，以生還之不易，紀到家晷刻也，故是奇崛。「妻孥怪我在」：真極，與「書到汝爲人」一種驚喜欲哭。末四句：無非實事真情，寫入都成化境。

其二：「嬌兒不離膝，畏我復却去」：子美詩及兒女，無不各盡情態。「撫事煎百慮」：五字迫切，「憶昔」以下，倚此作骨。

其三：「群雞正亂叫」至「始聞叩柴荆」：善寫村落客至難狀之景。「苦辭酒味薄」至「兒童盡東征」：荒亂之苦，從父老口中傳出。歸愚先生云。

《北征》：《咏懷》詩自比稷、卨，憂在黎元，故篇中叙國事加詳，至於到家情事，只舉喪幼子，更不他及，意恐支綴，章法散漫也。《北征》首則曰「蒼茫問家室」，繼又曰「詔許歸蓬蓽」，一再提明，故中間述妻子小兒女輩，以及閨中叢細之事不遺，此謀篇之各有體要也。「至尊」以下至末，始申明首段意。其次段紀行，經戰場，不鋪陳往事，爲後三段曲暢其旨耳。而「至尊」四句，又爲此三段提挈，叙致錯綜，自有節制。且起二句大書特書，已開全局矣。「皇帝二載秋」至「憂虞何時畢」：首段總攝。「靡靡踰阡陌」至「殘害爲異物」：第二段紀行。「回首鳳翔縣」：抱行在所。「猛虎立我前，蒼崖吼時裂」：比也。「青雲動高興，幽事亦可悦」：無情者不變。又詩「時危草木蘇」。「況我墮胡塵」至「生理焉得説」：第三段叙到家情事，愈細碎愈見真實，非公筆力不足以舉之。「海圖拆波濤，舊繡移曲折。天吴及紫鳳，顛倒在短褐」：造句清奇，並見故家風範。「至尊尚蒙塵」至「皇綱未宜絶」：第四段分兩層。「時議氣欲奪」以上，謂借兵回紇不可衆多也。「伊洛指掌收」以下，謂收復兩京，當乘勝長驅幽薊也。〇望溪先生删「其王願助順」十句，又删「禍轉」二句，氣脉似緊，但於公憂回紇終爲國患之意泯矣。要義所在，何可删也？「憶昔狼狽初」至「於今國猶活」：第五段謂今克復神州，由前此能誅國忠、貴妃，以成肅宗中興大業也。「凄涼大同殿」至末：言收京後群黎引領以待翠華。時肅宗在鳳翔也。「煌煌太宗業，樹立甚宏達」：起鄭重，結更大，氣脉甚長。他手不安放，作結所以爲奇。

《彭衙行》：間道經涉之苦，故人止宿之義，層層寫到，細瑣不遺，而以「憶昔」二字領起，將實事俱内入虚際矣。情詞繾綣，神妙無窮。「盡室久徒步，逢人多厚顔」：二句自傷，并包舉得中段、後段在。「衆雛爛熳睡，唤起霑盤飧」：衆雛兼癡女小兒言，篇中兩番叙述，各盡情態，故不覺其煩。〇「霑」字妙，更無字可替。

《得舍弟消息》：鍾情苦語，而韵致蕭疎，後半是公本色。

《義鶻行》：「其父從西歸」：「其父」二字創。「巨顙拆老拳」：「老拳」二字，他手亦不敢下。「近經潏水湄，此事樵夫傳」：詳其地與人，明所紀不妄也。漁洋老人徑削去末八句，殊不見作詩指意。此等詩貴詞達理舉，不妨道盡。

《畫鶻行》：格制與《義鶻》篇同，而筋骨特遒。

《遺興三首》：「今我日夜憂」，「蓬生非無根」，「昔在洛陽時」：自傷身際亂離，情詞洞達，而一氣渾淪，不可以句摘，其陳思之遺歟！

《留花門》：此亦大有關係之作，當與《北征》第四段參看。隱忍用此物，所以此輩少爲貴也。

《贈衛八處士》：情事曲折，以空氣行之，自然渾古，此漢京之音也。

《新安吏》：此言調兵而次丁盡行也，代吏之詞。

《潼關吏》：此代關吏之詞。「胡來但自守，豈復憂西都」：往者潼關之破，不能固守耳。

《石壕吏》：「急應河陽役」：婦女從軍，雖閭左戍卒未有，豈實有是事哉？祇吏横索錢不得，姑脅之行耳。

《新婚别》：王深父曰：先王之政，新有婚者，期不使。政出於刑名，則一切便事而已。此詩所怨，盡其常分，而能不忘禮義，爲足録云。

《垂老别》：「縱死時猶寬」：慰藉慘極，覺「何人不矜」語氣猶緩。

《無家别》：以上六篇，動天地，感鬼神，可續變雅。

《貽阮隱居昉》：「清詩近道要」：「近道要」三字，杜始標出。前惟陶，後則韋，洵足當之。

《遺興三首》：「下馬古戰場」，「高秋登塞山」，「豐年孰云遲」：前二首慨邊疆事，後一首别有托諷，風骨建安而句饒警策。

《昔遊》：非真慕仙侶，以客闖塞，有身世之感焉。

《佳人》：相題立格，何嘗不姿近美媛，此杜五言之最娟秀者。細味詞旨，當屬喪亂後見聞所及，有是人，實有是事也。「官高何足論」：不言兄弟官高，不見其爲良家子也。若效樂府詳叙官階，是祇爲遭殺戮立張本，於本旨怨在夫壻何涉？五字運掉輕敏。「世情惡衰歇，萬事隨轉燭」：氣脉好，脱卸無跡。「在山泉水清，出山泉水濁。侍婢賣珠迴，牽蘿補茅屋」：上二句比興微妙，下二句是空谷佳人身分。「天寒翠袖薄，日暮倚修竹」：結以景語，而情在其中，且復見品，妙絶。

《夢李白二首》：意境惝恍，是夢李白，不是憶李白。○杜與李諸詩俱見交情，要以此二篇爲極致。蓋情愈深而氣愈鬱也，讀之使人嗚咽。「死別已吞聲，生別常惻惻」：發端至苦。「恐非平生魂，路遠不可測」：接法亦不可測。「落月滿屋梁」至末：上二句言覺後迷離景況，結意惶恐，愈見情深。其二：「告歸常局促」至「斯人獨憔悴」：中數語如相問答，斷續離合之間，半虚半實，全是夢境。「千秋萬歲名，寂寞身後事」：結悲苦極矣，惟太白稱此無愧。

《有懷台州鄭十八司户》：當與《夢李白》詩參看，體不必同，俱有深分。「性命由他人」：五字吞聲忍泣不能言。「乾坤莽回互」：句渾闊，可解不可解。

《遣興五首》：「蟄龍三冬卧」，「昔者龐德公」，「陶潛避俗翁」，「賀公雅吴語」，「吾憐孟浩然」：五詩或尚論古人，或追悼前輩，偶然托興，無限低徊。○後二首讀之黯然，足見杜於前輩無不惓惓也。

《遣興二首》：「天用莫如龍」，「地用莫如馬」：二詩自出規模。

《遣興五首》：「朔風飄胡雁」，「長陵鋭頭兒」，「漆有用而割」，「猛虎憑其威」，「朝逢富家葬」：雜感時事之作，類嗣宗、伯玉，而境未邃杳。

《後出塞五首》：《前出塞》寫征戍之苦，刺哥舒翰不當用兵於吐蕃也。《後出塞》寫士卒之勇，刺安禄山徒脅從以成叛逆也。

首章：應募也。

次章：軍行部伍整肅也。此章尤精警。

三章：赴敵也。貔虎之士，勇氣百倍，直爲猪龍愚耳。

四章：主將驕也。「邊人不敢議，議者死路衢」：我聞有命，不敢以告人。

五章：退軍人解事也。○杜集中皆新樂府，惟前後《出塞》用古題，運以新意，舉塞上風景及秦漢以來故實一洗而空之，此謂陳言之務去也。至於各章次第，乃諸家所能，非惟老杜爲然。○前後《苦寒行》亦感時之作，用古樂府題。

《西枝村尋置草堂地夜宿贊公土室二首》：二詩章法次第井井。「溪行一流水」：「一」字合下句看，用意自好。須溪抹之，似未得解。「惆悵老大藤，沈吟屈蟠樹」：生情又在「惆悵」、「沈吟」字，言愛此藤樹，而不能留也。漁洋云。

《兩當縣吴十侍御江上宅》：讀此詩，見公之友道。吴立朝，不殺人以媚上官，事跡並著。

秦隴入蜀紀行詩：諸紀行詩遜康樂遊山詩精鍊自然，而肖山川詭異難狀之景，鬼斧神工，則康樂所未有也。且謝祇登覽勝情，杜老身世之感寓焉，語倍驚人。

《發秦州》：由秦州赴同谷，却先叙同谷，後叙秦州。

《赤谷》：不事嶔崎，自然有味。

《鐵堂峽》：鮑欽止曰：「此篇多作雙聲叠韵語。」鄭繼之曰：「悲苦感慨，盡行旅之況。」

《鹽井》：「自公斗三百，轉致斛六千」：是可以觀唐之鹽政，當用兵之際。

《寒硤》：「此生免荷殳，未敢辭路難」：此豈尋常詩人語。

《法鏡寺》：身際流離，而山中幽事未始不可悦也。胡孝轅曰：「此詩音俏節短，以用韵勝。」

《青陽峽》：「雲水氣參錯」：五字高渾，妙于隔。「林迴硤角來」至「霜霰浩漠漠」：筆力能舉硤形盡出，「魑魅」二句，陰森逼人，非空大谷中，無此景氣。「憶昨踰隴坂」至「已謂殷寥廓」：襯托精神。「突兀猶趁人，及兹嘆冥漠」：收勒句奇。末五字放開，又極渾闊。

《龍門鎮》：「細泉兼輕冰，沮洳棧道濕」：起境又别。「胡馬屯成皐，防虞此何及」：朱注載黄陶庵先生説，可參。

《石龕》：「熊羆咆我東」至「我前狨又啼」：起調公兩用之，在《前出塞》爲絶佳，平列中自有次第也。「伐竹者誰子」至「無以充提携」：軍興之際，四方騷動，子美長途所經見，不輕放過。

《鳳凰臺》：義正不嫌辭誕，是亦左徒之遺則。

《萬丈潭》：筆力直追康樂，而鑿空處過之。鄭繼之曰：「無字不經鍛琢，雄峻峭深，令人神奪。」

《發同谷縣》：前由秦州赴同谷，倒叙也。此由同谷赴成都，則順叙。祗言發同谷，不遽及成都。

「交情無舊深」：言交非舊，情不深也。

《木皮嶺》：「辛苦赴蜀門」：首發同谷，但云遠適。此其次篇，始云赴蜀門。「始知五嶽外，別有他山尊」：豈惟山哉？學問之道亦然。

《白沙渡》：「差池上舟楫，杳窕入雲漢」：可想見蜀江之高。「多病一疎散」：山程疲勞日久，此乍入舟真實語。

《水會渡》：篇中險句驚人，余獨愛其叙法之妙。山行水涉，洄沿登頓，幾許層叠於八韵中，詳略轉換，盡之而有餘地，直使筆如游龍也。「大江動我前」：寫黑夜洶涌水勢，「動」字警絶。

《飛仙閣》：中數語包舉全象，又中邊俱到。

《五盤》：此第六章，明點成都。「好鳥不妄飛」：諸篇多險怪獨造之語，此却秀美。

《龍門閣》：舊謂此閣比他閣道極險，詩中寫得慄慄危懼，亦不與他等，真筆參造化也。「百年不敢料，一墜那得取」：艱險恐懼，十字盡之。○紀行詩，兩押「取」字，並奇。

《石櫃閣》：「石櫃曾波上，臨虛蕩高壁」：日氣射江，摇閣影於石壁，余少從先君子遊采石三官洞，所見正如此。「清暉回群鷗，暝色帶遠客」：又是王右丞一種風味。

《桔柏渡》：「急流鴇鷁散，絶岸黿鼉驕」：二句並虛擬之詞，宋人以鴇鷁喻舟船，黿鼉喻橋梁，未免滯相。「孤光隱顧盻」：言水氣騰上，望不遠也。

《劍門》：渾渾立説，可抵一篇蜀論。「石角皆北向」：便見用意。「恐此復偶然，臨風默惆悵」：

三皇以下透發，結復悠然不盡。

《鹿頭山》：子美入蜀，似欲依裴相冕，此詩蓋爲裴作也。「是日慰飢渴」：漸近成都，謁裴。「悠然想揚馬，繼起名崷兀。有文令人傷，何處埋爾骨」：流離入蜀，始越劍門，即興懷揚、馬，蓋自傷也。

《成都府》：衹寫旅況，不言蜀事，蓋始至其地，身世茫然，無暇他及也。「曾城填華屋，季冬樹木蒼。喧然名都會，吹簫間笙簧」：都會景象，大段如此，不必成都也。正以不切見高格。「填」字妙，是高着眼孔，向下看出。「中原杳茫茫」：望故鄉不見也。家鞏縣。「初月出不高，衆星尚争光」：承上「夜」字，句法偶與陳思同，各有比興在，必指事以實之，鑿矣。

《病柏》、《病橘》、《枯椶》、《枯柟》：四詩是一格，而寄慨各自不同。長慶以來，學杜易似者皆此種，然其精警終不可能也。

《遭田父泥飲美嚴中丞》：諸家但賞其寫村樸景象爲泥飲傳神，不知此老作用。蓋題云「美嚴」，方説嚴，忽更端指顧大男，語覼縷不絕，及歸到本旨，衹曰「須知風化首」，曰「説尹終在口」，亦不明所美何事，出没變化，迥出常情之外。「步屧隨春風，村村自花柳」：起境飄然，又一種風味。「田翁逼社日」至「説尹終在口」：此十韵單叙田翁。「朝來偶然出」至末：此下與田翁合寫，各盡情態。「欲起時被肘」：「肘」字虛用，□□外概不經見，杜拈出爲韵，單押亦奇。

《大雨》：氣粗語盡。國初諸詩老學杜只此種。「陰色靜隴畝」：五字佳。「四鄰耒耜出，何必吾家操」：是子美本色語。〇元遺山《喜雨》詩結云：「妻孥笑問我，君田安在哉？」用意略同。

《述古三首》：讀三詩並見公慷慨有大志，非魏晉以來詩人可擬。而格制殆所謂自出規模者。藝苑臧否，不一其説，余以爲當别具隻眼觀之。

末首：「何代無奇才」：隱隱自任語。「吾慕寇鄧勳，濟時信良哉。耿賈亦宗臣，羽翼共徘徊」：二十八將只取寇、鄧、耿、賈，蓋本之傳贊寇、鄧之高勳，耿、賈之鴻烈云。「休運終四百，圖畫在雲臺」：挽到祚永，語盡氣不盡。

《謁文公上方》：格制平正，詞旨洞達，大開北宋人門徑。

《早發射洪縣南途中作》：「將老憂貧窶，筋力豈能及。征途乃侵星，得使諸病入」：暮年奔走衣食，讀之堪淚下。

《過郭代公故宅》：俯仰興懷，勝讀代公傳贊。「定策神龍後，宫中翕清廓。俄頃辨尊親，指揮存顧託」：代公邊防功亦不細，兹獨舉其作相能倉卒以安社稷也。「群公有慙色」：五字不泛。「池館皆疏鑿」：是豪儁人本色，後來名臣踵其跡者，裴之緑野、李之平泉爲尤著。「壯公臨事斷」：五字統論其生平才略，不專指定策一事。「高詠《寶劍篇》」：末著其以文章致身，不禁神往。

《喜雨》：簡老，非長慶諸公所及。

《寄題江外草堂》：叙次委備，陸務觀頗近之。

《送韋諷上閬州録事參軍》：語意切直，惟次山可同調。「必若救瘡痍，先應去蝥賊」：「蝥賊」，指上務割剥者。

《草堂》：詞氣縱橫，意無不達。「賤子且奔走」四句：將自叙歸草堂，却從望東吳引入。

《四松》：子美賦物往往自抒懷抱，況四松在草堂爲手植耶？流連感歎，倍覺情殷。「敢爲故林主，黎庶猶未康」：顧四松而念及黎庶，豈尋常詩人語？「我生無根蒂，配爾亦茫茫」：又一轉，意無不到。「勿矜千載後，慘淡蟠穹蒼」：結法亦氣足神完。

《水檻》：只十餘句便五轉，漁洋云。

《楊旗》：此在公不爲奇警，亦非諸家所能辨。「迴迴偃飛蓋」八句：甚見筆力，與舞劍器同法。

《太子張舍人遺織成褥段》：此大儒議論。白居易苦效之，而才力薄，故終不可能。「開緘風濤湧」至「鎖細不足名」：入手澹宕。「李鼎死岐陽」六句：近取同時二人爲證，更悚切。

《别唐十五誡因寄禮部賈侍郎》：結體蒼渾，放筆雄快，此與高、岑體爲近者。

《同元使君春陵行》：詞氣質直而條暢，與漫叟之體同，皆變雅也。

《貽華陽柳少府》：「文章一小技，于道未爲尊」：洪容齋曰：「雖杜子美有激而云然，要爲失言，不可以訓。」其説甚長，不能備録，見《隨筆初集》第十六卷。劉孟會曰：「甫蓋自謂歉然於柳侯之尊己也。本涉用意，而今爲名言，由不能文章者自詭有道，借杜尊己，亦不可不辨。余謂韓退之云「文章豈不貴，經訓乃菑畬」，此論平允。

《往在》：此追叙收復兩京後，重立九廟，以安列聖之靈，身爲近侍，得進陪群公執事在廟也。今卧病江湖，不堪回首矣。詩凡三十三韻，按部就班，無一筆縱恣，體製當然。「赤墀櫻桃枝」四句：仍挽到祀典。「歸號故松柏」：又挽到自家先塋作結。

《壯遊》：子美生平概見於此，亦《太史公自叙》也。詩如駿馬下坂，雄快莫當，然未免鋪叙，視《咏懷》、《北征》沉摯而多轉變，大有間矣。

《遣懷》：懷高、李舊遊，夾叙於邦國盛衰治亂中，慷慨激烈，詞氣縱横。「乘黄已去矣」：指高、李。「嘗恐違撫孤」：千家注：「撫孤謂高、李之後。」

《奉酬薛十二丈判官見贈》：斷亂極矣，全法蒙莊。蓋因事戲爲荒唐之辭耳。馮鈍吟解似可參。「忽忽峽中睡，悲風方一醒」：起便清奇。

《上水遣懷》：此下十首，筆力不逮秦隴入蜀諸篇，而客況老懷，抒寫備至。「我衰太平時，身病戎馬後。蹭蹬多拙爲，安得不皓首」：起四句謂是十首發端亦得。「孤舟亂春華」至「何事獨罕有」：此段叙上水之難，忽興感蒼梧、湘水、長沙往事，以舟行經其地，而哀民生，不忘自悼也。「回斡明受授」，借篙工以起下意，正是子美本懷發露。漁洋云：「五字已足，不必下四句。」是爲味其義也甚矣。「蒼梟色晚，熊挂玄蛇吼。黄羆在樹顛，正爲群虎守」：言舟行暮靄中，兩岸峰巒林木恍惚形似可畏也，非實見異類衆多有如此者。「吞聲混瑕垢」：讀之爲短氣。

《遣遇》：「聞見事略同」至「漁奪成逋逃」：八句承上所見推言之，絕類次山。「自喜遂生理，花時甘緼袍」：换境作結，妙似陶語。

《解憂》：「減米散同舟，路難思共濟」：此亦同舟常遇之事，今人略而不復道者，特作起句尤佳。

《宿鑿石浦》：「青燈死分翳」：么小難狀之景，亦不輕放過。「斯文憂患餘，聖哲垂彖繫」：結語惟老杜能之。

《早行》：「歌哭俱在曉」：聞見適然。須溪曰「興到險語」，何險之有？「前王作網罟，設法害生成」：大似老莊語。「碧藻非不茂，高帆終日征」：漁洋云：「上句語勢未竟，下句竟接不倫。」

《過津口》：「回道過津口，而多楓樹林」：「而」字妙於自然。

《次空靈岸》：閒澹處又王、孟一種風味。

《宿花石戍》：此篇步步警策，不減隴蜀紀行詩。「罷人不在村，野圃泉自注。柴扉雖蕪没，農器尚牢固」：可畫亦復可傷。儲、王田家詩皆治平時也，無此景象。後來韋、柳又各隨所遭以寄意，故自不同。

《早發》：「有求常百慮，斯文亦吾病」：漁洋極賞起五字，不知次句亦經涉苦語，以文章致身上卿者，不可以語此。「煩促瘴豈侵」：言我今煩促，豈瘴癘侵尋而致然耶？「干請傷直性」：《咏懷》詩「獨恥事干謁」，《發秦州》云「應接非本性」，及此句，並見公禀氣絶類淵明。

《次晚洲》：「棹經垂猿把，身在度鳥上」。擺浪散帙妨，危沙折花當」：小庾清新之句。

《望岳》：不假旁搜近取即是，而肅雝沕穆，有漢京之質焉。談藝家於此種題，但知胸無卷軸不能作，務博徵載籍，往往詞繁意寡，乾燥無汁漿。試閲杜此篇，有典有則，是何等氣象，亦自然有味也。「三歎問府主」：「府主」謂當方面致祭之官。朱注指嶽神，似未合。

《北風》：爽朗空闊，逼近襄陽、供奉，惟色闇不似耳。

《幽人》：意境杳冥，似與太白爲近者。「洪濤隱笑語」：五字清奇。

《客從》：可入太白古風。

《送重表姪王砅評事使南海》：筆力之錯綜變化，不減《北征》。公晚年鉅篇，此爲毫髮無遺恨者。「我之曾老姑，爾之高祖母」：謂文不可入詩者，請視此發端。「自陳剪髻鬟，市鬻充杯酒」：朱注：此暗使陶侃母事。未必實然。愚謂侃母事雖載侃本傳，亦豈足盡信哉？「得辭兒女醜」：「得辭」，不得辭也，猶《詩》云「不顯」，顯也。正對前「入怪鬢髮空」，及「自陳剪髻鬟」言。「秦王時在坐，真氣驚户牖」：前三層在尚書婦口中大意已盡，此二句側寫，獨注意少年爲威加四海人也。縈迴頓宕中有神力。「六宫師柔順，法則化妃后」：義該上下，顛倒其句法。〇「后妃」二字倒用，僅見。「鳳雛無凡毛」：入廷評，輕敏。先叙交契，後叙使南海。「家聲肯墜地」：平叙中只五字收前幅，絶不費力。後六句：自叙忽興起丹砂，從南海生出。末二句仍挽到廷評，冀其繩祖武，復踐台斗，我等芻蕘之言，庶藉以上達天聽也。江湖、魏闕，其共此心與！

《題衡山縣文宣王廟新學堂呈陸宰》：但從喪亂以來，學校久廢立義，無一筆頌文宣王。後來退之作碑文，衹詳祀典義法，亦同。

補遺《述古第三首》：「祚永固有開」：「有開」見《記・孔子閒居》篇。前人評杜有直抹者，爲特揭之。

杜詩義法卷下

竇應喬億著

七言歌行

《高都護驄馬行》：集中諸馬詩，激昂頓挫，興寄各殊，率皆疎宕。此篇格制緊而精悍無前，洵是神品。「與人一心成大功」：非馬何以知馬之心？直自寫胸臆耳，故是奇語。「猛氣猶思戰場利」：抱上「與人一心」。「五花散作雲滿身，萬里方看汗流血」：鍛琢精燦，宜漁洋賞之。「青絲絡頭爲君老，何由却出横門道」：結操縱有顧盼。

《今夕行》：讀此詩，見子美壯年具元龍湖海之氣。「君莫笑劉毅從來布衣願」：疑有錯誤。

《送孔巢父謝病歸遊江東兼呈李白》：「巢父掉頭不肯住」：起句奇突，不知所謂，第六韵始微露其旨。「詩卷長留天地間」：新舊《唐書・藝文志》無孔巢父集。蔡夢弼曰：有《徂徠集》行于世。今隻句無傳，惜哉。「深山大澤龍蛇遠，春寒野陰風景暮。蓬萊織女回雲車，指點虚無是征路」：寓詞縹緲中，氣自沉鬱。「南尋禹穴見李白，道甫問訊今何如」：結朴老，似有深意。

《兵車行》：諸詩老皆云從古樂府來，愚謂大篇叙事，貴詞達而理舉，不必有意似樂府也。而縱横錯落，自然合度，所以爲難。○竊嘗論歌行有氣古氣勝之别，兼之實難，其惟李、杜乎？「行人但云點行頻」至「生男埋没隨百草」：短長凡二十三句，並役夫答問之詞。末段：結放開通，論古今邊亭之慘。

《病後過王倚飲贈歌》：一飯之德，作長歌贈之，亦淵明冥報爲期之義也。樸真有老氣。

《玄都壇歌寄元逸人》：結體蒼渾。

《樂遊園歌》：「青春波浪芙蓉園，白日雷霆夾城仗」：警策。「却憶年年人醉時」至「獨立蒼茫自詠詩」：讌遊既洽，忽歎老嗟卑，全從中段生出，蓋因覩景物逼近皇居，竊有感于獻賦不遇也。纏綿悽愴，又一種情韵。

《曲江三章章五句》：第三章廉悍。

《白絲行》：托興古，亦詞古、色古，類鮑照而氣稍舒緩。「繅絲須長不須白」：起句便已激昂。

《歎庭前甘菊花》：托微芳以寄慨，自有真意動人。

《醉時歌》：激昂頓挫，全以氣調勝。「但覺高歌有鬼神，焉知餓死填溝壑」：豪語，轉讀之堪淚下。「相如逸才親滌器，子雲識字空投閣」：漁洋謂二句當删，余反覆焉，未見其可。「先生早賦歸去來」：鄭老應悔不早用其言。「生前相遇且銜杯」：漁洋曰：「結似律句，甚不健。」愚謂末段絃急柱促，不妨氣調稍平之句終之。杜他詩及李詩多有焉。

《醉歌行》：「汝伯何由髮如漆」：前半只此一句自謂，結處應。「春光澹沲秦東亭，渚蒲芽白水荇青。風吹客衣日杲杲，樹攪離思花冥冥」：别景離情，森然在目，調亦高迥。

《麗人行》：前後兩段皆順叙事，倒點人，更不總結，格制古今無兩。漁洋曰：「極其贊意在言外，《三百篇》之致也。」知言哉。○竊嘗與《桑中》、《溱洧》二詩參看，歎天寶之敝化如此，唐室不即亡，幸也。「紫駞之峰出翠釜，水精之盤行素鱗」：更端直下，自然聯貫，又句法平列中有順逆。「楊花雪落覆白蘋，青鳥飛去銜紅巾」：固屬隱語，亦顧盼首句，點綴暮春景物。

《渼波行》：開闔變化，極歌行之能事。「波濤萬頃堆琉璃」：句更奇警。「下歸無極終南黑」：反振月出。「動影裊窕冲融間」：善寫難狀之景，爲水面月出傳神。「此時驪龍亦吐珠，馮夷擊鼓群龍趨。湘妃漢女出歌舞，金支翠旗光有無」：言水光月色凌亂中，隱隱雷電起耳，却撰出惝恍景象如許，此種作用，惟青蓮共之。「咫尺但愁雷雨至」：倒出雷雨。「少壯幾時奈老何，向來哀樂何其多」：放開作結，用古語而興慨各自不同。

《秋雨歎三首》：三詩合一片蒼涼之氣。

《天育驃騎圖歌》：「吾聞天子之馬走千里，今之畫圖無乃是。是何意態雄且傑，駿尾蕭梢朔風起」：起四句三折，直使筆如游龍。「毛爲緑縹兩耳黃，眼有紫焰雙瞳方。矯矯龍性合變化，卓立天骨森開張」：西樵曰：「畫出神駿。」「伊昔太僕張景順」至「張公歎其材盡下」：中腹展拓下二句，白戰不持寸鐵。「年多物化空形影，嗚呼健步無由騁」：挽到畫圖，又一波折，無限低徊。「時無王良伯樂死即休」：漁洋曰：「何限感慨，一語盡之。」

《沙苑行》：結體舒緩，此又一格。「纍纍堆阜藏奔突，往往坡陀縱超越。角壯翻同麋鹿遊，浮深簸蕩黿鼉窟」：至此始按題位，而「浮深簸蕩」四字隱隱逗下。「泉出巨魚長比人，丹砂作尾黃金鱗。豈知異物同精氣，雖未成龍亦有神」：一結振起全篇。

《驄馬行》：「吾聞良驥老始成」至末：前大半平叙，至此鬱起，一氣旋折，筆筆精神。

《魏將軍歌》：蒼厚。「華岳峰尖見秋隼」：有獨立四顧激昂氣象，是爲猛將傳神。「星躔寶鉸金盤陀，夜騎天駟超天河。攙搶熒惑不敢動，翠蕤雲旓相蕩摩」：此言統禁軍宿衛事，全是虛擬，可謂噓氣成雲，通首精神蟠結在此。「鈎陳蒼蒼玄武暮」：抱宿衛。

《奉先劉少府新畫山水障歌》：「堂上不合生楓樹，怪底江山起烟霧」：漁洋曰：「起突兀。」「畫師亦無數」至「真宰上訴天應泣」：次段、三段、四段合前段尾句已拍題，次段緊接，不即寫畫障，却颺開歎美筆跡之高妙，三段言畫境逼真，四段言畫法通神。洗發新字，皆架空立説也。○天姥，公之舊遊。蒲城即奉先，今暫留之地。「野亭春還雜花遠」至「至今斑竹臨江活」：此第五段，始正寫畫障，景物幽秀，烟波浩渺，遥接首段，所謂「滄洲趣」也。其筆所未到，於下段叙劉侯補出。「若邪溪」至末：此一結神遊題外，却從中幅來，以若邪、雲門與天姥皆壯遊勝跡，不能忘也。

《悲陳陶》、《悲青坂》：二作並大有關係，亦詩史也。漁洋謂此非房琯之罪耶？而子美捄之。朱子曰：「其救房琯亦正。」

《蘇端薛復筵簡薛華醉歌》：長歌之悲，深於痛哭。「文章有神交有道」：起句正爲薛華發，却是名言。「安得健步移遠梅，亂插繁花向晴昊」：氣便不平。「座中薛華善醉歌」至「才兼鮑照愁絶倒」：

前半苑結，筆筆緊促，至此特起，始發明首句，而氣亦因之以舒。「萬事終傷不自保」：收勒句又痛苦極矣，飜激出後一段豪縱之氣，此固爲神變，要亦不越醉歌耳。○末段分兩層，前繳緩憂心，後繳不自保。

《哀江頭》：「江頭宫殿鎖千門，細柳新蒲爲誰緑」：如此景象真可哭。「憶昔霓旌下南苑」至「一箭正墜雙飛翼」：此段正追叙當年樂遊事，詩通解頗覺牽合。西樵云。「明眸皓齒今何在」至末：亂離事只叙得兩句，「清渭」以下純以唱嘆出之，筆力如是，高不可及。樂天《長恨》便覺相去萬里。西樵云。只兩句亦是唱嘆，不是實叙。西樵又云。「去住彼此無消息」：謂從幸蜀不從幸蜀者，而上皇在其中。蒙叟謂寓意於上皇、貴妃，是大不然。時貴妃已賜死，何得云住？又何消息之有？「江草江花豈終極」：抱曲江，并暎帶春日。「欲往城南望城北」：又挽到潛行作結。

《哀王孫》：篇中凡四呼王孫，叮嚀告誡，無限深情。鄭繼之曰：「詞體樂府，意義則二《雅》之奥也。」王西樵曰：「此等自是老杜獨絶，他人一字不能道矣。」「長安城頭頭白烏」至「屋底達官走避胡」：起似謡似諺，突兀而來，省却多少鋪叙。西樵云。「金鞭折斷九馬死」至「且爲王孫立斯須」：句句對針王孫，盡危苦之詞。「昨夜東風吹血腥」至「昔何勇鋭今何愚」：追歎潼關失守，著王孫流離至此之由。「竊聞」至末：特舉所竊聞，申告王孫，見中興之可冀，既誡以勿宣，又恐不密，蓋天命不移，已暗卜之陵寢間矣。此固慰王孫，亦藎臣之心也。

《徒步歸行》：「明公壯年值時危」至「武定禍亂非公誰」：首著借馬之由，爲李特進本良將，否則不以干也。「人生交契無老少，論交何必先同調」：所謂交有道，正如此，年齒、官班不計也。

《題李尊師松樹障子歌》：胸次過人，但下筆自有諸家不可到處。「老夫清晨梳白頭」至「手提新畫青松障」：發端正自老氣，貶不得。「障子松林静杳冥」至「偃蓋反走虬龍形」：只寫松，不寫松下人，留爲末幅別起一義作結耳。「時危慘澹來悲風」：洞見本懷。

《偪側行贈畢曜》：「辛夷始花亦已落，況我與子非壯年」：昌黎似之。

《瘦馬行》：此老杜歌行小心縝密之作，猶八法中鍾、王小楷書也。而評者多易視之，真賞終屬須溪。「絆之欲動轉欹側，此豈有意仍騰驤」：便已可哀，不待後幅。

《洗兵馬》：漁洋曰：「此杜集七古中極整麗可法者。」愚謂格製稍近初唐，遂滋後人異議。然整麗中間盤硬語，猶然此老筆力也。且懽忭鼓舞有發乎至情而不可掩者，何得僞爲哉？「三年笛裏關山月，萬國兵前草木風」：前後皆叙事，忽插此一聯，頓宕有情。〇辭采音調，居然四傑。「攀龍附鳳勢莫當，天下盡化爲侯王。汝等豈知蒙帝力，時來不得誇身强」：議論筆力，非老杜不辦。

《冬末以事之東都湖城東遇孟雲卿復歸劉顥宅宿宴飲散因爲醉歌》：「休語艱難尚酣戰」：說休語，正是語國步艱難，此老何嘗一日忘也。

《乾元中寓居同谷縣作歌七首》：長歌激烈，中心實愴以悲。

第七首：此首宋大儒甚不喜之，余謂「長安卿相多少年，富貴應須致身早」即古詩中「何不策高足，先據要路津」也；「山中老儒舊相識，但話宿昔傷懷抱」即「齊心同所願，含意俱未伸」也；「仰視皇天白日速」即「人生寄一世，奄忽若飇塵」也。讀者當知意由感憤，非苟慕富貴，即所云「識曲聽其真」也。孟子之不以辭害志，以意逆志，其斯之謂與！

《石笋行》、《石犀行》：并覽古率爾成咏，不必其經意之作，而侃侃正論，自有不可泯者。○最能負薪，二結調亦同。

《杜鵑行》：襲古以托諷近事，諸家之説同。

《題壁上韋偃畫歌》：氣蒼力厚，亦似拈秃筆掃來。

《戲題王宰山水圖歌》：空明瀟洒，忽兼有青蓮勝境。「十日畫一水」至「王宰始肯留真跡」：入手便有戲意。「中有雲氣隨飛龍」：畫本無龍，而雲氣晦冥若或從之，此畫外畫也。妙妙！「山木盡亞洪濤風」：句有神力，連上急讀之自見。「焉得并州快剪刀，剪取吴淞半江水」：又以戲結。曰吴淞，蓋因圖中烟波浩渺，不忘東南舊遊也。

《戲韋偃爲雙松圖歌》：「天下幾人畫古松，畢宏已老韋偃少」：直起樸老。「屈鐵交錯迴高枝，白摧朽骨龍虎死，黑入太陰雷雨垂」：上句亦筆如屈鐵，下二句刻劃險怪，可泣鬼神。「松根胡僧憩寂寞，龐眉皓首無住著。偏袒右肩露雙脚，葉裏松子僧前落」：筆筆堅瘦，妙爲胡僧寫照。第四宕逸，又一種風韵。末段：五句一氣直趨，到畫松便住，筆力老放，全是戲。○漁洋曰：「或云末五句可去，而題云『戲韋偃』，固不妨作此跌宕也。」愚謂不然，若題無「戲韋偃」，當别有結法。

《枏樹爲風雨所拔歎》：「榦排雷雨猶力争，根斷泉源豈天意」：并佳。上句尤爲獨造。「虎倒龍顛委榛棘」：上四字非老杜不能下。「我有新詩何處吟，草堂自此無顔色」：結語凄澹。

《茅屋爲秋風所破歌》：惟蘇子瞻得其氣快。「忍能對面爲盜賊」：是亦老杜語。「嬌兒惡卧踏裏裂」：與「垢膩脚不襪」五字正同。「安得廣厦千萬間」至末：此絶大議論，然在公爲常談。樂天襲其語，便覺乾燥。「嗚呼」以下，復申前義，挽到自己作結，可謂奇警。

《百憂集行》：「强將笑語供主人」：可哀。「老妻覩我顔色同」：「同」字慘黯。

《投簡成華兩縣諸子》：合前《百憂集行》讀之，歎子美之飢寒不減陶淵明。而陶詩無一語激烈，幾有安貧樂道之風，杜則不然。因念李、杜二公皆坎壈終身，李詩從不言貧，杜飢餓屢形諸歌咏，蓋李好獨遊，居易，杜則提挈老幼，漂泊十數年不相離也，累可勝言？「鄉里兒童項領成，朝廷故舊禮數絶」：激烈語。

《戲作花卿歌》：「子璋髑髏血模糊，手提擲還崔大夫」：麄惡語寫入，淋漓可怕。「既稱絶世無」二句：結語調笑出之，是謂戲作。

《苦戰行》、《去秋行》：二詩可補正史之闕，但馬失其名，遂州漢節并失其姓，惜哉。

《觀打魚歌》：「潛龍無聲老蛟怒，迴風颯颯吹沙塵」：警動。

《又觀打魚歌》：前篇見滿腔惻隱之心，後篇説來更大有關係，聳人魂魄。而漁洋謂結開宋元，是猶以衆唐人格制論杜也。「設網提綱萬魚急」，「半死半生猶戢戢」，「倔强泥沙有時立」：前一句合寫，盡衆魚之態。後二句分寫，又各盡小大之態。「日暮蛟龍改窟穴，山根鱣鮪隨雲雷」：警動。

《越王樓歌》：王子安《滕王閣詩》工麗中氣自豪舉。此篇較有深沉之思，爲本賢王也。

《海椶行》：子美不漫賦一物，此必有感發，但落句不知所謂。「海椶焉知身出群」：「身」字人不敢下。

《光禄坂行》：前四句是右丞、東川佳境。

《陪王侍郎同登東山最高頂宴姚通泉晚携酒泛江》：後半稍見警策。

《韋諷録事宅觀曹將軍畫馬圖》：諸馬詩多寄慨在知遇，此獨追想玄宗，蓋因圖内鞍馬衆多，興懷天寶舊事也。凡大小五段，大開大合，驟起驟落，不沾沾説馬，而淋漓酣暢，操縱如神。「國初已來畫鞍馬，神妙獨數江都王」：起便不與諸馬詩同法。「人間又見真乘黄」：入霸畫馬便是操。「曾貌先帝照夜白」至「始覺屏障生光輝」：第二段全縱。「昔日太宗拳毛騧」至「後有韋諷前支遁」：第三段前二句又縱，後十二句按題本位併是操。「憶昔巡幸新豐宫」至「皆與此圖筋骨同」：第四段前三句縱，後一句操。「自從獻寶朝河宗」至末：總結前三句，又縱後一句。操且復縱，更不可測。

《丹青引贈曹將軍霸》：此七古之長江大河也。於渾浩流轉中，位置詳審，無一筆造次，所謂慘澹經營者，畫不可見，詩獨當之矣。「將軍魏武之子孫，於今爲庶爲清門。英雄割據雖已矣，文采風流今尚存」：起四句悲慨留連，以霸之家世本非畫師，乃技能盡善也。「學書初學衛夫人，但恨無過王右軍」：霸善丹青，却從學書引入。「開元之中常引見」至「圉人太僕皆惆悵」：霸尤善畫馬，却從畫人引入，倍加詳細。「凌烟功臣少顔色，將軍下筆開生面」：凌烟閣功臣畫像出閻立本手，由來舊矣。兹特令重新之，玩「少顏色」三字可見。「一洗萬古凡馬空」：此曠代驚人句，後人拈出，即擬公之詩。「弟子韓幹早入室，亦能畫馬窮殊相。幹惟畫肉不畫骨，忍使驊騮氣凋喪」：又旁襯畫馬爲尤擅場也，得此氣勢始足。「將軍盡善蓋有神」至末：總結。又從畫馬轉入畫人，回抱首節，反覆嗟歎，興寄無窮。

《冬狩行》：「校獵亦似觀成功」：有注射。「殺聲落日迴蒼穹」：平叙中得此警動。「有鳥名鸜鵒，力不能高飛逐走蓬。肉味不足登鼎俎，胡爲見羈虞羅中」：古致錯落，最得樂府意。漁洋曰比也，要知實獲此鳥，非憑空結撰者。「況今攝行大將權，號令頗有前賢風」：回顧起句，申明大將威權，爲末段起義。「飄然時危一老翁」至末：突入老翁，又曰「爲我」，語氣迫切。○此段哀痛淋漓，以疊句終之，諷勸情殷矣。

《桃竹杖引贈章留後》：漁洋曰：「酷似太白。」愚謂奇而肆矣，境未惝恍，祇是杜歌行之變體。「江心蟠石生桃竹」至「滿堂賓客皆歎息」：二三五同韵，四六又一韵，兩韵相錯，押法亦不經見。按古今通韵，屋、沃、覺、藥、陌、錫、職七韵相通，是又不爲兩韵也。「路幽必爲鬼神奪，拔劍或與蛟龍争」：便已奇崛。「重爲告曰杖兮杖兮」至末：此下竟似散體用韵，終之以騷，歌行之變，至此而極。

《憶昔二首》：後篇較勝。鋪陳終始，氣脉蒼渾，文中之班、史。

《莫相疑行》：可當公叙傳。

《赤霄行》：「孔雀未知牛有角，渴飲寒泉逢觝觸」：是必有來歷，或如下文淘河、飛燕，用《莊》而稍變也。「葛亮貴和書有篇」：庾子山《豆盧公神道碑》：「渡瀘五月，葛亮有深入之兵。」「葛亮」二字僅見於此。

《古柏行》：議論自好，詩則未盡其才。「雲來氣接巫峽長，月出寒通雪山白」：發古字闊遠。「扶持自是神明力，正直元因造化功」：劉須溪以爲詩之元氣在此，梅禹金謂不然。宋人學杜，往往爲此等處誤。愚按之，梅説較細。「未辭剪伐誰能送」：「送」，謂送爲梁棟。奈此古柏重如丘山，僻在邊鄙，難致通都爲大厦用也。胡孝轅謂「送」字强押，似未得解。「志士幽人莫怨嗟，古來材大難爲用」：結語激昂，却是至論。

《李潮八分小篆歌》：洞悉八法源流，信手落筆，不事張皇，而清古之氣，左縈右拂，空行不窒，亦歌行之上格也。然真賞難遇，試掩其姓名，有不謂後賢才力過之與？「快劍長戟森相向」，「蛟龍盤拏肉屈與倔同。强」：并狠句，昌黎似之。

《縛雞行》：此亦開樂天體，後人多效之。

《折檻行》：是有感於所聞近事，而前此身被譴呵，不堪回首矣。

《醉爲馬墜諸公携酒相看》：「人生快意多所辱」：名言。

《秋風二首》：次篇凄緊，久客望歸，讀之堪淚下。「東流之外西日微」：「之外」二字非李、杜不能下。

《寄韓諫議注》：似有不欲明言者，效楚騷，爲之辭。

《自平》：《諸將》第四首「南海明珠」句當與此參看。

《觀公孫大娘弟子舞劍器行》： 此篇及觀曹霸九馬圖之作并追感玄宗，一則激壯淋漓，一則纏綿悽愴，詞氣不同，而各致其極。「臨穎美人在白帝，妙舞此曲神揚揚。與余問答既有以，感時撫事增惋傷」： 四語居一篇之要。上二句按題本位，其妙舞劍器於入手叙公孫備矣，此只須意到，無事煩言。下二句開後幅不勝今昔盛衰之感，仍從公孫説入，層層轉换，不黏不脱，筆力高而法亦細矣。「老夫不知其所往，足繭荒山轉愁疾」： 末二句有低徊不能去意。

《荆南兵馬使太常卿趙公大食刀歌》上中： 雄猛不可當，具蓋世拔山氣力。

《王兵馬使二角鷹》： 少陵諸馬詩曠絶古今，坡公不能接跡。鷹詩如柳州作廉悍稱題，其庶幾後勁與？「悲臺蕭瑟石巃嵸，哀壑杈枒浩呼洶。中有萬里之長江，迴風滔日孤光動」： 起境高寒闊遠，的是角鷹來脉，移咏他飛走不得。又五律《畫鷹》發端「素練風霜起」，亦具有殺伐之氣，并爲稱題。「目如愁胡視天地」： 增「視天地」三字，較「側目似愁胡」倍覺傳神。「敢決豈不與之齊」：「與之齊」、「與之敵」，前後緊相呼應，玩「豈不」二字自見。朱直方曰：「吾師初稿云：此句是證上句『與之敵』也，玩『豈不』二字自見。」似更勝。「惡鳥飛飛啄金屋，安得爾輩開其群，驅出六合梟鸞分」： 結亦與《畫鷹》同法，而感憤所切，氣倍激昂。

《短歌行贈王郎司直》上上： 句調錯落，而筆力甚遒。「且脱劍佩休徘徊」： 起勢如原泉始達，不知所届，忽單句勒住，矯變不測，蕩漾有情。「眼中之人吾老矣」： 題義已結，此則自念有衰謝，不堪世用之感。

《醉歌行贈公安顔少府請顧八題壁》：老放。

《發劉郎浦》：結有風調。

《夜聞觱篥》：悲苦沉著。

《歲晏行》：看似亂雜無章，細按其語脉，自相灌輸，但滅去承接轉换之跡耳。漁洋曰：「喜其氣老，正在參錯中。」

《蠶穀行》：似諺。

《白鳧行》：觀劉夢得作，始覺爲高古罕及。

《朱鳳行》：詞氣稍爲近古，而指意太明，便淺。

《追酬故高蜀州人日見寄》：悽婉。稍合整齊瀏亮之節，想因環諷高詩，不覺自體爲小變。

五言長律

《冬日洛城北謁玄元皇帝廟》：詞氣端亮，了不見其爲刺，《箋》説必欲周内之，何心哉？「仙李蟠根大」四句：此頌玄元身後之餘烈，全從五聖今王立義。「畫手看前輩，吴生遠擅場」：壁間五聖圖，吴奉詔而作。兹叙五聖，即從吴畫入，固運法于自然，而胡孝轅極詆之，非也。「翠柏深留景」四句：廟貌之森嚴宏敞，起四聯備矣。此叙廟中冬日景物，亦細麗可觀，并暎帶「初寒」二字。末四句：補寫玄元道術身分作結，以著今王崇奉之由。尾句反暎廟。

《行次昭陵》：「往者灾猶降」至「石馬汗常趨」：此言天寶之亂，生民塗炭，安撫非易，終有望於太宗在天之靈也。而「往者灾猶降」五字從前段折入，筆力矯捷。

《重經昭陵》：步步精警，盡美盡善。余尤愛其中兩聯，典重淵穆，具漢京郊祀等篇氣象。

《喜聞官軍已臨賊境二十韻》：感心動耳，傾瀉無餘，渾是一團喜意。

《寄彭州高三十五使君適虢州岑二十七長史參三十韻》：子美爲動詩興而懷詩友，寄高、岑也。入手自叙，即歎美二公詩境高遠已極，并及其仕宦未爲不遇，仍挽到爲詩致書頓住。中十六韻兩層分應起聯，又以官閒得從事於詩頓住。後四韻合寫，稍及時事，歸宿本旨在詩作結。此篇之妙，全在入手十韻，轉接神變不可測。

《寄岳州賈司馬六丈巴州嚴八使君兩閣老五十韻》：按步就班，自是長律正格。而邦之杌隉粗安，朋從彙征，未幾復出，已亦竄身邊鄙，種種情事，叙而不涉於鋪，是難能也。

《寄張十二山人彪三十韻》：叙次參錯，不用長律排比之式，意境亦復蕭散。

《贈李十二白二十韻》：「流傳必絶倫」：此專指應詔諸詩。「白日來深殿，青雲滿後塵」：上句言遇合之光明，下句言後來者居上，勢不得久留近侍也，即帶起乞歸意。「乞歸優詔許」至「薏苡謗何頻」：言李既放歸，相與締交，遨遊勝地，歎其才高意廣，邈焉寡儔，致困窮罹咎殃也。「幽棲」二句隱隱追悼前事。「已用當時法，誰將此義陳」：上收「五嶺」四句，下收「蘇武」四句。或疑蘇武、黄公引用不倫，要知取義在「先還」、「豈事」，表其未從逆藩也，不必泥古人。「老吟秋月下，病起暮江濱」：當是依族子陽冰在當塗時也，未幾卒。「莫怪思波隔」：五字輕掉前半，意已收足。

《建都十二韵》：質實無枝葉，亦大有關係之作。

《奉和嚴中丞西城晚眺十韵》：於景物情事中寓諷勸，非徒然展眺者。「地平天闊」一聯，固篇中之警策，古今亟稱之，余何言。「花羅封蛺蝶，瑞錦送麒麟」：此言算緡餘力備貢物也。按《新書》武本傳，蜀雖號富饒，而峻掊亟斂，閭里爲空。《舊書》云：蜀土頗饒珍産，武窮極奢靡，賞賜無度，閭里以徵斂殆至匱竭。則花羅瑞錦托諷亦微而顯矣。

《奉送嚴公入朝十韵》：起四句：壯麗凄然，情事已括盡。「此生那老蜀，不死會歸秦」：樸真透漏，試拈出，定知非他人，必杜語也。「公若登台輔，臨危莫愛身」：直諒無忌諱，後來李端送彭將軍云「報恩唯有死，莫使漢家羞」，亦有杜風義。

《送陵州路使君之任》：「王室比多難，高官皆武臣」：起十字激昂。「戰伐乾坤破」：句有膽力。

《王閬州筵奉酬十一舅惜別之作》：潦倒麄疎，是高達夫體。「萬壑樹聲滿，千崖秋氣高」：起聯奇警，與王右丞「萬壑樹參天，千山響杜鵑」同調，而王合四句一氣滚出，爲尤勝。

《春歸》：人但稱「遠鷗」、「輕燕」一聯體物之妙不減陰、何，而忘其落句可悲也。

《奉觀嚴鄭公廳事岷山沱江畫圖十韵》中上：漁洋曰：「律法精細嚴整，點眼只一二虚字。」愚謂若興寄畫外更好。

《謁先主廟》：本覽古以傷今，今非古也，痛可勝言？前段六韵：叙蜀漢興亡，抑揚頓挫，有不勝千載相關之感。中段四韵：寫廟宇景，兼内外古今，步步淒麗動人。「況乃久風塵」：突入時事。「孰與關張並」四句：此又從時事倒挽入先主，寓悼痛於歎美中，意不在先主也。迴環上下，無限深情。末四句：「關張」兩聯已抱前，此只收後幅。「遲暮堪帷幄」：「堪」，不堪也。須溪誤讀，謂其自負如此。

《大曆三年春白帝城放船出瞿塘峽久居夔府將適江陵漂泊有詩凡四十韵》：長律大篇，無一筆造次，而精神蟠結，自是晚年傑作。「入舟翻不樂，解纜獨長吁」：真實語頓宕出之。「窄轉深啼狖」至「死地脱斯須」：此叙登舟之景象，下峽之危險，殆無一不警魂動魄。「不有平川決」至「朗詠劃昭蘇」：此叙出峽江行之空曠，生長丰容，飛沉游泳，昏旦奄忽間，意中江陵在望也。「殘月壞金樞」：險句。○子美用「破」、「壞」等字，迥不猶人。「意遺樂還笑」至「六月曠摶扶」：此自叙其升沉，暮齒猶梗泛，而國氛未淨，不勝江湖魏闕之憂。空仰天街，且將南徙也。○「五雲高太甲」：段柯古、王伯厚不能解。閻先生百詩曰：按《隋書·天文志》，天子欲有所遊往，其地先發天子氣，或如華蓋，在霧氣中，或有五色云云。以證華蓋五雲，亦一解，而太甲終當闕疑。今附録備考。「廷争酬造化」：造句奇。子美一生大節在疏救房琯，見之詩句，亦光燄萬丈。「同泣舜蒼梧」：胡孝轅曰：「借言思先皇也。」愚謂此正爲後段設，不爾，朝士、君王何以直接？末四句：此後時之慮，非泛作餘波收束。